Olivier Bal a été journaliste pendant une quinzaine d'années. Après avoir travaillé dans différents titres de la presse généraliste et culturelle, et voyagé pour ses reportages, il a animé des Masterclass à la Cité des sciences et de l'industrie de Paris. Olivier Bal se consacre aujourd'hui pleinement à l'écriture.

Les Limbes, un thriller fantastique, est son premier roman. Best-seller de l'auto-édition, il a d'abord conquis des milliers de lecteurs avant d'être édité en 2018 par les éditions De Saxus. *Les Limbes* a reçu le Prix Méditerranée Polar 2018 du premier roman et le Prix Découverte 2018 des Géants du Polar. Il est suivi par *Le Maître des Limbes* (Prix des Géants du Polar), publié en 2019 chez le même éditeur. Olivier Bal est également l'auteur de *L'Affaire Clara Miller*, paru chez XO Éditions en 2020.

LE MAÎTRE DES LIMBES

DU MÊME AUTEUR
CHEZ POCKET

Les Limbes

Le Maître des Limbes

OLIVIER BAL

LE MAÎTRE DES LIMBES

DE SAXUS
thriller

FSC www.fsc.org
MIXTE
Papier issu de sources responsables
FSC® C003309

Pocket, une marque d'Univers Poche,
est un éditeur qui s'engage pour la préservation
de l'environnement et qui utilise du papier fabriqué
à partir de bois provenant de forêts gérées
de manière responsable.

ISBN : 978-2-266-30667-6
Dépôt légal : mars 2020

À Antoine & Elisa,
rêvez grand.

Prologue

13 octobre 2008

— Il faut y aller… Maintenant !

Je l'attrape par la main. Elle se retourne vers moi. Ses yeux sont boursouflés par les larmes. Ses cheveux sont en bataille. Son visage est couvert de saleté. La balafre sur sa joue est encore luisante de sang. Et pourtant, en cet instant, je la trouve plus belle que jamais.

Elle me regarde, comme interloquée.

— Mais… on ne peut pas le laisser là ! Ils vont le retrouver ?

— Il l'a dit lui-même, nous devons partir. C'est notre seule chance. C'est ce qu'il aurait voulu… C'est ce qu'il veut.

Je le regarde. Il est allongé à même le sol, son corps parcouru de spasmes. Son pull beige vire au pourpre là où il a été touché. Du sang se mêle à la pluie. Son visage est tendu, déformé par la douleur et la concentration. Je distingue des veines bleues qui palpitent sur son front. Il souffre. Je me ressaisis. Nous n'avons pas le temps.

— C'est maintenant ou jamais, Amy. Tu ne veux pas retourner là-bas ? Tu ne veux pas qu'ils nous attrapent à nouveau, si ?

— Non.

— Eh bien partons, alors.

Amy hoche la tête à plusieurs reprises, comme si elle tentait de se convaincre elle-même. Puis elle relâche ma main, lentement, s'abaisse près de lui et, doucement, l'embrasse sur le front. Je l'entends qui lui susurre dans l'oreille :

— Merci… Merci pour tout.

Elle retire son manteau déchiré et le lui place sur les épaules.

— Allons-y. Je suis prête.

Nous quittons l'impasse et retournons dans la rue.

Le spectacle est hallucinant. Le monde est plongé dans un silence glaçant. On entend, ici, en provenance d'un magasin, une station de radio égrener un morceau festif ; là, dans la rue, quelques sonneries stridentes de klaxons. Et les bruits des moteurs des voitures, partout, qui tournent comme s'ils n'allaient jamais s'arrêter. Il y a du bruit partout, certes. Mais il n'y a pas une voix, pas un rire, plus une once de vie.

Un bus a percuté plusieurs voitures avant de venir s'encastrer dans la devanture d'un restaurant. Partout, des véhicules ont quitté leur trajet pour se rentrer les uns dans les autres. Sur la gauche, un geyser d'eau jaillit d'une bouche d'incendie. Plus loin, un réverbère s'est écroulé en travers d'un passage piéton. Sa lumière grésille. Nous slalomons péniblement entre les corps au sol. Il est à peine 16 heures. C'est arrivé si vite. Il y a quelques minutes encore, la rue était bondée, palpitante. Les gens s'apprêtaient à rentrer chez eux, les bras remplis de sacs de victuailles. Prêts à fêter Columbus Day en famille, profitant de leur jour férié. Mais tout s'est arrêté. Ils sont tous tombés, comme des mouches. Les uns après les autres, les uns sur les autres. Ils sont des centaines, gisant là, à nos pieds.

Amy me serre la main plus fort. Elle me fait mal, mais je ne dis rien.

Elle demande, pour elle comme pour moi :

— C'est lui qui a fait ça ?

— Oui. Je crois.

— Mais comment ?

— Je ne sais pas.

Je remarque, à une cinquantaine de mètres, un incendie sur le toit d'un immeuble. C'était donc ça, l'explosion… Je distingue, parmi les énormes flammes, les pales et la queue d'un hélicoptère. C'est certainement lui qui nous tournait autour plus tôt.

Dans les voitures, hommes et femmes gisent, effondrés sur leurs volants, la tête en arrière, un filet de bave coulant parfois entre leurs lèvres.

Un landau roule lentement le long d'un caniveau. Amy me lâche la main, s'approche de ce dernier et le remet sur le trottoir. Je la vois qui passe son bras à l'intérieur du couffin et replace la tétine dans la bouche d'un bébé immobile. Elle a l'air si triste. Elle pense, peut-être, que ça changera quelque chose. Que ce qui se passe ici est aussi un peu sa faute. C'est notre faute à tous, Amy. À nous tous.

Nous arrivons au bout de la rue. Je m'approche d'une voiture. Une Toyota Corolla rouge. Un véhicule discret, passe-partout. Exactement ce qu'il nous faut. J'en dégage tant bien que mal l'occupant, un homme d'une cinquantaine d'années, et le dépose le plus délicatement possible sur le bas-côté, avec les autres. Je remarque une femme quelques mètres plus loin, étalée sur le dos, le visage tourné sur le côté. Elle semble apaisée. Tant mieux. Dans ses mains, plusieurs sacs de nourriture. J'essaie de m'en saisir. Pendant quelques secondes, ses mains semblent résister puis, finalement, lâchent prise. J'enfourne les sacs à l'arrière de la voiture et m'installe au volant. Amy est toujours dehors, adossée au capot. Immobile. Paralysée. J'ouvre la fenêtre et l'interpelle :

— Amy, on doit partir. Nous ne savons pas combien de temps nous avons.

Elle s'abaisse et passe son visage fatigué par la portière.

— Partir, mais pour aller où ?

— C'est lui qu'ils recherchent, Amy. Peut-être qu'ils abandonneront maintenant.

— Ils n'abandonneront jamais.

— Il faut qu'on tente le coup.

— Je veux que tu me promettes quelque chose, alors.

— Oui.

— Je veux que tu te venges. Que tu leur fasses payer ce qu'ils ont fait… Ce qu'ils ont fait de nous. Tu en as le pouvoir. Promets-le-moi.

— Je te le jure.

Elle embarque dans la voiture. Je mets le contact et démarre. Nous roulons pendant de longues minutes, silencieux, incrédules face à ce spectacle de désolation. Je dois sans cesse faire des embardées pour éviter les corps, les voitures… Puis, finalement, nous arrivons sur l'autoroute. Je me positionne à droite sur la voie de maintenance et double une file ininterrompue de voitures et camions à l'arrêt. Partout, le même spectacle. Mais ça va jusqu'où ?

J'accélère. Le compteur monte à 160 km/h.

Nous ne pourrons pas fuir éternellement, je le sais bien. Il faut que je trouve une solution. Et que je n'oublie pas le plus important, ce qu'il m'a dit avant tout ça. La protéger, elle. Coûte que coûte. Quel qu'en soit le prix. Il a raison. Malgré tout ce qui nous a opposés. Et ce qui nous opposera, je le sais, dans le futur.

Mais, pour le moment, c'est à Hawkins et à tous les autres de payer, et ils paieront.

Je te le jure, Amy.

Je vous le jure à tous les deux.

Partie I

Endormissement

Gabriel

12 juin 2008
Columbia, Maryland

J'aimerais ne plus jamais dormir…

Dès que je ferme les yeux, dès que je bâille, mon cerveau se met instantanément en alerte. L'habitude, certainement, après toutes ces années. Ça peut m'arriver à n'importe quel moment, n'importe où. Je n'ai aucun contrôle sur ma maladie, aucun moyen de la soigner. Il faut juste « apprendre à vivre avec », comme le répète sans cesse le Dr Kominski quand je vais le voir pour mon check-up mensuel à Baltimore. En plus de ces rendez-vous, je dois passer, deux fois par an, une nuit à l'hôpital pour des contrôles plus poussés. J'entends parler de TILE et de polysomnographie… Je ne comprends pas bien ce que ça veut dire. Ce que je sais, c'est qu'on me barde de capteurs et que, toute la nuit durant, des hommes en blouse blanche me tournent autour, étudient des relevés, m'étudient, moi. Mais ça n'a jamais rien changé. Il n'y a jamais eu d'amélioration. Le Dr Kominski me parle d'état stationnaire, il me dit que c'est plutôt une bonne nouvelle. C'est un gentil monsieur un peu froid.

Il me suit depuis le début, depuis l'accident. Même si Papa et lui disent que ça n'a aucun rapport, que c'est neurologique, moi, je sais, au fond de moi, que ma maladie a commencé cette nuit-là. Une récente étude dont m'a parlé Kominski tendrait à prouver qu'il s'agirait d'une déficience de mon chromosome 22, d'un problème pathologique. Mais je sais que ce n'est pas l'unique explication.

Lorsque je sens que ça vient, que mon corps est en train de lâcher prise malgré moi, je sais que je n'ai que quelques secondes pour m'asseoir avant de perdre le contrôle. Les gens de mon entourage sont, bien entendu, au courant. En fait, tout le monde à Columbia semble au courant. Au lycée, dans le voisinage… partout. Je suis la bête de foire du coin. Celui que l'on regarde avec un mélange de pitié, d'incompréhension et d'inquiétude. J'ai appris, avec les années, à ignorer les regards, les messes basses sur mon passage. Aujourd'hui, tout glisse un peu sur moi.

Depuis un peu moins de sept ans, je suis narcoleptique.

Plusieurs fois par jour, je tombe dans un sommeil profond. Les médecins appellent ça l'« hypersomnolence diurne ». Moi, je dis « mes crises » ou « mes phases ». Mes endormissements durent d'une dizaine de minutes à quatre-vingt-dix minutes, c'est totalement imprévisible. Quand j'entre dans ces phases, rien ni personne ne peut me réveiller. « Et il ne faut surtout pas essayer », il paraît que ça me fatiguerait encore plus. Du coup, tout le monde laisse faire, mes camarades de classe, mes professeurs s'y sont habitués. Ils préfèrent détourner le regard. Tout le monde tolère, sauf moi. J'aimerais tant être comme les autres, un gamin normal. Mais je suis et resterai à jamais le gamin « bizarre » de la Wilde Lake High School, celui qui passe ses journées à dormir dans l'infirmerie, quand il ne somnole pas dans un couloir ou sur son bureau. Je suis et resterai toujours ce gamin blond, maigrichon, aux gros cernes sous les yeux, assis au fond de la classe. Je ne peux pas faire d'activité sportive ou physique. J'en suis dispensé. C'est trop dangereux. Car en plus de mes somnolences, il peut m'arriver en cas de choc, effort ou forte émotion d'être pris de cataplexie. Je perds le contrôle de mon corps, prisonnier de mon enveloppe qui m'échappe. Je reste conscient mais incapable de bouger le moindre doigt. Je suis comme enfermé en moi-même. C'est une sensation horrible. Heureusement, j'ai rarement des crises de cataplexie. J'ai appris à ne rien ressentir, à rester extérieur à tout, aux discussions. Je ris peu. Je suis, en fait, assez seul. Les autres se sont rapidement désintéressés de moi et je ne peux les en blâmer.

On me surnomme le Dormeur, l'Oppossum, la Ronque… mais mon vrai nom, c'est Gabriel. Gabriel Foster. J'ai 16 ans. Je vis avec mon père dans une petite maison d'un étage en vieux bois délavé et briques au 10980 Swansfield Road.

Je regarde l'horloge accrochée au-dessus du tableau de la salle de classe. Il est 14 h 40. Je n'ai pas encore eu de crise aujourd'hui. Je le note dans mon carnet. Je regarde par la fenêtre. Il pleut des cordes. Par-delà le massif bâtiment de briques et de verre du lycée, je discerne un bout du stade. Des élèves font des allers-retours sous la pluie. Ils enchaînent les exercices d'entraînement, sautent et relèvent haut les genoux contre leur torse. Leurs pieds frappent la pelouse boueuse. Certainement l'équipe de football américain de l'école. Plus loin, à l'entrée du sous-bois, un groupe de cinq à six jeunes gamins, des petits de 8th Grade, fument une cigarette en tentant d'être le plus discrets possible. Ils se collent les uns aux autres en cercle, jetant des regards apeurés par-dessus leur épaule. Ça me fait sourire. En bas, près du hangar à vélos, une fille et un garçon se roulent de langoureux patins. Ils en font des tonnes. Leurs mains bougent sur le corps de l'autre de manière exagérée. Ils font de grands mouvements de mâchoires. C'est à la fois ridicule et un peu excitant. La voix de Mlle Derbit, ma professeure d'histoire, me rappelle vers ma classe. C'est une brave jeune femme. Je sens bien qu'elle se soucie de moi, qu'elle est sincère quand elle me demande comment je me porte. Mais elle m'isole, comme tous les autres. À cause de mon état, aucun professeur ne m'envoie jamais au tableau ou n'ose même m'interroger. Et ce n'est pas plus mal comme ça. Je vis en périphérie du monde. Dans ma propre réalité.

Je sens un picotement au bout de mes doigts. Comme si j'avais des fourmis. Ça commence toujours comme ça. Je regarde la porte de la classe. Je n'aurai pas le temps de me rendre à l'infirmerie. Par habitude, je croise les bras sur mon bureau et pose ma tête dessus. Quelques secondes plus tard, je dors profondément.

J'y suis à nouveau.

Encore.

Mais que m'arrive-t-il ?

Depuis un mois maintenant, durant mes « phases », je ne fais plus de rêves normaux. Je me retrouve sans cesse au même endroit. Un lieu qui m'effraie autant qu'il m'appelle. Au début, les premières fois, je n'y voyais rien. Puis, à force d'y revenir, crise après crise, nuit après nuit, c'est comme si mes yeux s'étaient habitués à l'obscurité du lieu. Je suis parvenu à sortir de la longue faille en me guidant le long de la roche que je sentais au bout de mes doigts. C'est là que j'ai découvert pour la première fois la Grotte. Une immense caverne s'élevant à plus d'une centaine de mètres et percée de milliers de trous, comme des alcôves minérales. Un spectacle dément, hallucinant. Et partout, autour de moi, dans les anfractuosités de la pierre, ces petits cristaux bleutés luminescents. Est-ce moi qui crée tout cela ? Comme un refuge, peut-être ? Je sais que je devrais en parler au Dr Kominski, mais je n'en ai pas envie. Tout ici me semble si réel, si tangible. Cette sensation de froid et d'humidité quand je passe la main le long d'une pierre ramassée au sol. Ces quelques gouttes d'eau qui viennent perler sur mes doigts quand je les retire de la roche. Mais où suis-je, bon sang ?

Comme je me l'étais promis la dernière fois, je m'avance vers le centre de la Grotte, j'emprunte l'étrange chemin. On dirait qu'il a été façonné par une main humaine. De chaque côté, des monolithes renversés, recouverts d'inscriptions illisibles, comme des spirales s'enchevêtrant les unes dans les autres. Je gravis les quelques marches défoncées. On dirait qu'elles ont été creusées dans la pierre il y a des centaines, des milliers d'années. J'ai, comme chaque fois, cette sensation étrange, paradoxale, d'être dans un lieu à la fois familier et complètement inconnu. Peut-être que le docteur aurait une explication rationnelle, qu'il me sortirait une de ses tournures verbeuses, me parlerait d'« un mécanisme naturel de défense ». Mais je n'ai pas envie d'entendre ça. J'ai envie de croire que, moi aussi, j'ai droit à un peu de magie dans ma vie.

J'arrive en haut des marches. Devant moi, l'immense stèle de pierre qui trône au centre de la Grotte. C'est comme si un halo lumineux provenant du sommet de la Grotte couvrait la dalle d'une lumière éclatante. Comme si tout dans cette Grotte amenait à cet endroit, m'invitait à m'en approcher. La stèle ressemble un peu à un de ces sarcophages anciens qu'on voit dans les livres d'histoire. Sauf qu'ici la structure semble partie intégrante de la Grotte. J'ai repoussé ce moment, mais maintenant je ne peux plus faire marche arrière. J'approche ma main de la stèle. Alors que je suis encore à quelques millimètres de la pierre, la dalle tout entière se met à palpiter d'éclats bleutés. Je ferme les yeux et touche la pierre. D'abord, je ne sens rien d'autre qu'un froid glacial au bout de mes phalanges, puis une sensation de légère décharge électrique me traverse le corps. Je rouvre les yeux. De partout, des spirales de lumière bleue se dessinent dans les striures gravées de la stèle. On dirait qu'elles se déplacent, qu'elles convergent en un point unique : l'endroit où je viens d'apposer ma main. Pris de panique, je tente de la retirer. Mais elle est comme aimantée à la roche. *Calme-toi, Gabriel. Ce n'est qu'un mauvais rêve. Tu as le contrôle. Dans quelques minutes, tu vas te réveiller dans la salle de classe de Mlle Derbit.* Un peu malgré moi, je me laisse faire. J'ai l'impression que des milliers de cristaux bleutés traversent soudain mon corps, serpentent sous ma peau. Le torrent d'un bleu éclatant semble se répandre dans mes veines et remonter le long de ma main, de mon bras. J'aimerais crier mais aucun son ne sort de ma bouche. Je suis paralysé. Je me sens soudain soulevé du sol, puis propulsé à toute allure vers le sommet de la Grotte. Ça va tellement vite… La Grotte semble s'élever sans fin, s'étirer indéfiniment. Je passe à côté de milliers de tunnels. Je n'ai pas le temps de réfléchir, d'analyser ce qui se passe. Je me retrouve propulsé dans l'une de ces galeries. Ça va tellement vite… Des flashes.

Puis, c'est le noir absolu. Le rien, le vide. Plus un bruit.

Après une interminable minute, mon environnement, lentement, commence à se dessiner autour de moi. J'y vois flou, comme si un voile recouvrait mon visage. J'entends d'abord des gémissements, puis un bruit d'écoulement et des grésillements. Et il y a ce souffle lourd aussi, comme un grondement. Je commence à ressentir des choses. J'ai une sensation flasque sur tout le corps. Suis-je mouillé ? Je me force à ouvrir les yeux. Mon corps bouge, très lentement d'abord, mais je ne le contrôle pas vraiment. Qu'est-ce qu'il m'arrive ? J'y vois un peu mieux. Il fait nuit. Partout autour de moi, des flammes. À ma droite, un énorme cylindre métallique éventré laisse couler un liquide noir qui me recouvre. Ça sent l'essence et le brûlé. Mes mains, sans que je les contrôle, essaient de tirer sur mes jambes. Mais elles semblent bloquées par un morceau de métal. Je tourne la tête, à gauche, une voiture est retournée, sur le toit, le pare-brise explosé. Je commence à y voir plus distinctement. Une silhouette s'approche en boitant, sa main appuyée contre le haut de sa cuisse.

L'individu arrive à ma hauteur. Je n'en crois pas mes yeux. Là, devant moi, mon père. Son visage est recouvert de sang. Une large entaille vient lui strier le front. Sa cicatrice… que je connais si bien. Ça veut dire que…

Papa s'abaisse vers moi. Il me parle :

— Ma chérie. Ça va ?

— Oui, je crois que j'ai les jambes bloquées sous l'acier du camion, mais ça va.

Je reconnais instantanément cette voix. Je n'ai jamais connu qu'elle. Maman. Elle parle à travers ma bouche. Je regarde mes mains fines, à la peau blanche et aux veines saillantes, aux ongles parfaitement manucurés. Je vois ma jupe recouverte de pétrole. Puis, en levant encore les yeux, je découvre mon reflet déformé dans l'acier du camion renversé. Non… Je vois à travers ses yeux. J'ai envie de hurler, de sortir d'ici, de sa tête. Je n'ai jamais fait un cauchemar comme celui-là. Je n'avais d'ailleurs jamais rêvé de l'accident avant. Je veux me réveiller. Il le faut. Car je sais comment cela va se terminer.

— Je vais t'aider, Hannah.

Mon père s'apprête à s'abaisser pour soulever la large plaque arrachée du camion-citerne.

Ma mère le retient du bras.

— Non, occupe-toi de Gabriel d'abord. Mets-le en sécurité. Tu reviendras me chercher après.

— Mais le feu se propage…

— Ça va aller, mon amour… ça va aller.

Papa s'écarte et se dirige vers la voiture… notre voiture, retournée sur le bas-côté de la route. Il parvient à en ouvrir la portière arrière, puis, après un long effort, à en extraire un enfant inconscient, qu'il prend dans ses bras. Cet enfant, c'est moi. Je n'ai aucun souvenir de cette nuit-là. J'étais évanoui durant tout l'accident. Comment est-il possible alors que tout paraisse si vrai ? Mon père s'éloigne de l'autre côté de la route, me portant dans ses bras.

J'entends alors la voix de ma mère qui se met à répéter : « Ça va aller… ça va aller… » Elle se retourne et tente de soulever les débris sur ses jambes. J'aimerais tant t'aider, Maman, pouvoir faire quelque chose. Une énorme vague de chaleur sur la droite. Le réservoir du semi-remorque est en train de s'embraser. Le feu se répand quasi instantanément aux nappes de pétrole qui tapissent le bitume. Les flammes progressent à une vitesse folle. En cet instant, j'ai l'impression d'entendre un cri qui vient de l'autre côté du camion retourné. Non, ça doit être la carrosserie qui se déforme sous la chaleur. Ma mère est en sanglots. Elle hurle, mais n'abandonne pas. Je sens bien que, de toutes ses forces, elle pousse sur les morceaux de camion.

Maman, je t'aime. Tu m'entends ?

Je suis là, je suis avec toi.

Tu peux y arriver…

Ma mère, prise de panique, en larmes, tente, dans un ultime effort, de soulever la tôle. Elle parvient à libérer sa jambe gauche.

Je vois, d'un œil, mon père qui revient vers nous mais qui est bloqué par un mur de flammes. Il crie mais je n'entends pas ce qu'il dit dans les déchirements du métal, les hurlements du feu. Maman a toujours la jambe droite captive. Elle se met à serrer de ses deux mains sa jambe, à tirer pour l'en extraire mais sans succès. Prise de panique, elle commence à se griffer la chair, puis à taper sur le métal. Le feu est partout autour de nous. Il nous enserre, vorace. Il n'a pas terminé son festin, pas encore. Je vois, dans un dernier reflet argenté, le visage de ma mère. Elle se regarde, elle me regarde. On dirait qu'elle me voit, là, en cet instant, en elle. On dirait qu'elle sait. Elle sourit d'un air triste. J'entends les cris de Papa. Puis un choc terrible nous souffle en arrière. Une explosion.

Une déchirure.

Le silence.

Le froid.

La nuit.

J'ouvre les yeux, en larmes.

Je suis revenu dans ma salle de cours. Quelques élèves me regardent avec un air mi-intrigué, mi-gêné. Ce ne sont pas mes camarades. Il s'agit d'une autre classe. Mlle Derbit a dû me laisser dormir. Je regarde l'heure. Il est 16 h 20. De ma manche, j'essuie mes larmes, range mes affaires, ramasse ma trousse que j'ai dû faire tomber par terre en dormant. Je passe mon sac à dos sur mon épaule, attrape ma veste sous le bras et quitte la classe les yeux braqués sur le carrelage du sol. Je sais bien qu'ils me regardent. Ma professeure me laisse partir, ne me dit rien. Elle se sent certainement impuissante, comme tous les autres.

Je referme la porte derrière moi. Je me retrouve dans le couloir désert du deuxième étage. Je fais quelques pas puis m'effondre contre une rangée de vestiaires jaunes. Je fonds en larmes.

Mais qu'est-ce qui s'est passé ? Ce n'était qu'un rêve ? J'ai inventé tout ça ?

Tout semblait pourtant si vrai.

J'ai une douleur soudaine dans la jambe droite. Je soulève mon pantalon. Mon mollet est rouge, on dirait des marques de doigts. Comme si quelqu'un l'avait serré très fort.

En cet instant, j'ai comme une froide certitude.

J'y étais.

Je suis revenu ce soir du 27 juin 2001.

La nuit de l'accident, quand un camion-citerne a percuté la voiture de mes parents au croisement de Harpers Farm Road et de Clarksville Pike.

La nuit de la mort de ma mère.

James Hawkins

14 juin 2008
New York, État de New York

Ça commence à bien faire… Voilà déjà une heure que je fais visiter nos installations à ce journaliste visqueux. Il faut en finir, maintenant.

— Bien, je crois que nous avons fait le tour.

— J'aurais encore quelques questions, monsieur Hawkins.

Je fais semblant de jeter un œil à ma montre.

— Je vous écoute mais faites vite, j'ai une réunion importante dans quelques minutes.

Il tend son micro relié à son magnétophone vers moi.

— Comment est-ce possible, avec tout le respect que je vous dois, qu'un simple militaire de carrière, sans aucun diplôme, se retrouve aujourd'hui à la tête d'un véritable empire pharmaceutique et médical, dirigeant une dizaine de sociétés différentes ?

Un simple militaire… Si seulement il savait… Il me suffirait d'envoyer un de mes Éveillés le « visiter » pour qu'il passe le restant de ses jours dans un asile psychiatrique à vouloir se dévorer la chair… Il faut que je garde mon calme. Malgré tout…

— La chance, peut-être !

J'esquisse un sourire forcé et continue.

— Les bonnes rencontres au bon moment et le travail, surtout ! À mon retour du Viêtnam en 1971, j'ai eu la chance d'intégrer un programme scientifique avant-gardiste sur l'étude du sommeil. C'est à ce moment que j'ai commencé à me spécialiser dans ce domaine. C'est après cette expérience, à mon arrivée à New York, que j'ai eu l'idée de créer ONIR. Toutes les autres structures, partenariats et rachats faits au fil des années découlent de cette première entité.

— Mais quel est le but réel d'ONIR ?

— Rendre le monde meilleur, tout simplement, à notre petite échelle.

— Oui, c'est ce que vous répétez souvent. Pourtant, on peut trouver quelques études, dont certaines assez documentées, très critiques envers ONIR et vos activités diverses. Selon certains dires, ONIR serait secrètement financé par la CIA et il s'agirait ni plus ni moins que d'un héritier du projet Stargate, cette cellule qui étudiait les phénomènes parapsychologiques dans les années 1980 pour le compte du gouvernement.

— Des racontars, des histoires fantaisistes. ONIR existe depuis 1973 et nous avons toujours joué la transparence, votre présence ici ce jour l'atteste. En tant que journaliste, d'autant plus pour un média aussi prestigieux que le vôtre, vous ne devriez pas prêter foi à des théories complotistes aussi ridicules, à de telles affabulations. Nous sommes une simple société de recherche scientifique. Certes, nous nous sommes spécialisés dans la neurophysiologie et l'onirologie, l'étude des rêves, mais rien de surnaturel là-dedans. Nous sommes mandatés par diverses sociétés, de l'industriel spécialisé dans la literie au laboratoire pharmaceutique développant des traitements contre les insomnies, pour les accompagner dans leurs réflexions et résoudre leurs problématiques. Rien de plus, rien de moins. L'étude du sommeil et des rêves me passionne, m'habite depuis bientôt quarante ans, car, comme je le répète souvent…

Là, le journaliste m'interrompt, sans vergogne :

— Oui, je sais, je sais… c'est votre credo, « on passe un tiers de sa vie à dormir »…

Je reprends :

— Absolument, mais nos rêves et leur étude ont été trop longtemps délaissés, ignorés, snobés par les grandes institutions scientifiques. Ils constituent pourtant, selon moi, la souche de notre équilibre mental. C'est notre ventre mental, là que digère notre inconscient, que notre cerveau se purge. Ils permettent d'établir l'équilibre de notre psychisme. Dans *Die Traumdeutung*, l'Allemand W. Robert en 1886 avançait même que nos rêves étaient vitaux. Selon lui, retirer à un dormeur sa capacité de rêver pourrait entraîner sa mort… Selon Freud, les images oniriques sont les reflets de désirs refoulés. Le rêve est le gardien de ces derniers. Sans lui, nos pulsions primaires viendraient s'exprimer librement. Bref, le rêve détermine ce que nous sommes, il crée notre individualité. Il est essentiel.

Tandis que je termine ma phrase, je vois Elias qui s'avance vers moi depuis le bout du couloir. Enfin… C'est le moment d'en finir, j'en profite.

— Désolé, monsieur Grayston, je vous l'ai dit, j'ai une réunion à 15 heures. Elias va vous raccompagner à l'entrée du bâtiment. Nous vous fournirons des photos de nos locaux si vous souhaitez illustrer votre article. Et n'hésitez pas à nous contacter, via Elias, si vous avez besoin de nouveaux éclaircissements.

Je serre la main rapidement au journaliste et m'éclipse sans lui laisser le temps de me relancer.

Quelle mascarade ! La plupart du temps, je parviens à éviter tout contact avec les journalistes, mais cette fois, Elias me l'a bien fait comprendre, j'ai dû faire un effort car il s'agit d'un sujet pour le *New York Post*. Il fallait que ce soit moi, et personne d'autre, qui fasse le tour des installations. Elias m'a souvent répété qu'il faudrait que je sois plus présent sur la scène médiatique, mais je déteste ça. J'espère en tout cas que l'interview calmera un peu ce roquet de journaleux. Je demanderai, par sécurité, à Elias de le faire surveiller. Il était bien trop insistant pour s'arrêter là. Au pire, s'il continue de creuser, j'enverrai un de mes Éveillés le visiter pour le « réorienter », comme nous l'avons déjà fait par le passé.

J'arrive devant la porte de mon bureau, je pose mon pouce sur le pavé de reconnaissance digitale. La porte s'ouvre dans un cliquetis métallique.

Je pénètre dans mon bureau, mon sanctuaire. Les rares visiteurs qui entrent ici sont toujours surpris du contraste entre les installations modernes du centre, toutes de verre et de métal, et le côté suranné de mon bureau. J'aime ça… J'ai fait venir la bibliothèque d'un manoir écossais. Le parquet en point de Hongrie provient de Paris. Mon énorme bureau en bois de palmier, qui trône au milieu de la salle, est une rareté Art déco du créateur Pierre Chareau. Sur le mur de droite, ma fierté, l'original du *Cauchemar* de Füssli, une peinture qui m'obsède depuis de longues années. J'ai dû devenir mécène de l'Institut des Arts de Détroit pour pouvoir l'acheter. Cela me coûte plusieurs millions par an. Mais le jeu en valait la chandelle. Je ne me lasse pas de ce tableau. Il représente une femme en robe de satin blanc, alanguie sur son lit, tandis qu'au-dessus d'elle, dans un superbe clair-obscur, émerge des rideaux de velours rouge une tête de cheval fantomatique. Sur sa couche, se penche également un incube, diablotin souriant qui nous fixe, nous, spectateur. Cette œuvre raconte tout. La fragilité et l'abandon de la dormeuse, l'émerveillement, l'horreur et la fascination que nous procurent nos songes. Elle me rappelle aussi, sans cesse, les dangers qui m'attendent de l'autre côté si je n'y prends suffisamment garde. C'est aussi pour cela que je ne retourne plus là-bas, que je m'y refuse. Parce que je n'oublie pas, je n'ai rien oublié.

Je remarque qu'un carton a été déposé sur mon bureau. C'est arrivé… enfin. Je me saisis d'un coupe-papier et, avec précaution, incise les bandes de Scotch. J'ouvre le carton, en retire lentement les nombreuses couches de papier bulle. En son cœur, une petite boîte en acajou. Dans un de mes tiroirs, je trouve une paire de gants, les enfile. Doucement, avec le plus grand soin, j'ouvre la boîte. Là, dans un écrin de velours noir, sont posées les quelques précieuses pages de manuscrit. Je les compte lentement. Il y en a dix. J'étudie maintenant minutieusement l'écriture, la forme des lettres, le tracé de la plume, la qualité et le grain du papier… Il s'agit bien des bonnes, des vraies, je n'ai quasiment aucun doute.

Sous mes yeux, les dix dernières pages sont là, écrites en latin d'une main fragile. Des pages que je recherche depuis plus de trente ans. Je les ai achetées à prix d'or à un restaurateur de livres de la bibliothèque de Trinity College à Dublin. C'est l'un de mes enquêteurs qui en a retrouvé la trace et s'est chargé de la négociation. Ça a été long avant de convaincre le restaurateur et de procéder à la subtilisation des pages. Plusieurs mois d'attente. Mais elles sont là, enfin…

Je referme délicatement la boîte en acajou. Je me dirige vers la bibliothèque qui court sur tout le mur gauche de mon bureau. Je passe ma main sur le côté et appuie sur le bouton dissimulé derrière. L'impressionnant meuble glisse sur son rail d'une cinquantaine de centimètres. Instantanément, les lumières s'allument. J'entre dans ma « Galerie ». Il y a ici tout ce que j'ai pu récolter au fil des années ayant plus ou moins directement trait aux Limbes. Ici, une coiffe traditionnelle faite de plumes d'aras et de fleurs séchées utilisée par les Indiens Zapara d'Équateur ; là, une peinture traditionnelle aborigène présentant Jukurrpa, le royaume des rêves. À côté, un vieux tambour en peau de renne des Xant-Mansi, chamans sibériens… Et, bien entendu, quelques reliques que j'ai pu récupérer dans les décombres du bureau dévasté de Kleiner. Chaque fois que je pénètre dans la Galerie, il y a toujours quelques secondes où j'ai l'impression d'être de retour en 1971 dans son bureau, au fond de la station K27. Peut-être même que j'ai créé cet endroit pour cela. Utilisé les mêmes types de tapisseries aux murs, les mêmes tapis au sol, reproduit une disposition quasi semblable de l'espace. Je me souviens de manière si claire de cette première fois, quand j'ai découvert celui qui deviendrait mon mentor… Je me souviens de tout. Parfois malgré moi.

Je slalome entre les piles de livres au sol et m'avance vers le fond de la petite salle à la lumière tamisée. Je dépose délicatement sur un petit secrétaire en bois noir la boîte en acajou puis m'approche du pupitre en verre dans lequel est entreposé le dernier exemplaire au monde de *Per Inania Regna*, recomposé par mes soins, reposant dans son cocon de feutrine.

Quelqu'un frappe sur le bois de la bibliothèque.

— Monsieur ?

Je ne me retourne pas. Ça ne peut qu'être lui.

— Oui, Elias. J'en ai pour une minute, j'arrive.

J'ouvre le pupitre grâce à la clé que je conserve à ma ceinture, me saisis doucement des pages dans la boîte puis les dépose à la gauche du livre. Je m'occuperai de la reliure plus tard. Je referme le meuble à clé. En 1971, je n'ai pu sauver que quelques pages de l'exemplaire à moitié calciné que possédait Kleiner. Le vieux fou pensait qu'il n'existait plus aucune autre copie du livre. Il avait tort. Il m'a fallu de la patience, mais aujourd'hui le récit de Geronimo de Aguilar est à nouveau complet. Enfin… Puisque les centaines de livres qui s'amoncellent ici ne m'ont pas vraiment aidé, peut-être que la lecture complète du journal du frère franciscain m'aidera à comprendre, à mieux saisir l'origine des Limbes.

Elias m'attend à l'entrée de la bibliothèque. Il n'ose jamais entrer. Intimidé, certainement. Ça me fait sourire. Il fixe avec intérêt l'un des tableaux au mur. Je m'approche et détaille à mon tour l'estampe japonaise en question, un dessin datant du XVIIIe siècle, de l'époque Edo. Un démon aux traits simiesques et aux pieds cornus est abaissé au-dessus d'un homme endormi sur un futon. Il lui a saisi la tête et semble aspirer quelque chose de sa bouche. Je prends la parole :

— C'est un Yamachichi… Il s'agit d'un esprit, un Yokai, qui, dans le folklore nippon, vit reclus dans les montagnes. Parfois, il s'approche des maisons des humains et, à la nuit venue, pénètre dans leurs chambres pour visiter leurs rêves et voler leurs âmes… Ça vous rappelle quelque chose, Elias ?

— À ce sujet, monsieur…

— Oui ?

— Il y a du nouveau…

Elias semble marquer un temps d'attente, comme s'il craignait de m'annoncer la suite. Il reprend finalement, les yeux braqués sur le parquet du sol :

— Nous pensons qu'il a encore frappé.

— C'est-à-dire ?

— La police de Brooklyn a retrouvé un homme sans vie à son domicile. C'est sa femme qui a prévenu les autorités. Tout porte à croire qu'il est décédé durant son sommeil.

— Mais ?

— Mais les légistes sont formels, il n'y a aucune cause apparente de décès. Pas d'infarctus, pas de rupture d'anévrisme, pas d'embolie, rien… Et il y avait ses yeux… lui aussi avait les globes oculaires complètement noirs.

— Vous avez dépêché une équipe sur place ?

— Bien entendu, monsieur. Dès que nous avons été informés de l'incident. Mes hommes fouillent le secteur depuis ce matin. Mais ils n'ont rien trouvé de significatif…

— Évidemment… il peut agir à des kilomètres de distance.

Nous revenons dans le bureau, je referme l'accès à la Galerie.

Je reprends :

— Pourtant, il continue à frapper ici, toujours dans la région. Pourquoi ?

— Je ne sais pas, monsieur.

— Il aurait pu partir, disparaître, mais non… Quelque chose le retient. Plus que jamais, Elias, il nous faut rester sur nos gardes, être vigilants. Il prépare quelque chose. Il faut le retrouver avant que sa folie ne fasse trop de victimes.

— Nous faisons notre possible, monsieur.

— Ce n'est pas suffisant… N'oubliez surtout pas que vous avez une part de responsabilité dans chacun de ces assassinats. Si nous en sommes là, c'est uniquement à cause des manquements et failles de notre service de sécurité. Et il se trouve que vous êtes le responsable de la sécurité d'ONIR. Jusqu'à nouvel ordre…

— Je le sais, monsieur, je n'oublie pas.

— Il faut le retrouver et le ramener ici. Nous avons besoin de lui.

— Très bien, monsieur.

Elias s'éclipse en silence. Il sait, avec les années, quand je n'ai plus rien à ajouter.

Je referme l'accès à la Galerie et m'approche de la large baie vitrée au fond de mon bureau. Devant moi, de l'autre côté de la rivière Hudson, les buildings de Lower Manhattan scintillent sous la lumière de cette fin de matinée. Dans ses rues, des millions d'anonymes vaquent à leurs vies. Certains cherchent un restaurant sur Tribeca, d'autres vont faire du shopping sur Canal Street ou faire un jogging à Battery Park. Puis ils retourneront dans leurs tours et passeront le reste de la journée les yeux braqués sur leurs écrans d'ordinateur à remplir servilement les tâches futiles qu'on leur a confiées. Dans ces immeubles, ces rues, dans cette folle Babylone, une fourmilière d'êtres inconscients, drapés dans leurs certitudes, enrobés dans leur confort plastique. Aucun d'eux ne se rend compte. Aucun ne se doute seulement de ce que j'ai fait pour lui. Ce monde est le mien. Je l'ai façonné pour eux. Je l'ai forgé de mes propres rêves. J'ai sacrifié ma vie pour cela.

J'ai tout sacrifié.

Et ce n'est pas un vulgaire grain de poussière qui va venir enrayer une machinerie si parfaite. Je le broierai s'il le faut. Ce n'est qu'un gamin, certes. Mais que vaut une vie quand on défend un si grand dessein ?

Clyde

14 juin 2008
New York, État de New York

J'ouvre les yeux. Une silhouette est là, au-dessus de moi. Un homme me fait face, parfaitement immobile. Instinctivement, j'ai le réflexe de me saisir de mon couteau sous les couvertures. Puis, en détaillant mieux l'individu, je comprends… Il porte un costume vert d'eau avec une cravate moutarde complètement de travers. Quelques boutons de sa chemise ont sauté. Sa chemise blanche est recouverte de crasse. Il lui manque une chaussure. Puis je retrouve les indices habituels : sa bouche entrouverte qui laisse échapper un filet de bave, sa posture étrange, anormale, une épaule plus basse que l'autre, ses crises de tremblements par à-coups… et, surtout, ses yeux, recouverts d'un léger voile blanc, comme si une fine brume s'était déposée sur sa rétine. Il n'y a aucun doute, il s'agit d'un de ces « émissaires »… Je retrouve mon calme et attends. Après une longue minute, l'homme se met enfin à parler d'une voix monocorde et faible, qui semble provenir de très loin. Il dit simplement trois mots, lentement, avec une longue pause entre chaque :

— Il… faut… partir…

— Que se passe-t-il ?

Comme chaque fois, par habitude ou par défi, je tente de poser des questions, même si j'ai compris depuis longtemps que ça ne marchait que dans un sens.

L'homme articule péniblement deux autres mots :

— Ils… arrivent…

— Ça suffit ? Je suis prêt ?

Avant même que j'aie pu terminer ma phrase, l'homme commence à répondre :

— Il… faut… continuer… encore.

Il pointe un doigt vers l'extérieur de l'immeuble abandonné et se met à répéter en boucle : « Pars… pars… pars… pars… pars… » Finalement, il se tait, retrouve sa position initiale, son menton s'affaisse sur son torse. Il est complètement immobile. Une statue. Tandis que je prépare mon sac, que je range mes couvertures, il ne fait pas l'esquisse d'un geste, pas le moindre mouvement. J'enfile ma veste en cuir, replie mon cran d'arrêt et le place dans la poche arrière de mon jean. Péniblement, en prenant appui sur le mur de briques, je me relève.

Je me sens encore si faible, c'est comme cela chaque fois que j'en absorbe un. Il me faut toujours au moins vingt-quatre heures pour m'en remettre complètement.

Ce n'est pas assez… Il me l'a bien fait comprendre. Il faut donc que j'en retrouve un autre. Mais est-ce que ça s'arrêtera un jour ? Je grimpe par-dessus le tas de gravats de la façade effondrée qui bouche l'entrée du bâtiment. J'entends un bruit sourd dans mon dos. L'homme vient de s'écrouler au sol. J'aimerais bien voir sa tête quand il se réveillera plus tard, en se demandant ce qu'il fait là… J'arrive dans la rue. J'essaie de me rappeler où je suis. Oui, c'est cela, Bedford Avenue… Je suis à Brooklyn, dans Williamsburgh. Je l'ai suivi hier jusque chez lui, puis me suis éloigné avant de trouver refuge dans cet immeuble à moitié détruit. Je passe ma capuche, mets les mains dans les poches de ma veste et m'enfonce dans la ville, disparaissant parmi les anonymes. Je retourne dans mon vivier, à la gare de Grand Central. C'est là que je chasse le plus facilement.

Ils sont si nombreux, je n'ai que l'embarras du choix.

Lee

18 octobre 2028
Chicago, Illinois

— Maman, je n'ai pas sommeil !

— Excuse-moi un instant, Chris, il faut que j'aille voir Liam…

— Je t'en prie, je reste en ligne.

Je mets la conversation téléphonique en pause en levant la main. Je vois le haut-parleur qui clignote en orange.

Je me rends jusqu'à la chambre de Liam et en entrouvre la porte. Je ne veux pas rentrer, sinon il aura gagné et on ne s'en sortira jamais. Il est déjà 21 heures.

Une petite forme emmitouflée dans ses couvertures se retourne vers moi.

— Qu'est-ce qu'il y a, mon ange ?

— Je ne veux pas dormir, Maman.

— Il est tard, Liam. Tu es fatigué. Demain, tu as une grosse journée, tu as sport à l'école.

— Mais j'ai peur…

— Qu'est-ce qui te fait peur ?

— J'ai peur du Marchand de sable…

Est-ce qu'il m'aurait entendue discuter avec Chris ? Je fais pourtant tout pour qu'il ne soit pas au courant. Je ne le laisse pas regarder les infos à la TV, ne lui en parle jamais… mais je ne peux malheureusement pas contrôler ce qu'il entend à l'école.

— Ne t'en fais pas, il n'y a aucun danger. Je te protège.

— Tu ne le laisseras pas me prendre, dis ?

— Non. Jamais. Je te le jure. Dors, maintenant. Je suis juste à côté. Je travaille.

— D'accord.

Je le vois qui attrape son doudou, puis il se retourne face au mur. C'est bon signe, c'est sa position de sommeil.

Je tire la porte et la laisse légèrement entrouverte, afin de laisser passer un filet de lumière.

Je retourne dans le salon et réactive la conversation téléphonique en levant la main. Je me ressers un verre de vin.

— Lee ?

— Oui, je suis là, Chris…

— Alors, qu'est-ce que tu en penses ?

— C'est drôle, Liam vient de me parler du Marchand de sable…

— C'est un signe, tu ne crois pas ? Il faut que tu bosses sur ce dossier. Il est pour toi…

— Non, au contraire. Je vais être honnête, Chris, je ne le sens pas…

— Ce sont les déplacements qui te posent problème ? Je pourrais mettre Luke sur le dossier avec toi… C'est un jeune, il a les dents qui rayent le parquet. Mais il a l'envie et l'énergie… Il en veut. Et puis il serait très fier de bosser avec la fameuse Lee Kingsley, journaliste émérite du *Chicago Defender*…

— C'est ça…

— Je suis sérieux, Lee. J'ai besoin de toi sur cet article. C'est un travail de fond. Plusieurs semaines de boulot garanties. J'ai un e-dossier compilant toutes les infos sur l'affaire prêt à partir pour toi. Tu pourras tout gérer de chez toi.

— Je sais bien, mais non.

— Et pourquoi ?

— C'est trop proche, Chris. Déjà qu'on ne peut pas allumer YouTube ou se rendre sur Facebook sans, dans la seconde, avoir un message ou une vidéo là-dessus. On en parle partout… Il n'y a rien à dire de plus. Et je ne veux pas bosser dessus, tout simplement. J'angoisse déjà assez pour Liam comme ça. J'ai la boule au ventre tous les soirs quand je vais le coucher. Et s'il ne se réveillait pas ? Et s'il tombait malade, comme tous les autres gamins ? J'ai peur, Chris…

— Comme tous les parents du monde, Lee… Et tu n'aimerais pas essayer de faire avancer le dossier ?

— C'est le travail des centaines de scientifiques et spécialistes qui bossent sur le sujet. Pas celui des journalistes.

— Au contraire, je veux qu'on remonte aux origines du virus. Au patient zéro. Personne ne l'a vraiment fait. Ils se contentent de filmer les hôpitaux remplis de gamins endormis, de parents éplorés. Personne ne va au fond des choses… Plus personne. Si ça ne clique pas, ça ne vend pas.

— Tu parles comme un vieux, Chris…

— Mais je suis vieux, merde. Et puis, un bel article qui amènerait vraiment quelque chose pourrait faire parler du journal, ça nous ferait du bien. On en a bien besoin, tu sais.

— Oui, je sais bien… Mais c'est non.
— Ça ne sert à rien d'insister, alors ?
— Non.
— Du coup, tu continues à bosser sur l'affaire des arnaques aux assurances ?
— Oui, je préfère.
— Très bien. On se parle demain en visio. Bonne nuit, Lee.
— Bonne nuit, Chris, et désolée.
— Je comprends… Si mes deux gamins avaient encore l'âge de Liam, je me serais certainement posé la même question.

Je lève ma main, ferme mon poing et raccroche.

Je termine de ranger la cuisine, valide quelques commandes sur le tableau tactile du frigidaire. Il me manque du lait, du beurre…

J'éteins la lumière du salon et traverse le couloir jusqu'à la chambre de Liam. J'en pousse légèrement la porte. Il dort. Enfin…

J'entre, m'approche de son lit, lui replace sa couette sur les épaules et l'embrasse sur le front. Je le regarde quelques instants. Ses cheveux châtains en bataille sur le coussin, son petit nez retroussé, ses mains serrées contre son doudou… Mon Liam… Ma vie…

Je retourne dans le couloir et me rends dans la salle de bains. Je me démaquille. Dans une semaine, j'ai 37 ans… Je regarde mon reflet. Je porte les cheveux très court. J'ai un pull un peu lâche sur mon jean. Pas de boucle d'oreille, pas de collier. J'ai le regard dur, fermé. Je le sais, je fais beaucoup plus que mon âge. On me le dit souvent… Je suis sérieuse, trop sérieuse… Je ne suis pas quelqu'un de fantaisiste, de drôle. Peut-être comme un contrecoup de ma vie d'avant. J'ai eu Liam à 30 ans et, depuis, mon existence s'est reconstruite autour de lui. Alors que les jeunes de mon âge ne pensaient encore qu'à faire la fête, sortir et s'amuser, je n'avais en tête que les biberons et les couches. J'ai voulu garder cet enfant, au désespoir de mes parents. Quant à son père, un demeuré du Wyoming avec qui j'avais fait la connerie de coucher un soir, il ne connaît même pas son existence. L'arrivée de Liam dans ma vie m'a rachetée, m'a sauvée. Sans lui, je ne serais certainement pas là. Avant sa venue, tout était flou, désarticulé, j'étais perdue. Je me consumais, j'errais dans la vie, comme s'il me manquait quelque chose. Je me faisais du mal, tout le temps. Liam est devenu mon ancre, il m'a raccrochée à la terre.

Je me passe un peu d'eau sur le visage et vais me coucher…

J'enfile mon pyjama et me glisse dans le lit. Il vaudrait mieux que je lise un bon bouquin, je le sais, mais, par automatisme, j'allume la TV et passe d'une chaîne d'infos en continu à une autre. La plupart, sans surprise, parlent de la maladie du Marchand de sable. Ici, aux États-Unis, on l'appelle comme ça. En Europe, ils parlent de la Grippe du sommeil ; en Asie, du Virus du dormeur. Autant d'appellations pour une seule affection… Plus de 50 000 victimes, aux quatre coins du monde, depuis fin 2027. Ce n'est rien et, en même temps, c'est énorme. Les victimes sont toujours les mêmes : des enfants de 7 à 12 ans, jamais plus jeunes, jamais plus vieux. Tous s'endorment et ne se réveillent plus. Les médecins semblent impuissants. On a d'abord cru qu'il s'agissait d'une variante de la maladie de Chagas, mais les symptômes sont trop différents. Chaque jour, des dizaines de pseudo-experts, de l'illustre neurochirurgien au psychologue télégénique, en passant par le prédicateur illuminé, inondent les canaux YouTube et les plateaux TV de leurs inepties. Chacun y va de son explication. Pour certains, c'est la pollution qui est en cause ; pour d'autres, les problèmes d'alimentation, pour les derniers, bien entendu, le Marchand de sable est une punition divine. Ce qui surprend le plus et qui rend cette épidémie indéchiffrable est qu'elle est survenue simultanément aux quatre coins du monde : États-Unis, Gabon, France, Finlande… L'Organisation mondiale de la Santé a pourtant créé une cellule d'urgence et présenté rapidement des mesures sanitaires afin de contrer la propagation de la maladie. Mais rien n'y fait… Les hôpitaux se remplissent, l'incompréhension grandit et, partout, des parents pleurent devant leur bout de chou prisonnier de son sommeil. Les scientifiques s'accordent au moins sur un point : la maladie n'est pas dégénérative. Au contraire, l'activité cérébrale des victimes est normale. Mais que se passe-t-il dans la tête de ces pauvres mômes ? Comme si le monde avait besoin de ça…

Et moi, je suis là à zapper d'une chaîne à l'autre, bien emmitouflée dans mes couvertures, enrobée dans mon égoïsme… j'aurais pu accepter cet article, tenter de faire quelque chose à ma petite échelle, de comprendre. Mais non… Dois-je m'en vouloir ?

Mes paupières sont lourdes. Je suis crevée. D'un geste mollasson, je coupe la TV, pose la télécommande sur ma table de chevet, éteins la lumière.

Je m'endors en quelques secondes…

Je rêve que j'erre dans un étrange bâtiment délabré. La peinture, vert d'eau, se décolle des murs par morceaux entiers, comme des oripeaux. Le carrelage au sol est éclaté par endroits. Je suis dans un grand couloir, au plafond voûté. Il dessert de nombreuses chambres, toutes dévastées, toutes vides… Je pénètre dans l'une d'elles. Il n'y a que quelques vieilleries usées ; un fauteuil roulant renversé, un sommier en métal complètement rouillé. Dans un coin de la chambre, je trouve un tas de vêtements gris qui se désagrègent quand je m'en saisis. C'est étrange, cette sensation de conscience que j'ai tandis que le rêve se construit sous mes yeux. Soudain, alors que je retourne dans le couloir, je remarque une silhouette longiligne qui se dessine au loin, encadrée par la lumière blanchâtre d'une grande fenêtre circulaire. Je me dirige vers elle, comme happée. Tous les sons sont ouatés, étouffés. Je sens que je marche sur quelque chose, je regarde. On dirait de la terre, non, des morceaux de charbon. Ils laissent échapper un petit nuage gris quand je les écrase sur mon passage. Je m'avance vers la silhouette, toujours immobile. J'ai l'impression que plus j'avance, plus le couloir semble s'étirer. Les murs deviennent gris, comme s'ils avaient été brûlés. Je remarque des particules de cendre qui flottent dans l'air autour de moi. Elles forment une sorte de brume de plus en plus épaisse. Les cendres se posent sur mes vêtements, me collent à la peau. J'essaie de les en décoller mais n'y parviens pas. Je ne distingue quasiment plus la silhouette dans le tourbillon de poussière qui m'encercle. Je ne vois plus qu'un point noir au loin. Avant d'être complètement recouverte de cendre, j'entends une voix distincte m'appeler : « Aide-moi »…

Je suffoque, je ne peux plus respirer, les cendres s'immiscent dans ma bouche, ma gorge, mes bronches… J'étouffe.

Je me redresse en hurlant dans mon lit. J'ouvre les yeux. Merde, quel cauchemar !

Je regarde le réveil sur la table de chevet. Il est 8 heures. Ce n'est pas possible. Je pensais n'avoir dormi que quelques minutes…

Putain… je suis en retard… Normalement, à cette heure-ci, Liam est déjà habillé et nous terminons de prendre notre petit déjeuner. D'ailleurs, c'est étrange, c'est toujours lui qui me réveille en me rejoignant dans le lit. Toujours à la même heure, 7 heures, réglé comme une horloge. Je me lève, ouvre les stores. Chicago est plongé dans un épais brouillard. Comme souvent. Ça sent le pic de pollution. Il faudra que je pense à prendre le masque respiratoire de Liam. Je me rends jusqu'à la chambre de mon fils. J'en pousse la porte. Il dort sur le côté, la couette repoussée à ses pieds. C'est une première. Je m'approche du lit et lui caresse les cheveux.

— Liam, mon ange, il faut se réveiller. On est super en retard.

Il respire lourdement mais ne bronche pas. Je le remue un peu plus fort.

— Allez, Liam, on se bouge !

En cet instant, j'ai comme un pressentiment, un frisson qui me traverse le corps.

Je remue mon enfant plus fort, essaie de le soulever pour l'asseoir. Sa tête s'enfonce dans son cou, son corps est lourd, flasque, comme une marionnette désarticulée.

Je le rallonge et lui tapote, doucement d'abord, les joues. Peut-être a-t-il simplement un coup de mou, une grippe qui le fatigue… C'est cela, il a dû attraper quelque chose. Rien de méchant. Je touche son front, il est chaud. J'approche ma main de sa bouche pour m'assurer qu'il respire bien. Oui, c'est bon. Je lui crie dessus. Je lui saisis les épaules et le secoue fort, trop fort.

« Liam ! »

Sa tête remue entre mes mains, mais ses yeux restent fermés. Il ne bouge pas. Je crois que je pleure. Je le serre contre moi à lui faire mal. Je continue à hurler son prénom. Mais rien n'y fait.

Il y a un moyen de savoir, mais je ne veux pas…

J'attends de longues minutes, gardant mon fils plaqué contre moi. Je sens son souffle sur mon cou, j'inspire son odeur, je lui caresse les cheveux et lui parle tout bas.

Je ne veux pas, mais il le faut. Je repose Liam sur son coussin et, délicatement, lui soulève les paupières. Sa cornée est recouverte d'un voile gris. Mon Dieu, non ! Ce sont les symptômes. Il n'y a pas de doute.

Liam a été frappé par le Marchand de sable.

Gabriel

21 juin 2008
Columbia, Maryland

Je ne peux m'empêcher de les regarder.

Le week-end, je passe le plus clair de mon temps ici, dans le grenier, que j'ai réaménagé à ma façon. J'ai poussé les affaires de Maman dans un coin et, près de la petite lucarne, j'ai collé quelques affiches de films, rangé ma collection de comics et posé deux vieux matelas l'un sur l'autre, contre la fenêtre. Je les ai recouverts de couvertures et de coussins. En triant les affaires de ma mère, j'ai aussi trouvé deux, trois choses qui me font penser à elle et que j'ai voulu conserver. Un attrape-rêves indien que j'ai suspendu au-dessus du matelas. Je me perds souvent dans les ombres que projettent au sol ses motifs de ficelles croisées. Il y avait un collier, aussi, avec un joli pendentif en forme de cristal. Une babiole, certainement, mais j'y tiens. Je l'ai accroché à un petit chandelier. J'aime bien la manière dont il renvoie la lumière.

C'est mon univers, ici.

Rien qu'à moi.

Papa ne monte jamais de toute manière. J'écoute de la musique sur un transistor. En fouillant, j'ai retrouvé des vieilles cassettes audio de compilation que Papa et Maman écoutaient plus jeunes. J'aime bien la musique des années 1980. Les gens avaient l'air insouciants à l'époque. Plus libres aussi, peut-être. Entre deux crises de sommeil, je mets une cassette et je les regarde discrètement, en face.

Par procuration, j'ai un peu l'impression de faire partie de leur groupe. Ils ne savent pas que je suis là. De l'extérieur, on ne peut pas me voir. Surtout quand le soleil brille comme aujourd'hui. La lucarne renvoie ses reflets. J'ai vérifié, bien entendu. Je ne voulais pas me ridiculiser s'ils m'apercevaient un jour.

Si je n'étais pas malade, peut-être aujourd'hui serais-je là, avec eux, à rigoler, assis sur le capot de la voiture du père de Lucas Brown. Avant l'accident, c'était mon meilleur ami, Lucas. Mais quand ma narcolepsie s'est déclarée, crise après crise, il a pris ses distances. Je crois que je mettais ses parents et lui-même un peu mal à l'aise. Un soir, alors que j'étais invité chez eux, je me suis endormi à table. À l'époque, je ne reconnaissais pas encore les signes avant-coureurs de mes crises. Je me suis écroulé dans mon assiette remplie de salade. Les parents de Lucas n'ont pas su quoi faire, n'ont pas osé me toucher. Ils ont couru chercher mon père qui, lui, commençait déjà à s'enfoncer dans sa dépression. Je pense que Lucas a été plus patient que ses parents, il a vraiment essayé de passer outre pendant encore plusieurs mois. Puis, il en a eu assez que je m'endorme sans cesse, il a certainement vu, aussi, le regard des autres sur moi changer. Bref, il s'est lassé et a cherché d'autres amis plus « normaux ». Je ne lui en veux pas. Comment le blâmer ? Au contraire, je le comprends. Avec moi, on ne pouvait jamais rien faire : des balades à vélo ? Trop risqué ! Jouer aux jeux vidéo ? Je m'endormais sur ma manette. Aller au ciné ? Je somnolais dès le générique… Lucas est devenu aujourd'hui l'un des gamins en vue de l'école. Je sais que pas mal de jolies filles lui tournent autour. Cet après-midi, justement, lui et son meilleur ami Steve Gannon discutent avec Linda Stillman et la belle Carrie Miller. Quand il me croise dans les couloirs de la High School, Lucas est plutôt sympa avec moi, il me demande des nouvelles, si mon père va bien, puis rapidement le malaise s'installe et il prétexte une excuse pour s'éclipser dans la foule des élèves. Peut-être que mon regard creusé, mes cernes épais le mettent mal à l'aise. Je passe ma vie à dormir, et pourtant j'ai toujours l'air fatigué.

J'envie la vie de Lucas. J'aimerais, quelques instants seulement, être dans sa peau, sentir le désir dans le regard de Linda, la jalousie dans celui de Steve, me dire que je peux tout faire, que tout est possible. Que je pourrais monter, là, sur le toit de la voiture et hurler, ou décider sur un coup de tête d'aller me balader au centre commercial du coin sans crainte… être libre et vivre sans avoir peur de tout, tout le temps.

La semaine prochaine, c'est l'anniversaire de l'accident… Comme tous les ans, Papa va vouloir faire son satané cérémoniel. Je trouve ça un peu glauque mais je sais combien il y tient. Et c'est peut-être l'un des rares moments où nous partageons vraiment quelque chose. Nos peines mêlées. C'est déjà ça. On ne parle jamais de tout ça, de Maman, de la maladie, du passé. Je sais que mon père voit un psy une fois par semaine. Mais à moi, il ne me dit rien. Il bosse à mi-temps désormais. Après l'accident, il a revendu ses parts dans la concession auto qu'il avait achetée avec son ami Gary Goldberg. Désormais, il s'occupe uniquement d'accueillir les clients. Lui qui était, il y a longtemps, dans une autre vie, le meilleur vendeur de tout le Maryland. Ça lui suffit. Cette vie au rabais. Quand il est à la maison, il se traîne de sa chambre au salon, d'une TV à l'autre.

L'accident…

Depuis mon étrange rêve, je n'ai pas revécu cette effroyable scène. Tant mieux. Mais il s'est passé quelque chose… Durant mes crises de sommeil, je retourne chaque fois dans la Grotte. En touchant la Stèle en son centre, je suis projeté dans les rêves et cauchemars d'inconnus. Un homme pressé qui ne comprend pas que sa voiture n'avance pas plus vite sur une route qui s'étire à l'infini… Une jeune fille qui assiste à un match de base-ball et se rend compte que personne ne la voit, qu'elle peut même se rendre au milieu du terrain sans que quiconque ne réagisse. Un vieillard qui rêve qu'il navigue sur un magnifique voilier. Il souffle sur les voiles et le navire finit par s'envoler dans le ciel. Une femme qui s'approche d'un groupe d'hommes en costumes sombres massés dans une cave. Leurs paupières sont cousues, et pourtant ils la regardent.

Il y a de tout ici. La beauté se mêle à l'horreur, la peur au sexe. La plupart du temps, les rêves que je visite n'ont aucun sens. Tout est folie, violence, incohérence… Pourtant, je m'y sens bien. Chaque fois, je suis témoin de ce qui se passe, je suis à leurs côtés mais je reste invisible.

Un rêve en particulier m'a profondément marqué. Car il tend à prouver que tout cela est vrai, qu'il ne s'agit pas d'affabulations créées par mon inconscient. Ainsi, hier après-midi, je me suis retrouvé dans le songe d'un homme qui errait dans un labyrinthe de miroirs en passant son temps à hurler son nom dès qu'il tombait sur son reflet déformé : « Greg Todler, Greg Todler, Greg Todler »... À mon réveil, j'ai fait une rapide recherche sur Internet et, à ma grande surprise, je suis tombé sur le profil Facebook de l'homme en question. Je l'ai reconnu instantanément. Ses cheveux blonds coiffés en brosse, sa fine moustache... Greg Todler existe, il habite à Pasadena en Californie, il est coiffeur. C'est le même homme, sans aucun doute. Et pourtant, je ne l'avais jamais vu auparavant. Si Greg Todler est réel, peut-être que tous les autres le sont aussi ! Peut-être que ma narcolepsie a réveillé quelque chose dans mon cerveau. J'ai passé des heures sur Internet, de comptes rendus ethnologiques en rapports abscons de neurophysiologie, mais je n'ai rien trouvé de probant. Quelques articles que j'ai pu lire racontent que certaines ethnies croient à la possibilité de faire des rêves partagés. Mais jamais on ne parle de la Grotte, ni de la Stèle... Comme si j'étais le seul au monde à vivre ça.

Alors que je visitais les rêves de ces inconnus, une idée s'est formée dans mon esprit. Dès ma prochaine crise, je vais tenter de me concentrer sur une personne, son visage, et essayer de pénétrer ses rêves... Lucas... Je ne sais pas pourquoi mais j'ai la certitude d'y arriver.

Je patiente tout l'après-midi, dans un état de semi-excitation. Pour la première fois depuis le début de ma maladie, j'attends une nouvelle crise, je l'espère. Mais étonnamment, rien ne vient. Le soleil se couche, je rejoins mon père pour dîner avec lui. Nous mangeons en silence sur la table de la cuisine. La TV du salon reste allumée et mon père ne la quitte jamais vraiment des yeux. Je débarrasse la table et fais rapidement la vaisselle. On s'installe ensuite devant le poste, chacun à une extrémité du canapé. C'est mon père qui tient la télécommande, toujours. On ne regarde jamais un programme en entier, même quand il s'agit de films. Nos soirées sont morcelées. À chaque coupure publicité, il change de chaîne. Sur un sketch du « Saturday Night Live », il esquisse un sourire, sur un flash d'une chaîne d'info, il lâche un soupir. Voilà à quoi sont réduites ses émotions. Elles sont comme anesthésiées. C'est à cela que se résume notre vie désormais. Un écran, toujours interposé entre nos deux solitudes.

Aucune crise de la soirée. Je vais me coucher tôt. J'ai hâte de retourner dans la Grotte, d'essayer enfin…

Je me mets en pyjama, m'allonge dans mon lit, éteins la lumière. Je m'endors instantanément.

Ça va vite…

Je suis dans la Grotte, je la traverse, monte les marches qui mènent à la Stèle. Tandis que je la touche, je pense de toutes mes forces au visage de Lucas, à ses yeux marron clair. Inconsciemment, j'ai la certitude que c'est le point d'entrée. Mon corps se soulève, je me sens projeté à une vitesse folle vers les hauteurs de la Grotte, je pénètre un tunnel. Puis, le noir.

J'entends d'abord des basses, sourdes. Puis le son devient plus clair, moins brouillon. C'est un morceau de musique, mais la mélodie semble déformée, comme ralentie. La lumière se fait autour de moi. Je suis dans une boîte de nuit. En son centre, une piste de danse est éclairée de spots de couleurs ; autour, quelques tables basses et des canapés encadrés par des néons violets. Il y a du monde dans la boîte, mais il ne s'agit que de silhouettes floues, comme des instantanés de photos ratées qui bougent au ralenti. Au milieu de la piste, je remarque Lucas. Il danse, mais semble mal à l'aise, un peu gauche. En face de lui, une superbe femme se déhanche, dans un décolleté sexy. Elle porte une longue robe fourreau couverte d'éclats de cristal qui renvoient la lumière autour d'elle. Je regarde son visage, c'est un étrange mélange de plusieurs personnes. Elle a les lèvres et le menton d'une actrice de série ; ses yeux, eux, ressemblent à ceux de Carrie Miller ; sa chevelure, auburn, me rappelle étrangement celle de la sœur de Lucas, Grace. La femme, langoureuse et féline, tourne autour de Lucas.

Même dans ses rêves, il a le beau rôle… Il ne la mérite pas. Il ne mérite rien de tout ça… Lucas tend une main timide vers la femme, mais elle traverse le corps de la femme comme s'il était composé de fumée. Le visage de Lucas se décompose tandis que la danseuse sourit, narquoise. Est-ce moi qui ai provoqué cela ? J'en ai l'étrange sensation. Je me déplace de quelques pas dans le décor de la boîte de nuit. Puis, m'étant assuré que Lucas ne me voit pas, je m'approche à quelques mètres de lui. Et si je tentais d'aller plus loin ? Et si j'en avais le pouvoir ?

Je me concentre… De toutes mes forces, j'essaie… je pousse… Oui, ça vient. Dans une spirale de fumée, la danseuse se dédouble. Désormais, deux siamoises, en tout point identiques, dansent autour de Lucas. C'est moi qui ai fait ça ? Lucas semble dérouté, surpris.

Ce n'est pas ce que son inconscient avait prévu pour lui. Il semble s'en rendre compte. Et si j'allais encore plus loin ? En suis-je seulement capable ?

Je ferme les yeux et, à nouveau, je pousse sur l'esprit de Lucas. J'ai mal à la tête mais je continue. Les néons de la boîte de nuit grésillent… la musique s'accélère, puis dérape et repart en arrière. Lucas regarde autour de lui, affolé. Un léger voile de fumée commence à s'échapper de ses vêtements. Par réflexe, il frotte sa chemise. Je continue. Ses habits commencent à s'effriter, comme s'ils étaient en proie à une combustion spontanée. Lucas crie mais je ne lâche pas. Pour une fois que j'ai le pouvoir… Bientôt, il se retrouve complètement nu. Il place une main tremblante sur son sexe et se replie sur lui-même. Les deux femmes le regardent et explosent de rire en le pointant du doigt. Mon ancien meilleur ami choit au sol, en larmes, humilié.

Bam.

Où est son assurance, maintenant ?

Bam.

Où est son charisme ?

Bam.

Il n'est plus qu'une petite chose impuissante. Rien de plus qu'un gamin qui chiale, la morve au nez. Ici, c'est moi qui dicte les règles.

Bam.

Je regarde Lucas pleurer. Il est innocent, bien entendu. Une partie de moi me répète d'arrêter tout ça, de le laisser se réveiller, de faire cesser sa souffrance. Mais je ne fais rien.

Après tout, ce n'est qu'un rêve…

Bam.

Je me réveille en sursaut. Il fait jour dans ma chambre. Les reflets du soleil m'aveuglent. Mes rideaux volettent au vent. Je remarque d'emblée qu'il y a un problème. La vitre de la fenêtre est explosée. Il y a des éclats de verre partout dans la pièce.

J'entends un frottement au sol. Je baisse les yeux. Là, par terre, sur mon tapis constellé de sang, un oiseau, une corneille, je crois, agonise. Il croasse longuement, son bec noir grand ouvert. Puis ne bouge plus. Son œil vitreux sans vie me fixe.

Qu'est-ce qui se passe ?

Lee

19 octobre 2028
Chicago, Illinois

Ce matin, une ambulance est venue chercher Liam.

C'est la procédure… Je n'ai pas eu le choix. J'aurais préféré, bien entendu, garder mon fils à la maison, j'étais même prête à réaménager complètement sa chambre, mais c'est interdit. Les enfants atteints du Marchand de sable doivent être confinés dans des zones spécifiques des hôpitaux. Pour éviter tout risque de propagation du virus, à ce qu'on prétend. Des conneries… On ne sait même pas s'il s'agit d'un putain de virus ni, surtout, comment il se propage. On ne sait rien… Mais placer les malades en quarantaine, c'est donner l'illusion que les autorités ont un quelconque contrôle sur la situation.

Vers 10 heures, les ambulanciers ont sonné à la porte. Ils m'ont présenté des papiers, à peine lâché deux, trois phrases, puis sont entrés dans l'appartement, se sont rendus jusqu'à la chambre de mon fils et l'ont déposé sur un brancard. J'ai posé son doudou entre ses bras serrés contre lui. Je les ai accompagnés tandis qu'ils descendaient bruyamment les trois étages de l'immeuble. L'un des deux jeunes hommes mâchait ostensiblement un chewing-gum, casque audio vissé sur les oreilles. J'ai trouvé ça insultant, je fulminais à l'intérieur mais je n'ai rien dit. À un moment, la main de Liam a glissé le long du brancard. Ils n'ont même pas fait l'effort de la replacer, comme s'ils déplaçaient de la viande morte. J'aurais voulu leur attraper la tête et leur montrer que, sur ce satané brancard, il y avait un gamin, mon enfant... mais je n'ai rien dit, rien fait. À quoi bon ?

Les ambulanciers ont accepté que je monte dans l'ambulance aux côtés de Liam pour le trajet jusqu'à l'hôpital. Le plus jeune avec son casque a répété à plusieurs reprises que ce n'était « pas la procédure », qu'ils faisaient « un gros effort », comme s'il attendait quelque chose de moi en échange, un pourboire ou un remerciement. Qu'ils aillent se faire foutre... Sans un mot, je me suis installée aux côtés de mon fils.

Je lui ai pris la main durant le trajet. Sans m'en rendre compte, j'ai commencé à dessiner des lettres sur sa paume... H... A... Z... C'était un de nos petits jeux avant de se coucher. Il adorait essayer de les reconnaître. Et il trouvait que ça le chatouillait toujours un peu, surtout le M... Même si les experts me contrediraient, je suis certaine qu'il m'entend quand je lui parle, qu'il sent quand je le touche. Il le faut. Je ne pourrais plus continuer à vivre s'il en était autrement.

Nous sommes rapidement arrivés à l'hôpital Cook County. L'ambulance s'est arrêtée près d'un bâtiment excentré. Tout autour de ce dernier, des grandes barrières jaunes, comme un avertissement. Là, dans un ballet bien rodé, des infirmiers ont ouvert les portes de l'ambulance, placé un chariot-brancard le long de l'ouverture. Avec des gestes rapides et pourtant précautionneux, ils ont procédé à l'échange et placé Liam sur le chariot. Ils l'ont couvert d'une couverture marron, puis ont relevé les barrières en métal sur les côtés, avant de se placer l'un à l'avant, l'autre à l'arrière, prêts à partir. Un médecin s'est avancé vers moi, m'a tendu une tablette numérique à l'écran fissuré. Il m'a demandé de laisser mes empreintes là, là et là. Il ne m'a lâché qu'à peine quelques mots :

« Vous êtes la mère. Très bien. Notez vos coordonnées ici… »

Je finissais à peine de remplir le formulaire que, déjà, il me le reprenait des mains et faisait un signe aux infirmiers afin qu'ils commencent à pousser le brancard. En me posant une main dans le dos, le médecin m'a invitée à le suivre. Liam et les infirmiers, déjà, s'enfonçaient dans des couloirs éclairés aux néons. Aux murs, des carreaux orange. Tout semblait si mécanique, si habituel pour eux. J'ai eu l'impression, en cet instant, d'être dans une putain d'usine. Encore une fois, j'ai eu envie de hurler, d'attraper ce connard de médecin par les épaules et de lui dire : « Il s'agit de mon fils dans ce brancard, bon Dieu ! Vous vous rendez compte ? Il a seulement 7 ans. »

Puis, en arrivant dans le « dortoir » – j'apprendrais plus tard que c'est comme cela qu'ils appelaient ce lieu –, j'ai compris.

Là, dans une immense salle au plafond cathédrale, aux poutres peintes en noir, pavée d'un sol en damier, j'ai soudain découvert une centaine de lits, les uns à côté des autres. Tous les mêmes. Au chevet de certains, des familles. Là, un père en train de lire le journal. Ici, deux garçons assis à même le sol qui s'occupaient tant bien que mal en jouant sur leur smartphone tandis que leur mère brossait les cheveux de leur sœur endormie. Plus loin, une vieille dame, certainement une grand-mère, qui caressait la joue d'un petit garçon. Et ce silence pesant. Comme si, dans ce sanctuaire, on n'osait plus ni parler, ni rire… comme si cela était indécent.

Tous ces enfants endormis. Et Liam qui allait les rejoindre…

Ils ont installé mon fils au fond de la grande salle. Au sol, je remarquai un chiffre peint en blanc, 97, et un rectangle qui semblait délimiter une place. Au pied de chaque autre lit, autant d'autres chiffres. Les infirmiers ont calé le brancard-chariot dans la place qui lui était réservée. En quelques minutes, ils ont installé une intraveineuse sur son avant-bras, lui ont apposé des capteurs sur les tempes, ont relié le tout à des ordinateurs.

J'ai attendu là, debout à côté de mon enfant, impassible et immobile, un peu extérieure à tout ce qui se passait autour de moi. Hier encore, nous riions ensemble, il tentait de m'échapper, fesses à l'air, refusant que je termine de lui enfiler son pyjama. Où est passé notre bonheur ? Pourquoi si vite ? Pourquoi lui ? Sans m'en rendre compte, je me suis mise à serrer le bras de Liam. Au bout d'un moment, j'ai fini par le relâcher. Mon emprise lui a laissé une marque rouge… Enfin, après une longue attente, un autre médecin, une femme cette fois, est venu à ma rencontre. Elle était jeune, la trentaine, plutôt jolie, mais affichait sur son visage un air fatigué, désabusé.

— Madame Lee Kingsley ?

Elle a lu mon nom depuis sa tablette.

— Oui.

— Bonjour, madame. Je suis le Dr Curran. Je suis neurologue en charge des enfants ici. Votre fils…

Elle chercha son prénom sur son fichier…

— Liam.

— Oui, c'est cela, pardon, Liam est entre de bonnes mains ici. L'hôpital Cook County a été parmi les premiers au monde à installer une unité de soins spécialisée après le début de l'épidémie. Nous avons ainsi réaménagé un des anciens bâtiments qui étaient laissés inusités. Nous avons maintenant une certaine expertise sur la maladie. Nous ferons en sorte que Liam se porte au mieux.

— Mais qu'est-ce que vous faites ici ? Et cette intraveineuse, c'est quoi ?

— Tous les enfants sont maintenus en vie par nos soins. Comme s'il s'agissait de patients dans le coma, finalement. Nos infirmiers ont donc installé une intraveineuse par voie parentérale à Liam afin qu'il soit nourri. Nous allons également lui installer un respirateur au cas où il ferait des apnées du sommeil. Ça ne s'est pas encore vu chez nos patients, mais c'est une mesure de précaution qui fait partie de la réglementation internationale sur le Marchand de sable. Liam est également sous monitoring cardiaque et ces capteurs posés sur son crâne permettent de relever son activité cérébrale. Votre enfant sera nettoyé tous les deux jours et un kinésithérapeute viendra également deux fois par semaine pratiquer des exercices afin qu'il ne souffre pas d'atrophie musculaire le jour de son réveil.

— À ce sujet, il y a des avancées récentes, du nouveau ? Vous avez trouvé un remède, vous avez des pistes ?

— Non, pas à ce jour, madame. Les plus brillants neurochirurgiens, les plus éminents spécialistes du sommeil de par le monde s'efforcent de déchiffrer la maladie. Mais pour le moment, je ne vais pas vous mentir, rien de probant n'a été découvert.

— Cela veut dire que Liam et tous ces autres enfants peuvent rester longtemps comme ça ?

— Oui, et j'en suis désolée. Mais, même si cela ne vous sera certainement pas d'un grand réconfort, sachez que la maladie a une particularité : tous les enfants semblent en parfaite santé. Depuis qu'ils sont tombés en cataplexie, aucun n'a manifesté de complication ou même attrapé de maladie ou d'infection nosocomiale. Au contraire, ils semblent avoir, les uns comme les autres, une étonnante activité cérébrale.

— Vous pensez qu'ils rêvent ?

— Je ne saurais vous dire. C'est l'un des nombreux mystères du Marchand de sable.

— Vous allez soigner mon fils, docteur ?

— Je ferai tout mon possible, je vous le promets.

En cet instant, j'ai bien senti qu'elle me répondait avec une vraie sincérité, puis, après un regard vers les innombrables autres lits, sa voix s'est voilée d'un ton plus fataliste :

— Je ferai mon possible, comme je le fais avec tous ces enfants…

Je suis restée une petite demi-heure encore auprès de Liam, puis j'ai finalement quitté l'hôpital. En partant, dans le couloir, j'ai croisé un autre brancard, un autre enfant, une autre famille effondrée. Ça ne s'arrêtera donc jamais…

La journée était déjà bien avancée. Sur le trajet de retour en taxi, j'ai pris rapidement ma décision.

À peine arrivée chez moi, j'ai décroché mon téléphone et appelé Chris, mon rédacteur en chef. Avant même que j'aie eu le temps de parler, il a pris la parole :

— Hello, Lee. Écoute, j'ai appris pour Liam. Merde, je suis désolé. Je ne voulais pas te déranger avant. Mais sache que je pense à toi, qu'on pense tous fort à toi. Si tu as besoin de quoi que ce soit…

— Tu peux faire quelque chose pour moi, Chris… L'affaire du Marchand de sable, tu l'as donnée à quelqu'un d'autre ?

— Luke est en train de défricher le dossier, ouais.

— Je la veux…

— Je ne suis pas certain que ça soit une très bonne idée, Lee. Tu as besoin de repos, de temps pour t'occuper de Liam.

Sans m'en rendre compte, j'ai haussé le ton :

— Ne me dis pas de quoi j'ai besoin, merde ! Il me faut cette affaire, point !

— Très bien. Si tu es sûre de toi. Je te mets dessus. Prends ton temps. Je t'envoie le e-dossier avec toutes les sources et les contacts par mail. Mais si tu ne te sens plus le courage dans quelques jours, n'hésite pas.

— Je mènerai cette enquête jusqu'au bout, Chris.

— Quoi que tu trouves, ce n'est pas pour autant que tu ramèneras Liam.

Je craque et fonds en larmes.

— Je sais, putain, Chris… je sais… mais je me sens si coupable. Je n'arrête pas de repenser à la même chose, en boucle. Hier soir, quand je l'ai couché, Liam ne voulait pas dormir. C'est moi qui ai insisté, je n'aurais pas dû. Peut-être que si je l'avais laissé s'endormir avec moi, plus tard, ça ne serait pas arrivé… Et avant que je le quitte, je lui ai promis que le Marchand de sable ne le prendrait jamais. C'est la dernière chose que je lui ai dite…

— Tu n'y es pour rien. La maladie frappe n'importe quel enfant, n'importe où. Personne n'est à l'abri. On ne peut rien y faire.

— Peut-être… Bon, je te laisse…

Je raccroche le téléphone et me sers un verre de vin.

Quelques minutes plus tard, je reçois une notification sur mon ordinateur. Je viens de recevoir le dossier sur la maladie. Je le transfère vers mon vieux casque de VRA et le place en mode réalité augmentée. C'est un modèle antédiluvien mais qui fait parfaitement l'affaire pour des tâches de bureautique. L'image est un peu grésillante mais rien de trop gênant. Liam n'arrêtait pas de me demander d'acheter un nouveau modèle pour ses jeux, mais j'ai toujours refusé. J'active les lunettes. En surimpression de mon salon apparaissent différents dossiers : premiers cas, propagation, pathologie, réactions des politiques, analyses scientifiques… J'en crée moi-même trois que je renomme à la voix : « à garder », « à jeter », « à creuser ». Durant plusieurs heures, je fais un premier tri, grossier, en déplaçant avec des petits mouvements de bras les coupures de presse, les vidéos, les interviews que je reclasse au fur et à mesure dans mes différents dossiers. Mais rien ne se dégage clairement, au contraire, tout le monde semble être dans le flou. Les politiques comme les scientifiques noient leur ignorance dans un charabia technique, mais le constat est clair : après près d'un an d'épidémie, on ne sait rien sur cette fichue maladie.

Les heures défilent sans que je m'en rende compte. Il est 21 heures. Je retire les lunettes qui me chauffent un peu les tempes, je me frotte longuement les yeux. Je m'allonge sur le canapé. Je vais me reposer quelques minutes et reprendre mon tri ensuite. Je me sens fatiguée… si fatiguée…

Juste quelques minutes…

— Aide-moi…

Une voix qui m'appelle. C'est seulement en l'entendant que tout me revient en tête… l'étrange rêve que j'ai fait la nuit précédente.

J'ai dû m'endormir…

Mon environnement se dessine autour de moi. Je me retrouve à nouveau dans cet étrange couloir. Mais la disposition semble différente, comme si quelqu'un s'était amusé à en réagencer les pièces. Alors que, la première fois, le couloir desservait des chambres de chaque côté, ici, il donne sur une unique salle circulaire. J'y pénètre. Malgré la pénombre, quelque chose m'interpelle… des structures en métal au sol… Oui, c'est bien ce que je pensais. Par terre, d'imposants luminaires en acier rouillé sont posés à l'envers. Je lève la tête par réflexe. Je distingue, au plafond, des meubles, des tables, quelques fauteuils roulants. Sur les nappes jaunies, je vois des théières pleines de poussière, des tasses renversées… Sur tout un pan de mur, de grandes baies vitrées ont été barrées de planches en bois. C'est comme si ce salon était à l'envers ou que je marchais moi-même au plafond.

Au fond de la salle, en hauteur, une porte entrouverte dont s'échappe un maigre rai de lumière. Je ne sais pas pourquoi mais je sens que c'est là qu'il faut que je me rende. Je reviens sur mes pas. Dans le couloir, j'avais remarqué un vieux sommier à lattes posé le long d'un mur. Je m'en saisis et le traîne derrière moi. Les pieds du sommier raclent les carreaux du sol dans un crissement insupportable mais je ne lâche pas prise. À un moment, il me semble que ce bruit désagréable se double d'un autre, comme un cri suraigu venu du lointain… mais je n'y prête pas attention. J'arrive enfin au fond du salon et pose le sommier en hauteur. Je commence à grimper dessus, m'en servant comme d'une échelle de fortune pour tenter d'accéder à la porte. Tandis que je me hisse en hauteur, j'entends comme des craquements derrière moi. Je me retourne. L'entrée du salon est lentement recouverte d'un liquide noir, visqueux, semblable à du pétrole. Le fluide se répand au sol, dévore les murs. En y regardant mieux, on dirait que de petits tentacules le font progresser, comme si le néant grignotait son environnement… J'ai peur. Je suis frigorifiée. Pourquoi est-ce que je ne me réveille pas ?

D'instinct, je me dis qu'il faut que je progresse, qu'il ne faut pas que la matière noire me rattrape, comme si une peur primale me dictait mes actions. N'ayant d'autre choix, j'entrouvre la porte du bout des doigts, mais le sommier n'est pas assez haut. Je tente de sauter une première fois mais mes doigts ripent et ne parviennent pas à s'agripper au chambranle de la porte. Je jette un œil en arrière. La matière a quasi dévoré tout le salon, aspirant en elle les chaises, les tables… Elle n'est plus qu'à quelques mètres de moi.

Il faut faire vite. Je réessaie de sauter et de m'agripper, mais mes doigts griffent le mur sans que je parvienne à m'accrocher. En retombant sur le sommier, je manque de perdre l'équilibre et de chuter au sol. La matière remonte lentement, inexorablement, le long du mur. C'est ma dernière tentative. Je plie les genoux et me propulse de toutes mes forces en hauteur. J'attrape *in extremis* la bordure de la porte et me hisse. Mes bras me tirent mais je ne lâche pas. Je me soulève sur le pas de la porte et, dans un réflexe, la claque derrière moi. J'entends un cri lugubre et guttural venant du salon de thé. La nouvelle pièce qui me fait face est, cette fois, à l'endroit. On dirait une salle de projection. Une large baie vitrée m'en bloque l'accès. Les murs sont recouverts d'une tapisserie rouge délavée. Par endroits, cette dernière part en lambeaux, comme si elle avait brûlé. Autour de l'écran, des rideaux vermeils déchiquetés.

L'image grésille sur l'écran, puis le projecteur se met à diffuser en boucle des morceaux de pellicule brûlée. Quelques images, toujours les mêmes, apparaissent par intermittence.

Je regarde dans la salle. La plupart des rangées de fauteuils sont détruites, noircies ou en cendres. Il semblerait qu'un incendie en ait ravagé une partie. Tous les fauteuils sont vides, à l'exception d'un seul. Une silhouette est assise face à l'écran, immobile, et me tourne le dos. On dirait qu'elle porte une capuche. Je l'appelle et frappe à la baie vitrée :

— Hé, vous là-bas !

Pas de réponse. L'individu pivote à peine la tête, comme s'il avait entendu ma voix, puis, dans un geste lent, pointe son doigt vers l'écran. J'entends des bourdonnements derrière moi. La porte vole soudain en éclats et ses lattes sont immédiatement aspirées dans le maelström noir. Du liquide commence à se répandre sur les murs. Il faut faire vite.

— C'est vous qui m'appelez ? Qu'est-ce que vous voulez ?

Toujours pas de réponse. L'individu reste figé, le doigt braqué sur l'écran. Je prête un peu plus attention aux images. Une vidéo tremblante d'un bâtiment gothique massif de trois étages. En son centre, un grand clocher blanc. Une nouvelle série d'images. Des dizaines d'hommes et femmes en blouse blanche saluent amicalement la caméra. Quelques mots apparaissent sur l'écran : « Bienvenue au Clearview Institute ». L'image se détériore, comme si la pellicule se consumait. Soudain, des milliers de feuilles jaunies par le temps se mettent à tomber du plafond. J'en attrape une au vol. C'est un formulaire d'admission rempli au nom de Lindsay Gordon, 16 ans, le 22 avril 2005. J'en saisis un autre, cette fois au nom de Mark Yeager, 15 ans, le 7 juin 2004… Il y en a partout qui flottent dans l'air autour de moi. Je me rends compte trop tard que le liquide noir s'est répandu dans toute la salle et, déjà, commence à recouvrir mes chaussures. Je hurle. Alors que je vois mes jambes disparaître dans le bleu pétrole, j'entends une voix masculine derrière moi : « Réveille-toi, vite ! »

J'ouvre les yeux.

C'est le matin, je suis toujours dans mon salon, allongée sur mon canapé. Je me redresse péniblement. Il me faut une longue minute avant de reprendre ma respiration. J'ai envie de vomir. Je me jette sur l'évier de la cuisine et, en toussant, crache de la bile. Qu'est-ce qui se passe ?

Je m'éponge le front, je suis en sueur. Il ne faut pas que j'oublie. Ça doit être important. Je cherche un bout de papier, un stylo et note d'une main tremblante : « Clearview Institute ??? »

Je dois vérifier.

Tout cela est bien plus qu'un simple rêve. Je le sens.

James Hawkins

22 juin 2008
New York, État de New York

« Au plus profond des ténèbres… » C'est ainsi que commencent les premières lignes des dernières pages de *Per Inania Regna*.

Au plus profond des ténèbres, c'est là que je vis également, moi aussi, comme Aguilar en son temps… Une ombre parmi les ombres…

Mes nuits sont toujours difficiles. Je ne dors plus que trois heures par nuit. Le reste du temps, je m'occupe comme je peux. Je travaille, lis et erre dans les bureaux désertés d'ONIR.

Depuis les événements de 1971, j'ai mis tout en œuvre pour retourner le moins possible dans les Limbes. D'autres, que j'ai formés, s'en chargent pour moi désormais. Car il nous faut protéger ce lieu, coûte que coûte. Il m'a toujours paru évident qu'un jour ou l'autre, une autre organisation, un autre pays, découvrirait l'existence des Limbes et tenterait d'en exploiter, comme nous, les formidables possibilités.

Un jour qui n'a jamais semblé si proche, tandis que mes Sentinelles ne cessent de me faire part d'une étrange activité. Ils ressentent quelque chose. Il n'y a quasiment plus de doute possible. En ce moment même, d'autres que nous tentent de rejoindre nos terres. Il nous faut rester vigilants et protéger notre territoire. Car les rêves des hommes n'appartiennent qu'à ONIR et à moi.

Et cette menace d'intrusion en amène une autre… Car si d'autres parviennent, comme nous, à contrôler les rêves d'autrui, le jour viendra où ils tenteront aussi de visiter les miens. J'ai donc dû, année après année, prendre mes précautions et mettre en place tous les moyens possibles afin de me protéger des attaques extérieures.

Je me suis d'abord efforcé, à partir du milieu des années 1970, de hisser des barrières mentales. À moins d'être particulièrement doué, personne ne pourrait aujourd'hui accéder à mon inconscient. Ensuite, j'ai décidé de limiter au maximum mon temps de sommeil. Petit à petit, j'ai réduit mes phases d'endormissement. Aujourd'hui, deux à trois heures d'assoupissement me suffisent. Mais c'est encore trop. C'est une faille que l'on pourrait exploiter contre moi… À travers ONIR, j'ai fait travailler les plus grands spécialistes pour qu'ils développent un traitement ou des substituts me permettant de ne plus avoir à dormir, jamais. Mais c'est pour le moment impossible. Et ce, malgré les millions de dollars que j'ai pu investir. Leur seule réussite fut de créer un traitement limitant au maximum les phases de sommeil paradoxal. Mais il reste toujours un risque. Et c'est intolérable pour moi. Que quelqu'un visite mes rêves un jour, en prenne le contrôle, m'obsède. Je ne pense qu'à ça… J'ai, un temps, pensé à former l'un de mes Éveillés pour qu'il se charge de devenir le gardien de mes nuits. Mais comment avoir seulement confiance ? Si je lui laissais les clés de mes songes, qu'est-ce qui me garantirait qu'il n'en ferait pas, lui-même, mauvais usage un jour ou l'autre ? Et dire que j'ai failli charger Clyde de cette mission ! C'était, de loin, le plus puissant de tous… C'est justement la raison qui m'a, *in fine*, freiné de lui confier une telle responsabilité. Bien m'en a pris quand je vois le monstre qu'il est devenu aujourd'hui.

Du coup, j'ai deux vies. La première, diurne, faite d'échanges avec Elias sur les différents champs d'action d'ONIR, de réunions téléphoniques avec les équipes de la CIA menées par William Stadler, de préparations dans les laboratoires aux sous-sols. Et la seconde, nocturne, où la nuit et le silence sont mes seuls compagnons. Dans cet entre-deux-mondes, ce nulle part où tout est un peu étrange, la pensée vaque et prend des détours. Elle se perd aussi, parfois, parmi les ombres, où se cachent mes souvenirs et les terreurs de mon passé.

Il est 2 h 50. Je bois quelques gorgées d'un verre d'eau et le dépose dans l'évier de mon appartement, un grand espace épuré adjacent à mon bureau. Ici, le strict minimum. Un canapé, un fauteuil. Une cuisine sommaire. Une salle de bains. Un lit minuscule au matelas inconfortable et à la couverture rêche. Des murs nus, aucune décoration. Tout est fait, pensé, pour me rappeler qu'il ne faut pas que je m'attarde trop ici, que je m'y sente bien. Le confort, le bien-être me mèneraient au besoin de repos, à une envie de relaxation. Tout ce que je fuis. La seule note qui se dégage, c'est bien entendu cette immense horloge mécanique française accrochée sur l'un des murs. Plus d'un mètre cinquante de large. D'impressionnants chiffres en lettrines romaines dorées montés sur un cadre d'ébène noir. Elle date de 1889, et trônait au plafond d'un entrepôt de fabrication de produits pharmaceutiques. Je l'ai fait réparer par le meilleur horloger suisse. Je le fais venir trois fois par an pour la révision du mécanisme de cette vieille dame. Ses deux aiguilles égrènent les minutes avec une précision redoutable. Son balancier oscille de gauche à droite dans ce mouvement continu qui me rappelle que le temps passe, que j'y suis presque, que c'est encore une nuit de gagnée.

Je regarde par la fenêtre de la baie vitrée. Des faisceaux de lampe balaient les abords du bâtiment. Comme chaque nuit, mes équipes de nettoyage récupèrent les dizaines d'oiseaux qui viennent tous les jours s'abattre sur la façade de l'immeuble. C'est le meilleur moyen que j'ai trouvé pour que l'affaire ne s'ébruite pas. Je paie les nettoyeurs grassement afin d'acheter leur silence. Dans les années 1980, une association d'ornithologues de la rivière Hudson s'est bien inquiétée de la disparition étrange de nombreux volatiles, mais la piste n'est jamais remontée jusqu'à nous. Impossible.

Chaque jour, c'est pourtant le même ballet effroyable. Plusieurs fois par heure, des merles, des carouges, des geais, des mouettes piquent sur l'immeuble et fondent sur nos façades. Ils s'acharnent, sans relâche, jusqu'à s'en briser le cou. Ça a toujours été comme ça. C'était déjà le cas à la station K27 en Alaska. Les Limbes réveillent quelque chose en eux. Est-ce un ultrason particulier ? Ou simplement une peur sourde, primale ? Et pourquoi uniquement ces vertébrés ? Je n'ai pas de réponse. Avant que j'agisse, certains de mes employés y voyaient des signes de mauvais augure, des avertissements. Je suis certain qu'Elias lui-même est toujours mal à l'aise face à ces comportements étranges. Moi, je m'y suis habitué. Cependant, j'ai dû faire poser une double cloison en verre autour de tout le bâtiment afin que les employés d'ONIR ne soient pas trop importunés et effrayés par ces suicides inexpliqués. Deux fois par semaine, je fais également nettoyer les traces de sang et d'impact sur les vitres. J'ai arrêté de compter le nombre d'oiseaux morts recueillis sur les pelouses entourant le bâtiment. Mille… deux mille… bien plus, certainement. À quoi bon ?

À quelques mètres, justement, un homme en combinaison orange attrape un goéland ensanglanté à l'aide d'une longue pince et le place dans le chariot de collecte qu'il traîne derrière lui.

Il est 3 heures… L'heure à laquelle j'ai l'habitude d'aller faire mon tour nocturne. Je quitte mon appartement et, dans le silence des bureaux vides, me rends vers l'ascenseur le plus proche et l'appelle. Je pénètre dans la cage d'acier chromé. À l'intérieur, je tape sur le clavier numérique le code 05141970 me permettant d'accéder au premier sous-sol du bâtiment.

Après une courte descente, les portes de l'ascenseur s'ouvrent dans un crissement sourd. Je salue les deux vigiles cagoulés placés à l'entrée.

Comme toutes les nuits, je fais le tour des chambres de mes jeunes Éveillés.

Avec le pass que je conserve accroché à ma ceinture, j'active l'ouverture des loquets. J'entrouvre la porte de la chambre de Matt. L'adolescent a recouvert ses murs d'affiches de catcheurs bodybuildés et de starlettes de cinéma et mannequins aux formes généreuses. Le gamin vit dans un tel monde de clichés. Peut-être en a-t-il besoin pour oublier d'où il vient, ce qu'on lui a fait subir… Il dort profondément. Je referme doucement la porte pour ne pas le réveiller. Je n'entre pas dans la chambre de Clyde. J'ai refusé que mes agents la vident. Ça voudrait dire qu'il ne reviendra plus, que je ne trouverai pas le moyen de le ramener. Ça voudrait dire que j'ai échoué. Je sais bien qu'Elias pense que Clyde est une cause perdue mais je veux essayer, une dernière fois. Et ce, même s'il me hait au plus haut point maintenant qu'il sait.

Je pénètre, enfin, dans la chambre d'Amy. Ici, les murs sont nus. On note pourtant encore les traces des posters arrachés. Sur la fausse fenêtre que j'ai fait installer dans chacune des chambres des enfants afin de reproduire au mieux le cycle jour-nuit, la jeune fille a opté pour une image nocturne de glacier parmi toutes celles qui lui étaient proposées. Matt, lui, choisit toujours des vues de plage, en ce moment des plans de Malibu… Dans sa chambre, Amy n'a finalement gardé qu'un cadre photo, posé sur sa table de chevet. C'était l'un des scientifiques qui l'avait prise, sans mon autorisation, durant l'un des entraînements des enfants. Clyde serre dans ses bras Amy qui éclate de rire. Matt entre dans le cadre en faisant la grimace. C'était il y a quelques mois. Tout était plus simple alors. Les enfants étaient émerveillés par ce qu'avaient à leur offrir les Limbes, par ce que, moi, je leur apprenais chaque jour. Ils n'étaient personne et je faisais d'eux des dieux. Tout ça, cette insouciance, c'était avant que Clyde ne commence à trop fouiner et à poser des questions. Je m'avance, en silence, jusqu'au lit d'Amy. Elle dort profondément, tournée sur le côté. Lentement, j'approche ma main de sa chevelure blonde, puis me retiens au dernier instant. *Dors bien, petite...*

Matt, Clyde et Amy sont mes enfants. Comme tous les autres, avant eux. Je les aime à ma manière, je les protège du monde. Je leur offre un univers, un terrain de jeux formidable qui n'appartient qu'à eux. Je suis à la fois leur protecteur et leur geôlier.

Chaque soir, à 22 heures pile, les lumières s'éteignent et nous diffusons, par les conduits d'aération, un gaz d'endormissement dans chacune des chambres. C'est un bon moyen de nous assurer qu'ils ne tenteront rien. Parmi les nouvelles procédures de sécurité mises en place par Elias depuis la fuite de Clyde, nous changeons désormais chaque nuit d'agent surveillant le premier sous-sol. Des anonymes embauchés dans plus d'une dizaine d'agences de sécurité différentes. Nous les obligeons également à porter des cagoules en permanence. Ainsi, impossible pour Matt ou Amy de tenter d'en prendre le contrôle pour leur demander de les aider à s'enfuir. Une fois suffit... Ces vigiles ont l'interdiction formelle de quitter leur poste ou de s'aventurer dans les différentes zones du sous-sol. L'un a les yeux rivés vers l'ascenseur, l'autre vers les chambres. Ils ne doivent pas communiquer ensemble, ni fermer l'œil une seule seconde.

Je quitte la chambre d'Amy et en referme le verrou magnétique. Mon regard se perd, une seconde, sur les murs gris en ciment, les veilleuses bleues qui éclairent le sol, cette caméra qui suit le moindre de mes mouvements. Bien entendu, les enfants sont mes prisonniers… Ils n'ont pas l'autorisation de sortir, malgré leurs reproches, leurs complaintes. Il leur est interdit également d'entrer en contact avec leurs proches, leurs familles. Pour Matt et Amy, ces derniers ne sont même pas au courant qu'ils sont ici. Pour ce qu'ils s'en soucient… Pour Clyde, ça a été plus compliqué.

Mais j'ai offert tellement à ces enfants. Si le monde leur est interdit, pour leur propre sécurité, un autre, ici, s'est ouvert à eux : les Limbes. Plus que jamais, plus que quiconque, ils sont libres. Libres d'imaginer ce qu'ils souhaitent, d'être quiconque et personne à la fois. Je les ai arrachés à leur vie médiocre. Amy à sa dépendance, Clyde à sa folie, Matt à ses parents abusifs. Sans moi, leur avenir était tout tracé. Une vie sans relief, sans grandeur. Une existence anonyme et terne. Je les ai révélés à eux-mêmes, leur ai ouvert les yeux sur leur magnificence, comme Kleiner l'avait fait avec moi il y a bien longtemps. Comme un père, je les couve et les protège. Comme un père, je cède, parfois, à leurs caprices. Si Amy ne me demande plus jamais rien, Matt, lui, est devenu un enfant pourri gâté qui adore s'amuser avec ses « poupées », comme il les appelle. Du haut de ses 15 ans, en pleine éclosion sexuelle, il aime ainsi visiter les rêves des starlettes qu'il adule pour « jouer » avec elles. Tant qu'il ne se fait pas repérer et ne met pas ONIR en péril, je tolère ses petits débordements. Et prendre ainsi le contrôle des rêves et fantasmes nocturnes de ces jeunes femmes lui permet de parfaire son entraînement.

Je quitte le premier sous-sol, pénètre dans l'ascenseur et tape le code 10291971 permettant d'accéder au second sous-sol.

Nous ne sommes que cinq à avoir accès à cet étage. Elias, moi-même, les deux techniciens en charge de la maintenance des équipements ainsi que le médecin responsable de l'état de santé de mes Sentinelles. Cet endroit, dont personne au monde ne connaît l'existence, nous l'appelons le Cocon. Les portes de l'ascenseur s'ouvrent. J'avance dans un couloir éclairé par des néons au sol. Je pénètre le sas de décontamination bactérien. Là, durant une minute, un système d'aspiration hyperpuissant me nettoie afin que je puisse pénétrer dans le Cocon sans y apporter le moindre risque de contamination extérieure. Mes Sentinelles sont des êtres fragiles et le moindre virus, la moindre infection, même une simple grippe, leur serait instantanément fatal. Le Cocon lui-même est une salle blanche où l'air est en permanence filtré et renouvelé cinquante fois par heure. La lumière orange au-dessus de la porte s'allume, m'indiquant que je peux entrer dans la salle. J'en pousse la lourde porte en acier trempé. L'air froid me saisit, comme à l'habitude. Ici, la température est toujours très basse, aux environs de 7 °C, pour conserver aux mieux les corps. Je suis seul ici. Pas besoin de vigile, les Sentinelles n'iront nulle part. Je m'avance dans la salle circulaire plongée, comme toujours, dans une semi-obscurité bleutée. Les murs sont recouverts de machineries et d'ordinateurs calculant en temps réel l'état de santé de mes « observateurs ». Ils régulent leur activité et subviennent à leurs besoins.

Au centre de la grande salle, les quatre lits sont placés en étoile. Chacun des corps est bardé de capteurs, de perfusions… Un imbroglio de câbles dégoulinant du plafond relie les machines environnantes à mes Sentinelles. Je m'approche de l'une d'elles, toujours la même. À travers la blouse transparente qui la recouvre, je vois sa peau blanchâtre apparaître. Sous la lumière tamisée, on peut même distinguer le moindre de ses os, la moindre de ses veines, ses côtes saillantes enserrant son corps comme des griffes. Son visage est creusé, rachitique. Ses yeux, deux pépins noirs, sont enfoncés dans leurs orbites. Quelques cheveux tapissent encore le sommet de son crâne. Mes quatre Sentinelles ressemblent à des momies. De prime abord, on pourrait même croire qu'elles sont mortes. Ils étaient volontaires, James. Ne l'oublie jamais… Je touche la main glaciale de Natalie. Voilà seize ans qu'elle est ici, enfermée. Elle ne sortira jamais du Cocon. Plus vraiment une femme, plus vraiment un être vivant. Elle est devenue autre chose. Natalie et ses trois camarades veillent pour moi sur les Terres Mortes. Durant toutes ces années, elles ont guetté, attendu. « L'Enfant » doit se présenter cette année. C'est ce qu'on m'a promis il y a trente-sept ans. Je dois l'attendre. C'est l'unique raison pour laquelle la créature qui règne sur les Limbes m'a laissé la vie sauve en Alaska. Je dois le trouver pour, au moins, essayer de comprendre. Ensuite, j'agirai en conséquence. Car il n'y a qu'un maître ici et ça restera moi.

Je jette un coup d'œil rapide au moniteur de contrôle au-dessus de la couche de Natalie. Rythme cardiaque, température du corps, activité cérébrale, tout est en règle… Natalie était une jeune et brillante neurologue, fraîchement diplômée de Stanford. Lorsque je lui ai fait découvrir l'existence des Limbes et celle des Terres Mortes, c'est devenu, comme pour les autres, une obsession. Elle voulait en explorer le moindre recoin, y passer toujours plus de temps. Peut-être s'y est-elle perdue, en fin de compte… Et, malgré ce qui nous unissait à l'époque, je n'ai pas essayé de la retenir. Elle passait de plus en plus de temps endormie, jusqu'au moment où elle n'a plus voulu revenir. Elle ne cessait de me répéter que les Limbes l'appelaient. Je me souviens de ce matin d'avril 1992 où Natalie et ses trois camarades Douglas, Lydie et Mark ont demandé à me voir pour m'exposer leur projet. C'était leur idée. Rester là-bas pour pouvoir dresser une cartographie précise des Limbes. Pourtant, tout n'y est que dévastation et spectacle de mort. Comment et pourquoi vouloir vivre là-bas ? Mais vivent-ils encore seulement ? Elle, comme les autres, a été happée. Peut-être ont-ils vu quelque chose là-bas, dans ces mausolées déserts, parmi les ruines, dans le silence et la nuit éternelle, qui m'aurait échappé. Peut-être ont-ils quelque part retrouvé un éclat du faste d'antan de ce lieu funeste. J'aurais dû, je le sais, tenter de les retenir, de les en empêcher. Mais j'avais besoin d'eux là-bas. Je ne me suis pas battu contre leurs choix, quitte à sacrifier notre relation, à Natalie et moi. Au départ, tels des archéologues, mes Sentinelles ont étudié les bâtiments des Terres Mortes, tenté d'en comprendre l'origine, d'y découvrir des lieux restés cachés. Pendant des années, ils se sont ainsi évertués à trouver le Tombeau et la Source, ces lieux mystérieux que mentionne succinctement Geronimo de Aguilar dans ses mémoires. Mais le temps a passé et la poussière et les cendres de cet endroit maudit ont fini de les transformer à jamais. Aujourd'hui, elles errent sans relâche… Telles des bêtes, elles traquent celui qui doit venir.

Mes Sentinelles ne se réveillent plus depuis longtemps, des années. Elles communiquent avec nous en parlant, criant souvent, quelques mots dits d'une voix gutturale. Leurs paroles sont parfois indéchiffrables, souvent désarticulées. Dans la Grèce antique, elles auraient été des pythies, ces prêtresses qui tiraient des présages de leurs songes divinatoires. Au XVe siècle, durant l'Inquisition espagnole, on les aurait brûlées. Aujourd'hui, je les protège.

Il est toujours complexe d'extraire un sens clair de leurs messages. Passer trop de temps dans les Terres Mortes change un homme. Je le sais mieux que quiconque. L'appel des ombres est toujours le plus fort. Mais nous remarquons, Elias et moi, que depuis quelques semaines, les Sentinelles sont de plus en plus agitées. Elles semblent vouloir nous dire qu'il se passe quelque chose en ce moment même dans les Limbes. « Ils vont… ils viennent… ils ne savent pas. Pas encore. Lui est toujours là. Parfois oui. Parfois non. Ils essaient. Ils n'ont pas leur place ici. » Voici, pêle-mêle, quelques-uns des derniers enregistrements des Sentinelles sur une semaine. Autant de paroles cryptiques dont il est difficile de tirer une quelconque conclusion. Est-ce l'activité de Clyde qui les inquiète, est-ce l'arrivée de l'Enfant ? Ou y a-t-il encore quelqu'un d'autre qui tente d'accéder aux Limbes ? Je serre la main glaciale de Natalie, comme pour lui dire que je suis là, que je serai toujours là. Puis je quitte le Cocon. Je reprends l'ascenseur et rejoins mon bureau. J'en allume la lumière et reprends ma traduction de *Per Inania Regna*. Où en étais-je ? Oui, « Au plus profond des ténèbres, c'est là qu'ils m'ont placé… »

Geronimo de Aguilar

12 mars 1527
Château Saint-Ange, Rome, Italie

Au plus profond des ténèbres, c'est là qu'ils m'ont placé.

Peut-être est-ce une juste pénitence, après tout ? Car je ne l'oublie pas, tout cela est ma faute. J'ai trouvé un Éden et je l'ai détruit. Il n'y a plus que le silence là-bas désormais. Le silence et le souffle glacé de la mort. Et ces démons qui rôdent sans relâche.

J'ai longuement erré entre leurs cadavres figés pour l'éternité. J'ai essayé de leur apporter la paix. J'ai pleuré pour chacun d'eux. Mais je n'ai pas prié. Quel Dieu aurais-je pu solliciter ? Le mien m'a abandonné, trahi, il y a bien longtemps de cela.

Je divague encore. De plus en plus ces derniers temps. Mon esprit se perd… comme si une partie de moi restait en permanence là-bas, dans cette autre prison.

J'entends des pas dans le couloir.

J'essaie de me redresser un peu, en me servant du mur. Je me soulève de la planche nue qui me sert de lit. Ma jambe blessée est comme un poids mort. Chaque mouvement me coûte. Je ne leur laisserai pas le plaisir de me découvrir affalé au sol, parmi les immondices de ma geôle. J'ai beau être faible, usé par toutes leurs tortures, ils me trouveront debout. Il faut que je tienne, encore un peu. Les pas se sont arrêtés. Quelqu'un fait jouer les clés dans la serrure.

Ma main glisse et je m'effondre au sol. Sur ma gauche, un faisceau de lumière éclaire une partie du mur en pierre. Il est recouvert d'inscriptions. Les miennes. Des traits. Des milliers. Chacun représentant un jour, un jour de plus, passé dans cet enfer, au fin fond des entrailles du château Saint-Ange, la prison du Vatican. La porte s'ouvre. Mes yeux sont d'abord éblouis par la lumière de la torche. Je me protège de l'aveuglement avec mes mains. La silhouette se dessine enfin. Il s'agit du gouverneur Rucellai lui-même. Alors que mes yeux s'habituent à la luminosité, je remarque son expression, étrange. Il n'a pas ce regard basilique coutumier, mais semble serein, laissant apparaître une certaine satisfaction.

Je le dévisage sans rien dire. Car, après toutes ces années, il n'y a plus rien que je souhaite raconter. Ma pensée, fugueuse, me ramène à Checktumal, à Xibalba, à mon ami Kaan. Deux gardes en armure apparaissent dans l'encadrement de la porte, contournent le gouverneur et se postent devant moi. Ils m'attrapent par les épaules et me forcent à me soulever. Puisque c'est ce qu'ils souhaitent, je les laisse me traîner. Mes jambes glissent sur le sol cahoteux de la coursive de la prison. Mes cheveux blancs gras et longs me tombent sur le visage. Nous traversons de nombreux couloirs, montons un escalier en colimaçon. Le gouverneur marche de son pas lourd derrière nous. La clameur extérieure se fait plus présente, plus forte. Nous arrivons devant un long couloir. Au fond, à une trentaine de mètres, c'est l'extérieur, la place du château. Le bûcher a été installé. Nous nous arrêtons. Les deux gardes me retiennent. On accroche un homme sur le bûcher. Il a de longs cheveux noirs qui tombent sur son visage. Il est d'une terrible maigreur. Mais je reconnais le hâle de sa peau, ses tatouages qui recouvrent son corps nu. Je sais en un instant qui il est.

Kaan, mon vieil ami. Mon frère.

C'est donc aujourd'hui qu'ils te prennent. Enfin. C'est certainement un soulagement pour toi... Bientôt, tu pourras retourner auprès de tes ancêtres. Être libre.

Un bourreau tend une torche vers le bûcher. Le tas de bois s'embrase. Au bout de quelques minutes, j'entends les cris de Kaan s'élever dans la nuit. Je ne détourne pas le regard. Je fixe le spectacle de sa douleur, de son agonie. Car tout cela est ma faute.

Je crois que je pleure.

L'agonie de Kaan dure un peu plus d'une heure. Je n'essaie même plus de me maintenir debout, trop fatigué. Les gardes me portent plus qu'ils ne me retiennent.

Finalement, Rucellai s'approche et me parle lentement à l'oreille, avec son accent florentin si raffiné, si appuyé.

— Votre ami a refusé, malgré toutes ces années, de se soumettre à la Question. Vous serez le prochain sur ce bûcher, Aguilar.

Je ne réponds pas. Je ne lui ferai pas ce plaisir. Ce qu'il ne sait pas, c'est que cela fait longtemps que je suis mort. Mon humanité a disparu lors de la Nuit de sang, le 17 septembre 1521, quand les hommes du Vatican, par ma faute, ont dévasté la Cité de Lumière.

Je ne suis plus qu'une ombre aujourd'hui.

Je mérite la mort.

Je l'attends, éperdument.

Clyde

23 juin 2008

New York, État de New York

« Tiens-toi droit… Ne mets pas tes coudes sur la table… Ne me parle pas sur ce ton… Tu es la honte de notre famille… »

Tandis que j'attends, assis, sur les marches du hall de la gare de Grand Central, mon regard se perd sur l'immense plafond voûté et son impressionnante fresque représentant des milliers de constellations peintes en or sur un fond de jade. Peut-être est-ce cette vue, ces étoiles à la fois si inatteignables et si proches, cette majesté qui nous pèse autant qu'elle nous fascine qui me rappelle mes parents…

Dieu ! que j'ai pu les détester, les maudire… Pourtant, et c'est là tout le paradoxe, ils me manquent tant aujourd'hui. Auraient-ils été fiers de ce que je suis devenu ? Aurais-je impressionné Papa avec mes pouvoirs ? M'aurait-il cru, enfin ? Aurais-je été un vrai Welthington ?

Non, évidemment que non. Ils auraient tout fait pour me faire taire, ils auraient préféré me bâillonner plutôt que devoir faire face à la vérité.

N'oublie pas, Clyde, que ce sont eux qui t'ont envoyé là-bas. Eux qui ont préféré t'effacer de leur vie, t'oublier plutôt qu'essayer de te comprendre. Tu les gênais...

« Tu nous fais honte... »

Je les ai haïs, certes, mais mon père et ma mère méritaient-ils pour autant un tel sort ? Non, bien sûr que non.

Ils ont essayé de me retrouver, je le sais désormais, mais il les en a empêchés. Je ne peux même pas me rendre sur leur tombe en personne. Hawkins a placé une équipe en permanence pour surveiller les lieux. J'ai dû ruser et prendre le contrôle de l'un des gardiens du cimetière pour, péniblement, claudiquant, me traîner jusqu'à leur sépulture. On les a placés dans la crypte familiale, « la plus belle de Savannah », comme se plaisait à me le rappeler mon père lorsque nous nous y rendions, une fois par mois, pour rendre hommage aux défunts. Mais surtout, en creux, pour me rappeler que je ne serais jamais à la hauteur de mon sang. Je vivrais toujours dans l'ombre de mon grand-père Conrad Potter Welthington, juge à la Cour suprême et membre du Congrès, dans celle de mon oncle Mills Walter Welthington, président de la Southern National Bank et, bien entendu, dans celle, dévorante, de mon père Julian Douglas Welthington, philanthrope et ancien maire de Savannah... Durant de longues minutes, je devais faire semblant de prier en hommage à cette famille que j'exécrais tant. Les colonnes sculptées, la grille en fer forgé ornementée de motifs travaillés de feuilles et branchages, le sommet de la crypte en forme de dôme, tout ici me rappelait à quel point ces gens, cette vie, m'étaient étrangers. Les Welthington ont toujours fait plus beau, plus cher, plus flamboyant que les autres familles historiques de la ville. Jusqu'à ce que j'arrive, moi, vilain petit canard, pas taillé pour les grandes écoles, les Harvard, Berkeley, Cambridge, encore moins pour les bals et les soirées de gala… « Tu es cassé, brisé de l'intérieur… », m'a dit un jour ma mère. Mon don a été pour eux une malédiction. Une honte. Je suis, à leur grand dam, leur fils unique. Si, au moins, ils avaient pu avoir un autre enfant qui leur convienne un peu mieux que moi, peut-être ma vie aurait-elle été différente, plus douce. Mais malheureusement, j'ai dû supporter leurs regards en biais, leur jugement perpétuel. Je n'avais pas de talent particulier, ni à l'école, ni dans une quelconque discipline : art ou sport. J'étais un gamin normal là où j'étais condamné à l'excellence. Je repensais à tout ça tandis que cette nuit-là, dans la peau du gardien, j'approchais mes mains calleuses de la pierre froide de la crypte qu'avaient rejointe récemment mes parents. En cet instant, j'ai eu envie de pleurer et de leur cracher à la gueule. J'étais à genoux devant la sépulture familiale quand deux hommes, les cerbères d'ONIR, m'ont saisi et plaqué au sol. Instantanément, j'ai quitté le corps du gardien.

Ce sont les Émissaires qui m'ont informé du sort de mes parents, et du prétendu accident de leur jet privé alors qu'ils essayaient de rejoindre New York pour demander des comptes à Hawkins. C'était la première fois que les Voix se manifestaient à moi. Un matin, il y a un peu plus de trois mois, alors que j'émergeais à peine de mon sommeil dans ma chambre chez ONIR, un des vigiles est entré. Il avait le regard vide, sa tête penchait un peu de travers, sa veste pendait sur son épaule droite. Il ne m'a dit que quelques mots qui resteront gravés en moi, à jamais : « Tes parents sont morts. Hawkins est responsable. » Puis l'homme, dans un spasme, s'est effondré au sol. Après quelques secondes, il a repris connaissance et levé des yeux effrayés vers moi :

— Qu'est-ce que je fais là ? Je ne suis pas de service ce matin. Je me suis couché hier et…

Je sais qu'il a été ensuite interrogé par Hawkins, Elias et leurs hommes. Dans les jours suivants, ils ont renforcé la sécurité, parlé d'intrusion hostile. Hawkins a bien essayé de me demander ce que l'homme m'avait dit mais j'ai prétendu qu'il n'avait pas parlé, qu'il était simplement entré dans ma chambre pour ensuite s'écrouler au sol. Après l'incident, le service de sécurité d'ONIR a installé des micros dans nos chambres au cas où la situation se répéterait. Pour moi, ça a été un déclic. Une décharge. La nuit même, j'ai tenté de sonder les rêves de mes parents. Mais je n'ai trouvé que du vide et du silence. Environ un mois plus tard, un autre Émissaire s'est présenté dans ma chambre, il m'a aidé à m'enfuir et à quitter ce maudit sous-sol. Depuis, des hommes ou des femmes apparaissent pour m'aider, me prévenir d'un danger à venir. Ils m'ont aussi parlé de l'Enfant, celui que je devrais combattre, de la menace qu'il représente pour le monde. Qui se cache derrière ces marionnettes et pourquoi m'aider ? Est-ce qu'on tente de m'utiliser encore une fois, comme Hawkins l'a fait lui-même ? Ne suis-je destiné qu'à être un pantin, toute ma putain de vie ?

D'après l'enquête sur la mort de mes parents, je me suis renseigné après ma fuite, le pilote aurait fait un malaise et aurait perdu le contrôle de l'avion. Un malaise… J'en ai provoqué moi-même tant pour Hawkins. Faire sauter par la fenêtre du 30e étage un financier véreux, provoquer une chute malencontreuse d'un magnat des médias de son bateau alors qu'il naviguait en pleine mer. Il y avait toujours une bonne raison, comme se plaisait à me le répéter Hawkins. Chacun de nos actes faisait partie d'une stratégie bien plus grande, d'un plan qui me dépassait…

Hawkins parlait d'« interventions ». Pour moi, au départ, c'était comme un jeu. Notre mentor nous répétait qu'il s'agissait toujours de « mauvaises personnes », en nous parlant comme si nous étions des enfants. Amy, elle, a toujours refusé d'aller aussi loin. Elle se limitait à la première phase, celle où on se contente d'influencer nos cibles. Moi, non. J'intervenais quand la situation devenait trop complexe… lorsque le travail d'Amy n'avait pas suffi. Je réglais les problèmes. C'est ainsi que, mois après mois, la vie humaine est devenue une donnée de plus en plus relative pour moi. Hawkins a exploité cela. Il a fait de moi son jouet. Et ça m'a plu, un temps. Ce pouvoir qu'il m'offrait… Ce qu'il a fait pour nous tous. Le sevrage réussi d'Amy… Faire oublier un peu à Matt la furie de ses parents.

Je me demande souvent qui Hawkins a envoyé pour exécuter mes parents. Une de ses maudites Sentinelles ? Ou s'en est-il chargé lui-même malgré le dégoût qu'il éprouve à se rendre dans les Limbes ? Je le saurai peut-être un jour, bientôt.

Il est 7 h 30. Il est temps. Le hall de Grand Central grouille de passants. Des milliers d'hommes et de femmes transitent ici chaque matin. J'ai lu quelque part que près de 500 000 personnes passent par cette gare quotidiennement. Ils viennent des comtés de Westchester, Putnam et Dutchess, parfois même de Fairville ou New Haven dans le Connecticut, prêts à se faire écraser par la Grosse Pomme.

C'est éreintant pour moi, mais, en me concentrant, je parviens à voir ceux qui se dégagent. D'aussi loin que je me rappelle, j'ai toujours eu ce pouvoir. Quand je l'ai expliqué à Hawkins, il a été très surpris car même lui, après toutes ses années de recherche, n'en avait jamais entendu parler. Mais, au moins, il m'a cru. Petit, j'ai longtemps pensé que les autres, mes parents, mes camarades de classe, le personnel de maison, les voyaient aussi. Pour moi, c'était naturel. Ça m'a toujours semblé normal. Je me souviens de la première fois que j'en ai parlé à ma mère. Nous étions en vacances dans les Keys. Je regardais un vieil homme rondelet dormir sur un transat. Je lui ai dit : « Maman, tu as vu comme il rayonne ? » Elle m'a regardé avec un drôle d'air. Moi, j'avais l'impression de lui dire qu'il faisait beau, que c'était quelque chose de trivial. Mes parents sont rapidement devenus obsédés par ma différence, mon handicap. Moi, candide, je n'avais de cesse de leur en parler. Je pensais que c'était une chance, un cadeau. Je trouvais ça beau. Mais, dès que nous étions à l'extérieur de la maison, chez des amis ou de la famille, ils faisaient tout pour me faire taire, honteux. « De quoi parle Clyde ? Quelles couleurs ? — Rien du tout… Ne l'écoutez pas… il veut se faire remarquer… » Ils ont longtemps cru que j'avais un problème aux yeux, une malformation de la cornée qui m'aurait fait voir une réalité déformée. Nous avons consulté les plus grands ophtalmologues de Géorgie mais ils n'ont jamais rien décelé. Pendant longtemps, mes parents m'ont forcé à porter des lunettes de soleil à longueur de journée. Plus tard, plutôt que d'accepter la vérité, ils se sont mis une autre idée en tête. Puisqu'il ne s'agissait pas d'une déformation physiologique, cela devait donc être psychologique. Le problème était dans ma tête.

Car eux voyaient un problème là où Hawkins, lui, m'a parlé d'un don. Lorsque je me concentre, je distingue nettement un éclat émaner de certaines personnes. Vers mes 11 ans, vu que c'était devenu un sujet tabou à la maison, je prétextais des recherches à la bibliothèque pour en apprendre plus. J'ai d'abord pensé qu'il s'agissait d'auras. Jusqu'à ce que je pénètre pour la première fois dans les Limbes un an plus tard en dormant. Nuit après nuit, en commençant à visiter les rêves des autres, j'ai commencé à comprendre… Ce rayonnement, cet Éclat, comme je le nomme, est en réalité une sorte de reflet de la puissance onirique de chaque être humain. Plus l'individu irradie autour de lui d'une lumière bleutée, plus il aura une forte faculté à bâtir des rêves complexes, à modeler des mondes, et ce même inconsciemment. Un attardé mental pourra ainsi développer un Éclat bien supérieur à celui d'un Prix Nobel de physique. Il n'y a pas de règle, pas de code établi. Ce sont les Émissaires, encore, qui m'ont expliqué qu'il fallait que j'absorbe un maximum d'Éclat pour devenir plus puissant et mieux encore contrôler les rêves. Car il me faut me préparer aux combats qui m'attendent. C'est ainsi que je suis devenu une sorte de vampire psychique, un voleur de chimères. J'obéis toujours aux mêmes codes. Chaque fois, je me rends dans un lieu public : le hall de Grand Central, sur l'esplanade du Rockefeller Center, autour du Reservoir à Central Park, et j'attends, j'observe. Jusqu'à ce que je repère un individu à l'Éclat marqué. Il ne me reste plus qu'à le suivre jusqu'à son domicile. Je me trouve ensuite un coin au calme à proximité. Une ruelle, un immeuble abandonné, un parking… La nuit venue, je le visite durant son sommeil, possède ses rêves et l'absorbe. Oui, je suis un assassin. Car on ne peut survivre à mon étreinte. C'est le prix à payer. Quelques vies sacrifiées pour, demain, sauver le monde. C'est ce que m'ont garanti les Voix. Moi, je poursuis un autre but. Me venger d'Hawkins, bien entendu, mais, surtout, libérer Amy. Je serai bientôt prêt. Voilà trois mois que je vole des chimères. Je ne compte plus mes victimes. À quoi bon ? Je fais simplement toujours en sorte qu'elles ne souffrent pas. Au contraire, je leur offre leur plus beau rêve avant de les aspirer à moi. Comme un cadeau d'adieu au monde. Et au-delà de tout ça, de ma mission, de la finalité de mes actes, j'aime cette sensation après l'emprise. Je ressens clairement un regain de puissance. Jour après jour, semaine après semaine, je manipule les rêves avec de plus en plus d'aisance, je les sculpte selon mon bon vouloir. Désormais, il ne me faut pas plus de quelques secondes dans la Nef pour accéder à l'esprit de quelqu'un. J'ai comme un accès direct. Tout est désormais plus organique, plus naturel. Les Limbes font partie de moi.

Après quelques minutes à observer le flux des badauds, je remarque une femme d'une cinquantaine d'années, une rousse un peu ronde, habillée en tailleur et traînant derrière elle une petite valise violette sur roulettes. Son éclat est intense, d'un bleu cristallin. Il me la faut… Je mets ma capuche et la suis à quelques mètres de distance. Nous empruntons les escalators qui descendent vers les lignes de métro. Elle pénètre dans une rame de la ligne 7 et descend cinq stations plus tard à 86th Street. Je garde les yeux rivés au sol, mais, avec l'affluence du matin dans le métro, impossible qu'elle remarque ma présence. Arrivée à la surface, elle se fraye péniblement un chemin parmi les passants et marche quelques minutes avant de s'engouffrer dans le hall d'un hôtel sans âme, le Franklin, bâti dans un étroit immeuble en briques, surplombé d'une devanture aux néons rouges fatiguée. Une touriste ? Non, plutôt une femme d'affaires en déplacement ou en séminaire commercial. Parfait… C'est toujours plus facile pour moi quand il n'y a pas de famille autour. Elle est pourtant peut-être mariée… A-t-elle des enfants ? *Non, Clyde, ne commence pas…*

Je trouve une contre-allée proche de l'hôtel, sors ma couverture de mon sac, j'extrais quelques cartons d'un container poubelle, les pose au sol, me colle entre le mur et le container. Ça pue la pisse et les déchets mais au moins on ne me remarquera pas. Je place la couverture sur mes genoux. Je me sens si fatigué en permanence, le contrecoup, très certainement, de toutes mes absorptions récentes. Je m'assoupis malgré l'odeur âcre qui m'attaque les narines, bercé par le son des klaxons et des moteurs de la ville.

« Il se réveille. »

J'ouvre les yeux. On m'a plaqué au sol, le visage dans une flaque d'eau. J'ai les mains liées dans le dos. Trois hommes m'entourent, l'un d'eux est assis sur moi, le genou plaqué contre mes bras croisés. Il colle le canon d'un flingue sur ma tempe et me lance :

— Pas de connerie, gamin…

Un des hommes, debout, parle dans un micro accroché à sa manche.

« Faites venir le fourgon, maintenant. »

Je les détaille. Ils sont vêtus de costumes sombres, taillés à la serpe. Ils ne portent pas les uniformes traditionnels des agents d'ONIR avec cette veste en nylon bleu présentant le logo de la société et son œil fermé ovale. Je ne vois aucun macaron sur leur veste. Ils portent des cagoules.

— Qui êtes-vous ?

— Ferme-la…

— Comment m'avez-vous retrouvé ?

— On retrouve qui on veut, quand on veut…

— Où est Hawkins ?

— Hawkins n'a rien à voir là-dedans.

Une camionnette bleue pénètre en marche arrière dans la contre-allée. Un des hommes va en ouvrir les portières arrière.

— Emmenez-le.

Les hommes me soulèvent et me traînent vers la fourgonnette.

À un moment, je sens une piqûre dans mon cou.

— Qu'est-ce que vous faites ? Vous m'endormez ?

— Non. Au contraire, c'est de l'adrénaline. Tu nous crois assez stupides pour te laisser dormir ? On sait de quoi tu es capable.

Ils me balancent à l'arrière de la fourgonnette et s'installent à mes côtés, leurs armes bien en évidence.

— Ne tente rien, ne bouge pas. Pas un mot. Rien. Sache simplement que nous t'emmenons voir quelqu'un qui a très envie de te rencontrer. Pour le moment, tu n'as rien à craindre.

Merde, mais qui sont-ils ?

Et, surtout, pourquoi les Émissaires ne m'ont-ils pas prévenu cette fois ? Jusqu'ici, ils avaient toujours été là pour m'aider.

Qu'est-ce qui se passe ?

Gabriel

27 juin 2008
Columbia, Maryland

Ce soir, c'est l'anniversaire de la mort de Maman. Ça fait sept ans aujourd'hui qu'elle nous a quittés. Papa, comme chaque année, va vouloir qu'on lui rende hommage, ensemble. J'aime de moins en moins ce moment, mais je le fais pour lui.

Il est 18 heures. C'est la fin des cours. En sortant de classe, je croise Lucas dans le couloir du rez-de-chaussée. Il ne me voit pas, semble-t-il. Il est immobile, l'air hagard, face à son casier ouvert. Je remarque ses cheveux en bataille, ses yeux rougis, ses énormes cernes violets. Il a l'air tellement fatigué. J'ai même l'impression qu'il a maigri. Ses pommettes sont saillantes. Je devrais m'en vouloir, me dire que tout cela est ma faute, mais non. Au contraire, une part de moi se délecte de le voir ainsi se déliter. Car, en effet, j'ai continué à visiter ses rêves, nuit après nuit. Au début, je m'étais persuadé que ce n'était que dans ma tête, puis, en découvrant combien Lucas semblait directement affecté par mes interventions, j'ai compris que tout cela se passait vraiment. Pourtant, je n'ai pas arrêté. À lui aussi de souffrir un peu, d'être mis de côté par ses amis. Je m'en veux parfois quand je le croise dans la rue, lorsqu'il sort de chez lui et qu'il me salue de la main ou me lâche un sourire fatigué. Je courbe les épaules, et, sans lui répondre, rentre chez moi. Je sais qu'il est impossible qu'il sache que c'est moi qui suis à l'origine de ses maux, mais je ne veux pas prendre de risque, ou peut-être ai-je honte, tout simplement. Ainsi, je continue, nuit après nuit, à venir parasiter ses rêves, à les détourner, les transformer, à lui faire honte, l'humilier sans cesse. Je devrais me sentir rassasié. J'en ai fait et vu assez, mais j'en veux encore. Et c'est étrange, on dirait que depuis que je visite les rêves de Lucas, je suis moins sujet à mes crises de narcolepsie. J'en ai seulement deux à trois par jour, alors qu'auparavant je pouvais m'endormir jusqu'à dix fois en une seule journée. Aurais-je trouvé une sorte de remède ? Rien que pour cela, il faut que j'aille plus loin. Le plus problématique, ça reste les oiseaux… La plupart des nuits, ils foncent sur le toit ou sur ma fenêtre. J'ai pris l'habitude de fermer les volets, ce que je ne faisais jamais avant. Heureusement, mon père ne s'est rendu compte, pour le moment, de rien. La plupart du temps, il dort au rez-de-chaussée sur le canapé et ne monte quasiment plus à l'étage. Tous les matins, j'attrape un sac-poubelle et, le plus discrètement possible, je fais le tour de la maison pour voir si je trouve des cadavres d'oiseaux. Ça me dégoûte un peu, mais c'est le prix à payer…

Tandis que je rentre à la maison à pied en remontant Cedar Lane, j'entends des bruits de pas derrière moi.

Je me retourne, c'est Lucas qui, justement, avance d'un pas décidé dans ma direction. J'accélère, les mains dans les poches. Arrivé à ma hauteur, mon ancien meilleur ami me salue.

— Gabriel, je voulais te voir… Je ne vais pas te déranger longtemps. Je voudrais te parler de quelque chose, tu as quelques minutes ?

J'ai du mal à dissimuler mon malaise, je suis certain qu'il va s'en rendre compte…

— Non, désolé, je suis pressé, mon père m'attend. Ce soir, c'est l'anniversaire de la mort de Maman. Tu sais bien…

— Ah oui, pardon, je ne me rappelais plus que c'était aujourd'hui. Je ne vais pas te retenir longtemps. Simplement, voilà, je sais que tu as vu beaucoup de spécialistes du sommeil avec ta maladie et je voudrais ton avis. Mais avant, promets-moi que tu n'en parleras à personne.

— Oui, je te le promets. Que t'arrive-t-il ?

— Eh bien, en ce moment, je fais des cauchemars, toutes les nuits, c'est de pire en pire. Je sais que ce ne sont que des rêves, tout ça, mais ça me travaille vraiment… putain, j'ai peur, Gabriel.

— Je ne peux pas t'aider, Lucas, je suis désolé. Je n'y connais pas grand-chose.

— J'imagine, mais peut-être pourrais-tu me donner des médicaments que tu utilises pour ne pas dormir ? Tu as bien quelque chose, un traitement, non ?

— Non, je ne prends rien de particulier…

— Merde, j'ai vraiment besoin d'aide, Gabe. Je vais craquer, là. Je ne pense qu'à ça. J'ai tellement peur de fermer les yeux. Chaque nuit, je fais tout pour résister. Il faut que je trouve un moyen.

— Je ne peux pas t'aider, je suis désolé. Je vais réfléchir… je te dirai si je pense à quelque chose.

Sans s'en rendre compte, Lucas a attrapé mon sweat-shirt et le serre fort. J'essaie de me dégager mais il me retient, ses yeux injectés de sang me regardant fixement. Finalement, j'attrape sa main et le force à me lâcher. Il semble reprendre ses esprits.

— Désolé, je… Dans ce cas, je vais te laisser alors. Tu me promets que tu essaieras de m'aider ? En souvenir du bon vieux temps, hein ?

— Oui, je vais y réfléchir…

— Tu penses que je devrais aller voir un médecin, en parler à mes parents ?

— Non, pas pour le moment, ça doit juste être une phase, tu es peut-être stressé par les études, ça va passer, j'en suis certain.

— OK, merci, Gabe.

Il reste là, les bras ballants, immobile. Je repars sans un regard en arrière et cours quasiment jusqu'à la maison. Je claque la porte d'entrée derrière moi et m'y adosse pour reprendre ma respiration.

Je ne pensais pas que c'était si grave, que ça le travaillait autant… ou peut-être me refusais-je simplement à le voir ?

Mon père arrive d'un pas traînant dans le couloir. Je remarque qu'il s'est rasé et qu'il a fait l'effort de se passer une chemise crème froissée et un pantalon en velours marron. Un peu plus et j'aurais quasiment l'impression de le retrouver…

— Te voilà… J'ai tout préparé. Je t'attends dehors.

Je vais déposer mon sac dans ma chambre, retire mon sweat et enfile, moi aussi, une chemise.

Je rejoins mon père dans le jardin à l'arrière de la maison. Il a rempli notre vieux barbecue rouillé de branches et l'arrose abondamment de liquide allume-feu. Autour du brasero, il a placé deux chaises en plastique grisées par les intempéries, côte à côte. Il s'assoit à droite. À ses pieds, je remarque un carton et un pack de bières. Il y plonge sa main, se saisit d'une bouteille et la décapsule. Je m'assois à ses côtés. Il me tend une longue allumette.

— À toi de l'allumer, cette année…

— Mais, normalement, c'est toi qui le fais.

— Oui, normalement…

Je craque la longue allumette qui s'embrase dans un crépitement. Lentement, je l'amène vers le barbecue. Le feu prend immédiatement. En moins d'une minute, des flammes orangées dansent et nous dispensent leur chaleur.

J'ai toujours trouvé ça un peu bizarre, un peu glauque, que l'on se souvienne de ma mère en regardant un feu se consumer… Peut-être que mon père, plus que l'apaisement, cherche à réveiller, encore et toujours, la douleur.

Après une nouvelle gorgée, il se saisit du carton, le place sur ses genoux et en sort des paquets de photos. Il les regarde avec un sourire figé et me les passe ensuite. Parfois, il lâche un petit commentaire.

Devant une photo où il me porte sur ses épaules, tandis qu'il est plongé dans l'eau jusqu'à la taille, sous un soleil éclatant :

— C'était l'été 1999. On était partis en vacances en Floride. Là, c'est toi et moi dans l'eau. Ta mère prenait la photo, comme souvent. Tu avais 5 ans, j'essayais de t'apprendre à nager, mais toi, le seul truc que tu voulais faire, c'était monter sur mes épaules. Tu n'as jamais trop aimé l'eau.

— Non… En effet.

Les photos passent entre nos mains tandis que les cadavres de bouteilles s'accumulent aux pieds de mon père. De temps en temps, il replace une bûche sur le brasier. Il fait nuit désormais. J'ai faim mais je ne dis rien. J'ai toujours un peu peur durant ces soirées que mon père craque à nouveau, comme il l'a déjà fait. À chaque photo dont il se saisit, je crains qu'il ne décide soudain de la jeter au feu, comme c'était arrivé il y a cinq ans. J'avais bien tenté alors de le retenir, mais, malgré mes cris, mes larmes, il avait quasiment brûlé tous les albums de photos de famille. Tout ce qu'il nous reste maintenant repose dans ce petit carton. Justement, une autre photo accroche son attention. Il vérifie au dos avant de parler. Je remarque l'écriture de ma mère. La photo est prise par mon père. Ma mère, trempée, tient son manteau au-dessus de sa tête pour se protéger des gouttes et s'esclaffe.

— C'était un week-end de 1997. Sur un coup de tête, on avait décidé de partir se faire une balade jusqu'aux chutes de Cunningham. Je te portais sur mon dos, dans un porte-bébé. On n'était pas du tout préparés avec ta mère, on n'avait même pas pris d'eau. On avait juste pensé à ton biberon. Après une heure et demie de marche, on était crevés, assoiffés et tu n'arrêtais pas de pleurer. En plus, il s'est mis à tomber des trombes d'eau. On est revenus sur nos pas en courant. Ça nous a bien fait marrer à l'époque. Les chutes, finalement, on ne les a jamais vues. Il faudrait y retourner un jour, hein ?

Je sais très bien qu'on ne le fera jamais mais j'acquiesce.

— Elle me manque tellement, Gabriel. Tellement. Chaque jour, chaque heure…

Je pose une main sur l'épaule de mon père.

— Je sais, Papa, à moi aussi.

— La douleur ne s'efface pas, jamais.

— Il faut du temps.

— Du temps, je n'ai que ça, putain…

Je le vois qui s'essuie une larme qui vient perler sur sa joue.

Je suis triste aussi, j'ai mal, mais je dois profiter de cet instant, car c'est l'un des rares moments où mon père sort de sa coquille et revit un peu…

Il finit par reprendre la parole :

— C'est marrant, je repense beaucoup à quelque chose en ce moment. Ça m'était complètement sorti de la tête. La nuit de l'accident…

— Oui ?

— Tu t'es réveillé quelques minutes avant que le camion ne nous percute. Tu étais effrayé, terrorisé. Tu répétais qu'il fallait s'arrêter, que nous étions en danger, qu'il arrivait… Sur le coup, on a pensé à une terreur nocturne. Ta mère t'a caressé le front et t'a aidé à te rendormir.

— Je ne me souviens pas du tout de ça.

— Maintenant que j'y repense, je trouve ça bizarre. Peut-être essayais-tu de nous prévenir… J'aurais dû stopper la voiture, t'écouter. Ça aurait tout changé. Si je m'étais simplement arrêté cette nuit-là quelques secondes sur le bas-côté. Quelques putain de secondes.

— Tu n'aurais rien pu changer, Papa.

— Tu le penses ?

— Oui, j'en suis certain.

Je lui dis ça alors qu'au fond de moi, je reste accroché à ce qu'il vient de me dire. Comment aurais-je pu essayer de les prévenir ? Était-ce la nuit où j'ai fait ce rêve ? Mon pouvoir me permet-il de remonter le temps ? Et si je pouvais vraiment changer quelque chose ?

— Tu as raison. Ta mère ne reviendra pas…

Nous passons encore une heure devant le feu qui, lentement, se meurt. On ne se parle quasiment plus. J'ai une petite crise de narcolepsie de quelques minutes mais je retrouve rapidement mes esprits.

Vers 21 h 30, mon père somnole sur sa chaise. Moi, j'ai un peu froid. Je l'aide à retourner dans la maison. Je l'allonge sur le canapé, lui place une couverture sur le corps, grignote un petit quelque chose et monte à l'étage. Arrivé dans ma chambre, je regarde par la fenêtre de ma chambre. Il y a de la lumière dans le salon de la famille de Lucas. Ils sont encore à table, il y a des gens que je ne connais pas avec eux, ils reçoivent certainement des amis ou de la famille. Je les vois sourire, la mère de Lucas passer avec un plat et caresser les cheveux de son fils. Je reste là, longtemps, à les observer, jusqu'à ce que Lucas monte enfin dans sa chambre. Je vois bien qu'il fait tout pour retarder le moment d'aller se coucher, il enchaîne des lectures de comics, il écoute de la musique. Il joue avec sa PlayStation portable. Finalement, son père entre dans sa chambre et finit par le forcer à éteindre les lumières. Je sais qu'il va résister encore un peu au sommeil. Mais je suis patient. Ce soir plus que jamais, j'ai besoin de lui rendre visite, besoin de me venger de ma petite vie pitoyable. Mes larmes contre ses rires, ma solitude contre tous ses amis, notre silence contre les caresses de sa mère…

À moi aussi tu me manques, Maman. J'ai mal à en crever. Et ce mal, je ne veux plus le garder pour moi… Je ne peux plus…

Je me couche à mon tour. Je m'endors instantanément. Comme chaque nuit, je reprends connaissance dans la Grotte, m'approche de la Stèle, me concentre et me retrouve propulsé dans les rêves de Lucas. J'ai toujours la même approche avec lui. Au début, je le laisse croire qu'il ne se passera rien, puis, lentement, inexorablement, je l'emprisonne. Cette nuit, dans son rêve, Lucas marche dans un grand champ fraîchement taillé au coucher du soleil. Il est en haut d'une colline. Face à lui, l'horizon se teinte d'orange et de violet. Certainement une image qu'il a appelée afin qu'elle l'apaise. Je prends lentement le contrôle. Je fais d'abord apparaître en bordure de champ quatre immenses murs… Il ne semble pas les remarquer et continue de marcher, tout sourire. D'un geste, je fais déplacer une cloison, puis une autre. Les murs, dans un raclement sourd, commencent à avancer. C'est comme s'ils labouraient la terre du champ, que rien ne pouvait les arrêter. Ils projettent çà et là des éclats de boue. Lucas remarque enfin les cloisons qui fondent sur lui et l'enserrent. Dans un choc monstrueux, les murs s'imbriquent finalement, emprisonnant Lucas dans une geôle d'une trentaine de mètres carrés. Je suis à ses côtés mais il ne me voit pas. Son apaisement a laissé place à la terreur. Il lève la tête et regarde au-dessus de lui. Les murs montent à plusieurs dizaines de mètres, se courbant dans une perspective folle. Lucas tente de grimper sur les cloisons en briques mais ses ongles raclent les parois trop lisses. Il est en train de craquer, déjà. Non, pas encore… *Tu n'as encore rien vu, Lucas. Tu ne sais pas ce que c'est que la souffrance, tu ne l'as jamais su. Je vais te montrer. Cette sensation que l'on pourrait étouffer de solitude. Cette certitude que personne, jamais, ne vous viendra en aide. Voilà ce que je vis chaque jour, Lucas, et ce que je vais te faire vivre, désormais, chaque nuit.* J'appose un cinquième mur, comme un plafond, qui s'enfonce entre les quatre autres dans un grincement lugubre. Lucas se jette au sol, son visage plongeant dans la terre noire, pensant d'abord qu'il va être écrasé. J'arrête le plafond à deux mètres au-dessus de lui et transforme alors les cinq cloisons en grilles branlantes. Sa geôle devient une cage. Derrière les grilles, je fais apparaître, dans des volutes de fumée, des dizaines de créatures cauchemardesques, goules terrifiantes nées de mes plus sombres cauchemars. Elles sont déformées, bossues, leurs peaux sont verdâtres, recouvertes de verrues purulentes. Leurs mâchoires qui claquent, leurs cris gutturaux composent une mélopée sinistre. Lucas est pris au piège. Les bras tendus des goules s'étirent à travers les espaces laissés par les grilles pour tenter d'agripper Lucas qui rampe au sol… Mon ancien ami gémit. Il est quasiment à mes pieds. De mon côté, je souris… ce n'est qu'un jeu… j'ai eu ce que je voulais. Je peux m'arrêter maintenant.

En cet instant, je ne sais pourquoi, ni comment, mais, à ma grande surprise, Lucas lève des yeux éplorés vers moi. Il semble soudain noter ma présence. Aucun doute, il me voit. Je me recule mais il ne me lâche pas des yeux. Il se traîne jusqu'à moi et me saisit la jambe.

— Gabe, aide-moi, sors-moi de ce cauchemar.

— Non, je… tu ne peux pas me voir, c'est impossible.

Il semble soudain prendre conscience de quelque chose.

— C'est toi qui me fais ça ?

— Non…

— C'est toi ? Toutes ces nuits ? Tu es un monstre, Gabriel. Je vais le dire, tout le monde le saura…

Sans m'en rendre compte, j'ai fait sauter les verrous des grilles. Les barrières cèdent et laissent s'échapper les goules, voraces, qui se jettent sur le corps de Lucas. Elles commencent, déjà, à lui arracher les vêtements.

Il hurle.

— Aide-moi, Gabriel, je t'en supplie.

Je voudrais faire quelque chose, lui parler, lui tendre la main, mais je ne peux pas bouger. Lucas me serre encore plus fort la jambe. Je le vois, sous mes yeux, se faire éviscérer par les créatures monstrueuses. Mon cri se mêle au sien. Après en avoir fini de leur festin, les goules tournent leurs yeux terreux vers moi. Elles s'approchent…

Non…

Il faut que je sorte d'ici. Ce n'est pas possible. Ce n'est pas en train d'arriver.

Non.

À mon tour, je crie. Je ferme les yeux…

Le silence.

Le noir.

Le rien.

Je rouvre les yeux. Je suis ailleurs. Il n'y a plus un bruit, plus un souffle d'air. Je suis allongé sur un tapis de poussière grise. J'en ai dans la bouche, je crache et tousse. Je me soulève péniblement et passe les fines particules entre mes doigts. On dirait plutôt des cendres. Un sol recouvert de cendre. Mes yeux s'habituent enfin à l'obscurité de l'endroit. Suis-je revenu dans la Grotte ? Non. C'est un autre endroit. Je me soulève et époussette les cendres qui restent suspendues dans l'air. Je regarde autour de moi. Je n'en crois pas mes yeux. Je suis dans une Grotte, mais absolument incomparable avec celle que j'ai déjà visitée. Je parviens à peine à en distinguer les limites. Je vois sur ma gauche une immense falaise de roches noires percée çà et là d'éclats de pierres bleutées luminescentes. Et, partout autour de moi, des constructions hallucinantes. On dirait des temples, des vestiges d'un monde oublié. Sur ma droite, un immense dôme couvert de piquants, tels des stalagmites ; à gauche, un bâtiment éventré, comme s'il était composé de deux immenses mains rachitiques qui se seraient jointes et figées à jamais. Plus loin, je vois des sortes de pyramides dont le sommet serait ouvert comme une fleur de métal, un dahlia gigantesque aux pétales de rouille. L'architecture qui me fait face est démente, inimaginable, indescriptible. À la fois organique et minérale. Je n'ai jamais rien vu de tel. Il y a des bâtiments à perte de vue, tous plus différents les uns que les autres. Tous recouverts d'un voile blanchâtre, comme emprisonnés dans un cocon, ou plutôt dans une toile d'araignée. Oui, c'est cela. Je m'approche d'une des ruines et appose ma main contre la pierre.

Étonnamment, elle est chaude. Je laisse glisser mes doigts contre la roche. Il y a des reliefs marqués, le mur semblant composé d'un amoncellement d'os. Je me recule un peu. J'y vois désormais assez bien. Je suis face à une grande allée. On dirait que les murs sont composés d'immenses silhouettes squelettiques qui s'entremêlent les unes aux autres dans un maelström démoniaque. Mais putain, où suis-je ?

Lucas est-il lui aussi ici ? Est-il encore temps pour moi de l'aider ? J'entends un bruit derrière moi, je me retourne mais seules les ombres me font face. Soudain, un cri suraigu vient percer le silence. Une peur primale me saisit. Il faut que je me cache, j'en ai la conviction. Je ne contrôle pas cet endroit. Ce n'est pas un de mes rêves.

C'est autre chose.

C'est pire…

Je me lance vers le premier bâtiment qui se présente à moi, une sorte d'immense cathédrale composée de deux clochers pointus, sauf qu'ici les deux tours sont reliées par d'innombrables filaments, semblables à un réseau nerveux. On dirait que l'érosion a, lentement, creusé la roche. Non, en y regardant mieux, il semblerait plutôt que le bâtiment ait fondu. Ses fondations s'amalgament ainsi aux roches de la Grotte. Après une seconde d'hésitation, j'entre à l'intérieur de la cathédrale. La poussière au sol se fait plus épaisse, j'ai l'impression de progresser dans une neige noire et drue. J'ai du mal à avancer. Un nouveau cri derrière moi. Merde, que se passe-t-il ? Le bâtiment est complètement vide. Je n'ai nulle part où me cacher. Je hâte le pas, tant bien que mal. J'entraperçois une ombre se glisser sur ma droite entre des piliers semblables à des fémurs. Un bruit de pas rapide, comme une course d'araignée sur un mur. Mes poils sont hérissés. J'ai la colonne vertébrale glacée. Je n'ai jamais eu aussi peur de ma vie… J'arrive au fond du bâtiment, dans une immense alcôve arrondie. Je touche les murs à tâtons, il n'y a aucune issue. Peut-être puis-je grimper… Je lève la tête. Le sommet du bâtiment est percé d'un large trou. Mais jamais je ne pourrai y monter. Je n'ai pas assez de prises. Un nouveau crissement. Je me retourne, terrorisé.

Je crie :

— Qui êtes-vous ? Montrez-vous !

Soudain, s'extrayant des ombres, lentement, une créature descend du mur de droite et se glisse au sol. Elle rampe quasiment, ses mouvements sont lents. Je n'en crois pas mes yeux. Tandis que je recule, bientôt piégé contre le mur de la cathédrale, je détaille l'aberration qui me fait face. On dirait un être humain déformé, squelettique. Sa peau est grise, ses os saillants. Je vois l'arête de sa colonne vertébrale. Elle est marquée, pointue par endroits. Ses côtes sont quasiment à nu. Ses mains et ses pieds sont anormalement allongés. Et son visage… La créature qui s'approche de moi en oscillant la tête de droite à gauche n'a pas de face mais une sorte de spirale de chair qui s'enroule à l'intérieur de son crâne. Sous cette dernière, une énorme mâchoire ouverte jusqu'aux oreilles dessine un sourire terrifiant et laisse apparaître de petites dents pointues jaunâtres. Par des mouvements secs et par à-coups, elle continue sa progression. En cet instant, j'ai l'impression de voir se déplacer une sorte de caméléon cauchemardesque. Je suis paralysé.

Je ne peux rien faire. Je chute au sol, et rabats mes genoux contre moi. Arrivée à ma hauteur, la créature se soulève légèrement, m'enserre avec ses bras filiformes et plaque son visage à quelques centimètres du mien. Elle pousse un cri inhumain tandis que la spirale de sa tête commence à tourner, à tourbillonner. J'ai l'horrible sensation qu'elle m'aspire à elle… Je tente de résister mais je sens qu'elle me dévore de l'intérieur. Comme si elle consumait mes souvenirs… Je vois un mouvement sur la gauche, j'entends un choc, puis la créature s'effondre au sol, parcourue de convulsions. Face à moi, un homme âgé d'au moins 70 ans, portant une longue barbe blanche et vêtu d'une tunique marron déchirée par endroits. Il lâche la pierre qu'il tenait et me tend la main.

— Viens avec moi, vite.

J'attrape sa main et il m'aide à me relever. Nous sortons de la cathédrale et nous enfonçons dans la cité déserte. Après quelques minutes de course effrénée, j'entends un cri dans le lointain, suivi de trois autres bien distincts provenant de différentes zones de la Cité. Nous arrivons face à une paroi rocheuse, l'homme se recourbe et rampe dans une toute petite fissure, quasi invisible à l'œil nu. Avant d'y passer la tête, il se retourne vers moi.

— Viens, n'aie pas peur. Nous serons en sécurité là-dedans.

Je me faufile à mon tour dans la saillie. Nous nous retrouvons dans une petite caverne. En son centre est accumulé un tas de roches bleutées qui, à l'instar d'un feu, nous permet d'y voir un peu. Je remarque que les parois rocheuses sont recouvertes d'inscriptions. Je reprends ma respiration et m'assieds aux côtés de l'homme. Il est plus âgé que ce que j'aurais cru au départ. Ces traits sont marqués, son front et ses joues parcourus de larges rides.

Il me regarde, semblant lui-même surpris :

— Que fais-tu ici ?

— Je... je ne sais pas.

— Comment t'appelles-tu ?

— Mon nom, c'est Gabriel. Et vous ?

— Je m'appelle...

Il semble hésiter une seconde.

— Je m'appelle Geronimo de Aguilar.

Il a une voix sèche, je dois tendre l'oreille pour l'entendre. Il parle lentement, espaçant chaque mot d'un long silence. Comme s'il avait du mal à s'exprimer, comme s'il n'avait pas communiqué depuis une éternité.

— Où sommes-nous ?

— En sécurité, c'est l'une de mes cachettes.

— Non, je veux dire, ici, cette ville ?

— Tu ne connais pas cet endroit ?

— Non...

— Il a de multiples noms. C'est le pendant obscur de Xibalba, la Cité de Lumière. Les autres hommes, ceux qui viennent d'un autre temps, ils l'appellent les Terres Mortes. Ce lieu change, se transforme, évolue sans cesse.

— Est-ce que je suis en train de rêver ? Est-ce que tout cela est une illusion ?

Le vieil homme me regarde longuement, sans répondre. Un instant, il me semble qu'il avance la main, comme pour me toucher le visage. Voyant que je me recule dans un sursaut, il se reprend :

— Je suis désolé, mais voilà tellement longtemps que je n'ai pas parlé à quelqu'un. Tu es le premier à qui je m'adresse ici. Les autres, je ne leur ai jamais fait confiance. Toi, c'est différent, tu n'es qu'un enfant… et tu étais en danger. Mais je n'aurais peut-être pas dû. Je n'aurais peut-être pas dû intervenir… Pas dû… Je m'étais juré…

Il ferme les yeux et répète la même chose.

Je lui pose la main sur l'épaule et lui demande si tout va bien.

— Oui, excuse-moi. Quelle était ta question déjà ?

— Est-ce que c'est un rêve ?

— C'est bien plus complexe que cela. Tu dors, oui, indéniablement. Pourtant, cet endroit existe. En dehors du temps, en dehors de tout. Je l'arpente depuis des années, et pourtant plus je le visite, plus il m'échappe.

— Depuis combien de temps êtes-vous ici ?

— Je ne sais plus vraiment. Je suis maudit. Je suis condamné à errer dans ces Terres, aujourd'hui, hier, demain. Chaque nuit, je suis ici. Toi, de quelle époque viens-tu ?

— Comment ça, de quelle époque ?

— Tes vêtements me sont inconnus.

— Je suis né en 1992. J'habite à Columbia dans le Maryland.

— En 1992… c'est si dur à imaginer pour moi. C'est si loin. Columbia, c'est une ville d'Angleterre, non ?

— Non, je suis américain, j'habite aux États-Unis.

— Les États-Unis ? Quelle contrée incroyable se cache derrière ces deux mots ? C'est fou, tu viens d'un pays qui m'est totalement inconnu. Et comment est le monde à ton époque ?

— Je… je ne sais pas trop.

— Non, en fait, ne me dis rien. Je ne crois pas vouloir savoir.

— Et vous, d'où venez-vous ?

— C'est un peu long à expliquer. L'année de laquelle je crois te parler est 1527.

— C'est impossible...

— Ici, tu le verras, rien n'est impossible.

— Qu'est-ce que c'était que cette créature tout à l'heure ?

— Ce sont les gardiens des Terres Mortes. Il faut toujours les garder à distance. Les hommes de ton époque les appellent les Sentinelles, je crois.

Passé le choc de l'attaque et de la découverte de ce lieu, je repense à ce qu'il vient d'arriver dans le rêve de Lucas.

— Geronimo... je crois que je viens de faire quelque chose d'horrible...

Soudain, comme si une chape de plomb me tombait dessus, je ressens une incroyable fatigue.

— Raconte-moi, petit...

— Attendez... je me sens si épuisé.

— C'est normal, jeune homme. La Sentinelle a tenté de t'absorber, ça m'est aussi arrivé. C'est éreintant. Endors-toi. Tu ne crains rien tant que tu es à mes côtés.

Tandis que je ferme les yeux et que le flou se fait devant moi, j'entends distinctement la voix de Geronimo de Aguilar :

— Nous nous reverrons, Gabriel. Je t'attendrai ici. Il y aura toujours une lumière pour toi dans ces terres de désolation. Nous nous reverrons...

Je me réveille en sursaut. Je suis revenu dans ma chambre... enfin. Un bruit à l'extérieur. Une sirène de police. Je jette un œil à mon réveil : 10 h 45.

Je m'approche de la fenêtre, un peu sonné. J'ouvre les volets. En face de chez moi, chez les Brown, la famille de Lucas, une ambulance et une voiture de police sont stationnées, gyrophares allumés… Mon Dieu ! Je vois des infirmiers qui sortent un brancard sur lequel est posé un corps dans une housse noire fermée. Les parents et la sœur de Lucas apparaissent également sur le perron. Son père tient sa femme et sa fille, effondrées, entre ses bras.

C'est impossible…

Lucas…

Je l'ai tué…

Partie II

Sommeil léger

James Hawkins

29 juin 2008
New York, État de New York

J'ai passé la nuit du 27 juin au chevet de mes Sentinelles. Elles ont montré une agitation rare pendant plusieurs heures. J'ai ainsi dû rester auprès de Natalie qui ne cessait de répéter, en me serrant la main : « Un intrus, l'Enfant... pas eu le temps de tout savoir... gênée... frappée... Maryland... seul... mort... tristesse... maladie... Lucas ». L'Enfant. Le moment est-il enfin venu ? Est-ce lui que Natalie a vu dans les Terres Mortes ? Est-ce seulement possible ? Je n'ai malheureusement pas eu trop le temps de me pencher sur les paroles de ma Sentinelle, ni de réfléchir aux sens des écrits des dernières pages de *Per Inania Regna* que je viens de traduire cette nuit car, ce matin, j'ai en effet reçu un coup de fil de William Stadler.

La CIA a une mission urgente pour ONIR. Le ton officiel, procédurier que prend toujours Stadler avec moi me fait sourire. En vingt-six ans, tous les interlocuteurs qui ont pris la succession de Lettinger ont toujours eu cette même obséquiosité, cette même suffisance crasse. Peut-être – je m'en suis persuadé au fil des années –, qu'ils se bâtissent ainsi une sorte de protection, une barrière pour dissimuler le fait qu'ils n'ont, *in fine*, aucun contrôle sur ONIR et ce que nous faisons ici. Nos agissements dans les Limbes, les « services » que nous rendons à la CIA depuis tant d'années, leur échappent tellement qu'ils se voilent derrière leurs costumes bien taillés, leur morgue et leur arrogance de façade. Ils ont peur, je le sais, je l'ai toujours su. Peur qu'un jour ONIR fasse cavalier seul. Ce qu'ils ne savent pas, c'est que ça a toujours été le cas.

Stadler est le dernier représentant en date d'une unité spéciale, top secrète, de la CIA, branche de la Division des Activités Spéciales, le GSI, Groupe Spécial d'Influence. Le monde entier croit que la Division des Activités Spéciales a disparu au début des années 2000. En réalité, le groupe a muté, évolué et réalloué au gré des années une bonne partie de ses budgets et effectifs au GSI. Ainsi, pourquoi continuer à monter des opérations paramilitaires coûteuses, des coups d'État risqués pour notre politique internationale, quand on peut simplement faire appel aux services d'ONIR ? Mes équipes agissent dans l'ombre et dessinent le monde selon notre bon vouloir. Le GSI a été fondé après les événements de la station K27 par John Lettinger lui-même. Depuis, plusieurs fois par mois, la CIA nous sollicite pour des « missions d'influence » – ce sont les termes qu'ils utilisent. Hormis Stadler et quelques-uns de ses agents, peu sont ceux à connaître les relations qui unissent la CIA à ONIR. Même les centaines d'employés qui travaillent aujourd'hui à monter les dossiers du GSI ne sont pas au courant de la finalité réelle de leurs recherches. Encore moins des demandes plus importantes de Stadler. Car il y a les interventions officielles et les autres, celles pour lesquelles Stadler ne veut pas de trace écrite, rien. Tout se fait à l'oral, via des lignes téléphoniques sécurisées. Ici, on sert des intérêts plus grands…

Pour aujourd'hui, il ne s'agit que d'un petit dossier, de priorité 2. C'est tout à fait dans les cordes d'Amy. Je préviens Elias de préparer la salle d'endormissement et je me rends au sous-sol. Matt et la jeune fille finissent de prendre leur petit déjeuner dans la cantine. S'ils sont assis face à face sur la grande table en Inox, ils ne se parlent pas. Amy est plongée dans la lecture d'un magazine, tandis que Matt oscille la tête de droite à gauche, un casque de baladeur greffé aux oreilles. Il mange des céréales colorées en fredonnant. Je regarde Amy, elle a l'air fatiguée. Elle est habillée d'un jogging gris et d'un sweat-shirt rose passé. Je salue les enfants, bientôt rejoint par Elias.

— Bonjour, les enfants. Amy, excuse-moi, je vais avoir besoin de toi aujourd'hui.

Elle me répond d'une voix lasse :

— Qui faut-il encore aider à mourir ?

— Rien de tout cela, au contraire… Tes actions aujourd'hui vont pouvoir aider beaucoup de gens.

— C'est ce que vous dites chaque fois, James.

— Et c'est toujours la vérité… Tu veux bien me suivre ?

Elle se lève et nous accompagne, Elias et moi, d'un pas traînant vers la salle de préparation.

Je la laisse s'installer sur la chaise, et m'assieds face à elle.

— Ça devrait être une intervention assez rapide.

Je lui tends une photo. Même si elle est assez floue, on voit bien le visage de l'homme et, surtout, ses yeux. Amy l'observe en silence.

— Cet homme, c'est Abu Ghadiya, il est l'un des individus en charge de faire passer des insurgés syriens en Irak depuis des mois. Il leur fournit de faux passeports, de l'argent et des armes avant de leur faire traverser la frontière. Et tu sais ce que font ces insurgés une fois qu'ils sont arrivés en Irak ?

Amy me répond en fixant toujours la photo :

— Non, mais vous allez me le dire.

— Les insurgés prennent pour cible nos hommes, les militaires américains déployés sur place, mais aussi nos alliés, les forces de sécurité irakiennes, en montant des embuscades ou des attaques terroristes suicides. Et dans ces crimes aveugles, il y a aussi souvent des civils dans le lot. Des familles, des enfants…

— Qu'est-ce que vous voulez que je fasse ?

— Simplement que tu nous aides à localiser Abu Ghadiya. Nous savons qu'il se cache dans la zone d'Abu Kamal, le long de la frontière syrienne, mais nous ne parvenons pas à le localiser avec précision. Nous avons besoin de toi pour cela. Il faudrait idéalement que tu parviennes à allumer un feu ou à trouver une lampe et à faire des signaux, n'importe quoi, qui permettrait aux drones et satellites survolant la zone de savoir exactement où se terre Ghadiya.

— Mais je n'ai pas besoin de formation préalable ? Normalement, quand nous agissons à l'étranger, vous m'apprenez les rudiments de la langue, vous me donnez au moins quelques bases, non ?

— Oui, mais cette fois, il y a urgence. Nous craignons que Ghadiya change de planque dans les prochains jours. Il faut agir et vite. Le temps que nous ayons terminé les préparatifs, ce sera le milieu de la nuit en Syrie. Tu ne devrais croiser personne. Ghadiya vit, habituellement, seul. Il n'a pas de famille. Tout va bien se passer, Amy, nous veillons sur toi.

— D'accord… à une condition alors. Je veux bien vous aider mais, en échange, je veux tenter, une dernière fois, de contacter Clyde en essayant de le trouver dans ses rêves.

Elias prend la parole :

— Tu sais bien qu'il ne laisse personne approcher, même toi…

— Oui, Elias, mais je veux encore essayer.

À mon tour de tenter de la convaincre :

— Amy, tu ne sais pas tout sur Clyde. Comment te dire ? Depuis sa fuite, il a changé, il est devenu incontrôlable, dangereux, c'est bien trop risqué pour toi.

— Clyde ne me ferait jamais de mal.

— C'est ce que tu crois. Il a changé.

— Je veux essayer. Une dernière fois.

— Très bien. Remplis ta mission et nous tenterons une incursion dans les prochains jours.

C'est peut-être une bonne idée, finalement, vu que cela fait plusieurs jours que Clyde ne s'est pas manifesté. Je sens qu'il prépare quelque chose. Peut-être qu'Amy, sans le vouloir, pourrait m'aider à le localiser…

— Je te laisse, Amy, je suivrai toute l'opération depuis la salle de contrôle. Elias va t'accompagner jusqu'en salle d'endormissement.

— Très bien.

Je rejoins la salle de contrôle et m'assieds dans mon fauteuil. Devant moi, deux techniciens, Goldin et Lindsey, allument tous les écrans qui retransmettent l'opération. Amy y apparaît sous divers angles. Elias est en train de l'aider à s'allonger sur le lit. On plante une fine aiguille dans le bras droit de la jeune fille afin de la relier à l'électromyogramme qui calcule son activité musculaire. Ainsi, une série précise de mouvements nerveux de sa main nous permettra de savoir si elle a besoin de « revenir ». Nous n'avons pas trouvé mieux depuis l'Alaska pour rappeler un Éveillé dans la réalité. C'est une précaution qui, heureusement, ne nous sert que rarement…

Sur le côté, un écran est dédié à son rythme cardiaque, un autre à son activité neurologique, un dernier à sa température corporelle. On vient de lui retirer le masque à oxygène pour dilater ses bronches. Elle est prête.

Goldin se retourne vers moi.

— Tout est prêt, monsieur, nous pouvons lancer le protocole d'endormissement.

— Très bien. Branchez le haut-parleur.

— Oui, monsieur. C'est bon…

— Amy, nous allons t'endormir dans moins d'une minute. Tu te souviens de ta mission ? Ne perds pas de temps, va à l'essentiel. Prends le contrôle de Ghadiya dans son sommeil et trouve le moyen de le localiser.

Je la vois hocher la tête et fermer les yeux tandis que notre anesthésiste lui place un masque diffusant le sédatif éclair développé par ONIR. Il permet une narcose rapide et, surtout, un réveil sans trop de difficulté. Il m'aura fallu plus de dix ans avant d'arriver à de tels résultats en trouvant l'équilibre parfait entre Thiopental, Kétamine et Propofol. Grâce à ce mélange, pas besoin d'être à jeun avant une intervention et, surtout, le réveil est rapide et sans effet indésirable marqué. De plus, la Kétamine, par ses effets secondaires psychodysleptiques, permet de renforcer temporairement le pouvoir de mes Éveillés dans les Limbes.

Amy dort depuis dix bonnes minutes. Elias m'a rejoint. Il est debout, tendu, penché en avant sur la console de contrôle. Je sais qu'il s'est attaché aux gamins, en particulier à Amy, et ce, malgré tous mes efforts. Je détaille un peu mon responsable de la sécurité. Il est habillé, comme chaque jour, d'un pantalon et d'un col roulé noir, comme je le lui ai ordonné. Il a les cheveux noirs, plaqués en arrière, et, derrière ses lunettes épaisses, des yeux d'un bleu éclatant, toujours un peu rougis par la fatigue. Voilà plus de quinze ans qu'il travaille pour moi. Je l'ai recruté alors qu'il postulait chez ONIR pour un emploi de juriste, il avait à peine 25 ans. J'ai instantanément senti en lui un grand potentiel. Surtout, en visitant ses rêves, j'ai rapidement pris conscience qu'il me serait aisé de le façonner afin qu'il devienne mon plus fidèle serviteur. À l'époque, Elias était marié depuis trois ans et venait d'avoir un bébé. Autant de choses qui allaient entraver son investissement le plus total. Durant de longs mois, j'ai patiemment, imperceptiblement, modifié ses rêves pour qu'il en vienne à quitter sa femme et à s'éloigner de son jeune fils. Depuis, son sommeil m'appartient et, dès qu'il ferme les yeux, tout ce qu'il trouve dans ses songes, c'est le vide, le néant et une admiration sans borne pour moi. J'ai fait de lui mon esclave, certes, mais il me fallait un allié aveugle en qui je puisse placer toute ma confiance. Quelqu'un à qui je pourrais tout dire, tout raconter et qui ne le répéterait jamais à personne. Mon bras droit a été aussi pour moi un formidable terrain d'expérimentation me permettant de voir jusqu'où il était possible d'influencer un être humain à son insu via les Limbes. Elias est devenu comme une coquille vide, un mannequin obéissant et servile, et pourtant je sens bien que, malgré tous mes efforts, un éclat de son libre arbitre survit toujours quelque part. Je le vois dans cet attachement, cette empathie naturelle qu'il a pour les enfants. Il faudrait que, à l'occasion, je me charge aussi de cela. Mais je déteste tant retourner dans les Limbes que je repousse sans cesse le moment de visiter à nouveau l'inconscient d'Elias pour y faire quelques derniers ajustements.

Voilà près de vingt minutes qu'Amy est endormie. Mon téléphone sonne soudain.

— Hawkins, Stadler à l'appareil. Nous venons d'avoir un contact visuel. Nous pensons que votre agent a bien pris le contrôle de la cible Abu Ghadiya. Nous avons vu un individu, en dehors d'une tente, à côté d'un immeuble en construction, agiter deux lampes torches. Vous pourrez féliciter votre équipe. Du très bon boulot…

— Et maintenant ? Que va-t-il se passer ?

— L'état-major et le président viennent de donner l'autorisation de lancer un raid sur Abu Ghadiya. Nous venons de faire décoller quatre hélicoptères Black Hawk pour une intervention sur place. Ils devraient être sur zone aux alentours de 8 h 45, heure locale.

Les hommes de la Delta Force se chargeront d'éliminer la cible et quiconque représentant une menace.

— Bien.

— Encore beau boulot, Hawkins. Comme toujours.

— Oui. Comme toujours…

Alors que je raccroche le téléphone, je remarque sur l'un de mes moniteurs qu'Amy semble se réveiller. Elle a l'air paniquée et se jette sur l'anesthésiste. Je branche le micro.

J'entends la voix de la jeune fille :

— Trouvez Hawkins, vite. Il faut le prévenir.

Elias et moi rejoignons au plus vite la salle d'endormissement. En me voyant, Amy se rue sur moi.

— James, il y a eu un problème.

— Comment ça ? Je viens d'avoir la confirmation de la CIA qu'ils ont bien repéré ton signal.

— Mais je ne suis pas certaine qu'il s'agisse bien de la bonne cible.

— Qu'est-ce que tu racontes, Amy ?

— Lorsque j'ai pris le contrôle de l'homme dont vous m'aviez montré les photos, j'ai d'abord été surprise par ses rêves. Normalement, les soldats ont des rêves violents, belliqueux ou sexuels… Là, pas du tout. L'homme avait l'air de revivre un souvenir où il visitait un marché avec sa mère. J'ai pris le contrôle aisément en me faisant passer pour elle. Mais c'est en entrant en lui, lorsque je l'ai fait se réveiller, que j'ai remarqué quelque chose de bizarre.

La gamine est à bout de souffle, a encore du mal à articuler clairement suite à l'anesthésie.

— Calme-toi, assieds-toi. Elias, apportez-lui un verre d'eau.

Amy s'assoit, boit quelques gorgées puis reprend :

— L'homme dormait dans une tente, adossée à un immeuble en construction, je crois. À ses côtés, il y avait quatre autres corps endormis. Au départ, je n'y ai pas prêté attention, je n'avais pas le temps. En fouillant dans leurs affaires, j'ai trouvé facilement deux lampes torches. Je suis sortie de la tente et je me suis efforcée de faire des signaux vers le ciel. Mais ce n'était pas facile. Chaque mouvement me coûtait. L'homme ne se laissait pas contrôler, il résistait. Pendant quelques secondes, j'ai relâché un peu mon emprise et il s'est mis à crier. Là, une des silhouettes sous la tente a bougé. C'était un enfant, un petit garçon. Il est venu vers moi en répétant « Baba, baba… » Je suis allée voir les autres corps et il y avait trois autres gamins, pas plus vieux que 12 ans. Vous êtes certain que c'est la bonne cible ? Vous ne m'aviez pas dit que Ghadiya vivait seul ? Il faut prévenir la CIA et vite.

— Calme-toi, Amy. Je m'en charge tout de suite. Repose-toi. Tu sais qu'il faut toujours t'accorder une heure après le réveil.

— Promettez-moi que vous allez vous en charger. Ils se sont trompés, l'homme sur la photo est un civil, un simple père, il doit juste surveiller l'immeuble ou quelque chose comme ça, c'est tout. J'en suis certaine. Nous avons commis une erreur.

— Je m'en occupe, je te le promets.

Tandis que je parle à Amy, je vois Elias qui s'éloigne, en pleine conversation téléphonique.

— Repose-toi maintenant, Amy.

Je quitte la salle d'endormissement. Je sais que la gamine me regarde à travers les baies vitrées. Je fais semblant de décrocher mon téléphone et de composer un numéro, puis, de dos, je mime des paroles pendant moins d'une minute. Puis, je me retourne et souris à Amy. Enfin, je m'éloigne et m'apprête à prendre l'ascenseur.

Je ne peux pas rappeler la CIA. À quoi bon ? Nous avons rempli notre part du contrat. Que la cible soit innocente ou coupable m'importe peu, finalement. Il s'agit d'une intervention sans importance pour moi. Pourquoi mettre en danger ma relation avec la CIA, et tous les avantages et passe-droits qu'elle m'offre, pour simplement sauver un vulgaire paysan syrien ? Non, il y a plus important, plus urgent…

Tandis que j'appuie sur le bouton de l'ascenseur pour rejoindre le rez-de-chaussée, Elias bloque la fermeture de la porte avec ses mains, et s'y engouffre. Il a le teint blême.

— Que se passe-t-il, Elias ?

— Je viens d'avoir un de nos agents en charge du contrôle des communications policières. Il s'est passé quelque chose d'étrange dans le Maryland, dans la ville de Columbia.

— Expliquez-moi.

— On vient de retrouver un adolescent mort, un dénommé Lucas Brown. Il est décédé dans son sommeil.

— Une nouvelle victime de Clyde ? Si éloignée de New York ?

— Non, je ne pense pas. Clyde ne laisse pas de trace lors de ses assassinats. Là, c'est différent.

— Expliquez-moi.

— Le gamin a été retrouvé dans son lit en sang, il s'est griffé la peau des bras, des jambes jusqu'au sang puis, *a priori*, il se serait autostrangulé.

— Et tout cela dans son sommeil ?

— Oui, les premiers rapports des officiers de police scientifique dépêchés sur place laissent entendre qu'il dormait. La police locale est, à ce stade, complètement désemparée… Et il y a autre chose.

— Oui ?

— Autour de la maison de Brown, la police a trouvé des dizaines d'oiseaux morts.

— Il y a donc un Éveillé dans la zone. Cela ne fait plus aucun doute.

— Vous pensez qu'il pourrait s'agir de l'Enfant, celui que nous attendons ?

— Peut-être. Il y a deux nuits, les Sentinelles m'ont fait part d'une activité étrange dans les Terres Mortes. Elles y auraient vu un enfant… Peut-être que tout cela est lié. Nous le saurons très bientôt. Je demande de suite à Stadler de nous donner une autorisation d'envoyer nos équipes sur place. Nous serons présentés comme mandatés par la CIA pour accompagner la police dans leur enquête.

— D'accord, monsieur.

— Je veux que vous vous rendiez également sur place, Elias. J'ai besoin de vous là-bas. Fouillez les écoles, interrogez les médecins, parlez aux camarades du gamin. Trouvez quelque chose et vite. Je vous rejoindrai au plus vite. Mais rassurez-vous, nous l'attraperons, c'est écrit.

— Que voulez-vous dire, monsieur ?

— Aguilar l'a notifié dans ses pages : « L'Enfant a été fait prisonnier et je n'ai rien pu faire. Enfermé que je suis dans ma prison de solitude, dans un autre temps, un autre monde. »

Le moment est enfin venu, je le sens.

Ce crime est la première signature de l'Enfant, son acte fondateur.

Né dans la violence et dans le sang, comme Clyde, comme moi.

Lee

24 octobre 2028
Chicago, Illinois

Trouver le Clearview Institute n'a pas été chose aisée…

Il existe ainsi, à ce jour, plus de 400 000 occurrences incluant tout ou partie du nom sur Internet. J'ai donc dû patiemment, méticuleusement, faire le tri. Les derniers progrès de l'intelligence artificielle du moteur Google Echo m'ont énormément aidée, certes… En me nourrissant de mes souvenirs et des divers éléments vus dans mes rêves, je me suis efforcée de rendre ma recherche le plus précise possible. Petit à petit, d'autres mots-clés se sont ainsi greffés à la recherche initiale : « abandonné, hôpital, enfants »… Après des heures devant mon écran d'ordinateur portable, il ne me restait plus que quelques occurrences. J'avais limité ma recherche aux États-Unis pour une raison simple : je n'aurais jamais pu me déplacer à l'étranger, je n'en aurais pas eu le budget… Et, je ne sais pas pourquoi, j'avais comme la certitude que le Clearview Institute qui m'était apparu en rêve était bien ici, dans mon pays. C'était comme une évidence. Face à la dizaine de choix qu'il me restait, un m'a immédiatement sauté aux yeux. Plusieurs sites parlaient ainsi du « drame Clearview », de « l'affaire Clearview Institute ». Le Clearview qui a interpellé mon attention était ainsi un des plus vieux hôpitaux psychiatriques des États-Unis, ouvert en 1870. Fleuron des établissements créés par Thomas Kirkbride, père du Kirkbride Plan qui permit d'améliorer les traitements médicaux des malades mentaux à partir de la seconde moitié du XIXe siècle. Une véritable institution basée en Caroline du Nord, en périphérie d'Asheville, à l'entrée de la forêt de Mills River. L'hôpital a fermé ses portes en novembre 2005 suite à un terrible incendie qui en a ravagé une aile entière, celle réunissant les enfants et adolescents, et a entraîné la mort de quatorze personnes. Naturellement, le lieu a depuis la réputation d'être hanté, habité par ses fantômes. Après sa fermeture, Clearview a été racheté par un opportuniste, Charles Ellington, qui y organisait, entre 2015 et 2020, des « tours de l'horreur » en faisant visiter les installations abandonnées et en payant quelques comédiens grimés pour faire sursauter les touristes en mal d'adrénaline. Depuis 2021, l'hôpital a été préempté par la ville d'Asheville, mais laissé à l'abandon. Quelques amateurs de sensations fortes continuent de s'y rendre malgré la vétusté du lieu. J'ai trouvé quelques photos de l'endroit prises par ces explorateurs urbains. Aucun doute, c'est bien le lieu que j'ai vu dans mes rêves. Les mêmes murs à la peinture écaillée, les fauteuils roulants abandonnés dans des couloirs, le salon de thé avec ses luminaires rouillés au plafond, et, surtout, la salle de projection en partie brûlée… Ce n'est pas une coïncidence, ce n'est pas possible.

J'ai demandé quelques jours à Chris, mon rédacteur en chef, en prétextant des recherches sur le Marchand de sable. Le plus difficile pour moi a été de quitter Liam. Depuis que mon fils a été hospitalisé, je passe ainsi, chaque jour, plusieurs heures à son chevet. J'ai pris l'habitude de lui lire des histoires, de lui parler de rien, de tout. Avec le temps, j'ai appris à connaître les équipes soignantes, les autres familles. On se soutient comme on peut. En prévision de mon voyage, j'ai demandé à Doug et Kristin, les parents de la petite Maggie, qui « dort » juste à côté de Liam, de bien vouloir veiller sur mon fils pendant mon absence.

Repenser à Liam me fait douter, encore une fois. Pourquoi ai-je suivi ce délire ridicule ? Pourquoi est-ce que je ne me concentre pas, plutôt, sur mon enquête ? Ce voyage est-il une excuse pour fuir… pour ne pas faire face à ce qui arrive à Liam ? Je ne sais pas trop, mais j'ai l'intime conviction, comme un pressentiment profond que c'est important, qu'il faut que j'aille au bout, que je trouve cet endroit.

Une fois mon départ organisé, il m'a fallu trouver le moyen le plus économique de me rendre en Caroline du Nord. Depuis la flambée du prix du pétrole suite à la Grande Crise de 2024 et la guerre au Moyen-Orient, les prix des billets d'avion ont explosé. Un aller-retour Chicago-Raleigh m'aurait coûté plus de 1 500 dollars. Inimaginable… Comme il est loin le temps où l'on pouvait, avec quelques centaines de dollars, traverser en avion le pays, voire se rendre à l'autre bout du monde ! Tout semblait si proche, le monde à portée de main, tout était possible. Désormais, seuls les plus fortunés peuvent s'offrir de longs vols. Les grandes compagnies aériennes ont ainsi transformé leurs avions en limousines volantes. Plus de seconde classe mais des chambres individuelles grand luxe. Les autres, les quidams comme moi, ont vu les frontières et leur monde se resserrer. Tandis que nos présidents successifs poussaient toujours plus loin leur politique ultraprotectionniste, nous n'avons eu d'autre choix, nous aussi, que de nous replier sur nous-mêmes. Bref, je n'ai pas trouvé de meilleur moyen pour me rendre à Asheville que de louer une voiture électrique. Avec les nouvelles limitations de vitesse à 90 km/h, il m'a fallu plus de treize heures de conduite pour arriver à destination. Certes, j'aurais pu utiliser un peu plus le pilote automatique de l'engin. Mais je ne parviens jamais vraiment à lâcher prise lorsque mon véhicule intègre la file réservée sur la droite. Je sais bien que les voitures modernes sont bardées de caméras, de capteurs, de puces de géolocalisation, mais j'ai toujours du mal à lâcher le volant, moi qui ai grandi dans un monde où la perspective de voitures autonomes était impensable… Quand ma voiture se glisse dans la file ininterrompue d'engins qui roulent à 70 km/h, j'ai l'impression de rejoindre un convoi lugubre, de faire partie du bétail. Non, ce n'est pas pour moi…

J'ai donc préféré garder le contrôle, et, du coup, le trajet m'a paru sans fin. Je me suis arrêtée le premier soir, à bout de forces, dans un motel sordide. Je me suis effondrée sur le lit trop mou, sans même prendre de douche ni me déshabiller. Ce matin, après un petit déjeuner frugal pris sur le capot de la voiture, j'ai repris la route. Tandis que les kilomètres défilaient sur l'Interstate 75 et que les noms de ville se succédaient, Williamsburg, Livingstone, Jellico, Jacksboro, Dandridge… autant de lieux que je ne visiterai jamais, souvent, mon esprit décrochait, certainement la fatigue, et me ramenait auprès de Liam, dans nos souvenirs. Je repensais à lui, à nous, à tous ces petits instants, ensemble, ces moments de rien que je n'ai peut-être pas su saisir et qui, aujourd'hui, me manquent tant, comme un vide qui se creuse en moi.

Sa façon de m'attraper encore la main, parfois, malgré ses 7 ans, alors que nous marchions dans la rue, nos crises de fou rire ensemble quand, le soir, il me racontait sa journée à l'école et que je faisais semblant de m'endormir… Je repense à cette zone au creux de son cou qu'il suffisait que j'effleure pour qu'il se torde de rire. De ses paroles, quand il voyait que j'avais mes moments de blues, et qu'il me disait, chaque fois : « Maman, ça ira mieux demain… » Tout ce qu'il est me manque tant. Je me sens amputée.

Alors que je roulais, j'ai eu, à plusieurs reprises, envie de prendre cette première sortie, de faire demi-tour, consciente soudain de la folie, de la stupidité de ce voyage. Je poursuis un rêve… À trop cogiter, je me convainquais que j'avais peut-être, tout simplement, vu des photos de l'hôpital au détour d'une de mes recherches et que ces dernières étaient restées ancrées dans ma mémoire pour émerger aujourd'hui. Mais non, j'avais déjà fait le plus gros de la route. Au pire, si tout cela était faux, ça serait l'occasion pour moi d'en avoir, enfin, le cœur net.

Il est 17 h 50, le soleil se couche et illumine les nuages d'un orange sanguin. Je viens de tourner à droite pour prendre une route défoncée. J'ai failli rater le panneau quasiment effacé qui indiquait le Clearview Institute. Les phares de la voiture s'allument tandis que j'emprunte une longue allée bordée de chênes trapus dont les branches se tordent en tous sens. Les arbres créent un tunnel naturel, kaléidoscope torturé, duquel pendent des monceaux de mousse espagnole, créant comme de longs linceuls grisâtres qui dansent au vent. Je comprends mieux que l'endroit ait tant fasciné les amateurs d'ésotérisme. Je ralentis, la route n'est pas entretenue et je dois éviter les profonds nids-de-poule et les buissons de ronces sur les bas-côtés. Je remarque une silhouette noire, massive, qui se dessine entre les arbres. Tandis que je m'approche, je discerne mieux le bâtiment malgré l'obscurité. Le Clearview Institute est bien plus grand que je ne l'aurais cru en détaillant ses photos. Son bâtiment principal s'étend sur plus de cinquante mètres et quatre étages. L'immeuble est en pierre grise, ses larges fenêtres sont blanches. Je remarque, en son centre, une grande horloge blanche plus haute que le reste du bâtiment. Toute la partie gauche du Clearview est en partie détruite, ne laissant apparaître par endroits que des pans de façade déchirés. C'est certainement la zone où a eu lieu l'incendie. J'arrive face à un immense portail en fer forgé surplombé d'un écriteau « Clearview ». Il est fermé par une épaisse chaîne mais il y a, je pense, assez de jeu entre les grilles pour que je m'y faufile. Je me gare et fouille dans mon sac à dos pour en tirer ma lampe torche. J'essaie de l'allumer, elle ne fonctionne d'abord pas. Et merde… Je donne quelques petits coups dessus et, finalement, elle se déclenche. *Allez, il faut y aller maintenant, Lee…*

Je sors de la voiture. J'ai un peu la chair de poule, le froid, certainement. Je remonte la fermeture Éclair de ma veste en cuir. Je passe à travers la grille et braque la lumière devant moi. J'emprunte un chemin de dalles de béton fendillées, dévorées par les mauvaises herbes. Sur le côté gauche, je remarque un terrain de football aux cages défoncées, puis, plus loin, un panier de basket effondré au sol. Je contourne une petite fontaine remplie d'une eau saumâtre. Je suis devant l'aile gauche du bâtiment. J'aurais dû imprimer un plan, quelque chose… Quelle idiote je fais ! Je lève le faisceau de la lampe sur l'hôpital. Une partie de la façade s'avance en bow-windows, bordés de grandes fenêtres à la peinture blanche jaunie par les intempéries. Du lierre rouge grimpe au mur et étend ses racines dévorantes jusqu'au toit. Là, une gouttière fendue a dû laisser ruisseler de l'eau sur la façade depuis des années, laissant une coulée luisante d'un vert mousse sur tout un pan. La plupart des carreaux sont brisés, laissant apparaître des grilles noires. Je sursaute quand ma lampe s'arrête sur un visage de femme impassible. Il me faut quelques secondes avant de comprendre qu'il s'agit d'un mannequin de magasin vêtu d'une robe de mariée. Certainement placé ici pour effrayer les visiteurs lorsque étaient encore organisés les fameux Tours de l'Horreur… Je monte quelques marches qui me mènent devant une large porte en bois. Sur les côtés, deux magnifiques vitraux Art déco, étonnamment bien conservés. Au-dessus de moi, une vieille lanterne grince sous le vent. Je tourne la poignée en laiton. Sans surprise, la porte ne s'ouvre pas. Je longe la façade sur une dizaine de mètres et, après quelques minutes, tombe enfin sur une fenêtre aux carreaux brisés dont les barreaux ont été tordus. D'autres avant moi ont dû en forcer le passage. Je place la lampe torche dans ma bouche et me hisse sur la fenêtre. Face à moi, les abîmes de l'hôpital, le noir le plus total. J'aurais dû attendre demain matin pour faire la visite du bâtiment, je le sais. Mais je ne peux attendre une seconde de plus. Je prends mon courage à deux mains et me laisse retomber à l'intérieur du bâtiment. Mes chaussures écrasent quelques morceaux de verre. Le bruit se répand comme un écho dans les couloirs vides de l'Institut. Ma lampe grésille puis se rallume. Je commence mon exploration de l'hôpital. Je traverse de grandes salles vides. La plupart du temps, le sol est trempé et a pris des teintes verdâtres. Je passe par un vestibule où de grands panneaux de métal ont été arrachés, les luminaires néon pendent, et je dois me frayer un chemin entre des tas de détritus recouvrant le sol. Je crois distinguer des pneus, des portes, des fauteuils éventrés. Je fais de mon mieux pour éviter de me couper en frôlant le métal rouillé. J'arrive enfin dans un long couloir. Malgré leur état déplorable, je remarque que les murs avaient dû être peints de deux couleurs distinctes : un vert d'eau pour la partie inférieure et un rose pâle pour la supérieure. Au plafond, des restes de moulures et ornements rappellent la longue histoire du bâtiment. J'avance dans le couloir, détaillant rapidement chaque ouverture sur le côté. Autant de chambres désertes. J'ai un picotement dans la nuque… Ce couloir ressemble à s'y méprendre à celui que j'ai traversé dans mon rêve. La même peinture écaillée, la même grande baie vitrée au fond… De-ci de-là, de nombreux graffitis et tags recouvrent les murs… J'ai une sensation étrange en évoluant dans ces couloirs déserts. Pas de peur, non, de tristesse, plutôt. Cet endroit est tellement austère, froid… une prison plus qu'un hôpital. Et dire que des gamins ont été forcés d'y vivre, assommés à longueur de journée par des traitements médicaux, enfermés, oubliés ici parce que leur différence, leur fragilité faisait tache… Au bout du couloir, sur la droite, je découvre un impressionnant escalier de métal. Tandis que je passe le faisceau de ma lampe sur le mur adjacent, une inscription attire mon attention, partiellement recouverte de graffitis. Comme si elle était là depuis de nombreuses années… Une phrase écrite à la bombe rouge, en capitales : « LEE, SUIS-MOI ET N'OUBLIE PAS. » Sous la phrase, une grande flèche pointe vers les marches avec, inscrit à côté, toujours de la même écriture : « ESCALIER 3 ». Ce n'est pas possible… Je monte les marches quatre à quatre et arrive à l'étage. Mon pied bute sur quelque chose, je manque de chuter au sol. J'éclaire le sol. J'ai un mouvement instinctif de recul. Là, un cadavre de chien, recroquevillé sur lui-même, les canines retroussées. Il est comme momifié et a dû se perdre dans ces ruines, il y a bien longtemps. Je fais face à un nouveau couloir mais qui semble mieux entretenu, plus récent peut-être. La peinture est ici jaune. Je dois contourner des tas de gravats. Le plafond s'est ainsi effondré par endroits et laisse tomber des gouttes d'humidité au sol. L'odeur de renfermé et de poussière est assez insoutenable. Je suis une nouvelle flèche. Quatre portes sont marquées à la bombe de gros numéros rouges. Puis un nouveau message sur le mur, difficilement lisible : « LEE, LA PORTE 4, PAR TERRE, PAS LES AUTRES. » Je décide de recopier les messages dans mon carnet, par précaution. Une nouvelle flèche m'invite à entrer dans une salle. Ce sont des sanitaires. Une partie du mur extérieur est béante, éventrée *a priori* par un arbre qui se serait écrasé sur la façade. Le sol est constellé de déjections d'oiseaux qui ont dû, depuis longtemps, en faire leur abri. Sur les murs, des éviers en laiton blanc ébréchés et des miroirs, tous brisés. Une grande flèche pointe vers le sol, j'éclaire la zone. Il y a un trou dans le mur, assez gros pour qu'on s'y faufile. Le trou est peinturluré de rouge. Des dizaines de flèches pointent vers l'intérieur et, au-dessus, on peut lire un message : « DANS LE TERRIER DU LAPIN… » Je dois me faufiler là-dedans ? Allez, au point où j'en suis… Je m'allonge au sol et rampe pour me glisser dans le trou. Ma veste effrite un peu de plâtre en passant mais je m'en sors sans trop de casse. Je ressors de l'autre côté de la cloison et éclaire autour de moi. Je dois être dans la partie du bâtiment qui a brûlé. Une grande partie des murs est noircie, calcinée. Il y a un reste de lit, un bureau en métal à moitié fondu. Je suis dans une chambre… Au sol, je remarque une dernière inscription. Au centre d'une énorme spirale peinte en rouge, un ultime message : « LEE, JE T'ATTENDRAI ICI. DANS TES RÊVES. » Pendant les minutes qui suivent, je continue à chercher dans le bâtiment mais ne trouve rien d'autre. Que veut dire ce jeu de piste ? Qui a inscrit ces messages ?

Alors que je viens de quitter le bâtiment et m'apprête à retourner à la voiture, une voix derrière moi me fait sursauter.

— Qu'est-ce que vous fichez ici ?

Je me retourne. Un homme d'une soixantaine d'années, très maigre, de longs cheveux blancs attachés en catogan me fait face. Il est vêtu d'un long imper noir sur un jogging et un pull en laine aux mailles détendues.

— Excusez-moi, je suis journaliste.

— Vous n'avez pas le droit d'être ici. C'est une propriété privée. Vous n'avez pas vu les panneaux ?

— Pour être honnête, non... Vous êtes le gardien ?

— Oui, je m'appelle Rod. Rod Baker. Je surveille l'endroit.

— Vous connaissez bien Clearview ?

— C'est une blague ? Ça fait vingt-cinq ans que je bosse ici, ma petite dame. J'étais déjà l'un des gardiens du Clearview alors qu'il était encore ouvert. C'est chez moi, ici.

— Est-ce que je pourrais vous poser quelques questions ?

— Ça dépend... Vous savez, les temps sont durs... C'est pas avec les 700 dollars versés par l'État pour surveiller l'endroit que je vais réussir à m'en sortir. Du coup, je cracherais pas sur une petite donation. Peut-être que ça me redonnera l'envie de causer...

Baker me lâche un sourire forcé qui laisse apparaître des dents jaunies.

— Je comprends. Cent dollars, ça aiderait à vous délier la langue ?

— Je pense bien, ma bonne dame. Pour ce prix-là, je peux même vous inviter à boire un café dans mes appartements à l'aile nord du bâtiment.

L'idée de suivre ce grand escogriffe on ne sait où au beau milieu de la nuit ne m'enchantant guère, j'esquive :

— Retournons à ma voiture, je vous donnerai l'argent.

Après quelques minutes de marche en silence, simplement ponctuée par ses reniflements et le bruit des pas traînants de Baker sur le gravier, nous arrivons à ma voiture. J'en ouvre les portières, mets le contact et en allume les phares. Je fouille dans mon sac et tire un billet de 100 dollars de mon portefeuille. Au passage, je place discrètement mon taser dans ma poche arrière. On ne sait jamais.

Je ressors de la voiture. Et me place dans l'axe des phares.

— Tenez, voilà votre argent.

Baker, de dos, se retourne, s'essuie grossièrement la bouche et planque, tant bien que mal, une flasque d'alcool. Du whisky, à en juger par l'odeur.

— Merci bien, ma bonne dame.

— C'est bon, vous êtes prêt à répondre à mes questions maintenant ?

— Ouaip…

— Vous travailliez ici au moment de la fermeture du Clearview ?

— Ouaip…

— Il va falloir être un peu plus prolixe si vous voulez vos 100 dollars.

— Prolixe ?

— Bavard…

— Oui je bossais ici. J'étais en charge de la surveillance du rez-de-chaussée de l'aile des enfants. Celle qui a brûlé…

— Vous vous souvenez des événements ?

— Comment oublier ? Ça faisait plusieurs mois qu'il y avait pas mal d'agitation dans l'aile C. Chaque nuit, c'était de plus en plus le bordel, là-dedans. Les gamins étaient hyper agités dans leur sommeil. Certains se jetaient sur les murs, se frappaient la tête contre le sol. Le personnel médical était dépassé, paniqué. Ils ont cru un temps que ça provenait des traitements médicaux qu'on refilait aux mômes. Mais ce n'était pas ça, c'était autre chose. Un truc malsain, bizarre.

— Ne me sortez pas le refrain que vous racontiez aux touristes en mal de sensations...

— Je ne mens pas, m'dame. Y avait de plus en plus de trucs louches autour du bâtiment C. Le matin, on retrouvait des oiseaux morts, on en ramassait des dizaines, à la pelle, sur la pelouse tout autour.

Je sors mon carnet et je prends des notes.

— Continuez...

— Chaque nuit, y avait des cris terribles. Je peux vous dire qu'on est habitué au bordel dans un asile de tarés, mais là, c'était autre chose.

— Qu'est-ce qu'ils faisaient, là-dedans ?

— Mais rien justement, c'est ça le pire ! Ils essayaient juste de soigner ces pauvres gamins. Y avait beaucoup d'argent dans cet hôpital, vous savez, les installations dernier cri, les docteurs les plus diplômés pour la meilleure clientèle. Parce que, vous voyez, il s'agissait que de gamins de familles bien fortunées. Y avait un peu de tout, des vrais psychos et d'autres mioches accros à la dope qui essayaient de décrocher...

— Comment le bâtiment a-t-il brûlé ?

— C'était la nuit du 17 mai 2005. Je me rappelle bien. Le bâtiment a pris feu vers minuit. *A priori*, le gardien en charge du 1er étage, Preston, a ouvert les loquets de toutes les chambres. Cinq des gamins ont commencé à foutre le feu aux rideaux du Grand Salon, puis sont allés faire brûler des matelas sur les réchauds de la cuisine. L'incendie s'est rapidement propagé. C'était un bordel pas possible. Le temps que les pompiers débarquent, treize mômes et

Preston avaient péri dans les flammes. Y a eu un seul survivant à l'étage. Un seul gamin qu'on a retrouvé tranquillement endormi dans sa chambre.

— Vous vous souvenez de son nom ?

— Ouais, Clyde… Clyde Welthington.

— Très bien. Merci.

— Pour un petit bonus, je vous raconte un autre truc sur ce gamin, là, Clyde.

Je sors un billet de 20 dollars et le lui tends. Il l'attrape et le fourre dans sa poche.

— Welthington, il n'est pas resté longtemps à l'Institut après ça. Des fourgonnettes noires sont arrivées un matin avec un logo dessus. Un gros œil fermé. Des hommes sont descendus et ont emmené le môme. On l'a jamais revu. Les médecins nous ont dit qu'il avait été emmené par une société spécialisée dans l'étude du sommeil, qu'ils allaient pouvoir l'aider.

— Vous vous souvenez du nom de cette société ?

— Ouaip, ONIR.

Le nom me dit instantanément quelque chose, je le note dans mon carnet au cas où.

— Vous savez ce qui se disait avant le départ du gamin ?

— Non, mais je sens que vous allez me le dire…

— Les patients disaient qu'ils voyaient le môme, ce Clyde, dans leurs rêves. Y en a qui pensaient que c'était lui qui avait provoqué tout ça, l'incendie, tout… Je sais que c'est des conneries, mais ça nous a quand même bien foutu les jetons à l'époque. C'est à partir de ce moment-là que j'ai demandé à surveiller les extérieurs. Je préférais me geler les miches plutôt que de refoutre un pied dans ce bordel. Et puis, finalement, l'Institut a fermé quelques mois plus tard. L'incendie et la mort de tous ces gamins avaient fait une trop mauvaise pub. Plus personne ne voulait y mettre un membre de sa famille. Les années ont passé mais moi je suis resté. Mais vous savez, j'ai beau ne pas croire à toutes les histoires de surnaturel, je pense que le Clearview a fini aussi par m'avoir. À moi aussi, il m'est arrivé des trucs louches…

— C'est-à-dire ?

— Eh bien, je crois que c'était au printemps 2008. Je prenais mon petit déjeuner tranquille, au soleil, assis sur le banc devant mes appartements, quand, soudain, le noir… J'ai repris conscience deux heures plus tard au 1er étage de l'aile C. J'avais les mains recouvertes de cendre, le futal dégueulasse. J'ai jamais su ce qui s'était passé.

Ce type commence à vraiment me mettre mal à l'aise. Il faut que j'abrège la conversation.

— Peut-être avez-vous fait une crise de somnambulisme… Bon, il se fait tard, Rod, je vais devoir y aller.

— Très bien. Ça tombe bien, je vous ai tout dit…

— Merci pour tout, Rod.

— Je ne vous ai même pas demandé : votre article, c'est pour quel magazine ?

— Le *Chicago Defender*. On prépare un papier sur les lieux abandonnés les plus iconiques du pays.

— Bien, bien… Eh bah, avec le Clearview vous aurez de quoi raconter. Si vous voulez, je vends des clés USB avec des photos.

— Non, ça ne sera pas la peine.

— Je vends d'autres souvenirs aussi. J'ai des vieilles camisoles des années 1950… Les amateurs se les arrachent.

— Ça ira, je vous remercie, je vais rentrer.

— Très bien. Au plaisir, m'dame.

Tandis que j'entre dans la voiture, je vois Baker traverser le portail et s'enfoncer dans les ombres en sifflotant, sans lumière, sans rien. Drôle de bonhomme…

J'allume le plafonnier et vérifie mes notes.

Clyde Welthington. Ce nom…

Clyde... c'est toi qui m'attends dans mes rêves, n'est-ce pas ?

Clyde

2 juillet 2008
New York, État de New York

Où suis-je ?

Tout m'a semblé flou ces dernières quarante-huit heures, comme si j'avais flotté dans un nuage de coton. Je me souviens d'avoir entendu différentes voix autour de moi, des bruits de voitures, de portes qui claquent, avoir eu la sensation qu'on me transportait quelque part, puis plus rien… Ils m'ont drogué, c'est certain.

J'émerge péniblement. Je suis allongé sur un lit en fer dans une toute petite salle aux murs en béton. Il y a une table avec deux chaises, un évier, des toilettes et une grosse porte en acier noir. Suis-je en prison ?

C'est épouvantable, j'ai l'impression d'être revenu à Clearview… l'endroit qui hante encore mes pires cauchemars. Ces souvenirs qui restent terrés à jamais en moi, prêts à ressurgir dès que je baisse la garde… Ce que j'ai fait là-bas, je ne l'oublierai jamais. Ces cris, ces visages qui fondent sous la chaleur, ces ongles qui se brisent en griffant les murs… La peine, la culpabilité sont mes compagnons. Hawkins m'a répété, à de maintes reprises, quand j'avais mes crises d'angoisse, que ce n'était pas ma faute, qu'à l'époque, je ne contrôlais pas encore mon pouvoir, que je ne savais pas que, chaque nuit, c'est moi qui prenais le contrôle des autres gamins de l'hôpital et leur faisais faire ces choses horribles. Je sais, j'en suis conscient, qu'ils sont tous morts par ma faute. Pour moi, ce n'était qu'un effroyable cauchemar ; pour eux, c'était la réalité, et ils ont tous péri dans les flammes. Je me souviens de chacun d'entre eux, de leurs visages : Mark, Lindsay, William, la petite Lisbeth, notre gentil gardien Spencer et tous les autres… Ils rôdent dans ma tête et m'attendent. Peut-être qu'un jour, ils m'entraîneront avec eux, qu'ils auront enfin leur revanche.

Depuis que je me suis échappé du sous-sol d'ONIR, depuis que j'ai commencé ma collecte, les Émissaires ne m'ont demandé qu'une seule chose, que j'ai d'ailleurs failli refuser… Un matin, un mois environ après ma fuite, une grosse dame s'est approchée de moi alors que j'étais planqué dans un local technique de Grand Central. Vu son accoutrement, avec sa robe à fleurs à moitié déchirée, sa voix caverneuse et ses yeux vitreux, j'ai rapidement compris qu'il s'agissait de l'un d'eux. Elle a exigé de moi que je retourne à Clearview. Là-bas, quelqu'un m'attendrait pour me donner de nouvelles consignes… J'ai d'abord refusé. Mais la marionnette m'a répondu, je me rappelle très bien : « Tu iras, car c'est écrit. »

Le voyage a été long, fastidieux, j'ai alterné entre les trajets en train et l'auto-stop. Après trois jours de route, j'ai fini par arriver devant cette longue allée que je m'étais juré de ne plus jamais traverser quand Hawkins m'avait sorti d'ici il y a trois ans.

Devant la grille, un homme m'attendait. J'ai rapidement reconnu Baker, le gardien du rez-de-chaussée de l'aile C. Il était possédé par un Émissaire, cela ne faisait aucun doute. Sans un mot, il m'a tendu une bombe de peinture rouge et m'a demandé de le suivre. Pendant l'heure qui a suivi, je l'ai accompagné dans un étrange cérémonial. Il fallait que je note sur les murs des inscriptions dénuées de sens pour un dénommé Lee. Je ne connais personne qui s'appelle comme ça. Tout cela ne rimait à rien mais je me suis exécuté. Les Voix m'avaient tellement aidé que je leur devais bien ça. Une fois que nous en avons eu terminé, Baker m'a répété à plusieurs reprises qu'il ne fallait pas que j'oublie, que tout cela était très important… Qu'y avait-il d'important à noter un numéro d'escalier ou à écrire « Dans le terrier du lapin » ? Tout ça m'échappait complètement, mais j'ai fait semblant d'y prêter attention. En fin d'après-midi, j'étais à nouveau à l'extérieur des grilles de l'Institut. Cette fois, je me suis juré de ne plus jamais y retourner, quoi qu'il arrive.

Je frissonne… Il faut que je sorte d'ici et vite. Moi qui m'étais promis de ne plus me laisser enfermer, de rester libre à jamais, quel qu'en soit le prix.

Il faut que je trouve le moyen de foutre rapidement le camp d'ici…

Mais il y a toujours cette question qui me taraude : pourquoi est-ce que les Émissaires ne m'ont pas aidé ? Pourquoi m'ont-ils abandonné ?

Les heures défilent sans que personne ne vienne dans ma cellule. J'ai une migraine terrible qui me vrille le crâne. J'ai faim et soif…

Enfin, après une attente interminable, j'entends un cliquetis dans la serrure de la porte. Deux hommes en costume, cagoule sur la tête et flingue à la main, entrent et se placent dans les angles de ma cellule. Quelques secondes plus tard, une femme fait son apparition. Elle marche d'un pas lent, les mains croisées devant elle. Je ne l'ai jamais vue. Elle est assez jeune, une trentaine d'années. Très attirante, elle dégage une incroyable assurance. Ses cheveux, d'un blond éclatant, sont attachés en un chignon dont aucun cheveu ne dépasse. Elle a un visage fin et déterminé, des yeux verts, soulignés par un léger trait d'eye-liner. Elle est à peine maquillée, juste assez pour laisser devenir ses taches de rousseur sur les joues. Elle porte un tailleur bleu nuit et une chemise à rayures bleu clair, très légèrement entrouverte. Elle me lâche un grand sourire, laissant apparaître des dents d'un blanc éclatant. La femme tire une chaise qui grince sur le sol en béton et la place face à moi. Elle s'assied, son visage se retrouvant à quelques centimètres à peine du mien. Lentement, elle ouvre les boutons de sa veste et se place sur l'arrière de la chaise. Elle soupire.

— Eh bien, mon cher Clyde, tu pourras dire que tu nous en as bien fait baver…

J'ai un mouvement de recul.

— Qui êtes-vous ?

— Je m'appelle Victoria Ledger. Et je serai bientôt ta nouvelle meilleure amie. Tu n'as rien à craindre, Clyde. Si tu joues le jeu, si tu nous aides, il ne t'arrivera rien.

— Qu'est-ce que vous voulez ?

— As-tu déjà entendu parler de la NSA, Clyde ?

— Oui, bien entendu, c'est l'une des agences gouvernementales chargées de contrôler les flux d'information…

— En effet, notre rôle est bien de nous assurer de la sécurité des systèmes de communication. Nous sommes l'agence en charge de tout ce qui a trait au renseignement d'ordre électromagnétique : messages radio, téléphoniques, surveillance des flux d'information sur Internet, contrôles des réseaux sociaux. Grâce à notre intervention, le monde est plus sûr chaque jour. Tu vois, Clyde, plus nous avons accès à un maximum d'informations, plus nous devenons puissants. Notre agence est vorace. Il nous en faut toujours plus.

— Comme un ogre.

Elle lâche un rire aigu.

— Comme un ogre, oui, absolument ! L'opinion publique pense que nos champs d'intervention se cantonnent à l'information électromagnétique. C'est ce que nous laissons volontairement croire. En réalité, la NSA cherche à développer tous les outils pour avoir accès aux informations qui nous semblent importantes.

— Et ?

— Et nous savons exactement ce qu'il se passe dans les sous-sols d'ONIR, mon cher Clyde. Et depuis longtemps. Voilà près de quatre ans que je dirige une unité spéciale visant à comprendre et exploiter la technologie développée par ONIR à nos propres fins.

— Mais ONIR travaille avec la CIA. Vous ne bossez pas déjà main dans la main ?

— C'est compliqué. Comme toujours… Chacune des agences gouvernementales défend ses propres intérêts, poursuit ses propres objectifs. Et nombreux sont ceux à ne pas voir d'un bon œil le pouvoir qui est laissé entre les mains de quelques exécutifs de la CIA à travers les actions d'ONIR. Nous n'avons aucune trace, aucune information officielle sur les opérations passées ou en cours entre ONIR et la CIA. Et ça, c'est un vrai problème pour la NSA. Autre motif d'inquiétude pour nous, que la gestion du projet Limbes et l'exécution d'opérations aussi délicates reposent entre les mains d'une société privée, ONIR, dirigée par un homme, James Hawkins, à la fragilité mentale clairement établie.

— Vous ne savez rien... vous ne comprenez rien.

— Nous savons tout...

— Hawkins et Elias ont complètement verrouillé ONIR. Il me l'a répété souvent. Vous ne pouvez pas être au courant...

— Eh bien, il se trompe. Tu sais, il est une règle bien connue dans les services de renseignement. À partir du moment où il y a de l'humain, il y a une faille... Et le problème de vos opérations, c'est qu'elles reposent principalement sur le facteur humain... Au fil des années, nous avons réussi à faire parler qui un scientifique, qui un vigile, qui un employé de la CIA. Petit à petit, le tableau des activités d'ONIR s'est dessiné.

— Et aujourd'hui, vous voulez mettre fin à ONIR ?

— Nous voulons surtout reprendre le contrôle. Il y a de trop nombreux facteurs de risques, trop d'inconnues dans l'équation actuelle. Le programme Limbes existe depuis les années 1970 et la CIA n'est pas très partageuse. Ni le FBI, ni l'armée, ni nous-mêmes n'avons pu profiter de vos formidables découvertes. Et ça, c'est encore un problème. La CIA a cette tendance à se lancer dans de grands projets, souvent très coûteux, mais qui peinent à porter leurs fruits. Ce fut déjà le cas avec le projet Stargate, qui visait à étudier les phénomènes psychiques comme la vision à distance. Pendant vingt-cinq ans, jusqu'à 14 laboratoires travaillaient sur des expérimentations souvent fantaisistes en faisant appel à des voyants et psys. La NSA a repris la main en 1995. L'occasion de faire le ménage, de nous séparer de tous ces charlatans, gourous et bonimenteurs qui dilapidaient l'argent du contribuable. Rapidement, nous avons décidé de mettre définitivement fin au projet, aucun protocole n'ayant pu être clairement établi. Nous sommes un peu comme des régulateurs. Mais le problème reste là, ancré dans les process, droits et attributions de chaque agence qui reposent sur des règles établies à leur création dans les années 1950. Pourtant le monde, lui, évolue, il change. Les méthodes de fonctionnement d'hier sont aujourd'hui devenues obsolètes. Il nous faut accompagner ces transformations. La CIA a, depuis sa création, le vilain défaut de vouloir agir en toute impunité, de la manière la plus opaque possible. Et ce que nous combattons à la NSA, c'est justement l'opacité. Nous visons la transparence totale. Si tout est connu, il n'y a plus rien à cacher.

— Et pourtant, vous agissez en secret.

— C'est le paradoxe... Le problème avec la CIA est d'autant plus dérangeant qu'elle a toute latitude pour dépenser des fortunes dans des projets aux finalités souvent hasardeuses. Stargate en est la pathétique preuve... Mais les Limbes, c'est l'extrême inverse. La CIA a toujours approché vos prérogatives de manière trop artisanale, quasiment amateur. Nous pourrions faire tellement plus, tellement mieux... C'est peut-être un parti pris de la CIA. Garder le projet au stade embryonnaire pour ne pas faire trop de vagues. Nous pensons même que Stadler, mon homologue de la CIA en charge du projet Limbes, comme ses prédécesseurs avant lui ont volontairement laissé filtré des informations sur Stargate, un projet en fin de vie, afin de protéger la confidentialité des Limbes. Mais à nous, rien ne nous échappe. Jamais.

— Qu'est-ce que vous me voulez ?

— Nous avons besoin de toi. Je sais ce que tu veux, Clyde.

Elle s'approche de moi, je sens son haleine fraîche et mentholée, l'odeur de son parfum enivrant et musqué.

— Je sais que tu cherches à te venger de James Hawkins. De ce qu'ils t'ont fait là-bas. Je sais également qu'il y a d'autres enfants prisonniers de ce sous-sol. Je peux t'aider à les libérer. C'est bien ce que tu veux, non ?

— Oui.

— Eh bien, pour cela, il faut que toi aussi tu m'aides.

— Et comment ?

— Nous devons faire tomber ONIR. Il faut parasiter leurs missions, décrédibiliser la CIA. Il faut les forcer à la faute. Ainsi, nous pourrons réallouer le projet à la NSA. Ensuite, nous continuerons de notre côté. Depuis longtemps, nos informateurs nous ont fait comprendre combien vos interventions dans les rêves peuvent se montrer efficaces. Je veux en avoir la preuve… Je ne vais pas te le cacher, en quatre ans, nous avons bien tenté de trouver d'autres enfants dotés des mêmes… pouvoirs que les tiens. Mais il faut croire que vous n'êtes qu'une poignée de par le monde…

— Du coup, vous avez besoin de moi.

— Oui, absolument. C'est un marché gagnant-gagnant.

— Et vous pensez que la CIA vous laissera faire ?

— La CIA n'a aucune idée de l'existence de cette cellule. Nous allons continuer à agir dans l'ombre, jusqu'à la chute d'ONIR.

— Et pourquoi est-ce que je ferais tout ça ?

— Parce que, premièrement, tu n'as pas le choix. Si tu refuses, la police retrouvera ton cadavre dans une ruelle d'ici vingt-quatre heures. Tu seras mort suite à une overdose d'héroïne. Personne ne viendra te chercher. Regarde-toi…

Elle me détaille, d'un air dédaigneux…

— Deuxièmement, je t'offre ta vengeance sur un plateau. Nous avons les mêmes équipements ici que ceux que vous aviez en salle d'endormissement chez ONIR. Tu pourras opérer dans les meilleures conditions. Troisièmement, si tu acceptes de nous aider, je te promets de te laisser choisir ton avenir. Après la chute d'ONIR, tu pourras décider de disparaître dans la nature ou, au contraire, de prendre la tête de notre projet pour, à ton tour, former d'autres enfants.

— Pour pouvoir les enfermer, eux aussi ?

— Non. Bien sûr que non. Je suis une mère, j'ai deux enfants. Je ne ferais jamais ça. Je ne suis pas comme ce tortionnaire, ce fou d'Hawkins. Si tu acceptes notre marché, tu quittes dans l'heure cette cellule et tu seras logé dans un magnifique appartement au 25e étage de ce même immeuble. Tu auras tout ce que tu veux : films, consoles de jeux… Nous pourrons même, si nous sommes satisfaits de tes services, inviter des professionnelles à passer un moment avec toi.

— Et je pourrai sortir ?
— Non, pas pour le moment. Pas, en tout cas, tant que les équipes d'ONIR et la CIA te recherchent activement. Alors, que décides-tu ?
— Je n'ai pas le choix de toute façon.
— Non.
— J'accepte.
— Très bien. Excellente nouvelle. Nous allons te laisser récupérer, le temps de finaliser nos installations. Dès que nous apprendrons que la CIA planifie une opération avec ONIR, nous ferons appel à toi. En attendant, repose-toi, profite.
Elle passe une main dans la mèche de cheveux qui tombe sur mon visage et la replace en arrière derrière mon oreille. Je me laisse faire.
— Et il va falloir que tu prennes un peu plus soin de toi. Nous ferons venir un coiffeur. Et des vêtements propres t'attendent là-haut. Passe également par la salle de bains. Tu as bien besoin d'un bon bain, voire deux. Et reprends des forces. Nourris-toi, fais de l'exercice. Nous avons besoin que tu sois au meilleur de ta forme. Je vais te laisser, maintenant.
Elle se lève et s'apprête à quitter la cellule. Mais, sur le pas de la porte, elle se retourne :
— Ah… et juste une dernière chose, Clyde…
— Oui.
— N'espère même pas nous doubler en tentant de t'enfuir ou en essayant de visiter mes rêves. Si tu tentes la moindre chose, je te le ferai payer. Est-ce que c'est clair pour toi ?
— Oui, très clair.
Ledger me fait un grand sourire puis quitte la pièce. Une minute plus tard, les deux agents m'invitent à

les suivre. Nous prenons un ascenseur en verre qui grimpe à une vitesse folle tout en haut d'une tour. Au 25e étage, il s'arrête et s'ouvre sur un penthouse somptueux. J'en fais le tour sans en croire mes yeux. L'appartement fait facilement cent mètres carrés. Je découvre un salon au sol de marbre, structuré autour d'une immense cheminée en métal noir, et bordé par un large canapé taupe en arc de cercle. Au mur, une impressionnante télévision HD et, sur des étagères, des piles de DVD ainsi que toutes les consoles de jeux du moment : la PS3, la Xbox 360, la Wii… Un escalier en verre dessert une mezzanine où je découvre une chambre avec un immense lit, un dressing rempli de vêtements de tous styles, puis une salle de sport avec quelques appareils de musculation, un vélo, un tapis de course, un rameur… Plus loin, une salle de bains toute de verre et dorures. Je m'approche de la grande baignoire d'angle… Il y a un bouton qui attire mon attention. J'appuie dessus. La vitre sans tain derrière la baignoire devient transparente et laisse apparaître une vue hallucinante sur Manhattan.

Les deux agents ont quitté la chambre. Je me retrouve seul. Je retourne dans le salon et sors sur la grande terrasse qui longe tout l'appartement. Je regarde le vide vertigineux en dessous, les voitures et les passants semblent minuscules, comme de petits insectes. Je me retourne et détaille un peu mieux l'appartement.

Je vais profiter de tout ça, je vais prendre ce que vous me donnez.

Je vais me servir de vous.

Et le jour venu, je vous tuerai tous.

Gabriel

3 juillet 2008
Columbia, Maryland

Je rase les murs. Depuis quelques jours, Columbia est en agitation. Il y a des policiers partout et des agents en costumes avec de drôles de macarons sur l'épaule représentant un œil fermé. Avant-hier, des flics sont venus poser des questions à Papa. J'ai écouté en me cachant en haut des escaliers. Ils lui ont demandé s'il avait remarqué une activité particulière chez les Brown la nuit du 27 juin, s'il avait déjà vu Lucas discuter avec des adultes ou des inconnus dans le quartier, s'il avait remarqué des voitures ou des camionnettes stationnées devant chez nos voisins… Bien entendu, mon père ne savait rien. Nous en avons à peine parlé tous les deux. À table, ce soir-là, il m'a lâché un « C'est triste pour Lucas, c'était un gentil gamin » avant de prendre son assiette et d'aller la placer dans l'évier. Rien de plus, rien de moins. Même la mort de mon ancien meilleur ami ne peut plus le sortir de sa léthargie.

J'attends le moment où ils vont venir me chercher… j'ai l'impression que l'étau se resserre. Toute la journée, des policiers vont et viennent dans la maison de Lucas. Ses parents et sa sœur ont dû momentanément aller vivre chez des proches. La police a placé un large cordon de sécurité autour du terrain des Brown. Je vois d'autres hommes aussi avec ce même logo dans le dos, vêtus de combinaisons blanches, utiliser de drôles d'appareils, comme des détecteurs à métaux sur le sol, passer des sortes de scanners sur les murs de la chambre de mon ancien ami… J'en ai remarqué un, hier soir, qui attrapait avec une pince en métal un oiseau mort dans des buissons et le montrait à ses camarades. Mais qu'est-ce qui se passe ? Pourquoi ne pensent-ils pas que c'est simplement un accident ? Car c'était le cas… je n'ai jamais voulu la mort de Lucas. Je ne pensais pas que ça pouvait arriver…

Ce matin, en arrivant à l'école, en me rendant à mon casier, j'ai vu, dans une salle de classe, des agents en train d'interroger les camarades de Lucas. Est-ce qu'il leur avait parlé de ses rêves ? Est-ce qu'ils savent ?

Plus que jamais, j'ai peur de mes crises de narcolepsie, peur que la police fasse le rapprochement. J'ai beau tenter de me rassurer, essayer de me dire que personne n'est au courant de l'existence de mon pouvoir… Je suis persuadé que, quand je vais rouvrir les yeux, je vais découvrir trois agents de police penchés au-dessus de moi, prêts à me passer les menottes…

Dans les couloirs, durant la récréation, à la sortie des cours, tous les autres gamins ne parlent que de ça. J'entends tout et son contraire sur les circonstances de la mort de Lucas. Certains disent qu'il aurait été assassiné dans son sommeil par un tueur en série… S'ils savaient que c'est moi, celui qu'ils appellent la Ronque, le Dormeur, moi qu'ils ne regardent plus depuis si longtemps, moi qui ai causé tout ça… ils auraient peur, ils seraient terrifiés. Serait-ce mieux que l'indifférence ?

Je repense beaucoup à ma mère en ce moment. J'aimerais qu'elle soit là, qu'elle me serre dans ses bras. J'aimerais sentir sa chaleur, son odeur. Je crois qu'à elle, je lui aurais dit la vérité et qu'elle m'aurait compris. J'ai des images qui me reviennent aussi en ce moment. Des instants que je croyais oubliés à jamais. Ainsi, je n'avais, jusqu'à récemment, plus aucun souvenir clair de l'accident. Et puis, depuis cette nuit où j'ai revécu la scène sous le regard de ma mère, des choses remontent, émergent à nouveau. Je crois qu'il y a eu un moment étrange. C'était après l'accident… Je me rappelle vaguement être assis à l'arrière d'une ambulance, une couverture chauffante sur les épaules. À quelques mètres, Papa discutait avec des agents de police. Moi, je crois que je ne réalisais pas vraiment ce qui se passait. Je voyais bien les pompiers tenter de maîtriser le feu, j'entendais les sirènes, les cris, mais je restais là, assis, à attendre que Maman revienne. Il y avait une longue file de voitures bloquée sur le côté. Quelques badauds étaient sortis de leurs engins et regardaient la scène, abasourdis. À un moment, une femme s'est approchée de moi, elle avait un regard bizarre, comme un peu perdu. Elle s'est abaissée vers moi, m'a pris les mains et m'a dit ces quelques mots :

— Ne t'en fais pas, Gabriel. Ça va aller… Tout ira mieux… Adieu…

Elle m'a embrassé sur le front, tendrement, puis, soudain, elle a eu comme un sursaut et m'a dévisagé avec un drôle d'air, comme si elle se réveillait. Elle a observé autour d'elle, surprise, m'a regardé, moi, puis s'est excusée et est retournée vers sa voiture. Je ne connaissais pas cette femme, je ne l'avais jamais vue de ma vie, mais, c'est étrange, sur le moment, le fait qu'elle connaisse mon prénom ne m'a pas interpellé. Je n'étais qu'un gamin…

La sonnerie de l'école retentit et m'extirpe de mes rêveries. Je range mes affaires, quitte le bâtiment. Aujourd'hui, je préfère rentrer à pied qu'entendre les discussions des autres dans le bus. Devant l'école, je note les deux voitures de police. Je baisse, par réflexe, la tête.

Vingt minutes plus tard, j'arrive enfin dans ma rue. Immédiatement, je remarque les trois hommes qui parlent avec mon père sur le perron. Deux d'entre eux portent l'uniforme avec l'œil, un troisième, très grand, des cheveux noirs plaqués en arrière, est vêtu d'un costume et d'un col roulé noir. J'ai du mal à respirer… Qu'est-ce que je fais ? Merde…

Alors que je m'apprête à faire demi-tour, mon père me remarque et me fait un grand signe de main. Les hommes se retournent à leur tour. L'un d'entre eux approche un talkie-walkie de sa bouche. Instinctivement, je prends la fuite. Je cours le long de Swansfield Road. Derrière moi, j'entends le bruit d'un moteur. Je bazarde mon sac à dos pour gagner un peu de vitesse. Je coupe à droite pour prendre la petite sente qui traverse le sous-bois de Patuxent. Ils ne pourront pas me suivre en voiture ici. Ça ne fait même pas deux minutes que je cours que, déjà, un point de côté me vrille le thorax. Surtout garder son calme, bien respirer… *Car tu sais bien, Gabriel, que trop d'efforts ou de stress risquent d'entraîner une crise.* J'entends des crissements de pneus derrière moi.

combien l'homme était rongé, dévoré de l'intérieur par la culpabilité. J'avais comme la certitude qu'il se répétait cette même histoire, qu'il la revivait nuit après nuit. J'étais juste une excuse pour lui permettre de la verbaliser. Je détaillais aussi un peu mieux les nombreuses inscriptions dans sa petite caverne. Aux murs, partout était écrit : « *mea culpa*, ma faute, moi, *me*, *perdon*… » Parfois, il se mettait à marmonner seul et à farfouiller au sol, semblant oublier que j'étais là. Le vieil homme était fou, sans aucun doute, mais comment ne pas l'être après avoir vécu tant d'années enfermé, le jour, dans sa geôle au Vatican, la nuit, dans ce lieu cauchemardesque ?

Je traverse la fissure, marche quelques minutes le plus discrètement possible parmi les temples abandonnés des Terres Mortes. Le bruit de mes pas qui s'enfoncent dans le tapis de cendre au sol résonne dans l'immense Grotte. Comme pour me rappeler que je viens en briser le silence, que je suis ici un intrus. À un moment, j'entends plusieurs cris au loin. Les Sentinelles… Un frémissement parcourt mon échine mais je continue. J'arrive enfin devant l'entrée de la caverne d'Aguilar. Je m'allonge et me faufile à l'intérieur. Il est là, en train de graver une nouvelle inscription au mur. Il se retourne, surpris, se plaque au mur en me voyant.

— Qui êtes-vous ?

— C'est moi, Gabriel. Vous vous souvenez de moi ?

Il tend un bras vers moi et me touche du bout des doigts le visage.

— Tu existes ou tu es encore le fruit de mon imagination ?

— Je m'appelle Gabriel, nous nous sommes déjà vus.

Il se met à remuer la tête de manière frénétique…

— Tu te joues de moi, c'est ça ? C'est encore ma punition ?

— Non, je viens d'une autre époque. Rappelez-vous…

Soudain, il s'arrête de gesticuler et me fixe. Le vieillard est dans un état d'agitation un peu inquiétant, beaucoup plus que les précédentes fois. Il reprend :

— Oui, oui, l'enfant… ça y est, je me souviens.

— Vous m'avez sauvé des Sentinelles la première nuit, depuis je reviens vous voir.

— Oui, sauvé… je crois. Quand était-ce ?

— Il y a moins d'une semaine.

— Une semaine pour toi ? Ça me semble si loin…

— Et je suis revenu vous voir hier. Vous m'avez montré le chemin par la faille.

— Peut-être, oui. Tu sais, j'erre ici, chahuté sans but d'une époque à l'autre. Hier, demain, plus rien n'a réellement de sens. Pardonne-moi mes errements…

— J'ai besoin de votre aide, Geronimo. Des hommes sont à ma poursuite. Ils m'ont attrapé. Ils vont vouloir me faire payer ce que j'ai fait à cet enfant dont je vous parlais, mon ami Lucas.

— Oui, Lucas. Celui dont tu as contrôlé les rêves.

— Celui que j'ai tué… Qu'est-ce que je peux faire pour m'en tirer ?

— Je… je ne sais pas. Dire la vérité ? Leur expliquer que c'était un accident… ou mentir ? Tu m'as expliqué qu'à ton époque, on ne connaît toujours pas l'existence de cet endroit. Comment veux-tu alors qu'ils sachent que c'est toi qui as provoqué ce drame ?

— J'ai eu la sensation que ces hommes savaient. Ce n'étaient pas des policiers normaux.

— Je ne sais que te dire. Je me sens si inutile. Je suis bloqué ici, dans ma prison. Je ne peux rien faire pour toi, je suis vraiment désolé.

— Mais il doit bien y avoir une solution.

— Je ne peux rien faire. Je ne peux pas t'aider. Je ne peux pas. Personne. Ils sont tous morts par ma faute… Toi aussi ? Ils sont figés à jamais, là-bas… Il vaut mieux que tu partes maintenant. Que tu partes. Moi, seul…

Mes yeux commencent à se fermer. Les dernières paroles d'Aguilar m'échappent. Je suis en train de quitter les Terres Mortes… je me réveille.

J'ouvre péniblement les yeux. Je suis à l'arrière d'une voiture de luxe. On dirait une limousine. Je suis allongé sur une banquette en cuir noir. Face à moi, un homme d'une soixantaine d'années, vêtu d'un costume gris foncé, d'une chemise bleue et d'une cravate rouge. Je note sur le revers de sa veste un petit médaillon reprenant le logo que j'avais vu plus tôt, avec l'œil fermé. L'individu a des cheveux gris courts, le haut du crâne légèrement dégarni. Des rides profondes filent sur son front. Il a un teint très blanc, des cernes gonflés sous les yeux. Il porte une fine barbe blanche taillée au cordeau. Il me sourit tout en me fixant de ses yeux bleu acier.

— Bonjour, Gabriel, je me présente, je m'appelle James Hawkins. Je crois que nous avons beaucoup de choses à nous dire, tous les deux.

James Hawkins

3 juillet 2008
Columbia, Maryland

Pendant la demi-heure où Gabriel est resté assoupi sur la banquette de la limousine, j'ai eu le temps de le détailler, d'essayer de comprendre… Comme chaque fois que je découvre l'un de ces enfants, comme Clyde ou Amy avant lui, je me demande toujours s'ils ont quelque chose en commun, si leur pouvoir s'éveille de manière spontanée, naturelle, ou s'il leur faut un déclencheur. Si certains êtres, plus que d'autres, sont destinés à obtenir la clé des Limbes.

Le garçon qui me fait face porte un pantalon en velours marron, un tee-shirt trop long sur lequel on distingue un motif de surf effacé. Il a les cheveux châtains, coupés à la serpe, un visage maigre, creusé. Et des cernes, bien entendu. Par son accoutrement, et ce que m'en a raconté Elias après avoir discuté avec son père et son médecin, aucun doute, Gabriel est un gamin seul, isolé des autres par sa maladie. S'est-il trouvé un refuge dans les Limbes, un moyen d'enfin exister, comme moi quand j'étais jeune ? Est-ce cela qui nous réunit tous, nous les

Éveillés ? Notre souffrance, notre solitude ? Unis par la détresse, par l'envie d'exister dans un monde qui nous rejette… Tous, chacun à notre manière, nous sommes des parias. Et les Limbes nous offrent notre revanche. Je n'ai jamais recruté de narcoleptique auparavant. Est-ce sa dépendance au sommeil qui ferait de lui celui que j'attends depuis si longtemps ? Mais est-ce seulement lui ? Et pourquoi en suis-je si convaincu ?

Gabriel remue. Il s'éveille. Il regarde autour de lui, puis me dévisage, sur la défensive. Je prends mon air le plus apaisant, me saisis de la petite statuette dans ma poche, prêt à la lui tendre, au moment opportun.

— Bonjour, Gabriel, je me présente, je m'appelle James Hawkins. Je crois que nous avons beaucoup de choses à nous dire, tous les deux.

Il se redresse sur la banquette et passe une main dans ses cheveux, encore sonné.

— Qu'est-ce que vous me voulez ? Vous êtes de la police ?

— Avant toute chose, rassure-toi, je ne suis pas de la police et aucune charge ne pèse sur toi.

— C'est normal, je n'ai rien fait.

— Je te propose quelque chose d'emblée, Gabriel. Nous allons jouer cartes sur table tous les deux. Je ne te mentirai pas et toi non plus. Il n'y aura pas de police, certes, mais nous sommes parfaitement au courant de ce que tu as fait au jeune Lucas.

— Je n'ai rien fait. C'est un accident. Il est mort dans son sommeil…

— Quand est-ce que ça a commencé pour toi ? Depuis quand visites-tu la Grotte ? Tu l'as vue, n'est-ce pas ? On n'oublie pas de sitôt ces milliers de lumières bleutées, comme si la roche était constellée d'une myriade d'éclats de saphirs.

L'adolescent a un mouvement de recul et me regarde, stupéfait, la bouche entrouverte…

— Je… je ne vois pas de quoi vous voulez parler…

— Bien sûr que si. Dis-toi que tu n'es pas seul, que d'autres avant toi, que d'autres comme toi ont ce même pouvoir. Et j'en fais partie. Moi aussi, quand j'étais jeune, j'ai découvert cette faculté. J'ai visité la Grotte, touché la Stèle, me suis échoué dans les rêves d'inconnus. J'ai été terrifié, j'ai eu peur, honte de moi… J'ai tout essayé pour arrêter de dormir, de rêver. Mais c'était impossible… Finalement, heureusement, j'ai fait la rencontre de quelqu'un qui m'a appris à maîtriser mon aptitude et à m'en servir pour faire de grandes choses. Et aujourd'hui, je suis ici pour te rendre, à toi, ce même service.

— Je n'ai besoin de personne. Laissez-moi sortir…

Il essaie d'ouvrir la portière mais sans succès. Je remarque qu'Elias, à l'avant de la limousine, jette un œil vers nous. D'un mouvement de tête, je lui fais comprendre que tout va bien.

— Tu veux sortir, Gabriel ? Retrouver ta petite vie minable ? Redevenir la risée de tes camarades ? Continuer à faire ces rêves qui te dévoreront nuit après nuit ? Sans moi, sans mon aide, tu ne tiendras pas longtemps… Je t'offre la chance d'être parmi les tiens. Là où je t'emmène, il y a d'autres enfants, d'autres ados. Là-bas, on ne te jugera pas. On croira en toi. J'apprends à ces enfants à maîtriser leur pouvoir et ils me rendent quelques services en échange. Tu seras en sécurité. Je te protégerai de toi-même. Car je sais bien que c'est toi qui as provoqué la mort de Lucas.

Il relâche la poignée et enfonce sa tête entre ses épaules.

— Non… Je n'ai rien fait, je vous dis.

— Je le sais, car moi aussi j'ai commis des atrocités. Comme tu peux le voir, je suis assez âgé. Tout a commencé pour moi durant la guerre du Viêtnam en 1970. J'étais un jeune soldat, naïf et bercé de douces illusions. Durant un assaut dans la région de Svay Rieng, j'ai pris une balle dans le crâne, là.

Je lui montre ma cicatrice sur la tempe.

— J'ai passé un mois dans le coma et c'est là que j'ai commencé à visiter les Limbes. La Nef, d'abord.

— La Nef ?

— Oui, pardon, c'est le nom que nous donnons à la Grotte où se trouve cette grande dalle, la Stèle. Après m'être réveillé du coma, je faisais souvent un cauchemar terrible. Je voyais des soldats Viêt-congs s'entretuer dans une furie atroce, dans une sauvagerie indescriptible. Il m'aura fallu deux ans avant de comprendre que c'est moi qui, durant mon mois de coma, inconsciemment, suis revenu sans relâche, dans le temps, à Svay Rieng, dans la tranchée adverse, prendre le contrôle des soldats ennemis endormis les uns après les autres, pour les faire se massacrer. Jusqu'à ce que je puisse enfin assassiner, par les mains d'un de ses congénères, le jeune soldat qui m'avait tiré dessus ce jour-là. Moi aussi, je suis un meurtrier, Gabriel. Personne n'est innocent… Tu n'as pas à avoir honte de ce pouvoir qui te dépasse.

Gabriel semble mettre un peu de temps à appréhender ce que je viens de lui dire.

— Vous voulez dire qu'on peut vraiment voyager dans le temps via les Limbes ?

— Oui, mais je n'y suis jamais plus arrivé depuis. Je ne sais comment cela est possible, mais il semble en effet envisageable de visiter les rêves d'une personne au présent mais aussi au passé.

— Je crois… je crois que j'ai pris le contrôle de ma mère le soir de sa mort…

Gabriel aurait, comme moi, voyagé dans le temps lors d'un de ses rêves ? Je cache, tant bien que mal, ma surprise.

— Oui. J'ai appris pour l'accident. Je suis désolé pour ta mère.

Il semble réfléchir à quelque chose.

— Vous pourriez m'apprendre à me rendre dans le passé ? Peut-être que je pourrais changer quelque chose… Qu'avec votre aide, je pourrais empêcher ma mère de mourir, d'une manière ou d'une autre…

Il faut que je lui mente, pas d'autre choix. Je veux qu'il me suive… Si je devais lui avouer que nous ne sommes jamais arrivés, malgré toutes ces années, à voyager volontairement dans les songes de personnes dans le passé, je risquerais de le perdre. Je tiens quelque chose pour le faire venir, il faut que je m'y accroche.

— Nous essaierons, je te le promets. Mais avant, il faut que tu t'entraînes. Je peux t'apprendre.

— M'apprendre à quoi faire ?

— Tu as à peine effleuré la surface de ce dont tu es capable. Si j'en crois ce que tu as fait à Lucas, tu sais déjà modifier les rêves d'autrui. Mais sais-tu qu'il est aussi possible de prendre le contrôle d'une personne quand elle dort et de la faire se réveiller pour « habiter » son corps ? C'est un exercice difficile, éreintant, mais qui peut se montrer très utile selon les occasions.

— Comme un marionnettiste…

— Oui, tout à fait. Pour l'Éveillé qui prend le contrôle, je compare souvent cette sensation à celle d'être dans un scaphandre de plongeur. On se sent d'abord lourd, gauche, mais, avec un peu de pratique, on s'y habitue. Il y a d'autres choses aussi que tu découvriras, avec nous, d'autres lieux que cette Grotte, la Nef, que tu as déjà visitée… mais il te faudra être prêt pour cela.

— J'ai déjà visité un autre lieu. Une immense ville remplie de monuments abandonnés et vestiges de temples… un lieu terrifiant. Il y avait un monstre là-bas…

C'est bien, il se livre. Je voulais voir s'il allait me faire cette confidence. Je commence à le tenir sous mon emprise. Tout se passe comme prévu.

— Je le sais, Gabriel. La créature que tu as vue là-bas m'appartient. C'est une Sentinelle. Elle veille sur les lieux et protège ces terres.

— C'était une créature horrible…

— Pourtant ce sont des humains. C'est l'apparence qu'ils ont prise année après année pour effrayer les nouveaux venus et les dissuader de fouler à nouveau cet endroit maudit. Car je te le dis, Gabriel, les Terres Mortes sont dangereuses, il y existe des périls bien pires que mes Sentinelles. Elles abîment les êtres qui foulent leur sol. Ne t'y aventure jamais seul. Mais cela je te l'apprendrai aussi.

Va-t-il me parler d'Aguilar ? Je sais qu'il l'a déjà rencontré puisque le vieux moine franciscain mentionne l'enfant dans ses mémoires. Il ne dit rien. Je n'insiste pas. Chaque chose en son temps.

Je reprends.

— Es-tu d'accord pour nous rejoindre ? C'est maintenant que tu dois faire ton choix. Soit tu quittes cette voiture, soit tu pars avec nous. Il n'y aura pas de seconde chance.

— Et mon père ?

— Nous le préviendrons. Nous lui expliquerons que nous allons te soigner. Et c'est en quelque sorte ce que nous allons faire.

L'adolescent semble hésiter, il regarde par la vitre de la limousine. J'ai bien fait de demander à mon chauffeur de se stationner ici en attendant le réveil de Gabriel. En cette fin d'après-midi, pas mal de gamins traînent encore devant le lycée. De petits groupes se sont formés sur la pelouse devant le bâtiment. Certains jouent de la guitare… d'autres sont allongés sur les genoux de leurs camarades… ça roucoule et ça minaude, ça se cherche du regard et ça attire l'attention. Le long du mur en briques du bâtiment, d'autres ados font du skate-board et tentent des figures sur des rambardes. J'ai voulu que nous nous garions ici pour que Gabriel voie ce monde dont il serait toujours exclu, quoi qu'il fasse. Pour qu'il comprenne qu'il n'a d'autre choix que de nous rejoindre. Et je suis certain d'avoir bien fait…

— Très bien. Je suis d'accord…

Je marque un temps. Afin qu'il se souvienne de cet instant. De ce moment qui va changer sa vie à jamais…

— Dans ce cas, nous allons partir immédiatement. Nos bureaux se trouvent à New York. J'ai créé il y a longtemps une société du nom d'ONIR, en charge, entre autres, d'étudier le phénomène du sommeil et des rêves. Voilà plus de trente ans que je travaille sans relâche sur les mystères que renferment les Limbes et plus j'avance, plus j'ai l'impression d'en avoir à peine effleuré la surface… Désormais, tu nous accompagneras dans nos futures découvertes…

Je fais un signe à Elias afin qu'il dise au chauffeur de démarrer la voiture.

— Nous avons trois heures de route devant nous. L'occasion de faire connaissance, mais aussi de te résumer tout ce que je sais sur les Limbes. Mais avant cela, je voudrais marquer notre nouvelle amitié par un cadeau.

Je lui tends la petite statuette en bronze, pas plus grosse qu'un pouce, représentant l'idole ventripotente. Il s'en saisit et détaille la sculpture, son crâne rasé, son nez empâté, ses grandes oreilles, son épaisse barbe.

— Voici une petite reproduction d'une statue du dieu Bès. As-tu déjà entendu parler de cette divinité ?

— Non, je ne crois pas.

— C'est normal, il fait partie du panthéon égyptien qui compte une infinité de divinités différentes. Bès était, entre autres, le dieu protecteur du sommeil. Dans l'Égypte ancienne, il y a deux mille cinq cents ans, certains temples, dits « d'incubation », ont été érigés dans un but précis, celui de servir à l'oniromancie, la prédiction par le rêve. Accompagnés des prêtres du temple, les Égyptiens s'y rendaient pour s'endormir et recevoir, en songes, leurs présages. Dans certains de ces temples, semblables à des sanatoriums, les Égyptiens procédaient également à des rêves curatifs, censés les guérir de leurs douleurs et maladies. Sais-tu que le mot égyptien qui désigne le rêve se traduit par « veiller » ou « s'éveiller » ? Pour eux, le sommeil était un terrain fertile, un autre monde où l'on pouvait entrer en contact direct avec les dieux. Ils avaient même développé, en 2000 avant J.-C., une clé des songes, un recueil de papyrus permettant d'analyser et de décrypter les différents types de rêves.

Gabriel regarde avec intérêt la figurine.

— Oui, je me suis renseigné de mon côté. J'ai vu que, dans la Grèce et la Rome antique, également, ils accordaient une grande place au rêve…

— En effet, c'est juste. Au IIe siècle de notre ère, il existait près de trois cent vingt lieux d'incubation, appelés alors temples d'Esculape, dans le Bassin méditerranéen. Ils existaient dans toutes les grandes cités, à Épidaure, Athènes, Pergame, Rome… Le citoyen en quête de présage s'y rendait pour dormir. Après un jeûne et une abstinence de certains aliments comme la viande, le poisson ou le vin, le visiteur recevait des ablutions et massages par les néocores, serviteurs du temple, et s'allongeait sur une couche dans un dortoir pour y attendre ses songes. Là, au sol, rampaient des centaines de serpents jaunes, des couleuvres, symboles de la divinité Esculape. Inoffensifs, certes, mais je te laisse imaginer l'étrangeté et le mysticisme de la scène… Rassure-toi, dans notre salle d'endormissement à nous, pas de serpent…

Gabriel me regarde, dubitatif, sans même esquisser un sourire.

— Ce que j'essaie de t'expliquer par ces exemples, c'est que le rapport prégnant au rêve est partout : chez les Sumériens, les Senoïs, les Inuits ou les Aborigènes également. Je pourrais te parler des heures durant des mythologies et cosmologies développées autour du rêve à travers les âges. Car le rêve, c'est désormais certain, nous accompagne depuis nos origines. En réalité, c'est nous avec nos sociétés modernes qui avons perdu notre rapport au rêve. Désormais, tout doit être théorisé, analysé, compris et digéré. Pourtant, le rêve échappe à toute systématisation. Malgré les plus grands psychanalystes, les plus éminents neurophysiologistes, il a toujours quelque chose d'indéfinissable. Tu le sais mieux que quiconque, toi qui as été puni, isolé de tes congénères parce que tu dormais, que tu rêvais trop. À d'autres époques, en d'autres lieux, tu aurais été traité comme un demi-dieu. Ce qui est intéressant, cependant, c'est que, souvent, c'est chez les tribus primitives, dans les petites ethnies, que l'on note encore une relation au rêve très poussée. Dans ces lieux où la magie du monde est encore présente, où l'intellect ne domine pas tout. C'est peut-être pour cela que ces ethnies entretiennent une telle relation aux songes, parce qu'elles naviguent un peu en dehors du monde, qu'elles n'ont pas été formatées par la pensée moderne. Finalement, il est peut-être là, le point commun : nous, comme ces tribus, vivons à part, en marge, nous sommes différents de la meute, c'est peut-être cela qui réveille quelque chose en nous…

Je prends conscience que Gabriel ne m'écoute que d'une oreille.

— Excuse-moi, je digresse. Je voudrais, pour finir, te donner un autre exemple. Ensuite, je te le promets, je cesserai de jouer au professeur.

— Je vous écoute. Je suis là pour ça… Ça m'intéresse.

— Connais-tu l'existence des Zaparas ?

— Non, ça ne me dit rien.

Il est important pour moi, dès mes premières rencontres avec les futurs Éveillés, d'imposer rapidement un rapport de force marqué. Je suis le savoir, ils sont l'ignorance. Ils doivent comprendre, dès notre première discussion, qu'ils ont besoin de moi, qu'ils auront toujours besoin de moi…

— Eh bien, il s'agit d'un peuple indigène qui vit dans la jungle d'Équateur. Ils ne sont pas plus de deux cent cinquante aujourd'hui, alors qu'ils étaient encore des milliers il y a cent cinquante ans. Décimés par les guerres entre le Pérou et l'Équateur, par les maladies amenées par l'homme moderne, par les eaux contaminées déversées par les compagnies pétrolières plus en amont, leur savoir a failli nous échapper… et quel drame cela aurait été ! Les Zaparas ont ainsi un rapport très particulier au rêve. En effet, c'est lui qui dicte tous leurs actes et décisions. En réalité, le rêve est plus important pour eux que la vie diurne, que ce que nous appelons le réel. Chaque nuit, les Zaparas vivent une seconde vie en rêve. Dès leur réveil, ils échangent à propos de leurs songes, en tirent des conclusions quant à la marche à suivre. Le domaine onirique leur permet à la fois de visiter leurs ancêtres, d'obtenir des réponses à leurs questions, de résoudre un conflit, d'acquérir de nouvelles connaissances… Pour eux, toute blessure survenue dans un rêve est réelle. Ils apprennent ainsi à se réveiller lorsqu'ils se sentent en danger. En d'autres termes, ils sont arrivés, et depuis longtemps, à un état de rêve lucide. Mais pour y parvenir, ils doivent se préparer et sont sans cesse en apprentissage. Le rêve exige ainsi une mise en condition, un véritable savoir-rêver. Car un Zapara qui ne rêve pas est comme un être inachevé…

— Je ne vois pas vraiment le rapport avec ce qui m'arrive…

— Il est pourtant évident. Ce que j'essaie de t'expliquer, Gabriel, c'est que les Limbes ont toujours été là. Un lieu entre les mondes, une passerelle entre la vie et la mort. À leur manière, les Zaparas font l'expérience des Limbes, comme les Égyptiens avant eux ou les Grecs et les Romains. Ils empruntaient simplement un chemin différent, ils passaient par une toute petite fissure pour accéder aux Limbes et n'en voyaient jamais qu'une infime parcelle. Nous, grâce à nos expériences, nous en avons ouvert la grande porte. Une porte vers un lieu millénaire et mystérieux. Ce que j'essaie de t'expliquer, c'est que ce n'est pas toi qui as un problème, c'est le reste du monde qui est aveugle. Ce sont les autres qui se trompent. Là où chaque soir les hommes et femmes s'endorment et se limitent à des jeux puérils et enfantins dans leurs songes, régurgitations primaires de leur psyché, de leurs psychoses et fantasmes, toi, tu vis une seconde vie. Tu es allé beaucoup plus loin que tous ceux qui t'ont jugé, t'ont mis à l'écart. Et ça, tu ne dois jamais l'oublier. Je t'offre une revanche. Demain, bientôt, quand tu seras prêt, tu m'aideras à façonner un monde meilleur, un monde dont je dessine les contours depuis près de trente ans.

— Parce que vous trouvez que le monde dans lequel on vit est un monde parfait ?

— Parfait, non… Tant s'en faut, mais bien moins mauvais que celui dans lequel tu vivrais si nous n'étions pas intervenus avec ONIR depuis toutes ces années. Sans moi, sans nous, nous ne serions peut-être même pas ici en train de nous parler. J'ai évité le pire, à de nombreuses reprises. C'est déjà beaucoup. Et j'ai de grandes ambitions, pour aller plus loin, beaucoup plus loin. Je t'expliquerai ça plus tard…

Geronimo de Aguilar

3 avril 1527
Château Saint-Ange, Rome, Italie

Je suis un lâche.
Je l'ai toujours été.
Je suis celui qui a découvert et celui qui a tué.

Je l'ai abandonné à son triste sort, comme tous les autres avant lui. L'enfant a été fait prisonnier et je n'ai rien pu faire. Enfermé que je suis dans ma prison de solitude, dans un autre temps, un autre monde. Voilà plusieurs nuits qu'il ne me rend plus visite. Aurais-je pu faire quelque chose ? Aurais-je pu tenter de l'aider ?

Tout se mélange. Tout se brouille dans ma tête. Je suis vieux. Trop vieux. Pour vivre ici dans l'humidité et le froid. Mais, bon sang, quand la mort se décidera-t-elle à m'enlacer ? Combien de temps encore devrai-je payer ? Je trempe ma plume ébréchée dans le petit pot d'encre en verre. Il est quasiment vide. Je ne pourrai plus écrire longtemps. Que me restera-t-il alors ? La nuit et les cris…

Dès que j'entends des pas s'approcher, les clés tourner dans le verrou de la lourde porte en bois, je m'empresse de cacher ma plume, mes feuilles et l'encrier dans le trou du mur où j'ai déchaussé une brique, puis d'y replacer la pierre. C'est un gentil geôlier, Giacomo, qui m'avait apporté ces présents, parmi les rares que j'ai eus en six années d'incarcération dans les tréfonds de ce lieu maudit. L'un des seuls moments où j'ai cru à nouveau, un petit peu, en l'humanité. Giacomo était un homme bon qui faisait son possible pour nous rendre, à moi comme aux autres prisonniers, la vie plus douce. C'est lui qui, ainsi, m'aura permis de parler une dernière fois à mon ami Kaan avant sa mise à mort. Comment avait-il échoué ici dans le château Saint-Ange, celui que nous appelons le Môle d'Adrien, tombeau de pierre et de sang ? Pourquoi s'obstinait-il ainsi à faire le bien ? Un matin, je me souviens, il m'avait apporté une pomme. Une simple pomme qui, pourtant, pour moi, fut le plus précieux des trésors. Je crois que quand j'ai tenu le fruit entre mes maigres mains, j'en ai pleuré, moi qui depuis si longtemps ne mangeais qu'une soupe froide et du pain rance. J'ai senti le fruit, en ai caressé la peau si douce, si lisse. J'ai croqué dedans, et une explosion de saveurs acidulées est venue envahir ma bouche sèche. Plus tard, Giacomo m'apporta cette plume et cet encrier en me disant : « Vous êtes un homme saint, mon père, j'en suis certain. D'autres justes, avant vous, ont été enfermés en ces murs. Nos papes Jean II, Benoît VI ou Jean XV ont péri dans ces geôles. Si les murailles de cette forteresse sont aveugles, je ne le suis pas. Racontez votre histoire avant que d'autres ne la racontent à votre place. » C'est ainsi que j'ai débuté la rédaction de *Per Inania Regna*. J'en ai caché les feuillets dans un tissu. J'ai dû apprendre à écrire en lettres minuscules pour optimiser l'espace de chaque page. À tel point que je me demande parfois si mon écriture ne sera pas indéchiffrable pour quiconque tentera de s'atteler à la lecture de mon manuscrit. Mais il m'est de plus en plus difficile d'écrire. Je n'y vois quasiment plus. Et il ne me reste plus que deux feuillets. Giacomo est depuis longtemps parti, remplacé par des *secondini* sans âme et sans visage. On m'a dit qu'il avait été puni pour avoir pactisé avec les prisonniers. Pauvre homme…

Parfois, rarement, les geôliers me laissent une bougie. Pas par charité, non, puisque, je le sais, je les ai entendus en parler, ils agissent sur ordre du Castellano Rucellai lui-même, gouverneur de Saint-Ange. Cette lumière, c'est une punition, une des tortures insidieuses dont il a le secret. Une bougie pour pouvoir me rappeler ce que c'est de vivre dans la lumière. Peut-être aussi pour que je voie ma peau crasseuse, mes ongles noirs. Le monstre que je suis devenu. Lorsque j'ai une bougie, je ne peux m'empêcher de relire mes notes. Je revis, de manière toujours aussi violente, mes erreurs et forfaits. Parfois, aussi, j'approche la flamme de la peau de mon bras et la laisse ainsi de longues secondes. J'attends de sentir la douleur monter, la brûlure incandescente déchirer ma chair. J'attends pour être certain d'être encore vivant. Ressentir quelque chose, même la souffrance, est toujours préférable à errer dans cette absence de tout.

Giacomo est parti. Kaan est mort. L'enfant a disparu. Que me reste-t-il ? Jusqu'où dois-je sombrer ?

J'ai si mal au dos quand j'écris, dressé que je suis sur la pointe des pieds, le feuillet plaqué contre la pierre humide du mur, à essayer de m'approcher au plus près de l'étroite fenêtre qui dilue son timide rai de lumière. Et ces chaînes qui m'entravent, attachées à chacun de mes pieds, si lourdes, si froides. J'ai les mollets toujours en sang. Depuis si longtemps.

La Nuit de sang est toujours là, en moi. Elle rejaillit dès que je baisse la garde. Mes souvenirs, tels des spectres, me tournoient autour en permanence, cachés dans les ombres, prêts à réveiller mes regrets, insatiables dans la douleur.

« Ils marchaient dans les ombres obscures de la nuit solitaire, à travers les demeures vides de Pluton et le Royaume des ombres. » Le Royaume des ombres. *Per Inania Regna*. C'est ainsi et pas autrement que ces pages devraient être nommées, si un jour mes écrits quittent ce cachot.

C'était un soir de septembre 1521. J'étais déjà enfermé ici depuis plusieurs mois. Je n'aurais jamais dû faire confiance à Cortés. J'aurais dû me douter que le Vatican ne tolérerait pas ma découverte. Quel imbécile ai-je été, depuis le début ! Ils ont tous payé pour ma crédulité, mon égoïsme. Je me souviens de mon audience devant notre pape Léon X en compagnie de Kaan et des quelques autres Mayas qui nous avaient accompagnés depuis leur capitale Checktumal. J'avais rejoint le Saint-Siège, certain d'émerveiller mes pairs par la formidable découverte que j'avais faite auprès des Mayas lorsqu'ils m'avaient recueilli. Kaan, leur chef, m'a toujours considéré comme l'un des siens, son frère, c'est pour cela qu'il a accepté de me révéler l'existence du Monde des rêves, cette Cité de Lumière, et qu'il m'a appris à maîtriser ce formidable pouvoir d'explorer les songes d'autres hommes. Toute sa vie, cet homme, brave parmi les braves, m'a fait confiance. Il a ainsi accepté de lui-même de me suivre en Europe accompagné d'une délégation de Mayas. J'ai commencé à comprendre, inconsciemment peut-être, en les voyant attachés à fond de cale durant le trajet en bateau, qu'il s'agissait d'un piège. En regardant, jour après jour, les marins remonter les corps des membres de la délégation qui, malades, affamés, supportaient difficilement le voyage, et les balancer à la mer comme de vulgaires détritus. Mais, crédule, je voulais croire. Croire encore en la droiture de ma religion, en la justice de mes pairs. Durant notre audience, j'ai au mieux traduit les paroles de Kaan, leur ai fait part de ma propre expérience. Je leur ai tout raconté : l'existence d'un monde des rêves, de la Cité de Lumière où les civilisations du monde veillaient à maintenir l'Équilibre. Je leur ai offert le savoir, la beauté et la connaissance. Mais Léon X et ses cardinaux en ont décidé autrement. Ils ont cru voir en mon présent une antichambre de l'enfer. Ils ont eu peur du retentissement que pourrait avoir l'annonce d'une telle découverte. Peur, certainement, de la remise en question fondamentale que cela entraînerait pour notre religion même. Ils m'ont d'abord laissé croire. Puis ils m'ont trahi. Sous l'incitation du Saint-Office, j'ai aidé à former des moines pour explorer la Nef. Puis, à leur tour, ils en ont formé d'autres, puis d'autres encore. Sous mes yeux, sans même m'en rendre compte, naissait une armée. J'appris plus tard qu'ils l'avaient appelée *Manus Dei*. La « Main de Dieu »… quelle ironie ! Puis, enfin, lorsqu'ils furent prêts, ils menèrent leur Nuit de sang, une Inquisition oubliée qui resterait tue à jamais, avec à leur tête le pire des sanguinaires, celui dont la soif de conquête semblait inexpugnable. Cortés lui-même. Ils ont accédé facilement à la Cité de Lumière, je leur en avais montré le chemin. Et là, ils les ont tous décimés. J'ai refusé de participer à cette hérésie. Enfermé au fond de ma geôle, j'entendais les cris de Kaan et des autres Mayas, leurs lamentations alors qu'on les avait empêchés de s'endormir en les torturant… Moi, je n'ai pas eu la force, le courage de me rendre là-bas.

La nuit suivante, enfin, j'ai foulé le sol de la Cité de Lumière. Mais le lieu s'était transformé. La ville s'était éteinte. Elle était morte. Les dorures des temples, ces éclats par milliers, ces minarets d'ivoire, ces pyramides d'or n'étaient plus que des ruines, comme si elles étaient faites de chair et avaient soudainement vieilli. Pire, s'étaient mues en squelettes. Tout avait changé. Le sol, autrefois dallé de magnifiques mosaïques aux arabesques raffinées, était désormais recouvert d'un épais manteau de cendre. Cette Cité de Lumière était devenue une terre morte. Des Terres Mortes. Plus loin, je découvrais, dans un endroit autrefois désert, des centaines de corps figés dans la pierre en des postures démentes. Les Élus, les habitants de la Cité de Lumière. Tous morts à cause de moi. Par ma vanité sénile.

Je la paie chaque nuit. Ma pénitence n'aura pas de fin, je le sais.

Pourtant, il faut que je protège ces lieux, coûte que coûte.

J'espère revoir l'enfant, qu'il reviendra. Qu'il me pardonnera… J'avais tant à lui montrer, tant à lui dire. Je pense que j'aurais pu lui montrer les lieux interdits.

Ces zones qu'il nous faut protéger de toute incursion. J'ai pensé qu'il pourrait en devenir le gardien, prendre ma succession. En sera-t-il capable ? « Le Tombeau et la Source ne doivent jamais être découverts. » C'est l'une des dernières paroles de Kaan. À défaut d'avoir pu sauver mon ami, mon frère maya, au moins tenterai-je d'honorer ma promesse. Jusqu'à mon dernier souffle.

Mais je me sens si faible.

Lee

28 octobre 2028
Chicago, Illinois

Ça y est, je l'ai retrouvé… Je referme le tiroir de la salle de bains dans lequel je range habituellement tous les médicaments. Je détaille un peu mieux la petite fiole de vaccin, le Pardenix… Là, en tout petit, je trouve la mention que je recherchais. « Pardenix est un vaccin développé par StellaNovaris, une filiale d'ONIR »… ONIR, c'est donc là que j'avais vu ce nom… Il y a un an, suite à la propagation inquiétante d'un nouveau virus de grippe, une variante du H5N1, souche que l'on n'avait pas vue se développer de manière aussi virulente depuis 2007, l'OMS a rapidement mis en place des protocoles sanitaires et des préconisations de vaccins. De nombreux pays parmi lesquels la France, la Finlande, la Suède et les États-Unis ont imposé une vaccination à tous les enfants âgés de moins de 11 ans. Certains ont pensé qu'il s'agissait, encore, d'une attaque bactériologique terroriste, comme l'épidémie de variole de 2023, mais rien ne fut jamais prouvé. À l'époque, je m'en souviens, l'opinion publique avait été surprise d'apprendre que le grand laboratoire pharmaceutique suisse StellaNovaris avait spontanément proposé de développer un vaccin et de le vendre à prix coûtant. Une première dans l'histoire. Moi, de mon côté, je pensais avoir perdu le vaccin pour Liam, j'en avais donc acheté un second avant de retrouver le premier dans un des tiroirs de la chambre de mon fils.

Je passe une bonne partie de la soirée à faire des recherches sur StellaNovaris et ONIR. Étonnamment, pour cette deuxième société, les informations sont disparates, nébuleuses, voire contradictoires. À partir de 2012, il semblerait qu'ONIR ait virtuellement disparu. Cette multinationale qui possède pourtant de nombreux laboratoires pharmaceutiques aurait licencié la plupart des employés de sa maison mère à New York et aurait délégué la gestion de ses affaires courantes à un board d'actionnaires. J'ai uniquement retrouvé un communiqué de presse de l'époque, laconique, qui explique que la direction d'ONIR « suspend sa politique d'expansion pour se concentrer sur ses actifs et recentrer ses activités sur son domaine d'action premier : l'étude du sommeil ». Mais depuis, plus rien. Pas de rapport d'activité. Pas de communication. Il semblerait que la société ONIR soit en état végétatif depuis dix-huit ans. Impossible d'ailleurs de trouver le nom de l'actuel dirigeant de la société… Son fondateur, James Hawkins, un homme très secret, dont on ne trouve que de très rares interviews, aurait disparu de la circulation aux alentours de 2011. Certains pensent qu'il aurait pris sa retraite et qu'il vivrait en ermite, quelque part.

J'ouvre ma recherche aux polémiques autour des vaccinations massives de ces dernières années.

Rapidement, je découvre qu'il y a déjà eu des précédents. En 2009-2010, suite à la campagne de vaccination en Europe contre la grippe pandémique A, des centaines de plaintes avaient été déposées après l'apparition de symptômes de narcolepsie chez certains des patients vaccinés. Je me souviens de cette affaire qui avait eu un sacré retentissement. J'étais alors chez mes parents. Je me remettais péniblement de ma maladie et passais mes journées devant la télévision.

Il faut que je creuse cette piste. Dès demain, je demanderai aux autres parents de l'hôpital si leur enfant a été aussi vacciné au Pardenix contre le H5N1. Je contacterai également certains confrères journalistes en Europe pour qu'ils se renseignent de leur côté.

J'envoie un court mail à mon rédacteur en chef : « Hello, Chris. J'ai peut-être une piste. Je t'en reparle très vite. Il me faut encore un peu de temps. »

J'éteins mon ordinateur, bois une dernière gorgée de vin… Je suis crevée. Je suis rentrée de Caroline du Nord ce matin et je n'ai pas encore eu le temps de me reposer. À peine arrivée, je me suis rendue au chevet de Liam. Je l'ai trouvé un peu creusé mais son médecin m'a dit que son état était parfaitement stationnaire. *Comment te sens-tu, mon ange ? J'espère tellement que, dans ton coma, ta nuit sans fin, au moins tu ne souffres pas…*

Je pensais rapporter des réponses du Clearview Institute… mais je me demande si tout ce voyage n'était pas une folie de ma part, comme une fuite, peut-être. Durant les deux nuits de mon trajet retour passées dans des motels miteux, j'ai attendu le sommeil, impatiente, convaincue que je retournerais là-bas, dans cet hôpital, que j'y retrouverais cette silhouette qui m'attend. Mais j'ai eu des nuits sans rêve. Je commence à me dire que je déraille, que je perds les pédales. Si rien ne vient, si je ne fais pas ce rêve à nouveau, il serait peut-être préférable que j'aille voir quelqu'un, un psychiatre. C'est certainement le contrecoup de la maladie de Liam. Peut-être que je cherche un refuge quelque part… Vu que je n'ai pas de réponse, je m'en crée. S'il ne se passe rien cette nuit, c'est décidé, je retournerai voir un psy. Je m'étais promis de ne plus jamais faire appel à des praticiens, m'étais convaincue de ne plus en avoir besoin. Mais il faut que je sois solide, irréprochable. Liam a besoin de moi. Je ne peux pas replonger comme lorsque j'étais plus jeune.

Je me rends dans ma chambre. Par habitude, j'entrouvre la porte de celle de Liam, comme je le faisais tous les soirs avant qu'il ne soit pris par le Marchand de sable. La chambre est vide, silencieuse. J'aurais envie d'attraper le premier taxi et de me ruer dans l'hôpital Cook County pour dormir à ses côtés, lui tenir la main et lui dire que je suis là, que je serai toujours là. Il est si seul là-bas, dans ce dortoir, il doit avoir si froid… mais il est interdit aux familles de rendre visite aux malades après 19 heures.

Il faudra que j'attende, je n'ai pas d'autre choix.

J'appréhende de me coucher et retarde le moment de m'endormir. J'ai peur qu'il ne se passe rien, encore une fois. Je traîne dans ma salle de bains, prends une longue douche. Je regarde la télévision pendant une bonne heure, zappant de chaîne en chaîne sans vraiment prêter attention aux programmes. Puis, finalement, sentant mes paupières lourdes se fermer, j'éteins la lumière, m'enfonce sous ma couette…

Je fais d'abord des rêves disparates, flous… Des souvenirs de vacances avec Liam à Orlando se mêlent à des images de ma jeunesse dans notre maison d'Ardmore en Oklahoma. Mon père et ma mère qui crient, cette agitation permanente dans la maison : mes sœurs sur le perron qui parlent avec leurs copains en s'étalant du rouge à lèvres sur le visage de manière vulgaire, mes deux frères Aaron et Eugene qui se chamaillent dans le salon et Liam au milieu. Moi, j'aimerais récupérer mon fils, le serrer dans mes bras, mais je n'y arrive pas. Je ne peux pas bouger. J'ai si peur que mes frères lui marchent dessus, le piétinent… Je crie mais personne ne m'entend. Je veux partir d'ici, emmener Liam loin de cette vie grise et de cette médiocrité et ne plus jamais regarder en arrière.

Soudain, le noir. C'est étrange, cette soudaine sensation de conscience que j'ai. Comme si on venait de changer de chaîne. Le décor se redessine lentement autour de moi.

J'y suis revenue. Il n'y a aucun doute. Enfin…

Devant moi, une version fantasmée de l'hôpital Clearview prend forme. Je suis dans un long couloir. Il n'y a pas un bruit. Je n'hésite pas une seconde et avance. Tandis que je progresse, j'ai l'impression que le couloir tourne sur lui-même, comme si j'étais à l'intérieur d'un tunnel de fête foraine ou dans un kaléidoscope géant, comme si, finalement, mon environnement se transformait sous mes yeux. J'arrive au bout du couloir et me retrouve dans une grande salle circulaire. Autour de moi, six escaliers en colimaçon en fonte de fer. Ils sont très travaillés et des arabesques complexes de feuilles et branchages s'entremêlent le long de leurs rambardes en fer rouillé. On les dirait tout droit sortis d'une bibliothèque ou d'un jardin d'hiver d'un vieux manoir. Je lève la tête. Ils montent à des hauteurs inimaginables, semblant se perdre dans cette cage d'escalier sans fin, se tordre et s'entremêler les uns aux autres. *Reste concentrée, Lee...* Que me disaient les messages, déjà ? Oui, je me souviens : l'escalier 3... Je me dirige vers ce dernier et commence à en grimper les marches. Chaque pas sur le métal laisse échapper un grincement lugubre. Plus je monte, plus je sens l'escalier vibrer sous mon poids. Tandis que je progresse, l'escalier semble se distendre, les marches sont parfois rapprochées, parfois s'éloignent. Sur certains segments, je dois m'accrocher à la marche du dessus, grimpant quasiment à une échelle. Plus haut, j'ai la sensation d'évoluer sur une passerelle, tant les marches sont, au contraire, alignées à l'horizontale. Tandis que je progresse de plus en plus péniblement, j'entends distinctement un cri venant de tout en bas. Un cri étrange. À la fois terrifiant et mélancolique. Je regarde dans le vide mais ne vois rien. Soudain, je sens l'escalier vibrer, tressaillir. Puis, un bruit métallique retentissant, semblable à une machinerie se mettant soudain en branle. Je jette à nouveau un œil vers le bas. Mon escalier est en train de s'effriter, il s'écroule, les marches hélicoïdales chutent dans le vide les unes après les autres, comme si on les arrachait. Il faut que je me dépêche. L'escalier vibre dans tous les sens. Je m'accroche tant bien que mal à la fine rambarde en métal et monte les marches quatre à quatre. Il y a de plus en plus d'espace entre ces dernières et je dois parfois prendre mon élan pour rejoindre la suivante. L'escalier se contorsionne comme un être vivant tandis qu'autour de moi des pans de métal rouillé se désagrègent et chutent dans un sifflement lourd. J'ai peur mais je ne m'arrête pas. J'arrive enfin en haut de ces spirales infernales. Plus que quelques marches à franchir. Je suis à bout de souffle, mais je vais y arriver. Je le sais. Il le faut… Dans un dernier grincement, l'escalier se tord sur lui-même et s'effondre. Je saute dans le vide et m'accroche *in extremis* au rebord de l'étage. Je me soulève, reprends ma respiration et regarde vers l'abîme en dessous. Le long du mur, je distingue un maelström de matière noire qui progresse. En y regardant mieux, il me semble distinguer une énorme silhouette rampante au cœur du tourbillon, avançant par à-coups. Ses jambes et ses bras prennent des postures irrationnelles, comme si chacun de ses os était brisé. J'ai du mal à bien discerner ce qui se passe, mais on dirait qu'à chaque mouvement, la créature répand autour d'elle des volutes de fumée noire mêlée à des tentacules. Je remarque également que plus elle progresse, plus la brique du mur est recouverte d'une matière noire, semblable à de la mélasse. Un nouveau cri provient de cette abomination, on dirait un hurlement d'enfant mêlé à cent autres cris gutturaux… Il faut que j'avance. Face à moi un nouveau couloir, une nouvelle épreuve. J'ai l'impression d'être dans un labyrinthe créé par un esprit malade. Je fais face à un immense corridor qui, encore une fois, ne semble pas avoir de fin. Partout, sur les quatre cloisons, des portes, des centaines de portes, de formes, de couleurs différentes. Il y en a au plafond, sur les côtés, au sol. Quel message avait été écrit à ce sujet ? La quatrième porte. Oui, j'en suis certaine. Mais laquelle ? Je ne sais plus. Tout s'embrouille. J'entends des hurlements derrière moi. La créature sera bientôt là. *Quelle porte, nom de Dieu, Lee ?* Je fais un pas et, en cet instant, dans un cliquetis monstrueux, le couloir se transforme. Chaque segment des quatre portes se met à tourner sur lui-même, par quarts de tour, comme si j'étais dans un Rubik's Cube géant, prisonnière au cœur d'un mécanisme monstrueux. La porte qui était sur le mur de gauche se retrouve ainsi au plafond, puis sur la droite et ainsi de suite, dans un bruit de machinerie qui me vrille les oreilles. Il ne faut pas que je panique. Il faut que je me souvienne. Je saute de segment en segment jusqu'au quatrième. Je m'appuie péniblement sur les cloisons tandis qu'elles tournent sur elles-mêmes. Qu'était-il écrit ? « Par terre »… oui, c'est cela. Je regarde les murs qui entourent chaque porte. Comment savoir où est le haut et où est le bas ? Plus rien n'a de sens. Il doit y avoir un indice. Quelque chose. J'y regarde mieux. La porte qui est au-dessus de moi est placée dans un mur recouvert d'un carrelage en damier noir et blanc. Je regarde celle à mes pieds. Ici, au contraire, je note sur le mur des moulures et un néon. C'est cela. Il faut que j'attende deux quarts de tour. La porte censée être au sol est au-dessus de moi pour le moment. Crac. Un quart de tour. Je regarde vers l'entrée du couloir. Je sais que je ne devrais pas. Je vois alors des centaines de tentacules qui se collent aux murs et progressent, tels les appendices d'une monstrueuse pieuvre d'encre. Puis une main noire apparaît et ses ongles déments viennent griffer le carrelage. Je n'ai plus le temps. Crac. Un nouveau quart de tour. La porte est enfin à mes pieds.

Je me saisis de la poignée en laiton et, sans l'ombre d'une hésitation, ouvre la porte. Un rai de lumière vient m'aveugler. Je ne vois pas ce qui m'attend à l'intérieur. Mais je n'ai pas le choix. Je saute. Il fait noir. Je me relève. Je suis dans une chambre de l'hôpital. On dirait l'aile C, celle des enfants. Soudain, un crépitement, un autre. Les murs s'embrasent, un incendie se répand à une vitesse hallucinante, comme en accéléré. Le temps semble se ralentir quelques secondes tandis que les flammes dévorent les murs, les meubles, que les rideaux se délitent, puis s'accélère à nouveau jusqu'à ce que, devant mes yeux, il n'y ait plus qu'une chambre complètement carbonisée. Encore une fois, on dirait que le temps marque une courte pause. Puis, dans un ballet hallucinant, la scène repart en arrière en marquant chaque fois les mêmes arrêts. Les flammes semblent aspirées vers le bas, les meubles retrouvent leur position. Le cycle continue ainsi, comme pris dans une boucle. J'entends une mélopée sinistre, semblable à un bourdon de cris au ralenti… J'ai la sensation d'être prisonnière d'un souvenir qui se répéterait à l'infini, le cauchemar d'un cerveau dérangé. Durant les quelques secondes avant que tout ne redémarre, j'essaie d'ouvrir la porte de la chambre mais la serrure semble fermée de l'extérieur. Je retire ma main tandis que le métal de la poignée devient brûlant et que les flammes commencent à lécher le bois. Comment sortir ? Je laisse quelques cycles défiler et observe autour de moi. Je pense avoir une idée. J'attends que le feu ait fini de consumer la chambre, profite des quelques secondes avant que tout ne reparte et me jette dans le trou béant laissé par la porte brûlée.

Tandis que je me relève face à un couloir en proie à l'incendie, j'entends distinctement une voix : « Dépêche-toi, il arrive. » Ici, à nouveau, le même manège dément reprend sans cesse. Le couloir est normal, baigné par une lumière de néons, puis, soudain, en proie aux flammes et, aussi rapidement, dévasté, carbonisé, laissant encore échapper de la fumée et apparaître, sur le plancher, des tas de cendre incandescente. Durant le cycle, je note que le plafond du couloir s'écroule et emporte avec lui une partie du sol, laissant place à un parterre de flammes. Je n'aurai jamais le temps de traverser en un seul cycle. Il faut que je trouve le bon timing. Je n'ai pas le choix. Je remarque que, au moment où les murs s'effondrent, une poutre en bois cède du plafond et crée, l'espace de quelques courtes secondes, une passerelle naturelle. C'est ma chance. J'attends que l'incendie reprenne de zéro et je me lance. Je cours sous les néons du couloir encore intact. D'un œil, je vois les flammes qui commencent à s'étendre. Une partie du sol cède, je saute de justesse sur un morceau encore à l'abri. À mes pieds, une vision infernale, d'énormes flammes dévorent tout. La poutre au plafond cède et vient s'abattre en équilibre entre deux pans de mur. C'est maintenant ou jamais. Je saute sur la poutre et avance un pied devant l'autre en m'efforçant de garder les yeux fixés devant moi. *Ne regarde pas en bas, Lee.* Je sens la poutre qui tressaille. Le cycle arrive à son terme, elle va repartir en arrière. Je me jette en avant et atterris de l'autre côté du couloir. J'ai réussi. Face à moi, une porte. Encore. Je me rue dessus, en trombe, pressée de quitter cet enfer.

Il fait noir, puis, lentement, des petites lumières bleutées viennent éclairer l'endroit, parcelle après parcelle. Comme des milliers de petits saphirs luminescents qui s'allumeraient les uns après les autres. Je suis dans une Grotte circulaire, comme un immense dôme. Partout autour de moi, des centaines, des milliers de trous, tous plus ou moins larges d'un mètre de diamètre. Certains sont au ras du sol, d'autres à des hauteurs phénoménales. Cet endroit me rappelle vaguement quelque chose. Après le spectacle d'horreur, la frénésie hurlante que je viens de traverser, l'endroit dégage un certain calme, un étrange apaisement. J'entends comme des voix. On dirait qu'elles viennent de loin, qu'elles résonnent à travers les parois de la Grotte, tel un écho distant. J'en distingue quelques mots épars : « arrivera à rien… honte pour nous… tu n'es personne… fou… pas d'autre choix… pour ton bien ».

Le temps presse, je le sais, je le sens. Il faut que je me souvienne quel était le dernier message. « Dans le terrier du lapin »… Très bien… Mais comment choisir le trou dans lequel me rendre ? Il y en a tellement. Des centaines, peut-être bien plus encore. Je n'y arriverai jamais. Je m'abaisse au sol et passe la tête dans certains des gouffres. Il n'y a pas de lumière, rien. Je sens juste un très léger appel d'air… Je reviens sur mes pas. Je regarde au plafond. Au sol. Là, il y a quelque chose. Par terre, sur le voile de poussière grise, je remarque une petite trace, puis une autre. Je m'approche, on dirait des empreintes d'animal, quatre petits coussinets. Un lapin, bien sûr… Les traces me mènent jusqu'à un trou, un long tunnel. Je n'hésite pas une seconde, au point où j'en suis. Je m'abaisse et me faufile à l'intérieur. Au moment où je pousse avec mes pieds, je sens que quelque chose me saisit la jambe. Une douleur terrible semblable à une piqûre brûlante se répand dans ma chair. Je hurle. Un autre cri se superpose au mien. C'est la créature que j'ai vue plus tôt. Elle m'a retrouvée. Je tire sur ma jambe de toutes mes forces, mais elle est retenue par un tentacule noir, qui remonte lentement vers mon genou. Soudain, je sens une aspiration, un vent violent qui m'aspire vers les profondeurs du goulot dans lequel je viens de pénétrer. Dans un hurlement strident, la créature lâche prise. Je me laisse porter à travers le tunnel, comme si j'étais happée dans un tourbillon. Je crois que je perds connaissance.

Je me réveille sur un lit. Je ne suis pas dans ma chambre. Non, je suis dans une petite salle aux murs de béton gris. Il y a une étrange fenêtre où un écran de TV reproduit un coucher de soleil. L'espace est froid, clinique. Un individu est assis de dos, derrière un bureau en métal. Je reconnais son pardessus, sa capuche. C'est lui… enfin…

Il commence à m'adresser la parole, sans même se retourner :

— C'est drôle quand j'y pense… Parmi tous les endroits de ma vie, c'est ici que j'ai trouvé refuge. Là où ils m'ont si longtemps enfermé. Je ne sais toujours pas pourquoi mon esprit a choisi d'être ici plutôt qu'ailleurs. Peut-être parce que j'y ai été en paix, quelque temps, que j'ai eu l'illusion d'y être en sécurité les premiers mois, de m'y sentir chez moi. Comme j'ai pu être crédule !

Je me soulève du lit. La brûlure sur ma jambe me lance, mais je veux des réponses.

— Clyde. C'est ton nom, n'est-ce pas ?

Le jeune homme fait pivoter sa chaise et se retourne. Il abaisse sa capuche. Il doit avoir dans les 18, 19 ans, pas plus. Des mèches de ses cheveux noirs mi-longs tombent sur son visage émacié. Il a des sourcils fins, les yeux d'un noir profond. Il se tient voûté, les épaules penchées un peu en avant. Il a quelque chose en lui de fragile, de cassé. Ça se sent immédiatement. Il porte une veste kaki trop longue pour lui, un jean et un tee-shirt blanc déchiré au niveau du cou.

Il me détaille longuement, sans rien dire. Puis, enfin, prend la parole. Il parle d'une voix triste :

— Je m'appelle Clyde, en effet. Bienvenue chez moi, Lee. Tu as trouvé le chemin, enfin… Tu as traversé mes pièges…

— C'est toi qui as créé tout ça ?

— Oui, tu es dans ma tête. Dans mes rêves. Je me suis construit ma propre prison afin qu'il ne puisse pas y pénétrer. Tu sais, il joue avec moi, sans cesse. Il me tourne autour, il essaie nuit après nuit de me rejoindre ici. Mais je ne le laisse pas faire. Pour l'instant, je tiens. Mes murs sont solides.

— Je suis désolée, je ne comprends pas ce que tu me racontes.

— C'est normal. Excuse-moi, voilà très longtemps que je n'ai pas parlé à une vraie personne. Je me sens si seul ici… Si seul.

— Qu'est-ce que tu me veux ? Pourquoi es-tu entré dans mes rêves ? Est-ce que tu existes seulement ?

— Tu en doutes encore ? Avec les messages que tu as découverts à Clearview ? Je pensais que ça te convaincrait. C'est pour cela que j'y ai été moi-même. C'était il y a si longtemps… Je n'étais pas certain de me rappeler les messages exacts.

— J'ai trouvé tes messages, en effet. Mais tout cela est si fou, si surréaliste.

— Eh bien, pourtant, il faut que tu croies, Lee. Que tu croies en moi, en ce que je vais te raconter. C'est le seul moyen de sauver ton fils.

— Liam… Tu le connais ?

— Je l'ai vu, oui, là où ils l'ont emmené. Lui et tous les autres enfants. Je suis venu à toi, Lee, pour que tu m'aides à libérer ces gamins de la maladie que vous appelez « Marchand de sable ». Que tu aides à libérer le monde de la folie qui se prépare. Nous avons peu de temps. Il y a beaucoup à faire et je ne pourrai pas y arriver seul. Je suis bien trop faible.

— Pourquoi m'avoir choisie, moi ?

— Parce que je t'ai trouvée, que j'ai suivi ton chemin. Parce que tu en es capable. Et parce que je sais que tu iras jusqu'au bout pour lui.

— Peut-on se retrouver quelque part ? Je veux dire, dans la réalité.

— Non. Je ne te verrai qu'ici. Moi aussi, à ma manière, je suis prisonnier. Tu ne pourras pas me libérer, pas encore. Mais rassure-toi, maintenant que tu as trouvé le chemin, tu n'auras plus à traverser mes épreuves. Tu reviendras ici directement.

— Tu peux m'expliquer ce qui se passe ? Le Marchand de sable, de quoi s'agit-il ?

— C'est le meilleur moyen qu'il a trouvé pour recruter son armée. Les enfants et les jeunes ont toujours eu plus de pouvoir que les adultes dans les Limbes. Il le sait. C'est pour cela qu'il les choisit si jeunes. Ils sont prisonniers et doivent l'aider à reconstruire. C'est ce qu'il veut. Ce qu'il a toujours voulu. Il veut inverser les mondes. Et je ne pourrai pas l'arrêter seul.

— Est-ce que Liam souffre ? Est-ce qu'il est en danger ?

— Non, il ne souffre pas. Il croit que tout cela est un jeu. Il ne comprend pas.

— J'ai tant de questions… Peux-tu me dire si la société ONIR est mêlée au virus du Marchand de sable ?

— ONIR est au cœur de tout. Depuis toujours. Ce sont eux qui m'ont pris. Eux qui ont pris les autres enfants. Mais tant de choses ont changé… Comment aurais-je pu savoir ? J'ai essayé de réparer mes erreurs, mais je n'y suis pas arrivé. Ce qui est écrit ne peut être modifié. Tu es ma dernière chance, Lee.

— Peux-tu m'aider à les faire tomber ? J'ai besoin d'informations. De faits bien concrets.

— Tu en auras. Très vite. Pour commencer, il faut que tu te rendes à College Park, dans le Maryland, à la National Archives and Record Administration. C'est là qu'ils conservent toutes les archives des agences gouvernementales, notamment celles de la CIA. C'est là que reposent une partie des secrets d'ONIR, ses origines, le projet K27 en 1971. Là que tout a commencé… là que les Limbes ont été foulées.

— Pourquoi devrais-je te faire confiance ?

— Parce que tu n'as pas le choix. Parce que tu as besoin de réponses. Et que je vais t'en donner…

Gabriel

5 août 2008
New York, État de New York

Voilà plus d'un mois que j'ai pénétré le bâtiment d'ONIR. Je me rappelle encore être resté figé quelques instants devant sa monumentale porte en bois massif, sertie d'un bardage en acier bleu, comme oxydé, qui en découpe la surface en centaines de petits carrés, eux-mêmes très légèrement sculptés. L'antiquité était énorme, large de plus de quatre mètres sur autant de hauteur. Ses deux battants étaient ouverts sur des portes coulissantes en verre. J'avais été, de suite, saisi par le contraste de l'immeuble : d'un côté, le verre et l'acier ; de l'autre, cet imposant portail au bois grisé par le temps. Je me souviens d'avoir senti la main de James se poser sur mon épaule et de l'avoir entendu dire : « C'est beau, n'est-ce pas ? Ce sont les portes du temple de Shiva à Minakshi… J'ai payé une fortune pour me les procurer. J'ai dû promettre, en échange, de rénover la Salle aux Mille Piliers. Je voulais que tout le monde se rappelle, en pénétrant ici, que nous touchons à quelque chose qui nous dépasse. Nos champs d'action, les rêves, le sommeil ont toujours été là, ancrés en nous-mêmes, et ce depuis la première nuit de l'homme… et, quelque part, tu le sais mieux que quiconque, nous avons entrouvert une porte là-bas. Une porte qui change complètement notre perception du monde. »

Je suis entré dans le bâtiment et James, bientôt rejoint par Elias, m'a accompagné jusqu'au sous-sol. Il est vrai que j'y suis demeuré depuis ce jour, je n'en suis pas ressorti. Elias me dit que c'est trop risqué, que nous courons un grand danger, que c'est le seul endroit où nous sommes en sécurité. Et finalement, ça ne me dérange pas. Je me sens plutôt bien dans cette prison dorée. J'étais déjà, quelque part, prisonnier de ma propre existence, de ma maison, de mon père, de ma maladie… Je suis, finalement, enfin, aujourd'hui beaucoup plus libre. Les premiers jours, j'appelais fréquemment mon père pour lui donner des nouvelles, lui assurer que tout allait bien, et puis j'ai de moins en moins décroché le téléphone pour lui parler. Aujourd'hui, je le contacte une fois par semaine. Il ne dit pas grand-chose quand je l'appelle. Il répète souvent : « Je suis content que tu ailles bien. » Et c'est vrai, c'est indéniable, je vais bien, je vais mieux. Je réussis à un peu moins penser à ce que j'ai fait à Lucas. James m'aide à me convaincre que c'était un accident. Surtout, je n'ai quasiment plus de crises de narcolepsie, comme si mon pouvoir m'avait, en partie, affranchi de ma maladie.

Le jour de mon arrivée, James et Elias ont pris le temps de me faire visiter les installations du sous-sol, en commençant par la salle d'endormissement, l'endroit qui permet de nous envoyer dans les Limbes.

Accompagné d'un anesthésiste et d'un médecin, James m'a détaillé les différentes machines qui entourent les lits et, plus particulièrement, les ordinateurs qui permettent de contrôler notre activité cérébrale grâce à des électroencéphalogrammes. Il m'en a montré quelques relevés imprimés, je remarquais des pics à certains endroits. « Savais-tu, Gabriel, que lorsque le cerveau entre en phase de sommeil paradoxal, il est étonnamment actif ? L'activité cérébrale est alors très proche de celle en éveil. Paradoxalement, c'est le moment où le tonus musculaire se relâche le plus, où l'on note une respiration irrégulière, un rythme cardiaque qui s'accélère. Tiens, je voudrais te montrer autre chose… » Il s'est approché d'un étrange casque composé de nombreux câbles entremêlés. « Durant ton endormissement, nous placerons ces électrodes sur tes tempes. Elles enverront un courant électrique d'ondes gamma, entre 30 et 40 Hz, afin de favoriser le sommeil lucide ou paradoxal. En réalité, avec tous ces appareils et le sédatif puissant que nous administrons à nos Éveillés, via ce masque, nous favorisons votre entrée en sommeil paradoxal. Grâce à eux, vous passez plus de 40 % de votre sommeil ici en rêve lucide. C'est quasiment deux fois plus que la moyenne. »

James et Elias m'ont ensuite mené jusqu'à la salle de repos. Là, j'ai découvert un rêve de gosse : des étagères remplies de comics, d'autres pleines à craquer de DVD et de jeux vidéo. Une énorme télé accrochée à un mur avec, en dessous, les dernières consoles de jeux. Des canapés confortables, des tas de coussins dans lesquels se lover, deux réfrigérateurs toujours remplis de gâteaux, sucreries et glaces. On y trouve également un billard, deux flippers et de vieilles bornes d'arcade…

Immédiatement, j'ai su que je passerais énormément de temps ici et je ne me suis pas trompé. J'aime m'affaler sur les énormes coussins de couleur, un bon *Spider-Man* entre les mains, avec à mes côtés une boîte remplie de cookies. La salle de repos est mon petit coin de paradis. Ma visite du sous-sol a continué avec la cantine, la salle de sport et les deux salles de bains. Puis ils m'ont montré ma chambre. J'ai pu en choisir un peu la décoration, accrocher quelques affiches. C'est durant cette première journée que j'ai également fait la rencontre des autres recrues de James : Matt, un gamin plus jeune que moi, doté des mêmes pouvoirs. Il est enjoué, blagueur, bavard, bien baratineur, complètement immature, mais ses bêtises me font sourire. Mais il y a surtout Amy. C'est une fille qui a un an de plus que moi et ça se voit. Elle semble tellement plus mûre, tellement plus femme. Elle a de beaux cheveux châtain-blond qui ondulent un peu au bout de ses mèches, des grains de beauté sur les joues et de jolis yeux verts. Elle s'habille mal, toujours en jogging, rabat souvent ses genoux contre son ventre quand elle mange, et pourtant je la trouve belle. Au départ, j'ai bien noté qu'elle gardait ses distances avec moi, qu'elle faisait tout pour m'éviter, puis, finalement, jour après jour, le contact commence lentement à passer. Elle a beau rester sur la défensive, je sens bien qu'elle se rend compte de mes pouvoirs, de ce que je peux faire, qu'elle m'admire un peu pour ça. Hawkins me répète ainsi souvent qu'il n'a jamais vu quelqu'un progresser aussi vite. « Même moi à ton âge », m'a-t-il même une fois confessé.

C'est vrai que j'apprends vite. Tous les exercices afin de maîtriser mes aptitudes ne m'ont pas vraiment posé de problème. Cela me semble si naturel, si organique… Comme si les Limbes faisaient un peu partie de moi, comme si ça avait toujours été là. Apprendre à me « fixer » sur un visage pour ensuite le visiter dans ses rêves. Tenter ensuite de transformer ces derniers… Pour ce faire, je pénétrais chaque jour les songes de deux scientifiques différents, qui étaient bien entendu volontaires. Puis est venu le moment de prendre le contrôle de ces derniers. C'est là que j'ai éprouvé le plus de difficulté. Je ne pensais pas qu'il était ainsi possible, à travers les rêves, d'envahir le corps d'une personne pour la diriger, comme une marionnette. J'avais indirectement expérimenté cela, de manière horrible, lorsque j'avais vécu la scène de l'accident par les yeux de ma mère. Mais je ne pouvais alors rien faire. Prisonnier et impuissant. Désormais, je sais qu'il est possible, avec énormément d'entraînement, de maîtriser un corps et d'en faire son pantin. Une fois qu'on habite une personne, chaque pas, chaque action est éreintante. Il faut rester extrêmement concentré, ne rien lâcher si on ne veut pas perdre le contrôle. Car, que l'individu visité nous tolère ou non, son inconscient semble toujours vouloir batailler contre la menace que l'on représente. Le plus dur est donc de trouver l'équilibre en donnant à la fois des ordres pour se mouvoir tout en repoussant, en parallèle, les assauts incessants de la psyché de l'individu qui souhaite désespérément reprendre le contrôle. Il me faut souvent deux à trois jours de récupération suite à une prise de contrôle.

Je sais bien qu'il y a encore des choses qu'on me tait. À qui était cette chambre qu'on laisse vide ? Qui est ce Clyde ? Je me souviens qu'Amy, alors que je tentais de sympathiser dans les premiers jours, m'a violemment repoussé en me disant : « Tu te prends pour qui ? Tu n'es pas lui. Tu ne le remplaceras pas. Personne ne le fera. »

Après son départ de la salle de repos, j'en ai parlé à Matt. Il jouait à la console, une sucette dans la bouche :

— De qui elle parle ? C'est qui cet autre gamin ?

— Clyde... Il a fugué il y a deux mois environ.

— Et il était sympa, ce Clyde ?

— Non, un sale type un peu prétentiard. Il venait de la haute. Et ça se sentait dans son attitude. Et puis, il se la jouait trop ténébreux. Moi ça me fatiguait. Amy, elle, elle adorait ça. Ils étaient très proches, si tu vois ce que je veux dire...

Pour illustrer ces propos, il a collé les index de ses mains et fait une moue pour mimer un baiser...

— Je vois, ouais. Et pourquoi est-il parti ?

— Il n'est pas parti, il s'est barré. Il a pris le contrôle d'un garde pour s'enfuir. Il était puissant, très, peut-être même autant que toi. Je me rappelle plus, il a pété un plomb. Il disait que James nous mentait, qu'il avait fait tuer ses parents. Mais bon, le mec était quand même bien barré. Tu sais que James l'avait trouvé dans un asile psychiatrique. Il était complètement taré, ce Clyde. Je vais te dire franchement, il me manque pas du tout !

Il y a d'autres mensonges aussi, d'autres cachotteries. James n'a jamais trop voulu me reparler de ces Sentinelles que j'ai vues dans les Terres Mortes. Qui sont-elles, où sont les humains derrière ces abominations ? Mon mentor n'est également pas très prolixe sur les liens qui unissent ONIR à la CIA. Je sais bien qu'on travaille pour eux, Matt m'en a un peu parlé. *A priori*, James a demandé une pause dans nos activités liées à la CIA le temps de me former. Il m'a promis qu'il m'expliquerait bientôt. C'est imminent, je le sais.

Je me sens bien… Chaque jour qui passe, mon pouvoir semble grandir, ma confiance s'étendre. Je vois bien que tout le monde ici, même Amy, bien malgré elle, m'admire, respecte ce que je réussis à faire… Si seulement mes camarades d'Howard County avaient aussi vu ça… À eux tous, je leur laisse leur vie médiocre, leur encéphalogramme plat. *Shelley, tu deviendras secrétaire comme ta mère, Douglas, tu reprendras le magasin de ton père, Michael, tu seras peut-être médecin... Vous suivrez la vie qui vous est toute tracée. Vous resterez dans les clous, blottis à jamais dans votre cocon de médiocrité, cernés par toutes ces autres vies vaines.* Moi, je suis destiné à l'exceptionnel. Avec mes camarades, nous allons changer le monde. Rien de moins. Je suis essentiel. Maman aurait été si fière de moi !

Je ne t'oublie pas, ne t'en fais pas... Tout ce que je fais, tout ce que j'apprends jour après jour, je le fais dans un seul but. Quand je serai prêt, je reviendrai en arrière et je changerai tout. Je trouverai bien un moyen pour que, cette nuit-là, l'accident ne survienne pas. Je peux y arriver, James m'en a bien parlé durant notre première rencontre. C'est possible, envisageable, de voyager dans le temps grâce aux Limbes. Je ne cesserai pas de m'entraîner, pour devenir chaque jour plus puissant et empêcher ta mort cette nuit-là... j'y arriverai, coûte que coûte.

J'ai justement rendez-vous dans le bureau de James cet après-midi. Il a demandé à me voir. Vers 15 heures, Elias vient me chercher et m'accompagne au rez-de-chaussée de l'immeuble d'ONIR. Après avoir tapé à la porte, nous pénétrons dans la grande pièce au mobilier raffiné. James est assis derrière son bureau. Il m'invite à m'asseoir en face de lui. Elias, lui, s'éclipse. Derrière James, la large baie vitrée laisse apparaître une vue fantastique de Manhattan, ses gratte-ciel étincelants sous le soleil estival.

— Gabriel, je suis heureux de t'annoncer que ta formation est terminée. Dès cet après-midi, nous passons aux choses sérieuses. Ta première mission officielle. Ça sera comme une sorte de baptême pour toi, un échauffement. Rien de bien compliqué.

James pose une photo devant moi. C'est un portrait en couleurs d'un homme d'une cinquantaine d'années légèrement bedonnant, portant un uniforme marron clair. Il est cambré en arrière, l'air fier et sérieux. Il a le teint basané, des yeux très noirs et arbore une petite moustache bien taillée.

— Voici Seiydna Sabar, c'est l'un des gardiens en charge du palais présidentiel de Mauritanie, à Nouakchott. Il est de service ce soir. Nous savons qu'il fait habituellement une sieste dans un baraquement réservé aux soldats avant de passer la nuit dans la guérite à l'entrée du palais. Ta mission est simple. Prends son contrôle. Rends-toi au portail du palais et attends. Deux voitures arriveront rapidement. Tu as juste à ouvrir les portes et à les laisser passer. C'est tout.

— Faire entrer des voitures, c'est tout ce que je dois faire ? Et dans quel but ?

— Tu sauras tout après ta mission. Il ne faut surtout pas que les tenants et aboutissants risquent de t'influencer. Sache simplement que tu es du bon côté. Nous défendons de bonnes causes. Il te reste quelques heures pour te préparer. Elias va t'apprendre, par précaution, quelques rudiments d'hassanya, l'arabe parlé en Mauritanie, au cas où tu croiserais d'autres militaires.

Je dois ouvrir un portail… Tout ça pour ça. Tous ces efforts, cet apprentissage acharné… James semble remarquer ma déception…

— Qu'est-ce qui se passe, Gabriel ?

— Je ne sais pas, je m'attendais à autre chose. Cette mission me semble si… inutile… si ridicule…

— Tu le comprendras au fur et à mesure, nos missions avec la CIA ne constituent qu'une partie d'un vaste échiquier qui est en place. Nous sommes la partie immergée de l'iceberg, Gabriel. On pourrait dire que nous donnons des coups de main, que nous favorisons la réalisation d'événements, mais ceci toujours dans l'ombre. Plus nous sommes discrets, moins nous risquons de nous faire découvrir… Et c'est impératif pour ONIR.

— Très bien. Je vous fais confiance, James.

— Le temps presse. Il faut que tu te prépares. J'assisterai bien entendu à la mission depuis la salle de contrôle. Tout va bien se passer, Gabriel. J'en suis certain.

— D'accord…

Je me lève et commence à me diriger vers la porte. Mais je ne peux me retenir. Je me retourne et demande à James :

— James, je suis désolé mais il y a quelque chose qui m'échappe. Pourquoi un tel culte du secret ? Votre découverte est phénoménale. Ce que nous faisons ici, l'existence même des Limbes pourrait changer le monde à jamais. Vous pourriez être reconnu comme le scientifique le plus important de notre époque. Pourquoi est-ce que vous ne souhaitez pas que ça se sache ? Je ne comprends pas vraiment…

— Car le monde ne comprendrait pas. L'Histoire le prouve, mon cher Gabriel. Savais-tu que l'Église catholique a interdit pendant près de huit cents ans l'étude des rêves ? Dans les monastères, les prières nocturnes et les levers aux aurores n'avaient d'autre but que d'empêcher les moines de rêver. Le Livre de la Sagesse, part intégrante de l'Ancien Testament, décrit les songes comme « capables d'égarer l'être humain, de donner des ailes aux sots et de punir les méchants ». Donner des ailes aux sots… Pendant l'Inquisition, les personnes soupçonnées d'analyser ou de tenter de comprendre les rêves étaient torturées et exécutées. Parce qu'il relève de l'inconnu, le rêve fait peur, inquiète depuis toujours. En France, pourtant nation des droits de l'homme, l'ancien Code Napoléon, en vigueur jusqu'en 1992, rendait passible d'amende quiconque ferait « métier de deviner et pronostiquer, ou d'expliquer les songes ». Ce que nous faisons nous rend hors-la-loi…

— Mais le monde est différent, maintenant. Nous vivons à l'heure de la science toute-puissante, des avancées technologiques hallucinantes, à l'ère de l'information. L'existence des Limbes serait vécue comme une véritable révolution.

— Le crois-tu vraiment ? L'existence des Limbes, la liberté offerte à l'homme à travers ses rêves remettrait en question tous les totalitarismes, quels qu'ils soient.

Et nous vivons dans un monde tristement totalitaire. Nos libertés ne sont que façade. L'accès formidable à la connaissance, au divertissement, à l'information, comme tu le dis toi-même, ne sont que des simulacres, des pantomimes pour nous faire détourner le regard… L'homme n'a jamais été aussi connecté au monde et pourtant aussi impuissant, aussi isolé, aussi anesthésié. La religion a laissé la place à la politique, la politique, aux grands groupes industriels, l'industrie à la haute finance. Il y aura toujours quelqu'un, quelque chose pour tenter d'avoir la mainmise. Le pouvoir évolue, change de visage, mais reste toujours aussi cruel et vorace. C'est bien triste mais rien n'a changé, Gabriel. Le monde n'est pas prêt, et je pense qu'il ne le sera malheureusement jamais, pour le formidable cadeau que représentent les Limbes. Les puissants ne feraient que souiller ces terres. Ils l'ont déjà fait… C'est pour cela que je les protège. J'en suis le gardien.

— Alors, nous continuerons à agir dans l'ombre.

— Oui, au moins resterons-nous libres… enfin je l'espère.

Durant les heures qui suivent, Elias me fait répéter inlassablement les mêmes mots. Je dois apprendre les salutations traditionnelles mauritaniennes. Si on me dit « *Salam Aleïkum* », il faut que je réponde « *Aleïkum Salam* ». Mon interlocuteur enchaînera certainement ensuite avec « *Yak el Kheir ?* » – « Ça va ? » Je devrai alors rétorquer : « *Ila el kheir, maashallah* » – « Que du bien, grâce à Dieu. » Elias me fait répéter cette phrase plusieurs fois. Je dois retenir d'autres mots aussi. *Eheh*, *Ebdeï*, *Sgoukran Pui*... Ensuite, nous passons une bonne demi-heure à écouter des enregistrements de prononciation d'hassanya fournis par la CIA. Enfin, Elias me pose devant les yeux des vues satellite du palais présidentiel et m'explique le trajet que je dois suivre et l'endroit précis où me poster, le bouton sur lequel appuyer pour actionner l'ouverture du portail électrique. Il me laisse ensuite seul de longues minutes pour que je puisse me concentrer sur le visage du gardien afin de le retrouver dans ses rêves.

Je suis prêt. Nous rejoignons la salle d'endormissement. Je m'allonge sur le lit. Je laisse les scientifiques m'équiper des électrodes, l'anesthésiste me passer le masque pour le sédatif. Avant d'entrer dans la salle, j'ai vu Amy qui attendait dans le couloir, devant sa chambre. Elle m'a fait un petit signe de tête, comme pour me souhaiter bonne chance.

Je m'endors en quelques secondes. Je rejoins la Nef, appose mes mains sur la Stèle. Je me concentre sur le visage de Seiydna Sabar. Ses yeux noirs seront ma porte d'entrée dans son inconscient. Je me sens propulsé à toute vitesse vers le sommet de la Grotte. J'emprunte un tunnel. Le temps s'étire.

Le noir.

Puis une lumière éclatante, aveuglante. Je passe ma main devant mes yeux. Le décor apparaît devant moi. Je suis au bord d'un cours d'eau en partie à sec. Je vois un grand arbre noir aux racines sortant de terre, ses branches tordues répandent une ombre fragile sur le sable ocre. Dans l'eau boueuse, un troupeau de vaches faméliques tente, tant bien que mal, de se rafraîchir. Il fait une chaleur démente. Le paysage est sec, désertique. Pourtant, au loin, je remarque des bosquets d'un vert éclatant qui contrastent avec la rigueur de l'oued environnant. J'entends un bruit derrière moi. Plus loin, le long du cours d'eau, je remarque un enfant qui dessine à l'aide d'un bâton des lettres sur le sable humide. C'est lui. Il doit revivre un souvenir de sa jeunesse en songe. C'est la configuration parfaite pour moi. Mon hôte est dans un état d'apaisement, tout l'inverse d'un cauchemar où il serait sur la défensive. Je m'approche en silence. Soudain, l'enfant, vêtu d'une chemise bleue usée, de sandales et d'un turban sur le visage se retourne. Il me regarde, l'air étonné.

— Qui êtes-vous ?

Je comprends ce qu'il dit. Cela m'étonnera toujours, je pense, que la barrière des langues soit ainsi abolie dans les Limbes…

— Je suis un ami. Laisse-toi faire. Je t'emmène en voyage… N'aie pas peur.

Je m'approche de lui, lui tends la main. Crédule, il la saisit. Je le tire vers moi et l'enlace. Immédiatement, je commence à l'absorber, à entrer en lui. Il n'a pas le temps de comprendre ce qui lui arrive. Son corps se disperse comme si je pénétrais des fumerolles. Je suis en lui. J'ai pris le contrôle. C'est si facile…

Le noir à nouveau.

J'ai réussi. Je suis dans son corps. J'ouvre les yeux. Je suis dans un lit superposé. Je me soulève. J'entends des bruits de ronflements autour de moi et des voix plus loin. Je me lève discrètement, chausse mes bottes, referme la chemise de mon uniforme. Je suis dans le baraquement militaire, comme prévu. Je jette un œil entre la rangée de lits superposés. À droite, des hommes sont en train de discuter autour d'un thé. À leurs côtés, posés contre un mur, je remarque des fusils. Il faut que j'évite tout contact. Je pars à gauche. Je sais qu'il y a aussi une sortie de ce côté-là. Je marche lentement. Mon corps est plus lourd que ce que je prévoyais. Cependant, je ne ressens pas encore trop de résistance de Seiydna Sabar. Il ne doit pas réellement comprendre ce qui se passe. Peut-être croit-il toujours rêver. Je tourne la poignée de la porte. Je me retrouve dehors. Il fait déjà nuit noire. Face à moi, le palais présidentiel, imposant bâtiment coiffé de deux minarets à ses extrémités, est éclairé comme un monstrueux diadème. On dirait un palais des *Mille et Une Nuits* mêlé à un bâtiment moderne. Ça transpire le faste et les millions de dollars dépensés en vain, tandis qu'à quelques mètres de là, la population crève certainement lentement de faim… Je détourne le regard. Ne pas perdre de temps. Je pars sur la droite et m'avance vers la guérite de l'entrée.

Mince, je commence à sentir une résistance. J'ai soudain du mal à déplacer ma jambe gauche. Quelque chose me freine. Mon hôte ne se laisse pas faire. Je boite tant bien que mal jusqu'à la guérite. Là, un soldat sort de la petite vigie, s'allume une cigarette et me dit : « *Salam Aleïkum.* » Je réponds, d'un ton le plus naturel possible : « *Aleïkum Salam.* » Je sens mon bras droit qui essaie de s'agiter tout seul. Merde… Je le serre de toutes mes forces de ma main gauche. Le militaire face à moi jette un œil rapide à ma posture et enchaîne :

— *Yak là-bas ?*

Qu'est-ce qu'il me dit ? Ce n'est pas ce qui était prévu. Que dois-je répondre ?

J'entends soudain un hurlement terrible monter des tréfonds de l'esprit de Seiydna Sabar. Je dois rester concentré.

Une réponse, vite. Je n'ai pas le choix.

Je souris à mon interlocuteur et lâche :

— *Ila el kheir, maashallah.*

J'étouffe un cri en le cachant tant bien que mal derrière une toux forcée.

Le militaire me regarde intrigué et me dit :

— *Iyyâk mâ yewja chi ?*

Je ne sais absolument pas ce que ça veut dire. Je n'en ai aucune idée. Mon cerveau est lourd, comme embourbé. Que dois-je répondre ? Oui ? Non ? Merci ? Je tente le premier mot.

— *Eheh.*

L'homme me regarde encore pendant un temps qui me semble interminable, puis, finalement, tire une latte sur sa cigarette et s'éloigne. Je m'installe derrière la guérite et attends. Mon bras droit a un tremblement de tous les diables, mais au moins suis-je un peu dissimulé dans la petite cabine. Après quelques minutes, deux grosses voitures noires s'approchent et se garent devant le portail du palais. Dans chacune, cinq hommes habillés en noir, les cheveux coupés ras. Certainement des militaires. Je remarque instantanément leurs armes, des fusils-mitrailleurs, posées sur leurs genoux. Le chauffeur me fait un signe de tête. J'appuie sur le bouton rouge qui me fait face et le portail électrique s'ouvre dans un grincement. Les deux voitures démarrent en trombe, s'arrêtent dans un crissement de pneus devant l'entrée du palais. En quelques secondes, les hommes se lancent à l'assaut du bâtiment. Je crois entendre des cris, des coups de feu. J'ai la sensation de m'éloigner… on me rappelle.

Je me réveille dans la salle d'endormissement. J'ai mal au bras.

James vient rapidement à ma rencontre.

— Tout s'est bien passé, Gabriel ?

— Oui, j'ai ouvert le portail. Mais il y avait des hommes armés dans ces voitures. Qu'est-ce qui se passe, là-bas ?

— C'est un coup d'État. Un commando vient d'arrêter le président mauritanien Sidi Ould Cheikh Abdallahi. Je viens d'avoir la confirmation de la CIA. L'opération s'est déroulée sans violence ni effusion de sang. Et c'est grâce à toi.

— Mais j'ai cru entendre des cris…

— Non, rassure-toi. Cheikh Abdallahi était un tyran pour son pays et représentait une menace pour nos intérêts en Afrique. C'est pour le mieux. Le nouveau gouvernement aura tout notre soutien.

— C'est tout ? Nous ne sommes que de vulgaires espions ? Je pensais que nous changions le monde. C'est ce que vous m'aviez dit. Là, j'ai juste l'impression que nous servons les intérêts de la CIA.

— Il nous faut en effet leur rendre service pour qu'eux, à leur tour, nous aident sur nos opérations plus importantes. C'est un échange de bons procédés. Tu comprendras très bientôt. Grâce à nos agissements, le monde va, jour après jour, un peu mieux.

— Vous vous moquez de moi ? Nous jouons les portiers pour la CIA au fin fond de l'Afrique et vous pensez que ça change quelque chose ?

James hausse soudain le ton.

— Mais qu'est-ce que tu crois, Gabriel ? Ça fait trente ans que je tente de rendre le monde meilleur… trente ans… Mais l'homme n'en finit pas d'inventer de nouveaux moyens de se détruire.

Frustré, déçu, je ne peux me retenir de lui répondre :

— Mais vous avez vu notre monde ? Les attentats du 11 Septembre ? La guerre en Afghanistan, en Irak ? Les famines, partout ? La crise financière chez nous et ces millions d'Américains infoutus de payer leurs emprunts ? Si vous étiez si puissants, vous auriez pu éviter tout cela.

— Au contraire, dis-toi que nous avons évité bien pire. Le monde dans lequel tu vis, celui que j'ai aidé à bâtir grâce aux actions d'ONIR, est un moindre mal. Je n'ai pas d'autres mots. Un moindre mal. Sans nous, notre pays serait dévasté depuis longtemps, nos États seraient en guerre civile, la communauté internationale aurait volé en éclats, chacun se repliant sur ses propres intérêts. Il faudra du temps, encore des années, avant de pouvoir vraiment soigner le monde. Mais nous limitons la contagion du mal. C'est déjà beaucoup.

— Je crois que je comprends…

Exténué par cette première mission, un peu déboussolé par les propos de James, je me couche tôt, sans même dîner.

Mes rêves sont disparates, éclatés. Je n'en garde pas un souvenir clair. Il y avait une forêt. Il faisait nuit. À mon réveil, je ne me rappelle qu'une chose, cette étrange sensation d'avoir été observé durant mon sommeil. Il y avait quelqu'un là-bas dans mes songes, j'en suis certain…

Clyde

5 août 2008
New York, État de New York

Je n'en peux plus d'attendre. Je suis en train de devenir dingue, ici. Ledger n'a de cesse de m'assurer que les activités de la CIA et d'ONIR ne vont pas tarder à reprendre, mais, pour l'instant, il ne se passe rien. Les premiers jours, bien entendu, j'ai profité du penthouse mis à disposition par la NSA. Je passais mes journées à regarder des films, à me reposer et à manger. Après ces longues semaines à dormir dehors, à me nourrir de ce que je pouvais voler à droite et à gauche, ça faisait du bien de sentir le confort à nouveau, de se laisser noyer un peu dans tout ce faste.

Mais ça n'a pas duré longtemps. Rapidement, j'ai recommencé à penser à Amy, à Matt, à ce salopard d'Hawkins qui les retient prisonniers dans leur cage d'argent chez ONIR.

J'ai également commencé à ressentir les effets de ne plus voler des chimères, de cesser d'absorber les rêves de quidams. J'avais l'étrange impression que mes pouvoirs commençaient à diminuer. J'ai longtemps hésité mais, finalement, j'en ai parlé à Ledger. Ma faculté…

cette possibilité de voir l'Éclat des gens. Combien il était important pour moi de continuer à gagner en force. Elle a semblé comprendre. Une semaine après, des agents de la NSA m'ont fait prendre l'ascenseur jusqu'au sous-sol du building dans lequel je vis. Là, ils m'ont fait entrer dans une pièce. Il y avait une grande vitre sans tain et, de l'autre côté, quatre hommes, dont certains se tenaient péniblement debout, vêtus de vêtements déchirés, des couvertures sur les épaules. Je n'ai pu m'empêcher de penser que je devais ressembler à ça, il y a encore quelques semaines… Ledger m'a alors tout expliqué :

— Il s'agit de SDF. Nous nous sommes assurés que chacun d'eux n'a plus aucun lien avec la société. Ils ne manqueront à personne. Ce sont des détritus, des épaves. Est-ce que tu en vois un qui t'intéresse ?

Je les ai détaillés les uns après les autres et, en effet, un parmi les quatre, un homme d'une quarantaine d'années avec une barbe crasse rousse, dégageait un rayonnement plus fort. Je l'ai pointé du doigt.

— Lui.

— Très bien. Nous allons le loger dans une belle chambre, lui offrir un excellent repas. Et cette nuit, tu le prendras.

— Ça ne semble pas vous poser de problème… Vous êtes bien consciente que lorsque j'aspire les rêves d'un individu, il ne s'en relève pas.

— Je le sais et nous maîtrisons la situation. Nous avons déjà tout prévu. Nous camouflerons sa mort en lui injectant une surdose d'héroïne. Ça passera pour une vulgaire overdose… La police a d'autres priorités que d'enquêter sur la mort de sans-abri. Ce que je vois ici, c'est surtout l'occasion de nous assurer de tes pouvoirs. Si demain matin, cet homme est mort comme tu me l'as annoncé, je continuerai à te faire confiance. Sinon, cela prouvera que tu ne me seras d'aucune aide et qu'ONIR a malheureusement surestimé tes capacités. Et ça sera peut-être toi le prochain cadavre que l'on retrouvera au fond d'une impasse avec une seringue plantée dans le bras.

Depuis, une fois par semaine, c'est le même cérémonial… La vitre sans tain… Je choisis ma victime… La nuit venue, je pénètre ses rêves et l'absorbe à moi. Je ne regarde pas en arrière. Je ne pense pas aux cadavres que l'on doit retrouver dans ces ruelles de New York. Aux vies que je suis forcé de prendre. Aussi usées, tristes soient-elles. Il ne faut pas. Je dois avancer. Je ne peux pas me permettre d'avoir des états d'âme. En quatre victimes, je commence à sentir déjà la différence. Je navigue dans les rêves avec tant d'aisance, je les modifie d'une simple pensée. Il me semble si loin, le temps où tout était compliqué, laborieux… Je sais que je suis devenu une sorte d'accro, toxicomane dépendant de l'Éclat, de ces possessions. J'en connais le prix mais je dois avancer. C'est le seul moyen.

Enfin, ce matin, Victoria Ledger est venue me rendre visite dans mon appartement, elle portait une pochette noire sous le bras.

Elle s'est installée sur le canapé, a ouvert son tailleur et posé la pochette devant elle. J'ai noté combien elle s'appliquait à placer le dossier parfaitement droit devant elle.

— Nous avons du nouveau, Clyde.

— Enfin !

— Il semblerait qu'ONIR soit en train de reprendre ses activités avec la CIA. Nous n'avons malheureusement pas pu obtenir les détails de leur opération d'aujourd'hui mais nous avons la certitude que la CIA recommence à faire appel à eux.

— Cela veut dire que nous devons encore attendre.

— Oui, mais j'ai cependant peut-être de quoi t'occuper…

Elle ouvre la pochette et en sort quelques photos en noir et blanc. Elles sont prises de loin, sans doute au téléobjectif. On y voit Hawkins et un adolescent. Ils sont devant l'entrée d'ONIR, le gamin semble observer l'énorme porte d'entrée venant d'un temple indien. Une nouvelle recrue, cela ne fait aucun doute. Hawkins a dû lui sortir son grand numéro. Comme avec moi, et avec les autres. Lui raconter combien nous étions importants, combien nous avions le pouvoir de changer le monde… toutes ces foutaises et bien d'autres, très certainement. Je regarde les photos les unes après les autres. Là, l'adolescent est enfin de face. Il parle à Hawkins. Je le détaille un peu mieux. Il a une coupe au bol informe, un visage fin, sans grâce, des cernes sous les yeux. Il porte un pantalon en velours marron, un sweat-shirt quelconque. Ce gamin, c'est personne. Et pourtant… il se dégage de lui quelque chose. Quelque chose de différent. Est-ce lui, l'enfant dont m'ont parlé les Voix ? Celui que je suis censé combattre ? Si c'est le cas, *je peux te l'assurer, petit, je ne vais faire qu'une bouchée de toi…*

Ledger reprend la parole :

— D'après nos informations, il s'appelle Gabriel Foster. C'est un gamin de 16 ans atteint de narcolepsie.

Il est assez solitaire. Il a perdu sa mère plus jeune et vit seul avec son père. ONIR et Hawkins ont été le chercher à son domicile dans le Maryland il y a un peu plus d'un mois. Quelques jours auparavant, un jeune voisin vivant en face de chez Gabriel, un dénommé Lucas Brown, a été retrouvé mort dans son lit. Il serait décédé dans son sommeil. Ça a certainement un lien avec Foster. Nous pensons qu'il s'agit de la nouvelle recrue d'ONIR.

— C'est avec lui qu'ils veulent me remplacer…

— Tu penses pouvoir essayer de visiter ses rêves ? En apprendre plus sur lui, le sonder, savoir ce que prépare ONIR ?

— Oui, bien entendu. Mais pourquoi avoir attendu des semaines avant de me montrer cette photo ?

— Car il faut savoir être patient pour arriver à ses fins… Nous voulions attendre que le gamin en sache assez pour intervenir.

— Vous voulez simplement que je tente de découvrir qui il est et ce qu'il sait. Vous ne voulez pas que j'agisse de façon… plus radicale ?

— Non, il nous faut rester discrets. Tant que faire se peut, il ne faut pas qu'ONIR se rende compte que nous tentons de les parasiter. Toutes nos interventions doivent passer pour des accidents. Ne l'oublie pas. Pour le moment, contente-toi d'observer, garde tes distances. Nous allons préparer notre salle d'endormissement. Tu interviendras ce soir.

— Très bien.

Il est 22 heures. Les agents de la NSA m'entraînent jusqu'au sous-sol, dans la salle d'endormissement. Je n'en reviens toujours pas… Elle ressemble à s'y méprendre à celle qu'a construite ONIR dans ses sous-sols. La même configuration, les mêmes appareils et ordinateurs. Hawkins est si persuadé que personne n'est au courant de ses activités, c'est sa grande fierté. Son obsession… Penser à quel point ce vieux fou est dupe me fait sourire tandis que je m'allonge. On me barde de capteurs, une anesthésiste me passe le masque sur le visage. Je retrouve mes marques, j'ai déjà tellement de fois vécu ces étapes. Je suis prêt.

Je m'endors. Je vois, du coin de l'œil, Victoria Ledger qui me regarde avec un grand sourire. Elle s'approche de mon oreille et me susurre :

— Ne me déçois pas, Clyde. Ne me déçois jamais…

Si elle savait ce que je prépare. Je me fous de ses ordres, de ses consignes. Si je retrouve ce gamin dans ses rêves, je n'hésiterai pas à l'achever. Les Voix ont été claires. Il représente un grand danger. Ledger sera furieuse, hors d'elle, mais je lui dirai qu'il y a eu un problème, que ce Gabriel m'a repéré. Elle finira par se calmer. Puis j'attendrai dans le penthouse, et, au cœur de la nuit, je visiterai ses rêves, je prendrai son contrôle pour qu'elle vienne me libérer. Ensuite, je verrai si je la laisse en vie ou non.

Je traverse la Nef, appose mes mains sur la Stèle. Je repense au visage de Gabriel, aux particularités de ses traits. Au départ, il ne se passe rien. J'ai du mal à me concentrer sur lui. C'est étrange, normalement, le contact se fait si rapidement… J'en ai tellement l'habitude… C'est comme si, chaque fois que je me fixais sur son visage, il m'échappait. Enfin, après un gros effort de concentration, je me sens propulsé en avant. J'ai trouvé l'accès. *À nous deux, gamin…*

Il fait nuit. Autour de moi apparaissent des arbres, une première rangée, puis une autre. Je suis dans une forêt. Là-bas, il y a des bruits, de la lumière. Nous ne devons pas être loin d'une route. J'entends comme des sons de sirènes déformés. J'ai l'impression qu'il y a des flammes sur la route. J'avance dans cette direction. Je marche dans quelque chose de poisseux. Je relève le pied. On dirait qu'au sol, partout, une nappe de pétrole s'est déposée. En y regardant mieux, les arbres, de grands conifères, semblent eux aussi recouverts de goudron… Étrangement, je ne me sens pas bien, mon cœur est comprimé, comme si l'air venait à manquer ici. Qu'est-ce qui se passe ? Plus j'avance, plus les arbres semblent se densifier, plus les troncs semblent rapprochés. Je suis obligé de me faufiler entre les branchages qui s'entrecroisent. Ce petit jeu me fatigue… D'un geste de la main, j'essaie de pousser les arbres. Rien ne se produit… Je me concentre et recommence. Toujours rien. Comment est-ce possible ? Ce n'est pas normal. On dirait que je n'ai aucun contrôle sur ce qui se passe. C'est pourtant normalement si facile pour moi de modifier les rêves de mes hôtes ! J'entends un murmure. À quelques mètres, je remarque une silhouette recroquevillée sur elle-même. C'est un enfant. Il pleure. Autour de lui, des langues de pétrole tournoient, comme s'il était au cœur d'un tourbillon d'obscurité. Les tentacules d'ombre le caressent, l'enlacent… Merde, qu'est-ce que c'est que ce bordel ? Je n'ai jamais vu ça auparavant. Ou peut-être si. Une fois. Lorsque j'ai tenté de visiter les rêves d'Hawkins et que je n'y suis pas parvenu. Mais ça semble différent ici.

Le gamin soulève la tête et regarde vers moi. Je me cache derrière un arbre. Il ne semble pas me voir. C'est bien lui… C'est Gabriel, mais il est bien plus jeune dans ce rêve. Il doit avoir dans les 8, 9 ans, tout au plus. Cet endroit transpire la tristesse, la solitude et la mélancolie. En cet instant, j'ai l'étrange sensation que Gabriel est comme moi. Un gamin perdu, seul avec ses ténèbres. *Non, Clyde, il ne faut pas avoir pitié.*

Il faut que tu agisses.

Je me concentre de toutes mes forces et parviens péniblement à faire apparaître un couteau dans ma main. Je reprends ma marche. Mais les troncs forment désormais un mur naturel. Je ne peux plus passer. Je ferme les yeux et, avec toute mon énergie, je m'efforce de pousser les arbres. Rien. Pas un mouvement. Pas un frémissement dans les branches. Ce Gabriel est puissant. Aucun doute. Mais il finira par céder. Personne, rien ne peut me résister. Je suis le voleur de chimères. Tandis que je prépare un nouvel assaut contre le mur végétal, je sens quelque chose qui remonte le long de ma jambe gauche. Je baisse les yeux. Un tentacule de pétrole noir s'enroule lentement autour de moi. D'autres glissent vers mes pieds. Je sens alors une douleur terrible dans ma jambe. Merde. Il faut que je m'extraie. Maintenant. Je pense de toutes mes forces au signal pour qu'on me ramène. Mon corps me semble loin, très loin. Trop. J'ai juste à bouger la main à trois reprises pour que l'électromyogramme calcule une activité musculaire et la transmette à la salle de contrôle. C'est le code, notre unique moyen de revenir en cas d'extrême urgence. Trois infimes mouvements de main. C'est tout ce dont j'ai besoin. Le tentacule arrive à ma taille. La brûlure est intense. Terrible… *Allez, Clyde, tu peux y arriver.* Un léger mouvement, oui… un autre. Je baisse les yeux. D'autres tentacules progressent désormais sur mon corps. *Reste concentré, Clyde. Tu dois fuir. Vite.* J'ai si peur. Un dernier mouvement. Je me sens aspiré en l'air. Cette forêt de ténèbres disparaît. Ça y est… Enfin ! Je quitte cet endroit maudit.

Je rouvre les yeux.

On s'agite autour de moi. J'ai la bouche desséchée. J'ai du mal à parler. Je suis en sueur.

Ledger s'approche.

— Alors, Clyde, raconte-moi. Qu'as-tu appris ?

Il faut que je mente. Je ne peux pas lui dire la vérité. Ça risquerait de me desservir.

— Ce gamin, Gabriel, il est très puissant. Il s'est créé comme des barrières. Je n'ai pas pu aller trop loin, trop m'approcher. Je risquais de me faire repérer.

— Mais tu as crié dans ton sommeil, tu avais l'air terrifié.

— Non, ça va. Je crois qu'il traversait un cauchemar. Du coup, je l'ai un peu vécu avec lui.

Le mensonge est grossier mais Ledger ne semble pas relever. Après tout, elle n'y connaît rien. Les Limbes, les rêves, la Nef, tout cela n'est pour elle qu'un moyen d'action, un outil pour asseoir le pouvoir de la NSA.

— Tu m'assures que tu as le contrôle, Clyde ? Nous comptons tous sur toi, tu le sais.

— Je le sais, rassurez-vous, j'ai bien le contrôle. Ça sera plus facile dans un terrain neutre…

— Un terrain neutre ?

— Quand ce Gabriel tentera de prendre le contrôle des rêves d'un autre, il aura moins de défenses. Il sera plus fragilisé. Je pourrai plus facilement le sonder. Maintenant, j'ai besoin de repos.

— Très bien. Ramenez-le dans sa chambre.

Ledger quitte la salle sans même un regard pour moi. Elle est déçue, cela ne fait aucun doute. Qu'elle aille se faire foutre…

La prochaine fois, je le sais, je n'aurai pas le droit à l'erreur.

On me remonte dans ma chambre par l'ascenseur privatif. Ils m'ont installé dans un fauteuil roulant. Je me sens si faible, si usé… Et j'ai cette douleur lancinante dans les jambes. Tandis que l'ascenseur grimpe dans sa cage de verre, je soulève discrètement mon jean. Je remarque des traces rouges filandreuses, semblables à des brûlures.

La grande surface vitrée de l'ascenseur laisse apparaître un New York nocturne dans toute sa démesure. La *skyline* d'immeubles mythiques se dessine. À mes pieds, les éclairages de la Lincoln Center Plaza laissent imaginer que sa fontaine et ses galeries sont baignées d'or. Plus loin, l'imposante Hearst Tower se découpe en losanges déstructurés dans la nuit. Au fond, enfin, le One Worldwide Plaza et son architecture massive, gothique. Partout, des dizaines de milliers de lumières, autant de fenêtres donnant sur des appartements, des vies… Plus loin encore, l'Hudson River et là-bas, le long du fleuve, l'immeuble d'ONIR. À quelques kilomètres seulement de moi, dans ses sous-sols, se terre ce gamin, ce Gabriel…

Il était si puissant. Quelques secondes de plus et c'est lui qui me dévorait. Qu'ai-je vu là-bas ? Qu'est-ce qui se passait ? C'était à la fois si triste et terrifiant… Je réprime un frisson et resserre la couverture sur mes épaules. J'ai eu si peur…

James Hawkins

15 août 2008
New York, État de New York

Je bois une nouvelle gorgée de whisky. Je regarde quelques instants le liquide ambré danser entre les glaçons, puis je repose les yeux sur le dossier, estampillé d'un énorme logo « SECRET CONFIDENTIEL », que je tiens entre les mains.

Je feuillette les quelques pages que je viens de recevoir de la CIA et relis, une énième fois, la note écrite par Stadler sur la pochette grise : « Hawkins, il se pourrait qu'une agence concurrente, la NSA, cherche actuellement à en apprendre plus sur nos activités et le projet Limbes. Mes hommes mènent l'enquête. Vous trouverez ci-joint les premiers éléments de nos investigations. Je compte sur vous et vos équipes pour redoubler de vigilance. »

Comment est-ce possible ? D'où viennent les fuites ? De la CIA, d'ici ? J'enrage... Jamais je n'accepterai que quiconque nous fasse de l'ombre ou tente de prendre le contrôle des Limbes. Je ne partagerai pas ma découverte. La NSA est une agence puissante, certes... mais qui sont-ils face à nous ?

Quelques bureaucrates en costumes mal taillés… Nous n'en ferons qu'une bouchée. J'ai bien fait comprendre à Elias qu'il n'avait pas le droit à l'erreur, que nos activités étaient en péril. Il est en ce moment même en train d'interroger, les uns après les autres, tous nos employés officiant dans les sous-sols d'ONIR. Nous remonterons la piste. Et nous leur ferons payer leur avidité.

En reposant la pochette dans le tiroir de mon bureau, je remarque la vieille photo écornée qui repose ici depuis tant d'années. Je m'en saisis. Elle est froissée, la partie supérieure légèrement brûlée. Mon seul vrai souvenir, la seule véritable trace de ce qui s'est passé là-bas… C'est si loin et pourtant si présent.

Nous avions pris la photo durant les premières semaines après mon arrivée. C'est la dernière fois que nous sommes tous sortis de la station avant l'hiver. Toute l'équipe est ici présente. Les scientifiques Bradford, Stilson, Donlevy et tous ceux dont j'ai oublié le nom arborent de grands sourires, des coupes de champagne à la main. On y voit aussi le sympathique Dr Gregson, qui était en charge de l'infirmerie, tirer une latte sur sa cigarette en bord de cadre. Au centre de la photo, le Pr Kleiner, fier, et Brimley posent leurs mains sur les épaules de leurs Éveillés… nous. Je vois mon visage, insouciant. Candide. Plein d'espoir. Un autre homme. Une autre vie. À mes côtés, Ethan, Caleb…

Tous ces visages. Tous ces morts…

J'avais promis aux jumeaux Ethan et Thomas de me souvenir d'eux, de ne pas les oublier. Je tente, tant que faire se peut, d'honorer leur mémoire. Mais repenser à tout cela réveille tant de souvenirs. Tant de souffrance. L'horreur que nous avons découverte à Galena et cette horrible semaine passée sans dormir au fin fond de la station tandis que tous les hommes autour de moi étaient emportés les uns après les autres…

Je suis le seul survivant. Pourquoi moi ? Et qu'ai-je fait du cadeau qui m'a été donné ? J'en suis désormais certain, l'Enfant que j'ai attendu toutes ces années, celui que la créature qui règne sur les Limbes m'a demandé de trouver, est bel et bien Gabriel. Cela ne fait plus aucun doute. Je n'ai jamais vu d'Éveillé aussi puissant, capable d'apprendre aussi vite. J'en suis dérouté et, je ne peux le cacher, légèrement inquiet. Si son pouvoir continue à croître, il pourrait représenter une menace. Pourquoi est-il si important ? Qu'est-il destiné à accomplir ?

Tellement de questions.

Tandis que mes yeux se perdent dans le panorama sur l'Hudson River, je repense aussi, bien entendu, à mon ami, mon frère d'armes, Nate Irving. Lui, comme tous les autres, s'est sacrifié pour que je vive. *Es-tu fier de moi, Nate ? Comprends-tu, toi qui as vécu les mêmes horreurs que moi, toi qui as connu le pire de ce dont est capable l'homme, comprends-tu ce que j'essaie de faire ici ? Ce que je construis depuis toutes ces années ?*

Le Maître des Limbes… j'ai longtemps cru que c'était un cadeau que me faisait l'entité dans les Terres Mortes. En réalité, j'en ai bien peur, c'est une malédiction. Un fardeau si lourd, si dur à porter… Parfois, je me dis que je pourrais tout quitter, disparaître. J'ai à peine 60 ans. Je pourrais refaire ma vie. Peut-être même rencontrer quelqu'un… Je ne suis pas si mal conservé malgré toutes ces années. Mais mes pensées me ramènent toujours à cette photo… à ces souvenirs. Je n'ai d'autre choix que de retenir la porte des Limbes. D'en protéger l'accès. Il serait si tentant pour quiconque d'utiliser les rêves à ses propres fins dévastatrices. L'intérêt de la NSA pour le projet en est la preuve… Moi, je vise quelque chose de plus grand. Si au moins j'y parviens, tout cela n'aura pas été vain. Les morts trouveront peut-être enfin leur repos. Et moi, j'aurai alors peut-être droit au mien.

Je repose la photo dans sa pochette en kraft que je dépose doucement à sa place dans le tiroir. J'ai eu bien du mal à récupérer des reliques de l'expédition K27 comme celle-là ou les rares livres de Kleiner qui n'avaient pas été détruits ou brûlés. Tout ce qui relève de l'opération est conservé, protégé dans les tréfonds du service des archives de la CIA. Car la mission K27 n'existe pas. Le projet Limbes n'a jamais existé. Cette photo, peu de gens l'ont vue. Je crois que la CIA en a conservé une copie. Mais c'est tout. Je l'ai montrée à Clyde quand j'ai voulu le convaincre de rester à nos côtés. Je lui ai expliqué ce qui s'est passé en Alaska en espérant qu'il comprenne. Mais il n'a rien voulu savoir. Aveuglé par sa haine, sa soif de vengeance, il ne m'a jamais pardonné ce que j'ai fait à ses parents. Comment lui en vouloir ? Mais je n'avais pas le choix. Il était évident que Welthington, le père de Clyde, avec ses contacts, son réseau, allait poser problème et risquait d'exposer ONIR. Je n'ai pas eu le choix.

J'ai enfin achevé la traduction complète des dernières pages de *Per Inania Regna* d'Aguilar. Parmi ses dernières paroles, il est une phrase à laquelle je ne cesse de penser : « Je n'ai d'autre choix aujourd'hui que de faire confiance à l'Enfant. J'ai décidé de lui montrer le Tombeau, puis de lui révéler l'existence de la Source. Je suis trop vieux désormais, à lui de protéger ces lieux. En sera-t-il capable ? En aura-t-il le courage ? Kaan m'avait bien prévenu quand il m'avait montré ces lieux. La Source est le cœur même des Limbes. Là où naissent et meurent tous les rêves des hommes. »

« Là où naissent et meurent tous les rêves des hommes… » Il faut que je trouve cet endroit. Ce vieux fou de Kleiner, ce satané cachottier avait volontairement omis de nous parler de ces lieux. Je comprends mieux aujourd'hui pourquoi il souhaitait tant que nous continuions à explorer les Terres Mortes, et ce au péril de notre vie. Lui aussi, déjà, cherchait ces lieux oubliés.

Les Limbes ont donc encore des secrets à me révéler. Et je n'aurai de cesse de les découvrir. Comme ce vieux Kleiner, oui… Cela veut donc dire que je suis aussi fou que lui ?

Geronimo de Aguilar

17 avril 1527
Château Saint-Ange, Rome, Italie

J'ai revu l'enfant dans mes rêves. Il est venu me rendre visite et m'a dit être en sécurité. Il avait l'air enjoué, heureux. Il m'a expliqué qu'il apprenait énormément, que chaque jour son pouvoir devenait plus grand. Que font-ils, là-bas ? À quoi bon me poser des questions ? La seule certitude, c'est que je suis un peu rassuré, moi qui m'étais tant inquiété ces derniers jours.

Les cris recommencent.

Ils viennent du bout du couloir.

Ils ne cesseront donc jamais…

Je me souviens de tous leurs noms, tous mes voisins de cellule qui se sont succédé et qui ont tous, les uns après les autres, fini par périr. Il y a eu Fra Camillo, Fra Giulio Carino, Leonardo Cesalpini, étranglés à même le sol de leur cachot un matin de juillet. Il faisait chaud ce jour-là et je me rappelle que les râles de mes frères se mêlaient au piaillement des oiseaux à l'extérieur de Saint-Ange. Je m'étais dit, alors, que si

Dieu existait, il était un monstre de cynisme. Il y a eu des femmes aussi, Anna Furabach, jugée et exécutée pour hérésie. Rucellai, comme à son habitude, a souhaité que je sois là pour assister au « spectacle ». Je n'avais que peu échangé avec Anna. Elle était déjà très faible quand ils l'ont amenée à Saint-Ange, torturée qu'elle avait été depuis des semaines dans une autre prison. Je l'entendais qui délirait dans sa geôle. Elle répétait le nom de ses enfants. Et puis il y a eu ce couple, Claudio et Lorenza Artoidi, deux anabaptistes qui furent condamnés pour avoir distribué les textes interdits de Luther dans les marchés de Rome. Je n'ai jamais connu un homme aussi amoureux. Claudio fut mon voisin de cellule pendant de longs mois. Il me parla d'elle, de cette passion qu'il avait pour cette femme que je ne connus jamais. Je me souviens également de Gabriello et Francesco, brûlés vifs pour homosexualité… eux et tant d'autres encore.

Je les garde tous en moi. Je suis leur dernier confident, leur dernier ami. Nous nous parlons à travers la petite grille au fond de notre geôle qui laisse passer la rigole où nous faisons nos besoins. Malgré l'odeur pestilentielle qui se dégage de ce cloaque, c'est ici que nous échangeons.

Et aujourd'hui, c'est au tour de ce bon Lorenzo et de son jeune fils Giovanni de souffrir mille maux. Rucellai aime emprisonner plusieurs membres d'une même famille. Torturer les uns pour voir souffrir les autres. La Question, la pénitence des pécheurs, la rédemption des prétendus hérétiques n'a finalement que peu d'importance entre ces murs. Rucellai est en ce moment même à l'entrée de la geôle de Lorenzo, certainement assis sur son tabouret en bois à regarder se lamenter le pauvre homme tandis que, au bout du couloir, on torture son fils. J'entends les supplications de mon ami et la respiration lourde du gouverneur entrecoupée par le bruit de son verre qu'il remplit de vin par intermittence.

De quoi est coupable ce pauvre Lorenzo ? D'avoir blasphémé durant une partie de cartes… voilà tout. Lorenzo n'est qu'un humble cordonnier. Mais le pape Clément VII se veut intransigeant et Rucellai se délecte de faire régner la terreur dans les rues de Rome.

J'entends les cris d'agonie du jeune Giovanni. Ces hurlements désarticulés depuis qu'on lui a arraché la langue… Combien de temps encore ?

Enfin, après de longues minutes, les cris cessent. On n'entend plus que les lamentations du pauvre Lorenzo.

La porte de la cellule de mon voisin claque. Rucellai a dû finir par se lasser du spectacle de douleur de Lorenzo. Il s'en va certainement participer lui-même à la torture du gamin.

J'entends des bruits le long de la cellule voisine, Lorenzo se traîne au sol. Je vois le bas de son visage qui apparaît au bord de la grille. Son nez busqué, sa barbe grise. Ses doigts rachitiques qui serrent le fer.

— Geronimo… Geronimo…

Je m'approche de la grille et lui attrape la main.

— Oui, mon ami. Je suis là.

— Ils vont assassiner mon petit. Ils veulent exécuter Giovanni ce soir. Rucellai me l'a dit avant de partir.

— Je suis désolé… Je suis si désolé.

— Aide-moi, mon frère. Aide-moi. Tu m'as dit que tu étais ici car tu avais découvert le moyen d'explorer les rêves des autres. Je t'en supplie, va voir mon pauvre fils. On ne l'entend plus. Il a dû s'évanouir. Aide-le à ne pas trop souffrir. Tiens-lui simplement la main. Dis-lui que je l'aime. Que je suis si désolé qu'il ait dû payer pour moi. Utilise ton don. Rends ces derniers instants doux et apaisés. Tu es un homme bon, Geronimo, fais-le pour moi.

— Je ne peux pas. Je ne fais plus ça… je ne peux plus.

— Je t'en supplie, mon frère… Pour l'amour de Dieu.

— Dieu est mort. Depuis longtemps… Non. Je suis désolé. Je ne peux pas faire ça. Je suis trop faible. C'est trop dur pour moi.

— Ce n'est qu'un enfant. Tu ne peux pas les laisser l'achever, là-bas, seul avec ces monstres. Je t'implore.

— Très bien, je vais essayer. Mais je ne suis pas certain d'y parvenir.

— Merci, mon bon Geronimo. Merci de tout mon cœur.

Je m'allonge sur ma couche et ferme les yeux. Je n'ai pas sommeil mais je me force. Après de très longues minutes, je finis par m'endormir. Je m'éveille dans la Nef. Je m'approche de la grande dalle en son cœur. Cette Stèle que je m'étais promis de ne plus jamais toucher. Je ne suis pas digne du cadeau que m'ont fait Kaan et son peuple. J'ai souillé ces terres. J'appose ma main sur la pierre. Les milliers de particules bleues se répandent sur mon corps. Je repense au visage du petit Giovanni que j'ai vu lorsque Rucellai les avait forcés, lui et son père, à assister à une exécution. Je me rappelle bien son nez marqué comme celui de son aïeul, ses yeux en amande marron clair. Soudain, je me sens transporté en hauteur. Ça a fonctionné.

Je me retrouve au-dessus d'un cachot aux murs noirs. Il est rempli d'une eau saumâtre. Giovanni se débat, il se noie. Je l'appelle. Il m'aperçoit enfin. Je lui tends la main, il s'en saisit. Je parviens à le tirer vers moi et à le soulever. L'enfant crache longuement de l'eau.

— Je vous connais ?

— Je suis un ami. Un ami de ton père, Lorenzo. Je suis venu ici pour rester un peu avec toi. Donne-moi la main, je veux t'emmener quelque part.

Giovanni semble distrait. Il regarde ses mains, ses bras. Ils sont livides, sa peau légèrement bleutée. On dirait que ses pores suppurent de l'eau.

Je sais ce qui se passe dans la salle de torture mais je ne dis rien. Rucellai et ses sbires doivent lui faire subir le supplice de l'eau et le forcer à boire des quantités énormes de liquide jusqu'à ce qu'il s'étouffe. Le pauvre n'en a plus pour longtemps.

— Qu'est-ce qu'il m'arrive ?

— Tout va bien. Viens avec moi.

J'attrape par la main cet enfant qui ne doit pas avoir plus de 12 ans. Je ferme les yeux et tente de nous transporter ailleurs. C'est un effort immense que je dois fournir pour faire apparaître autour de nous un autre décor, effacer la terreur de l'enfant, faire disparaître les voix de ses tortionnaires que l'on entend au loin.

Une petite rivière surgie de mon enfance. Les arbustes qui dansent au vent. Le gravier blanc, le soleil éclatant. Cette odeur d'eucalyptus qui flotte dans l'air. Je porte Giovanni jusqu'au bord du rivage. Il ne peut quasiment plus marcher. Sa peau laisse échapper de plus en plus d'eau. J'ai l'étrange impression qu'il fond, qu'il se dilate…

— Où sommes-nous ?

— Nous sommes à Ecija, au bord de la rivière Genil, qui borde le village où je suis né. Je venais ici souvent quand j'avais à peu près ton âge. J'adorais m'amuser à faire des barrages le long de l'eau, à lancer des galets pour faire des ricochets, à me cacher dans les hautes herbes et à attendre que les lavandières viennent laver le linge pour ensuite les arroser.

— C'est joli…

— Oui, c'est très beau.

Giovanni, sans s'en rendre compte, s'appuie sur mon épaule. Il maigrit à vue d'œil. Je lui attrape la main.

— Tu vas mourir, petit. Tu n'en as plus pour longtemps. Je vais rester avec toi.

— Vous êtes un prêtre ?

— Il y a longtemps, j'en étais un…

— Vous pensez que Dieu me pardonnera ? Le gouverneur a dit que j'étais un hérétique, un pécheur.

— Dieu t'a déjà pardonné. Ce sont eux les pécheurs, ces monstres, tes tortionnaires.

Giovanni tousse longuement et vomit de l'eau.

— J'ai mal à l'intérieur du ventre.

— Ne pense pas à tout cela. Reste avec moi. Regarde la rivière. La danse des nuages. Pense au soleil qui réchauffe ton visage.

— Oui, ça fait du bien.

— Ton père m'a chargé de te dire qu'il t'aimait. Qu'il était désolé que tu aies dû payer pour ses forfaits. Il espère que tu lui pardonneras.

Giovanni réprime un rire.

— Papa a toujours été mauvais perdant aux cartes… Je lui pardonne, bien entendu.

— Lorenzo te rejoindra bientôt.

L'enfant qui se repose sur moi n'est plus qu'un sac d'os. Je pose sa tête sur mes genoux et lui caresse les cheveux.

— Qu'y a-t-il après ? C'est cela la mort ?

— Je ne sais pas, je te le souhaite. Tu mérites de trouver la paix. J'espère qu'elle t'attend.

D'une voix fluette, comme un murmure, il me dit :

— Vous m'apprendrez à faire des ricochets ? Je n'y arrive jamais.

— Oui, promis. Une autre fois. Bientôt. Ferme les yeux maintenant, repose-toi. Je veille sur toi.

— Merci, je me sens si fatigué…

Giovanni ferme les yeux. Je sais que c'est fini, qu'il est parti, mais je continue à lui caresser la tête. J'ai si mal. Je suis si usé.

Le corps sans vie de l'enfant a disparu. Il ne reste qu'une large flaque d'eau bleue à mes côtés. Le liquide se met à serpenter entre les pierres chaudes, puis glisse jusqu'à la rivière et se fond en cette dernière. Il est temps que je parte d'ici.

Je me réveille. Je me sens si faible. Tant bien que mal, je me soulève et m'approche du fond de mon cachot. Avec le peu de force qu'il me reste, j'appelle Lorenzo. Il se jette sur la grille.

— Alors ? Vous l'avez trouvé ?

— Oui, je l'ai accompagné. Il est parti en paix. Il vous pardonne.

Le cordonnier fond en larmes.

— Vous êtes un homme bon. Vous êtes un saint. Merci. Merci infiniment.

— Je dois me reposer maintenant.

— Oui, moi je vais prier pour mon fils.

Je m'allonge sur ma couche. J'ai la poitrine compressée, le cœur qui bat à tout rompre. Je savais bien que cette expédition me coûterait. Mais je devais le faire.

Moi non plus je n'en ai plus pour longtemps. Je ne peux plus hésiter.

Je n'ai d'autre choix aujourd'hui que de faire confiance à l'Enfant. J'ai décidé de lui montrer le Tombeau, puis de lui révéler l'existence de la Source. Je suis trop vieux désormais, à lui de protéger ces lieux dorénavant. En sera-t-il capable ? En aura-t-il le courage ? Kaan m'avait bien prévenu quand il m'avait montré ces lieux. La Source est le cœur même des Limbes. Là où naissent et meurent tous les rêves des hommes.

Gabriel

19 août 2008
New York, État de New York

Il faut que je me mette à l'abri... Il faut que je sorte de là et vite. Les balles fusent autour de moi. J'entends des cris. À mes pieds, un homme en sang tente de s'accrocher à ma jambe. Il me supplie en espagnol : « *Ayúdame Raúl. Estoy herido... Ayúdame...* » Je ne comprends pas bien ce qu'il me dit. Je m'écarte, apeuré, et m'enfonce dans la maison en construction dans laquelle j'ai trouvé refuge. Une rafale vient pulvériser le mur derrière lequel je me cache. Je resserre mon emprise sur mon AK-47. J'ai le doigt sur la gâchette. Un mal de tête me vrille le crâne. Je vérifie que je n'ai pas été touché. Non... C'est mon hôte qui essaie de reprendre le contrôle.

J'ai peur. Je vais peut-être mourir ici, maintenant. Au cœur de ce village paumé au Mexique, dans la peau de ce salopard de narcotrafiquant.

Ça devait être une simple mission de repérage pour identifier le chef d'un cartel... Il y a quelque chose qui cloche... Cet autre *sicario* que j'ai croisé plus tôt. C'est lui qui a commencé à tirer. Son regard...

Respire, Gabriel. Calme-toi. Tu vas t'en sortir. Ils vont te ramener dans ton corps. Ce n'est qu'une question de secondes...

Je repense à ces vingt-quatre dernières heures... À ces dernières semaines... Comment en est-on arrivé là ?

Depuis ma première mission pour la CIA, tout s'est accéléré. Ces derniers jours, l'essentiel de nos efforts s'est concentré sur la guerre du Caucase, conflit opposant la Géorgie et la Russie. James et Elias nous ont ainsi exposé la situation. Depuis début août, la ville de Gori et sa région sont aux mains des forces russes et des milices d'Ossétie qui s'opposent au régime géorgien. Le blocus de la zone a entraîné une terrible détresse humanitaire. Nous avons vu de nombreuses photos, affublées d'un logo « TOP SECRET », montrant une école détruite par des bombardements, des immeubles en ruines, des corps de civils brûlés à l'arrière d'une maison, d'autres retrouvés dans une cave... Elias nous a expliqué que les personnes vivant dans la région n'osaient plus sortir de chez elles de peur d'être kidnappées par la milice, voire exécutées. On nous a parlé de tueries, de villages mis à sac... de la terreur de ces habitants livrés à eux-mêmes, piégés dans leurs habitations, sans eau, ni électricité. Notre mission était alors simple : Amy, Matt et moi devions visiter les rêves de hauts dirigeants de pays influents pour « réveiller les consciences », comme nous l'avait expliqué James. Il nous fallait, par l'entremise de leurs songes, leur faire réaliser la gravité de la situation en Géorgie, les alerter sur la détresse de ces innocents pris entre deux feux. Bref, les forcer à réagir. J'ai eu alors, vraiment pour la première fois depuis mon arrivée chez ONIR, la certitude de faire quelque chose de bien, quelque chose d'important. James nous avait convaincus que les petites graines que nous planterions dans la tête des chefs du monde permettraient de faire évoluer la situation. Et il avait raison… J'ai ainsi personnellement visité les songes du Premier ministre suédois Fredrik Reinfeldt, du ministre anglais des Affaires étrangères David Miliband et de nombreux autres encore… Chaque fois, la mission était simple, aisée pour moi. Il nous fallait transformer leurs rêves et y faire apparaître des scènes de désolation que nous avions entraperçues à travers les photos. Nos hôtes découvraient alors, pétrifiés, les maisons brûlées, les familles en pleurs. Avec toujours, lancinant, un message répété sans cesse, comme un lointain écho : « Il faut faire quelque chose en Géorgie. Il faut agir. Il faut faire quelque chose en Géorgie… » Les résultats ne se sont pas fait attendre. Jour après jour, James nous apportait des coupures de presse montrant combien les individus que nous avions visités manifestaient leur mécontentement par des déclarations à l'ONU, des actions diplomatiques contre la Russie. Grâce à nous, indirectement, les autorités internationales commençaient enfin à s'intéresser au drame qui se jouait en Géorgie. Matt, plus cynique qu'Amy et moi, répétait souvent durant nos déjeuners à la cantine, à mi-voix : « Il ne faut pas être dupes, les gars. C'est horrible ce qui se passe là-bas, c'est sûr. Mais si on intervient, c'est que ça doit bien aider la CIA dans ses petites affaires. Je ne sais pas, certainement pour éviter que la Russie ne reprenne trop du poil de la bête… Rien n'est gratuit. Jamais. » Moi, je voulais croire, et je le veux encore, que James et son équipe avaient ici une vraie visée humaniste. Je repensais ainsi souvent à ses paroles : « Il faudra du temps, encore des années, avant de pouvoir vraiment soigner le monde. Mais nous limitons la contagion du mal. » Je crois en James. En notre mission. En ce que nous entreprenons avec ONIR. Ce que nous avons fait en Géorgie était juste. J'en suis certain.

Mais ce matin, il y a une nouvelle urgence.

Je viens à peine de me réveiller, qu'Elias tape à la porte de ma chambre. James veut me voir dans son bureau au plus vite. Mon mentor m'accueille, l'air grave, dans son refuge. Il m'explique que je dois laisser tomber l'intervention que je préparais sur un nouvel homme politique. La CIA vient de lui faire passer un CODE 1, mission d'ordre prioritaire.

Ma cible est un dénommé Raúl Acosta, tueur à gages de la Línea, bras armé du cartel de narcotrafiquants mexicain de Juárez. C'est un homme de main surentraîné, un *sicario*, faisant partie d'une véritable milice. Cette nuit doit avoir lieu une réunion de la plus haute importance dans le petit village de Creel au cœur de la région du Chihuaha. Le chef de la Línea et celui d'un des autres cartels influents, le Barrio Azteca, ont prévu de se rencontrer pour sceller une alliance… James m'explique combien un rapprochement entre ces deux cartels serait désastreux.

— Sais-tu combien de victimes a fait la guerre des cartels au Mexique l'année dernière, Gabriel ?

— Non…

— Deux mille sept cents… Dont un tiers uniquement dans la région du Chihuaha. Si nous laissons opérer une alliance entre le Barrio Azteca et la Línea, les conséquences seront dramatiques et viendront encore plus fragiliser la région et rendre difficile le travail des autorités sur place. C'est simple, il est préférable pour nous que ces fous furieux continuent à s'entretuer plutôt qu'ils ne s'associent. Surtout, une telle alliance entraînerait une recrudescence de l'arrivée de drogues dures dans notre pays… C'est pour cela que nous devons localiser Eduardo Ravelo. Depuis deux ans maintenant, le Barrio Azteca est de plus en plus gourmand. Son organisation ne cesse d'étendre ses ramifications dans nombre de nos États. On les retrouve au Texas, au Nouveau-Mexique, dans le Massachusetts… Ses tentacules se déploient même jusqu'en Pennsylvanie. Ils sont désormais partout. Avec leur saloperie de drogue, chaque jour des gamins crèvent d'overdose, certains plus jeunes encore que toi. La police mexicaine et notre agence de lutte contre la drogue, la DEA, sont complètement dépassées. La CIA entend donc leur donner un petit coup de pouce en toute discrétion.

James m'explique ensuite le but de mon intervention. Il me faut donc me glisser dans la peau d'Acosta, accompagner le groupe des *sicarios* de la Línea jusqu'au point de rendez-vous avec le Barrio Azteco et tenter d'identifier leur chef, Eduardo Ravelo, encore jamais pris en photo. Pour toute référence, je n'ai ainsi eu droit qu'à un vulgaire portrait-robot. Et Elias me met bien en garde. D'après les informations obtenues par la CIA et la DEA, il se pourrait que Ravelo ait eu recours à la chirurgie esthétique pour se déplacer plus facilement entre le Mexique et les États-Unis. Bref, il me faut tenter de l'identifier pour, ensuite, dans une prochaine mission, intégrer ses rêves, le localiser afin de transmettre sa position à la DEA et à la police mexicaine…

Une fois cette présentation sommaire terminée, j'accompagne Elias au sous-sol, où, comme chaque fois dans le cas d'une prise de contrôle, nous prenons quelques heures pour finaliser ma préparation. Elias me redonne quelques bases d'espagnol, langue que j'apprenais au lycée. Mes pensées, fugacement, me ramènent à Columbia. Je repense à mes camarades de classe, à mes professeurs. Se souviennent-ils encore de moi ? Suis-je déjà oublié ? Que leur a-t-on expliqué ? Je suis certain qu'aucun d'eux ne me regrette. Et c'est réciproque. Je chasse ces pensées et tente de me concentrer sur ce que m'explique Elias. Il a étendu sur la table une carte du Mexique et des États frontaliers. Partout, des flèches de couleur montrent les flux des différentes drogues : héroïne, cocaïne, méthamphétamines, marijuana en provenance de toute l'Amérique latine. Sur la carte du Mexique, certains États sont entourés de pointillés. Il s'agit des zones contrôlées par chacun des grands cartels. En plus de la Línea, je remarque d'autres noms qui m'étaient jusqu'alors inconnus : le cartel de Tijuana et de Sinaloa. J'ai l'impression d'avoir sous les yeux une carte d'un champ de bataille où chacun protège ses défenses, organise son expansion. Elias me détaille ensuite plus précisément la situation dans la région de Juárez, l'historique des deux cartels. Enfin, à ma grande surprise, il se saisit d'une grosse mallette en métal, la place sur la table et l'ouvre devant moi. Elle contient un fusil d'assaut, un AK-47, arme de prédilection des *sicarios* mexicains. Elias m'explique comment fonctionne l'arme, comment en retirer la sécurité, en changer les chargeurs, m'apprend à la porter de la manière la plus naturelle possible. Je dois ensuite, comme à l'habitude, observer longuement une série de photos de l'homme dont je dois prendre le contrôle, Raúl Acosta. L'individu a un visage rond, l'air plutôt débonnaire, il porte un fin bouc. Je remarque une croix tatouée le long de son cou. Sur la plupart des photos, il est adossé à un gros 4 × 4 rouge, son arme en bandoulière, et porte un gilet pare-balles. J'ai un peu de mal à distinguer son visage car il porte une casquette noire arborant une tête de mort. Je demande à Elias :

— Comment peut-on être certain qu'il dormira ?

— La CIA et la DEA le surveillent depuis plusieurs semaines. Ses hommes et lui sont déjà en planque dans le village de Creel depuis plusieurs jours. Ils ont créé un périmètre de sécurité pour préparer au mieux la rencontre entre les deux clans. Il semblerait que le bonhomme ait ses petites habitudes. Il fait une sieste tous les jours en milieu d'après-midi à l'arrière de son véhicule. On espère qu'il en fera de même aujourd'hui. Il nous faut tenter notre chance.

J'observe encore pendant de longues minutes le portrait d'Acosta…

Puis, finalement, j'accompagne Elias jusqu'à la salle d'endormissement.

On m'endort…

Une fois dans la Nef, j'accède rapidement à l'esprit d'Acosta. Il ne me faut pas plus de quelques minutes pour rejoindre ses rêves.

Je me retrouve dans une petite chambre au confort rudimentaire. Un rideau jauni volette au vent sous la lumière matinale. Les murs sont en briques ocre et en ciment. Un homme, de dos, en marcel blanc et en slip, semble frotter frénétiquement quelque chose. Face à lui, contre un mur, trois grandes étagères en bois sur lesquelles sont entreposés des dizaines de crânes humains. J'entends dans la pièce voisine des pleurs d'enfants. Et une voix qui semble appeler sans relâche « Raúl, Raúl… »

Je m'approche de l'homme. Il tente d'effacer des traces de sang d'un crâne mais n'y parvient pas. Il ne me sent pas arriver. Je refrène mon dégoût et place mes mains autour de lui et l'enserre. Il ne se rend compte de rien. Je l'absorbe sans difficulté.

Nouveau noir.

Je m'éveille à l'arrière d'un véhicule, j'ai le goût du cuir du fauteuil dans la bouche. J'essuie un filet de bave qui coule sur mon menton. Je me soulève. À l'avant, deux hommes, tenant chacun entre ses jambes un fusil d'assaut. Ils papotent tout en regardant autour d'eux avec attention. Je remarque une bouteille de whisky Buchanan's placée sur le tableau de bord. Ça empeste l'alcool, la bouffe froide, la cigarette et le cannabis. J'entrouvre la portière. L'un des hommes, un jeune d'une vingtaine d'années, au visage creusé, à la peau grêlée de traces d'acné, se retourne et me lance :

— *¿ Estás despierto, cabrón ? ¿ Quieres una bebida ?*

Le Grêlé tend un doigt vers la bouteille.

Je comprends qu'il me propose à boire. Je hoche la tête en signe de refus et sors de la voiture. Je passe mon arme en bandoulière.

C'est un jour gris sur le village de Creel. Les nuages sont bas. La chaleur lourde et moite. La voiture, un gros 4 × 4 Toyota rouge, est garée le long d'une rue aux côtés de trois autres engins. Dans l'un d'eux, portes ouvertes, des *sicarios* écoutent du rap mexicain, tout en lustrant leurs armes. Je respire un grand coup et regarde les deux hommes à l'avant de mon véhicule. Je ne semble pas avoir attiré leur attention pour le moment. L'un d'eux roule un énorme joint. Ils partent d'un éclat de rire. Je regarde ma main droite, je l'ouvre et la ferme avec aisance, j'en bouge les doigts sans problème. Pour l'instant, tout se passe bien. J'ai repoussé mon hôte facilement. J'ai complètement le contrôle.

Je détaille la rue principale du petit village. Elle est composée de bâtiments d'un étage, de quelques commerces… Les toits sont en tuiles rouges. Certains magasins sont peints en vert pomme, d'autres en orange. La plupart ont un perron couvert. La route est défoncée, laissant apparaître des flaques noires d'eau saumâtre de-ci de-là. Une partie de la voie est même condamnée par des cônes de signalisation orange. Quelques panneaux publicitaires surmontent des bâtiments, vantant, ici, une pizzeria, là, la bière Carta Blanca. Les toits, souvent plats, sont surmontés d'antennes paraboliques. Tandis que je détaille mon environnement, je remarque qu'à plusieurs endroits, sur les toits, sont allongés des hommes en combinaisons noires. À leurs côtés, des fusils de snipers. Ce n'est pas un vulgaire gang, c'est une putain d'armée. Par-delà le rap qui me fracasse les oreilles, j'entends une autre musique plus typique. De la guitare, des maracas… De nombreux passants semblent se diriger dans la même direction. Il doit y avoir un bal ou une fête dans le village, quelque part. Un aboiement…

Quelques chiens errants traversent la rue. Je détaille mon corps. Je porte un épais gilet pare-balles et un treillis noir, bardé de poches. À ma ceinture, un holster et un pistolet. J'attrape mon AK-47. Le métal est froid. Je replace la casquette sur mes yeux afin de les dissimuler un minimum. Si quiconque se rend compte que Raúl a désormais les yeux bleus, alors qu'ils sont habituellement marron, je risque d'attirer l'attention. L'attente dure une interminable demi-heure… puis, après un court message grésillant au talkie-walkie, ça s'agite dans les voitures. En quelques secondes, l'ambiance change du tout au tout. Oubliée, la langueur moite de cette fin d'après-midi, une tension électrique plane désormais dans l'air. On coupe la musique, on jette les cigarettes, on sort des engins, au garde-à-vous. Sur les toits, les snipers se calent derrière leur lunette de visée. Je remarque qu'une longue file de véhicules approche à vive allure par la droite. Le Grêlé et son compère boivent une dernière gorgée de whisky et sortent à leur tour. Un des hommes embrasse la grosse croix en métal qu'il porte autour de son cou, un autre se signe. Les cinq véhicules qui viennent d'arriver se sont stationnés. Un Hummer aux vitres teintées en noir est encadré par deux pick-up sur lesquels ont été installées des mitrailleuses lourdes. Sur leur capot, un énorme écusson en forme de bouclier arbore un crâne surmonté de deux flingues noirs et des initiales N.C.D.J. On attend. Personne ne bouge. J'entends une voix dans le talkie-walkie du Grêlé. Des hommes sortent des véhicules. Ils portent le même équipement militaire que nous, mais ont en plus un casque militaire noir affublé d'une tête de mort et d'une inscription sur le côté, « Bravo 633 ». Certainement les troupes d'élite de la Línea. La portière arrière du Hummer s'ouvre et un homme s'en extrait, immédiatement encadré par sa garde rapprochée. Je ne parviens pas à le voir distinctement. Le groupe se dirige alors vers une petite allée sur la droite.

On me tape sur l'épaule…

— *Vámonos.*

Je suis les hommes. Nous arpentons un dédale de ruelles puis arrivons sur une petite place. Devant l'église en pierre, une estrade a été installée. Un groupe de musique y joue des mélodies guillerettes. Une centaine d'habitants de Creel sont ici réunis. Quelques couples dansent. Des groupes se sont formés autour de grandes tables de banquet. Quelques villageois font la queue pour se faire servir à manger. Personne ne semble prêter attention à notre étrange cortège. Au contraire, tandis que nous passons devant eux, on sent les regards qui se détournent, les voix qui se taisent, les sourires qui se figent. Les *sicarios* autour de moi sont aux aguets. Ils braquent leurs fusils dans toutes les directions, réagissent au moindre bruit, poussent sans vergogne les rares passants avinés qui croisent notre route. Je tente, tant bien que mal, de donner le change en pointant mon arme devant moi. Je suis en sueur.

Enfin, le groupe s'arrête à l'arrière d'un bâtiment en parpaings. On attend un signal. Une porte en tôle rouge s'entrouvre. Quelques hommes s'engouffrent. Je reste en retrait, ne sachant que faire. On me pousse.

J'entends un « *Muévete güey, estás bloqueando el pasillo* ».

Mais je suis paralysé. Mon hôte tente de me résister. Merde. J'ai peut-être un peu relâché mon emprise. J'ai rarement eu à contrôler un individu aussi longtemps. Je dois commencer à fatiguer… Mentalement, j'envoie une vague qui repousse Acosta dans les tréfonds… Il est faible. Il ne reviendra pas me gêner.

Je monte les marches et pénètre à l'intérieur d'une salle de restaurant sommaire. Aux murs, du lambris en pin, au sol, un carrelage gris imitation marbre. L'intérieur du restaurant a été vidé. Il ne reste en son centre qu'une table recouverte d'une nappe jaune et deux chaises rouges en plastique affichant un logo « Coca-Cola » élimé. Face à nous, un autre groupe, une quinzaine d'hommes, lourdement armés. Les *sicarios* du cartel Barrio Azteca. Ils ont dû arriver par l'entrée principale. Après une longue minute, on me pousse sur le côté et l'homme qui était dans le Hummer me passe devant. Il porte un tee-shirt blanc manches longues, il a les cheveux ras. Un visage carré. Il regarde autour de lui avec défiance et s'assoit, dos à nous. La chaise face à lui reste longtemps vide, puis, enfin, un autre homme se fraie un chemin parmi sa garde rapprochée. Il ne porte pas de gilet pare-balles. Il est assez gras, le visage tombant, de larges moustaches. Il a le crâne rasé et une longue balafre qui court sur toute sa tempe. Est-ce Eduardo Ravelo ? J'essaie de mémoriser au mieux les moindres traits de son visage… L'homme dégage une assurance, une morgue insupportable. Il claque des doigts et un de ses gardes lui apporte une cigarette. Il tend les lèvres pour qu'on la lui allume sans lâcher des yeux le chef de la Línea. *Tu fais le malin, Ravelo… Tu te crois puissant, tu penses être le maître du monde. Je te jure que, quand je visiterai tes rêves, je te ferai vivre une terreur que tu n'oublieras jamais.* Soudain, mon attention est attirée par un mouvement sur le côté du restaurant. Là, je remarque un des hommes du Barrio Azteca. Le grand escogriffe, très maigre, porte le long de son crâne et de son cou un énorme tatouage représentant un flingue entouré de fleurs. L'homme a un comportement étrange, un peu bizarre. Quelque chose… Dans ses mouvements. Sa manière de tourner la tête, ses légers tremblements de la main droite. On a l'impression qu'il se retient. Que tout est un peu faux, forcé. Je le regarde mieux. Il a le doigt sur la gâchette de son fusil et nous détaille, nous, les hommes de la Línea, avec une étrange insistance. Il semble chercher quelqu'un, quelque chose… Il pose enfin son regard sur moi. Je baisse instantanément la tête pour cacher mes yeux derrière la visière de ma casquette. Je sens que l'homme me fixe, qu'il ne me lâche pas du regard.

Pendant ce temps, les deux chefs de gangs se sont assis et commencent à parlementer à mi-voix. Tout autour, c'est le silence. On entend les bruits de la fête au loin. Mais dans la salle, personne ne bouge.

L'échange dure encore quelques minutes. Enfin, les deux hommes se lèvent, se font une accolade et se serrent la main. Alors que les deux groupes s'apprêtent à se séparer, je jette un dernier coup d'œil au Tatoué. Il soutient mon regard de ses yeux gris clair. Il semble remarquer quelque chose. Je vois un sourire s'esquisser sur son visage, puis, lentement, comme au ralenti, il lève son arme et la pointe vers moi. Dans un réflexe, je me jette au sol avant qu'une rafale fauche trois hommes. Tout le monde semble d'abord surpris. Il y a un long instant de flottement. Puis c'est le chaos, un déferlement de fureur, de cris et de sang. Ça tire de partout, les corps s'effondrent autour de moi. Je ne sais trop comment, je parviens à ramper au sol et à sortir du restaurant. Tandis que je me relève sur le perron, on me projette au sol. Un groupe sort en toute hâte, manquant de me marcher dessus. Il s'agit des *sicarios* casqués. Ils procèdent à l'extraction du chef de la Línea. En quelques secondes, ils ont disparu. Je suis rejoint par quelques autres tueurs qui tirent à l'aveugle vers le restaurant. Il faut que je me mette à l'abri, vite. Je me relève, traverse la petite rue et m'engouffre dans une maison en construction. Deux, trois autres hommes me rejoignent, haletant, parmi lesquels le Grêlé qui semble blessé au bras.

Dans le restaurant, les tirs ont cessé.

— *¿ Qué pasó, mierda ?*

Je ne réponds pas et fixe la porte rouge de l'arrière du restaurant. Une fumée grise s'échappe de l'ouverture. La porte en métal grince sur ses gonds. Une silhouette se dessine, reste quelques secondes dans l'embrasure puis avance encore.

— *¿ Quién es, puta ?*

Les hommes autour de moi ont tous leurs armes braquées sur la silhouette. Je les laisse faire. Mentalement, je tente de faire bouger mon bras dans mon vrai corps, à des milliers de kilomètres de là. Il suffirait de quelques micromouvements musculaires pour activer l'électromyogramme afin qu'on me ramène. Il faut que j'y arrive, que je réintègre mon corps au plus vite. La voix du Grêlé brise ma concentration. Il répète, plus fort :

— *¿ Quién es, pinche pendejo ?*

Je jette à mon tour un œil, la silhouette ne bouge pas. On a du mal à la distinguer, avec la fumée qui s'échappe du restaurant. Finalement, un mouvement, un autre. Il y a quelque chose de bizarre, je remarque comme une ombre derrière elle. D'instinct, je me cache derrière le parapet au moment où les balles commencent à fuser. Le Grêlé s'écroule à mes côtés, une plaie béante à la place de l'œil. Je jette un coup d'œil rapide vers le restaurant. Je comprends enfin ce qui se passe. Face à nous, les hommes du Barrio Azteca utilisent des corps comme boucliers humains et progressent vers la maison en chantier où je me terre. Cling, cling… Quelque chose vient de rebondir à mes pieds.

Putain, une grenade. Je cours et saute le plus loin possible. L'incroyable déflagration me déchire les oreilles. Un nuage de fumée et de plâtre. Je suis sonné, j'ai la tête qui tourne mais je parviens à me traîner à l'abri derrière un petit muret en parpaings.

Mais ramenez-moi, bon sang ! Je vais y passer…

Il faut que je sorte de là, vite. Les balles fusent autour de moi. J'entends les cris. À mes pieds, un homme en sang tente de s'accrocher à ma jambe. Il me supplie en espagnol : « *Ayúdame Raúl. Estoy herido… Ayúdame…* » Je ne comprends pas bien ce qu'il me dit. Je m'écarte, apeuré, et m'enfonce dans la maison en construction dans laquelle j'ai trouvé refuge. Une rafale vient pulvériser le mur derrière lequel je me cache. Je resserre mon emprise sur mon AK-47. J'ai le doigt sur la gâchette. Un mal de tête me vrille le crâne. Je vérifie que je n'ai pas été touché. Non… C'est mon hôte qui essaie désespérément de reprendre le contrôle.

Soudain, le silence. J'entends des voix au loin. Je ne bouge pas. Dans la fumée grise, une silhouette s'avance parmi les volutes, l'arme pointée devant elle.

J'entends une voix. Non, c'est impossible…

Là, quelqu'un m'appelle : « Gabriel, Gabriel »… Je l'entends clairement. La voix est étrange, elle semble onduler entre les graves et les aigus. Je tiens mon arme braquée droit devant moi, prêt à tirer. Soudain, surgissant du nuage de plâtre et de poussière mêlés, le Tatoué apparaît devant moi. Il me regarde un instant et braque son arme sur moi, un étrange rictus aux lèvres. Ses yeux gris me fixent… J'appuie sur la gâchette. La salve de balles me propulse en arrière sous le recul. Le Tatoué s'écroule au sol. Il a pris une balle dans l'épaule. Je me relève péniblement et me dresse devant lui, l'arme pointée devant moi. Il parle, mais avec une voix différente cette fois. Il se met à sangloter, à gesticuler…

— *¿ Qué demonios hago aquí ? ¿ Qué pasa ?*

Je le regarde. Il n'a plus du tout le même regard. Il a l'air perdu, effrayé, terrorisé. J'entends d'autres voix qui approchent. Soudain, je sens que je m'extrais. Enfin…

Le noir.

Je rouvre les yeux, je suis de retour dans la salle d'endormissement. Je me relève dans un sursaut et m'écroule au sol. Je tâte mon corps. Oui, c'est bien moi. Je vomis mes tripes sur le sol en béton ciré. Je tremble comme une feuille. Je me mets à pleurer. James et Elias me rejoignent et s'assoient à mes côtés.

— Calme-toi, Gabriel, tu es revenu, tout va bien. Qu'est-ce qui s'est passé ? J'ai reçu un coup de fil de la CIA, il y aurait eu une fusillade à Creel. C'est pour cela que nous avons pris la décision de te ramener. Tu vas bien ? Tu n'as pas été blessé ?

— Non. Ça va…

Je lève les yeux vers James.

— J'ai failli mourir là-bas, James. Il s'est passé quelque chose de bizarre. Il y avait cet homme, ce *sicario* de l'autre cartel. Sans raison, il s'est mis à ouvrir le feu sur nous lors de la rencontre. Il était bizarre. C'est comme si…

— Oui ?

— C'est comme s'il me cherchait, moi… comme s'il me poursuivait.

— Mais c'est impossible. Personne n'aurait pu te reconnaître.

— James, je vous dis qu'il s'est passé quelque chose, là-bas. J'ai eu l'impression que l'autre type était comme moi…

James jette un regard rapide vers Elias.

— Je te dis que c'est tout bonnement impossible, Gabriel. Ne t'en fais pas. Tu as simplement été pris dans une fusillade. Tu t'en es sorti sans blessure, c'est le plus important. Repose-toi, maintenant…

On me ramène dans ma chambre. J'ai du mal à marcher, un mal de crâne de tous les diables me vrille le cerveau. Dès que je ferme les yeux, j'ai la désagréable sensation de retourner là-bas, de revoir surgir des ombres le visage halluciné du Tatoué.

J'accepte un calmant que m'apporte Elias et, finalement, m'endors.

J'essaie de me façonner un rêve le plus apaisant possible. Je reconstitue le décor de ma maison à Columbia. Je suis au fond de mon jardin, face au sous-bois de Patuxent, assis sur la balançoire que mes parents m'avaient offerte pour mes 7 ans. Une odeur de gâteau s'échappe de la cuisine derrière moi.

J'entends une voix qui murmure une chanson. C'est Maman. Je ne veux pas me retourner, de peur de briser cet instant. Ce souvenir. Car tout cela n'est qu'une mise en scène, qu'une façade que j'ai bâtie.

Des bruits de pas derrière moi. Amy arrive à mon niveau, me pose une main sur l'épaule et s'assoit sur la balançoire à mes côtés. J'espérais qu'elle viendrait ce soir. Je lui lâche un sourire las.

Ces derniers jours, j'ai pris l'habitude de venir lui rendre visite dans ses rêves. Au début, elle me rejetait, prétextant qu'elle ne voulait pas me voir, que je n'avais pas le droit d'être là, d'entrer dans sa tête. Je lui ai dit que j'avais juste besoin d'un peu de compagnie, que je me sentais seul. Que j'avais toujours été si seul dans mes songes… Son attitude a alors changé. Peut-être a-t-elle eu un peu pitié de moi… Puis je lui ai montré ce dont j'étais capable, ce que je pouvais faire. Comme un peintre, j'ai transformé notre environnement et fait apparaître un champ de violettes. Elle s'est apaisée et c'est comme ça que ça a commencé. C'est devenu un peu notre petit jeu, notre secret. Je lui construis des visions qui me touchent, elle y apporte toujours sa petite contribution : une nuée de papillons, une rivière qui coule au bout du chemin, des rires d'enfants au loin… Nous sommes comme des dessinateurs de l'inconscient. C'est aussi pour nous le moyen de nous échapper un peu de ce sous-sol. L'autre jour, j'ai créé un rêve dans lequel nous étions assis au sommet d'une colline donnant sur de magnifiques plaines d'un pays imaginaire d'Afrique. J'y ai reconstitué différentes images vues dans des documentaires. La vision devait certainement être cliché, mais pour nous, enfermés dans ce monde de béton, c'était joli, reposant… Le soleil se couchait sur les baobabs centenaires. Au loin, une rivière aux reflets d'or serpentait dans la savane. De hautes herbes jaunes ondulaient sous la brise. Un troupeau d'éléphants se dessinait à l'horizon, leurs ombres s'étirant sur le sol. Le vent chaud soufflait sur nos joues. Nous étions bien. Ma main droite a frôlé celle d'Amy un instant, elle ne l'a pas retirée. Ça m'a suffi. Depuis, j'ai créé cet endroit, le fond de mon jardin, comme un repaire, une passerelle, un lieu neutre où je l'accueillerai toujours dans la nuit. Je lui ai entrouvert la porte de mon monde, lui ai fait comprendre qu'elle y serait toujours la bienvenue. Ce qui est étrange avec Amy, c'est que, la journée, elle est plutôt distante, plutôt froide, mais ici tout est différent. Comme si elle était elle-même seulement en ces terres.

Amy reste longtemps silencieuse, se contentant de se balancer doucement d'avant en arrière sur la balançoire. Enfin, elle me demande :

— Matt m'a appris qu'*a priori* tu avais accompli une mission difficile aujourd'hui. Ça va, tu veux en parler ?

Je ne peux pas lui cacher mon angoisse.

— J'ai eu si peur, Amy. J'ai cru que j'allais mourir là-bas. Ça s'est joué à quelques secondes.

— Qu'est-ce qui s'est passé ?

— Je devais identifier le chef d'un cartel de drogue mexicain. Mais la situation a dégénéré. Il y a eu une fusillade. Je me suis caché mais il y avait ce type qui me poursuivait. Il en avait après moi.

— Comment ça ?

— Je ne sais pas, mais je suis convaincu qu'il me poursuivait, moi. Il se déplaçait bizarrement, comme si lui-même était contrôlé par un Éveillé. C'est ça. J'ai eu la certitude qu'il était comme moi. Comme nous. Que l'homme qui me faisait face n'était qu'une marionnette. Il avait des yeux gris qui n'allaient pas vraiment avec son visage.

— Des yeux gris, tu dis…

Elle détourne le regard, resserre l'emprise sur les cordes de la balançoire et se balance un peu plus… puis reprend la parole :

— Ce qui compte, c'est que tu sois revenu entier. Tu vas pouvoir te reposer, maintenant. Ne t'inquiète pas. Tout va bien. Personne ne te veut de mal, j'en suis certaine…

— C'est aussi ce que pense James. Mais je ne sais pas… il y avait quelque chose d'anormal. J'en suis sûr…

Je sens bien qu'Amy cherche à changer de sujet…

— Pourquoi es-tu ici, Gabriel ?

— Qu'est-ce que tu veux dire ?

— Pourquoi restes-tu chez ONIR ? Avec tes pouvoirs, tu pourrais facilement trouver un moyen de t'enfuir… Tu pourrais peut-être même réussir à contrôler Hawkins lui-même. Qu'est-ce que tu cherches ?

— Je ne sais pas trop. Ici, j'ai l'impression d'être enfin moi-même. D'exister. Je me suis trouvé. On me respecte, on comprend enfin ce dont je suis capable. Je veux encore apprendre, encore progresser. Et toi ?

— Moi, je reste car mon pire ennemi, c'est moi-même. Je suis reconnaissante à James de m'avoir aidée. Tu le sais, je t'en ai déjà parlé, mais j'étais complètement accro avant de venir ici. C'est comme ça qu'il m'a découverte, d'ailleurs. J'étais en train de faire une overdose quand je me suis retrouvée dans les

Terres Mortes. J'ai été repérée par une Sentinelle. Elle est parvenue à me localiser. J'étais terrifiée. J'ai cru que je mourrais. En réalité, la Sentinelle m'a sauvée. ONIR a envoyé une équipe qui a pu arriver à temps dans le squat où je vivais. Quelques heures de plus et c'en était fini pour moi. Depuis cette nuit, j'ai entrouvert la porte des Limbes. Mais jamais je n'ai eu un pouvoir tel que le tien. Durant mes premiers mois ici, James m'a aidée à décrocher, à aller mieux. Je ne me sens pas encore prête à sortir… je crois. Même si je sais bien qu'Hawkins profite de nous, qu'il nous cache énormément de choses. Même si j'ai tellement peur qu'il lui ait fait du mal…

— À qui ?

— À personne.

Je sais qu'elle pense à cet autre gamin, à ce Clyde, mais je ne dis rien. Elle reprend :

— En réalité, je crois qu'on fuit tous quelque chose. Matt a été sauvé de ses parents violents, moi de mon addiction… mais toi, qu'est-ce que tu fuis ?

Je repense à la mort de Lucas mais ne lui en parle pas… Une autre image me vient, celle de l'accident, de la mort de ma mère. En cet instant, on entend un cri qui vient de la cuisine. Je me retourne. Ma maison est en train de brûler.

— Qu'est-ce qui se passe, Gabriel ?

— Ce n'est rien. C'est moi. Mes souvenirs ont pris le dessus.

— Qu'est-ce qui s'est passé avec tes parents ? J'ai bien vu qu'il y avait quelque chose. Tu peux m'en parler, Gabriel. Je suis ton amie.

Nous regardons la maison se consumer. Les flammes dévorent le bâtiment avec une voracité folle.

— Ma mère est morte dans un accident de voiture quand j'avais 9 ans. Notre voiture a percuté un semi-remorque. C'est après sa mort que j'ai commencé à devenir narcoleptique, puis, bien plus tard, à découvrir les Limbes. Sa disparition a changé ma vie. Elle a tout changé. Tout déchiré…

— Je suis désolée, Gabriel.

— C'est loin… Je devrais avancer mais je n'y parviens pas. C'est là, toujours ancré en moi.

Amy, tout en m'écoutant, soulève son pied gauche ; il s'est englué dans une sorte de goudron noir…

— Qu'est-ce que c'est ?

Je m'abaisse et passe un doigt sur le sol. Il est recouvert d'une matière visqueuse, noire.

— Je ne sais pas. Il y en a de plus en plus dans mes rêves. On dirait du pétrole. C'est peut-être un écho de l'accident, comme un souvenir…

Amy semble légèrement inquiète.

— Tu sais, Amy, parfois j'ai un peu peur de mon pouvoir. Peur qu'il me dépasse, qu'il me dévore, qu'il m'engloutisse. Tu comprends ce que je veux dire ?

— Oui.

— Et en même temps, je sens que j'y suis presque. Que je serai bientôt prêt.

— Prêt à quoi ?

— Tu veux savoir pourquoi je veux rester ici ? Pourquoi j'ai accepté tout ça, l'enfermement, ces missions dans les rêves des autres… Je fais tout ça car James m'a promis qu'il m'aiderait.

— Qu'il t'aiderait à quoi ?

— D'après lui, il est possible, par l'entremise des Limbes, de voyager dans le temps à travers les rêves des gens dans le passé et, même, de prendre le contrôle sur eux.

— Non, c'est impossible.

— C'est possible, Amy. Je le sais car ça m'est arrivé. Lors d'une de mes crises, je me suis retrouvé dans la peau de ma mère le soir de son accident.

— C'est pas vrai… c'est horrible.

— Mais je n'ai jamais réussi à y retourner, malgré toutes mes tentatives dans la Nef.

— Qu'est-ce que tu veux faire, Gabriel ? Pourquoi veux-tu retourner là-bas ?

— Parce que tout ce que je fais ici, tout ce que j'accepte, c'est uniquement pour tenter un jour, demain ou dans dix ans… d'empêcher la mort de ma mère, de changer le passé. Je suis certain d'en être capable. Il me faut simplement trouver le moyen de prévenir mes parents.

— Ça me semble fou, Gabriel. Complètement fou…

— Parce que ce que nous vivons ici n'est pas fou ? Les Limbes, la Nef, la possibilité de contrôler les rêves des autres… Ici, rien ne semble impossible. Il y a encore tant à découvrir, j'en suis certain. Je le sens.

Je remarque que la matière noire commence à se répandre sur nos jambes, à remonter le long de nos pantalons.

— Il vaudrait mieux que tu partes, maintenant. Ce rêve est souillé. Je crois que j'ai envie de rester un peu seul, Amy. Bonne nuit.

— Bonne nuit, Gabriel. Et ne t'en fais pas trop. Nous sommes là pour toi.

Mon amie me fait un sourire et disparaît dans un nuage de fumée. J'approche ma main du sol tout en continuant à regarder le ballet des flammes. Un tentacule noir se soulève et vient m'enlacer les doigts. C'est comme une caresse, comme un baiser… Je ferme les yeux…

Lee

10 novembre 2028
College Park, Maryland

Nous y sommes. C'est aujourd'hui que nous allons tenter de pénétrer les Archives nationales. Il est 8 heures. J'attends depuis près d'une heure, frigorifiée dans ma voiture de location, devant la maison de Kenneth Dovak, conservateur en chef de la NARA aux Archives nationales de College Park. Clyde était censé prendre son contrôle durant la nuit. J'ai encore du mal à bien comprendre comment le jeune homme est capable de tout ça. Il y a toujours une petite partie de moi qui se dit qu'il ne va jamais ouvrir cette porte pour me rejoindre dans la voiture en cette matinée glacée. Et pourtant…

Nous arrivons ce matin au terme d'une préparation fastidieuse. Avec l'aide de Clyde, je vais tenter d'accéder à la zone la plus sécurisée des Archives, dite d'« Accès spécial », située dans une aile indépendante de l'institution de College Park. Ici sont conservés tous les dossiers de la CIA depuis sa création en septembre 1947. Seuls les chercheurs habilités par l'Information Security Oversight Office ont la permission d'y pénétrer. Je sais bien que je risque gros, peut-être même une incarcération, si on découvre qu'une journaliste essaie de pénétrer dans la zone de haute sécurité. Mais je dois en savoir plus, aller au bout. Surtout, je veux faire confiance à Clyde. Je veux le croire.

Et je ne vais pas entrer par effraction dans le bâtiment de la NARA, je ne commettrai en réalité aucun délit car j'aurai un sésame, un passe-droit ultime : je serai accompagnée par l'un des plus hauts responsables de l'ensemble des archives.

En arrivant à College Park après un long trajet en train, il m'a fallu obtenir un rendez-vous avec Kenneth Dovak. J'ai prétexté préparer un article sur l'histoire des Archives nationales. Après deux interminables jours d'attente, l'attachée de presse du site m'a contactée. M. Dovak était prêt à me rencontrer. J'avais rendez-vous avec lui à la cafétéria à l'entrée de l'immense bâtiment, tout de verre et de métal. J'ai attendu à l'accueil pendant une dizaine de minutes, observant le ballet incessant des documentalistes poussant des chariots aux roues grinçantes, remplis de dossiers en carton, de microfilms... Enfin, un homme d'une grande taille, d'une cinquantaine d'années, portant un costume noir, une chemise blanche, une cravate à rayures rouges, s'est présenté à moi. Dovak, avec ses cheveux courts en brosse, sa fine moustache parfaitement taillée, son allure massive, lourdaude, évoquait plus le militaire que le bibliothécaire. Seules de petites lunettes à double foyer pendant à son cou semblaient rappeler ses fonctions. Je l'ai écouté parler du formidable patrimoine des Archives nationales... des millions de microfilms et documents historiques conservés ici, de l'importance de la numérisation de ces derniers, de la modernisation des archives avec l'installation de plusieurs ordinateurs quantiques reliés à des drones imprimantes capables de compulser plusieurs milliers de dossiers par jour. Du fragile équilibre entre modernité et travail artisanal qui régnait dans ce lieu, mémoire de l'Amérique. Il m'expliqua que le bâtiment renfermait ainsi des listes de recensement de la population américaine remontant à 1790. Durant notre échange, il me proposa même de faire une recherche autour de mon nom de famille pour remonter aux origines de son arrivée dans le pays. Je refusai un peu sèchement. Pas spécialement envie d'en savoir plus sur ma famille… Il m'évoqua ensuite la fierté qu'il portait à avoir encouragé lui-même la déclassification de la plupart des grands dossiers secrets du FBI et de la CIA sur l'histoire récente de notre pays : le 11 septembre 2001, la guerre en Irak… L'homme était passionné, à n'en point douter, et livrait un discours bien calibré pour les médias. Mais je n'étais pas dupe, je savais pertinemment que de nombreux documents restaient encore cachés du grand public, parmi lesquels le fameux rapport K27, raison de ma présence ici. Tandis que je regardais Dovak achever de répondre à mes questions, je ne pouvais m'empêcher de me demander comment Clyde allait parvenir à prendre le contrôle de cet individu, assis là, en face de moi. Je terminai l'interview par une série de photos portrait. Clyde m'avait bien fait comprendre que c'était là un point essentiel. Dovak accepta à contrecœur et prit une pose figée, les lèvres pincées. Je le remerciai et le quittai, promettant de très rapidement le tenir au courant de la parution de mon article. Je n'aurai qu'à prétexter ensuite que le dossier avait été annulé par mon journal... Clyde m'a assuré que Dovak ne garderait aucun souvenir clair de la prise de contrôle... Espérons-le... Je suis ensuite rentrée dans ma chambre d'hôtel, ai avalé, comme convenu avec Clyde, quelques somnifères et me suis allongée. Ça a été la partie la plus pénible de toute cette préparation. J'ai dû ainsi laisser Clyde entrer en moi et prendre le contrôle afin qu'il puisse voir la photo de Dovak sur mon ordinateur portable. J'ai retrouvé le jeune homme dans ses rêves. Il m'attendait, comme à l'habitude, dans sa chambre, sa cellule... Il m'a promis que je ne sentirais rien, que j'aurais simplement la sensation d'un léger souffle chaud me traversant. J'avais assez peur, une appréhension aveugle de me faire violer dans mon intimité la plus totale, mon inconscient. En acceptant qu'il me possède, j'allais me retrouver à la merci de ce gamin que je connaissais à peine, qui passe sa vie cloîtré dans ses songes. Était-ce bien raisonnable ? Mais depuis le départ, toute cette histoire flirtait tant avec la folie que je n'étais plus à ça près. Pourtant, Clyde ne m'avait pas menti, je n'ai quasiment rien senti. C'est justement cela le plus troublant peut-être... Il s'est approché de moi, j'ai eu l'impression qu'il se fondait en moi, puis plus rien. Je me suis réveillée dans mon lit. Il était 20 heures. Deux heures s'étaient écoulées. Et il ne m'en restait absolument aucun souvenir...

La porte de la petite maison grise à la pelouse bien taillée s'entrouvre. Dovak en sort, une mallette marron à la main. Je m'enfonce un peu dans le siège de la voiture… Je ne voudrais pas qu'il me repère si Clyde n'a pas réussi à le contrôler… Méthodiquement, l'homme ferme sa porte derrière lui, attrape sa mallette et s'avance dans la petite allée. Je remarque qu'il marche de manière un peu voûtée, avec des mouvements légèrement désynchronisés des bras. Après avoir poussé la petite grille à l'entrée du jardin, il s'arrête, fait un mouvement de tête circulaire mécanique autour de lui, puis semble me voir. Dovak traverse la route, fait le tour de la voiture, en ouvre la portière passager et s'installe à mes côtés.

Je reste stupéfaite. Le conservateur en chef tourne la tête vers moi dans un mouvement sec, comme téléguidé. Il me sourit. En réalité, on dirait plutôt que des fils invisibles tirent sur la commissure de ses lèvres pour faire apparaître ses dents. Son visage semble flasque, sans expression.

— Clyde ?

— Ça surprend, hein ? Mais c'est bien moi, rassure-toi, Lee.

— Tout va bien ?

— Oui. La prise de contrôle s'est bien passée. Pour l'instant, Dovak ne m'oppose que très peu de résistance mais il faut faire vite. Je me fatigue rapidement.

Je conduis à vive allure à travers les rues de College Park. Il nous faut une vingtaine de minutes pour rejoindre les Archives nationales. Durant tout le trajet, Clyde / Dovak reste silencieux, les poings serrés sur les jambes. Il m'a prévenue qu'il avait besoin d'un maximum de concentration pour ne pas perdre le contrôle. Tandis que je conduis, j'entends un bruit dérangeant venant de Dovak. Je comprends, après quelques kilomètres, que Clyde serre tant sa mâchoire qu'il fait grincer ses dents.

Nous arrivons enfin sur le campus des Archives nationales. Je me gare sur le parking visiteurs d'Adelphi Road. Clyde sort de la voiture. Je le suis. Il s'approche de moi et me demande de lui montrer le chemin vers l'immeuble « Accès spécial ». En discutant avec des employés des archives ces derniers jours, j'ai réussi à avoir la confirmation que les documents confidentiels de la CIA étaient bien entreposés au deuxième étage du bâtiment 2. Nous longeons le bâtiment principal des Archives. L'immeuble aux teintes ivoire de six étages est bordé d'un grand atrium en verre et métal. Devant l'entrée, quelques employés discutent, café et cigarette à la main, malgré la fraîcheur automnale. Un ou deux saluent Dovak / Clyde de la main. Concentré, mon acolyte ne répond pas. De mon côté, je baisse les yeux et continue. Personne, heureusement, ne nous aborde. Nous arrivons enfin devant le bâtiment à accès restreint. Ce dernier contraste avec celui des Archives, à l'architecture léchée, pensé pour faire entrer la lumière. Ici, c'est tout l'inverse. Il s'agit d'un imposant monolithe de béton sombre, aux arêtes anguleuses, aux lignes tendues. L'une de ses façades est recouverte d'un immense logo des Archives nationales, gravé dans le béton. L'imposant sceau reproduit le blason officiel des États-Unis, l'aigle aux ailes écartées tenant dans sa serre gauche une branche d'olivier et, dans la droite, une volée de flèches, sauf que le rapace est ici surplombé d'un manuscrit où est écrit : « *Littera scripta manet* ». De l'extérieur, l'immeuble ressemble à un énorme bunker. Il n'y a de fenêtres qu'au rez-de-chaussée pour les bureaux administratifs. Les étages, eux, sont aveugles. D'après les informations que j'ai pu glaner, la zone à Accès spécial n'offre, malgré les apparences, qu'un faible niveau de sécurité. *A priori*, un simple badge permet l'ouverture des différentes portes. Les Archives sont ainsi un lieu d'un autre temps… À l'ère du tout-numérique, qui s'intéresse encore, à part quelques universitaires rouillés, à ces vieux bouts de papier ? Plus largement, qui s'intéresse encore à l'histoire, au passé, dans notre course éperdue à l'instantané, au maintenant, au demain ?…

Normalement, tout devrait donc se dérouler sans problème.

Clyde marche lentement. Je dois me caler sur son rythme. Alors que nous sommes devant l'impressionnante façade biseautée ressemblant à une énorme lance, Clyde s'arrête soudain. Il semble bloqué, comme si on avait fait un arrêt sur image sur son corps ou que son pied droit était soudain pris dans le béton du sol. Je vois bien qu'il essaie de balancer son pied en avant, mais il reste figé en arrière. Je m'approche et lui passe la main sur l'épaule.

— Ça va, Clyde ?

— Oui. Mon hôte commence à se rebeller. Plus une possession est longue, plus c'est difficile pour moi. Comme je m'en doutais, je vais avoir besoin de ton aide. Tu peux m'aider à marcher ?

Le plus discrètement possible, je l'attrape par l'avant-bras et l'accompagne. Nous devons avoir l'air d'un bien étrange couple.

Nous traversons la porte automatique coulissante. Un grand comptoir d'accueil en béton protège l'accès aux portiques de sécurité. Pas d'autre choix que d'y passer. Un agent en tenue de sécurité bleue est assis derrière le comptoir. Il est jeune, ses cheveux blonds sont plaqués en arrière, ses tempes rasées. Nous nous approchons. Il lève la tête et fait un grand sourire à Clyde / Dovak. Sur sa poitrine, un badge avec un nom : Jacob.

— Ah ! Bonjour, monsieur Dovak ! Vous allez bien ?

Clyde met un peu de temps à répondre. Comme s'il tardait à recevoir les informations transmises par le cerveau de Dovak.

— On fait aller.

En me penchant légèrement au-dessus du comptoir de l'accueil, je remarque que Jacob porte une arme à sa ceinture. Ce dernier reprend :

— Vous n'avez pas bonne mine ce matin. Vous êtes sûr que ça va ?

Clyde baisse les yeux, un peu trop ostensiblement, pour regarder le nom de notre interlocuteur.

— J'ai dû attraper froid… Jacob. Je me sens un peu…

Une longue pause.

— Fatigué…

— Oui, je vois ça. Vous êtes accompagné aujourd'hui ?

— Oui, c'est une amie à qui je fais visiter nos installations.

— Elle a toutes les autorisations ?

— Oui, bien entendu. Faites-moi confiance. Nous faisons juste un tour rapide du bâtiment pour que je lui en présente le projet architectural.

— Bien entendu, monsieur Dovak. Allez-y.

Nous avançons vers le portique de sécurité. Clyde tire le badge accroché à sa ceinture et le passe sur la zone magnétique. Une petite lumière verte s'allume. Nous pouvons passer.

Nous arrivons devant un ascenseur. Là, à notre grande surprise, nous remarquons un clavier numérique au-dessus du bouton pour commander l'élévateur… Il doit falloir entrer un code pour monter aux étages.

Clyde me regarde. Je ne sais pas quoi faire… Il semble hésiter puis appelle le gardien.

— Jacob ? Excusez-moi. J'ai un trou… Le code pour l'ascenseur ?

Jacob fait pivoter son fauteuil, se lève et vient vers nous.

— Ce n'est vraiment pas votre jour, m'sieur Dovak ! C'est le 568901. Comme d'habitude !

— Oui, bien entendu…

Clyde commence à taper le code sur le clavier sous le regard de Jacob. Sa main tremble légèrement.

Dans un petit son de cloche synthétique, l'appel de l'ascenseur est validé. Je souffle.

Jacob s'approche, intrigué.

— Vous n'avez pas besoin de vos lunettes pour voir de près, monsieur Dovak ?

Clyde semble seulement se rendre compte qu'il a oublié les lunettes de l'archiviste. Je remarque que la sueur commence à perler sur son front. Il a les yeux injectés de sang.

— Euh… si. Mais je les ai oubliées aujourd'hui. Et je m'en sers principalement pour lire les petits caractères. Je ne suis pas encore aveugle !

Clyde exécute un sourire forcé, artificiel.

— Très bien. Bonne visite.

Jacob opine puis retourne à son bureau.

Les portes de l'ascenseur s'ouvrent enfin. Nous nous y engouffrons. J'appuie sur le bouton du deuxième étage. Revenu à son bureau, Jacob nous observe, un peu intrigué. Je sens que Clyde se tient péniblement debout. Au moment où, enfin, les portes se referment, il s'écroule contre la rambarde en métal de l'ascenseur.

— C'est de plus en plus dur. Je ne sais pas si je vais tenir, Lee.

— Pas le choix. Nous allons tenter de trouver les archives de la CIA au plus vite.

L'ascenseur monte rapidement. Après quelques secondes, les portes s'ouvrent sur un long couloir en béton gris, au plafond taupe. Au sol, un carrelage blanc. Quelques bancs en cuir et métal marron sont disposés le long du couloir. L'ambiance est on ne peut plus austère. Clinique. Pas un bruit alentour. *A priori*, nous sommes seuls. Je remarque une caméra à l'angle qui nous fixe de son œil froid. Clyde, péniblement, lâche la rampe de l'ascenseur et commence à marcher. Je le soutiens, en tentant de me placer dans l'angle mort de la caméra et de cacher mon visage. De chaque côté du couloir, des portes en métal rouge. Il y en a une dizaine en tout. Sur chaque pan de mur, des signes rouges d'interdiction ont été apposés avec un message clair : « Accès strictement interdit. Zone réservée au personnel habilité ISOO. » À l'entrée du couloir, nous passons devant un panneau recouvert d'indications : « Interdiction de pénétrer à plus de deux par secteur. Interdiction d'emporter ou de déplacer un dossier. Interdiction de photocopier, photographier ou reproduire tout ou partie des dossiers confidentiels. Interdiction de prendre des notes, de téléphoner… » La liste s'étire. J'ai un frisson… Au-dessus de chaque porte, un petit panneau portant des lettres et des chiffres : CIA CF 2028-2020, CIA CF 2019-2010, ainsi de suite… Je comprends que chaque salle doit contenir les archives d'une période précise. Nous remontons jusqu'au bout du couloir. Soudain, Clyde s'arrête. Sa bouche s'entrouvre et laisse échapper un murmure qui, rapidement, se mue en une plainte aiguë. Il est pris de convulsions. Je ne sais pas quoi faire. Je lui attrape les épaules, lui parle. Ses yeux clignent à une vitesse hallucinante, sa tête tressaute dans tous les sens. On dirait qu'il est en proie à une crise d'épilepsie. Le cri se fait plus puissant. Putain, que faire ? Dois-je partir tant qu'il est encore temps ?

Clyde parvient à bouger sa main droite, l'enfonce dans sa poche, en sort un trousseau de clés. Il se saisit d'une clé crantée et l'approche de sa main gauche. Il se l'enfonce dans la chair de la peau, jusqu'au sang. Son cri s'arrête, ses tremblements s'estompent. Il reprend ses esprits en s'appuyant sur le mur en béton. Je jette un œil à la caméra au bout du couloir. A-t-on été repérés ?

Avec la manche de sa veste, Clyde essuie la sueur qui coule de son front. Il a les cheveux trempés.

— Ça va… ça va mieux. Dovak se bat, il résiste. Je ne pensais pas qu'il me poserait autant de difficultés. En même temps, ça fait une éternité que je n'avais pas opéré un contrôle aussi long.

— Qu'est-ce que tu as fait avec ces clés ?

— Parfois, une douleur fulgurante permet de reprendre le contrôle. Elle nous rappelle. Continuons, Lee.

Nous arrivons enfin devant la porte rouge qui doit contenir les dossiers de la période qui nous intéresse : CIA CF 1979-1970. Clyde passe son badge sur cette dernière. La porte s'entrouvre dans un cliquetis mécanique. Une petite lumière passe au vert au-dessus de la porte. Nous entrons dans la salle. Les néons s'allument les uns après les autres et nous laissent découvrir dix allées remplies de classeurs beiges, de cartons de différentes tailles. Ça sent le renfermé et la poussière. Je ne remarque aucune caméra dans la salle. Ce qui est ici entreposé est certainement trop sensible, même pour un service de sécurité. J'avance dans une allée et détaille quelques-uns des dossiers, entreposés dans des cartons de tailles diverses. Ils sont tous mis sous scellés et fermés par une petite cordelette reliée à un cachet en cire de la CIA. Il nous faut quelques instants avant de nous repérer. Chaque allée représente en réalité une année. Nous remontons les séries d'étagères, jusqu'à arriver devant celle estampillée du panneau « 1971 ». Par où commencer ?

Clyde réfléchit puis me dit :

— Je crois me souvenir qu'Hawkins m'avait dit qu'ils l'avaient retrouvé en octobre 1971. C'est la date de la fin de l'opération. Il faut chercher ce mois-ci. Viens, c'est par là.

Clyde d'un côté, moi de l'autre, nous commençons à y chercher le dossier K27. Je lis quelques-unes des étiquettes jaunies des cartons devant lesquels je passe : « Opération Jefferson Glenn / Viêtnam / Secret (D) », « Commando Hunt IV / Viêtnam /

Confidentiel », « Mouvement de Résistance du Nord / Irlande du Nord / Secret (E) », « Attentat BT Tower / Angleterre / Top Secret (B) »… Alors que j'arrive quasiment au bout de mon allée, Clyde m'appelle :

— Lee, là. J'ai trouvé.

Il tient entre ses mains un carton de taille moyenne. Il le pose au sol et, sans hésitation, en fait sauter le scellé. Il retire le couvercle du carton et tire d'abord une photo qu'il me tend. Je la regarde. On dirait une équipe de scientifiques devant un grand bunker. Il extrait également des petits boîtiers en plastique sur lesquels sont notées à la main des informations. J'en détaille une. Il y est noté : « JH / Interrogatoire du 02 Nov. 1971 »… J'ouvre le boîtier et en sors une petite cassette. C'est une cassette audio, un format disparu depuis longtemps. Ça ne nous servira à rien. La bande est certainement illisible depuis toutes ces années. Clyde ouvre ensuite une pochette contenant des dizaines de photos en noir et blanc. Sur la première, on voit des centaines d'oiseaux morts dans la neige. Sur une autre, des hommes vêtus de combinaisons et masques blancs évoluent dans les couloirs dévastés d'une station souterraine. Sur d'autres, des militaires en armes progressent dans une ville. Ils pointent du doigt des cadavres au sol. Quelques clichés insupportables montrent un amoncellement de corps calcinés, un charnier. Je le retourne : « Galena / 3 novembre 1971 ». Clyde extrait enfin un épais dossier.

— C'est ça. Aucun doute. Nous devons l'emporter.

Il me le tend, je l'ouvre et commence à lire la première page.

« C-O-N-F-I-D-E-N-T-I-E-L »

Mission K27 / Projet Limbes / Nom de code : MK-Limbes

Top Secret (A)

Renseignement / Espionnage à distance / Recherche et développement

Collection : NACP

Numéro du document ISOO / ESDN (CREST) : CIA-RDP80V01137D000100010014-1

Classification : Top Secret Alpha

Pages du document : 30

Date de création du document : 28 février 1972 / MAJ : 15 janvier 1973

Soumis par : L25X1

Pays : États-Unis / Alaska

Période : Septembre 1970 – Octobre 1971

Position : 200 km nord-ouest Galena 65°4229.4N 157°3801.6W

Responsables du projet : DO John Lettinger / Dr Friedrich Kleiner

Présentation :

Projet Top Secret de rang Alpha (A).

Sous la supervision du Directeur des Opérations (DO) John Lettinger, mise en place d'une opération scientifique sur l'étude des rêves et du sommeil. Mission placée sous la responsabilité du Dr Friedrich Kleiner, spécialiste en onirologie (Scientifique exfiltré lors de l'opération Paperclip en 1945 et ayant officié depuis à White Sands et Fort Bliss. Intérêt national / JIOA / Unité 45) et assisté par le Dr John Brimley. Réquisition et remise en état de la base K27 en Alaska pour permettre à une équipe scientifique (détaillée en annexe II.1) d'avancer sur les recherches de la manière la plus isolée et secrète possible. Encadrement de la cellule scientifique par 6 agents de la CIA et surveillance et protection de la zone extérieure par 5 militaires.

Chronologie :

Septembre 1970 : Installation des équipes dans la station K27. Début des tests et expérimentations. Premiers rapports en novembre 1970 (détaillés en annexe I). L'équipe scientifique progresse. Quelques sujets / cobayes sélectionnés par l'équipe scientifique, dénommés ici « Éveillés », auraient développé des aptitudes leur permettant de prendre contrôle sur le sommeil et l'inconscient d'autres individus. Poursuite des recherches.

Avril 1971 : Nouveaux rapports faisant état d'avancées notables des tests et expérimentations sur place. Les Éveillés seraient en train de parvenir à prendre contrôle sur des individus à distance via leur sommeil.

Mai 1971 : Les Drs Kleiner et Brimley se rendent à Saïgon pour réunir des informations sur le massacre survenu durant l'opération Svay Rieng au Viêtnam (CIA-RDP78G01166D000400030014-8). Recrutement du capitaine Nate Irving.

Juillet 1971 : Arrivée d'une nouvelle recrue parmi les Éveillés, James Hawkins (JH), accompagné du capitaine

Nate Irving. Tous deux présents à Svay Rieng. Leur confinement permet de garder ces individus sous surveillance. Autres survivants de l'opération Svay Rieng (M. Rhames, T. Bregman, C. Cinotti) éliminés.

25 septembre 1971 : Arrivée de John Lettinger (DO) sur place. Visite des locaux et des installations.

27 septembre 1971 : Première opération officielle (CIA – RDP78E01233V006700680035-7) sur informations recueillies par l'Éveillé / JH. Localisation, extraction et sauvetage du capitaine M. Dougherty, chef de section 6e Cavalerie, zone frontalière nord-ouest Viêtnam.

28 septembre 1971 : Seconde opération officielle (CIA-RDP78E01233V006700680035-8). Intervention de l'Éveillé / JH permet la destruction de la cache d'armes Viêt-cong dans la région de Snuol. Explosion enregistrée à 4 h 58.

Rapport de commission du 1er octobre à Langley. Sur la recommandation du DO J. Lettinger, l'opération Limbes passe en rang prioritaire 1.

10 octobre 1971 : Premiers décès de scientifiques reportés (M. Glenane, D. Mayer, E. Emerson). Tous trois étaient utilisés comme « hôtes » durant les expérimentations. D'après le Dr Kleiner, ils n'auraient pas supporté les trop nombreux « transferts ». Les corps ont été remis aux familles. Accident scientifique mis en cause.

Rapport de commission du 12 octobre à Langley. Le DO J. Lettinger appuie la poursuite du projet malgré les trois décès préoccupants.

18 octobre : dernier contact radio avec la base de Galena par l'opérateur radio Kenneth Burton Adams. L'opérateur en charge de Galena aurait fait état des premiers signes d'apparition d'un virus dans la station. (Source : Annexe III. Pièce d'enquête 16 : Journal des communications de K. B. Adams retrouvé dans les décombres de la station le 4 novembre 1971.)

20 octobre : D'après les interrogatoires de JH survenus après les faits (Source : Annexe III. Enregistrements du 2 novembre 1971), une expédition de secours est envoyée dans la ville de Galena et sa base militaire, à 200 km au sud de la station K27. L'équipe découvre que l'ensemble du personnel militaire ainsi que les civils sont morts ou « infectés » (terminologie utilisée par JH durant ses interrogatoires).

21 octobre : Premiers signes du virus dans la station K27 (Source : Annexe III. Pièce d'enquête 7 : Journal du Dr J. Brimley retrouvé dans les décombres de la station le 6 novembre 1971). Dr Brody, Infecté, détruit les installations radio. Mike Donagh, Infecté, détruit le générateur principal. Destruction de l'antenne radar par le lieutenant Cole Delauney, également atteint du virus. La station K27 ne peut plus communiquer avec l'extérieur et passe en autonomie limitée.

22 octobre 1971 : Les scientifiques et militaires survivants tentent de s'organiser en attendant les secours. Les survivants comprennent qu'il leur est impossible de dormir au risque d'être à leur tour infectés. Utilisent un dérivé du Modiafinil et des piqûres d'adrénaline

pour limiter les effets de la fatigue. Malgré leurs efforts, les membres de la mission succombent les uns après les autres au virus (Source : Annexe III. Pièce d'enquête 7).

29 octobre 1971 : Arrivée sur zone de l'équipe de secours de la CIA. Aucun survivant hormis James Hawkins.

Destruction des installations.

1er novembre 1971 : Mise en quarantaine du survivant James Hawkins et interrogatoires. Aucun risque bactériologique détecté. JH est relâché le 8 décembre 1972. Placé sous surveillance permanente.

Fin de l'opération K27 / Limbes

/// Mise à jour du 15 janvier 1973 /// l'opération Limbes est réactivée sous l'autorité du DO John Lettinger et la supervision de James Hawkins à travers la structure ONIR (dossier ISOO non accessible).

Bilan des pertes sur zone K27 :
Civils :
12 scientifiques (ID en annexe IV.1)
3 Éveillés (ID en annexe IV.2)

Militaires et affiliés :
6 agents de la CIA (ID en annexe IV.3)
5 militaires (ID et matricules en annexe IV.4)

Bilan des pertes sur zone Galena :

96 militaires garnison (ID et matricules en annexe V.1)
204 civils (ID en annexe V.2)

Survivants :
1 survivant : James Hawkins (JH)

Je referme le dossier et reste quelques secondes pétrifiée, stupéfiée par ce que je viens d'y lire. Le document tendrait à prouver que la CIA et la société ONIR sont au cœur d'expérimentations sur les rêves depuis près de cinquante ans… Et, surtout, qu'elles ont continué à agir en toute impunité, malgré le fait que l'opération K27 se soit soldée par la mort de plus de 320 personnes. Un virus… en rapport avec le sommeil. Les points communs entre ce qui s'est passé en Alaska en 1971 et ce qui arrive aujourd'hui avec le Marchand de sable sont trop nombreux. ONIR est impliqué, c'est désormais évident. Peut-être s'agit-il ici encore d'une de leurs expérimentations qui aurait dégénéré… J'ai entre les mains une bombe à retardement et je ne vais pas manquer de la faire exploser.

Clyde semble remarquer la colère, la rage qui monte en moi.

— C'est ONIR et la CIA qui sont au cœur de toute cette affaire depuis le début…

— Oui. Ça a toujours été eux. Déjà à mon époque.

— Il faut que j'écrive un article là-dessus. Si ça se sait, le gouvernement sera dans l'obligation de leur demander des comptes, de clarifier la situation.

— Non. Surtout pas. Personne ne doit savoir. Si tu écris un article, tu t'exposes. Ils en auront après toi. Tu ne tiendras pas longtemps. Ils sont partout.

— Alors, pourquoi sommes-nous ici ?

— Pour ça.

Il place son doigt sur une ligne en haut de la première page du dossier. Les coordonnées de localisation GPS de la base K27.

— Je ne connaissais pas l'emplacement exact de la base. Il me fallait ces coordonnées.

— Et pour quoi faire ? La base a été abandonnée il y a plus de cinquante ans.

— Elle ne l'est plus… Tu dois te rendre là-bas, Lee. Trouver cette station.

— Qu'est-ce que tu veux que j'aille foutre en Alaska pour visiter une ruine ? Mon fils a besoin de moi, Clyde ! Tu ne peux pas me trimballer à travers le pays comme ta marionnette…

— Je le sais, Lee. J'en suis désolé. Mais nous n'avons pas le choix. Il faut que tu te rendes là-bas. C'est la seule solution pour arrêter tout cela.

— Mais pourquoi, merde ?

— Parce que quelqu'un vit reclus là-bas. Quelqu'un qui pourrait nous être utile… et tu dois aller le voir, le convaincre de nous aider. Parce que c'est là-bas, en Alaska, que tout a commencé et que tout doit s'achever…

Je m'apprête à lui répondre quand nous entendons une voix provenant de l'entrée de la pièce :

— Il y a quelqu'un ? J'ai vu la lumière verte allumée au-dessus de la porte. Qui est là ?

Des bruits de pas qui s'approchent. Je me tasse au sol. Clyde se relève, essuie la sueur qui dégouline de son visage et s'avance dans l'allée.

— Oui, c'est moi, Kenneth Dovak…

Je jette un œil, discrètement, à travers les rayonnages. Clyde a rejoint un homme d'une soixantaine d'années, l'air débonnaire. Il a de longs cheveux gris accrochés en catogan. L'homme, d'abord sur la défensive, reconnaît Dovak.

— Ah, c'est toi, Kenneth ? Je ne savais pas que tu consultais les archives de la CIA aujourd'hui. Tu n'es pas dans le planning…

— Oui, j'avais juste une ou deux choses à vérifier…

— Désolé, je ne voulais pas t'importuner mais j'étais dans le coin et j'ai entendu des drôles de bruits provenant du couloir, comme des cris. Tu n'as rien remarqué de bizarre ?

— Non, j'étais ici et je n'ai rien entendu.

— J'ai vu que la lumière était verte dans cette salle. Je me suis dit que quelqu'un avait peut-être fait un malaise. Vu qu'il n'y a pas de caméra ici, on ne sait jamais…

— Je comprends et tu as bien fait. Mais tout va bien.

— Tu es certain, tu as une salle mine !

— Je suis un peu malade. Je finis ce que j'ai à faire ici et je rentre me reposer chez moi.

— Très bien. Je te laisse travailler.

Soudain, alors que j'essaie de suivre du regard l'homme qui quitte la salle, je m'appuie un peu trop sur un carton qui tombe au sol dans un bruit lourd. Quelle imbécile…

L'homme se retourne, surpris.

— C'était quoi ce bruit ? Tu n'es pas seul ?

— Ce n'est rien. Certainement un des dossiers que je consultais qui est tombé.

Je rampe à quatre pattes jusqu'au fond de l'allée… Je tente de me tasser dans les ombres.

— Attends, j'ai encore entendu du bruit là-bas. C'est quoi ces conneries, Kenneth ?

— Rien, je te dis. Je suis seul.

— Tu connais la procédure, je dois vérifier…

L'homme pousse Clyde du bras et lui passe devant. Ce dernier regarde autour de lui, attrape un gros annuaire bleu et l'écrase sur la tête du documentaliste qui s'effondre au sol, sonné.

Clyde m'appelle. Je le rejoins.

— Je n'ai pas eu le choix. Bon, il ne va pas rester dans les vapes longtemps. Je vais tenter de prendre le contrôle sur lui et d'effacer ses souvenirs récents.

— Comment ? Et Dovak ?

— Il devrait rester endormi encore un peu.

— Mais c'est de la folie. Pourquoi ne prenons-nous pas la fuite maintenant ?

— Car s'il se réveille, il pourrait donner l'alerte. Ou se rappeler notre rencontre et permettre aux autorités de remonter facilement la piste jusqu'à toi. C'est trop risqué. Je peux y arriver, Lee. Ne bouge surtout pas. Cache le dossier dans tes vêtements. Et déplace le corps de cet homme dans l'une des allées. Je ne devrais pas en avoir pour longtemps.

La seconde suivante, le corps de Dovak s'écroule au sol. Je reste là, debout, avec à mes pieds deux hommes inconscients…

Mon cœur bat à cent à l'heure. J'ai peur.

Je range le dossier entre la ceinture de mon jean et mon tee-shirt et repasse mon pull par-dessus, puis j'attrape le documentaliste au catogan par les bras et le traîne sur le sol en lino. Il est lourd. Je le tire jusqu'au fond de la pièce et le dépose dans une allée. Je m'éloigne du corps. Il ne bouge pas. J'en profite pour aller remettre le dossier K27 où nous l'avons trouvé. Je parviens à replacer le scellé en enroulant la ficelle autour du reste de cire. Personne ne devrait remarquer que nous l'avons ouvert… Je reviens auprès du corps de Dovak et m'assieds à ses côtés. Plusieurs minutes se sont déjà écoulées. *Il faut que tu réussisses, Clyde. J'ai confiance en toi.*

La tête de Dovak commence à remuer lentement. Je vois ses pupilles s'agiter de frétillements. Enfin, il ouvre les yeux.

— Clyde, ça va ?

C'est alors que je remarque que son regard a changé… Ses yeux n'ont plus la teinte grise de ceux de Clyde…

— Qui êtes-vous ?

Il semble soudain me reconnaître…

— La journaliste ? Qu'est-ce que vous faites là ? Où sommes-nous ? Qu'est-ce qui m'arrive ?

Je me recule. Il y a eu un problème. Je ne sais pas quoi dire, quoi répondre.

Dovak est en train de se relever péniblement.

— Mon Dieu, j'ai si mal à la tête ! J'ai l'impression qu'elle va exploser. Vous pouvez m'aider ? Je vous en prie, aidez-moi… que ça cesse. Il faut appeler un médecin…

Dovak regarde autour de lui, réalisant seulement maintenant où il se trouve.

— Mais nous sommes dans les archives à Accès spécial ? Qu'est-ce que c'est que ces conneries ? Qu'est-ce qu'on fait là ? Vous n'avez pas le droit d'être ici. Vous m'avez drogué ?

Il tend un doigt accusateur vers moi, tout en reculant lentement vers la sortie. Que faire ? *Réfléchis,*

Lee... dans la poche de ta veste. Tu avais gardé ton taser depuis ta visite au Clearview Institute. Putain, pourquoi n'y ai-je pas pensé plus tôt ?

Je sors l'arme de ma poche, la place derrière mon dos, me relève et avance vers Dovak. Il a l'air apeuré.

— Qu'est-ce que vous faites ? Qu'est-ce que vous cachez derrière votre dos ? C'est une arme ? Un couteau ? Ne me faites pas de mal, je ne dirai rien. Je vous en supplie.

L'homme s'effondre au sol, en panique. Il tente de se protéger avec ses bras. Le spectacle de ce pauvre documentaliste, sanglotant à mes pieds, me fait terriblement pitié mais je n'ai pas le choix.

D'un coup sec, je place le taser sur son avant-bras et appuie sur le bouton rouge. L'homme s'écroule sous la décharge de plusieurs millions de volts.

Son regard quand il reculait, comme s'il faisait face à un monstre, à une psychopathe... C'est ce que je suis en train de devenir ?

Je garde mon taser à bout de bras, pointé vers Dovak. Je ne sais pas quoi faire. Partir ? Attendre encore et donner sa chance à Clyde ? En y réfléchissant, je prends conscience que, si je tente de quitter le bâtiment sans Dovak, il est quasiment certain que l'agent à l'entrée, Jacob, s'en rendra compte...

Tandis que je tente d'évaluer mes options pour me sortir de là, le corps de Dovak se met à trembler de toutes parts, ses yeux se révulsent, puis il se recroqueville en boule, en position fœtale, et ne bouge plus. Je m'approche. Sa respiration est sifflante. Enfin, il se déplie et rouvre les yeux. Je braque l'arme sur son visage.

— Non, Lee, c'est moi. J'ai repris le contrôle.

Je recule, l'arme toujours pointée dans la direction de Clyde.

— Clyde ? C'est toi, c'est vraiment toi ?

— Oui, je suis désolé. Ça a été plus long que prévu. J'ai perdu le contrôle sur Dovak pendant que j'essayais de pénétrer les rêves de l'autre homme. Je n'ai plus l'habitude de faire des prises de contrôle simultanées. C'est tellement loin…

— Il m'a reconnue, Clyde… Dovak, il sait que j'étais ici avec lui.

— Ne t'en fais pas, il ne se souviendra de rien à son réveil. J'y veillerai. Tu as caché le dossier ?

— Oui.

— Bien. Foutons le camp d'ici. Je suis à bout de forces. Je ne tiendrai pas plus de quelques minutes.

Clyde réajuste ses vêtements. Je l'aide à se relever.

Nous quittons la salle, traversons le couloir, appelons l'ascenseur. Il arrive au bout de quelques secondes. Le dossier plaqué contre mon ventre me gêne un peu quand je marche mais je me soucie surtout de l'état de Clyde. Ses yeux sont complètement injectés de sang, il a une veine saillante sur le front. Tandis que l'ascenseur arrive au rez-de-chaussée, il plaque la main droite contre son nez.

— Merde, je suis en train de saigner du nez. Tu as un mouchoir, quelque chose ?

Je fouille dans les poches de ma veste et en tire un mouchoir déchiré. Je le lui tends. Il le plaque contre son visage. Nous sortons dans le hall d'accueil et marchons d'un pas rapide vers la sortie. Clyde boite mais garde le rythme.

Nous passons le portique. Je jette un œil vers le gardien, Jacob. Heureusement, il est absorbé à regarder une vidéo sur son écran d'ordinateur et ne nous repère pas. J'accélère le pas.

Nous nous retrouvons enfin dehors. Je respire à pleins poumons l'air glacé de cette matinée de fin d'automne. L'air givré me fait un bien fou, comme si j'avais retenu ma respiration durant toute notre intrusion dans les archives. Clyde semble, lui aussi, soulagé.

— Très bien, Clyde, retournons à la voiture et ramenons Dovak chez lui, comme convenu.

— Je n'y arriverai pas. Il faut que tu partes et que tu me laisses ici.

— Mais… Dovak risque de se douter de quelque chose à son réveil.

Clyde s'approche d'un banc placé sous un grand chêne blanc et s'y assoit. Son visage est creusé, strié de veinules bleues.

— Je vais l'abandonner ici. Il se réveillera sans aucun souvenir de ce qui s'est passé, avec un gros mal de crâne et certainement une belle nausée. Normalement, enfin je l'espère, il devrait rentrer chez lui et se reposer… Toi, de ton côté, profites-en pour disparaître et retourner à Chicago. Je reprendrai rapidement contact avec toi pour la prochaine étape.

— Tu veux que j'aille en Alaska, alors ?

— Oui, mais avant, il faut que tu te rendes dans un autre endroit. Là-bas t'attendent toutes les réponses.

— Quel est cet endroit ?

— La ville qui dort…

Ce nom évoque quelque chose en moi.

— La ville qui dort ?

— Nous en reparlerons plus tard. Repose-toi, va voir ton fils. J'ai, moi aussi, besoin de récupérer. Il me faudra certainement plusieurs jours. C'est si dur. Mais surtout…

— Oui ?

— Il faut que tu me promettes de ne pas utiliser les infos que nous avons récupérées aujourd'hui malgré ton envie de tout révéler. Nous le ferons, mais plus tard, c'est encore trop tôt. Il faut profiter du fait que tu n'es pas encore exposée.

— Mais je pourrais signer mon article sous pseudonyme ? Tu te rends compte combien un tel papier pourrait faire avancer les choses ? En dénonçant cette horrible affaire, on pourrait peut-être même forcer ONIR et la CIA à révéler l'origine de la maladie !

— Je sais bien, mais tu courrais alors un trop grand danger. Fais-moi confiance, il faut être patiente. Encore un peu. Quelques jours ou quelques semaines tout au plus.

— D'accord.

— À bientôt, Lee…

Sur ces mots, la tête de Dovak tombe en avant, son menton contre son torse. Il s'est, semble-t-il, endormi. Je regarde autour de moi. Personne ne nous observe. Il faut que je quitte les lieux et vite. Dans l'agitation du matin, avec les nombreux employés et universitaires qui transitent par cette place, on ne devrait pas immédiatement remarquer cet homme endormi sur son banc.

Je retourne à la voiture et cache le dossier sous mon siège. En plaçant mes mains sur le volant, je remarque qu'elles tremblent. Je tente de retrouver mon calme. Nous y sommes parvenus… J'ai en ma possession de quoi faire tomber une saloperie de multinationale et toute une division de l'agence la plus puissante du pays. Car ceux-là, c'est certain, sont à l'origine de la maladie de mon fils. Ce sera le plus grand scandale sanitaire que l'Amérique ait jamais connu… et ce sera moi, Lee Kingsley, qui en serai à l'origine.

Je retourne à mon hôtel, m'installe sur mon lit, mon ordinateur sur les genoux. Il ne me faut pas plus de quelques heures pour rédiger un premier jet de mon article. J'y reviens sur les événements en Alaska en 1971 et fais le rapprochement entre la conclusion dramatique du projet K27, avec l'apparition d'un mystérieux virus lié au sommeil, et ce qui se passe aujourd'hui avec le Marchand de sable. D'autant plus que mes contacts journalistes en Europe ont confirmé mes craintes. Ils ont eux-mêmes interrogé, en France, en Finlande ou en Suède, de nombreuses familles dont les enfants sont atteints de la maladie. Tous ont été vaccinés au Pardenix, médicament de la société StellaNovaris, propriété d'ONIR. Tous les éléments convergent vers cette mystérieuse société, dont le terrain d'action, les missions et agissements sont aujourd'hui totalement opaques. Mais cela va bientôt cesser… Car je vais révéler au grand jour ce qui se trame. J'achève mon article en y apposant un titre clair, cinglant. Un titre qui, à n'en point douter, va faire le tour du monde :

« La CIA et la multinationale ONIR à l'origine du Marchand de sable ? »

J'envoie un long mail explicatif à mon rédacteur en chef, Chris, lui indiquant que je suis entrée en possession de documents classés confidentiels qui m'ont donné la preuve de l'implication d'ONIR et, indirectement, de la CIA dans toute cette affaire. Je lui demande également que mon article soit signé sous pseudonyme, de peur des possibles représailles. Je termine mon mail par ces quelques mots : « Avec le scoop que je t'offre sur un plateau, tu me devras la reconnaissance éternelle… PS : Qui a dit que le papier était mort ? »

J'appuie sur « Envoyer ».

Dès demain, l'article sera en une du *Chicago Defender*.

Malgré les mises en garde de Clyde, je n'ai d'autre choix que de révéler l'affaire. Pour aider à y voir plus clair. Pour que le monde sache. Pour Liam et tous les autres enfants prisonniers de cette saloperie de maladie. Il faut y mettre un terme et vite. Certes, j'ai menti, j'ai trahi la confiance de cet ange gardien qui habite mes rêves. *Mais je n'avais pas le choix, Clyde, j'espère que tu le comprendras.*

Et ne t'en fais pas, je ne crains rien… Je suis une grande fille, je sais me protéger.

Gabriel

24 août 2008
New York, État de New York

Je veux essayer encore. Malgré la fatigue et cette rage qui monte en moi.

Je veux essayer encore. Je finirai bien par y arriver, même si, pour cela, je dois passer mes nuits entières les mains posées sur la Stèle de la Nef à attendre de trouver un accès.

Voilà plusieurs heures que je suis là, à tenter de pénétrer les rêves de mon père ou de ma mère précédant la nuit de l'accident. Mais rien à faire, la Stèle ne s'éclaire pas des spirales bleutées qui précèdent habituellement le transfert vers le rêve d'une personne. Peut-être que James a raison, peut-être est-ce impossible. Peut-être qu'il me faut encore gagner en puissance pour y parvenir…

Pourquoi est-ce que je m'acharne autant ? Pourquoi est-ce si important pour moi de la faire revenir à la vie ? Mon existence serait-elle tellement différente si elle était restée parmi nous ? Qu'est-ce que ça aurait changé, au fond ? Aurais-je été plus heureux ? Peut-être n'aurais-je jamais entrouvert la porte qui m'a permis de développer mon pouvoir. Peut-être ne serais-je en cet instant qu'un gamin comme les autres, dans un bled paumé du Maryland. Mais peut-être que c'est ce que je veux tout au fond de moi, en réalité. Être normal, enfin…

J'entends du bruit dans l'allée. Quelqu'un s'approche… Je retire mes mains de la Stèle. Je sais que ça ne peut être que lui.

J'entends son pas traînant, las.

Le vieil homme me pose la main sur l'épaule.

Je me retourne et fais face à Aguilar. Il me semble encore plus maigre et creusé que la dernière fois. Si faible… Il observe quelques instants la Stèle avec une certaine mélancolie.

— Tu essaies encore, Gabriel ?

— Oui, Geronimo. J'essaie encore et je ne cesserai jamais.

— Mais on ne doit pas changer le passé. Jamais. C'était la mission des Veilleurs dans la Cité de Lumière, maintenir l'Équilibre, créer ce qui doit être créé. Il ne faut pas utiliser ce lieu que tu appelles les Limbes pour tenter de réécrire l'histoire, c'est un terrible piège et il ne faut surtout pas que tu tombes dedans.

— Mais je veux simplement sauver ma mère.

— Et puis ? Une fois que ça sera fait, ne penses-tu pas que tu voudras aller plus loin, faire d'autres choses prétendument plus grandes encore ? Et qui te dit qu'empêcher la mort de ta mère ce soir-là n'entraînera pas des conséquences encore plus graves que celles qui ont construit ta vie aujourd'hui ? Il faut se méfier du pouvoir qui nous tend les bras ici-bas. Il est vorace, gourmand. Dangereux. J'en ai moi-même payé le prix. C'est pour cela que je suis venu te voir aujourd'hui. Je dois te montrer quelque chose. Il est temps…

— De quoi parlez-vous ?

— Il faut que tu m'accompagnes dans les Terres Mortes. Il est deux lieux que tu n'as encore jamais visités, qui restent cachés aux yeux des voyageurs du rêve. Des lieux que je suis le dernier à protéger. Mais je n'en ai plus pour longtemps. Je me sens si faible. Il faut que quelqu'un prenne le relais. Tu es le seul en qui j'ai confiance, Gabriel. Il faut que tu deviennes le Gardien.

— Mais de quels endroits parlez-vous ?

— Le Tombeau et la Source. Si quiconque les trouvait, cela pourrait avoir des conséquences dramatiques, sur le monde, son passé comme son futur. Depuis des années, des siècles peut-être, puisque ici le temps n'existe plus, je détourne l'attention de ces créatures, les Sentinelles, chaque fois qu'elles s'approchent trop de ces lieux cachés. J'ai aussi réussi à éloigner les trois explorateurs qui ont foulé ces terres il y a bien longtemps. Parmi eux, il y avait, je crois, celui que tu nommes James Hawkins. Personne ne connaît l'existence de ces lieux. Il faut que cela ne change pas. Jamais.

— Très bien. Je vous suis, Geronimo.

J'accompagne le vieil homme à travers la faille qui nous mène aux Terres Mortes, puis, en faisant le moins de bruit possible, nous progressons à travers leurs temples abandonnés, leurs immenses mausolées, leurs colonnes monstrueuses en formes d'ossements géants. Comme toujours lorsque je viens ici, j'ai comme un frisson qui me parcourt l'échine. Ce lieu respire tellement la mort, la peur. Alors que nous arrivons à proximité de la grande place de la cité déserte, nous entendons un cri suraigu. Une Sentinelle… Aguilar se plaque contre le mur d'un bâtiment rappelant un peu les temples cambodgiens d'Angkor, sauf qu'ici on dirait que les visages sculptés ont fondu, se sont disloqués, laissant apparaître des faciès difformes, effrayants. Je ne bouge plus. Je ne respire plus. Des bruits de grattement. Aguilar jette un œil vers la place, puis, d'un signe, m'appelle à faire demi-tour. Nous revenons sur nos pas et pénétrons sous le porche monumental du temple, montons quelques marches usées et nous cachons derrière une statue défigurée. Je jette un œil à l'extérieur et aperçois une Sentinelle qui se déplace de son allure saccadée, s'arrête quelques secondes, comme si elle reniflait l'air autour d'elle, puis grimpe soudain sur le sanctuaire qui nous fait face. Elle s'accroche à la roche avec aisance, enfonçant ses griffes acérées dans la pierre, et s'arrête à la verticale, à cinq, six mètres de hauteur. Soudain, dans un cri terrifiant, elle commence à tourner sa tête à quatre-vingt-dix degrés, dans un angle impossible, et nous fait face. Je distingue son étrange visage, cette spirale organique, ce tourbillon qui s'enfonce dans sa chair et ses dents aiguisées qui claquent en rythme dans le silence de la nuit éternelle des Terres Mortes.

Clac, clac, clac.

Aguilar comme moi restons parfaitement immobiles. Des pierres parmi les pierres. Pétrifiés.

Clac, clac, clac.

La créature oscille la tête de droite à gauche, comme un métronome terrifiant. Et dire qu'il y a derrière cette monstruosité, cette aberration, un humain, homme ou femme, qui dort depuis des années à quelques mètres de moi dans un endroit secret d'ONIR... Pourquoi est-ce que James se refuse à nous les montrer ? De quoi a-t-il peur ? Il m'a bien expliqué qu'elles avaient été « salies » par les Terres Mortes. Mais de quoi s'agit-il vraiment ? Que sont devenues les Sentinelles dans le vrai monde ? Tandis que je me pose ces questions, la créature remet sa tête en position, grimpe le long d'un immense dôme craquelé puis disparaît dans l'une de ses fissures.

Je n'ai pas le temps de respirer que, déjà, Aguilar est reparti.

Nous traversons la grande place, puis nous nous enfonçons dans un labyrinthe de ruelles étroites. Enfin, nous arrivons devant l'endroit qu'Aguilar appelle la Forêt des Âmes. Il m'a expliqué qu'ici reposaient les milliers d'Élus, innocents décimés par les armées du Vatican. Chaque silhouette a été pétrifiée dans une posture dégageant une souffrance intense. Certains sont à genoux, la gueule grande ouverte, d'autres cambrés en arrière, les bras dressés vers le ciel. Leurs corps semblent s'être mêlés au fil du temps à la pierre, comme s'il leur fallait vivre leur tourment pour l'éternité. Aguilar pose sa main quelques instants sur l'une des statues. Je vois ses lèvres qui bougent mais je n'entends pas ses paroles. Puis, enfin, le vieillard s'enfonce parmi la forêt de membres distordus. Durant de longues minutes, il nous faut nous contorsionner pour passer dans cette forêt humaine, entre les bras, les jambes qui semblent vouloir nous barrer la route. Je frôle, bien malgré moi, certains visages figés à jamais. Je pourrais presque entendre leurs cris s'échapper de leurs bouches béantes.

Tant de douleur… Nous arrivons enfin de l'autre côté. Face à nous, une impressionnante falaise minérale qui s'élève à une hauteur vertigineuse. Il fait étonnamment plus sombre ici, comme si cela était encore possible. Je n'y vois quasiment plus rien. Aguilar se saisit d'une pierre luminescente, mais sa lumière, normalement si vive, semble elle-même étouffée, comme si les ténèbres étaient plus épaisses, quasiment tangibles, qu'elles dévoraient toute source lumineuse. Aguilar s'approche de la falaise, semble tâter de ses mains ankylosées la roche sur plusieurs mètres, puis s'arrête et commence à grimper. Je comprends que de toutes petites marches ont été sculptées dans la pierre, large d'une trentaine de centimètres à peine. Elles serpentent entre les veines de la falaise, se mêlant aux reliefs et anfractuosités naturels, devenant ainsi complètement invisibles pour quiconque ne connaîtrait pas leur existence. Qui a sculpté cet escalier dément, et pour mener où ? Notre progression est difficile, laborieuse. Plus on monte, plus je sens un terrifiant vertige me saisir. Je dois placer les pieds l'un devant l'autre sur chaque minuscule marche. J'essaie de m'accrocher à la roche de la falaise mais les prises sont rares. Je fais mon possible pour ne pas regarder en bas, mais lorsque je tourne la tête, je distingue, émergeant d'une brume noire, les sommets des temples et bâtisses des Terres Mortes. Ici, un minaret qui dépasse ; là, une cathédrale semblable à une colonne vertébrale géante ; plus loin, une pyramide ressemblant à un énorme cocon… Je réalise à quel point la Cité est plus grande que ce que je croyais. Après une dizaine de minutes d'une ascension laborieuse, nous arrivons enfin au sommet de la falaise.

Je reprends ma respiration, les mains posées sur les genoux. Quand je relève enfin la tête, un spectacle éblouissant s'offre à mes yeux. Là, devant moi, un immense lac souterrain, comme un océan. Sur le rivage, un petit bâtiment en pierre de forme vaguement ovale. De loin, on dirait le bulbe d'une étrange plante. Mais mon attention est attirée par le lac. L'eau est noire, parsemée de-ci, de-là de milliers de lumières bleutées. Je n'ai jamais rien vu d'aussi beau. Le flux de lumière bleue ondule comme des tentures au vent, comme une aurore boréale qui sans cesse se recomposerait… Il n'y a pas vraiment de courant, ni de vagues, mais un mouvement désordonné, discontinu. Le plafond de la Grotte est bas, à une dizaine de mètres. Il y a quelque chose d'étrange… J'avance encore plus près du rivage. Aguilar ne me retient pas. Il doit savoir combien le spectacle est subjuguant de beauté et d'étrangeté. Non, ce n'est pas possible. J'ai d'abord cru que le sommet de la caverne renvoyait les reflets du lac. En réalité, c'est encore plus incroyable. Il y a, au plafond, un deuxième lac, inversé… Je remarque que des sortes de tourbillons, comme des stalactites, semblent se tisser entre les deux étendues liquides. On dirait que d'étranges bras liquides se tendent de part et d'autre et s'entremêlent pendant quelques instants. Par-delà les deux lacs, en leur centre, une lumière bleue semble palpiter. Je regarde mieux dans cette direction. À une centaine de mètres du rivage, au cœur même du lac, se trouve une petite île. En son centre, un impressionnant rayon bleu cristallin s'élève et semble traverser le lac. Je regarde à mes pieds l'eau noirâtre, qui explose en ondes, partout, comme si elle était arrosée continuellement par une pluie battante invisible. J'ai l'impression de voir danser des silhouettes sous la surface. Ici, un visage, là, un bras qui se tend et en attrape un autre, là encore, un enfant qui rit aux éclats. Intrigué, je m'abaisse pour toucher l'eau mais Aguilar me retient au dernier moment.

— Non, surtout pas. Il ne faut jamais toucher l'eau. Jamais.

— Geronimo, qu'est-ce que c'est ? Où sommes-nous ?

— C'est beau, n'est-ce pas ?

— Oui, c'est extraordinaire…

— Tu as devant toi un spectacle que peu d'hommes ont vu. Une petite poignée tout au plus. J'espère que tu te montreras digne de ce cadeau. Moi-même, il m'a fallu attendre longtemps avant que Kaan me fasse assez confiance pour m'emmener ici. Le voilà donc. Ici, sous tes yeux, le plus grand secret des Limbes. Voici le Lac aux Chimères et là-bas, sur cette île, c'est la Source.

— Mais on dirait que ce lac est, je ne sais pas, vivant…

— Oui, tu as devant toi tous les rêves des hommes. Tout ce qui se passe, cette nuit même, dans le sommeil de l'humanité tout entière.

— Et ces liens, ces sortes de tourbillons qui passent d'un lac à l'autre ?

— Ce sont les rêves que certains humains sont en train de partager, sans même s'en rendre compte. Avant de connaître les Limbes, de maîtriser ton pouvoir, n'as-tu jamais eu l'étrange impression, en dormant, de visiter des lieux que tu ne connaissais pas, de rencontrer des gens qui t'étaient inconnus ?

— Si, bien entendu.

— Eh bien, c'est ici, dans ces eaux, que les rêves parfois s'entremêlent, se superposent…

— Pourquoi est-ce que c'est si dangereux de toucher l'eau ?

— Car tu serais alors absorbé, happé par le Lac aux Chimères. Tu te dissoudrais dans des millions de rêves. Tu mourrais instantanément. Il ne resterait de toi rien de plus qu'un vague souvenir chez quelques personnes à leur réveil. Rien de plus.

— Et là-bas, cette Source ?

— C'est le courant, le flux qui habite nos songes. C'est là le lieu qu'il te faut protéger.

— Pourquoi ?

— Car quiconque aurait un accès à la Source pourrait modifier les rêves de l'ensemble de l'humanité. C'est comme si la Stèle que tu connais bien était reliée ici à tous les êtres vivants.

— Vous voulez dire qu'en touchant la Source, on pourrait prendre le contrôle du monde entier ?

— Oui. Un Éveillé assez puissant le pourrait. Cela et bien plus encore. Tu te rends compte, j'espère, du danger que cela représente. Viens, il faut que je te montre autre chose.

J'ai du mal à abandonner le spectacle fascinant qui se déroule sous mes yeux, ce ballet liquide sensuel, ces tourbillons qui dansent entre les deux lacs, cette vie qui palpite, partout…

Finalement, j'accompagne le vieil homme qui se dirige vers l'étrange bâtiment que j'avais remarqué plus tôt.

Nous pénétrons par une entrée circulaire dans la bâtisse ovale. L'ensemble de la construction semble avoir été sculptée dans un immense roc. Après avoir traversé un couloir bas, nous arrivons dans une grande salle circulaire. Six imposants trônes ont été sculptés dans la roche. Ils se font face. Au cœur de la pièce, un autre trône, bien plus impressionnant, celui-là. Les trônes sont recouverts d'étranges runes en spirales, en partie effacées, comme victimes de l'érosion. Leurs motifs sont un peu semblables à ceux que j'ai déjà pu voir sur les dalles autour de la Nef.

Les trônes sont recouverts de poussière, comme s'ils étaient là depuis longtemps, des siècles.

— Où sommes-nous ?

— Voici le Tombeau... C'est ici qu'apparaissaient les Veilleurs.

— Les Veilleurs, ce sont les fameux guides qui aidaient les Élus à faire prospérer leur culture, leur civilisation dans la Cité de Lumière ?

— Leur mission était en réalité plus complexe. Chaque fois que Kaan m'a mené ici, le Tombeau était vide. Je n'ai jamais rencontré ces Veilleurs. Mais je crois, d'après ce que m'en a dit mon ami maya, qu'ils étaient envoyés ici à la fois pour préserver ce lieu et, en effet, pour aider les différents représentants des ethnies et cultures qui avaient leur place dans la Cité.

— Mais ils les aidaient comment ? Ils les influençaient ?

— Non, au contraire. Ils faisaient tout leur possible pour éviter que quiconque ne puisse manipuler ces civilisations, en modifier le destin. Je crois que c'est ce qu'il voulait dire avec cette phrase : « Créer ce qui doit être créé. » En réalité, il ne faisait que protéger le passé.

— Mais d'où venaient-ils ?

— Nul ne le sait.

— Vous avez déjà essayé de vous asseoir sur ces trônes ?

— Oui, bien entendu, et il ne s'est rien passé. Je crois que ce lieu, comme le reste de ces Terres, est mort. Le Tombeau s'est certainement éteint avec l'Inquisition oubliée, cette nuit maudite où les hommes du Vatican sont venus ici et ont exécuté tous ces pauvres innocents. Les Veilleurs ne sont jamais revenus ici depuis. J'ai attendu ici de longues nuits, espérant des réponses, enfin. Mais rien, personne. Voilà pourquoi nous appelons ce lieu le Tombeau. Car il est à l'image de ce monde mort. Désert. Abandonné.

Je touche du bout de la main le trône placé au centre de la salle. Des arches en pierre le relient aux six autres, comme s'il en était le cœur.

— Et ce trône-là ?

— Je ne sais rien de plus, je te le dis. Peut-être les Veilleurs avaient-ils un chef, un roi…

Je remarque, sur les accoudoirs en pierre, des renfoncements, comme s'ils avaient été creusés sur mesure. En y regardant mieux, j'y discerne les traces d'une main. Je laisse passer mes doigts sur la pierre. Aguilar me sort de ma rêverie.

— Gabriel. Il faut que je te parle de quelque chose.

— Je vous écoute, Geronimo.

— Cet homme que tu présentes comme ton guide, ton mentor, ce James Hawkins…

— Oui…

— Je te l'ai dit, je l'ai vu ici, à plusieurs reprises. Il explorait les Terres Mortes, faisait des recherches. C'était il y a longtemps, certainement des dizaines d'années pour toi. Mais j'ai vu autre chose aussi, quelque chose de bien plus terrifiant. Pendant une longue période, avant l'arrivée des Sentinelles, lorsque je me croyais encore seul, j'ai senti une présence funeste dans les Terres Mortes, une présence bien plus terrifiante et malfaisante que ces créatures que tu as croisées. Et je l'ai vue de mes yeux s'opposer à James Hawkins et à ses hommes. C'était une bête indescriptible, une monstruosité de ténèbres et de fumée, un maelström dément de formes, de tentacules, de cris et de haine. Durant ce combat, elle s'est saisie d'un de ces explorateurs et lui a arraché le cœur dans un horrible rire. Puis, plus tard, je l'ai entendue parler avec Hawkins. Je m'étais caché, terré au fond de mon trou, tremblant de toutes parts, mais j'étais là. Il faut que tu saches que James Hawkins a scellé un pacte avec cette entité maudite. Elle lui a laissé la vie sauve, lui a fait don du pouvoir des Limbes, mais il y avait une contrepartie. La créature voulait qu'Hawkins attende un enfant qui devait venir en 2008. Et cet enfant, je crois que c'est toi, Gabriel. Tu m'as dit venir de cette époque, que c'était James Hawkins qui t'avait trouvé. Tu dois te méfier de lui, Gabriel. Il ne t'a pas tout dit. Il te ment. C'est pour cela qu'il ne faut pas qu'il apprenne l'existence de ce lieu. Qui sait ce qu'il pourrait faire d'une telle découverte ?

— Et cette créature, vous l'avez revue depuis ?

— Non, jamais. Mais, Gabriel, il faut que tu comprennes que je suis certain qu'elle reviendra. Et si tu la croises, fuis, cours de toutes tes forces et ne regarde pas en arrière. Je n'ai jamais rien vu d'aussi abominable, d'aussi effrayant. Le mal à l'état pur. La noirceur, la rage et la folie mêlées. Personne ne survivrait face à un tel monstre. Personne. Parfois, la nuit, quand je ferme les yeux, son souvenir se dessine en moi et j'ai si peur. Si peur…

En parlant, Aguilar m'a saisi par les épaules, il me serre fort, me fait mal. Ses yeux sont fous, hallucinés.

Je m'écarte de son étreinte. Il se rend compte de sa violence.

— Je… je suis désolé, Gabriel. Je ne voulais pas te faire peur, te faire mal. Mais tu dois comprendre ce qui est en jeu ici.

— Oui, j'ai compris. J'accepte, Geronimo. Je ferai en sorte que personne ne découvre cet endroit.

— Très bien, Gabriel. Je te remercie. Tu peux partir désormais. Moi, je vais rester ici encore un peu. À très bientôt, mon jeune ami.

Je quitte le vieil ermite et sors du Tombeau.

La révélation d'Aguilar sur Hawkins me trouble. J'avais envie d'avoir confiance en cet homme. Lui qui m'a ouvert les portes, qui m'a tant aidé, tant appris ces dernières semaines… Je savais bien qu'il y avait des choses qu'il me cachait… mais découvrir que je suis son jouet, son pantin… Qu'attend-il vraiment de moi ? Il faut que je le sache, que j'en aie le cœur net…

Mon retour jusqu'à la Nef est laborieux. Je me sens fatigué, chaque effort me coûte. Par chance, je ne croise aucune Sentinelle. Je ne sais même pas si j'aurais eu la force de fuir.

J'ai une idée en tête. Quelque chose à quoi j'ai pensé, déjà, de nombreuses fois, mais que je n'ai jamais encore osé faire. J'arrive enfin auprès de la Stèle.

J'invoque un visage, un regard de toutes mes forces. Celui de James Hawkins. Le meilleur moyen d'en savoir plus sur lui, sur tous les secrets qu'il cache, c'est encore de visiter ses rêves. Je sais qu'il dort très peu, pas plus d'une heure ou deux par nuit. Dans ce cas, j'attendrai le temps qu'il faut avant de trouver une faille, un point d'entrée…

Les heures s'écoulent, se diluent. Comme plus tôt avec mes parents, j'ai beau tenter de me projeter en Hawkins, rien ne se passe. La Stèle ne dégage aucune lumière… Puis, alors que je m'apprête à abandonner, à bout de forces, j'appose mes mains une dernière fois sur la grande dalle en pierre. Là, enfin, je sens l'énergie me traverser et mon corps se soulever.

J'y suis parvenu.

Je vais entrer en lui.

James Hawkins

24 août 2008
New York, État de New York

Je n'aime pas ça… M'endormir sans m'en rendre compte. Je devrais me réveiller, je le sais, mais j'ai tout de même besoin de repos.

Il était plus de 4 heures. J'étais assis à mon bureau, à relire le dernier rapport de la CIA sur la situation avec la NSA, quand j'ai senti mes yeux se fermer. Peut-être me suis-je laissé aller parce qu'une partie de moi se sentait rassurée. Rassurée de voir que l'enquête sur la NSA progressait, que le puzzle commençait à s'assembler et qu'il ne nous faudrait plus longtemps avant de remonter jusqu'aux membres de l'équipe en charge de nous parasiter…

Mes yeux se sont clos. Puis, plus rien.

De toute façon, je ne crains absolument rien ici. Je suis, comme à l'habitude, dans mon refuge, cet espace que je me suis façonné au cœur même de mes rêves, pour éviter toute intrusion extérieure. Il n'y a rien ici, rien qui me raconte, rien qui me trahisse, rien à quoi s'accrocher. J'ai créé un espace vierge, complètement vide. Une salle rectangulaire blanche, comme une bulle. Le seul meuble est un fauteuil, lui-même blanc, placé au centre de la salle.

Je m'enfonce dans le cuir capitonné confortable, je ferme les yeux et me délecte du silence de l'endroit. Je ne peux pas me relâcher trop longtemps, il me faut toujours être vigilant, toujours rester sur mes gardes. J'en ai la preuve rapidement. Tandis que je rouvre les yeux, je vois, en face de moi, une petite fissure se créer sur la face lisse et immaculée du mur. La crevasse se creuse, devient plus épaisse. Je me lève et m'approche. La faille devient une fente, la fente, une petite ouverture. Une porte est en train de s'ouvrir. Je regarde, intrigué, témoin amusé des circonvolutions de mon inconscient. La porte se teinte de gris, de métal, de rouille. Elle s'entrouvre dans un grincement. Je regarde autour de moi. J'ai cru entendre du bruit. Non, il n'y a rien. Je jette un œil par l'ouverture. C'est l'intérieur de la station, évidemment. Il s'en échappe des cris, des lamentations. Je referme la porte et me plaque contre cette dernière. Ces souvenirs ne me lâcheront décidément jamais… J'ai beau avoir tout essayé pour les éradiquer, pour les reléguer au fin fond de mon subconscient, rien n'y fait, mon passé ne cesse, nuit après nuit, de revenir me hanter. Je regarde la porte. Elle est gravée d'un K27 noir. On dirait que les lettres laissent échapper un liquide noir, comme du pétrole. J'attrape quelques gouttes que je fais passer entre mes doigts. Ça a assez duré… D'un geste de la main, j'efface la porte. Le mur redevient blanc, parfait. Alors que je retourne m'asseoir, j'entends un nouveau bruit. Cette fois, plus de doute possible. Je détaille mon refuge. Là, je distingue comme une zone un peu plus sombre dans l'angle de la salle. Comme une ombre diffuse sur le sol blanc. Je m'en approche. Des bruits de pas. Il y a quelqu'un ici. Quelqu'un qui est entré dans ma tête, qui observe mes rêves en ce moment même. C'est impossible… Je lève la main vers la zone d'ombre. Dans un grésillement, l'espace se met à vibrer. Une silhouette apparaît. Personne ne pourrait avoir le pouvoir de venir ici sans que je ne m'en rende compte, personne ne peut passer mes barrières. Personne à part lui.

— Gabriel…

La silhouette se fait plus claire, elle est plaquée contre la paroi du mur, tétanisée.

Je pousse encore pour reprendre le plein contrôle de mon rêve et faire apparaître l'intrus.

— Gabriel…

Finalement, l'adolescent se dévoile. Il semble surpris que j'aie pu le démasquer aussi vite.

— Gabriel. Qu'est-ce que tu fais ici ?

— Je…

— Comment as-tu fait pour entrer ? Comment oses-tu ?

— Vous m'avez menti, James. Je voulais en avoir le cœur net. Je sais tout. Votre pacte avec cette créature. Votre pacte pour me trouver. Qu'est-ce que vous me voulez, à la fin ?

— Tu ne sais rien, Gabriel. Je ne veux pas avoir cette discussion ici. Disparais…

Je repousse facilement Gabriel qui n'oppose pas de résistance, encore trop choqué d'avoir été démasqué. Je me retrouve enfin seul. Je m'effondre dans mon fauteuil. Comment a-t-il fait ? Je n'ai pas tout de suite remarqué sa présence. Depuis combien de temps était-il là ? Qu'a-t-il vu ? Je savais, je sentais bien que Gabriel gagnait en puissance de jour en jour, mais de là à penser qu'il pourrait d'ores et déjà visiter mes propres songes, moi qui m'escrime à en protéger l'accès depuis des années… Cet enfant est plus puissant que moi. C'est évident. Et il faut que je prenne ça en compte pour l'avenir.

Je ferme les yeux et me réveille.

Je me rends dans ma salle de bains, prends une longue douche et me change. J'appelle la sécurité sur l'interphone de mon bureau et leur demande de me ramener au plus vite Gabriel. L'agent me répond qu'il dort encore dans sa chambre. Je regarde l'heure. Il est 5 h 10.

— Non, il ne dort pas. Et ne discutez pas mes ordres…

Une dizaine de minutes plus tard, on frappe à ma porte.

Gabriel entre dans mon bureau, encadré par un vigile. Je demande à ce dernier de nous laisser seuls. J'invite Gabriel à venir s'asseoir en face de moi. Il préfère rester debout. Je le sens tendu, énervé.

— Je sais ce que vous avez fait, James. Ce qui s'est passé dans cette station K27, le pacte que vous avez scellé avec cette créature il y a trente-sept ans pour me trouver, moi, aujourd'hui…

— Aguilar, n'est-ce pas ? C'est ce vieux fou qui t'a raconté tout ça ?

— Comment… comment savez-vous ?

— Car le vieux moine a été assez stupide pour raconter sa vie entière dans son journal intime, *Per Inania Regna*. Et il y parle de toi, entre autres choses.

Je sais, depuis quelque temps déjà, que tu l'as rencontré.

— Et pourquoi ne me l'avez-vous pas dit ?

— J'attendais justement que tu m'en parles. Mais tu ne l'as jamais fait. Il t'a montré le Tombeau et la Source, n'est-ce pas ?

Gabriel se renfrogne.

Il n'y a aucun doute, l'adolescent sait désormais, enfin, où se trouvent ces lieux que je recherche depuis si longtemps.

— Si tu attends des explications, je suis tout disposé à te répondre. Je n'ai rien à te cacher, Gabriel. Je ne t'ai jamais menti. J'attendais simplement que tu sois prêt à entendre certaines choses.

— Je veux que vous me racontiez. Tout. Tout ce qui s'est passé dans cette station K27. Que vous me racontiez cette créature que vous avez vue dans les Terres Mortes. Ensuite, je verrai ce que je fais, moi.

Je m'exécute. Pendant une longue heure, je lui dis tout. De ma blessure durant l'assaut de Svay Rieng, au Viêtnam, jusqu'aux derniers jours dans la station où les quelques survivants et moi-même, transis de froid, affamés et harassés, ne pouvions plus dormir par risque de mourir. Je lui ai raconté la terreur de voir partir ses proches, ses collègues les uns après les autres, le combat terrible pour ne pas fermer les yeux, la folie qui se répand avec les jours qui passent et le manque de sommeil. Je lui ai parlé de Kleiner, de Brimley, de Nate, Caleb, Ethan, Thomas, Mongo et de tous les autres. Repenser à tout ça est toujours aussi difficile pour moi. Le verbaliser encore plus. C'est si fou, si terrifiant. Je lui montre également la photo de toute l'équipe de la mission K27 prise au début de l'automne 1971. Nous y étions encore insouciants, conquérants… Cette même photo que j'ai déjà montrée à Clyde avant lui. J'espère que mon discours aura plus d'impact sur Gabriel… Que je parviendrai à le convaincre. Je lui parle, enfin, de la créature et du pacte que j'ai accepté. Je lui explique, en toute franchise, ne pas connaître moi-même les finalités de notre alliance, ne pas savoir pourquoi elle tenait tant à ce que je le trouve, lui, aujourd'hui. Finalement, le moment le plus difficile arrive, celui où tout va se jouer, celui que j'appréhende depuis quelques semaines déjà. C'est quitte ou double. Soit l'adolescent accepte, soit il refuse et je n'aurai d'autre choix, alors, que de me débarrasser de lui.

— Gabriel… Tu sais tout, maintenant. Je dois donc te demander quelque chose. Voilà plus de trente ans que j'explore les Limbes, que je tente de protéger ce lieu et les rêves de tous les hommes. Tu l'as vu, nous nous efforçons, dans nos missions avec la CIA, à notre petite échelle, de créer un monde meilleur. Mais l'homme est vorace, il ne semble jamais pouvoir se rassasier de violence, de haine. Sa rage est sans fin, son appétit de domination inextinguible. C'est comme une tumeur, comme une maladie, qui ne cesse de revenir, de se répandre. J'ai vu tant d'horreurs, au Viêtnam, en Alaska, puis à travers les missions entreprises avec ONIR. J'ai vu tant d'innocents périr. Leurs visages me poursuivent, leur souvenir me hante. J'ai voulu croire, longtemps, candide que j'étais. Croire en l'homme et en sa capacité à s'améliorer. Puis j'ai fini par comprendre qu'il ne tendrait malheureusement jamais vers le bien. Il lui faudrait pour cela un tuteur, un guide qui lui permette enfin de s'élever. Et nous pourrions avoir ce rôle, ensemble. Avec tes pouvoirs et ce que cachent encore les Limbes, nous pourrions enrayer la chute de l'homme. L'accompagner pour lui permettre de devenir meilleur, de s'accomplir, enfin. Et pour ce faire, je vais te demander quelque chose. Il faut que tu nous montres l'accès à cette fameuse Source. Si j'en crois les paroles d'Aguilar, c'est le cœur même des Limbes. Parle-m'en…

— Non. J'ai promis à Aguilar.

— Aguilar ne sait rien. Il est le fantôme d'un temps passé. Il ne connaît pas notre monde, les périls que court notre civilisation. J'étudie depuis des années son journal, Gabriel. Geronimo de Aguilar est un lâche doublé d'un fou. Il se flagelle de sa culpabilité pour la mort de tous ces hommes et pourtant il n'a jamais rien fait, jamais rien tenté pour absoudre sa faute. Nous, si. Il est prisonnier de ses propres démons, nous ne le sommes pas. Je connais bien les horreurs dont je suis en partie responsable. Je les assume. Tous ces morts, à Galena, dans la station K27, au Viêtnam, je les porte en moi. Mais, malgré ma fatigue, malgré le temps qui passe, j'ai encore espoir qu'il soit possible de changer les choses. Les Limbes sont un cadeau pour l'homme, le plus beau des cadeaux… et il nous faut non seulement les protéger mais aussi apprendre à nous en servir. Pour le bien de tous. Alors, raconte-moi. Que t'a-t-il dit ?

— Je n'ai pas le droit…

— Très bien.

J'ouvre le tiroir gauche de mon bureau et en sors la pochette cartonnée. Ma dernière cartouche.

Je la lève vers Gabriel.

— Si tu refuses de m'aider, tu me forces alors à détruire ce que contient ce dossier.

— Qu'est-ce qu'il y a là-dedans ?

— Il s'agit de la seule photo d'identité de Derek Donegan, le chauffard, le conducteur du poids lourd qui a entraîné la mort de tes parents. Savais-tu que Donegan est mort d'un infarctus en prison ? Tous ses effets personnels ont aujourd'hui disparu… Il ne reste de lui que cette photo prise à son arrivée en prison. Tu as là, enfin, quasiment à ta portée, le point d'accès pour peut-être tenter d'empêcher la mort de ta mère. Je ne te garantis pas que tu y arriveras… Je n'en sais rien moi-même. Mais ce qui est certain, c'est que si je détruis cette photo, tu sais ce que ça veut dire. Tu ne pourras jamais entrer dans les rêves de cet homme et l'empêcher de provoquer ce drame. Il est la seule clé, ta seule issue possible. Cette photo est à toi, si tu m'aides.

— C'est du chantage…

— Bien entendu. Puisque tu ne veux rien entendre et que tu crois que tu dois respecter ta parole envers ce vieil ermite d'Aguilar. Mais tu finiras par comprendre. Par réaliser que tout ce que je fais, tout ce que j'entreprends, je le fais pour que, un jour, notre monde soit en paix.

— Donc si je refuse, vous détruisez la photo…

— Oui. Et de toute manière, tu accepteras. C'est écrit. Tu vas me montrer ces lieux…

— Comment ?

— Car Aguilar l'a écrit lui-même dans ses mémoires. « Ils m'ont tous abandonné, tous trahi. L'Enfant lui-même n'a pas tenu sa promesse et a divulgué l'existence du Tombeau et de la Source. Tout est chaos, mensonge et détresse. »

— Vous mentez…

— C'est un trop lourd fardeau pour toi, Gabriel. Laisse-moi t'en délester. Je protégerai ces lieux, fais-moi confiance…

L'adolescent semble réfléchir un long moment, puis, à contrecœur…

— Très bien, j'accepte. Je vais vous montrer comment accéder à la Source et au Tombeau mais je veux que vous promettiez que vous m'expliquerez tout ce que vous prévoyez de faire. Plus de secret, c'est compris ?

— C'est promis.

Des promesses. J'en ai fait toute ma vie. Il y a celles que j'ai tenues et les autres… mais, dans ce dernier cas, personne n'a jamais survécu assez longtemps pour s'en plaindre.

— Très bien, Gabriel, tu fais le bon choix. Je préviens Elias de ce pas afin qu'il prépare la salle d'endormissement. Nous allons nous rendre dès cet après-midi dans les Terres Mortes. Escorté de mes Sentinelles, tu me montreras le chemin jusqu'au Tombeau et à la Source…

— Et vous me donnerez la photo ?

— Tu l'auras dès que nous serons revenus de notre expédition.

J'ai la Source, enfin, à portée de main. Bientôt, j'aurai en mon pouvoir le destin de l'humanité. Dormez, mes enfants, car je veille sur vos rêves et, bientôt, sur vos vies…

Clyde

27 août 2008
New York, État de New York

Je n'ai pas d'autre choix… Il fallait que je vienne ici cette nuit. J'ai réfléchi à toutes les autres éventualités. Et c'est, de loin, la plus cohérente, la seule qui tienne la route… J'ai bien tenté d'en finir avec ce Gabriel en prenant le contrôle d'un *sicario* du cartel Barrio Azteca à Creel, au Mexique, il y a quelques jours. Ledger m'avait envoyé en mission de parasitage après avoir obtenu la confirmation qu'ONIR et la CIA préparaient une opération ce jour-là. Le but de l'intervention d'ONIR : identifier le chef du Barrio Azteca. D'après elle, la CIA avait tout intérêt à empêcher un rapprochement entre les deux cartels, puisque elle-même s'évertuait à faire gagner en puissance leur concurrent, le cartel de Sinaloa, en le laissant développer son trafic aux États-Unis en échange d'informations. J'étais, de mon côté, simplement censé foutre le bordel dans la rencontre entre les deux cartels en démarrant une fusillade. Ledger était convaincue que si la situation dégénérait assez, cela fragiliserait durablement la crédibilité d'ONIR et ses relations avec la CIA. Et je n'ai pas fait le travail à moitié… Mais en repérant Gabriel dans la peau d'un des *sicarios* du camp adverse, là, à quelques mètres de moi, je n'ai pas pu résister. J'ai eu envie de m'amuser un peu. De lui faire peur. Et j'y suis parvenu. L'aurais-je tué si je l'avais pu ? Peut-être. Mais c'est lui qui m'a tiré dessus. J'ai réussi à quitter le corps de mon hôte une fraction de seconde avant que la balle ne me traverse. J'ai fait croire à Ledger que la situation avait dégénéré… Elle m'a cru. Quel autre choix avait-elle ? Je suis son seul point d'entrée dans les Limbes, son unique cheval de Troie.

Ce soir encore, je me suis bien gardé de prévenir Ledger et la NSA de ce que j'allais entreprendre. Ça ne les concerne pas. Je fais ce qui me chante, mais ça, ils ne l'ont pas encore compris…

Je progresse dans la villa baroque, tandis qu'un morceau de musique pop-électro hystérique me vrille les oreilles. Tout est saturé de couleurs ici. Le sol d'un marbre rose, les colonnes dégoulinantes de reliefs sculptés, les peintures criardes accrochées au mur… Et cette lumière ambrée partout. Tout cela est si bâclé. Si enfantin… Je remarque bien d'un simple coup d'œil que tout autour de moi n'est que façade, qu'il ne s'agit que d'un décorum approximatif. Je m'amuse à faire le tour de certains meubles, ce piano à queue blanc dans le grand salon, cette sculpture d'une naïade alanguie, et découvre, chaque fois, sans surprise, qu'ils ne sont construits que sur une seule face. De l'autre côté, ce n'est qu'un amas difforme de matière et de couleur. J'arrive à l'extérieur de la villa. Quelques mètres en dessous, après un massif escalier en pierre à deux quarts tournant, se dessine un grand jardin aux bosquets d'un vert éclatant et aux fleurs chamarrées. Là, près d'une fontaine, quelques flamants roses. Puis, plus loin, une immense piscine bordée de palmiers. J'entends des rires, des murmures qui proviennent de là-bas… Je descends l'escalier…

Je le sais, Matt est certainement en train de jouer avec l'une de ses « poupées », comme il les appelle, une quelconque starlette hollywoodienne dont il modifie les rêves et qu'il séduit, bien malgré elle. Je passe le long des flamants roses, ils remuent leurs ailes, soulèvent leurs pattes d'un air mécanique, artificiel. Le ciel, lui-même orangé, parsemé de nuages dodus aux teintes rosées, ressemble plus à une peinture kitsch qu'à la réalité. Tout est si médiocre. Les rêves que je conçois sont tellement plus élaborés, tellement plus complexes…

C'est la première fois que je pénètre les rêves de Matt et ils sont à son image : impatients, excessifs, futiles…

Je m'approche encore pour voir ce qui se passe auprès de la piscine. Matt est nu, allongé sur un transat. Je le reconnais instantanément, même s'il est ici complètement différent. Le gamin un peu enrobé au visage recouvert de boutons d'acné a ici le teint hâlé et une musculature parfaite. Une bimbo blonde aux seins artificiels est penchée sur son entrejambe, affairée à lui faire une fellation. À chacun de ses mouvements, elle laisse échapper des soupirs de plaisir, son corps ondule au-dessus des jambes de Matt. J'ai l'impression d'avoir devant moi un mauvais film porno. Encore une fois, tout est ici si surjoué, si ridicule… Je m'avance encore. Je regarde, quelques instants, le spectacle pathétique de ce coït artificiel. La femme chevauche désormais Matt. Je regarde ses yeux. Ils sont recouverts d'un voile de brume. C'est comme si elle était ici et, en même temps, un peu absente… La valse des corps est sèche et machinale. Matt doit mentalement forcer la main à l'actrice et lui dicter ses faits et gestes. La scène qui, dans l'esprit de mon ex-comparse, doit être si excitante est en réalité d'un pathétique terrible. Lassé, je n'attends pas que le couple de pacotille ait terminé sa besogne. D'un mouvement de la main, je fais disparaître la femme nue et la renvoie dans ses rêves. La starlette se réveillera avec un souvenir confus, une vilaine migraine et rien de plus. Peut-être, au fond d'elle, gardera-t-elle cette sensation de souillure, de malaise que l'on ressent quand on a été possédé malgré soi. Les bras de Matt se renferment sur du vide. Il semble frustré, désarçonné, ne comprenant pas où a disparu la femme. Il regarde autour de lui, incrédule, et m'aperçoit enfin. Son corps se liquéfie alors littéralement et retrouve sa forme normale, sa triste vérité nue. Le petit gamin grassouillet, maladroit me fait face, son petit sexe flasque entre ses jambes. Mal à l'aise, il attrape une serviette et la place sur son entrejambe. Il semble légèrement apeuré.

— Qu'est-ce… Qu'est-ce que tu fais là, Clyde ? Tu n'as pas le droit…

— J'ai tous les droits, Matt… Alors, c'est ça, les rêves que tu conçois ? Je m'attendais à mieux…

— Mon palais ne te plaît pas ? me lâche-t-il sur un ton cynique.

— Comment te dire ? Tu veux que je sois honnête ? Je trouve ce spectacle pitoyable. Je me demandais…

Tu as déjà fait l'amour à une femme, Matt, une vraie femme ?

— Euh… bien sûr… plein de fois. Tu veux la liste des actrices d'Hollywood que je me suis tapé au bord de cette piscine ?

— Tu ne t'es tapé personne… ce ne sont que des fantasmes d'adolescent retardé. Est-ce que tu te rends compte, que tu le veuilles ou non, que tu violes ces filles ? Même s'il s'agit d'un songe. Tu abuses de leur faiblesse. C'est sale.

— Pas du tout. Je peux te dire qu'elles sont bien consentantes. Je leur offre le plus beau rêve possible.

— Ça, un rêve ? C'est une parodie ! Ton imaginaire se nourrit trop des mauvais films que tu regardes. Tu gâches ton pouvoir. C'est dommage… Mais ce n'est pas mon problème. Et ce n'est pas la raison de ma venue ici.

Matt tente de se donner une contenance en saisissant un cocktail sur la table basse à côté de lui et en le sirotant à travers une paille. Il n'a jamais eu autant l'air d'un gamin. L'air devient plus frais…

— Qu'est-ce que tu me veux ?

— Ce que je veux, c'est que tu m'aides… Un autre Éveillé vous a rejoints il y a peu de temps.

— Peut-être…

— Ne te fous pas de moi, Matt. Je sais qui il est… Gabriel, c'est son prénom. Il est dangereux, Matt. Pour toi, pour Amy, pour vous tous.

— Parce que toi, tu n'es pas dangereux ? Hawkins m'a dit ce que tu faisais dehors. T'es devenu un putain de tueur en série… Tu prends des vies au hasard. Des mères de famille… et tu oses débarquer ici, dans mes propres rêves, et me faire la leçon ?

— Si j'ai fait tout ça, c'était pour devenir plus puissant et pouvoir faire face à Hawkins. Et aussi parce qu'on me l'a demandé.

— Quoi ?

— Je les appelle les Voix, les Émissaires, ce sont des personnes qui m'aident et me conseillent. Je ne sais pas vraiment d'où elles viennent, ni qui elles sont. Mais j'ai confiance en elles… C'est compliqué à expliquer.

— Je crois surtout que tu débloques complètement. T'es dangereux, Clyde. Il faut que tu te rendes. Pense aux innocents. À tous ces gens qui n'ont rien demandé et à qui tu voles leurs vies.

— C'est un sacrifice nécessaire, Matt.

— Tu me fais peur, vieux. Je voudrais que tu partes, maintenant.

— Non, pas encore. Il faut que je t'explique.

Je m'approche du transat.

— Je te demande quelques minutes, Matt. Je ne te veux pas de mal, au contraire. Je veux t'aider. Toi et Amy. Je vais bientôt essayer de vous libérer, de vous faire sortir.

— Mais je m'en fous de ton aide. Je suis très bien où je suis, moi… Va voir Amy si tu veux de l'aide ! Tu ne t'es jamais intéressé à moi. Je sais bien que tu ne m'as jamais apprécié, que tu n'as toujours vu en moi qu'un ado attardé. Et je m'en tape. Il n'y en a jamais eu que pour Amy à tes yeux. Eh bien, vas-y… Demande-lui, à elle…

— Non, je ne peux pas…

— Pourquoi ? Tu as peur qu'elle te rejette ? Qu'elle te dise la vérité en face ? Qu'elle aussi te dise que tu as pété les plombs, que tu es devenu un monstre ?

— Non…

— C'est pour ça que tu es venu me voir, moi ? Car tu te disais que ce petit con de Matt, bien crédule, goberait tes histoires, ta folie… Tu t'es imaginé que tu pourrais me manipuler, me faire peur ? Tu t'es planté sur toute la ligne, Clyde.

— Mais Hawkins se joue de vous ! Il a fait tuer mes parents, Matt. Et je suis certain qu'il nous cache des choses. Toutes ces prétendues missions pour la CIA, ses grands discours pour sauver le monde. Tout ça, c'est du bidon… Il sert ses propres intérêts. Vous êtes ses pantins.

— Tu crois quoi, que je suis complètement con ? Je sais bien qu'il nous utilise, mais je m'en fous… Ce qui compte, c'est que je puisse continuer à vivre comme aujourd'hui. Tu ne sais pas d'où je viens, Clyde. Ce que j'ai vécu avant.

— Si, je le sais…

— Non, tu ne sais rien. Toi avec tes grandes paroles, ta prestance, ta belle éducation, tu as grandi dans le luxe, la richesse, et ça ne t'a pas empêché de dérailler. Tu avais tout mais tu t'es inventé un mal. Moi, c'est l'inverse. Mes parents étaient des tarés. On vivait dans un taudis au fin fond de l'Arkansas…

Tandis qu'il parle, le temps change sur la villa hollywoodienne. Il se met à tomber des cordes. Des éclairs, au loin, viennent strier le ciel… Depuis la maison, j'entends comme des cris, un couple qui s'insulte…

— Des putain de paumés. Deux saloperies d'alcooliques qui ont eu la mauvaise idée d'avoir un gamin ensemble. Je n'aurais jamais dû naître, putain. Ils me l'ont répété toute ma vie et le pire, c'est qu'ils avaient raison. Toute ma jeunesse, je les ai regardés se foutre sur la gueule. Et quand ils avaient fini, c'est moi qui prenais, toujours en dernier. Parfois, je rêvais d'avoir des frères et sœurs, simplement pour qu'ils puissent encaisser à ma place… Je suis le rejeton de deux dégénérés. Point. Un soir, ils m'ont tellement martelé la gueule que j'ai fait un coma et que j'ai fini à l'hôpital. C'est là que j'ai découvert les Limbes. C'est là, aussi, que James a retrouvé ma piste et m'a découvert. Hawkins m'a sauvé, Clyde. Il en a fait de même pour Amy. Et pour toi aussi, mais tu te refuses à le voir.

— Il n'a sauvé personne. Il n'a fait que recruter ses cobayes. Il s'en fout, de nous.

— Je n'en suis pas si certain. Tu sais qu'il ne nous a jamais demandé, ni à Amy ni à moi, de tenter de te localiser à travers tes rêves. Et j'ai appris par Elias que les équipes d'ONIR ont pour ordre de te retrouver, certes, mais pas pour te tuer, seulement pour te faire prisonnier et te ramener ici. Malgré toutes les horreurs que tu as faites. Je crois qu'il a encore espoir, au fond de lui, que tu reviennes au bercail. Que tu finisses par comprendre…

— Comprendre quoi ?

— Que c'est là que nous devons être. Toi comme Amy, Gabriel ou moi, nous sommes des monstres, Clyde. Alors, certes, Hawkins nous tient en cage, mais cette cage nous protège aussi du monde extérieur. Et moi, ça me va… Fous le camp maintenant, laisse-moi.

— J'ai besoin de toi, Matt. Vous êtes en danger. Ce Gabriel, son pouvoir est trop grand. Il va finir par imploser, j'en suis certain.

— Parce que tu crois pouvoir nous donner des leçons ? Regarde. Regarde ce que tu es devenu, Clyde. Je vais être obligé de tout raconter à Hawkins.

— Non, tu ne peux rien dire.

— Je te préviens. Ne reviens plus jamais dans mes rêves. Je serai sur mes gardes désormais.

— Sur tes gardes. Parce que tu crois que ton fantasme en papier mâché peut me retenir ? Ce n'est rien… Je vais te le prouver.

Je regarde la grande villa hollywoodienne jaune et, d'un geste du bras, je la détruis sous les yeux terrifiés de Matt. Elle se disloque, comme si elle était compressée simultanément par des dizaines de pelleteuses. Le bruit est assourdissant. La villa se comprime sur elle-même comme une monstrueuse boule de papier. Enfin, lorsqu'il ne reste plus rien qu'un énorme amas de pierre, de métal et de bois, je fais disparaître le tout. Face à nous, il n'y a plus qu'un vaste terrain en friche, dont la boue dégouline dans la piscine…

— Putain, tu n'as pas le droit, Clyde ! Va te faire foutre, je t'ai toujours détesté. T'es un fou, un putain de fou, un monstre, un…

— Tais-toi…

Sans m'en rendre compte, j'ai placé mes deux mains contre sa bouche. Je modifie légèrement mes doigts pour qu'ils s'étirent et enserrent, comme des serres de rapace, quasiment tout le visage de Matt. Je l'entends qui hurle contre ma peau. *Tais-toi, Matt. Je t'en supplie.* Je ferme les yeux. *Tu as toujours trop parlé, Matt. Trop parlé… Il faut que tu te taises, maintenant.* J'ai le cœur qui bat à tout rompre. Pourquoi tout le monde essaie tout le temps de me juger ?

Pourquoi est-ce que l'on ne m'écoute jamais, bordel ? Mes parents, les docteurs… Hawkins… C'est toujours pareil. Et ma douleur, quelqu'un s'y intéresse ? Ma solitude, ma détresse ? *Bien entendu que j'y pense, Matt, à toutes ces vies que j'ai volées. Je me souviens de leurs visages, je porte encore, au fond de moi, comme une plaie béante, leurs souvenirs qui m'ont submergé quand j'ai dû absorber leurs vies. Mais je n'ai pas le choix, putain ! Tu comprends ça, Matt ? Je n'ai pas le choix*... Au bout d'un certain temps, la pluie cesse soudain. Le rêve de Matt semble se déliter sous mes yeux. Les arbres, les fleurs fanent à une vitesse folle. Les rosiers laissent chuter leurs pétales en une pluie rouge sang. Le ciel se craquelle et laisse apparaître des fissures blanches. Je baisse les yeux vers Matt. Je retire mes mains. Il est immobile. Ses yeux vitreux me fixent. Je l'ai tué… Non… je suis désolé. Je ne voulais pas. C'est une erreur. Je le remue de toutes mes forces. Je tente de prendre son contrôle, pour l'aider à se réveiller. Mais rien à faire. Il est mort. Et je l'ai tué.

Il a raison.

Je suis un monstre.

Gabriel

28 août 2008
New York, État de New York

Ce sont des bruits de pas, des voix, une étonnante agitation qui me réveillent ce matin. Ça vient de la chambre d'à côté… J'ai un peu de mal à émerger de mon sommeil. Je me sens complètement crevé. J'ai passé une bonne partie de la nuit à tenter de me projeter dans la tête de Derek Donegan, le conducteur de poids lourd qui a percuté la voiture de mes parents le 27 juin 2001. Hawkins a finalement accepté de me remettre la photo, après que je lui ai montré l'accès à la Source et au Tombeau. Il m'a accompagné dans les Terres Mortes, escorté par ses Sentinelles qui marchaient à nos côtés, comme de terrifiants animaux domestiqués. James avait l'air tendu, crispé. Il m'avait bien dit n'être pas revenu dans la cité déserte depuis très longtemps. Moi-même, je me sentais mal à l'aise, coupable certainement, tandis que notre procession avançait en silence entre les temples abandonnés. Je regardais autour de moi, inquiet qu'Aguilar me voie rompre aussi vite ma promesse. *Mais je n'avais pas d'autre choix, Geronimo. J'espère que vous le comprendrez...* Je ne pouvais pas prendre le risque de voir cette photo détruite à jamais. Une fois cette dernière récupérée, j'ai passé des heures enfermé dans ma chambre à la fixer. J'avais là, sous les yeux, enfin, le visage de l'homme qui a volé la vie de ma mère et bouleversé la mienne à jamais. Je l'avais tant imaginé, ce chauffard, tant diabolisé, comme une créature monstrueuse, comme un démon cornu, qu'il me fut d'abord difficile d'accepter sa normalité. Car Donegan était, physiquement, tout du moins, un homme tout sauf exceptionnel, là où j'aurais souhaité qu'il porte en lui la marque de l'horreur. Quelque chose qui me permette de continuer à le haïr. L'individu responsable de la mort de ma mère ne pouvait être un quidam, il fallait qu'il soit le diable incarné. Et pourtant… Donegan n'était personne. Il ressemblait à un Américain moyen arborant un look de biker. La photo le montrait, âgé d'une cinquantaine d'années, portant une épaisse barbe grise, une casquette vissée sur la tête avec un gros logo « 60th Sturgis Rally », de larges lunettes noires carrées et une petite mèche de cheveux tressée dans le cou. Le jour de son entrée en prison, il portait un tee-shirt blanc sans manches. On pouvait ainsi découvrir ses tatouages : un aigle sur l'avant-bras gauche et, sur l'épaule droite, comme une tête de mort portant une coiffe indienne. Donegan avait des cernes marqués, l'air usé, ses bajoues pendaient. Son regard était éteint, comme déjà mort. Peut-être le poids de la culpabilité… Le tirage, de médiocre qualité, n'aidait pas à bien distinguer ses yeux bleu clair. Malheureusement, mon observation détaillée n'a servi à rien. Comme avec mes parents plus tôt, la Nef semble me refuser le droit de voyager dans les rêves du passé. Comme si cela m'était interdit. Mais je ne désespère pas. Je finirai bien par y arriver.

Les bruits reprennent à côté ; cela semble provenir de la chambre de Matt. Je me lève et ressens des courbatures dans le dos, comme si j'étais resté debout toute la nuit, ce qui est un peu le cas. Il y a de plus en plus de bruit à côté. J'enfile un jean, un tee-shirt et ouvre la porte. Quatre agents de sécurité d'ONIR encadrent la chambre de Matt. Au moment où je sors, je vois Elias parler avec l'un d'eux puis retourner dans la chambre de mon camarade. En face de la chambre, appuyée contre le mur, Amy est seule, en larmes. Je m'avance vers elle.

— Qu'est-ce qui se passe, Amy ?

— C'est Matt... il est mort dans son sommeil, cette nuit...

— Quoi, comment c'est possible ? C'est pas vrai... On peut peut-être encore faire quelque chose ? Peut-être s'est-il perdu dans les Limbes ou dans les rêves de quelqu'un ? Je peux le retrouver...

— Non, Elias m'a dit que c'était trop tard. Il n'y a plus rien à faire. Il est mort au beau milieu de la nuit.

— Tu as plus d'infos ?

— Elias m'a dit qu'il me parlerait plus tard mais il semblerait que Matt se soit étouffé dans son sommeil... Merde, ce petit con n'arrêtait pas de me coller, et moi je l'envoyais balader tout le temps. Mais au fond, je l'aimais bien. Il était un peu notre bouffée d'air. Je m'en veux tellement, j'aurais dû être plus présente, plus à l'écoute.

Elle fond en larmes.

— Tu n'as pas à t'en vouloir. Tu n'y es pour rien.

Je lui pose les mains sur les bras. Elle m'enlace.

— J'ai si peur… et si c'était nous les prochains ? Je crois savoir ce qu'il se passe, Gabriel.

Elle baisse soudain d'un ton, comme si elle craignait qu'on ne l'écoute.

— J'ai peur que ça soit Clyde qui ait fait ça. D'après ce qu'on a entendu, depuis qu'il est parti, qu'il a fui ONIR, il serait devenu fou, il tuerait des gens dans leurs rêves. C'était mon ami, pourtant. Nous étions si proches. Je ne comprends pas pourquoi il aurait voulu faire du mal à Matt. Elias a peut-être raison, peut-être est-il devenu fou…

— Il doit y avoir une explication, Amy. On va certainement très vite en savoir plus. Ne t'inquiète pas, je suis là. Je veillerai sur toi, je te le promets.

Je serre Amy contre moi et regarde la porte entrouverte de la chambre de Matt. J'y distingue du mouvement, j'y entends des murmures. Je repense, moi aussi, à tous ces moments avec Matt. À toutes ces fois où je l'ai rejeté, où j'ai refusé de jouer avec lui à la console, de discuter quand il me tendait la main. Je prends alors conscience que je ne le connaissais pas, que je ne savais pas ce qui l'avait amené ici, qui il était vraiment. Ce n'était pour moi qu'un gamin immature, collant et un peu lourd. Et maintenant, c'est trop tard…

Quelques minutes plus tard, Elias nous demande de retourner dans nos chambres respectives, nous expliquant qu'il viendra nous chercher plus tard. Amy demande à voir le corps de Matt. Le responsable de la sécurité d'ONIR refuse, avec sa voix douce et froide. Je ne comprends pas pourquoi nous ne pouvons voir la dépouille du garçon… Si Matt est mort dans son sommeil, pourquoi ne pas nous laisser le voir une dernière fois ? Je ne relève pas, Amy est déjà assez éprouvée comme ça. L'important, pour le moment, c'est qu'elle se repose. Elle frémit dans mes bras. Je l'accompagne jusqu'à sa chambre. Elle ne parvient pas à arrêter de pleurer. Finalement, je l'aide à s'allonger sur le lit. Amy pose sa tête sur mes genoux. Je tente de la calmer en lui caressant les cheveux. Au bout d'un moment, elle me prend la main et on reste là, comme ça, longtemps, sans rien dire. Je sens sa peau chaude et douce contre la paume de ma main, son souffle sur mes doigts. C'est horrible, au fond de moi je m'en veux, car, malgré les circonstances, en cet instant, je me sens bien. Après une longue demi-heure, Amy, épuisée par sa crise de larmes, s'assoupit enfin. Je me soulève précautionneusement et repose sa tête sur le matelas du lit. Doucement, je place la couette sur ses jambes.

J'entrouvre la porte de la chambre, le plus discrètement possible. Je ne laisse qu'un léger filet de lumière passer, juste assez pour voir ce qui se passe dans le couloir. Ils sont en train de déplacer le corps de Matt. Ils ont mis son cadavre sur une civière en métal. Les deux agents d'ONIR qui poussent le chariot s'arrêtent quelques secondes devant Elias et le Dr Menzel, l'un des médecins chargés de contrôler notre état de santé ici. James les a rejoints. Il a l'air sombre, attristé. Il appose sa main sur le front de Matt, semble lui caresser le visage, puis, sans un mot, s'éloigne en direction de l'ascenseur. Je parviens alors, l'espace de quelques secondes, à distinguer, entre les silhouettes, le visage gris de Matt, ses yeux fermés, sa bouche grande ouverte comme s'il cherchait une grande aspiration. Surtout, je remarque son cou rouge et ces traces noires tout autour du visage, comme si on l'avait saisi avec des doigts monstrueux. Les agents finissent par recouvrir le corps d'un drap gris et l'évacuent vers l'ascenseur. Elias parle encore quelques instants à voix basse avec Menzel, puis se dirige vers la chambre d'Amy. Je referme en vitesse la porte et m'assieds au bureau d'Amy, tentant, tant bien que mal, de me donner une contenance. Elias frappe doucement et ouvre la porte. Il a l'air, lui aussi, marqué par les événements.

— Comment se porte-t-elle ?

— Elle s'est endormie. C'est dur. Elle ne comprend pas.

— Et toi, comment ça va ?

— Je tiens le coup.

— C'est horrible, ce qui s'est passé… Matt était un gentil gamin…

— Amy se sent coupable. Elle pense qu'on aurait pu, qu'on aurait dû faire quelque chose.

— Vous n'êtes pas responsables. Vous n'auriez rien pu faire pour le protéger. C'est notre faute. Nous n'avons pas été assez prévoyants. Nous avons attendu trop longtemps. Nous aurions dû nous en occuper beaucoup plus tôt. J'avais bien prévenu James… Je sentais bien qu'il finirait par s'en prendre à nous.

— Il ? Qui ça ? Clyde ?

Elias semble légèrement surpris que je lui parle de Clyde, puis il reprend :

— On ne sait pas encore, c'est possible. Ce qui est certain, c'est que Matt a été attaqué. À ce sujet, James a demandé à te voir de toute urgence. Tu te sens prêt à lui parler ou tu veux que je te laisse encore un peu de temps ?

— Non, ça va. Allons-y.

Quelques minutes plus tard, nous pénétrons dans le bureau d'Hawkins. Le dirigeant d'ONIR est de dos, perdu dans la contemplation des gratte-ciel de Manhattan.

Il se retourne, s'assoit et, sans un mot, m'invite à m'asseoir, d'un geste las. Il lève vers moi un regard fatigué, il a la mâchoire serrée.

— C'est terrible, ce qui vient de se passer… Matt était si jeune…

— Oui.

— Tu sais, quand nous l'avons retrouvé, on a cru pendant un moment qu'il ne se remettrait jamais de ce que ses parents lui avaient fait subir. Mais la force, l'envie de vivre de ce gamin étaient incroyables. Il était éclatant, tu vois. Je crois qu'ici, dans nos murs, il a été heureux. Quelques mois, une année tout au plus. Mais j'essaie de m'accrocher à ça. Car sinon, je sombre. C'est si injuste…

James lève soudain des yeux durs et froids vers moi.

— Gabriel, nous pensons savoir qui a fait ça à Matt. En réalité, il n'y a qu'une personne capable de telles choses. J'ai trop longtemps refusé d'agir. J'ai pensé, espéré, qu'on pourrait le ramener dans le droit chemin, lui faire comprendre. Mais désormais, il est trop tard. S'il commence à s'attaquer à vous, ses pairs, il n'y a plus aucun espoir.

— Vous parlez de Clyde, c'est ça ?

— Oui. Il était comme toi, l'un de nos Éveillés. Peut-être le plus puissant, le plus talentueux que j'ai rencontré, avec toi. Mais il est devenu fou et a pris la fuite. Depuis, il commet des atrocités en tuant des innocents dans leur sommeil à travers New York.

— Vous n'avez pas encore pu l'arrêter ?

James lance un regard à Elias qui ne peut réprimer un soupir.

— Non. Je cherchais jusqu'à maintenant une issue pacifique, je me sentais en partie responsable de ce qu'il était devenu. Malgré les mises en garde d'Elias, j'ai voulu croire que Clyde pourrait être sauvé. Mais ce n'est plus tolérable. Il a été trop loin. Nous avons besoin de toi, Gabriel.

— Vous voulez que je visite ses rêves, c'est ça ?

— Oui. Toi seul es assez puissant pour lui faire face.

— Et ensuite ?

— Idéalement, tu parviens à prendre son contrôle afin de nous aider à le localiser. Et au pire…

— Au pire ?

— Tu règles le problème, définitivement.

— C'est quoi ces conneries ? Vous voulez que je tue Clyde ? C'est hors de question… Je ne suis pas un assassin, James. Je ne connais pas ce type. Nous ne sommes même pas certains que ce soit lui qui ait fait ça à Matt…

— Sache que je n'ai aucun doute, c'est bien lui. Personne d'autre ne serait capable de faire cela.

— Quand bien même, je ne suis pas comme ça… Je ne suis pas un meurtrier. Je veux bien vous aider à le retrouver, mais ça s'arrête là.

Elias se mêle à la conversation :

— Excusez-moi, James, je me permets. Gabriel, il faut que tu comprennes que Clyde est devenu une véritable menace. Il a déjà à son actif une dizaine de décès dans New York. Des pères, des mères de famille, des maris, des épouses, des étudiants… Des innocents, toujours. On ne comprend pas exactement pourquoi il s'en prend à eux. Nous pensons qu'il a complètement perdu les pédales. Il faut l'arrêter.

James reprend :

— J'ai moi-même trop longtemps hésité à agir, à faire quelque chose, et ça, j'en suis aujourd'hui désolé, Elias. Mais, Gabriel, regarde où cela nous a menés. Qui sait, peut-être que sa prochaine victime sera Amy… Nous ne pouvons pas courir ce risque. Il faut que ça cesse, dès cette nuit.

— Comme je vous l'ai dit, je me refuse à tuer ce Clyde. Le retrouver, d'accord, mais je n'irai pas plus loin.

— Tu n'auras peut-être pas d'autre choix. Reste sur tes gardes. Il t'attend certainement…

La journée s'étire dans un silence lourd. Les minutes s'allongent, comme si le temps refusait d'avancer. Je ne sais pas si c'est moi, mais j'ai l'impression qu'il y a une drôle d'odeur dans le sous-sol, une odeur de mort, de métal froid… Avec Amy, on erre d'une salle à l'autre. Tout ici nous ramène au décès de Matt. Sa place vide à la cantine, les comics qu'il a laissés entrouverts sur l'accoudoir d'un canapé dans la salle de repos. Tout ici, en réalité, dénote son absence. C'est horrible de réaliser à quel point tout, quand une vie est prise, tout de cette personne reste en suspens, comme une phrase qu'on ne terminerait jamais.

Hawkins et Elias m'ont tous deux demandé de ne pas parler à Amy de ma tentative d'entrer dans les rêves de Clyde cette nuit. Ils ont peur qu'elle tente de m'en dissuader. En fin d'après-midi, je prétexte un coup de fatigue et me rends dans ma chambre où m'attend le dossier avec les photos de Clyde. Je les étudie minutieusement pendant deux bonnes heures. Il a un visage fin, des cheveux d'un noir de jais et, sur quasiment tous les clichés, une longue mèche noire qui lui recouvre une partie du visage. Son regard est dur. Sur les images, prises souvent dans ces mêmes salles du sous-sol où je vis aujourd'hui, il sourit très peu. Je remarque que, sur la plupart des tirages, il ne regarde pas l'objectif, mais a les yeux tournés, toujours, vers Amy. Il était amoureux d'elle, il n'y a aucun doute...

À 23 heures, comme convenu, je rejoins la salle d'endormissement. Je passe en silence devant la chambre d'Amy. J'espère qu'elle n'apprendra pas ce que je m'apprête à faire.

Après une petite demi-heure, je suis prêt à me rendre dans les Limbes. James me rejoint auprès de mon lit, juste avant que l'anesthésiste ne me place le masque sur le visage.

— Fais attention là-bas, Gabriel. Ne prends aucun risque. Si tu ressens le moindre danger ou piège, demande qu'on te ramène.

— Compris...

— Et si Clyde en vient à te parler, ne l'écoute pas. Il ment... c'est un serpent...

— C'est noté.

En arrivant dans la Nef, il ne me faut pas plus de quelques secondes pour me retrouver projeté dans les rêves de Clyde. C'est quasiment trop facile... Il faut que je me méfie...

Je suis dans un couloir sombre. Pas un bruit... Je marche lentement, aux abois.

On dirait que je suis dans un hôpital vétuste ou un immeuble abandonné… Après quelques secondes, je crois entendre des bruits de pas devant moi. J'accélère et me retrouve face à un imposant escalier en colimaçon. J'hésite une seconde puis y grimpe. Tandis que je monte, quelque chose d'étrange se passe. Paradoxalement, j'ai l'impression que plus j'en franchis les marches, plus je descends. Comme si, dans une perspective folle, l'escalier s'était inversé. Du coup, je ne monte plus, mais m'enfonce vers les ténèbres du bâtiment.

J'arrive enfin dans une immense salle dont je ne distingue pas le plafond. Au sol, un impressionnant carrelage en marbre en damier noir et blanc. Les murs sont noirs comme la nuit. Je commence à me méfier de tout… je sens que je suis dans un gigantesque piège. Je pourrais tenter de modifier le rêve de Clyde, mais je risquerais alors d'être repéré et de le forcer à se réveiller. Tant que je ne crains rien, je peux continuer. Je pose mon pied sur une dalle blanche. Chacune d'entre elles fait quasiment un mètre de large. Je vois à une trentaine de mètres une porte rouillée. C'est mon issue. Tandis que j'avance mon pied vers la dalle noire devant moi, un léger rire, quasiment enfantin, se fait entendre. Comme s'il provenait d'au-dessus, de partout… Je garde mon pied en suspens au-dessus de la dalle. J'y regarde mieux. Je prends soudain conscience que la dalle noire est en réalité un trou béant. Je ne suis pas sur un damier mais sur une série de colonnes blanches érigées sur un gouffre sans fond. Encore une fois, un habile effet de trompe-l'œil a bien failli m'avoir. Que me serait-il arrivé si j'étais tombé dans le trou, où aurais-je atterri ? Je saute de dalle en dalle quand j'entends un bruit de frottement lourd tout autour de moi. Des ténèbres du mur surgissent d'immenses figurines d'échecs en bois. Elles font plusieurs mètres de haut et sont hérissées de pics. Elles semblent représenter des personnes. J'en vois une qui avance vers moi. Avant de me jeter sur le côté, j'ai le temps de noter qu'il s'agit du roi. C'est une sculpture d'un homme d'une cinquantaine d'années, l'air distingué, hautain et en même temps terrifiant. Un nez crochu avec de petites lunettes sur le bout de l'arête, un menton prognathe, des yeux fous. Au pied de la statue, un écriteau « Julian Douglas Welthington ». Je me relève péniblement, deux autres statues glissent vers moi, l'une arrivant par-devant, l'autre par-derrière, me prenant ainsi en étau.

Une voix se fait entendre :

— Bienvenue chez moi, Gabriel. Je t'attendais… Je suis très heureux de te présenter ma famille. Tu as déjà croisé mon père et voici désormais mon grand-père, Conrad Potter Welthington, et mon oncle, Mills Walter Welthington.

Face à moi avance un pion arborant le visage géant d'un vieillard avec un chapeau en forme de tour ; derrière, un autre brandissant une hallebarde en fer de deux mètres de long. J'hésite une seconde. Je me tiens péniblement en équilibre sur ma dalle blanche. Attends, encore. Les deux statues démentes ne sont plus qu'à quelques mètres. Maintenant… Au dernier moment, je saute sur le côté. Tant bien que mal, je passe de dalle en dalle sur la gauche. Les deux figurines se percutent dans un choc assourdissant et disparaissent dans un nuage de fumée.

— Tu réalises un peu quelle a été ma vie, Gabriel ? Vivre dans l'ombre de telles figures. Tout n'était que jeu, posture, attitude, convenance, affabilité et faux-semblants… Une partie perdue d'avance.

Je ne suis plus qu'à une dizaine de mètres de la sortie. Soudain, aux quatre points cardinaux, quatre pièces géantes, identiques, apparaissent. Elles représentent toutes un jeune homme, une mèche de cheveux sur les yeux, un sourire aux lèvres. Il porte une camisole de force. Clyde…

— Mais j'ai oublié de me présenter, je suis désolé. Je m'appelle Clyde Welthington. Je suis le Fou.

À peine a-t-il terminé sa phrase que les quatre figurines fondent sur moi en diagonale. Ça suffit… Je lève mes mains et, de toutes mes forces, retiens les statues en bois. Elles ralentissent d'abord puis, finalement, s'arrêtent complètement. Je me concentre encore. *Ton rêve m'appartient, Clyde, si je le veux…* Je resserre la main et les quatre figurines à l'effigie du jeune homme explosent en une pluie de sciure.

La voix se fait à nouveau entendre :

— Pourquoi les as-tu détruites ? Elles ne te plaisaient pas ?

Je crie dans le vide :

— Tes petits jeux me fatiguent, Clyde. Montre-toi. Je dois te parler.

— Je n'ai rien à te dire…

— Très bien, alors je viens te chercher…

J'arrive au fond de la pièce et en pousse la porte rouillée.

J'arrive face à une nouvelle salle aux proportions démentes, comme si j'étais à l'intérieur d'une gigantesque tour. Au-dessus de moi, des centaines d'escaliers de toutes formes, de tous styles, gravitent dans les airs, se rejoignent, se séparent, forment de nouvelles structures, puis s'inversent, se retournent. Il y a des portes partout, sur tous les murs. Tout est en mouvement. Je suis piégé dans une monstrueuse mécanique.

— Bienvenue dans mes rêves, Gabriel. Tu pensais que ça serait plus facile, non ? Eh bien, j'ai eu le temps de me préparer. Voilà des mois que je construis mes défenses mentales. Tu ne me trouveras pas…

Je ne réponds pas et commence mon ascension. J'emprunte un large escalier en pierre blanc. Tandis que je monte les marches, un deuxième, similaire, vient se greffer à angle droit ; je passe sur ce dernier. Après une dizaine de marches, un troisième vient s'accoler, encore une fois à quatre-vingt-dix degrés ; je monte dessus. Tandis que je franchis les marches, j'ai l'impression de faire du surplace puis de descendre. Un dernier escalier se greffe, je saute dessus. Je regarde et comprends que les quatre escaliers se sont rejoints, je suis dans une boucle, qui, encore une fois, se joue de ma perception. Je suis revenu au point de départ. Je me concentre et reconfigure les quatre escaliers pour qu'ils cheminent en ligne droite vers le haut. J'arrive sur un palier. Là, tous les escaliers semblent s'être restructurés en une architecture démente. Un escalier en briques grimpe le long d'un mur, puis un autre prend le relais, mais on dirait qu'il descend. Le spectacle devant mes yeux me vrille la tête, je ne sais plus où sont le haut, le bas, les côtés. J'emprunte un premier escalier et, l'espace d'un instant, j'ai la sensation de progresser la tête à l'envers, comme suspendu au plafond, puis j'arrive sur un palier et semble au contraire ensuite marcher sur le côté. Un nouveau palier, une porte ; je l'ouvre. Je remarque qu'en dessous de moi, à trente mètres, une autre porte s'est ouverte simultanément. Je regarde. Je me vois, moi, en bas, sur le pas de la porte. Ce n'est pas possible… Pour en être certain, je passe mon bras dans l'ouverture, il apparaît immédiatement en bas. Comme si j'étais ici et en bas en même temps. Pendant de longues minutes, je gravis les étages de cette pièce créée par un esprit malade et en ouvre les portes. C'est toujours la même folie. Chaque passage donne sur une autre ouverture plus haut ou plus bas. J'ouvre par exemple une porte qui donne dans le vide noir. Je me retiens de tomber et la referme. J'ai le vertige et la nausée. J'en ai assez… Clyde reprend la parole :

— Ça te plaît ? Comme ici, tout dans la vie n'est finalement qu'affaire de perspective, de point de vue… Ainsi, que t'a-t-on raconté sur moi ? Que j'étais un meurtrier, un monstre ? Eh bien, moi, c'est ce que je pense de toi…

— Ton bla-bla me fatigue, Clyde, montre-toi…

La colère, l'énervement commencent à monter en moi. J'en ai assez de ces petits jeux. Je remarque que des taches d'encre noire, de pétrole apparaissent de-ci de-là sur les briques des escaliers, le marbre des paliers…

Je tente de reconfigurer l'espace pour me faire un chemin vers le sommet de la salle. Je parviens ainsi, non sans mal, à réorienter certains escaliers, à les déplacer dans des nuages de poussière. Mais plus j'ouvre de portes, plus il en apparaît d'autres. C'est sans fin… Clyde ne se laisse pas faire. Il ne cesse de tenter de reprendre le dessus, de vouloir garder le contrôle. Il est puissant, cela ne fait aucun doute. Mais je ne désespère pas.

La voix de Clyde résonne à nouveau dans la tour, elle semble plus proche cette fois :

— Tu vois ces taches de pétrole ? C'est ta marque, tu salis tout…

Il ne faut pas que je me laisse déconcentrer. Je ne réponds pas et continue mon travail de reconstruction. De toutes mes forces, je tente de reprendre le contrôle. Mes mains tremblent sous l'effort, j'ai un mal de crâne terrible. Mais j'y arrive… Lentement, inexorablement, les portes disparaissent, les escaliers s'effondrent tandis que les murs se recouvrent toujours plus de ces taches sombres… Il ne reste enfin qu'une porte en bois vermoulu à une trentaine de mètres au-dessus de moi, au sommet de la tour. C'est là…

Je déplace mentalement quelques escaliers et les fais s'enchaîner jusqu'en haut de la tour. Je gravis les dernières marches et pousse la porte. Je me retrouve au cœur d'une salle ovale recouverte d'une centaine de miroirs taillés en biseau et accolés les uns aux autres. C'est comme si j'étais au cœur d'un diamant géant aux reflets infinis. Mon image s'efface pour laisser apparaître la silhouette de Clyde. Rapidement, elle se propage de miroir en miroir. Après quelques secondes, il est partout autour de moi.

— C'est beau, n'est-ce pas ?

Je ne réponds pas et tente de garder mon calme.

— Tu ne t'amuses plus, Gabriel ? Bien, tu voulais qu'on parle, eh bien, parlons…

— Tu as tué Matt. Nous le savons.

L'espace d'un instant, le jeune homme laisse tomber son voile de morgue et semble réellement attristé, blessé…

— C'était un accident. Je ne voulais pas. Je voulais simplement qu'il m'aide, mais ça ne s'est pas passé comme je l'aurais voulu. Ça a dégénéré…

— Qu'est-il arrivé exactement ?

— Je voulais juste qu'il se taise… Matt a toujours trop parlé… Je voulais qu'il m'écoute, qu'il comprenne.

— Qu'y avait-il à comprendre ?

— Ça ne te concerne pas.

Nous restons face à face en silence quelques secondes. Je détaille le garçon, je pense qu'il fait de même. Je remarque ses yeux gris… L'image du *sicario* fou qui me traquait me revient à l'esprit.

— C'était toi, au Mexique, dans la rencontre entre les cartels, n'est-ce pas ?

— Oui, comment le sais-tu ?

— Tes yeux, je les ai reconnus…

— Je voulais juste te faire un peu peur, te tester… Rien de plus.

— Tu mens, tu as tenté de me tuer.

— Peut-être…

— James avait raison, tu es fou…

— C'est lui qui t'envoie, n'est-ce pas ? Ça ne m'étonne pas. Tu es venu faire son sale boulot, comme un gentil chienchien obéissant… J'étais comme toi, avant. Puis j'ai réalisé qui était vraiment Hawkins. Ce mec se fout de toi, d'Amy, de nous tous. Nous ne sommes rien pour lui. Rien que des cobayes…

— James m'a aidé, c'est ça qui compte. Et il m'a aidé à maîtriser mon pouvoir.

— Parce que tu crois qu'il fait tout ça pour toi… Tu es si naïf, Gabriel. Tu le regretteras un jour…

J'ai comme l'impression que, tandis que nous parlons, les centaines de miroirs se rapprochent de moi. L'espace est de plus en plus oppressant. Il veut me piéger…

— Je ne te veux pas de mal, Clyde. Je n'ai rien contre toi. Je veux bien te croire si tu me dis que c'était un accident pour Matt. James voudrait que tu te rendes. Que tu arrêtes toute cette folie, tous ces meurtres.

— Que je me rende ? Parce que tu crois qu'ils me laisseront vivre ? Non, c'est trop tard… Si je reviens, il me tuera ou, pire, fera de moi l'une de ses Sentinelles… Je ne veux pas finir comme ça.

— Non, James a l'air de vouloir t'aider, vraiment. Il tient à toi, je crois.

— Conneries…

Les miroirs m'enserrent, je n'ai quasiment plus la place de bouger. Il faudrait que je demande à être évacué au plus vite. C'est dangereux pour moi de rester ici, je le sais, mais il faut que je tente encore le coup, je peux le convaincre… Il doute, c'est certain.

— Clyde, tu ne peux pas continuer à posséder des innocents, à prendre leurs vies. Pourquoi fais-tu tout ça ?

— Tu veux le savoir, pourquoi ? Pour être prêt. Prêt à te battre, à te détruire. Tu es une menace, Gabriel. On m'avait prévenu et j'ai pu le constater de mes propres yeux. Moi aussi, j'ai visité tes rêves, et ce que j'y ai vu m'a fait peur, Gabriel. Tu n'es pas comme moi, non, tu es bien pire, car tu ne contrôles rien. Ta puissance sera ta malédiction. Regarde ce que tu as fait de mes rêves, tu as tout dévasté. Tu as laissé ta trace partout, ces taches noires... Tu ne te rends même pas compte de ce que tu es en train de devenir.

— Ce n'est pas moi qui ai tué tant d'innocents, qui ai pris la vie de Matt la nuit dernière !

— Non, pas encore...

— Alors, tu refuses ? Tu te rends compte que je suis ta dernière chance, que je venais ici en paix ! James et ONIR vont continuer à te traquer sans relâche et ils finiront par t'avoir.

— Peut-être...

Les faces des miroirs sont quasiment en contact avec ma peau. Je ne peux plus rester ici...

Clyde reprend la parole :

— Mais avant cela, j'en aurai fini avec toi...

En cet instant, un bras noir rachitique jaillit d'une des faces du miroir et me saisit la jambe, puis un autre m'attrape le bras, puis des dizaines me tirent les vêtements, me griffent. Je comprends ce que tente de faire Clyde. Il veut prendre mon contrôle. Non... Je résiste de toutes mes forces et tente d'envoyer le message de rappel pour qu'on me ramène dans la salle d'endormissement. D'autres bras viennent m'attirer à eux. C'est comme si j'étais pris au piège dans le cocon d'une araignée gigantesque... En cet instant, fugacement, je repense à Lucas, à l'horreur que, bien malgré moi, je lui ai fait vivre. Peut-être est-ce là mon châtiment. Mourir comme lui... J'ai envie de me laisser faire, de me laisser tomber en arrière. Ça serait si facile, si agréable… si doux. Je sens bien que Clyde s'immisce déjà dans ma tête, creuse mes souvenirs, m'absorbe à lui… Mais je me sens si faible… J'ai l'impression, une fraction de seconde, d'entendre la voix de Maman qui m'appelle… puis des milliers d'autres au diapason qui répètent : « Laisse-toi faire, tout ira bien… » Ils sont tous là, ils m'attendent, en bas… Maman, Lucas et tous les autres… Une autre voix se superpose à ce maelström d'images, de sons… celle d'Amy… « Reviens Gabriel, reviens… » Oui… Je ferme les yeux. Une fêlure, rien qu'une minuscule fêlure. Comme quand, gamin, je m'amusais à laisser mon pied le plus longtemps possible sur la glace du lac de Wilde Lake, l'hiver. Regarder la glace se craqueler, serpenter et se répandre en une myriade de fissures. Déchirer le verre. Briser le piège. Je rouvre les yeux. Tout autour de moi, les centaines de miroirs sont en train de se consteller de failles. Je reprends le dessus. Puis, dans une impulsion, je parviens à faire exploser mon piège de glace. Les milliers d'éclats de verre se figent dans les airs. L'image de Clyde apparaît, déformée, partout, sur ces morceaux. Ici, un œil, là, sa bouche. Sa voix, enfin…

— Nous nous reverrons, Gabriel, sois-en certain.

— Oui, je le sais.

— Et cette fois, j'en finirai avec toi.

Il disparaît définitivement tandis que je me sens happé en arrière.

Le noir.

Je reprends connaissance dans la salle d'endormissement. Elias et Hawkins sont au-dessus de mon lit. Amy est là, également. Elle prend la parole :

— Gabriel, tu vas bien ?

— Oui, je crois.

James s'interpose :

— Amy a vu de l'agitation dans la salle d'endormissement. Elle a voulu être là, à tes côtés. Nous n'avons pas voulu l'en empêcher…

— C'est grâce à toi que je suis revenu, Amy, tu m'as rappelé…

Amy me serre fort la main et me sourit…

James, à nouveau :

— Alors ? Tu l'as trouvé ?

— Oui… Ça a été compliqué, mais je lui ai parlé.

— Et alors ?

— Il m'a dit que ce qui s'était passé avec Matt était un accident. Il avait l'air sincère…

Hawkins semble dubitatif. J'enchaîne :

— Par contre, Clyde ne se rendra jamais. Il vous en veut trop. Et je ne sais pas pourquoi mais il en a aussi après moi. On l'aurait mis en garde, à ce qu'il dit. Je serais dangereux.

James se tourne vers Elias.

— Nous n'avons plus le choix. Nous devons le mettre hors d'état de nuire. Tu auras eu le mérite d'essayer, Gabriel.

— Mais il n'y a pas d'autre possibilité, vous ne voulez pas que j'essaie, moi ? demande Amy.

Je serre sa main et lui dis :

— Amy, Clyde est une cause perdue. Il vient d'essayer de me tuer… Je pense que tout son rêve n'était qu'une vaste mise en scène pour me tendre un piège. Et il a bien failli y parvenir. Je suis désolé de le reconnaître, mais Clyde est dangereux…

James se veut rassurant :

— L'important, c'est que tu aies gardé le contrôle. Tu l'as vaincu…

— Oui, mais non sans difficulté… Et il y a autre chose, James. Clyde m'a confirmé qu'il était là au Mexique, à Creel. Le *sicario* qui m'avait traqué m'appelait par mon prénom, c'était bien lui. J'avais bien senti quelque chose d'étrange là-bas.

— Mais comment se fait-il qu'il ait eu vent de notre mission ? Tout cela est classé top secret.

Hawkins interroge Elias :

— Est-ce possible que Clyde ait été recruté par l'équipe de la NSA qui nous colle aux basques ?

De quoi parlent-ils ? Vu l'état d'énervement de James, je ne relève pas… Elias répond enfin, mal à l'aise :

— Je ne sais pas, monsieur… Voilà quelque temps en effet qu'il ne commet plus aucun meurtre…

— Vous voulez dire qu'ils seraient parvenus à le retrouver alors que nous l'avons cherché pendant des mois ? Je suis déçu, Elias. Profondément déçu…

James semble enfin se calmer et me pose une main sur l'épaule.

— Rassure-toi, Gabriel, nous allons renforcer la sécurité et redoubler de vigilance durant nos prochains transferts. Nous allons également vous placer sous monitoring la nuit durant votre sommeil et sous surveillance constante afin de nous assurer que vous allez bien. Si Clyde tente de vous attaquer à nouveau, nous pourrons tenter de vous réveiller.

— Je ne pense pas qu'il recommencera.

— Comment peux-tu en être sûr ?

— Je ne le suis pas. Mais ça serait trop risqué pour Clyde. Il a réalisé à quel point je pouvais me défendre… Ses attaques pourraient se retourner contre lui.

— Je l'espère…

— Et vous savez, en visitant ses rêves, j'ai réalisé quelque chose, James. Clyde me fait plus de peine qu'autre chose. Il a l'air de vraiment souffrir, d'être si seul… Ses rêves sont terriblement sombres. On se ressemble un peu, au fond.

— J'espère alors que tu ne suivras pas la même voie que lui, Gabriel. Car je ne le tolérerai pas, et je ne te laisserai pas faire.

— C'est une menace ?

— Non, une simple mise en garde. N'oublie jamais que les Limbes offrent énormément mais prennent aussi leur dû. Ils changent ceux qui s'y aventurent trop. Clyde en est le triste exemple. Ne l'oublie pas. Il faut que tu te reposes, maintenant…

Sur ces mots, James invite Elias et Amy à quitter la salle d'endormissement. Avant de partir, Amy m'embrasse sur la joue. Tandis que les médecins retirent les électrodes sur mes tempes, je repense aux paroles énigmatiques de Clyde : « Tu es une menace, Gabriel. On m'avait prévenu et j'ai pu le constater de mes propres yeux. Moi aussi, j'ai visité tes rêves, et ce que j'y ai vu m'a fait peur, Gabriel. Tu n'es pas comme moi, non, tu es bien pire, car tu ne contrôles rien. Ta puissance sera ta malédiction. »

De quoi voulait-il parler ? Qui l'a mis en garde ? Et comment ça, je ne contrôle rien ? Au contraire, les Limbes font partie de moi, ils sont ma chair. Je les contrôle de mieux en mieux. Clyde est simplement jaloux de mon pouvoir, voilà tout.

Lee

13 novembre 2028
Chicago, Illinois

J'ai fait une erreur.

Une terrible erreur.

Clyde m'avait prévenue. J'aurais dû l'écouter… Quelle idiote je fais !

Tout est ma faute…

Je sors de ma chambre d'hôtel et traverse le couloir au papier peint marron et à la moquette usée, jusqu'à la cafetière électronique. Je commande un café allongé, le troisième en moins d'une heure. J'entends du bruit. Quelqu'un est en train de monter l'escalier. Je me saisis de mon gobelet brûlant encore fumant et retourne en toute hâte m'enfermer dans ma chambre. Je claque la porte derrière moi et fais tourner le loquet. Les bruits de pas s'éloignent…

Et maintenant, que dois-je faire ?

Clyde m'a parlé de cette « ville qui dort », mais je ne peux plus entrer en contact avec lui depuis ce qui s'est passé. Car il m'a bien prévenue que dormir, c'était m'exposer et risquer qu'ils me retrouvent. Combien de temps peut-on tenir sans dormir ? Dix jours ? Un peu plus ? Je repense aux scientifiques prisonniers de la station K27 en 1971, au témoignage de James Hawkins qui racontait la terreur qu'ils ont vécue là-bas, et les conséquences de la privation de sommeil sur leur mental. Quand j'ai lu ces passages pour la première fois, ces rapports, ces transcriptions d'interrogatoire, je ne réalisais pas. Maintenant, je commence à comprendre… Cette peur de fermer les yeux, cette panique qui nous prend quand on sent que l'on a failli sombrer sans même s'en rendre compte. Et, surtout, ne pas savoir ce qui nous attend là-bas, de l'autre côté, dans notre sommeil… Et dire que ça ne fait que deux jours que je tiens sans dormir !

Je ne peux même plus aller visiter mon Liam. J'ai tenté de m'approcher de l'hôpital mais j'ai rapidement remarqué des hommes portant l'uniforme estampillé du logo « ONIR » à l'entrée. Ils me surveillent. Ils m'attendent. Ils savent qui je suis. Cela fait plus d'une semaine que je n'ai pas vu mon fils. Comment se porte-t-il ? Les parents de la petite Maggie qui dort à côté de lui continuent-ils à s'occuper de lui ? Les infirmiers lui parlent-ils de temps en temps ? Liam se rend-il compte que je ne suis pas là ? *J'ai couru après des chimères, mon ange, et j'en suis désolée… Je n'aurais jamais dû me lancer dans toute cette folie, essayer de retrouver Clyde… mais, je ne sais pas, j'ai cru que c'est ce qu'il fallait faire. Que ça valait la peine d'essayer. J'ai fait tout ça pour toi. Mais j'ai eu tellement tort.*

L'article que j'avais préparé n'a jamais paru. Le matin du 11 novembre, Chris Lore, mon rédacteur en chef, a été retrouvé mort dans sa voiture, son corps gisant au sol, la portière ouverte. Il a reçu une balle dans la tête. Une agression qui aurait mal tourné, d'après la police... Qu'est-ce qui a bien su passer ? Mon journal devait être surveillé. Peut-être même que tous les médias le sont... Ils ont su que nous préparions un article. Et ils ont empêché sa parution...

Naturellement, j'ai eu peur pour moi. J'ai rapidement préparé un sac, retiré de l'argent dans un distributeur et me suis terrée dans cet hôtel miteux, le Toledo, à Englewood, l'un des pires quartiers de Chicago. Ce même après-midi, j'ai acheté un téléphone portable sans abonnement et passé quelques coups de fil. J'ai contacté les Archives de College Park, demandé à parler à Kenneth Dovak, l'homme dont Clyde avait pris le contrôle et qui m'avait permis, malgré lui, d'accéder aux archives secrètes de la CIA. La standardiste a eu l'air surprise de ma requête :

— Mais vous n'êtes pas au courant, madame ?

— De quoi ?

— Monsieur Dovak a été retrouvé mort sur un banc devant les Archives... On penche pour un arrêt cardiaque. C'est une période très dure pour nous. Le même jour, un vigile a découvert Dean Liman, un de nos plus anciens archivistes, mort dans l'une des salles à Accès spécial. Et le lendemain, nous apprenions la mort du même vigile qui l'a découvert, Jacob Grant. Cette fois, on penche pour un suicide. Il a sauté de la fenêtre de son appartement en pleine nuit. Il y a une enquête en cours dans nos locaux. Ces affaires sont peut-être liées. Nous sommes très inquiets. Certains parlent d'un virus, moi je...

J'ai raccroché le téléphone. J'ai eu l'impression de ne plus pouvoir respirer. Ils allaient en avoir après moi, c'était évident. Peut-être même s'en prendraient-ils à Liam pour me forcer à me rendre… J'étais piégée. L'après-midi, je me rendais dans une pharmacie, m'achetais quelques somnifères, les prenais et attendais allongée dans mon lit que le sommeil survienne.

Enfin, j'ai réussi à rejoindre Clyde dans ses rêves, là où il m'attend toujours, dans cette étrange chambre austère. Il n'a pas eu l'air surpris de me voir. Mais en découvrant mon visage, mon air effrayé, son expression a changé. Comme s'il se souciait vraiment de moi :

— Que se passe-t-il, Lee ?

— C'est horrible, Clyde…

— Raconte-moi.

— Le dossier K27. Je ne t'ai pas écouté. Je m'en suis servie pour écrire un article. J'avais assez d'éléments concordants pour accuser ONIR et la CIA d'être liés au virus du Marchand de sable…

— Je t'avais prévenue, pourtant…

— Oui, je sais. Mais je pensais que ça ferait bouger les choses, que ça aiderait indirectement Liam et tous ces autres enfants. Si elle était acculée, peut-être qu'ONIR aurait révélé l'origine de la maladie et permis d'accélérer l'élaboration d'un remède.

— Que s'est-il passé ?

— Mon rédacteur en chef, Chris, a été retrouvé mort. Il a été assassiné. Et mon article, bien entendu, n'est jamais sorti.

— Tu es en danger. Il faut que tu te caches. Tu ne peux plus rester chez toi. Ils vont te chercher.

— Je sais… je me suis cachée dans un hôtel, le Toledo, à West Englehood, dans la banlieue de Chicago. J'ai lâché 200 dollars au mec de l'accueil pour ne pas avoir à laisser mes papiers d'identité…

— Tu as bien fait. Mais tu cours également un risque en venant me voir ici. Il faut, tant que faire se peut, que tu évites de dormir désormais.

— Pourquoi ?

— Car ils vont te traquer dans la réalité, mais aussi ici, dans les Limbes. Il ne faut pas qu'ils apprennent que je t'aide. S'ils savent qui tu es, ils peuvent te retrouver grâce à une simple photo. Tu m'as vu faire. Tu le sais bien.

— Oui… Et justement, Clyde, il y a eu autre chose… À College Park, aux Archives, ils ont retrouvé les corps de Dovak et de l'autre archiviste qui nous est tombé dessus. Et le lendemain, le vigile, Jacob, se serait suicidé. Putain, ils sont partout… je ne pourrai pas leur échapper…

En cet instant, Clyde a semblé hésiter… mal à l'aise.

— Ces décès n'ont rien à voir… C'est moi qui suis responsable.

— Comment ? Qu'est-ce que tu racontes ?

— Je t'ai fait croire que je les laisserais vivre car, sinon, je le sais, tu ne m'aurais jamais aidé. Mais c'était prendre un trop grand risque. Dovak et l'autre homme auraient pu se souvenir. J'ai toujours prévu d'agir ainsi.

— Mais tu m'avais dit pouvoir effacer leur mémoire récente ?

— Oui, et c'est vrai. Mais il reste parfois des reliquats, des restes. Et je suis bien moins puissant qu'il y a quelques années… Je n'étais pas certain de réussir à tout effacer. Je ne pouvais pas te mettre en danger.

— Et le vigile ?

— Il nous avait vus… il aurait pu t'identifier…

— Mais c'est horrible. Tous ces morts. À cause de moi. Ils étaient innocents…

— Je n'avais pas le choix, Lee. Il me faut te protéger à tout prix. Pour que tu mettes un terme à tout ça. Où es-tu en ce moment ? Quel est le nom de ton hôtel déjà ? Le Toledo ?

J'ai eu soudain un doute, la désagréable sensation d'avoir face à moi un inconnu, un assassin. Sans m'en rendre compte, j'ai reculé jusqu'à me coller au mur de la chambre. Clyde a remarqué ma gêne soudaine.

— Qu'est-ce qui se passe, Lee ? Je te fais peur, c'est ça ? Tu n'as rien à craindre de moi. Je suis le seul à pouvoir t'aider.

— Comment pourrais-je te faire confiance après ce que je viens d'apprendre ?

— Parce que tu n'as pas le choix ! Où se trouve ton hôtel, Lee ?

— Je…

— Ce n'est pas grave, je te trouverai… mais n'aie crainte. Je ne te ferai jamais de mal. Attends-moi dans ta chambre. Ne bouge pas ces prochains jours. Fais-toi oublier. N'appelle personne. N'essaie pas de voir ton fils. Et, surtout, tente de ne pas dormir. Laisse la TV allumée, prends des excitants, bois du café. Je vais essayer de trouver le moyen de te rejoindre… Il faut d'abord que j'accède à un hôte. Mais ça risque de prendre du temps. Ma prise de contrôle à College Park m'a énormément fatigué. Je dois reprendre des forces.

— D'accord. Je vais attendre…

— Et, surtout, n'aie pas peur, Lee. Je suis là pour toi. Tu dois me faire confiance…

Nous avons eu cette conversation hier. Depuis, je ne cesse d'hésiter. Ce cas de conscience me rend folle. J'ai envie d'arracher la tapisserie des murs, les rideaux, envie de hurler… Que faire ? Dois-je changer d'hôtel ? Dois-je brouiller les pistes pour que Clyde ne me retrouve plus jamais ? Mais alors, qu'est-ce que je ferai ? Je ne sais même pas où aller. J'ai les coordonnées GPS de la station K27, mais que vais-je trouver là-bas ? Et comment y aller seule ? Clyde m'a aussi parlé de cette « ville qui dort » mais je ne sais pas de quoi il s'agit… Non, je n'ai pas le choix, il faut que j'attende son arrivée. Même si, au fond de moi, désormais, je reste sur mes gardes. Je réalise que je ne connais pas cet ado… que je ne sais rien de lui… peut-être me ment-il depuis le début. Peut-être se sert-il de moi comme les autres et qu'ensuite il m'éliminera… J'ai été si naïve. Mais Clyde a beau être un assassin, il est le seul à détenir les réponses que j'attends. Je dois lui faire confiance. J'ai déjà été trop loin. Je ne peux plus faire machine arrière.

Geronimo de Aguilar

27 avril 1527
Château Saint-Ange, Rome, Italie

L'enfant m'a trahi.

Plus rien, désormais, n'a d'importance.

Le secret est brisé.

J'ai failli à ma mission.

Dehors, les canons grondent, la ville hurle. Les loups sont aux portes… Un *secondini*, l'un de mes gardes, m'a confié que les armées de Charles Quint, avec à leur tête le duc Charles III de Bourbon, ont pris Rome d'assaut. On raconte que trente-cinq mille soldats tentent de pénétrer la ville, pour grande partie des lansquenets, mercenaires allemands et espagnols, assoiffés d'or et de sang. Nos défenses tiennent bon. Mais pour combien de temps ?

Le monde plonge dans le chaos tandis que le mien s'achève.

Tout sera bientôt fini.

Une quinte de toux me déchire la poitrine. C'est de pire en pire…

L'homme, ici ou dans le royaume des rêves, court à sa perte, vorace parmi les voraces, et continue sa course folle vers les abîmes.

Et moi qui ai tout gâché, moi, qui ai touché du bout des doigts le paradis, qui l'ai vu de mes yeux… et qui ai participé à le détruire ! Xibalba, la Cité de Lumière, n'est plus. Ce lieu qui guidait l'homme sur le droit chemin s'est éteint. À quoi bon, alors, continuer ?

Je ne retournerai plus dans les Limbes, ni dans ces Terres Mortes. Ce lieu qui fut si longtemps, mon refuge, ma maison, mon âme. J'en ai décidé ainsi cette nuit. Je m'y suis rendu une ultime fois, pour y saluer les morts, les gisants, ces frères figés à jamais, devenus pierres parmi les pierres. J'ai, une dernière fois, observé ces minarets, ces dômes, ces ruines qui, jadis, brillaient d'un éclat à nul autre pareil. J'ai contemplé la poussière et les cendres. Et je suis parti. Je suis trop faible désormais pour passer mes nuits dans ces lieux. Trop faible, même, pour dormir. Ou peut-être suis-je simplement trop lâche. J'aurais pu faire quelque chose, je le sais bien. Alors pourquoi suis-je resté immobile, figé, tandis que je regardais passer la funeste procession composée de l'homme qui convoite le pouvoir des Limbes, de ses créatures et, bien entendu, de l'Enfant, qui marchait à leur tête ? Je les ai suivis tandis qu'ils traversaient la ville, je rampais au sol, telle la vermine que je suis, alors qu'ils grimpaient la falaise jusqu'à la Source… J'aurais pu, dû, certainement, tenter de m'interposer, essayer de les raisonner. Mais une vie de lâcheté ne se rachète pas en un ultime acte. On ne devient pas brave. On meurt en continuant à détourner le regard, jusqu'au bout. « Je vins en un lieu où la lumière n'est plus… » Je repense à ces quelques vers du chant cinquième la *Divine Comédie* de ce bon Dante Alighieri. La lumière n'est plus…

J'entends un cliquetis dans la serrure de la porte de ma geôle. Deux gardes entrent et se placent sur les côtés de ma minuscule cellule. À leur suite arrive le gouverneur Rucellai. Il me toise du même air dégoûté qu'il affiche en permanence.

— Redressez-vous, Aguilar… N'avez-vous point honte de vous tenir ainsi devant votre Castellano ?

Je lui réponds, cynique :

— Je suis trop las pour vous faire l'honneur d'une courbette…

— Soit. Si tel est votre souhait de vous déshonorer ainsi devant moi.

— Mon honneur n'a jamais foulé le sol de cette geôle. Il m'a abandonné, il y a bien longtemps, quand j'ai embarqué sur cette caravelle qui me ramenait vers l'Europe.

Le gant de Rucellai se resserre sur sa canne en bois surmontée d'un pommeau en acier arborant une tête de loup. Cette canne qui a tant goûté le sang, ses mâchoires qui ont tant bu. Je sens qu'il meurt d'envie de m'assaillir de coups, mais que, étonnamment, il se retient. Il semble tendre l'oreille vers les sons qui proviennent de ma minuscule fenêtre.

— Vous entendez, j'imagine, les bruits de canon et l'agitation extérieure, Aguilar…

— J'entends, oui.

— Charles Quint est à nos portes. On s'agite déjà au Saint-Siège pour prévenir une prochaine intrusion dans nos murs. Les gardes pontificaux organisent nos défenses. En cas d'attaque, Clément VII trouvera refuge ici même au château Saint-Ange.

— Un honneur pour vous… Ça ne sera pas le premier pape enfermé de gré ou de force ici. Et puisque personne n'est innocent à Saint-Ange, il est le bienvenu.

— Cessez sur-le-champ vos persiflages... Vous savez pourquoi Quint s'empresse ainsi d'assaillir Rome ?

— Oui, j'imagine que l'empereur n'a pas apprécié que notre pape Clément VII ait rompu le traité qui le liait à Quint et demandé le secours de François Ier...

Je ne peux terminer ma phrase, une terrible quinte de toux vient me couper la respiration. J'aspire péniblement de l'air dans mes poumons fatigués.

— Vous voilà bien mal en point. Terminez, je vous en prie...

— Je disais que je pense que Quint envoie son armée pour punir la trahison de Clément VII.

— Cela est en partie vrai. Il ne fait aucun doute que Quint en a personnellement après notre pontife. Mais il se murmure que l'empereur cherche autre chose...

— Soit... Je n'en ai cure. Tout cela me concerne peu.

— Eh bien, détrompez-vous, car il est parvenu à mes oreilles que la réelle raison de ce siège est tout autre. Quint cherche un homme... un prisonnier... enfermé, ici même, dans le Môle d'Adrien.

Je ne réponds pas. Mais je redoute, en mon for intérieur, ce qu'il s'apprête à me révéler...

— Ses espions lui auraient fait part de l'existence d'un frère franciscain enfermé depuis six années entre nos murs. Un homme qui, d'après la légende, aurait appris auprès des sauvages des Amériques à voyager dans les rêves des hommes et découvert un lieu mystérieux. Cela vous évoque quelque chose, Aguilar ?

Rucellai se joue de moi. Ce qu'il me dit est tout bonnement impossible...

— Je ne vous crois pas, Castellano. Vous me l'avez souvent dit vous-même : je suis le secret le mieux gardé du Vatican.

— Vous le savez bien mieux que moi, Aguilar : plus un secret est grand, moins on peut le cacher. Il se murmure qu'Hernan Cortés lui-même aurait confirmé au monarque votre existence en échange d'un dixième des terres découvertes durant ses expéditions aux Amériques. Le *conquistador* a toujours le dernier mot, n'est-ce pas ?

— Je ne ferai pas la même erreur deux fois. Je ne servirai ni Dieu, ni pontife, ni empereur…

— Il ne vous en laissera pas le choix, mon pauvre. Vous connaissez, comme moi, la devise de Quint : « Plus Oultre », plus loin. Rien n'arrête cet homme et sa soif éperdue de conquêtes. S'il reste un territoire qui lui échappe, il le prendra. Que ces terres soient ici ou au cœur même de nos chimères.

— Qu'allez-vous faire, alors ? En finir, maintenant ?

— Non. Bien au contraire. Pour le moment, vous êtes notre plus viable monnaie d'échange. Nous attendrons donc de connaître l'issue du conflit. Si les lansquenets prennent la ville éternelle, alors nous réfléchirons. Mais rassurez-vous… votre issue sera funeste. Soit vous mourrez par ma main, soit vous serez torturé par Quint pour livrer vos secrets. Et il est bien connu qu'en matière de supplice, nous, Romains, sommes des esthètes comparés à la cruauté viscérale des Germains. Votre calvaire n'est pas près de s'achever, mon frère, il ne fait que débuter. J'y veillerai personnellement…

Gabriel

31 août 2008
New York, État de New York

Depuis le départ, j'ai un sale pressentiment. Je sens bien que cette nouvelle mission est une mauvaise idée, qu'il se trame quelque chose. Mais Hawkins ne m'a pas vraiment laissé le choix. D'après ce qu'il m'a rapporté de ses échanges avec la CIA, l'avenir des relations internationales des États-Unis pourrait se jouer dans les quarante-huit prochaines heures. Et puis il y a cet homme, simplement, qui a besoin de moi…

Je suis allongé sur le lit de la salle d'endormissement. Avant de me rendre ici, une fois mes préparatifs terminés, je suis passé voir Amy. Elle se remet péniblement de la mort de Matt. On dirait que quelque chose s'est brisé en elle. Elle ne sort plus de sa chambre, ne quitte que très peu son lit de la journée. Je suis le seul qu'elle laisse entrer. Je comprends bien désormais, je l'ai accepté, qu'elle était amoureuse de Clyde et qu'elle est dévastée par ce qu'il est devenu. J'ai évité de trop lui parler de ce que j'avais ressenti en visitant les rêves du jeune homme. Ce mélange de pitié et de peur. Car non, étonnamment, je ne déteste pas Clyde. Pire, une partie de moi le comprend, aimerait, malgré tout, tenter encore de l'aider. Nous sommes si similaires. Mais je n'en parle pas à Amy, car, elle, de son côté, doit faire son deuil. L'oublier, se convaincre qu'il est devenu un assassin sanguinaire. Imaginer qu'il est mort. De toute manière, après tout ce qui s'est passé, Clyde n'en a plus pour longtemps. C'est évident. Les agents d'ONIR, avec le soutien de la CIA, le traquent sans relâche. Il est en sursis pour quelques heures, quelques jours tout au plus.

James m'a cependant prévenu de rester sur mes gardes. Il se pourrait que, encore une fois, mon intervention soit parasitée par la présence de Clyde. Mon mentor n'a pas voulu trop m'en révéler, mais il est convaincu qu'une autre agence gouvernementale, certainement la NSA, s'intéresse de près à ce que nous faisons dans les Limbes. Il pense que Clyde a été kidnappé par ces derniers et qu'il les aide à fragiliser nos actions conjointes avec la CIA.

Ma mission est, sur le papier, simple aujourd'hui. Je dois entrer dans les rêves du Premier ministre japonais Yasuo Fukuda et le forcer à démissionner de ses fonctions au plus vite. Ainsi, le briefing d'Elias a été très clair. Fukuda, de plus en plus impopulaire dans l'archipel nippon, veut marquer un grand coup en officialisant dans les prochains jours un pacte d'alliance entre tous les pays de l'Asie-Pacifique avec, en première ligne, la Chine et la Corée du Sud. En parallèle, le Premier ministre se montrerait de plus en plus critique envers la politique extérieure des États-Unis, notamment concernant notre action militaire en Irak. Et pour couronner le tout, la CIA aurait eu confirmation d'échanges entre les conseillers de Fukuda et la Russie. Bref, l'officialisation de cette alliance ainsi que les prises de position de Fukuda pourraient durablement fragiliser l'action des États-Unis à l'international. J'avoue ne pas y comprendre grand-chose, ni m'intéresser grandement à ces conflits géopolitiques. Si j'ai accepté d'aider James, c'est pour une autre raison. Fukuda est un innocent, un homme marié, père de famille, qui se retrouve prisonnier d'enjeux qui le dépassent. Cet homme est en danger et je peux, je dois faire quelque chose... En visitant ses rêves, j'exécuterai le plan d'ONIR et l'inciterai à démissionner mais, surtout, je tenterai d'éviter que quiconque lui fasse du mal. Si Clyde pénètre ses songes, je serai là pour l'arrêter. Je n'ai pas pu sauver Matt... mais ça ne se reproduira plus... Le pouvoir des Limbes ne doit pas être utilisé à des fins funestes. J'y veillerai, coûte que coûte...

Elias, comme à l'habitude, m'a longuement briefé sur mon hôte. Fukuda est un homme austère, discret, fils d'une figure illustre de la politique japonaise, Takeo Fukuda, lui-même Premier ministre en son temps, et dans l'ombre duquel il a longtemps vécu. Ma cible habite au dernier étage du Sori Kantei, impressionnant bâtiment en verre abritant les bureaux et la résidence du chef d'État. Fukuda est passionné d'origami et de pliages en papier. Les étagères de son bureau seraient ainsi recouvertes de ces figures d'animaux.

Je m'endors et rejoins la Nef. Je repense au visage de Fukuda. Son front haut, son crâne légèrement dégarni, ses cheveux noirs coiffés en une raie lisse.

Sa bouche pincée, qui sourit un peu à l'envers. Ses sourcils épais grisonnants. Derrière ses lunettes rectangulaires, ses yeux tombants d'un noir profond… Je me retrouve projeté dans ses rêves très rapidement. Je réalise au passage encore une fois combien tout cela est de plus en plus aisé pour moi. Le passage par la Nef ne semble plus qu'une formalité quasi inutile.

Comme d'habitude, c'est d'abord le noir. Puis des formes blanches apparaissent de-ci de-là. Je me retrouve rapidement entouré de dizaines, de centaines d'origamis géants. Autour de moi, je découvre d'incroyables sculptures en papier d'oiseaux, de poissons, de tortues, d'éléphants, de crabes… Plus je progresse dans le décor qui m'entoure, plus les figures semblent se complexifier, gagner en couleurs, en motifs. En évoluant parmi les origamis, mon attention est également attirée par quelque chose au sol. Je m'approche. On dirait une ligne rouge. Non, c'est plutôt une traînée de sang, mais découpée dans du papier rouge… Il y a un problème… J'ai cette sensation, cette certitude viscérale que je ne suis pas tout seul dans les rêves de Fukuda. Il y a un autre intrus. On m'a précédé. Clyde est déjà là… J'accélère le pas et avance à travers les sculptures en suivant le fil d'Ariane vermillon. J'ai l'impression d'entendre un rire au loin puis, sous mes yeux, les origamis semblent se transformer, se déplier, comme des bourgeons en éclosion. Les formes basiques laissent ainsi place à de majestueux arbres en papier. On dirait des cerisiers japonais. Le spectacle pourrait inviter à la contemplation, mais quelque chose cloche. Je m'approche de l'un des arbres. Je remarque alors que ces fleurs semblent se flétrir, ou plutôt se froisser, à vue d'œil, tandis que les troncs, d'abord blancs, noircissent par la racine. Le rêve de Fukuda est en train d'être souillé. Clyde a déjà dû en prendre le contrôle… le temps presse. Les arbres sont en train de virer au noir et leurs branches s'étirent, devenant pointues et anguleuses, comme de longs bras griffus. La forêt de papier semble se consumer sous mes yeux, laissant place à des squelettes carbonisés. Mon adversaire veut m'empêcher de passer, me ralentir… Tout autour de moi, les gracieux cerisiers ne sont plus que des silhouettes de ténèbres distordues dont les branchages s'entremêlent les uns aux autres. Je me mets à courir, tout en évitant tant bien que mal les tiges de papier coupantes qui me barrent le passage. L'une d'elles déchire ma chemise et entaille mon épaule. Elle se met instantanément à saigner. Est-ce que la blessure est également apparue dans mon vrai corps ? Je préfère ne pas le savoir.

Une voix, immédiatement reconnaissable, se fait entendre, celle de Clyde :

— Tu arrives trop tard, Gabriel. Fukuda est à moi. Je le contrôle. Regarde plutôt…

Tandis qu'il parle, une partie du ciel aux teintes orangées semble se déchirer et laisse apparaître le champ de vision du Premier ministre, comme si j'étais moi-même placé à l'intérieur de sa tête. Il fait nuit. Fukuda se soulève de son lit et traverse sa chambre. Sa femme, alanguie à ses côtés, ne semble pas l'entendre. Le Premier ministre s'arrête alors devant un miroir. Il contemple son reflet. Je reconnais ces yeux gris, qui choquent, hors sujet, au milieu du visage du vieil homme. Ce sont ceux de Clyde. L'homme esquisse un sourire forcé, puis quitte la chambre.

Je peux encore l'aider. Je suis plus puissant que Clyde. Je cours à travers les arbres carbonisés. J'arrive enfin devant une porte en papier qui se découpe dans un énorme mur blanc, comme une feuille géante. Tandis que je passe au travers, je remarque que le mur semble bouger, comme s'il pivotait sur lui-même. Il se rabaisse sur le côté, derrière moi. Je prends alors seulement conscience que le rêve de Fukuda m'a transporté dans un livre géant, comme ces ouvrages animés pour enfants, qui dévoilent de nouveaux mécanismes en papier à chaque page. Ainsi, sous mes yeux, tandis que les deux énormes feuilles s'abaissent, se construit un gigantesque décor en papier. Des falaises se soulèvent, puis une façade de temple bouddhiste aux colonnes rouges apparaît et, enfin, un large escalier déplie ses marches noires. Enfin, tout autour de l'escalier se hissent quatre grandes arches rectangulaires, comme des portails. J'observe au mieux mon environnement, guettant les pièges que pourrait m'avoir tendus Clyde. Je remarque alors deux silhouettes qui entrent dans le temple. Clyde, de dos, semble tenir par une clé de bras Fukuda et le forcer à le suivre. Ils ne sont pas si loin. Je n'ai qu'à franchir cet immense escalier. Je commence à en gravir les marches, sur le qui-vive. Mon poids fait ployer légèrement le papier mais il semble, pour le moment, résister. Après seulement quelques marches, dans un monstrueux tremblement, tout le décor semble bouger sur lui-même. Comme si les deux pages du livre géant dans lequel je me trouvais étaient soudain en train de se replier sur elles-mêmes. Clyde veut m'écraser, ou tout du moins me ralentir… Je repousse sans grande difficulté son assaut en reprenant le contrôle sur le décor et en remettant les pages géantes à leur place initiale. Mais, sans surprise, Clyde revient à la charge. Les marches sous mes pieds se mettent à trembler puis se replient, transformant l'escalier en un toboggan dément qui plonge vers un précipice au bord des pages du titanesque livre. Je perds l'équilibre et me mets à glisser sur le dos. En dessous de moi, surgissant du néant, apparaît soudain une immense tête de démon japonais en papier, le visage rouge sang, le sourire dément, arborant sur son crâne deux immenses cornes entourées de cheveux noirs hirsutes. Le monstre fait claquer ses dents blanches recourbées, tandis que ses énormes yeux jaunes sortent de ses orbites folles. À l'intérieur de sa bouche, d'autres gueules claquent à perte de vue dans un fracas mécanique insupportable. Que se passera-t-il si je sombre dans cet abîme ? Me réveillerai-je ? Est-ce que je risque vraiment ma vie ici ? Dans un ultime réflexe, je tends le bras en arrière et parviens à m'accrocher *in extremis* à la rambarde rouge de l'escalier. Mais déjà, elle commence à se déchirer. Dans quelques secondes, je tomberai dans le maelström de gueules voraces. De toutes mes forces, je me concentre et parviens à modifier le décor pour replacer l'escalier dans sa position initiale. Mais la gueule du démon commence à dévorer l'escalier et progresse vers moi. Mon environnement est lentement broyé, laissant échapper, à chaque bouchée de l'abomination, une neige blanche de papier qui flotte en l'air. Je gravis les marches, le cœur martelant ma poitrine. Je trébuche, me relève, tandis qu'une énorme dent me frôle la jambe. Je me jette dans l'entrée du temple. Les pages gigantesques, à nouveau, se tournent. C'est le silence. Un nouveau décor. Je suis tout en haut d'une tour. Je baisse les yeux. Mon environnement semble s'étirer comme un accordéon. Les escaliers serpentent dans une spirale infinie. Tout en bas, j'aperçois Clyde et Fukuda qui les dévalent. Ils sont déjà loin. Clyde s'arrête et lève les yeux vers moi. En cet instant, le ciel cotonneux se dissipe pour laisser place à la vision de Fukuda. L'homme semble désormais traverser un salon, puis pousse une baie vitrée et sort sur un balcon. Je vois ses mains s'avancer sur le perron. C'est la nuit sur Tokyo. On entend les klaxons des voitures au loin, les bruits de la mégapole. On voit les lumières des appartements des tours voisines, les néons éclatants au sommet des immeubles. Fukuda, sous l'emprise de Clyde, commence à passer sa jambe par-dessus la balustrade. Non… Clyde veut simuler un suicide. Il faut que je fasse quelque chose.

Sa voix se fait entendre, comme un écho venant de tout en bas de la tour :

« Abandonne, Gabriel. C'est trop tard… »

J'ai le vertige en regardant vers le bas, tandis que les escaliers semblent tourner sur eux-mêmes et continuer à s'étirer. Je ne pourrai jamais les descendre, les rejoindre à temps.

Il faut que je trouve une solution. Je repense aux origamis vus à l'entrée du songe de Fukuda, à cet immense livre dans lequel je suis pris au piège.

Oui, c'est cela…

Ce n'est que du papier, Gabriel. Le papier se tord, se plie. Tu es ici chez toi. Il n'y a pas de réalité. Tu peux tout contorsionner, tout transformer… Je pose mes mains sur la rambarde de la tour et force. Je sens comme une vibration qui traverse la tour mais mon attention est attirée par l'image de Fukuda au-dessus de moi. Le Premier ministre, somnambule, est désormais en équilibre sur le parapet de son balcon. Sous lui, un vide vertigineux. *Reste concentré, Gabriel. Il n'y a rien ici. Rien qui ne puisse obéir à ta volonté.* Je ferme les yeux. Il n'y a plus de distance, plus d'escalier. Plus de tour. Je sens que tout tremble autour de moi. Je rouvre les yeux. Le bâtiment est en train de s'affaisser, comme s'il s'écroulait. Non, plutôt comme s'il s'aplatissait, se repliait sur lui-même. Je me retrouve sur une surface totalement plane. Les spirales des escaliers ne sont plus que des motifs au sol qui s'enchevêtrent. Il ne reste qu'une porte en papier devant moi et Clyde et Fukuda qui s'apprêtent à y pénétrer. Le jeune homme tient le Premier ministre serré sous son bras et garde une main sur son crâne. Je remarque que cette dernière est comme une griffe qui enserre le visage du pauvre hère. C'est comme cela qu'il doit parvenir à le contrôler. Clyde se retourne et me regarde, stupéfait… Je profite de l'effet de surprise et fonce sur lui. D'un coup d'épaule, je le projette au sol et attrape Fukuda au passage. Je m'éloigne de Clyde, qui, déjà, se relève. *Ce n'est que du papier, Gabriel…* Je force le sol à se déchirer et, comme un voile, à passer sur le corps de Clyde, puis arrache une autre feuille, puis une autre. Mon opposant est désormais prisonnier d'un cocon de papier. Seul son visage est encore visible. Il me regarde avec des yeux bouffés par la rage.

— Tu ne réussiras pas, Gabriel. Je te poursuivrai partout. Tu n'es qu'un pion. Tu sers Hawkins, mais tu ne comprends rien… Qu'est-ce qu'il t'a raconté cette fois-ci ? Que tu allais sauver le monde ? Que tu faisais ça pour l'honneur des États-Unis ? Ce sont des conneries…

— Et toi, tu es au service de la NSA, c'est bien ça ? Qui est le pion, alors ?

— Je ne suis au service de personne. Je les utilise. Je veux créer le chaos, détruire tout ce qu'a entrepris Hawkins. Mettre fin à ce projet. Que ces salopards arrêtent d'utiliser des gamins comme nous. Qu'ils cessent d'en faire des monstres. Tu as compris, j'espère, qu'il y en a eu d'autres avant nous, et qu'il y en aura encore, beaucoup… Quand tu lui seras inutile, Hawkins te jettera aux ordures, te fera disparaître. Tu n'es pas spécial, Gabriel. Tu n'es personne…

— Tais-toi.

Je passe plusieurs couches de papier sur son visage. Je pourrais l'étouffer, je le sais. Il suffirait de quelques feuilles de plus, mais je m'y refuse. Ça devrait le retenir un peu, le temps d'éloigner Fukuda. Je regarde le vieil homme. Il est roulé en boule par terre. Les yeux grands ouverts, recouverts d'un voile blanc. Je lève la tête vers le ciel pour voir ce qui se passe dans la réalité. Fukuda, toujours en équilibre, chancelle dangereusement d'avant en arrière au-dessus du vide. Vite, je me jette sur lui, l'attrape, place ma main sur son crâne et tente de prendre son contrôle, tout en gardant une partie de moi ici, dans son rêve. Je parviens à entrer en lui et, au terme d'un terrible effort, à le faire redescendre du parapet. C'est gagné… Pour le moment. Je respire quelques secondes. Un bruit derrière moi. Je remarque, trop tard, Clyde qui fond sur moi et enfonce son bras dans le côté de mon ventre. Une douleur terrible me traverse les entrailles. J'ai l'impression qu'on me déchire les viscères. Tandis qu'il retire lentement son bras, je comprends qu'il a transformé, étiré son avant-bras et relié ses doigts en une longue lame, comme un os crochu. Des gouttes de sang teintent le papier blanc du sol. Il me regarde avec un air un peu triste.

— Je t'avais prévenu, Gabriel. Mais tu ne m'as pas écouté. Ce petit jeu me fatigue. Finissons-en.

Il brandit sa lame couleur chair au-dessus du corps inconscient de Fukuda.

Non. Quasi inconsciemment, je me jette sur Fukuda et le protège de mon corps. Avant que la lame de Clyde ait pu nous frapper, je vois du coin de l'œil qu'il est happé par des tentacules noirs qui ont surgi du sol et le maintiennent en l'air, écartelé. Autour de Fukuda et moi, un voile de fumée tourbillonne. Que se passe-t-il ?

Clyde se débat mais les tentacules le retiennent. J'ai si mal au ventre… Je peux difficilement marcher. Mais je n'ai pas le choix. J'entraîne Fukuda avec moi et traverse la porte. Les pages du livre géant se tournent et des dizaines de façades d'immeubles en carton se soulèvent autour de nous deux. C'est un nouveau souvenir du Premier ministre qui apparaît sous mes yeux. J'ai du mal à faire avancer Fukuda à ma suite tout en gardant le contrôle sur lui. Alors que nous progressons, je remarque que nous laissons dans notre sillage des traces noires au sol, comme une encre. J'ai placé ma main libre sur ma plaie. Elle saigne abondamment. Je sens que, dans la salle d'endormissement, on tente de me rappeler. Comme un appel lointain. Mais je résiste. Je dois tenter de sauver Fukuda, encore un peu. Nous avançons péniblement jusqu'à passer derrière l'une des immenses façades en carton. Nous nous retrouvons comme à l'arrière d'un décor de cinéma ou de théâtre. J'entends un cri. C'est Clyde :

« Tu dois me laisser faire, Gabriel. Pour Amy, pour toi. Pour que je vous libère de ce salopard d'Hawkins. Il a tué mes parents, putain… et peut-être même les tiens. »

Pendant une fraction de seconde, j'imagine alors mon père, allongé sur son canapé, la bouche béante, la tête en arrière, un trou noir entre les deux yeux. Non… *Ne l'écoute pas, Gabriel.*

Avec ce qu'il me reste de force, je parviens à reconfigurer le rêve de Fukuda. Les façades des buildings s'alignent, se plaquent les unes contre les autres, créant une barrière gigantesque entre Clyde et nous.

— Qu'est-ce que tu crois, Gabriel ? Que je vais te laisser faire ? Je suis plus puissant que toi et je vais te le prouver ! Fukuda n'est rien pour moi. Sa tête n'est qu'une arène. Tout ça n'est qu'un jeu. Un combat entre toi et moi…

Tandis qu'il parle, l'un des immeubles se déchire soudain, comme si on le coupait en deux. Le building s'écroule au sol dans un fracas et disparaît dans un nuage de papier. Un autre bâtiment s'effondre à sa suite. J'entraîne Fukuda avec moi tandis que je m'enfonce au cœur du décor de carton. Nous nous retrouvons bloqués face à un immense mur blanc qui se dresse à une hauteur vertigineuse. Comme une feuille géante. Une porte… *Tu n'as qu'à faire apparaître une porte, Gabriel.* Mais je suis si épuisé, j'ai si mal ! Cette sensation tenace qu'on fait tourner une énorme vis dans mes boyaux. C'est trop dur.

Une simple porte… Autour de nous, les immeubles disparaissent dans un total chaos. Clyde approche. Il se joue de nous. Il prend son temps. Je n'ai pas le choix. Si je veux gagner en puissance dans le rêve de Fukuda, il faut que je cesse de le contrôler dans la réalité… Oui, c'est peut-être cela, la solution… Laisser Fukuda se réveiller. Ça ne devrait pas prendre plus de quelques minutes. S'il revient à lui, Clyde comme moi serons extraits de son rêve et mon ennemi sera alors impuissant. La CIA se débrouillera bien pour prévenir le Premier ministre de la menace qui pèse sur lui. Je n'ai pas d'autre choix. Je dois encore tenir. Quelques minutes… Je retire ma main du front de Fukuda. Je sens comme un regain de puissance. Fukuda chute au sol et, quasi simultanément, s'effondre dans la réalité sur son balcon, comme une marionnette dont on aurait coupé les fils. Il faut que j'agisse vite. Il ne reste plus que quatre à cinq immeubles debout. Clyde va bientôt nous découvrir. J'enfonce ma main dans le mur blanc qui me fait face. J'ai d'abord l'impression que c'est une toile tendue qui me résiste, puis, enfin, le papier se fissure et se déchire sur un mètre. J'attrape Fukuda par le col et le balance par l'ouverture, puis m'y engouffre à mon tour. Je passe ma main sur le mur blanc et efface la trace de notre passage. Mais, alors que je recule à genoux, la page s'étire, comme si un corps s'y enfonçait de l'autre côté. Je vois son bras, sa gueule qui hurle, puis la lame qui s'y enfonce, tentant de perforer la cloison. Clyde… Il tente de traverser. *Tu dois l'en empêcher, Gabriel.* Ce n'est plus un mur de papier, mais du caoutchouc. Du plastique qui peut s'étirer et se détendre mais qui ne cédera pas. Clyde continue ses assauts contre la cloison. Je vois sa main gauche griffer la toile blanche, tandis que la lame de son bras droit la surine de coups. Je m'éloigne, traînant un Fukuda amorphe derrière moi. Je titube, j'ai moi-même du mal à me déplacer. Mon regard se trouble. Nous sommes face à un paysage immaculé. Une page blanche. Nous sommes arrivés au bout des rêves de Fukuda. Il n'y a rien, ici, de plus. Rien qu'un songe qui attend d'être imaginé.

Une forteresse. Tu dois bâtir une forteresse. Tu peux retenir Clyde... le temps que Fukuda se réveille réellement et nous expulse enfin de son rêve... Tu peux le faire. Je ferme les yeux et imagine que je plie de gigantesques feuilles de papier sous nos pieds. Des angles, des pics, des coins et des recoins. J'invoque dans mon esprit une Babel de papier, je repense aux temples abandonnés des Terres Mortes, à ces minarets, ces cathédrales. Je sens que le sol tremble sous nos pieds. La citadelle apparaît autour de nous, sous nous. Nous sommes propulsés en hauteur, au sommet même de ma forteresse. Fukuda et moi nous retrouvons en haut de la gigantesque structure blanche, immaculée, amalgame fascinant de bâtiments déstructurés. Clyde surgit soudain au pied du bâtiment et commence, à une vitesse phénoménale, à en gravir les différentes couches. Épuisé, au bout de tout, je m'allonge au sol, auprès de Fukuda. J'ai du mal à respirer… Je regarde le visage tendu du vieil homme…

Pourquoi tous ces risques, Gabriel ? Pourquoi te mettre ainsi en danger pour cet inconnu ? Tu vas peut-être mourir ici même et ça aura servi à quoi ? Ça voudra dire que j'ai pu changer les choses… Si, ce soir, Fukuda reprend conscience sur son balcon, vivant, c'est un espoir, quelque chose auquel m'accrocher. Ça voudra dire que je peux protéger ceux qui en ont besoin, que mon pouvoir peut servir pour faire le bien. Ça sera aussi effacer, un peu, l'horreur que j'ai fait vivre à Lucas. Surtout, cette victoire me donnerait envie de croire, de me dire qu'il est possible qu'un jour je parvienne à sauver la seule qui compte, ma mère. Je ne cherche qu'un signe, qu'un encouragement, une petite voix qui susurre à mon oreille : « Vas-y, c'est possible. Bientôt. » Voilà ce dont j'ai besoin. Quitte à mourir pour l'entendre une dernière fois. J'appose ma main sur le front de notre pauvre hôte. Il est parcouru de spasmes. Je m'enfonce dans les souvenirs de Fukuda, dans sa mémoire, et laisse comme un message lancinant, qui l'habiterait du plus profond de son être, une phrase que je répète sans cesse : « Démissionne, démissionne. Oublie ces rêves. Démissionne. Réveille-toi. Maintenant. Démissionne. Oublie-moi. Réveille-toi. » Clyde est quasiment parvenu au sommet du bâtiment, je l'entends qui grimpe, qui halète comme une bête. Je n'ai plus de force, je ne peux plus rien faire… Soudain, enfin, je sens que le rêve nous échappe. Je me sens aspiré en arrière. Je m'enfonce dans un gouffre sans fond. Autour de moi dansent des motifs en origami, comme si la vie de Fukuda défilait sous mes yeux. Puis il n'y a plus rien que la chute et le noir. J'entends un cri dans le lointain. C'est Clyde qui, lui aussi, est expulsé des rêves du Premier ministre. J'ai réussi… je crois… Je vais pouvoir rentrer. Le temps se dilate. Je continue à sombrer, à m'enfoncer. C'est étrange, je devrais déjà être de retour dans la salle d'endormissement.

Je…

Un vrombissement sourd…

Des voix.

J'ouvre les yeux.

C'est flou.

Je suis à l'arrière d'une voiture. Une ceinture entrave mes mouvements. C'est la nuit. Devant moi, deux personnes discutent. Elles ne font pas attention à moi. L'image se fait plus nette. C'est bizarre, j'ai l'impression… oui, c'est cela, d'être petit. Tout semble disproportionné autour de moi. La taille des fauteuils de la voiture, la hauteur de la portière. Je soulève mes mains et les regarde. De petits doigts joufflus apparaissent sous mes yeux. Je suis dans la peau d'un enfant ? Où suis-je ? Je regarde devant moi. Nous roulons dans une forêt. Ces voix…

— Tu as vu l'état de Gary, ce soir ? Se soûler comme ça pour son mariage, ça cache certainement quelque chose !

— Arrête, tu es bête… je les ai trouvés trop mignons, tous les deux.

L'homme au volant rit tandis que la femme lui tape sur l'épaule.

Cet homme, cette femme. Je les connais. Ce sont mes parents.

J'y suis parvenu. Je suis revenu la nuit de l'accident. Une nouvelle fois. Je comprends… Je suis dans ma propre peau. Je suis dans le corps de Gabriel, 9 ans. Cette nuit-là. Il faut que je fasse quelque chose, que je tente de les prévenir.

— Papa…

J'ai du mal à articuler, ma bouche est comme anesthésiée. Ma voix n'est qu'un murmure noyé dans le bruit du moteur. J'essaie de parler plus fort mais ça me coûte :

— Papa, Maman, écoutez-moi… s'il vous plaît… Papa…

Mais mes parents continuent à discuter et à rire comme si de rien n'était. Et dire que dans quelques minutes, quelques secondes peut-être, ça sera trop tard ! *Allez, Gabriel, tu peux y arriver…* Je me force à crier. Une douleur me perfore le ventre.

— Papa!!!

Mon père sursaute tandis que ma mère se retourne, inquiète.

Les mots se mélangent dans ma bouche, se chevauchent. Tant à dire, tant à leur expliquer…

— Maman, il faut vous arrêter. Vous êtes en danger. Il arrive.

— Qu'est-ce que tu racontes, mon chéri ? Tu as fait un mauvais rêve ? Nous serons bientôt arrivés à la maison. Rendors-toi…

Je la sens qui appose sa main sur mon front et me caresse, doucement. Je sens l'odeur de son parfum sur ses vêtements. C'est encore plus dur pour moi.

— Maman, écoute-moi, je t'en prie. Il faut vous arrêter. C'est dangereux. Ce soir… Il faut…

— Chut… chut… rendors-toi, mon chéri. Tout va bien. Ne t'en fais pas.

Je sens que je perds le contrôle. Je suis happé en arrière, mes yeux se ferment.

— Non, non. Écoutez-moi… non.

— Tout va bien, mon ange. Tout va bien. Ferme les yeux…

Le silence.
La nuit.
Des cris.
Un choc.
Le fracas.

Puis plus rien…

Partie III

Sommeil profond

James Hawkins

1er octobre 2008

New York, État de New York

Nous nous sommes tous endormis…

À 11 heures précisément, le dimanche 31 août 2008, toutes les personnes présentes au 1er sous-sol se sont évanouies. Ça a été comme une onde de choc. J'étais dans la salle de contrôle avec Elias. Les relevés de l'électroencéphalogramme de Gabriel s'affolaient dans tous les sens. L'enfant, dans la salle d'endormissement, était parcouru de spasmes. Depuis quelques minutes déjà, nous tentions de le ramener. Mais il semblait résister, refuser de revenir à la réalité. Gabriel a soudain complètement arrêté de bouger, puis s'est arqué en arrière. Quelques secondes plus tard, les deux personnes présentes dans la salle d'endormissement, l'anesthésiste et le Dr Metzel, se sont écroulées au sol. Puis la vague est arrivée jusqu'à nous. Alors que je me tenais debout, les mains plaquées contre la vitre nous séparant de la salle d'endormissement, j'ai eu l'impression qu'on m'attirait vers le sol, vers l'intérieur, puis tout est devenu flou. Je suis tombé à terre, comme tous les autres, inconscient.

Notre évanouissement a duré environ une heure. J'ai été parmi les premiers à reprendre connaissance, ai d'abord aidé les autres à se relever, puis, une fois que j'ai eu pleinement repris mes esprits, me suis rué dans la salle d'endormissement pour voir comment se portait Gabriel. Tous les relevés étaient au vert, pourtant l'adolescent ne semblait pas vouloir se réveiller. J'ai demandé à l'anesthésiste de lui administrer une piqûre d'adrénaline, ce que nous nous refusons généralement à faire car il est dangereux de ramener un Éveillé des Limbes avec une telle violence. Mais nous n'avions plus le choix. Malheureusement, l'injection n'a eu aucun effet.

Cela fait un mois maintenant. Un mois que Gabriel est perdu dans ses propres songes. Nous avons tout essayé, sans réussir à le ramener. Mes Sentinelles l'ont même cherché au cœur des Terres Mortes, mais il ne semble pas s'y trouver. Amy a proposé son aide et tenté de rejoindre les rêves de Gabriel, mais elle n'est pas parvenue à y accéder. Gabriel est, en ce moment, perdu quelque part au fin fond de son sommeil. Tout cela me fait repenser, évidemment, au mois que j'ai passé il y a longtemps dans le coma dans un hôpital à Saïgon. Cette période durant laquelle j'ai réveillé en moi les Limbes. Et tout ce qui s'est passé durant cette phase en dehors du temps. J'espère simplement que Gabriel, malgré lui, n'est pas en train de provoquer de drame. Comme ce fut mon cas…

Malgré tout, Gabriel a réussi sa mission. Yasuo Fukuda est sain et sauf. Le 1er septembre, le Premier ministre japonais a officialisé sa démission. La CIA semble satisfaite. Moi, j'enrage… Car je sais, j'en suis convaincu, que Gabriel a été attaqué, encore, dans ses rêves par ce démon de Clyde. Heureusement, nous avons depuis remonté la piste de la NSA. L'enquête interne menée par la CIA a porté ses fruits. Il semblerait qu'une dénommée Victoria Ledger et quelques autres agents aient eu pour ordre de monter une opération secrète pour tenter de prendre le contrôle du projet Limbes. Fous qu'ils sont… Personne ne me retirera mon projet, jamais. Nous savons que Ledger et son unité sont ici, quelque part, à New York. Au rythme où notre enquête progresse, d'ici quelques jours, tout au plus, nous connaîtrons leur localisation précise. Et nous remettrons enfin la main sur Clyde.

Maintenant, une autre question se pose : que faire de Gabriel ? Ce qui s'est passé ici même il y a quelques jours m'inquiète au plus haut point. Comment a-t-il pu provoquer l'endormissement d'une dizaine de personnes ? En trente ans d'expérimentations, je n'avais jamais rien vu de tel… Le plus inquiétant peut-être, c'est qu'il a provoqué cette vague de sommeil de manière totalement involontaire… Gabriel est puissant. Trop, certainement. Il m'a fallu du temps avant d'accepter cette évidence. J'ai bien cherché d'autres solutions. Mais tout me ramène à celle-là. Je n'ai d'autre choix, je crois, que de museler l'adolescent. Il est un danger pour lui-même, mais, surtout, pour les autres. Voilà plusieurs mois que l'un de mes laboratoires travaille sur un nouveau traitement, à base de dérivé de nialamide, un médicament interdit… Il me permettrait, normalement, de brider le sommeil de Gabriel. De le piéger, en d'autres termes, dans les

Terres Mortes. D'en faire, malgré lui, une Sentinelle. C'est un traitement similaire à celui que j'administre aux gardiens des Terres Mortes. Le médicament les maintient endormis en permanence, mais les empêche d'entrer en sommeil paradoxal. Ils sont contenus entre deux eaux et, ainsi, ne peuvent visiter la Nef et parasiter les rêves d'autres personnes. C'est une nouvelle version, plus puissante, de ce traitement que je compte administrer à Gabriel s'il reprend connaissance. Il sera mon prisonnier, mon esclave, certes. Mais il m'aidera malgré tout, au cœur des Terres Mortes, à bâtir quelque chose de grand.

Car mon projet, celui que je poursuis depuis maintenant trente ans, prend enfin forme. Je repense à ce moment inoubliable où j'ai enfin découvert, guidé par Gabriel, le Tombeau, le Lac aux Chimères et la Source. J'avais tant attendu cet instant. Tant espéré, enfin, obtenir les réponses à mes questions. J'aurais aimé que Caleb, Ethan, Thomas, Kleiner ou Nate soient à mes côtés. *Vous auriez compris alors, mes amis, que tout cela n'a pas été vain...*

Déjà, mes Sentinelles ont commencé à construire le Pont. Elles passent de longues heures à arracher des pierres des falaises environnantes des Terres Mortes pour les placer dans les eaux mystérieuses du Lac aux Chimères. Gabriel nous a bien mis en garde sur le danger de toucher cet étrange liquide et je me suis bien gardé de me risquer à vérifier ses dires. Ces eaux tumultueuses dans lesquelles tourbillonnent des silhouettes indistinctes sont à la fois fascinantes et effrayantes. Il est indéniable, comme évident, qu'y mettre un pied serait s'y noyer, se perdre, absorbé dans les rêves de millions de personnes... C'est pourquoi il nous faut construire ce pont. Mes Sentinelles sont déjà parvenues, en quelques semaines, à bâtir une frêle passerelle de près d'un mètre. Il faudra du temps, des années peut-être, avant que nous puissions enfin accéder à la Source. Mais, en cela, la puissance de Gabriel pourrait m'être d'une grande aide. Sa force pourrait permettre de déplacer de véritables monceaux de pierre des Terres Mortes et faciliter grandement notre travail pour créer le Pont. Voilà peut-être à quoi était promis l'enfant que la Créature m'avait demandé d'attendre. Voilà peut-être son destin… Je m'en suis convaincu en tout cas. Car, avec l'aide de Gabriel et la construction de ce pont, nous accomplirons de grandes choses. Nous changerons le monde.

Lorsque j'aurai enfin accès à la Source, ce cœur des Limbes qui permet d'accéder à tous les rêves des hommes, nous tenterons de nous en servir. Il nous faudra apprendre, certainement, comme nous l'avons fait avec la Nef, comment se contrôle cette Source. Nous avancerons à tâtons… Ce sera dangereux, évidemment, mais Gabriel sera là, aussi, pour ça. Il sera mon cobaye. Et une fois que nous aurons le plein contrôle, alors je prendrai le relais. Nous mettrons fin aux conflits en cours… nous amènerons la paix. L'homme s'endormira enfant et se réveillera adulte. Car la haine qu'il nourrit pour son prochain n'est pas innée, j'en suis intimement convaincu. Non, cette haine, cette soif de domination, de pouvoir, son appétit de charognard, on les lui impose, on les lui inculque. La société, les dogmes, la religion, la politique lui insufflent cette rage, cette voracité, cette soif de mort. On a toujours choisi pour l'homme qui il devait haïr, qui il devait tuer. C'était déjà le cas pour moi au

Viêtnam et cela en a toujours été ainsi. Nous changerons cela. À jamais. Nous irons extraire les graines de la colère au cœur même des songes des hommes. Ça sera mon héritage. Il nous suffira, par exemple, de visiter simultanément les rêves de toute la population d'un pays en conflit et d'effacer de la mémoire de ses habitants les raisons de leurs griefs pour mettre fin à une guerre. Il nous suffira d'une nuit. D'un songe… Puis des millions d'hommes et de femmes se réveilleront un matin avec un souvenir flou, diffus. Ils n'auront plus de haine pour leur voisin, pour celui qui se tient là, de l'autre côté de cette frontière imaginaire qu'on leur a imposée. Ils seront vierges et pourront recommencer de zéro. Ils referont les mêmes erreurs, encore et encore, c'est certain. Mais je serai là pour veiller. Puis j'en formerai d'autres qui prendront ma suite. Nous serons le fil d'Ariane qui mènera l'homme vers sa rédemption, la canne qui lui permettra de s'élever. Je lui rendrai sa liberté en retirant ces oripeaux qui l'entravent. J'effacerai la peur. Ça sera un bouleversement, une révolution silencieuse. Personne ne le saura, et pourtant le monde ne sera plus jamais le même. Et mon rêve, enfin, deviendra réalité.

Clyde

5 octobre 2008
New York, État de New York

C'en est fini.
Ce soir.
Cette nuit.

J'évolue parmi les installations de la NSA. Je chevauche un cadavre, puis un autre…

J'entends un bruit au fond du couloir, près de l'ascenseur. Ça doit être le dernier garde. Il braque son arme devant lui en tremblant et me lance : « Madame Ledger, non, qu'est-ce que vous… » Je ne le laisse pas terminer sa phrase et lui tire dessus à trois reprises. Il fait quelques pas en arrière, me regarde avec un air surpris, puis s'effondre au sol en glissant le long du métal de la porte coulissante de l'ascenseur, laissant une trace rouge dégoulinante. Je vérifie mon chargeur. Il me reste cinq balles. Ça devrait suffire. Je sens que Ledger se débat, tout au fond de moi. Elle me supplie. J'entends comme une petite voix désespérée… « Non, Clyde. Ne fais pas ça… non. » Je m'efforce de rester concentré. J'appelle l'ascenseur. Je vérifie la blessure que j'ai reçue, qu'elle a reçue, à l'épaule. La balle a bien entaillé la chair mais ne freine pas trop mes mouvements. Les deux gardes à l'entrée du penthouse doivent être au courant de ce qui vient de se passer ici. J'ai vu, plus tôt, un des agents parler dans son talkie-walkie avant que je ne lui tire dans la nuque. Ils seront sur leurs gardes… Je sais quoi faire…

L'ascenseur s'élève dans les étages. Dans l'obscurité de la cage de verre, la silhouette de Ledger se dessine en surimpression de la vue sur New York. Son chignon est défait, sa chemise blanche tachée de sang. *Tu ne pensais pas finir comme ça, Victoria ? Mais à quoi t'attendais-tu ?*

11e étage.

12e étage.

J'ai pris la décision hier, après que Ledger est venue me voir dans mon appartement. L'étau se resserrait. La CIA et ONIR étaient en train de remonter la piste jusqu'à nous. Ils savaient désormais que nous étions installés à New York. Ils n'allaient pas tarder à nous trouver. Ledger voulait que nous déménagions dans un lieu sûr, dans un coin paumé du Montana, je crois. Elle m'a promis que je ne courais aucun danger, que ce n'était que le début d'une belle aventure. Selon elle, l'agitation de la CIA et d'ONIR n'était que des gesticulations vaines trahissant leur panique. « Cela prouve que nous avons réussi notre mission. Leur collaboration est fragilisée, le colosse tremble sur ses fondations », m'a-t-elle alors dit. « Pour preuve, Hawkins est en ce moment même en déplacement à Washington, au siège de la CIA, pour tenter d'apaiser les tensions. » Ledger se voulait rassurante, convaincante… Mais j'ai bien senti qu'au fond d'elle elle avait peur. Elle m'a expliqué que nous partirions demain au petit matin et qu'elle dormirait, ce soir, en bas, avec le reste de l'équipe. Deux agents resteraient à l'entrée du penthouse pour faire le guet.

C'est là que j'ai pris ma décision.

17e étage.

18e étage.

Il n'y aura pas de demain, d'après, pour toi, Ledger.

Ni pour tous les autres.

Tout s'arrête ce soir.

J'en ai assez.

J'ai assez attendu, j'ai tout essayé. Ce soir, j'ai décidé de passer aux choses sérieuses. C'est ma dernière chance. J'aurais voulu, j'aurais aimé faire ça différemment. Ne pas avoir à encore commettre ces meurtres. Mais je n'ai pas eu le choix. Le temps joue contre moi. Et, de toute manière, j'ai déjà été trop loin. Il n'y a plus de retour en arrière possible.

Amy, j'arrive.

23e étage.

24e étage.

Je me prépare. Je me mets à genoux, au sol, le flingue planqué derrière moi.

25e étage.

Les portes coulissantes s'ouvrent dans un souffle. Les deux agents braquent leur arme sur moi. Je tends le bras gauche en avant, celui avec ma blessure.

— Aidez-moi. En bas, un de nos hommes est devenu fou. C'est Clyde qui le contrôle. Il faut l'arrêter…

Les deux hommes échangent un regard. Un instant de doute. Un instant de trop. Je dégaine mon arme et tire deux balles sur chacun d'eux. Ils tombent au sol. Immobiles, à jamais.

Je me soulève, monte à l'étage, pousse la porte de ma chambre. Je me vois alors, moi, alangui dans mon lit. Quelle sensation étrange ! Ledger force pour reprendre le contrôle. Comme si elle grattait à l'intérieur de mon esprit, mais ça ne sert à rien. Lentement, je place l'arme dans la main de mon corps endormi. Je recule de quelques pas et lâche mon emprise afin de me réveiller.

Je suis de retour dans mon corps. J'ai un peu mal à l'épaule, mais ça va.

J'ouvre les yeux. J'ai beau être encore dans les vapes, instantanément, je resserre ma main sur l'arme et l'oriente vers le corps inconscient de Ledger. Je me soulève, attrape le sac que j'avais caché sous le lit, enfile une paire de chaussures, tout cela sans la quitter des yeux. Un tremblement… un mouvement de bras. Elle se réveille. Elle ouvre grand la bouche, comme si elle reprenait sa respiration après une trop longue apnée. Ledger semble, pendant quelques secondes, perdue, déroutée, regardant autour d'elle. Puis, enfin, elle me voit. Je me tiens au-dessus d'elle, mon pistolet pointé sur sa tête.

— Clyde…

— Victoria… je suis désolé. Mais vous ne m'avez pas laissé le choix. Vous n'auriez jamais dû me faire prisonnier, vous mêler à toute cette affaire…

— Je…

Je ne la laisse pas parler et tire, sans regarder, la dernière balle. J'entends la femme s'écrouler au sol.

Puis le silence retombe dans mon appartement. Il fallait que ça soit ainsi. La laisser vivre aurait représenté un trop grand risque. Elle aurait certainement tenté de me retrouver, de me récupérer. Et, pire encore, si j'avais réussi à lui échapper, elle aurait tôt ou tard cherché d'autres enfants pour les enfermer à leur tour. Pour en faire des monstres, comme celui que je suis devenu. Elle était, comme Hawkins, déterminée à prendre le contrôle des Limbes, qu'importe le prix à payer… Et si je fais tout ça, c'est justement pour que ça n'arrive plus jamais. Pour qu'on laisse les Limbes, cet endroit maudit, sombrer dans l'oubli, et les enfants qui s'éveilleront avec le pouvoir vivre leur vie, sans entrave… Je ne regarde pas en arrière et emprunte l'ascenseur jusqu'au rez-de-chaussée. La porte coulissante s'ouvre sur le carnage que j'ai provoqué. Ça sent le sang. Ça sent la mort. J'avance dans le couloir en béton entre les corps. J'arrive à la salle d'endormissement.

Je me saisis d'une bonbonne du sédatif éclair créé par ONIR, attrape un masque. Je fouille quelques cadavres et ouvre leurs portefeuilles en quête d'argent. J'évite de regarder les photos de famille et prends les billets que je glisse dans ma poche. J'attrape également un pistolet que je place à l'arrière de mon jean. Enfin, je trouve une paire de clés de voiture et le badge magnétique me permettant de sortir de ma prison de verre. Je suis prêt. Je prends la bonbonne sous le bras et quitte ce lieu, sans regret. Il faut que je fasse vite, je le sais. Une équipe de secours de la NSA ne va certainement pas tarder à arriver. Parvenu sur le parking de l'immeuble, je trouve facilement la voiture de la NSA dont j'ai les clés. Il s'agit d'un SUV noir Cadillac. Je m'engouffre à l'intérieur, pose mes affaires sur le fauteuil passager en cuir. Je démarre.

Après une demi-heure de trajet, je me gare à moins d'un kilomètre des locaux d'ONIR, le long de bâtiments d'habitation gris sur Port Imperial Boulevard. J'abaisse mon fauteuil, passe le masque autour de mon visage, ouvre la valve quelques secondes, puis la referme. Je sens le produit d'endormissement pénétrer mes bronches.

Il ne me reste plus qu'à espérer qu'il dorme.

J'arrive dans la Nef, j'appose mes mains sur la Stèle… Je me concentre sur le visage du seul qui puisse me permettre de pénétrer ONIR, Elias… ses yeux d'un bleu profond. Je me sens projeté en hauteur. *J'arrive, Elias, mon vieil ami…*

Je reprends connaissance dans une grande maison cossue. Tous les meubles sont recouverts de draps blancs. Tout ici, des murs au sol, est d'un beige terne, délavé. Je remarque que tous les cadres photos ont été effacés, comme si les images avaient été passées à l'acide, grattées. J'entends un son sourd. J'y prête mieux attention. Ce sont des voix, une mélopée lancinante, comme un chœur qui psalmodie, sans cesse. Je saisis quelques mots : « Tu m'appartiens, Elias, tu es à moi. Je suis ton père, ton frère, je suis tout. Je suis James Hawkins… Tu m'appartiens. » Un craquement de parquet… Il y a du bruit à l'étage. Je monte. Je découvre le bras droit d'Hawkins, à genoux, en train de fouiller dans un placard. Je l'appelle. Il se retourne et me regarde sans surprise, avec un air las.

— Clyde… je savais bien que tu finirais par venir ici.

— Je ne vous veux pas de mal, Elias. Vous avez toujours été bon avec nous. Vous avez pris soin d'Amy, de moi… Vous savez pourquoi je suis là ?

— Oui, j'imagine que tu souhaites tenter de libérer Amy.

— Oui, en effet.

— Je ne te retiendrai pas. Je suis fatigué. La mort de Matt, ce qui est arrivé à Gabriel. Voir ce que nous avons fait de vous, vous voir vous déchirer ainsi, c'est trop dur. Je n'ai jamais voulu ça. Tu sais, c'est comme si je n'étais plus vraiment moi. Il n'y a qu'ici, quand je dors, que je me retrouve un peu. Quand je me réveille, je suis un autre. Un automate… J'ai l'impression qu'il me manque toujours quelque chose, qu'on m'a retiré une partie de moi. Je sens une absence… J'ai beau chercher, chaque nuit, fouiller de fond en comble cette foutue maison, je ne trouve pas…

Je regarde autour de moi… Je l'ai senti dès que je suis arrivé ici. Ce rêve est une façade. Non, une camisole. Il n'est pas naturel. Il a été modifié, transformé. Je suis certain qu'Hawkins y est pour quelque chose. Je me concentre et pousse de toutes mes forces pour rendre à la chambre sa forme initiale. Pour en retirer le filtre qu'a placé ici le créateur d'ONIR. Les tapisseries retrouvent des couleurs chatoyantes. La moquette devient bordeaux. Les draps disparaissent des meubles. Et, surtout, les photos réapparaissent. Elias s'approche d'une série de cadres posés sur une étagère. On le voit en compagnie d'une femme et d'un bébé. Un petit garçon. Il a l'air heureux… Elias se saisit d'un des cadres, puis d'un autre. Il me regarde, enfin, des larmes perlant dans ses yeux.

— Je me souviens. C'est Liz, ma femme… et là… c'est mon fils, Carl. C'est eux que je cherche chaque nuit, sans même le savoir… Que sont-ils devenus ? Je les ai quittés, je crois. Je ne sais plus, c'est si flou. Comme si c'était quelqu'un d'autre qui avait décidé pour moi durant toutes ces années. Mais ils étaient toute ma vie. Comment ai-je pu faire ça ? Comment ai-je pu les oublier ?

— Parce que Hawkins vous y a forcé…

— Il a détruit ma vie. Je savais bien qu'il y avait quelque chose qui clochait, que j'avais été quelqu'un d'autre… avant… Il a fait de moi son pantin…

— Comme de nous tous. Je suis désolé, Elias.

— Prends mon contrôle, finissons-en… Sache que tu ne devrais pas croiser trop d'agents d'ONIR dans les locaux. La plupart sont en train de vous chercher dans New York ou ont accompagné Hawkins à Washington. Et retiens bien le code pour envoyer l'ascenseur au sous-sol, c'est 05141970.

— 05141970… je m'en souviendrai.

— Une dernière chose, il faut que tu saches que Gabriel s'est réveillé il y a quelques jours. Il est encore très affaibli. Il aura du mal à vous suivre.

— Il n'aura pas à me suivre…

— Et pourquoi cela ?

— Car il va mourir.

— Non, ne fais pas ça. C'est un gentil gamin. Il est comme toi. Il a même tenté de prendre ta défense et refusé de te faire du mal dans tes rêves. Tout cela le dépasse. Emmène-le avec toi. Hawkins a décidé d'en faire une de ses Sentinelles. Il a peur de son pouvoir. Il m'a dit qu'il le laissait reprendre des forces pour ensuite lui administrer un traitement qui le piégera à jamais dans les Terres Mortes. Tu ne peux pas laisser faire ça, Clyde. Même à ton pire ennemi…

— Ça ne sert à rien.

— Je t'en prie. Prends ça comme ma dernière volonté.

— Ce n'est pas possible. Il doit mourir.

— Je ne réussirai pas à te convaincre ?

— Non…

J'avance mes mains vers son visage.

— Attends. Je voudrais juste te dire combien je suis désolé. J'aurais aimé que ça se passe autrement, aimé que l'on évite tous ces morts, toute cette souffrance.

— C'est trop tard. Le mal est fait.

Je pose mes mains sur son crâne et me projette en lui.

Je lui dis une dernière chose, sincère :

— Je tenterai d'éviter que vous soyez blessé, Elias.

J'ouvre les yeux. Il fait noir. Je me soulève et cherche à tâtons un interrupteur. J'en trouve un et allume. Je suis dans une toute petite chambre qui fait à peine trois mètres sur trois. Un lit, un évier. Une douche. Un fauteuil. Une armoire remplie des mêmes vêtements noirs. Et c'est à peu près tout. Plutôt que dans une chambre, on se croirait dans une cabine de sous-marin ou dans une cellule de prison. Je réalise en cet instant combien Elias, durant toutes ces années, sans que je m'en doute, était lui-même prisonnier, comme nous tous, des griffes d'Hawkins. Enfermé dans cette prison mentale que lui avait façonnée ce salopard. S'en remettra-t-il ? Arrivera-t-il seulement à se reconstruire ? Je ne sais pas. J'attrape l'arme de service qu'Elias a laissée suspendue à la porte d'entrée et sors. Je suis au rez-de-chaussée d'ONIR. Pas un bruit. Pas un mouvement. Je me dirige vers les ascenseurs. J'attends. L'ascenseur arrive. Je tape le code. Au bout de quelques secondes, j'accède au sous-sol. Tandis que les lourdes portes en métal s'ouvrent, deux silhouettes cagoulées apparaissent… Sans hésitation, j'exécute les deux gardes qui protègent l'entrée de la zone. Ils n'ont rien vu venir. La porte de la chambre d'Amy s'entrouvre. Elle me voit, découvre les corps au sol et recule. Je range mon arme et m'avance vers elle.

— Amy, c'est moi, Clyde.

— Comment ?

— Regarde-moi, regarde mes yeux. J'ai pris le contrôle d'Elias. Je suis venu te chercher. Te sauver. Il faut faire vite. Habille-toi.

Elle me caresse la joue, je lui souris.

— Vite, Amy.

— Il faut aller chercher Gabriel, il part avec nous.

— Où est-il ?

— Là-bas, dans la troisième chambre, à côté de celle de Matt.

— Très bien. Va préparer tes affaires, je m'en occupe.

Je m'avance vers la chambre, en entrouvre la porte, sors mon arme. J'entre. Gabriel est dans son lit, éveillé, légèrement relevé, tenant sur ses coudes. Je découvre ma Némésis, enfin, dans la réalité… Il a l'air épuisé. Notre combat dans les rêves de Fukuda l'a indéniablement amoindri… Il est encore plus maigre que je le pensais… *Pas de pitié, Clyde. Jamais.*

Le garçon me regarde avec stupéfaction.

— Elias, j'ai entendu des coups de feu. Que se passe-t-il ?

Je braque mon arme sur lui.

— Je t'avais promis que je t'aurais, Gabriel. Ça a mis plus de temps que prévu mais me voilà.

— Qu'est-ce que vous racontez ?

— Regarde-moi, regarde mes yeux. Je ne suis pas Elias.

Il comprend, enfin.

— Clyde… tu n'abandonneras donc jamais…

— Non…

Mon doigt s'approche de la gâchette. Je commence à appuyer.

Un cri derrière moi… Amy. Elle se jette sur moi et me projette en avant. Je tire par réflexe mais la balle vient se ficher dans la fausse fenêtre à côté du lit… L'image d'une forêt disparaît dans un grésillement… Amy s'interpose entre Gabriel et moi.

— Non. Ne fais pas ça, Clyde. Je t'en prie.

— Pousse-toi de là, Amy. Il doit mourir. Il est dangereux. Tu ne comprends pas ? J'ai vu des choses, moi. Je sais. Il ne contrôle rien. Il faut en finir.

— Si tu tires, si tu le blesses, je ne partirai pas avec toi. Je resterai ici.

Je n'abaisse pas le bras.

— Tu ne vois donc rien, Clyde ? Gabriel est comme toi, comme nous. Nous sommes tous perdus face aux Limbes. Tout cela nous échappe. On ne sait même pas pourquoi nous, plus que d'autres, avons ce pouvoir. Une seule chose est certaine : Hawkins nous a manipulés, tous. Il nous a volé nos vies. Mais on peut encore les récupérer. Fuyons ensemble, tous les trois. On peut y arriver. Une vie meilleure nous attend quelque part. J'en suis certaine… Il y a eu assez de morts, Clyde.

— Mais les Voix m'ont dit… Elles m'ont prévenu qu'il…

— Quelles voix, putain ? De quoi tu parles ?

— Des Émissaires qui sont venus à ma rencontre. Ils m'ont aidé à sortir d'ici… m'ont conseillé ensuite…

— Et tu sais qui les envoie ?

— Non… je…

— Tu veux dire que tu obéis à des ordres d'inconnus…

— C'est plus compliqué…

— Non. J'ai compris… Tu as abandonné un maître pour en trouver un autre… Tu ne peux vivre qu'en laisse, alors ? Tu as besoin qu'on te dise quoi faire ?

Ma main tremble. Il faut en finir. Le temps presse…

— De toute manière, Hawkins a prévu de transformer Gabriel en Sentinelle. C'est un service que je lui rends. Dans quelques jours, il ne sera plus qu'un légume, qu'un monstre au service de ce fou.

Gabriel semble avoir du mal à appréhender ce qu'il vient d'entendre. Il se soulève un peu plus de son lit. Sous le néon, je remarque son teint blafard, la sueur qui perle sur son front.

— Qu'est-ce que tu veux dire, Clyde ? Qui t'a dit ça ?

— C'est Elias qui m'a tout raconté dans ses rêves, avant que je prenne son contrôle… Tu découvres enfin la vraie nature d'Hawkins, Gabriel. Pourtant, je t'avais prévenu. Nous ne sommes que des pions pour lui.

— Non, c'est faux. Hawkins m'a dit que nous allions reprendre nos missions. Que je l'aiderais à protéger la Source et le Tombeau. Que de grandes choses nous attendaient.

— Il t'a menti, imbécile.

Amy jette un regard attristé vers Gabriel, puis s'avance vers moi et pose sa main sur le canon de mon arme…

— Arrête ça tout de suite, Clyde. Gabriel est mon ami et je ne l'abandonnerai pas. De plus, comme tu l'as dit, il est puissant. Nous pourrions avoir besoin de sa faculté à contrôler les rêves dans notre fuite. Je ne partirai pas sans lui. Point final.

Je regarde Gabriel. En cet instant, ce n'est pas un ado que j'ai devant moi, mais un enfant. Un gamin apeuré, qui a resserré ses jambes contre son torse. Qui me regarde avec terreur. Le même gamin que j'ai vu dans son rêve. Un gamin seul, avec personne pour essuyer ses larmes. Un gamin comme je l'ai été.

Nous n'avons plus le temps. Si nous voulons sortir d'ici vivants, je dois écouter Amy.

Je range mon arme.

— Très bien, Amy. Mais je t'aurai prévenue.

Je me tourne vers Gabriel.

— Tu lui dois la vie sauve… pour le moment… mais ne tente rien. Et ça ne change rien entre toi et moi… compris ?

— Compris.

— Habille-toi. Prépare tes affaires. Je vous attends près de l'ascenseur, nous partons dans deux minutes.

Nous parvenons à sortir du bâtiment sans embûche. En nous éloignant de l'immeuble en verre, je me retourne une dernière fois et regarde son impressionnante porte en bois ramenée d'un temple indien. Je me rappelle les promesses d'Hawkins alors, ce jour où j'ai pénétré ce lieu pour la première fois, je me souviens de mes espoirs… Comme tout cela semble loin ! Il nous faut hâter le pas mais Gabriel marche trop lentement. Bien malgré moi, je suis obligé de le prendre sous mon bras. Nous tournons à droite et traversons deux blocs d'immeubles jusqu'à la voiture. Après une dizaine de minutes à regarder avec appréhension le moindre véhicule qui croise notre route, le flingue caché sous le pull d'Elias, nous arrivons enfin en vue de la Cadillac. Je laisse Gabriel et Amy s'installer dans la voiture, puis je lâche mon emprise sur Elias qui s'écroule sur le trottoir.

Je reprends connaissance au volant. Amy est à mes côtés. Enfin. Elle me serre dans ses bras et m'embrasse sur les joues.

— Clyde, c'est toi ? C'est bien toi ? Je savais que tu reviendrais.

Je lui souris.

— Je te l'avais promis, Amy. Je ne t'abandonnerai jamais.

J'entends une voix à l'arrière, faible. C'est Gabriel.

— Merci, Clyde… merci de nous avoir sauvés.

Je ne réponds rien et démarre le moteur de la voiture.

À l'extérieur, Elias a repris ses esprits et se soulève. Par réflexe, il pointe son arme sur moi. Sa main tremble… J'ouvre la fenêtre passager.

— Elias, baissez ça. Vous ne tirerez pas, je le sais.

— Mais James ne me pardonnera pas… Je devais vous protéger, vous empêcher de quitter ONIR.

— C'est trop tard, Elias. Nous partons…

— Je vais tirer…

— Non, vous ne le ferez pas. Car, au fond de vous, il y a un homme qui se souvient de sa femme Liz et de son fils Carl. Un homme qui sait ce que lui a fait endurer ce salaud d'Hawkins.

Elias baisse son arme et semble sonné.

— Liz, oui, je me souviens… C'est si loin…

Elias regarde autour de lui, puis revient vers nous.

— Fuyez… le plus loin possible. Il vous traquera, sans relâche. Je tenterai de l'en empêcher…

— Disparaissez, vous aussi. Vous en avez assez fait.

— Je n'ai nulle part où aller. Il a détruit ma vie, qui j'étais. Je ne suis plus rien. Il ne me reste plus qu'une chose à faire…

— Eh bien, bonne chance, alors. Adieu.

Je referme la vitre et accélère. Direction l'Ohio. Nous éloigner le plus possible. Puis nous réfléchirons où nous pouvons tenter de nous cacher.

Nous sommes libres…

J'attrape la main d'Amy et la serre fort.

Tu es là, enfin.

J'ai réussi…

James Hawkins

6 octobre 2008
New York, État de New York

Je suis revenu le plus vite possible. J'ai été alerté au milieu de la nuit de l'évasion de mes Éveillés. On a retrouvé deux corps de vigiles au premier sous-sol. Les bandes vidéo des caméras de surveillance ne laissent aucun doute. C'est Elias qui les a abattus puis a aidé les enfants à s'enfuir. Je pense qu'il a été possédé par Clyde… Mais je dois en avoir le cœur net. Mon hélicoptère vient de se poser à l'arrière du bâtiment d'ONIR. Je traverse la pelouse jusqu'à l'entrée arrière, escorté de quatre agents. Dorénavant, la CIA tient à ce que je sois accompagné en permanence. D'après eux, je serais en danger… Bande d'idiots, c'était avant qu'il fallait se soucier de notre sécurité… C'est trop tard désormais. Je fulmine car, au fond de moi, je suis le seul responsable. J'aurais dû anticiper l'attaque de Clyde. C'était évident qu'il allait tenter quelque chose. Mais j'étais trop occupé à essayer de débusquer ces rats de la NSA. Je pensais que c'était alors le meilleur moyen de retrouver l'adolescent. Je n'imaginais pas qu'il prendrait l'initiative. Clyde a toujours aimé les échecs, il vient de me le prouver. C'était un coup de maître. *Mais vous ne m'échapperez pas.*

Ce matin, à 7 h 26, la police a retrouvé une voiture abandonnée, un SUV Cadillac appartenant à la NSA, sur le parking d'une station-service à proximité de Morgantown en Virginie. Une fois que j'aurai réglé le problème ici, je pars sur place. Nous allons les traquer sans relâche. Avec l'aide de la police, le soutien de la CIA et mes propres agents, ils n'iront pas bien loin. Bientôt, des centaines d'hommes seront à leur poursuite. De plus, Gabriel est encore faible, il va certainement les ralentir…

Au moins, cette affaire, bien que dramatique, m'aura aidé à régler un problème. Stadler, mon interlocuteur de la CIA, m'a ainsi confirmé que l'équipe de la NSA qui menaçait nos opérations a enfin été localisée. Ils s'étaient installés au rez-de-chaussée d'un immeuble de l'Upper West Side. Six agents et deux scientifiques ont été retrouvés morts il y a quelques heures. Parmi eux, leur chef Victoria Ledger… Clyde m'a facilité la tâche. Ce fiasco devrait freiner les velléités de la NSA de venir fureter dans les Limbes.

Un périmètre de sécurité a été installé sur une grande partie du rez-de-chaussée d'ONIR. Je vois, derrière les bâches opaques, quelques silhouettes d'employés qui regardent vers nous, intrigués. Aucun d'eux ne sait ce qui s'est passé au 1er sous-sol. Les deux cadavres des gardes qui ont été abattus ont été évacués aux premières heures du matin… Nous ferons croire qu'il y a eu un incident technique, que nous devons procéder à quelques travaux… Tout sera oublié dans quelques jours, quelques heures…

Je prends l'ascenseur et descends, accompagné de mon escorte, au sous-sol. Là, dans la salle d'endormissement, Elias m'attend, menotté, encadré par deux vigiles qui le tiennent en joue, armés de pistolets silencieux. Mon bras droit s'est rendu de lui-même.

Sans un mot, sans un regard, je dépose ma manette à l'entrée de la salle. Retire ma veste. Je regarde mon ancien chef de la sécurité... Il a les yeux boursouflés... Il a pleuré... Quel gâchis, quelle déception ! Je m'approche de lui.

— James...

— Elias, racontez-moi.

— Il n'y a rien à raconter. Ils se sont enfuis. Je les ai aidés. Ils sont loin désormais, vous ne les rattraperez pas. C'est fini...

— Pourquoi mentez-vous ? Vous ne les avez pas aidés, je le sais. C'est Clyde qui a pris votre contrôle. C'est évident. J'ai bien remarqué votre démarche, votre attitude sur les vidéos des caméras de surveillance. Ce n'était pas vous.

— Ça ne change rien...

— Ça change tout ! Vous n'y êtes pour rien, Elias. Nous allons les rattraper. Nous allons continuer. Ce n'est que le début, vous verrez. Notre problème avec la NSA est réglé. La Source sera bientôt à notre portée... De grandes choses nous attendent.

— Je ne vous aiderai plus, James. Plus jamais. Je sais ce que vous m'avez fait. Clyde m'a montré, il m'a tout dit. Vous avez effacé de ma mémoire mes souvenirs. Ma femme, mon enfant. Où sont-ils ?

— Qu'est-ce que j'en sais, moi ? C'est vous qui les avez quittés et personne d'autre ! Je me suis contenté de vous aider à prendre les décisions qui s'imposaient et à vous concentrer sur l'essentiel…

— Mais l'essentiel, c'était ça… ma vie, ma famille !

— Non, l'important c'est ce que nous entreprenons ici. C'est ce que nous faisons dans les Limbes. Tout le reste n'est que superflu. Nous avons tous dû faire des sacrifices, Elias. Moi le premier… Tant de sacrifices…

— Vous êtes fou, James. Tout ça, ONIR, les Limbes… ça vous a rendu aveugle. Vous êtes perdu. Vous avez oublié les horreurs que nous avons dû commettre ? Comment ai-je pu tolérer tout ça ? Que m'avez-vous fait ?

— Je vous ai aidé à faire le tri dans votre vie. Rien de plus… Vous êtes toujours vous-même. Durant ces quinze années, je ne vous ai jamais retenu, jamais forcé la main… Vous auriez pu vous révolter avant, partir. C'est un peu facile, vous ne trouvez pas ? de tout me mettre sur le dos. Vous…

Elias me coupe la parole :

— Ça ne s'arrêtera jamais… vous vous en rendez compte au moins, James ? Il vous en faudra toujours plus. Mais vous n'arriverez jamais à pleinement contrôler les Limbes. Après la Source, il y aura autre chose… Vous vous enfoncerez toujours plus dans ce lieu dément et vous entraînerez les autres avec vous. Vous voulez aider l'homme à s'élever, à devenir meilleur ? Mais regardez-vous, vous êtes pathétique…

— Justement…

— Vous vous rendez compte de ce que nous avons fait à ces enfants ? Gabriel, Clyde, Matt et tous les autres avant eux… Est-ce que ça en valait vraiment la peine ?

— Bien sûr que ça en valait la peine. Nous sommes si près de réussir. Si près…

— Vous n'y arriverez jamais. Vous courrez après une illusion. Vous aimeriez que tout cela ait un sens. Que votre quête ait un but pour oublier, peut-être, tout ce que vous avez dû faire pour en arriver là. Mais il n'y a rien au bout. Qui vous dit que la Source vous permettra d'apporter la paix dans le monde ? Qui ? C'est une intuition ? Une analyse faite à partir d'une ridicule phrase trouvée dans le journal d'un frère franciscain mort il y a des centaines d'années ? Tout cela est ridicule… Mon Dieu, ça fait du bien de vous dire tout ça… C'est comme si j'avais retenu toutes ces pensées pendant des années au fond de moi. Comme si elles avaient été emprisonnées…

Elias m'exaspère… Je ne le reconnais plus. Où est mon bras droit servile, aidant, toujours à l'écoute ? Qu'est-il devenu ? Ça ne sert plus à rien de tenter de le convaincre. Je n'en peux plus de l'entendre déverser son fiel. C'est une cause perdue.

— Finissons-en, Elias. Savez-vous où les enfants comptent se rendre ? Vous ont-ils dit quelque chose ?

Mon chef de la sécurité me regarde longuement, puis, dans un bond, se jette sur le garde à sa droite et tente de lui arracher son arme. Il parvient à la saisir et me prend en joue. Le temps s'arrête. Je me plaque contre la baie vitrée de la salle d'endormissement… Je ferme les yeux… Un coup de feu… Je ne ressens pas de douleur… Un cri de pure rage. Je rouvre les yeux. L'agent à mes côtés a tiré le premier et blessé Elias à la main. Ce dernier est au sol, à genoux, et serre sa main blessée contre sa poitrine. Un garde récupère l'arme qu'il avait subtilisée et le prend en joue.

Je m'approche d'Elias.

— Je vais vous laisser maintenant, Elias. Malgré tout. Malgré tout ce que vous m'avez dit aujourd'hui, je voudrais vous remercier. Pour tout ce que vous avez fait pour moi, pour ONIR, durant ces quinze années. Je ne l'oublierai pas. Adieu.

Elias ne me répond pas et sanglote, la tête baissée. Je remarque qu'il tient quelque chose serré dans sa main libre. Je regarde mieux. C'est son alliance. Il a dû la retrouver dans l'un des tiroirs de sa chambre…

Je récupère ma veste, ma mallette, puis, avant de quitter la salle d'endormissement, je m'approche d'un de mes agents et lui susurre, à l'oreille :

— Abattez-le.

Lee

15 novembre 2028
Chicago, Illinois

On frappe à ma porte. Je n'ose pas me lever de mon lit. Je ne peux plus faire le moindre geste. Je suis paralysée.

On frappe encore…

Ça y est ? Ils m'ont retrouvée ? Me réservent-ils le même sort qu'à Chris, mon rédacteur en chef ? Va-t-on me retrouver au fond d'une allée poisseuse avec une balle dans la tête ?

Il n'y a plus de bruit de l'autre côté de la porte… Que faire ? Tenter de sauter par la fenêtre ? Je suis au 2e étage. Je pourrais y arriver, mais je risque aussi de me blesser… Trop de choses se bousculent dans ma tête. Des images de Liam… Et si je ne le revoyais jamais ? Et s'il se réveille ? Que pensera-t-il de moi ? Que lui racontera-t-on ? Tout se mélange, tout est flou. Je suis si fatiguée. J'aimerais tant m'allonger sur ce lit qui m'appelle, chaque heure, chaque seconde. C'est une torture. Je ne vais plus tenir longtemps. Une petite sieste, quelques minutes. J'ai beau prendre des douches, boire des dizaines de cafés, me doper de vitamines… je sens que je suis à bout.

Qu'est-ce que je fais là, déjà ?
Qu'est-ce qui se passe ?
Oui, on frappe à la porte…

Les secondes passent, je sais pourtant qu'elles sont précieuses, que j'aurais déjà dû me décider, tenter quelque chose, mais je reste là, comme une conne, immobile…

Et dire que je venais de me décider, enfin, à me rendre à la police ! À tout leur raconter, en espérant qu'ils puissent me protéger. Ils me prendront peut-être pour une folle, mais au moins, là-bas, enfermée dans une cellule, je courrais moins de risques qu'à attendre ici.

Enfin, une voix de femme se fait entendre de l'autre côté de la porte :

— Lee…

C'est un piège, j'en suis certaine. Je ne dis rien. Je ne bouge pas. Je ne respire plus… Ma main passe sur la couverture du lit. C'est si doux… Se laisser aller en arrière, quelques secondes. Sentir mon corps s'enfoncer dans le matelas chaud… Et fermer les yeux, enfin…

— Lee, c'est moi. Clyde. Ouvre cette porte, vite.

Je sors de mes rêveries, attrape mon taser et m'avance, à contrecœur, vers la porte, tourne le loquet et l'entrouvre. Je tente de la bloquer de tout mon poids, au cas où… comme si ça servait à quelque chose. Et si Clyde était venu pour en finir avec moi aussi ?

Une femme ronde d'une cinquantaine d'années me fait face. Je la regarde mieux. Ces yeux gris. Oui, c'est bien Clyde. Il n'y a aucun doute. Je lui ouvre.

La femme pénètre dans la chambre et referme la porte derrière elle. Je cache mon taser derrière mon dos.

— J'ai eu un mal fou à te trouver, Lee. Désolé que ç'ait pris autant de temps. Ils en ont après toi. Ils ne vont pas tarder à arriver. Il faut partir, maintenant.

— Mais partir pour aller où, Clyde ? Je n'en peux plus. Ça fait cinq jours que je ne dors plus. Je suis à bout. Non, c'est fini, Clyde. J'ai décidé de me rendre à la police. Je vais tout leur expliquer. Ils vont me comprendre. J'ai toujours le dossier K27.

— Tu veux dire le dossier que tu as volé dans les Archives de l'État ? Tu sais la peine de prison que tu risques pour ça ?

— Je m'en fous. Même si je dois aller en tôle. Tant que je quitte cette foutue chambre. Tant que je dors, quelques heures…

— Tu crois vraiment que des murs de prison les arrêteront ? Tu as vu ce dont je suis capable ? Ils ont les mêmes pouvoirs que moi. Et il y a Liam.

— Comment, Liam ? Ne mets pas mon gamin là-dedans. Qu'est-ce que tu en as à foutre de Liam ? Et qui es-tu, bon sang, Clyde ? Où te terres-tu ? Tu as trop peur de régler ça toi-même, alors tu envoies la petite journaliste bien cruche risquer sa vie ? J'en ai assez. Assez de tout ça. Je veux juste être aux côtés de mon fils. C'est tout…

— Si je le pouvais, j'aurais fait tout ça tout seul. Je ne t'aurais pas mise en danger. Mais j'avais besoin d'aide. Moi aussi, je suis prisonnier. Tout ce que tu as fait jusqu'à présent, c'était pour aider Liam. Et tu as eu raison. Nous pouvons y arriver, j'en suis sûr. Stopper l'épidémie du Marchand de sable. Nous pouvons aider tous ces enfants.

— Mais je ne sais même pas ce que tu racontes, putain. Je ne sais même pas si c'est vrai, tout ça. Je ne sais plus… j'en peux plus…

Je fonds en larmes et laisse tomber le taser au sol. La main de la femme se pose sur mon épaule.

— Tu veux dormir, eh bien, dors. Je serai là pour te protéger. Et il faut que je te montre quelque chose. Pour te convaincre qu'il faut aller au bout. Je vais t'envoyer quelque part. Un endroit que peu de personnes ont vu. Je vais t'envoyer dans les Terres Mortes. Mais tu seras seule, alors reste bien cachée. Observe et comprends…

— De quoi parles-tu ?

— Allonge-toi, laisse-toi faire. Suis ma voix. Elle te guidera…

J'ai envie de lui faire confiance. J'en ai besoin. Et je suis si fatiguée. Je m'allonge. Je sens le coussin contre ma nuque, mon corps se détend instantanément. C'est un cocon doux et confortable… Je ferme les yeux et sombre, déjà.

Je sens à peine la main de la femme qui se pose sur mon front.

— Dors…

Il fait noir mais, pourtant, je suis consciente. Je ne vois rien mais ressens mon corps. Mes jambes, mes mains. Puis, lentement, la lumière se fait. Je suis dans une caverne. Il fait sombre, mais il y a un point de lumière bleutée là-bas, au fond. Avançant à tâtons, je place mes mains sur les côtés. Mes doigts entrent en contact avec la roche froide. C'est si réaliste, si vrai… Où suis-je ? Mes pieds s'enfoncent dans le sol. Au bout d'une minute, je me baisse et accède à une immense Grotte. Elle s'élève à une centaine de mètres de hauteur. Elle est percée de centaines, de milliers de trous creusés dans la pierre. On dirait une ruche… Et, partout, des lumières bleutées qui palpitent, comme des saphirs. À mes pieds, je remarque une de ces pierres. Je m'en saisis. Pas plus grosse qu'un galet, elle brille d'une lumière bleue, qui gagne et faiblit en intensité, comme si elle respirait. C'est magnifique… C'est étrange, je me sens à l'aise ici. Comme si je connaissais cet endroit. Une voix résonne dans ma tête. Celle de Clyde.

— Bienvenue dans les Limbes, Lee. Voici la Nef. C'est ici que tout commence. Tu vois cette grosse dalle, là-bas ? C'est à partir de cet endroit que nous pouvons visiter les rêves des hommes. Longe la Grotte sur la droite et suis la paroi sur cinquante mètres. Trouve la fissure. Et glisses-y toi…

Je suis les consignes de Clyde, mais j'ai du mal à dégager les yeux du spectacle qui me fait face.

Avec son aide, je trouve enfin la fissure large d'un mètre, pas plus. Je suis obligée de me placer sur le côté pour y pénétrer. En glissant, le dos plaqué contre la roche froide, la paroi opposée à quelques centimètres de mon visage, je me sens terriblement oppressée, mais je décide d'avancer, malgré tout. Un pas, un autre… Durant la traversée, je remarque des inscriptions sur les murs. On dirait du latin. Je les déchiffre facilement, malgré la pénombre. Il semblerait qu'il y soit toujours annoté les mêmes deux mots : « *Manus Dei* »… Au sol, tous les dix mètres, de petits monticules de pierres bleutées font office de balises, comme un fil d'Ariane… Combien de personnes sont venues ici avant moi ? Et pourquoi ?

Je sens un courant d'air frais, je ne dois pas être loin de la sortie. Je dois me baisser pour passer entre les pierres. Je rampe quasiment et me sers de mes bras pour progresser. Mes mains s'enfoncent dans le sol gris, comme un mélange de poussière et de cendre. Une faille. Là, j'arrive au bout. Enfin, je me relève. Une lumière éclatante m'aveugle d'abord. Puis, finalement, je m'habitue et regarde devant moi. Sous mes yeux, un spectacle hallucinant, dantesque… Je découvre une cité immense, démente. On dirait qu'elle est en réparation. Ici, une immense cathédrale à l'architecture gothique, aux reliefs et contreforts recouverts d'or et dont les immenses vitraux semblent construits avec la pierre bleutée luminescente… Sur sa façade, une somptueuse rosace, comme une fleur éclatante. Là, un minaret couvert d'une incroyable mosaïque étincelante représentant des centaines de spirales s'enchevêtrant, tournoyant les unes dans les autres. En ce lieu qui défie l'imagination, tous les styles, les époques se mélangent, s'imbriquent, s'amalgament. Un temple primitif, ressemblant un peu aux mosquées d'Afrique de l'Ouest, qu'on dirait bâti en argile, présente une haute façade percée de dizaines de petits trous carrés et d'excroissances qui ressemblent à des os de doigts. À ses côtés, une immense pagode, haute de huit étages, se dresse à des dizaines de mètres de hauteur. Les deux constructions semblent liées. Entre les deux, de fines passerelles, comme des filaments de roche, qui les unissent. Chaque bâtiment est une merveille architecturale. Je remarque en cet instant que toutes ces constructions semblent naître directement du sol, comme si elles avaient été sculptées à même la pierre de la Grotte. On dirait les plus beaux chefs-d'œuvre architecturaux du monde réunis en un seul lieu. Puis mes yeux se posent sur d'autres vestiges, plongés, eux, dans les ombres. Ils semblent totalement abandonnés. Non, c'est autre chose, ils ont l'air décharnés. Comme si le temps, l'usure avaient laissé apparaître leur squelette. Là, un immense bâtiment ressemble à s'y méprendre à une cage thoracique. Plus loin, dans la rue qui descend devant moi, une allée de colonnes haute de plus de vingt mètres. On dirait des os dressés, des fémurs géants. L'horrible et l'étrange se mêlent ici aux dorures et au faste. La mélancolie et la dévastation à la beauté pure. Ce lieu est un paradoxe. Une ville morte et en même temps éclatante… J'entends du bruit devant moi. Des pas… Je descends dans le cœur de la cité. Au détour d'une ruelle, je croise des dizaines d'enfants. Ils ne semblent pas me voir. Je saisis une petite fille brune et la retiens par la main. Elle tente d'abord de s'extraire, puis, finalement, s'arrête, immobile. Je l'attrape par les épaules et la fais se retourner vers moi. Elle ne semble pas me voir, ou plutôt elle semble regarder au-delà de moi, à travers moi. Comme si je n'existais pas. Je remarque qu'elle, comme tous les autres enfants, a un voile gris sur les yeux. Sa peau aussi tire sur le gris, comme si elle était recouverte d'un voile de cendre, comme si les couleurs de son épiderme avaient été effacées. Sur son visage, un sourire figé. Je relâche la petite fille qui rejoint son groupe et retrouve sa place. Tous les enfants se déplacent de manière un peu automatique. Des groupes se croisent, s'arrêtent pour se laisser passer, puis repartent avec une étonnante synchronisation. Je m'approche d'un attroupement d'enfants qui travaillent le long d'une façade. Je les regarde quelques instants. Ils passent leurs mains, lentement, à quelques centimètres au-dessus de la pierre défraîchie, grise. Soudain, la roche retrouve son éclat, laisse apparaître des motifs complexes. Ils ne reconstruisent pas réellement ces bâtiments. C'est plutôt comme s'ils leur redonnaient vie. Là, au sol, une dizaine d'autres gamins, assis en cercle, font de grands mouvements de gauche à droite avec leurs bras, au-dessus du sol. Sous mes yeux se dessine une fresque incroyable. Des milliers de carreaux de mosaïque bleue y composent un tableau où des hommes à genoux se prosternent et lèvent les bras devant une impressionnante silhouette noire, beaucoup plus grande qu'eux. Cette dernière est comme entourée, protégée, par des centaines de tentacules bleus qui dansent autour d'elle en spirales. Je délaisse la mosaïque et regarde à nouveau les garçons et les filles devant moi. Ils sont tous vêtus de la même manière et portent des sortes de pagnes marron. En observant le ballet de tous ces gamins, je me sens de plus en plus mal à l'aise. Là où normalement des enfants de cet âge devraient courir, rire, vivre dans un joyeux chaos, un désordre frénétique, c'est tout l'inverse ici. J'ai l'impression en réalité d'avoir devant moi une colonie de fourmis. Ce qui me pèse le plus, c'est ce silence de mort. Pas un son, pas un rire…

Une voix me fait alors sursauter, c'est Clyde qui me parle du tréfonds de mon esprit :

— Tu connais maintenant le sort des enfants atteints du Marchand de sable, Lee. Ils sont tous envoyés ici, pour redonner vie aux Terres Mortes. Le Maître de ce lieu veut redonner à sa ville son éclat d'antan. Redonner vie à sa Cité telle qu'elle fut, il y a longtemps. Tous ces enfants sont ses esclaves... Ils ne se rendent compte de rien. Ils ne savent pas... Ils croient que c'est un jeu. C'est ce que leur répète la créature qui les a ensorcelés.

Je continue à progresser parmi les enfants tout en écoutant Clyde. Je regarde de mieux en mieux leurs visages, leurs cheveux. Je le cherche des yeux, sans même m'en rendre compte. Clyde reprend :

— Il te faut partir, maintenant. T'exposer plus longtemps te mettrait en danger.

Je réponds pour moi, sans savoir s'il m'entend :

— Liam est ici... Je dois le voir.

Je presse le pas. Je slalome entre les centaines de gamins. Je cherche mon fils. Je vais le trouver. Dès que je vois des cheveux châtains, j'attrape l'enfant et le retourne vers moi. Mais il y en a tellement, partout. J'ai du mal à respirer, j'ai un point de côté, je cours entre les enfants. Je les bouscule. Je ne me contrôle plus.

— Liam, où es-tu ?

Je l'appelle...

Je sens que quelque chose me tire en arrière, comme si on voulait m'extraire de cet endroit. Non... Je reste. J'accède enfin à une immense place. Là, des centaines d'enfants s'affairent à différentes tâches. Je passe entre les groupes silencieux, et continue à crier le nom de mon fils. Plus rien ne compte, sinon de le trouver. *Je resterai là à te chercher le temps qu'il faudra. Même s'il me faut une éternité. Une vie. Je te trouverai, mon ange...*

Là-bas, à trente mètres, contre la statue de ce mausolée... Cette teinte de cheveux, cette coupe au bol un peu trop longue. C'est lui. Je le sais. Je le sens du fond de mes tripes. Je cours. Je me jette à genoux devant lui et le retourne vers moi.

Liam.

Mon prince.

Tu es là.

Mon fils me fixe sans expression avec ses yeux couverts d'un voile de mort. Je lui caresse le visage. Je lui embrasse le front. Je le serre dans mes bras.

— Je suis là, mon Liam. Je ne te laisserai plus... Je ne te laisserai plus jamais. Je suis avec toi, maintenant.

Un drôle de bruit, comme un grincement de dents.

CrrrrrrrCrrrrrrr...

Ça reprend. Je sens un tremblement parcourir Liam.

CrrrrCrrrr...

Je l'écarte un peu de moi.

CrrrCrrr...

Liam est parcouru de spasmes, sa tête fait des petits à-coups secs de droite à gauche...

J'essaie de le calmer, de lui caresser les cheveux, mais le tremblement empire. Je me sens si impuissante. Enfin, il s'arrête complètement de bouger, puis se cambre et arque sa tête en arrière, dans une position démente. Le haut de son crâne touche quasiment sa nuque. Je recule d'un pas. Mon Dieu...

Liam ouvre grand sa bouche et laisse échapper un cri guttural, profond. Qu'est-ce qui se passe ? Je remarque seulement alors que tous les enfants autour de nous, sur la place, se sont arrêtés et nous font désormais face. Au même moment, comme mus par une force commune, ils mettent à leur tour la tête en arrière et poussent de concert un hurlement. Je place ma main sur mes oreilles. La mélopée est insupportable. Soudain, j'entends une autre série de cris plus aigus provenant de différents endroits de la cité. Il faut que je quitte cet endroit. Quelque chose se prépare… Ils m'ont repérée. Tous les enfants sont immobiles, la tête en arrière. Je regarde mon fils une dernière fois et m'éloigne.

— Je reviendrai, Liam. Je te le jure. Je reviendrai te libérer.

Je me lève et examine les nombreuses rues qui partent de la place… Il faut que je retrouve l'entrée de la fissure. Mais je n'ai pas du tout fait attention au chemin que j'ai emprunté pour venir, trop absorbée par ma recherche de Liam. J'évolue entre les enfants figés, les mains plaquées sur les oreilles. Soudain, je remarque un mouvement sur la gauche de la place bondée. Une silhouette, tapie, tassée au sol, semble serpenter entre les corps immobiles des gamins. Je crois distinguer, entre les têtes, une colonne vertébrale rachitique qui passe et disparaît à intervalles réguliers comme une vague. Qu'est-ce que c'est ? Un nouveau cri aigu. Je tourne la tête. Au sommet d'une tour, une silhouette se dessine. Elle se déplace le long du mur vertical, la tête tournée vers moi. La créature est horrible, ses quatre membres rachitiques bougent à une vitesse folle. Ses côtes sont apparentes. Sa peau est grise, recouverte de plaques plus sombres. Elle s'immobilise enfin et, lentement, tourne sa tête vers moi. C'est immonde. En lieu et place de son visage, une horrible spirale qui s'enfonce dans son crâne et tourne en malaxant sans fin les chairs. Je me mets à courir. Un bruit de frottement à quelques mètres de moi. C'est la seconde créature. Je me soulève et m'éloigne à reculons. Là, entre les paires de jambes des enfants, je vois passer une forme noire, longiligne. La créature apparaît, enfin, dans toute son horreur, à cinq mètres de moi. Celle-là ne semble plus avoir de membres avant. Je remarque des moignons à la place des épaules. Elle a la taille, la silhouette d'un homme adulte… Ses jambes étirées, comme distendues derrière elle, semblent s'être rejointes pour former une sorte de queue difforme. Et son visage… avec cette spirale qui tourne, qui tourne, qui tourne… J'ai du mal à en détacher les yeux, je me sens comme aspirée… C'est à la fois terrifiant et fascinant. Tourne. Tourne… La créature s'approche lentement, puis se soulève, s'étire en arrière, comme un cobra… un cobra qui se préparerait à attaquer. Non… je reprends mes esprits, me retourne et me mets à courir. J'entends le choc du monstre qui s'est projeté en avant et m'a manquée. Sur mon passage, je fais tomber des enfants, qui chutent au sol comme des quilles, sans cesser de crier. Je jette un œil en arrière. Derrière moi, la créature s'est repositionnée sur le ventre et rampe entre les enfants, la gueule ouverte, laissant apparaître d'horribles dents jaunes qui remontent jusque sur les côtés de son crâne.

Puis, soudain, tous les cris des enfants cessent. Et, dans la seconde suivante, ils chutent tous au sol. Sans m'arrêter de courir, en essayant tant bien que mal de ne pas marcher sur les corps étendus au sol, je regarde derrière moi. La créature s'est arrêtée et me fixe avec son sourire dément, en ondulant d'avant en arrière. Qu'est-ce que ça veut dire ? Alors que j'arrive à un embranchement, je remarque qu'une matière noire, visqueuse, est en train de recouvrir les murs des monuments devant moi. Un cri, terrible, puissant, comme surgi de la terre elle-même. Puis une vibration sourde, qui vient faire trembler le sol. Je m'arrête. Devant moi, à quelques mètres, des centaines de tentacules noirs sortent de terre et s'accrochent aux murs, tandis que d'autres, au milieu de la rue, se mettent à tournoyer de plus en plus vite, en un tourbillon terrifiant. En leur cœur semble apparaître une silhouette noire, de taille humaine. J'ai l'impression qu'il n'y a plus d'air dans la cité, que la silhouette noire aspire tout à elle. Il fait de plus en plus sombre. Je suffoque. Je me mets à tousser. J'ai si peur.

Clyde...

Les tentacules progressent, sinuant sur le sol. Ils enroulent déjà mes jambes. Je ne peux plus bouger.

Clyde...

J'y vois moins bien. Comme si j'avais un brouillard qui recouvrait mes yeux.

Clyde...

Je t'en prie.

J'ai envie de tousser. J'ai la gorge si sèche. Il n'y a plus une once d'air.

Cl...

Mon corps est recouvert de cette poix noire et gluante.

C...

Une voix, comme composée de centaines d'autres, se laisse entendre. Elle résonne partout dans la cité. Elle répète ce même mot : « Viens… »

Je me sens aspirée en arrière à toute vitesse.

J'aspire une grande bouffée d'air.

Je suis vivante. J'ouvre les yeux. Je suis de retour dans ma chambre d'hôtel. La femme que possède Clyde se tient au-dessus de moi. Elle est en sueur, les yeux exorbités. Une veine bleue palpite sur son front.

— J'ai réussi à te ramener, Lee.

— Clyde, j'ai vu Liam et tous les enfants…

— Je sais. J'ai tout vu. Tu sais, maintenant.

— Je l'ai touché, je l'ai senti. Mais il ne m'a pas reconnue…

— Il ne t'a même pas vue…

— Que font-ils là-bas ?

— Je te l'ai dit, ils reconstruisent les Terres Mortes. Ils ne sont que des pantins. Ils obéissent au Maître des Limbes.

— C'est la créature que j'ai vue ?

— Oui, celle qui apparaissait quand je t'ai ramenée. Il n'aurait fait qu'une bouchée de toi. Déjà, tu commençais à lui appartenir…

— Et ces autres horreurs ?

— Ce sont les Sentinelles… Tu en as vu deux. Mais il y en a d'autres. C'étaient des êtres humains autrefois, comme toi et moi. Avant. Il y a longtemps. Elles se sont transformées au contact des Terres Mortes. Elles ont été salies. Celles qui sont là-bas depuis le plus longtemps n'ont plus rien d'humain. Elles sont devenues autre chose.

— C'était horrible…

— Tu me comprends, maintenant ? Tu réalises combien nous avons besoin de secourir tous ces enfants, de secourir Liam ? Personne d'autre que toi ne peut m'aider. Et personne d'autre que moi ne sait exactement ce qui se passe là-bas. Je suis le seul à pouvoir te guider.

— J'ai compris, Clyde. Je t'écoute. Que faut-il faire ?

— Une voiture t'attend dehors. C'est celle de la femme que j'ai possédée. Tu devrais pouvoir t'éloigner de Chicago sans encombre. Je vais essayer de garder le contrôle le plus longtemps possible.

Il me tend des clés de voiture. Je les saisis et les range dans ma poche de jean.

— Prends ça aussi…

Il me donne un porte-monnaie gonflé de billets.

— Il y a un peu plus de 5 000 dollars. Tu auras besoin de cet argent.

— D'où vient une telle somme ?

— Ça n'a pas d'importance… Prends-le. C'est tout ce qui compte.

J'attrape le porte-monnaie et le place dans mon sac.

— Et où dois-je me rendre ?

— Tu dois aller dans la ville d'Hazlehurst, dans le Mississippi. C'est l'endroit que l'on appelle la ville qui dort. Mais je ne pourrai pas t'accompagner. Il faut que je fasse attention. Que je me repose… Il va venir me chercher, c'est certain.

— Qu'est-ce qui m'attend dans cette ville qui dort ? Des dangers ?

— Non, des réponses. Quand tu te retrouveras à Hazlehurst, alors tu comprendras. Ensuite, il te faudra te rendre en Alaska pour que nous tentions d'en finir.

Tu dois partir, maintenant. Et surtout n'oublie pas : essaie de ne pas dormir. Il faut que tu tiennes le coup. Les Sentinelles seront encore plus vigilantes maintenant qu'elles t'ont repérée. Il faut que tu y arrives, Lee. Pour Liam et pour tous les enfants que tu as vus là-bas. Pour moi. Nous n'aurons pas de seconde chance. Sois prudente.

— D'accord. Mais je veux que tu promettes une chose. Sinon, je ne continue pas.

— Je t'écoute.

— Plus de morts. Plus de victimes. Cette femme que tu possèdes, tu la laisseras vivre. Ainsi que tous les autres dont tu auras à prendre le contrôle désormais.

— Ça sera encore plus risqué pour toi.

— Je m'en moque. Je ne supporte pas de me dire que des gens perdent la vie à cause de moi. C'est horrible. J'ai besoin que tu me le promettes, Clyde.

— Je te le promets.

— Très bien, alors je me prépare…

— Bonne chance, Lee. Une fois à Hazlehurst, tu pourras me retrouver dans mes rêves.

En quelques minutes, j'ai fini de préparer mes affaires. La femme que possède Clyde est assise sur le lit, immobile, la tête penchée en avant. En quittant la chambre, je lui dis au revoir mais il ne me répond pas. Déjà, il doit avoir replongé dans ses songes pour tenter de la retenir le plus longtemps possible… En espérant qu'il tiendra sa promesse, je quitte l'hôtel, trouve facilement la voiture et m'y installe. Je tape les coordonnées GPS sur le navigateur. Le temps de trajet s'affiche : 11 h 50. Il faudra que je fasse attention à ne pas m'endormir en conduisant…

En démarrant, je repense au mot que j'ai entendu avant d'être aspirée hors des Terres Mortes : « Viens… »

Comme si cette créature m'attendait. Comme si elle m'avait toujours attendue.

Geronimo de Aguilar

7 mai 1527
Château Saint-Ange, Rome, Italie

C'est mon dernier feuillet. L'encre elle-même vient à manquer. Mes doigts tremblent sous ma plume rouillée. Les lettres se forment péniblement. Aurai-je le temps, la vitalité de tout écrire ?

Voici mes derniers mots…

Tout s'achève.

Dehors, les troupes de Charles Quint dévastent la ville. J'entends les cris, les lamentations. La mort qui fauche, les dents de l'empereur qui mordent la Cité éternelle et font couler le sang, partout.

Ici, au château Saint-Ange, je note une agitation particulière. Je sais que, déjà, le Borgo est tombé. En me collant contre la porte de ma cellule plus tôt, j'ai entendu mes geôliers annoncer que le pape Clément VII venait d'arriver au château après avoir emprunté le Passetto et forcé sa garde pontificale au sacrifice. Nous voilà à nouveau réunis… Depuis quelques heures, des portes s'ouvrent et se ferment autour de moi. Il y a des cris, des supplications, puis le silence. Le goulot au fond de ma geôle, qui passe de cellule en cellule, a vu son filet d'eau noire se teinter de rouge. Le sort de mes comparses ne fait plus de doute. Ils ont tous été tués. En vue du siège que prépare Saint-Ange, le gouverneur a dû décider de sacrifier les bouches inutiles. Et, de toute évidence, le pape ne peut vivre parmi les malfrats, les pécheurs et les damnés que nous sommes. Quelle mascarade…

Les secondini n'en ont épargné qu'un : moi…

Rucellai ne va pas tarder, c'est certain. J'espère que nous en finirons ici. Maintenant. Je ne veux pas qu'on me prenne, qu'on m'échange. Je me sens si fatigué, si las. Plus que la torture, c'est la perspective d'être encore, à nouveau, enfermé qui m'est intolérable. Comme j'aurais aimé, une dernière fois, sentir la chaleur du soleil printanier sur ma peau, le souffle du vent dans mes cheveux ! Tout cela est si loin… Les ténèbres depuis trop longtemps sont mon manteau.

Est-ce que tout cela aura été vain ?

Que restera-t-il de moi ? Ce manuscrit ? Ces quelques pages jaunies écrites par un vieil hérétique du tréfonds de sa geôle ? Un souvenir, comme un murmure, qui flottera entre les murs de cette prison ?

Que restera-t-il de tout cela ? De mon histoire… de notre histoire ? La Cité de Lumière brillera-t-elle à nouveau un jour ? Les hommes comprendront-ils, enfin ?

Le monde a choisi les ombres là où je lui offrais la lumière. Il est une chance, il est toujours un fol espoir que quelqu'un m'ait entendu et rétablisse enfin l'équilibre. Il est une chance, un fol espoir que l'enfant qui viendra fasse à nouveau jaillir la lumière dans ces cités éteintes.

Gabriel

12 octobre 2008
Greenwood, Mississippi

Cela fait une semaine que nous sommes sur la route. Une semaine de fuite éperdue en avant. Sept jours à avaler le bitume.

Nous descendons vers le sud, sans but précis, en empruntant tant que possible les autoroutes. Nous vivons dans la peur, dans une appréhension de tous les instants. Dès que nous croisons une voiture de police ou qu'un gyrophare apparaît dans le rétroviseur, Clyde quitte l'Interstate et prend la première sortie. On continue notre échappée sur les chemins de traverse, les U.S. Highways et les petites routes de campagne. Après la Virginie-Occidentale, ça a été le Kentucky, puis le Tennessee et, aujourd'hui, le Mississippi. On traverse des dizaines et des dizaines de villes. Quand je ne dors pas, je me perds dans la contemplation de ces lieux anonymes. Les mêmes centres commerciaux aux parkings déserts et à la pelouse jaunie, les mêmes quartiers résidentiels aux buissons bien taillés… Toutes ces villes qui transpirent le conformisme et le bonheur en papier mâché. Et pourtant, il s'en dégage une certaine douceur de vivre. Il y a des gamins dans chacune d'elles. Des mômes qui vivent leur vie. Insouciants… Peut-être même y en a-t-il un, comme nous, qui fait de drôles de rêves. Qui aurais-je été si j'étais né à Oak Ridge, à Oliver Springs ou à Hariman… Aurais-je eu la même destinée ?

La route défile, toujours plus loin… Je reste allongé à l'arrière de la voiture la plupart du temps. Je passe l'essentiel de mes journées à dormir. J'ai l'impression que je ne me remettrai jamais du mois passé dans le coma après mon combat contre Clyde dans les rêves de Fukuda. Que s'est-il passé durant ces semaines ? Amy m'a dit qu'elle avait tenté de me retrouver mais sans succès…

Amy… ma lumière. Mon sémaphore. Elle ne le sait pas, je ne le lui ai pas dit, mais quand j'étais dans le coma, dans ce grand vide, cette absence de tout, alors que je dérivais à la surface d'une eau noire, aqueuse, c'est un visage, son visage qui m'a ramené. Tandis que je flottais sur cette immense étendue de pétrole, ce liquide froid dans une nuit sans fin, alors que je sentais les tentacules qui dansaient autour de moi, c'est vers elle que j'ai voulu revenir. C'est un espoir qui m'a porté jusqu'à mon réveil. Celui de la revoir. D'être à nouveau à ses côtés…

Quand je somnole à l'arrière de la voiture, j'aime l'entendre fredonner un morceau qui passe à la radio. Parfois, je la regarde qui passe son visage par la fenêtre ouverte. Elle ferme les yeux et un beau sourire éclaire son visage. Amy est si vivante, malgré la peur, les épreuves… Elle est libre. Au moins, rien que pour voir ça, notre évasion d'ONIR n'aura pas été vaine.

Allongé à l'arrière de la voiture, la tête sur la banquette, je regarde défiler les nuages au-dessus de moi. Le bourdonnement du moteur, les vibrations de l'engin me ramènent à mon enfance. Tout était si simple alors. Il suffisait de se laisser porter, de se laisser glisser. Aujourd'hui, c'est l'inverse. La moindre décision a un coût. Tout est si compliqué. Clyde et moi tombons rarement d'accord. Il souhaite se rendre au Mexique en passant par le Texas. Je crois, au contraire, que nous devrions rester planqués au cœur d'un des États du Sud et réfléchir au moyen de nous venger d'Hawkins. Clyde est persuadé que nous pourrons fuir et disparaître. Je ne suis pas de son avis. Tant qu'Hawkins sera vivant et qu'il dirigera ONIR, nous ne serons pas en paix. Il nous traquera toujours. Nous en savons trop, nous sommes trop importants pour eux.

Heureusement, notre pouvoir nous est d'une grande aide durant notre périple. Sans notre habilité à contrôler les rêves d'inconnus, nous aurions, sans aucun doute, déjà été repris par ONIR. Il y a deux jours, un hélicoptère est passé au-dessus du flot de voitures sur l'autoroute… En le suivant du regard, nous avons remarqué à temps le barrage policier quelques kilomètres en amont. Clyde a quitté la voie et nous avons attendu dans une station-service. Là, la nuit venue, nous avons abandonné notre véhicule. Clyde a pris le contrôle d'un conducteur de camion assoupi et l'a forcé à nous ouvrir sa remorque pour nous y cacher avant de reprendre la route et passer le barrage. Il nous a avoué, après coup, avoir failli se faire remarquer lorsqu'il a peiné à redémarrer le camion sous le regard d'une dizaine d'agents d'ONIR et de policiers. Clyde a dit, avec un sourire blagueur, que c'était juste une petite frayeur. Mais au fond de lui, j'en suis certain, il devait crever de peur.

Et il y a nos nuits. Lorsque nous ne dormons pas dans la voiture sur le parking d'une zone commerciale, ou sur un chemin forestier, nous suivons des gens seuls, nous nous garons devant leurs habitations, puis, le soir venu, l'un de nous prend leur contrôle et nous ouvre la porte de l'intérieur. Pendant quelques heures, on tente de se reposer, de prendre une douche, de faire quelques réserves de nourriture, et de fouiller les lieux à la recherche d'argent. Nous sommes des parasites, certes. Mais on ne leur fait pas de mal, jamais. Amy a été claire auprès de Clyde. Et ça nous fait quand même bien marrer d'imaginer la tête de nos hôtes se réveillant au petit matin pour découvrir leur maison sens dessus dessous… Parfois, on s'amuse même à créer des petites mises en scène. Il y a trois nuits, nous avons piégé notre hébergeur, un homme d'une cinquantaine d'années, Willie Pavlis, un obsédé compulsif du rangement, à en juger par l'état parfait de son appartement. Durant plusieurs heures, nous avons tout chambardé, tout retourné… Il y a deux jours, chez une femme appelée Brenda Grieve, après avoir repéré dans sa cuisine un carnet notant ses calories consommées chaque jour, nous l'avons allongée, endormie, dans une baignoire remplie de tous les aliments que nous avons pu trouver dans sa maison. C'est méchant, gratuit, peut-être… mais il s'agit là des rares moments où l'on s'amuse un peu.

Nos bulles de bonheur sont éphémères… fugaces. Nous sommes trois gamins qui font l'école buissonnière mais, la plupart du temps, l'ambiance est lourde, pesante. Je réalise seulement combien Hawkins et ONIR nous ont volé notre enfance, notre vie… Combien ils nous ont abîmés, changés à jamais. En cela, Clyde avait raison.

Malgré les jours qui passent, l'entente entre nous deux ne s'améliore pas. Le plus souvent, ce dernier ne décroche pas la mâchoire. Je le vois, souvent, qui m'observe à travers le rétroviseur. Je sais que Clyde ne m'aime pas et qu'il pense que je les retarde, Amy et lui, dans leur fuite désespérée. Je suis un boulet pour eux…

Heureusement qu'Amy est là pour apporter un peu de joie, de légèreté à notre voyage. Le soir, quand on dîne sur le capot de la voiture, à la lumière des phares, c'est elle qui nous raconte des blagues, nous parle de sa vie d'avant.

Je repense pas mal à mon père ces derniers temps. J'ai essayé de l'appeler d'une cabine téléphonique l'autre jour. Il a répondu au bout de quelques sonneries. Entendre sa voix m'a fait du bien, je crois. Je ne lui ai pas parlé. Je ne pouvais pas prendre ce risque. Il devait certainement être sur écoute. Il a répété plusieurs fois : « Qui est à l'appareil ? », puis s'est tu. J'ai écouté sa respiration de longues secondes. Je ne sais pas pourquoi mais j'ai envie de croire qu'il a su que c'était moi. *Je t'aime, Papa... Malgré ce que tu es devenu. Je sais que ce n'est pas ta faute, que tu t'es laissé, malgré toi, noyer par ta peine. Je sais tout cela. J'en suis si désolé.*

Aujourd'hui, durant tout le trajet, j'ai aussi beaucoup songé à Aguilar. Je n'ai pas osé retourner dans les Terres Mortes depuis notre fuite. Il serait trop risqué pour nous d'être repérés par les Sentinelles. Je n'ai pas revu le vieil homme depuis qu'il m'a révélé l'existence de la Source et du Tombeau et que je l'ai trahi ensuite en montrant ces lieux à Hawkins. Qu'ai-je fait ? Je m'en veux tellement…

C'est le milieu de l'après-midi. Alors que je sens que je m'endors, allongé à l'arrière de la voiture, et que j'entends Clyde et Amy se chamailler sur la route à suivre, je décide de me rendre dans la Nef.

Je me concentre sur le visage d'Aguilar. Et, à ma grande surprise, je réussis assez facilement à me retrouver projeté dans ses songes. Cela voudrait dire que je suis assez puissant, enfin, pour visiter les rêves de personnes dans le passé ? Qu'il me serait possible alors de tenter de prendre le contrôle de Derek Donegan, le conducteur responsable de la mort de mes parents ? Nous verrons cela plus tard. Quand tout sera réglé. Quand j'aurai suffisamment récupéré.

Je rejoins Aguilar au cœur de ses rêves. Il est assis au bord d'une petite rivière, en périphérie d'une ville fortifiée. Le décor est magnifique, apaisant, et, en même temps, il y a quelque chose de figé, d'un peu triste. Le soleil a beau briller, c'est comme si les couleurs étaient passées, délavées.

Aguilar lance des galets dans l'eau pour faire des ricochets, d'une main lâche, sans entrain. Je m'assois à côté de lui. Il ne me remarque que lorsque je commence à lui adresser la parole :

— Geronimo, c'est moi, Gabriel.

Le vieillard se retourne vers moi.

— Gabriel. Te voilà… Je savais bien que tu reviendrais me voir.

— Je voulais m'excuser, vous dire combien je suis désolé. Ce que j'ai fait, révéler l'emplacement de la

Source à Hawkins, c'était une terrible erreur. Je m'en rends compte, maintenant.

— Ce n'est pas grave. Tout cela n'a plus d'importance. C'est trop tard.

— Qu'est-ce que vous racontez ?

— J'ai échoué. Tout cela a été vain. Toutes ces années…

— Non. Je vous promets que je vais tenter de réparer mes erreurs, tenter de reprendre le contrôle des Terres Mortes. Je peux y arriver, j'en suis certain. Je suis de plus en plus puissant.

— Non, Gabriel. Vis ta vie, quitte les Limbes. Xibalba n'est plus. La Cité de Lumière ne resplendira plus jamais. Ce lieu est maudit…

Il ferme les yeux et tourne son visage vers le soleil.

— Même mes rêves me trahissent. Je ne ressens plus rien ici. La caresse du soleil, la fraîcheur de la rivière… Tout semble figé, en attente.

Aguilar garde ses yeux clos longtemps, sans dire un mot. Puis, finalement, il reprend :

— Je vais mourir, Gabriel.

— Je peux essayer de vous aider…

— Non, c'est inutile. Rucellai, le gouverneur de la prison, va venir dans les prochaines heures. Tu sais, c'est étrange. J'attends presque avec impatience que ce monstre sanguinaire m'ôte la vie, je l'espère… Je me sens si faible. Et la douleur qui me fait le plus souffrir n'est pas la douleur physique, ces articulations qui me jouent des tours, ces côtes qui me tirent, ces bronches usées qui me déchirent… non, ma souffrance, ce sont mes souvenirs…

— Je veux vous aider, Geronimo. Vous ne pouvez pas mourir, pas maintenant. J'ai encore besoin de vous… Qui est ce Rucellai ? Montrez-le-moi. Je peux tenter de prendre son contrôle, essayer de vous libérer.

— Je ne suis même pas sûr de le vouloir.

— Dans ce cas, je ne vous laisse pas le choix

Je place ma main sur son crâne et serre. Je traverse son esprit. Des centaines, des milliers d'images se bousculent. Une jungle sauvage. Une pyramide… Un enfant au bord de cette même rivière. Les vagues qui déchirent la coque en bois d'un navire. Des hommes en armure recouverts de sang. Une main qui se pose sur une croix en bois dans une église. Une cellule avec une minuscule ouverture en hauteur. Je me répète pour moi-même : « Rucellai, Rucellai… » Puis, enfin, un visage apparaît. Un homme au regard noir, au nez arqué. Le plus souvent, il observe Geronimo avec mépris tandis que ce dernier semble subir la torture. Tellement de peur, de douleur, de rage sont associées à ce visage… *Je te trouverai.* Je relâche mon emprise sur Geronimo.

— Qu'as-tu fait, Gabriel ?

— Je vous ai trouvé une porte de sortie. Je vais venir vous aider, Geronimo.

— Je ne le veux pas. Laisse-moi en paix. Qu'on en finisse…

— C'est trop tard, ma décision est prise.

— Qu'importe ! car tu n'y arriveras pas. Personne ne peut contrôler les rêves de quelqu'un à travers une aussi longue période de temps. C'est impossible.

— Moi, je le peux et je vous le prouverai. Vous serez bientôt libre, mon ami.

Je me réveille. La voiture est arrêtée. Je m'extirpe du véhicule. Il fait nuit. La température est un peu retombée. L'air est frais. Je fouille mon sac, enfile un pull et rejoins Clyde et Amy qui se sont installés au bord d'un lac, auprès d'un petit feu. Amy est assise contre Clyde. Je remarque qu'elle lui tient la main. En me voyant arriver, elle me tend une conserve ouverte.

— Tiens. Il ne restait plus que ça. C'est encore un peu chaud.

Je plonge la cuillère dans la gamelle.

Amy me demande, inquiète :

— Ça va, Gabriel ?

— Pas vraiment… Je dois vous parler de quelque chose.

— On t'écoute.

Clyde, lui, soupire et remue les braises avec une branche.

— Je vais devoir me rendre dans les Limbes et prendre le contrôle de quelqu'un.

— Mais tu disais être trop faible pour ça.

— C'est le cas, mais je n'ai pas le choix. Je connais un homme. C'est une longue histoire… Hawkins vous avait parlé, je crois, de Geronimo de Aguilar, le frère franciscain qui a permis la découverte des Limbes.

Clyde, les yeux fixés sur le feu, enchaîne :

— Oui, je m'en souviens. C'est à cause de lui qu'a eu lieu l'Inquisition oubliée, par sa faute que tous les Élus qui visitaient la Cité de Lumière ont été exécutés par les armées du Vatican.

— C'est un peu plus compliqué que cela, mais il se trouve que cet homme, un vieillard, à vrai dire, eh bien je l'ai rencontré dans les Terres Mortes. Il y erre comme un fantôme. Aguilar m'a sauvé des Sentinelles, la première fois que je me suis retrouvé là-bas. Il m'a aidé et nous sommes devenus amis.

— Mais comment est-ce possible ? s'interroge Clyde.

— Dans les Terres Mortes, le temps n'existe pas vraiment. Tout est lié, interconnecté… Geronimo a besoin de mon aide. Il est enfermé dans une prison, le château Saint-Ange. Il va être exécuté. Je pense pouvoir le secourir. Mais il va me falloir une vraie nuit de sommeil et également que l'on utilise le sédatif que tu as volé à la NSA, Clyde.

— Mais il ne m'en reste quasiment plus… Nous devons le garder pour nos prises de contrôle importantes.

— C'est important pour moi.

Clyde se lève et jette sa branche au loin.

— Mais qu'est-ce que tu nous emmerdes avec ton Aguilar ? Ce vieillard est déjà mort, putain ! Tu t'en rends compte, de ça ? Ça fait des centaines d'années qu'il est mort et tu ne pourras rien y changer. On ne va pas se mettre en danger pour lui…

— Oui, tu as raison, je ne peux que repousser l'inévitable. Mais si je peux lui offrir de vivre ses dernières années en paix, en homme libre, je dois essayer. Et il pourrait nous aider par la suite.

Amy s'interpose entre nous :

— Calmez-vous, tous les deux. J'en ai assez de vous voir vous chercher comme ça en permanence. On est ensemble dans cette merde. Ensemble ! Gabriel, c'est vraiment important pour toi ?

— Oui. Il faut que je le fasse. Je lui dois ça. Il m'a sauvé la vie.

— Très bien. Nous allons faire ça ici. Quand tu te sentiras prêt, nous t'installerons à l'arrière. Nous veillerons sur toi pendant ton sommeil. N'est-ce pas, Clyde ?

— Si tu le dis…

Une demi-heure plus tard, je m'allonge sur la banquette arrière de la voiture. Amy me place le masque sur le visage, ouvre la molette de la bonbonne et la coupe après quelques secondes. Le sédatif fait son effet quasi instantanément. Je sombre dans un sommeil profond.

J'arrive dans la Nef.

Avant d'apposer mes mains sur la Stèle, je repense au visage du gouverneur Rucellai. Son crâne dégarni, brillant, ses sourcils broussailleux, sa lèvre inférieure qui pend légèrement, sa barbe fine, bien taillée… ses yeux noirs. Y arriverai-je avec autant de facilité qu'avec Geronimo ? Oui… ça y est, je vois les spirales bleutées qui serpentent sur la pierre, passent sur ma peau. Puis je me soulève…

Je me retrouve dans une chambre luxueuse, aux murs peints dans un rouge un peu délavé. Ici et là sont accrochées des peintures et gravures religieuses. Je remarque que le plafond en bois présente des moulures travaillées en forme de losanges et carrés dorés. Un grand lit à baldaquin en bois noir est placé au centre de la pièce. Sur tout un pan du mur, une large tapisserie présentant une scène de chasse. Au fond, une impressionnante cheminée. J'entends des grattements. Là, au fond de la salle, un homme est accroupi. Il semble tenter de boucher quelque chose. Je m'approche. C'est Rucellai. Il n'a pas remarqué ma présence. C'est fou, quand j'y pense, de me dire que je suis dans la tête, dans les songes d'un homme mort il y a plus de trois cent cinquante ans. Je reste concentré. L'homme, à mes pieds, semble boucher avec du plâtre blanc de minuscules fissures dans les murs. Il répète sans cesse : « Elles ne rentreront pas… Les vermines restent dehors. Elles ne me saliront pas… » Je remarque en effet, au plafond, une colonne de petites fourmis noires qui sinue à travers les boiseries. Rucellai les voit à son tour et hurle : « Non, saletés, vous n'avez pas le droit d'être ici. Vous souillez tout… »

Sans qu'il s'en rende compte, je commence à modifier son rêve. De tous les interstices de la chambre : par l'embrasure des fenêtres, la fente sous la lourde porte en bois, je fais sortir des milliers de fourmis et insectes divers : mille-pattes brillants, araignées noires, cafards visqueux… Le flot grouillant et bourdonnant se dirige vers Rucellai. Le tortionnaire d'Aguilar recule, pris d'effroi, et se plaque contre un mur. Le flux d'insectes recouvre ses bras, ses jambes. Il crie, il pleure. Je me délecte de sa terreur, lui qui, d'après les dires de mon ami, a tant aimé faire souffrir. Voilà un juste retour des choses.

Je m'avance et apparais enfin à ses yeux. Il me regarde la bouche entrouverte, paniqué, un filet de bave dégoulinant de sa lippe.

— Qui… qui êtes-vous ?

— Je suis la Mort. Je suis le fléau. Je suis venu te faire payer.

Sur une impulsion de ma main, la légion d'insectes s'enfonce dans les entrailles de Rucellai à travers sa bouche, son nez, ses oreilles. Il se débat, mais c'est inutile. Je m'approche de son oreille :

— Je vais te faire vivre une éternité de souffrances…

J'appose ma main sur son crâne et prends son contrôle.

Le noir.

Je me soulève dans un fauteuil en bois, auprès d'un feu de cheminée faiblissant. Au sol, une carafe de vin brisée et une coupe en métal renversée. Je suis dans la chambre que j'ai vue en rêve. Il y a un bruit terrible dehors. Je m'avance vers la fenêtre. Des centaines d'hommes font siège autour des remparts du château, sur des quais en contrebas. Je découvre, plus loin, de l'autre côté d'un large pont, Rome en proie aux flammes et à la dévastation. Il y a des bruits de canon, des cris…

Un sifflement, suivi d'un énorme bruit d'impact et d'un lourd tremblement. Un boulet vient de percuter la façade du château Saint-Ange. Il faut que je me dépêche. Peut-être est-ce déjà trop tard. Mes pieds butent sur quelque chose de métallique. C'est une épée dans son fourreau. Péniblement, je me l'accroche à la ceinture. Je quitte la chambre de Rucellai et traverse un petit couloir. J'ouvre une porte et me retrouve dehors, en haut d'une tour circulaire. Ici, c'est le chaos le plus total, il règne une agitation de tous les diables. Des dizaines de soldats en armure courent dans tous les sens. D'autres hommes chargent des boulets en pierre dans des canons en fonte. Je dois trouver l'accès à la prison. Alors que je descends un escalier, un soldat au front barré d'une balafre en sang me bouscule puis s'excuse : « *Mi scuso, Castellano.* » J'arrive en bas des remparts. Ça hurle et ça crie. Des dizaines de blessés choient au sol, entreposés ici en attendant d'être soignés ou de mourir. Sur mon passage, certains tendent des bras éplorés vers moi. J'ai un mal fou à me repérer, j'évolue dans un dédale de courettes, de passages sinueux et de passerelles en hauteur. Un régiment d'hommes me passe devant en courant. Je me plaque contre le mur. Je n'y arriverai jamais. Un choc sourd. Des gravats qui me tombent sur les épaules. Un corps qui chute. Je lève la tête. À une dizaine de mètres au-dessus de moi, un nuage de fumée se dissipe pour laisser apparaître un trou béant dans les remparts. Il faut continuer. Enfin, au hasard d'un virage, je tombe sur une grille en fonte, entrouverte. Derrière, des escaliers s'enfoncent vers les sous-sols du château. Il faut que je tente ce chemin.

Une voix derrière moi… Je me retourne. Un soldat portant un uniforme rayé orange et bleu vient à ma rencontre. À bout de souffle, il me lance :

— *Castellano, il Papa richiede la vostra incantevole presenza...*

Que répondre ? Je ne connais pas un mot d'italien. Ma main se resserre sur le pommeau de l'épée.

L'homme me regarde avec incompréhension.

— *Il Papa... vuele verderle...*

Je ne réponds pas et le fixe avec le regard le plus noir possible. Puis, sans un mot, je me retourne et descends les premières marches de l'escalier. L'homme ne me suit pas. Il m'appelle encore une ou deux fois, puis plus rien…

Rapidement, une odeur terrible me saisit les narines. Ça sent l'humidité, la pourriture et la mort. Tandis que je m'enfonce dans les profondeurs, je remarque que les marches comme les murs sont de plus en plus suintants. J'arrive enfin devant un long couloir. C'est horrible. Face à moi, des dizaines de cadavres s'amoncellent le long des murs. Toutes les portes des cellules sont ouvertes. Je passe entre les corps sans vie. Tous ont le torse transpercé de plusieurs coups d'épée. Certains ont le crâne ouvert en deux. Mes bottes glissent dans les flaques de sang. C'est immonde. *Regarde devant toi. Là-bas... Tout au fond. Cette porte fermée. La seule du couloir. Ne baisse pas les yeux, Gabriel. Ne pense pas à ces corps sans vie. Ces hommes, ces femmes. Tout ce sang.* J'arrive enfin devant la cellule fermée. C'est là, j'en suis certain. Geronimo m'a bien dit qu'il était le seul survivant. Il n'y a personne d'autre que moi, ici. Tant mieux. Au fond du couloir, derrière une grille ouverte, je découvre une autre petite pièce. On y trouve une table, une cheminée, trois chaises, un établi avec des bols, une marmite. Certainement la salle des gardes. Je m'y aventure à la recherche d'un trousseau de clés. Là, suspendu à un mur. Je m'en saisis et reviens vers la cellule de Geronimo. J'attrape la première grosse clé en métal rouillé. Non, ce n'est pas la bonne. La suivante… Allez… Enfin, la clé tourne dans la serrure dans un grincement.

La porte s'ouvre. Une forme est tapie, recourbée sur elle-même, au fond du minuscule cachot plongé dans l'obscurité. Un mince filet de lumière filtre par une toute petite ouverture en hauteur. L'odeur est insupportable. La forme bouge et se soulève péniblement en s'appuyant contre la cloison. Je reconnais difficilement le vieux frère franciscain. Il est si maigre, rachitique, et sa peau si noire de salissure… Ses cheveux et sa longue barbe grise recouvrent ses épaules. Il me regarde avec des yeux fous, puis me parle d'une voix éteinte, enrouée :

— *Castellano... So che e guinto la mi hora...*

— Non, c'est moi, Gabriel... Je...

L'homme me regarde avec incompréhension.

Je pointe mon doigt sur mon corps.

— Je... suis... Gabriel...

— *Di che ? Di che sta parlando ?*

Je m'avance vers lui et le saisis par les épaules.

— Gabriel. Xibalba. Gabriel...

Son regard s'éclaire soudain. Il se dégage et fait quelques pas en arrière. Puis il me sourit et laisse apparaître des dents gâtées.

— *Gabriel, sei tu ?*

— Oui... c'est moi... Il faut faire vite...

Je montre la sortie de la geôle.

— Il faut partir, maintenant.

— *Si, aspetta...*

Aguilar se soulève sur la pointe des pieds, retire une pierre du mur, puis en tire un paquet de feuilles jaunies qu'il passe sous son bras.

— *Andiamo, Gabriel...*

Je le saisis par le bras et l'aide à marcher.

Nous arrivons dans le couloir. Geronimo, quelques secondes, regarde le carnage.

— *Che schifo...*

Le prisonnier m'entraîne vers la salle des gardes où il me montre une lourde porte en bois.

— *L'uscita e da questa parte.*

Il me faut quelques minutes avec le trousseau de clés pour trouver la bonne. J'entends des cris qui proviennent de l'escalier... Les gardes ne vont pas tarder. La porte s'ouvre. Je l'entraîne à ma suite dans un long couloir étriqué, un véritable goulot, large d'à peine un mètre. Mes épaules touchent les murs. Geronimo a du mal à suivre. Chaque pas lui coûte. Nous n'irons pas loin. J'ai beau le tirer de toutes mes forces, il avance de plus en plus lentement. J'entends sa respiration sifflante derrière moi. Enfin, nous arrivons devant une épaisse porte en fer. Il me faut encore quelques instants avant de trouver la bonne clé. J'ouvre la lourde porte en acier. La lumière m'aveugle. C'est encore pire pour Geronimo qui met son bras sur son visage. Nous sommes au pied du château Saint-Ange, au bord d'un fleuve. Des centaines d'hommes se cachent derrière des protections de fortune et rechargent leurs arbalètes. De l'autre côté de la rivière, depuis un pont impressionnant, des canons pointent dans notre direction. Partout, la terre a été retournée par l'impact des déflagrations. Des pluies de flèches viennent balayer les quais à intervalles réguliers. De petites bâtisses en bois, certainement des maisonnettes de pêcheurs, sont en flammes. J'attrape Geronimo par le bras et m'éloigne en longeant les remparts. L'agitation environnante nous fait passer inaperçus. On peut y arriver. À deux reprises, Geronimo perd l'équilibre, ses jambes fragiles peinant à le porter. Mais je tiens bon. Là-bas, à une trentaine de mètres, je remarque une petite barque amarrée en bord de rivière. Alors que nous ne sommes plus qu'à quelques mètres de cette dernière, que nous laissons la furie du siège du château derrière nous, je m'écroule au sol, entraînant Geronimo dans ma chute. Je suis parcouru de spasmes. Rucellai se révolte et tente de reprendre le contrôle. Il faut que je résiste. Mais je me sens tellement faible. C'est comme si j'essayais de porter un poids en n'ayant plus aucune force dans les bras. J'aide Geronimo à se relever. Mais soudain, mon bras, sans que je le contrôle, repousse le vieil homme qui chute à nouveau au sol et me regarde avec incompréhension. Le corps de Rucellai m'échappe... Je suis repoussé en arrière dans son esprit. Je vois, comme si j'étais piégé au fond d'un tunnel, ce qui se passe, impuissant. Rucellai reprend ses esprits ; il regarde autour de lui, reconnaît Aguilar à ses pieds et brandit son épée. Non... J'essaie de revenir de toutes mes forces. Je pousse... Plus fort... Rucellai chute en avant et laisse tomber son épée. Aguilar rampe sur le dos. Mais ce n'est pas suffisant... Rucellai récupère son arme, la soulève au-dessus de lui.

Non.

Je peux faire quelque chose.

Je...

L'arme s'écrase sur mon ami et je vois avec horreur la lame s'enfoncer dans son épaule. Rucellai s'effondre au sol, dans un rire. Il répète : « *E finita, ti ho ucciso, Aguilar... E finita...* »

La bataille pour me chasser a épuisé Rucellai et je parviens à reprendre, enfin, le contrôle. Le plus délicatement possible, je retire la lourde épée plantée dans le corps de mon ami. Il laisse échapper un râle. Du sang se répand sur l'herbe verte. J'allonge le vieil homme au sol et le tiens serré contre moi.

La blessure est trop profonde. Je ne pourrai rien faire. Il ne s'en sortira pas...

— Je suis désolé, Geronimo. J'aurais tant voulu vous aider...

— *Non temere, Gabriel. Mi sento bene...*

Le vieil homme respire péniblement et crache du sang.

Aguilar se saisit de son tas de feuilles détrempées de sang et me le tend. Je regarde les pages manuscrites, rédigées d'une écriture fragile, de plus en plus illisible. C'est son manuscrit. Son livre. Son testament. Celui dont m'a parlé Hawkins... Ce livre qui est au cœur de tout, de notre découverte, bien plus tard, dans des centaines d'années, des Limbes.

— *Prendi questo. Tienilo am securo. Prendi questo...*

Il veut que je le protège, que je le mette en lieu sûr... L'homme me tapote la joue tendrement. Il me voit, moi, je le sais, derrière l'horrible carapace de Rucellai. Il me fixe longuement puis il se soulève légèrement et contemple les quais.

— *Guardati intorno, com'e bello qua...*

Je regarde, moi aussi, autour de moi. Derrière le bruit des affrontements, l'horreur qui se joue à quelques mètres, j'entends l'écoulement serein de l'eau, le bruissement du vent dans les joncs sur le rivage. Le soleil matinal chauffe déjà. Le ciel est d'un bleu azur, magnifique. Quelques nuages potelés s'y déplacent lentement. Quelque part, au-dessus de nous, des oiseaux chantent. Geronimo sourit.

— Oui, c'est beau, Geronimo, c'est beau...

— *Grazie, amico. Grazie. Non abbocare nel Limbo... Non abbocare, Gabriel...*

Puis, sur ces dernières paroles, sa tête tombe en arrière. C'est fini. Je ferme les yeux du vieil homme, porte son corps jusqu'à la rivière et le dépose délicatement dans l'eau. Sa dépouille est entraînée par le courant et disparaît dans un coude du fleuve.

Adieu...

Adieu, mon ami.

J'ai échoué à le sauver... Au moins dois-je respecter sa dernière volonté, malgré toutes les implications, toutes les conséquences que cela aura dans le futur. Je réfléchis quelques secondes là, assis au bord d'un fleuve, à des centaines d'années de mon corps… Je ne peux prendre le risque de faire disparaître le manuscrit. Cela changerait tout et peut-être même ma présence ici… Et même si une partie de moi aimerait en finir, maintenant, je n'oublie pas que les Limbes m'ont sauvé, comme elles ont sauvé également Amy, Clyde et Matt… Le livre doit survivre, coûte que coûte, car la vie de mes amis en dépend. Je garde les feuilles plaquées contre mon torse et pénètre dans la barque. Je détache le nœud qui la retient à un anneau scellé contre le mur. Je sors les rames et, péniblement, commence la traversée. Je progresse parmi de nombreux débris, poutres de bois, tonneaux. Après de longues minutes, j'arrive enfin de l'autre côté, je gravis les marches qui me ramènent vers le cœur de Rome. Là, je franchis un nouveau palier dans l'horreur. Les rues sont parsemées de cadavres. Le sang s'écoule en rigoles le long des pavés. J'entends des bruits de sabots. Une vision d'apocalypse… Quatre chevaux, hennissant, la bave aux lèvres, me passent devant au trot. Ils traînent derrière eux une dizaine de cadavres accrochés par une corde épaisse. Les corps des malheureux, commotionnés, rebondissent sur les pavés. Leurs têtes ne sont plus que des tumeurs violettes informes. Les cavaliers, quatre hommes, rient aux éclats et boivent de larges lampées d'une outre de vin. L'alcool dégouline sur leur armure et leur tunique. Je me cache derrière un muret de pierre. Enfin, quand ils se sont éloignés, je m'enfonce dans les rues de la vieille ville. Les volets des fenêtres sont tirés, mais certaines portes sont enfoncées. On entend des cris, des lamentations qui proviennent des immeubles. C'est un carnage. Les premiers groupes de soldats que je croise ne me remarquent pas. Soûlés de sang, de violence et de folie, ils courent d'un immeuble à l'autre, d'un saccage à l'autre, leurs besaces laissant déborder des colliers de perles, des chandeliers en or… Dans une petite ruelle, je remarque un groupe d'hommes qui s'affaire sur une femme. Ils la violent les uns après les autres. La femme ne bouge pas. Son visage éteint glisse sur la pierre sous les coups de boutoir de son agresseur. Elle a du sang sur le visage. Elle est peut-être déjà morte. Mais cela n'empêche pas ces monstres de continuer à la harponner sauvagement. Des bêtes… J'ai envie de vomir. Un tressaillement dans ma nuque. Rucellai revient à l'assaut. Il faut que je me reprenne, que je me concentre. Je dois trouver de l'aide, quelque chose. Plus loin, sur une place, je découvre, dégoûté, un bûcher : des dizaines de corps brûlent, entassés les uns sur les autres. Parmi les dépouilles distordues de douleur du charnier, on distingue un énorme crucifix. Autour, des soldats brandissent leurs épées en hurlant. Plus loin, je croise une église en flammes. La ville brûle, meurt. Je traverse l'antichambre de l'enfer…

Je marche, hagard, hébété par le spectacle d'épouvante qui se joue sous mes yeux. J'en oublie le temps, l'espace. J'erre entre deux eaux, entre la réalité et le sommeil. J'en ai trop vu… je voudrais croire que ce n'est qu'un rêve. Que l'homme n'est pas capable de telles horreurs… On me tape sur l'épaule. Je me retourne. Un soldat maigre, vêtu d'un uniforme rouge et d'épaulettes en métal, me toise avec un drôle d'air puis me dit :

— *Was machst du hier ? Wer bist du ?*

Je pose la main, le plus discrètement possible, sur le pommeau de mon épée. Mais l'homme s'en rend compte et, une seconde plus tard, dégaine sa dague dans un éclair. Il me surine à quatre reprises dans le ventre. Je m'effondre au sol. La douleur est terrible. Je porte ma main libre à ma taille, elle est couverte de sang. L'homme me regarde, me fouille, me retire mon ceinturon, me vole mon épée qu'il se passe à la ceinture, puis me crache au visage et s'éloigne, sans un regard en arrière. J'attends quelques minutes. Péniblement, je tente de me relever. Je n'irai plus bien loin. Je marche, à l'agonie, en longeant un mur, serrant tant bien que mal les pages du manuscrit sous mon bras. Rucellai revient à l'attaque, désespéré. J'ai l'impression d'entendre un cri exploser au fond de moi. J'ai si mal à la tête. Au hasard, je pousse la grille d'un portail entrouvert. J'entre à l'intérieur d'une cour, à côté d'une église en pierre blanche. Devant moi, un bâtiment aux murs blancs et jaunes. Je m'approche de la porte et frappe de toutes mes forces. Je remarque des traces de coups sur la porte peinte en vert. Les soldats ont dû tenter de la détruire à coups de hache, mais sans succès. Je continue à frapper, désespéré. J'entends du bruit de l'autre côté, il y a quelqu'un. Enfin, un judas s'ouvre et, derrière une petite grille en métal, je vois apparaître un regard inquiet. Un homme d'une cinquantaine d'années me fixe, terrifié, puis il semble reconnaître le large pendentif que je porte à mon cou. Il m'ouvre la porte. Je m'écroule sur le sol en marbre. La pierre est froide. Ça fait du bien… L'homme s'abaisse à mes côtés.

— *Castellano, e propio lei ?*

Une monnaie d'échange… Je me soulève et regarde mes mains. J'en retire les deux chevalières en or et la bague arborant une pierre précieuse et les place dans la main de l'homme, que je referme. Puis je lui donne les pages du manuscrit et lui répète le plus lentement possible :

— Protégez-le. Protégez ce livre…

— *Castellano… non capisco…*

Je lui plaque les pages contre le torse, me soulève et quitte la maison. J'espère qu'il prendra soin de ce manuscrit. Il le faut. Au fond de moi, j'ai comme une certitude. Il le fera, car tout cela est déjà écrit…

Il me faut maintenant en finir avec cette saleté de Rucellai. J'erre quelques minutes dans les rues. Enfin, je tombe sur une troupe de soldats en uniforme rouge au détour d'une ruelle. Ils ne me voient pas. Je hurle et remue les bras. Les hommes se retournent, épée au poing, et me regardent avec incompréhension. Enfin, ils reconnaissent mon uniforme et se ruent sur moi en criant. Ça va être une curée. *Ils ne feront qu'une bouchée de toi, Rucellai. Tu l'as bien mérité, salopard. Chacun son tour.*

Maintenant, meurs…

Je me retire des songes du gouverneur de Saint-Ange et le laisse entre les mains de ses tortionnaires assoiffés de sang.

Je sens que je suis ramené en arrière.

Le noir.

J'ai mal aux côtes. Les échos, sans doute, de la blessure de Rucellai qui transparaissent sur moi. Je m'éveille. C'est le silence, d'abord, qui m'inquiète. Il n'y a pas un bruit. Aucune voix…

J'ouvre les yeux.

Non… Je ne suis pas dans la voiture. Je suis dans les Terres Mortes. Merde. Je me relève et commence à marcher. Il faut que je rejoigne la Nef. Là, je pourrai attendre en sécurité de me réveiller. Je m'apprête à sortir du temple abandonné dans lequel je me suis éveillé quand une Sentinelle apparaît en bas de la ruelle devant moi. Je me plaque contre la paroi en pierre, mais trop tard, elle m'a repéré. La créature se lance à ma poursuite. Je m'enfonce dans le monument en ruines. Je me jette au sol derrière une colonne effondrée. La Sentinelle entre, regarde autour d'elle, puis se met à grimper le long du dôme au-dessus de moi. Arrivée à la verticale, elle se jette sur moi dans un cri qui me vrille les oreilles. Je recule dans la poussière, piégé. L'horreur progresse vers moi en faisant claquer ses dents. Ses griffes s'enfoncent dans le sol. Je sais ce qui m'attend. J'essaie de détourner le regard. J'entends sa respiration sifflante. Du coin de l'œil, je remarque la spirale qui s'enroule dans son crâne. Qui tourne et tourne encore. Je ne peux plus détacher mon regard de ce gouffre de chair, de ce tourbillon infini. Des images apparaissent en flashes. Notre fuite. Des panneaux de ville. Les endroits où nous avons dormi. Le visage d'Amy qui me regarde en souriant, puis le lac où nous avons dîné ce soir… *Non, Gabriel. Elle est en train de lire en toi. Elle va nous retrouver. Ils vont nous retrouver. Non. Réveille-toi. Maintenant. Tu peux y arriver. Maintenant.*

Un cri.
Une déchirure.

J'ouvre les yeux. Je suis enfin revenu dans la voiture. Il fait encore nuit. J'entends des bruits, des chocs. Je me soulève. Des formes noires viennent s'écraser contre l'engin, qui vibre.

— Amy, qu'est-ce qui se passe ?

Mon amie se retourne et me regarde avec soulagement, elle a une griffure le long du visage.

— Tu es réveillé, enfin. Partons. Clyde, démarre. Sors-nous de cet enfer.

La voiture démarre dans un vrombissement. Je regarde en arrière. Je vois des silhouettes qui s'écrasent au sol, comme une pluie de pierre.

Nous roulons quelques instants à travers la forêt plongée dans l'obscurité, puis un bruit se superpose à celui du moteur de la voiture et une lumière nous aveugle. Clyde manque de perdre le contrôle et de quitter la route. Une immense forme passe en rase-mottes au-dessus de l'engin et tourne sur elle-même. Un hélicoptère. Sur sa calandre, quatre lettres : ONIR.

Ils nous ont retrouvés.

Clyde

13 octobre 2008
Greenwood, Mississippi

J'observe Gabriel endormi sur la banquette de la voiture. Son corps est parcouru de légers tremblements. J'espère que ça se passe bien pour lui… Je referme lentement la portière et retourne auprès d'Amy. Elle m'attend près du feu, une couverture sur les épaules.

Je ne déteste plus Gabriel… Je le sais. Je le sens, au fond de moi. En façade, je continue à le repousser, à l'ignorer, mais, en réalité, je ne sais plus trop où j'en suis. En apprenant à le connaître, en passant ces quelques jours de fuite avec lui, j'ai réalisé combien nous étions proches. J'avais déjà ressenti cela en visitant ses rêves. Mais plus je passe du temps à ses côtés, plus ça se confirme. Gabriel est un gamin qui, comme Amy, comme moi, a terriblement souffert. Les Limbes nous ont réunis dans notre douleur. Il aurait pu être le frère que je n'ai jamais eu…

Je doute de tout. D'un côté, je repense, évidemment, aux messages des Émissaires et à leurs mises en garde contre Gabriel ; de l'autre, les propos d'Amy le soir où je suis venu les libérer d'ONIR résonnent encore en moi… elle a raison sur un point : je ne sais même pas d'où viennent ces Voix. Qui les contrôle ? Et que veulent-elles vraiment ? Face à tant d'inconnues, pourquoi obéir aveuglément ? Peut-être parce que j'en avais besoin à ce moment-là. Comment croire, avec tout ce que j'ai vu, que Gabriel puisse être dangereux ? Au contraire, ce gamin est trop doux. Trop candide. C'est ce qui le perdra.

Ce qui m'embête le plus, finalement, c'est que Gabriel nous retarde autant. J'appréhende le moment où il nous faudra nous déplacer à pied. Il tient à peine sur ses deux jambes. Pour l'instant, nous avons eu de la chance. Mais la chance ne dure jamais…

La nuit est calme. On entend le croassement des grenouilles depuis le lac au bord duquel nous avons établi notre campement de fortune. Nous avons réussi à éviter un barrage à l'entrée de Memphis. Exténué, j'ai encore pu conduire une trentaine de kilomètres avant de décider de m'arrêter. Nous avons trouvé cet endroit un peu au hasard, en suivant quelques panneaux indiquant Mathews Brake National Wildlife Refuge. Et nous avons eu une bonne intuition, ce lieu est assez incroyable. Nous nous sommes installés face à un grand lac marécageux sur lequel ont poussé des centaines de cyprès des marais. Alors qu'il commençait à faire nuit, leurs troncs gris effilés se reflétaient dans les eaux marron du lac, couvertes par endroits de myriades de nénuphars. Le spectacle était à la fois mélancolique et étrangement beau.

Je retourne auprès d'Amy. Elle somnole, allongée sur le sol, auprès du feu. Je replace la couverture sur ses épaules… Elle entrouvre un œil.

— Tout va bien ?
— Oui, il dort encore.
— Ça fait combien de temps ?
— Un peu moins d'une heure, maintenant.
Elle se relève.
— Je vais rester auprès de lui…
— Non, dors un peu.
— Ça va. Je veux être debout quand il se réveillera. Je n'ai pas sommeil de toute façon. Dors, toi, si tu veux, Clyde.
— Non, c'est bon.
Amy marque un temps d'attente en regardant les braises.
— Tu penses qu'on va y arriver, Clyde, qu'on va s'en sortir ?
— Je ne sais pas. J'espère, oui.
— Je voudrais que tu me fasses une promesse.
— Oui, je t'écoute.
— Si on se fait attraper par ONIR, je veux que tu me jures que tu ne les laisseras pas me reprendre. Qu'importe le prix. Je préfère en finir que continuer à servir de cobaye à ces salopards.
— Compris, Amy…

Au loin, au bout de la route, je remarque deux points lumineux qui grossissent.
— Merde…
Amy tourne la tête dans la direction de l'endroit que je fixe.
— Qu'est-ce qui se passe ?
— Une voiture arrive sur le chemin… Reste là. Cache-toi. Je vais aller voir. S'il y a un problème, les clés sont sur le contact. Démarre et fous le camp d'ici.

La voiture s'est arrêtée à une vingtaine de mètres de notre emplacement. Le moteur ronronne. Les phares m'aveuglent. Je ne vois pas combien de personnes sont à l'intérieur. En m'approchant, je remarque qu'il s'agit d'un 4 × 4 avec, sur les flancs, le logo du Mathews Brake National Wildlife. Merde… Certainement un des gardes forestiers… Je mets ma main droite dans mon dos, prêt à dégainer mon arme si besoin.

Alors que j'arrive auprès du véhicule, la portière s'ouvre dans un grincement. Un homme de près d'un mètre quatre-vingt-dix, très fin, en sort. Il porte un uniforme marron. Je remarque que sa chemise n'est pas correctement fermée et, plus surprenant, que les lacets de ses chaussures sont défaits. L'homme s'avance vers moi, la tête légèrement penchée sur le côté. Dans la lumière des phares, je distingue ses yeux couverts d'un voile blanc. Un Émissaire… évidemment. Il se met à me parler d'une voix monocorde :

— C'est la dernière fois. Ta dernière chance. Tu dois tuer Gabriel ce soir. Sinon, ce sera trop tard. Ils arrivent. Ils vont vous trouver. Tu ne pourras rien empêcher. Ils arrivent.

Je tente, en vain, de lui parler, d'avoir des réponses… Les questions sortent de ma bouche comme une bile que j'aurais retenue trop longtemps. Tout se déverse…

— Et pourquoi est-ce que je vous obéirais, hein ? Depuis le début, j'ai fait tout ce que vous m'avez demandé. J'ai pris toutes ces vies pour gagner en puissance et ça m'a servi à quoi ? À rien, putain ! Tous ces gens morts en vain. Et vous me dites que Gabriel représenterait un danger ? Mais vous avez vu dans quel état il est ? Et vous êtes qui, merde ?

Pour la première fois, l'Émissaire semble écouter mes questions. Il me répond, sibyllin :

— Tu n'es pas prêt pour les réponses. Tu dois nous faire confiance. Nous savons ce qui va se passer car nous l'avons vécu. C'est ce soir ou jamais.

— Allez vous faire foutre. J'en ai assez de vous écouter, vous et tous les autres. À partir de maintenant, je vais vivre ma vie, sans personne pour me dicter mes actes.

— Tu seras bientôt plus prisonnier que tu ne l'as jamais été.

— Nous verrons ça. En attendant, laissez-nous.

— Vous devez partir. Ils vont arriver…

— Mais on est au milieu de nulle part.

— Ils arrivent.

Le garde forestier se retourne et marche vers sa voiture, puis, après quelques pas, il s'arrête et, sans même me regarder :

— Je vais cacher cette voiture plus loin. En amont dans la forêt. Dans cinq kilomètres. Tu en auras besoin. Très bientôt. Elle sera sur votre chemin.

— Quoi ? Qu'est-ce que vous racontez ?

L'homme s'installe dans sa voiture sans me répondre. Je m'approche. Avant d'en refermer la portière, il me dit une dernière phrase. Je remarque en cet instant que sa diction est un peu moins mécanique, que ses traits semblent trahir une vraie tristesse. Et derrière cette voix atone, j'ai l'impression de reconnaître ses intonations…

— Tu vas regretter ton choix, Clyde. Toute ta vie durant, tu repenseras à ce moment… Encore une chose, attention aux oiseaux.

L'homme a déjà fermé la portière. Le 4 × 4 fait un demi-tour et s'éloigne en roulant lentement. Je reste là, quelques secondes, à regarder les lumières des phares disparaître, puis je retourne auprès d'Amy.

Elle est accroupie, dissimulée derrière le capot de notre voiture, apeurée.

— Alors, c'était un garde de la réserve ?

— Oui et non. C'est plus compliqué.

— Qu'est-ce que tu veux dire ?

— Rassure-toi, nous ne sommes pas en danger…

— Qui était-ce, alors ?

— C'était l'un des Émissaires, ces Voix qui me suivent.

— Mais comment nous a-t-il retrouvés ici ? C'est impossible.

— Je sais bien.

— Et que voulait-il ? Il t'a encore parlé de Gabriel ?

— Oui, il m'a dit qu'il fallait le tuer, que c'était ma dernière chance. Que je le regretterai…

Je la sens sur la défensive, inquiète.

— Et tu en penses quoi ?

— Je pense que je ne sais plus où j'en suis, Amy. Je n'ai plus envie de tuer Gabriel, rassure-toi. Je suis fatigué de tout ça, fatigué de tous ces morts. De tous ces ordres.

Amy s'approche de moi, m'embrasse sur les lèvres et me serre dans ses bras.

— Ça va aller. Je suis là. Nous sommes là pour toi…

Blong.

Amy et moi sursautons de concert. Quelque chose vient de tomber brutalement sur le capot de la voiture. Le choc était semblable à celui d'une lourde pierre.

J'entends un bruissement par terre. J'allume ma lampe torche et regarde au sol. Une petite mésange, à l'aile brisée, se débat pour se redresser. Ses pattes griffent le sol tandis qu'elle cherche à se remettre en équilibre.

Un autre choc.

Plus loin, au bord du lac.

Encore un.

Cette fois, au cœur du feu de camp. Nous découvrons, horrifiés, une petite buse qui vient de chuter dans le brasier. L'oiseau se débat mais ses ailes, déjà, se sont embrasées. Tout autour de nous, dans des sifflements stridents, des ululements désespérés, des dizaines d'autres oiseaux commencent alors à s'écraser au sol.

La Voix m'avait prévenu…

— Vite, Amy, remballe tes affaires !

— Mais putain, il se passe quoi ?

— Dans la voiture, vite !

Je range nos sacs à la hâte, attrape nos couvertures. Une silhouette me frôle l'épaule. Je regarde par terre. C'est une corneille noire qui vient de se briser le cou en chutant.

De l'autre côté du feu, Amy s'écroule au sol dans un cri, la main sur le visage.

Je me rue sur elle et l'aide à se relever. Un oiseau me percute le dos mais ce n'est pas grave.

— Ça va ?

— Oui, je crois, j'ai été griffée au visage.

— Laisse-moi voir…

Elle a la joue striée d'une fine griffure.

— Ça devrait aller. Allez, rentre vite dans la voiture. Nous avons l'essentiel. On laisse le reste.

Nous nous engouffrons dans le véhicule. Je m'apprête à mettre le contact mais Amy me retient.

— Non, nous ne pouvons pas démarrer tant que Gabriel dort. On risquerait de le réveiller. Il aurait fait tout ça pour rien.

— Je n'attends pas plus de quelques minutes. C'est un carnage ici.

Les oiseaux continuent à chuter autour de la voiture par dizaines. On entend des chocs sur le capot, le toit. Deux oiseaux de petite taille viennent même s'exploser sur le pare-brise arrière. Il est recouvert de sang et de viscères. À un moment, alors que l'averse démente semble se calmer, un héron vient s'encastrer dans le pare-brise. Son bec effilé traverse le verre. Il est d'abord sonné, puis tente de s'extraire en se débattant. Ses ailes raclent la vitre. Son crâne dégouline de sang sur le tableau de bord. Ses yeux fous me fixent. Je me plaque en arrière sur mon fauteuil, terrifié. Amy est, elle aussi, paralysée devant l'horreur du spectacle. Alors que je m'apprête à sortir mon pistolet pour abréger les souffrances de l'animal, le héron parvient à s'extraire du trou dans le pare-brise et roule sur le capot avant de tomber au sol. La pluie d'oiseaux continue dans un vacarme assourdissant. Ma main tremblante s'approche de la clé de contact. Merde. Il faut démarrer. Je préfère que Gabriel échoue à sauver Aguilar plutôt que nous mourions tous ici… Alors que je m'apprête à tourner le contact, j'entends une voix faible derrière nous. Gabriel…

— Amy, qu'est-ce qui se passe ?

Amy se retourne.

— Tu es réveillé, enfin. Partons. Clyde, démarre. Sors-nous de cet enfer.

Instantanément, je démarre la voiture et fonce à toute allure sur le petit sentier en terre. J'active les essuie-glaces qui grincent sur le pare-brise. Il reste une traînée rouge sur le verre et un gros trou au milieu mais la visibilité est passable. Le capot est recouvert de cadavres d'oiseaux qui sont emportés tandis que nous prenons de la vitesse.

Un kilomètre.

Deux kilomètres.

Nous nous en sommes sortis…

Alors que je lâche un soupir de soulagement, les mains toujours serrées sur le volant, les doigts enfoncés dans mes paumes à m'en faire saigner, un bruit assourdissant se superpose à celui du moteur. Ça vient d'au-dessus. L'instant d'après, une lumière aveuglante nous éclabousse.

Je me penche en avant pour mieux y voir. Putain, un hélicoptère d'ONIR. Je fais une embardée sur le côté mais parviens à reprendre, *in extremis*, le contrôle de la voiture.

Concentre-toi sur la route, Clyde.

L'hélicoptère passe au-dessus de nous puis s'éloigne. Une centaine de mètres en amont, il fait demi-tour en soulevant un nuage de poussière et fonce droit sur nous. Le projecteur m'aveugle complètement, je n'y vois plus rien. Je tente de maintenir le contrôle de la voiture mais je suis obligé de fermer les yeux. Je sens que la voiture dérape, que les roues quittent le sol. Je tente de freiner mais c'est trop tard. Puis le temps passe comme au ralenti. La voiture part en tonneau et tourne sur elle-même. Pendant un instant, j'ai l'impression de flotter dans l'espace. Je vois un sac plastique qui me passe devant les yeux. Je croise le regard d'Amy. Puis le choc. Et le silence…

Je vais bien, je crois. Je me palpe le corps. Je regarde Amy, elle est sonnée mais indemne. Je me retourne, Gabriel se redresse péniblement. Nous avons eu de la chance, encore une fois…

La voiture a fait un tour complet sur elle-même. Mais le moteur, bien entendu, ne veut plus démarrer.

— Prenez vos affaires. Il faut qu'on se tire d'ici avant que l'hélicoptère ne se pose. On reste les uns à côté des autres et on s'enfonce dans la forêt sur la gauche. À droite, c'est un marécage. Vite…

En moins d'une minute, nous sommes à l'extérieur de la voiture, et courons péniblement pour traverser la route. L'hélicoptère fait une nouvelle traversée. Il ne semble pas nous avoir vus sortir de l'engin. Au loin, j'entends des bruits de moteur. Les renforts arrivent.

Nous progressons dans la forêt mais Gabriel est trop faible et peine à garder le rythme. Je m'approche de lui.

Il me regarde, un peu dépassé par ce qui se passe.

— Je n'ai pas réussi à sauver Aguilar, Clyde…

— Au moins, tu auras essayé…

Je l'attrape sous le bras et l'aide à marcher.

— Alors tu m'aides, finalement…

— Je n'ai pas le choix, nous sommes ensemble dans cette galère.

— Ensemble, ouais.

Nous marchons durant de longues minutes. Chaque fois que l'hélicoptère passe au-dessus de nous, nous nous jetons au sol, la tête enfoncée dans le tapis de mousse sèche. Durant notre course, Gabriel s'effondre à deux reprises. J'ai le dos qui me tire à force de le soulever pour marcher. Derrière nous, à l'orée de la forêt, on entend des bruits de voiture, des cris et des aboiements de chiens. Ils seront sur nous dans quelques instants. Alors que nous émergeons en bordure d'un petit sentier, je découvre, incrédule, le 4 × 4 du garde forestier. Sans l'once d'une hésitation, j'ouvre la portière arrière et aide Gabriel à y grimper, puis je m'installe derrière le volant. La clé est sur le contact comme l'Émissaire me l'avait promis. Comment pouvait-il savoir tout ça ? Comment pouvait-il se douter que nous surgirions ici même, sur ce chemin, dans une si vaste forêt ? Plus tard, les questions. Je mets le contact et, instantanément, éteins les feux. Nous roulons dans l'obscurité jusqu'à la sortie de la forêt. J'ai les yeux qui brûlent à force de me concentrer sur la route. Je vois, au loin, dans le rétroviseur, le halo de lumière du projecteur de l'hélicoptère et plusieurs faisceaux de lampe qui passent entre les arbres. Nous prenons de la distance. Enfin… Je prends la première sortie pour rejoindre l'autoroute. Nous revenons sur notre chemin en direction de Greenwood, mais ce n'est pas grave. Ce qu'il faut, pour le moment, c'est mettre le plus de distance possible entre nous et les équipes d'ONIR. Amy, tant bien que mal, éponge le sang qui coule de sa joue. Gabriel regarde, inquiet, tout autour de lui.

Après une demi-heure de route, nous arrivons à Greenwood. J'ai essayé de réfléchir à un plan. Mais tout va trop vite… Deux options se présentent à nous : voler un nouveau véhicule et reprendre la route ou trouver une planque et attendre dans cette ville une nuit ou deux qu'ONIR se soit éloigné. Je ne sais pas quoi faire mais je n'en parle pas à mes camarades.

S'ils se rendent compte combien moi aussi j'ai peur, combien je suis paumé, ils paniqueront encore plus. Il faut que je donne l'illusion de savoir ce que nous allons faire. C'est ce que je fais depuis le début. Tandis que le soleil se lève et que ses rayons viennent éclairer le bitume fissuré, je roule au pas dans le centre-ville, complètement désert. Nous évoluons parmi les petits bâtiments en briques aux devantures d'un autre temps. Je vois, du coin de l'œil, des panneaux publicitaires délavés, des commerces abandonnés, à la peinture blanche écaillée, dont l'entrée est condamnée par des plaques de tôle et des planches. Là, plus loin, des lumières. Un imposant train Amtrak à deux étages vient d'entrer en gare…

Mais oui, c'est notre échappatoire !

Je me gare à la hâte sur le petit parking et embarque mes amis à ma suite.

Nous pénétrons dans le train quelques secondes avant qu'il ne démarre.

Nous t'avons encore échappé, Hawkins…

Tu ne nous auras pas.

Jamais.

James Hawkins

13 octobre 2008
Jackson, Tennessee

Ça a assez duré…

Je dois les retrouver.

Aujourd'hui.

Je regarde par le hublot de l'hélicoptère. Comme me l'a confirmé le pilote, nous survolons déjà le Tennessee. Nous devrions arriver dans le Mississippi d'ici moins d'une heure.

Le temps presse.

La CIA perd patience. Si, d'ici la fin de la semaine, nous ne sommes pas parvenus à récupérer les enfants sains et saufs, l'agence prendra le relais sur l'opération. L'objectif ne sera alors plus de les emprisonner, mais de les abattre, sans sommation. Stadler a été on ne peut plus clair : « Ils s'échappent, James. Vous ne pourrez plus les attraper. Ils ne veulent pas revenir. Nous ne pouvons tolérer que d'autres que nous les trouvent. Il n'y a qu'une solution. »

Heureusement, grâce à mes chères Sentinelles, nous avons retrouvé leur piste. Le Dr Bassett en charge de leur santé m'a appelé il y a une heure. Natalie a trouvé Gabriel au cœur des Terres Mortes. Elle est parvenue à le sonder. Son message était confus mais elle aurait répété à plusieurs reprises : « Mathews Brake National Wildlife Refuge »…

Il s'agit d'une réserve dans le Mississippi.

Ils ont donc déjà traversé tous ces États… Et moi qui les cherchais encore au Kentucky où j'avais mobilisé le gros de mes troupes… Ils doivent tenter de rejoindre le Mexique. Cela ne fait plus aucun doute.

Le Mississippi… ça tombe bien, une de mes équipes patrouille justement dans le secteur.

Je viens de recevoir la confirmation, il y a quelques minutes à peine, que notre hélicoptère sur place les avait enfin localisés. Des équipes au sol sont également en train de les prendre en tenaille. D'après mes dernières informations, leur voiture a eu un accident en bordure de forêt. Ils n'iront pas loin.

Ils sont faits. Piégés.

Je viens d'exiger du pilote qu'il pousse l'hélicoptère à sa vitesse maximale. Le rotor fait un bruit du tonnerre, la carlingue de l'engin tremble sous la pression mais nous atteignons les 300 km/h. Il faut que j'arrive à temps pour empêcher qu'un drame ne survienne. J'ai demandé à mes équipes de prendre les enfants en étau dans la forêt mais d'attendre mon arrivée avant d'intervenir. Je peux encore tenter de les raisonner. Essayer de leur faire comprendre.

Que tout ce que j'ai fait, tout ce que j'ai toujours fait, c'était pour leur bien. Pour les protéger.

Avant tout d'eux-mêmes…

Mais si j'échoue à les retrouver, c'est aussi tout mon plan qui s'écroule. Trouver et former d'autres enfants me prendrait des années. Et trouverai-je un jour des gamins aussi puissants que Clyde ou Gabriel ? Non, je ne peux pas me permettre de les perdre. J'ai la Source au bout des doigts et je ne peux plus attendre.

Ils ne tiendront pas longtemps dans le monde extérieur. Leur pouvoir, toujours, les bannira, les exclura un peu plus. Je le sais bien… j'ai été comme eux.

Les enfants doivent revenir.

Ils m'appartiennent.

Nous sommes une famille.

Je le leur ferai comprendre.

Gabriel

13 octobre 2008
Bentonia, Mississippi

Nous ne pourrons pas leur échapper éternellement. Je le sais.

Je regarde Clyde et Amy qui dorment sur la banquette bleue en face de moi. Nous roulons depuis plusieurs heures. Clyde s'est effondré de fatigue et s'est assoupi sur l'épaule d'Amy. Elle n'a pas tardé à sombrer à son tour. Je lui ai dit de ne pas s'en faire, que je resterai éveillé pour surveiller ce qui se passe dans le train. L'air climatisé dans le wagon est glacial. J'ai sorti une de nos couvertures et l'ai placée sur les jambes de mes deux amis.

Mes amis…

Ici, au cœur du Mississippi, porté par la peur, épuisé, j'ai trouvé dans cette fuite effrénée ce que je cherchais depuis si longtemps.

Je regarde par la grande baie vitrée. Depuis maintenant une heure, le train roule à une allure très lente parmi les paysages désolés de la région. Des marais sans fin, surplombés par les structures en béton jauni d'une autoroute surélevée, des gares désertes aux infrastructures rongées par la rouille, et toujours cette herbe rouge et sèche en bordure des voies. Il a plu tout à l'heure. J'ai regardé la course des gouttes qui glissaient sur la vitre, portées par la vitesse. Je les suivais qui serpentaient sur le verre, absorbant d'autres gouttes pour créer comme un petit ruissellement horizontal…

Je les ralentis trop… Si je reste à leurs côtés, je gâche la minuscule chance qu'ils ont de pouvoir s'en sortir. Je ne veux pas encore les réveiller, mais je suis persuadé qu'ONIR se rapproche. Le message du chef de train était bizarre tout à l'heure : « Des problèmes techniques sur la voie nous forcent à ralentir la vitesse. Nous ferons une halte non prévue de quelques minutes à la gare de Bentonia. Merci de ne pas descendre du train. Désolé de ce contretemps et merci de votre confiance dans le réseau Amtrak. »

J'ai bien remarqué, également, le malaise du contrôleur du train, plus tôt, quand nous avons débarqué, en sueur, les vêtements tachés de boue, Amy cachant difficilement sa griffure sur la joue, pour acheter nos places. Il nous a demandé, à plusieurs reprises : « Vous allez bien, les enfants ? Où sont vos parents ? Vous n'êtes pas accompagnés ? »

Clyde a bien tenté de le soudoyer en lui offrant le double du prix des billets pour qu'il nous fiche la paix, mais je ne peux m'empêcher de repenser au regard trop insistant du bonhomme tandis qu'il quittait notre cabine. A-t-il contacté les autorités ? Ou a-t-il été informé par un message de notre recherche ?

Nous ne devrions pas être là, à dormir, à attendre… mais mes deux camarades sont exténués. Quant à moi, je n'ai quasiment plus la force de marcher.

Le train commence à freiner. Nous devons nous approcher de la gare de Bentonia. J'appuie sur l'épaule de Clyde. Il est temps…

— Clyde, je crois qu'il y a un problème.

Il se réveille en sursaut et se redresse sur son fauteuil.

— Qu'est-ce… qu'est-ce qui se passe ?

— Le train ralentit depuis tout à l'heure et on va s'arrêter dans une gare alors que ce n'était pas prévu.

— Le contrôleur ?

— C'est sûr. Il nous a balancés…

Amy s'est réveillée à son tour. Elle se frotte les yeux.

— Qu'est-ce qu'il y a, les garçons ?

— On a certainement été repérés.

Le train s'arrête enfin dans un crissement de métal. Nous sommes au milieu de nulle part. À perte de vue, des champs en friche, à la terre jaune desséchée. Il y a bien un sous-bois plus loin, mais il faudrait courir à découvert pendant plusieurs minutes. Nous sommes piégés dans ce train. Mes camarades et moi repérons d'emblée les trois SUV noirs aux vitres teintées garés de l'autre côté du bâtiment en bois gris de la gare. Je me plaque contre la paroi vitrée et regarde vers les wagons de tête. Là-bas, à une trentaine de mètres, un homme portant un uniforme d'ONIR discute avec le chef de train, sur les marches d'un wagon. Quelques curieux sortent mais sont gentiment rappelés à l'ordre. Bientôt, le contrôleur rejoint les agents d'ONIR et, après quelques paroles, pointe un doigt dans notre direction.

Clyde est déjà debout, son sac sur l'épaule.

— Il n'y a plus une seconde à perdre. Il faut filer.

— On ne peut pas quitter le train, on se ferait repérer…

— Tu as une meilleure idée ?

— Je ne sais pas…

Amy prend la parole :

— On peut essayer d'aller vers les wagons de queue et s'y planquer. Une fois que le train sera reparti, on déclenchera l'alarme et on tentera de descendre dans un coin où il sera plus facile de s'enfuir.

— On va tenter ça, on n'a pas le choix. Allez, Gabriel, on y va.

— Oui, j'arrive.

Je jette un dernier coup d'œil contre la paroi vitrée. Je vois cinq hommes d'ONIR monter dans le train. Ils seront là dans moins d'une minute.

En toute hâte, nous quittons notre cabine et traversons les wagons. On bouscule des familles, des gens qui font la queue devant les toilettes. Nous passons dans le wagon-restaurant bondé. On joue des épaules pour se frayer un chemin parmi un groupe d'hommes baraqués qui rient aux éclats, déjà soûlés à la bière à 11 heures. Plus loin, nous traversons des wagons panoramiques où les fauteuils sont tournés vers l'extérieur pour permettre de profiter du décor. Tandis que nous avançons, je jette des regards apeurés en arrière mais, pour le moment, pas de signe des agents. J'avance péniblement. Mes jambes lourdes peinent à me porter et je suis obligé de m'appuyer sur les dossiers des fauteuils pour faciliter ma progression. Tandis que je croise tous ces visages de gens endormis, une idée s'installe lentement dans ma tête. Rang après rang, je tente, du mieux que je le peux, de mémoriser leurs faciès. Là, cette femme qui somnole, les jambes nonchalamment posées sur le cadre en métal de la baie vitrée. Ici, à l'étage d'un autre wagon, ce jeune homme costaud, qui dort comme un bienheureux, allongé sur deux sièges libres. Là-bas, dans cette cabine entrouverte d'un wagon-lit, cette vieille dame qui sommeille, son petit corps resserré sur lui-même. Les visages s'accumulent, s'enchaînent et s'ancrent dans mon esprit. Je peux y arriver. Oui…

Nous nous retrouvons dans le dernier wagon, piégés face à la porte d'accès extérieure bloquée. À travers la vitre crasseuse, on voit le chemin de fer qui défile à toute allure, comme s'il était happé en arrière, dévoré par l'horizon.

Je regarde mes amis.

— Je crois que j'ai une idée. Je vais tenter de prendre le contrôle des gens qui dorment dans les wagons que nous avons croisés pour ralentir les équipes d'ONIR. Ça nous permettra de gagner quelques minutes, peut-être même de venir à bout des agents d'ONIR.

— Mais tu es sûr d'y arriver ? Tu es trop faible, me dit Amy.

— Je vais y arriver. Mettez-moi en lieu sûr et veillez sur mon corps pendant que je vais dans la Nef.

— Là, les toilettes… On peut t'installer là.

Clyde semble hésiter quelques secondes, comme s'il réfléchissait aux autres options qui s'offraient à nous. Puis, finalement :

— Ça ne m'enchante pas des masses, mais je pense que c'est la seule solution. Installez-vous, je monte la garde.

Je note qu'il a déjà la main à sa ceinture, prêt à sortir son pistolet. J'espère que nous n'en arriverons pas là.

Je m'assois à même le sol gris des toilettes. J'essaie d'oublier l'odeur acide qui me pique le nez, d'effacer l'inconfort de ma position et de me concentrer sur l'essentiel.

Dors, Gabriel.

Dors.

Ta vie et celle de tes amis est en jeu.

Dors.

La Nef.

Mes mains qui se posent sur la Stèle.

Un premier visage. Un rêve que je traverse d'une traite. Un corps que j'absorbe. *Louise.*

C'est ton nom.

Lève-toi.

Dans un effort, je soulève le corps lourd de mon hôte. Je vois, au bout du wagon, les hommes d'ONIR qui s'avancent d'un pas décidé dans le couloir, poussant sans vergogne les gens sur leur passage. Je me lève, me place au milieu du passage. Je fais barrage. L'agent arrive devant moi et tente de me pousser. Je me mets à hurler et lui griffe le visage. Mes ongles s'enfoncent dans la chair de ses joues, déchirent sa peau. Il n'en revient pas, recule, passe la main sur son visage ensanglanté et hésite quelques secondes. Le second agent derrière lui envoie un message via son talkie-walkie. J'avance vers eux, prêt à griffer à nouveau.

Je protège ma meute.

Je suis une bête.

Vous ne nous aurez pas.

Le second agent lâche son talkie-walkie, passe devant son partenaire toujours sous le choc et, d'un mouvement de bras, déplie une matraque télescopique en acier. Il s'apprête à frapper. Une douleur. Un cri.

Mais je suis déjà parti.

À nouveau, la Nef.

À ton tour... Ton visage. Ton rêve est mien. Je prends ton corps. Tu t'appelles Carter. Eh bien, aide-moi, Carter. Sauve-moi. Je suis allongé sur une banquette. Je me soulève. J'entends des cris dans le compartiment en dessous de mon wagon. En toute hâte, je descends les marches. Je vois les cinq hommes de dos, piégés par Louise. Je me rue sur eux en criant tandis que l'agent en tête balance sa matraque sur la femme. J'enserre le cou de l'homme à l'uniforme bleu qui ferme le cortège. Je mords dans sa nuque. Il hurle et se débat. Du coin de l'œil, j'en distingue un autre qui sort un pistolet tranquillisant. Je m'extrais...

Il n'y a plus de temps.

Plus rien.

Il n'y a que la vitesse. Je ne suis plus un corps, mais une pensée. Un flux. Je passe d'un tunnel à l'autre de la Nef, je ne sais même plus ce qui se passe. Je n'ai même plus consciemment le contrôle. J'ai l'impression d'être moi-même un peu spectateur de ma propre furie.

Tout s'accélère.

Je dévore leurs rêves à tous.

Je me fonds dans leurs corps et me rue sur mes ennemis.

Damian.

Emily.

Miranda.

Eli.

Tyler.

Aidan.

Abigail.

Griffez. Déchirez. Mordez. Frappez. Résistez. Votre corps est un mur infranchissable.

Vous êtes mon armée.

Ma légion.

Vous êtes moi.

Levez-vous.

Et sauvez nos vies.

Clyde

13 octobre 2008
Bentonia, Mississippi

Un cri.

Puis un autre hurlement strident. D'autres vociférations, étranges, comme s'il s'agissait de plusieurs lamentations entremêlées. Ça vient du wagon devant nous. Je jette un œil aux toilettes. Gabriel est parcouru de tremblements. Amy, du papier mouillé entre les mains, tente d'éponger son visage en sueur. Moi, je garde le regard rivé sur le bout du wagon, ma main tremblante serre la poignée de mon pistolet.

Des hommes et des femmes commencent à surgir dans notre wagon, apeurés. Ils ont l'air sous le choc. Certains sont au téléphone. Je m'approche de l'un d'entre eux et demande :

— Qu'est-ce qui se passe, là-bas ?

— Je ne sais pas. Tout était calme et puis on a vu arriver cinq types, comme des policiers mais avec des uniformes bleu clair. Ils traversaient notre wagon quand une vieille dame leur a sauté dessus. Elle avait l'air folle ou droguée… Et puis, y a un autre homme qui est arrivé dans leur dos et un autre qui s'est levé d'un bond. On a eu peur avec ma femme et on a quitté le wagon. Y a encore toutes nos affaires, là-bas… Sur notre chemin, on a croisé deux autres types qui avaient l'air bizarres et qui remontaient le flot de personnes… Putain, je ne sais pas ce qui se passe. On aurait dit que ces personnes avaient un virus, la rage, peut-être. C'est peut-être une attaque bactériologique, les terroristes…

Je m'éloigne. Ses paroles ne m'intéressent plus… j'en ai entendu assez.

Sans une hésitation, je tire sur la poignée d'alarme rouge pour enclencher l'arrêt d'urgence du train. Le wagon est désormais bondé. Au premier coup de frein, tous les passagers manquent de chuter en avant, comme des dizaines de culbutos en équilibre instable. Il y a des cris de surprise, des hurlements… Je retourne vers mes amis. Gabriel n'est toujours pas réveillé. Le train commence à enfin ralentir. On entend le crissement des semelles de frein appuyant sur les roues en acier.

Je regarde à l'extérieur. Nous sommes à l'entrée d'une petite ville. C'est peut-être notre chance. Avec la panique qui va suivre l'arrêt du train, on peut tenter de s'échapper sans être repérés.

Le wagon n'est plus qu'un flot de murmures, de bousculades, de cris et de regards apeurés.

Je regarde Gabriel. Je vois que ses yeux font des va-et-vient rapides sous ses paupières. Du sang s'est mis à couler de son nez. Amy essuie le flot carmin tant bien que mal.

— Il faut le réveiller, maintenant. Le train ralentit. C'est notre chance.

— Tu es sûr, Clyde ?

— Oui, il a réussi. Il n'y a aucun doute. J'ai interrogé un passager. Il m'a raconté avoir vu les agents d'ONIR se faire attaquer par des quidams.

— Très bien…

Amy se met à lui parler à l'oreille, doucement, comme une mère, tout en lui caressant la joue. Je devrais être jaloux, peut-être, mais ce n'est pas le cas. Je ne sais pas pourquoi. Je vois là un geste d'affection, de compassion. Sans aucun sous-entendu. Je passe mon sac sur mon épaule. Gabriel remue les jambes, les bras. Puis il ouvre, enfin, un œil. Je n'attends pas une seconde de plus et l'aide à se relever. On sort des toilettes et on s'approche de l'arrière du train, là où se trouve le sas de sortie. Le véhicule est quasiment à l'arrêt. Ça ne devrait plus tarder. On est complètement compressés par les autres passagers. J'essaie, tant bien que mal, de protéger Gabriel qui est encore comateux. Amy nous rejoint bientôt, en se faufilant entre les corps. Partout autour de nous, ça râle, ça crie, ça s'invective. J'entends des « Qu'est-ce qui se passe ? », des « Laissez-nous sortir », des « Ne poussez pas »… L'ambiance est électrique… Si on reste encore comme ça quelques minutes, la situation va dégénérer.

Gabriel semble avoir repris ses esprits. Il me regarde. Il a les yeux injectés de sang. Sa voix est faible.

— J'ai réussi ?

— Ça, tu peux le dire. Tu as créé une foutue panique dans le train. C'est parfait. Nous allons pouvoir nous mêler à la foule…

— Je me sens si faible…

— Tiens le coup, Gabriel. On est quasiment sortis d'affaire. On y est presque.

De ma main libre, je tire sans relâche sur le levier d'ouverture de la porte du train. Mais je sens qu'il y a une résistance. La fermeture centralisée n'est pas encore désactivée. Enfin, je parviens à soulever la poignée en métal. Nous nous retrouvons tous les trois dehors, projetés à l'extérieur par la masse des passagers qui s'extraient du train comme s'ils étaient au bord de l'asphyxie. La foule se déverse de l'engin en un flot fou et ininterrompu. Les gens courent dans tous les sens, cherchent leurs familles du regard. Je vois des personnes dont les vêtements sont tachés de sang. Là, un homme d'un certain âge chute des marches en descendant. Les autres le piétinent sans un regard. Personne ne tente de l'aider à se relever. C'est chacun pour soi… Mais qu'est-ce qui s'est passé là-bas ? Amy marche derrière nous. Il faut qu'on s'éloigne, vite. La voie de chemin de fer donne sur un terrain de sport terreux entouré de petits gradins rouillés. Derrière, je remarque une haute citerne en métal, peinte dans un jaune délavé, sur laquelle est écrit ce mot : Hazlehurst… C'est certainement le nom de la ville dans laquelle nous avons atterri. Nous évoluons parmi la marée humaine qui s'agglutine sur le terrain. À plusieurs reprises, des bousculades manquent de nous projeter, Gabriel et moi, au sol. Alors que nous avons fait la moitié du chemin afin de nous mettre à l'abri derrière les gradins, j'entends un cri derrière nous :

— Là, ils sont là ! Les gamins, je les vois !

Puis une autre voix :

— Non, pas d'armes à feu. C'est un ordre.

— T'as vu de quoi ils sont capables, j'en ai rien à foutre, Doug…

— Hawkins ne…

— J'emmerde Hawkins.

Une déflagration.

Suivie de cris et de mouvements de foule. J'ai l'impression d'être entraîné par une vague de fond. J'ai beau serrer son bras contre moi, je perds Gabriel. Je résiste du mieux que je peux mais mes doigts glissent sur son pull. La foule m'éloigne de lui et d'Amy. En quelques secondes, je ne les distingue quasiment plus parmi la forêt de visages, d'yeux et de bouches paniqués, terrorisés. Je ne peux pas revenir vers eux. Un autre coup de feu. Cette fois, les passagers du train se jettent au sol. Je vois mieux la scène.

Non…

Gabriel se tient le ventre. Du sang coule entre ses mains. Il regarde la tache se répandre sur son pull, immobile, l'air surpris. Amy est allongée derrière lui et commence, péniblement, à se redresser. L'agent qui a tiré sur Gabriel, le visage recouvert de sang séché, s'apprête à faire feu à nouveau. Je saisis mon arme. Ils ne m'ont pas encore repéré. Mon bras tremble. J'essaie de viser avec précision. J'appuie sur la gâchette. Le premier agent s'écroule en remuant les bras, comme s'il cherchait à se rattraper à quelque chose. Je crois que je l'ai touché en pleine poitrine. Le second se tourne vers moi et lève les mains en signe d'apaisement. Il n'est pas armé. *Va te faire foutre*… Je tire. Deux fois. Une balle atteint sa main, l'autre traverse son crâne. Autour de nous, c'est un tapis de corps. Tous les passagers sont roulés en boule au sol. Ça pleure… Ça enfonce ses ongles dans la terre meuble. Je rejoins mes amis en toute hâte et quitte le terrain de sport. Amy et moi aidons tant bien que mal Gabriel à marcher. Il tient toujours sa main plaquée sur le côté de son ventre. Du sang coule à grosses gouttes. On traverse un croisement. J'entends des sirènes au loin. On passe en face, sans même faire attention à la circulation. Crissements de pneus, klaxons… Un homme passe la tête par la fenêtre de son pick-up rouge et nous insulte. Nous ne répondons même pas. On se retrouve dans une petite rue bordée de maisons modestes. Gabriel a une respiration difficile, sifflante. On croise des habitants qui sortent de leur petit cottage, intrigués par l'agitation un peu plus haut dans la rue. Il faut qu'on s'éloigne, encore plus. Un vrombissement. Un hélicoptère nous survole et se stationne au-dessus du terrain de sport. C'est le même que la nuit dernière… Nous essayons de progresser sur un trottoir abrité par les arbres. Dans un jardin, quatre gamins s'amusent à sauter sur un trampoline, comme si de rien n'était, comme si la vie continuait… Une autre rue, on pique à droite sans même réfléchir. Prendre de la distance, coûte que coûte. Le poids de Gabriel me tire l'épaule. J'ai une douleur aiguë qui me déchire les cervicales. Mais on avance… On passe à côté de la gare de la ville. Un drapeau américain flotte mollement au vent. Un wagon d'une vieille locomotive a été peint en rouge avec écrit : « Bienvenue à Hazlehurst »… Bienvenue… Nous arrivons dans une zone un peu plus commerçante. On doit se rapprocher du centre. Alors que nous passons devant un bâtiment en tôle et parpaings surmonté d'un panneau rouge « Bill's Body shop », des bruits de sirène nous forcent à nous planquer contre la façade du magasin. Trois voitures de police grises estampillées d'un logo « State Trooper » nous passent devant en trombe. Nous reprenons notre route. Nous traversons une passerelle qui surplombe la voie ferrée. De l'autre côté, l'artère centrale de la ville et ses nombreux commerces. Il y a un monde pas possible dans la rue. J'ai du mal à comprendre. Puis, enfin, je réalise. Nous sommes le 13 octobre. C'est Columbus Day aujourd'hui… un jour férié que l'on passe normalement ensemble autour d'un bon repas en famille. La circulation est dense dans le petit centre-ville. Les voitures roulent au pas. Je cherche des yeux une pharmacie mais n'en vois pas… Ici, un magasin d'antiquités, une boulangerie, là, un prêteur sur gages, un coiffeur, une banque… Merde… Nous arrivons sur une petite place. Devant nous, la mairie ; à droite, une église en briques rouges. Où se cacher ? Des passants nous croisent et nous regardent avec un mélange de surprise et de dégoût. Nous devons ressembler à de jeunes sans-abri, à des fous… Nous faisons encore quelques pas, mais c'est inutile, Gabriel ne tient plus debout. Nous nous enfonçons dans une petite allée, à côté d'un magasin de pièces détachées de voitures à la devanture blanc et bleu turquoise. J'installe Gabriel au sol, derrière une benne. Je m'assois, à bout de souffle, en face de lui, sur un vieux climatiseur hors d'usage. Amy s'effondre au sol contre un mur de briques. Je commence à recevoir quelques gouttes sur le front. Un orage se prépare.

Après avoir repris mon souffle, je remarque la tache de sang sur mon sweat-shirt. Je referme ma veste.

— Vous restez là, je vais tenter de trouver une pharmacie et un véhicule. Ça risque de prendre un peu de temps.

Gabriel m'attrape par la manche.

— Non, ça ne sert à rien. Je n'irai nulle part. C'est moi qu'ils veulent. En tout cas, ils s'en contenteront. Je peux convaincre Hawkins, je peux essayer. Il faut que vous partiez, maintenant…

— Nous ne t'abandonnerons pas, dit Amy. Jamais…

— Je le sais. C'est moi qui décide de m'arrêter là. Vous pouvez encore y arriver. Je peux les retarder. Je vais essayer. Je n'ai plus rien à perdre…

— Qu'est-ce que tu racontes ? Tu as vu dans quel état tu es ?

— Cette ville sera mon tombeau, mais je ne partirai pas seul.

Gabriel

13 octobre 2008
Hazlehurst, Mississippi

Cette ville sera mon tombeau, mais je ne partirai pas seul… Bon Dieu, que j'ai mal ! La balle m'a perforé les intestins, c'est certain. Je ne peux retenir une quinte de toux. Chaque expectoration me lacère un peu plus les entrailles. Au fond de moi, je le sens, j'ai envie de pleurer. Je crève de peur de mourir là, dans cette petite ruelle dégueulasse. Mais je m'efforce de ne rien laisser paraître. Il faut qu'ils croient en mon plan. Qu'ils croient en moi. Sinon, ils ne me laisseront jamais faire. En même temps, j'ai cette étrange certitude que je peux y arriver. Que j'en ai le pouvoir…

— Bon. Aidez-moi à me relever et emmenez-moi dans la rue. Il faut que je les voie.

— Qui ?

— Les gens, les passants. Les conducteurs. Tous…

— Qu'est-ce que tu prépares, Gabriel ? me demande Amy.

— Je ne le sais même pas moi-même… mais j'ai l'impression que j'ai franchi un cap dans les Limbes. J'ai l'impression qu'il n'y a plus de limite…

— Fais attention à toi.

— J'essaierai.

Nous arrivons dans la rue commerçante d'Hazlehurst. Tout le monde vaque à ses activités en ce milieu d'après-midi férié. Des familles sortent des magasins, les bras emplis de sacs de courses. Sur le trottoir d'en face, une femme pousse sa poussette sur le trottoir ébréché. Là-bas, un groupe de jeunes est assis sur le dossier d'un banc. Un bus klaxonne pour qu'on lui cède le passage. Je tente de mémoriser tous les visages, tous les regards. Mon cerveau est en ébullition. Plus loin, à une cinquantaine de mètres, je note une agitation étrange. Je vois des gyrophares, j'entends des klaxons, puis j'aperçois des agents de police tenter de se frayer un chemin parmi la foule des passants. Un vacarme de tous les diables au-dessus de nous. Dans un mugissement, l'hélicoptère d'ONIR survole la place et stationne au-dessus de la mairie. Par la portière ouverte de la cabine, un agent équipé de grosses jumelles détaille la foule.

Il me faut encore quelques secondes. Il en reste encore quelques-uns… Là-bas, cette vieille dame qui promène son chien… Ce restaurateur qui écrit le menu du soir sur le panneau devant son établissement.

Ça y est, je les ai tous.

Je demande à mes amis de me ramener dans l'allée. J'ai soif, j'ai la bouche si sèche… Les derniers pas sont terribles. Enfin, je m'écroule au sol, à peine caché derrière la benne.

Je demande à Amy une bouteille d'eau et bois quelques gorgées. Encore une fois, le moindre effort me tiraille les tripes.

Je m'allonge au sol.

— C'est bon. Je vais y arriver.

— Quand est-ce qu'on pourra y aller ? interroge Clyde.

— Si j'y arrive, vous le saurez.

Alors qu'Amy regarde vers la rue, j'en profite et tire Clyde par son manteau vers moi. Il se laisse faire.

— Il faut que tu la protèges. Amy… Il faut qu'elle s'en sorte. Sinon, tout ça n'aura servi à rien.

— D'accord, Gabriel.

Je le relâche de ma main tremblante.

Amy s'approche à son tour de moi et me saisit la main.

— Merci…

— Pour quoi ?

— Pour m'avoir sauvé la vie tout à l'heure. La balle m'était destinée mais tu t'es jeté sur moi. Je le sais…

— Peut-être…

J'essaie de lui sourire. Je la regarde. Je m'efforce de mémoriser le moindre de ses traits en cet instant. Ses mèches de cheveux châtains qu'elle replace derrière ses oreilles, les grains de beauté qui parsèment ses joues, ses yeux d'un vert éclatant, comme deux billes de jade. La profondeur, la sincérité de son regard… Je prends tout ça et je l'enfouis au fond de moi. Car je sais que je ne la reverrai jamais.

Clyde s'abaisse également à mes côtés et place une main sur mon épaule. Il n'y a plus de haine entre nous, plus de tension.

J'aimerais leur dire tout ce que j'ai sur le cœur.

Mais les mots et le temps me manquent. Je lâche…

— C'était bien, cette petite escapade, non ? Merci à vous deux…

— Merci de quoi ? me demande Amy.

— De m'avoir permis de ressentir ça encore une fois…

— Quoi ?

— Rien. Il faut faire vite. Ils seront bientôt là.

Je ferme les yeux. Je sens la main chaude d'Amy dans la mienne. La pression de celle de Clyde à travers le tissu de mon épaule. Ils sont là. Avec moi. Je ne suis plus seul. J'aurais aimé trouver les mots, avoir plus de temps. *Pour vous dire combien ça a été important de faire partie de quelque chose durant ces quelques jours. D'avoir eu, l'espace d'un instant, une famille à nouveau… Ma famille. De vous avoir, vous. De vous dire merci de m'avoir permis de ne plus avoir l'impression d'être malade, différent, d'être un monstre. De croire, quelques minutes, quelques secondes, qu'une vie normale m'attendait. J'aurais aimé vous dire que ç'aurait pu être beau, qu'on aurait pu y arriver. Que j'aurais aimé goûter un peu plus, quelques jours au moins encore, à cette liberté nouvelle pour moi. J'aurais aimé vous dire… combien ça faisait du bien de ne plus être seul. De sentir battre mon cœur, encore. Encore un peu… Merci pour ce cadeau. Merci de m'avoir tendu la main.*

J'aurais aimé…

Je suis dans la Nef. Je m'approche de la Stèle. Je suis dans un état second. La douleur de ma blessure est terrible, même ici. Je marche péniblement. J'appose mes mains sur la roche. Mon sang se mêle à la pierre aux teintes bleues. Comment y parvenir ? *Tu veux prendre le contrôle de gens éveillés, Gabriel ? C'est impossible.*

Non.

Je peux le faire.

Cet endroit est mien.

Mon sang sur la pierre… Ces terres sont miennes. Je suis les Limbes. Il y a toujours une petite partie de l'esprit des hommes qui rêve, une part d'inconscient qui ressasse, une pensée qui fait cogiter, extrapoler. Alors que nous croyons être dans le réel, ancrés, ici et maintenant, il y a toujours une infime part de nous-mêmes qui s'échappe, qui est ailleurs, qui volette au-dessus de nous. C'est mon entrée. C'est ma clé. Les visages croisés, entraperçus il y a quelques secondes, s'enchaînent, se superposent les uns aux autres dans ma pensée. Je me soulève. Je sens que mon corps part, non dans une mais dans cent, dans mille directions en même temps.

Je suis nulle part.

Je suis partout.

Je suis une tempête, une tornade. Rien ne m'arrête. Je possède un corps. Un homme au volant de sa voiture. Je le laisse rouler quelques secondes, le temps de croiser deux, trois, cinq autres regards. Je les emmagasine avec les autres. Puis, avant d'abandonner le corps, je l'endors.

Je suis un virus incontrôlable. Je me répands, vorace. Je suis partout au même moment. Je rejoue la même scène, sans répit. Car ici, dans la Nef, dans mon royaume, le temps n'a pas d'emprise. Je suis un conducteur de bus qui klaxonne devant un passant qui traverse la route. Je suis ce passant qui regarde en hauteur, intrigué, l'hélicoptère en vol stationnaire au-dessus de la mairie. Je suis maintenant l'agent d'ONIR sur le rebord de la porte d'accès de l'engin, qui surplombe la scène et observe avec ses jumelles les allées et venues des passants. *Je vois à travers vous tous. Je me répands à travers vous.*

Je suis une onde de choc que rien ne peut retenir. De mètre en mètre, de kilomètre en kilomètre. Je me transfère. Je sillonne, j'arpente leur regard, leurs esprits. Il n'y a plus de temps. Plus rien que mon âme qui glisse entre mille corps.

Dormez.

Tous.

Chutez.

Tous.

Je vous attends dans mon royaume.

Clyde

13 octobre 2008
Hazlehurst, Mississippi

C'est un choc. Un bruit de tôle froissée. Une énorme explosion… Un klaxon qu'on laisse appuyé. Puis dix, mille autres bruits de chute. De ravages.

Je laisse Amy auprès de Gabriel et retourne vers la rue, comme happé malgré moi. Là, je comprends…

Alors que la ville est battue par une averse soudaine, je vois des corps chuter au sol par dizaines, les uns après les autres, tels des pantins dont on aurait subitement coupé les fils. J'ai l'impression que l'épidémie se répand, se propage en un éclair, seconde après seconde, comme si on renversait une ligne de dominos en spirale. En moins d'une minute, à plus de cent mètres, les échos du choc se font déjà entendre. D'autres bruits d'accidents. D'autres corps qui s'effondrent au sol. C'est impossible, et pourtant ça se passe bien là, devant mes yeux.

Le temps presse.

Je reviens auprès d'Amy.

— Il faut y aller… Maintenant !

Je l'attrape par la main. Elle se retourne vers moi. Ses yeux sont encore boursouflés par les larmes. Ses cheveux sont en bataille. Son visage est recouvert de saleté. La balafre sur sa joue est encore luisante de sang. Et pourtant, en cet instant, je la trouve plus belle que jamais.

Elle me regarde, comme interloquée.

— Mais… on ne peut pas le laisser là ! Ils vont le retrouver ?

— Il l'a dit lui-même, nous devons partir. C'est notre seule chance. C'est ce qu'il aurait voulu… C'est ce qu'il veut.

Je regarde Gabriel. Il est allongé à même le sol, son corps parcouru de spasmes. Son pull beige vire au pourpre là où il a été touché. Du sang se mêle à la pluie. Son visage est tendu, déformé par la douleur et la concentration. Je distingue des veines bleues qui palpitent sur son front. Il souffre. Je me ressaisis. Nous n'avons pas le temps.

— C'est maintenant ou jamais, Amy. Tu ne veux pas retourner là-bas ? Tu ne veux pas qu'ils nous attrapent à nouveau, si ?

— Non.

— Eh bien partons, alors.

Amy hoche la tête à plusieurs reprises, comme si elle tentait de se convaincre elle-même. Puis elle relâche ma main, lentement, s'abaisse près de lui et, doucement, l'embrasse sur le front. Je l'entends qui lui susurre dans l'oreille :

— Merci… Merci pour tout.

Elle retire son manteau déchiré et le lui place sur les épaules.

— Allons-y. Je suis prête.

Nous quittons l'allée et retournons dans la rue.

Le spectacle est hallucinant. Le monde est plongé dans un silence glaçant. On entend, ici, en provenance d'un magasin, une station de radio égrener un morceau festif ; là, dans la rue, quelques sonneries stridentes de klaxons. Et les bruits des moteurs des voitures, partout, qui tournent comme s'ils n'allaient jamais s'arrêter. Il y a du bruit partout, certes. Mais il n'y a pas une voix, pas un rire, plus une once de vie.

Un bus a percuté plusieurs voitures avant de venir s'encastrer dans la devanture d'un restaurant. Partout, des véhicules ont quitté leur trajet pour se rentrer les uns dans les autres. Sur la gauche, un geyser d'eau jaillit d'une bouche d'incendie. Plus loin, un réverbère s'est écroulé en travers d'un passage piéton. Sa lumière grésille. Nous slalomons péniblement entre les corps au sol. Il est à peine 16 heures. C'est arrivé si vite. Il y a quelques minutes encore, la rue était bondée, palpitante. Les gens s'apprêtaient à rentrer chez eux, les bras remplis de sacs de victuailles. Prêts à fêter Columbus Day en famille, profitant de leur jour férié. Mais tout s'est arrêté. Ils sont tous tombés, comme des mouches. Les uns après les autres, les uns sur les autres. Ils sont des centaines, gisant là, à nos pieds.

Amy me serre la main plus fort. Elle me fait mal, mais je ne dis rien.

Elle demande, pour elle comme pour moi :

— C'est lui qui a fait ça ?

— Oui. Je crois.

— Mais comment ?

— Je ne sais pas.

Je remarque à une cinquantaine de mètres, un incendie sur le toit de la mairie. C'était donc ça, l'explosion… Je distingue, parmi les énormes flammes, les pales et la queue d'un hélicoptère. C'est certainement lui qui nous tournait autour plus tôt.

Dans les voitures, hommes et femmes gisent, effondrés sur leurs volants, la tête en arrière, un filet de bave coulant parfois entre leurs lèvres.

Un landau roule lentement le long d'un caniveau. Amy me lâche la main, s'approche de ce dernier et le remet sur le trottoir. Je la vois qui passe son bras à l'intérieur du couffin et replace la tétine dans la bouche d'un bébé immobile. Elle a l'air si triste. Elle pense, peut-être, que ça changera quelque chose. Que ce qui se passe ici est aussi un peu sa faute. C'est notre faute à tous, Amy. À nous tous.

Nous arrivons au bout de la rue. Je m'approche d'une voiture. Une Toyota Corolla rouge. Un véhicule discret, passe-partout. Exactement ce qu'il nous faut. J'en dégage tant bien que mal l'occupant, un homme d'une cinquantaine d'années, et le dépose le plus délicatement possible sur le bas-côté, avec les autres. Je remarque une femme quelques mètres plus loin, étalée sur le dos, le visage tourné sur le côté. Elle semble apaisée. Tant mieux. Dans ses mains, plusieurs sacs de nourriture. J'essaie de m'en saisir. Pendant quelques secondes, ses mains semblent résister puis, finalement, lâchent prise. J'enfourne les sacs à l'arrière de la voiture et m'installe au volant. Amy est toujours dehors, adossée au capot. Immobile. Paralysée. J'ouvre la fenêtre et l'interpelle :

— Amy, on doit partir. Nous ne savons pas combien de temps nous avons.

Elle s'abaisse et passe son visage fatigué par la portière.

— Partir, mais pour aller où ?

— C'est lui qu'ils recherchent, Amy. Peut-être qu'ils abandonneront maintenant.

— Ils n'abandonneront jamais.

— Il faut qu'on tente le coup.

— Je veux que tu me promettes quelque chose, alors.

— Oui.

— Je veux que tu te venges. Que tu leur fasses payer ce qu'ils ont fait… Ce qu'ils ont fait de nous. Tu en as le pouvoir. Promets-le-moi.

— Je te le jure.

Elle embarque dans la voiture. Je mets le contact et démarre. Nous roulons pendant de longues minutes, silencieux, incrédules face à ce spectacle de désolation. Je dois sans cesse faire des embardées pour éviter les corps, les voitures… Puis, finalement, nous arrivons sur l'autoroute. Je me positionne à droite sur la voie de maintenance et double une file ininterrompue de voitures et de camions à l'arrêt. Partout, le même spectacle. Mais ça va jusqu'où ?

J'accélère. Le compteur monte à 160 km/h.

Nous ne pourrons pas fuir éternellement, je le sais bien. Il faut que je trouve une solution. Et que je n'oublie pas le plus important, ce qu'il m'a dit avant tout ça. La protéger, elle. Coûte que coûte. Quel qu'en soit le prix. Il a raison. Malgré tout ce qui nous a opposés. Et ce qui nous opposera, je le sais, dans le futur.

Mais, pour le moment, c'est à Hawkins et à tous les autres de payer, et ils paieront.

Je te le jure, Amy.

Je vous le jure à tous les deux.

James Hawkins

13 octobre 2008
Hazlehurst, Mississippi

Nous sommes les premiers, mes hommes et moi, à arriver sur la zone de l'incident. Un barrage de sécurité a été rapidement établi tout autour d'Hazlehurst par la CIA avec l'appui d'un détachement de l'armée. Avant d'embarquer dans l'hélicoptère, on m'a forcé à enfiler une combinaison de protection chimique.

Durant cinq bonnes minutes, nous survolons la ville silencieuse. En voyant apparaître les corps inertes entre les bâtiments, en découvrant les ravages, le chaos, à travers le hublot de l'hélicoptère, je suis ramené, malgré moi, trente ans en arrière lors de ma funeste découverte de Galena. J'ai l'impression que l'histoire se répète. Qu'est-ce qui m'attend en bas, cette fois-ci ? Je chasse cette pensée…

Nous atterrissons à proximité du centre de la petite bourgade, sur le parking d'un fast-food.

Quatre de mes agents et moi-même descendons de l'engin, qui redécolle à peine le dernier homme arrivé à terre. Nous avançons, d'abord stupéfiés par le spectacle de désolation qui s'offre à nos yeux. L'un de mes hommes s'accroupit aux côtés du premier corps qu'il croise. Il prend son pouls pendant moins d'une minute, puis se relève vers nous. J'entends sa voix grésillante à travers mon oreillette :

— Son pouls est stable. Je crois qu'il dort.

Nous prenons quelques instants pour contrôler d'autres victimes. C'est toujours le même constat. Tous les habitants semblent endormis.

Nous progressons lentement jusqu'au centre-ville. Il nous faut serpenter entre les carcasses de voitures encastrées les unes dans les autres, faire de grandes enjambées pour passer au-dessus des corps inanimés. Nous perdons du temps à aider certaines victimes en danger immédiat : un conducteur piégé dans sa voiture qui commence à prendre feu, une femme qui a chuté au sol dans une station-service en tenant toujours la pompe serrée dans sa main, laissant se déverser l'essence autour d'elle. Alors que je suis témoin de cette folie, que je réalise que tous ces hommes et femmes ont certainement perdu connaissance en moins d'une seconde, en un éclair, une pensée me tiraille : comment est-ce possible ? Il y a ici des centaines, des milliers de personnes en narcose. Surtout, et c'est le plus troublant, ces individus ne dormaient pas au moment de la prise de contrôle… Comment y est-il arrivé ? Car il n'y a aucun doute quant au fait que c'est lui qui est à l'origine de l'incident.

Nous arrivons dans le centre-ville. C'est une vision d'apocalypse. Quelques détails accrochent mon regard. Un homme étalé de tout son long en travers de la porte automatique coulissante d'une épicerie. Les deux portes en verre continuent, sans relâche, à se refermer sur son torse. Clap, clap. Un petit chien qui aboie et tire en avant la laisse qui le relie à sa propriétaire alanguie, la vieille dame se retrouvant avec le bras droit soulevé en l'air dans une étrange position, un peu surréaliste. Un jeune homme qui, en chutant de son vélo, s'est ouvert le crâne, somnole le visage baignant dans son propre sang. Je remarque sur le toit de la mairie les décombres fumants de notre hélicoptère. Je repense au dernier message du pilote que j'ai reçu avant l'incident : « Il se passe quelque chose ici. Tous les habitants sont en train de s'écrouler au sol. Les uns après les... » Puis plus rien.

Mes hommes progressent en formant une ligne devant moi. Arme au poing, ils regardent partout autour d'eux. Ils s'enfoncent dans la moindre artère, détaillent tous les corps au sol, n'hésitant pas à retourner du pied ceux qui ont le visage caché. Pour l'instant, aucune trace des enfants. Enfin, alors que nous passons dans une petite rue proche de l'église, j'entends la voix de l'un de mes agents à travers la radio :

— Monsieur Hawkins, j'en ai trouvé un dans cette allée.

Je le rejoins dans une petite impasse au pas de course. Je suis en sueur dans ma combinaison. Là, derrière une benne, le corps endormi de Gabriel. Enfin ! Je lâche un soupir de soulagement. Sans hésitation, je retire mon masque. Un de mes agents tente de me retenir.

— Monsieur.

— Il n'y a aucun danger.

J'ausculte Gabriel. Il est vivant. Mais du sang s'écoule de son pull. Il a été blessé. Son pouls est faible. L'adolescent est d'une terrible pâleur. Des veines violacées strient son front, ses tempes.

— Appelez une unité médicale. Tout de suite. Nous le ramenons.

— Et les autres ?

— Nous les retrouverons, mais plus tard.

Je pose ma main sur le front brûlant de Gabriel et lui parle, doucement :

— Je t'ai retrouvé, Gabriel. Tout ira bien, maintenant. Ne t'en fais pas.

Au fond de moi, je pense à la catastrophe qu'il vient de provoquer. Les premiers retours que j'ai eus de la CIA laissent penser que l'incident s'est répercuté sur plusieurs kilomètres, peut-être bien plus.

Gabriel, je vais te sauver.

Mais je serai obligé, ensuite, de t'enchaîner à jamais. Tu es devenu trop dangereux. Je ferai tout ça pour ton bien. Pour notre bien à tous.

Lee

22 novembre 2028
Hazlehurst, Mississippi

« Bienvenue dans la ville qui dort ! »

Depuis quelques kilomètres, des dizaines de panneaux publicitaires annoncent mon arrivée prochaine à Hazlehurst.

Tandis que je quitte l'Interstate 55 pour rejoindre la petite ville, je passe à côté d'une énorme structure en plastique représentant un matelas géant entouré de néons. Sur le côté, une inscription : « Dormez comme à Hazlehurst avec les matelas SleepWell. » Je roule maintenant sur une double voie bordée de magasins et d'affiches publicitaires. À un moment, je passe devant deux énormes pilules lumineuses bleues qui clignotent par intermittence, accolées à un message racoleur : « Insomnies ? Troubles du sommeil ? Melatonin+ est fait pour vous ! » Plus loin, c'est une statue ébréchée et partiellement recouverte de moisissure représentant un homme qui dort, allongé sur un gros coussin, avec en lettres clignotantes tout du long : « Les coussins NightComfort recommandés par les habitants d'Hazlehurst. » Je passe enfin devant un grand panneau : « Bienvenue à Hazlehurst, la ville qui Dort. »

Des pancartes s'accumulent sur le bas-côté de la route. J'en détaille quelques-unes.

« Hôtel 13 Octobre. Chambres libres. »

« Inscrivez-vous pour une cure de sommeil au Centre Gallatin. »

« Achetez le livre *Hazlehurst, l'enquête, les mensonges du gouvernement…* »

« Réservez vos places pour le prochain festival du Sommeil le 13 octobre 2029 ! »

« Visitez le musée du mystère de Hazlehurst ! »

Je roule au pas, fascinée et un peu déconcertée par l'étrangeté de la scène. On se croirait dans une sorte de Las Vegas du sommeil… Mais quel est le rapport avec ONIR ? Avec moi ? Je ne peux retenir un sourire tandis que je passe devant une nouvelle publicité vantant les mérites de la tisane SleepAid pour trouver le sommeil. Moi qui ne dors plus ou très rarement depuis des jours et des jours… J'ai arrêté de compter. La vie fait parfois preuve d'un drôle de cynisme… Je tiens mon volant d'une main et reprends une gorgée du café froid de mon Thermos. J'arrive enfin dans le centre-ville. La plupart des commerces ont été remplacés par des hôtels ou des magasins de souvenirs. Je me gare. Je m'attarde devant une devanture. Ici, on vend des porte-clés, des posters, des réveils, des bandeaux pour les yeux, des couettes… tous estampillés du logo « Hazlehurst ». Je note des figurines inspirées des vieux dessins animés de Disney : une Blanche-Neige étendue dans son cercueil de verre, La Belle au bois dormant, alanguie sur son lit. Un commerçant sort un portant à roulettes rempli de différents modèles de tee-shirts affichant des messages à l'humour douteux : « J'ai décidé d'aller dormir à Hazlehurst et d'y attendre le prince charmant ! », « Je ne dors pas au boulot, je viens d'Hazlehurst ! » Hazlehurst, ce nom qui revient comme un mantra, comme une marque. J'avance dans la rue. Il n'y a pas grand monde. Quelques touristes prennent des photos de la place de la Mairie. Une grande statue en bronze a été édifiée au milieu d'un petit square. Elle représente une famille allongée au sol. Tous ses membres se tiennent par la main, les yeux clos. Je m'approche du panneau à côté : « En mémoire de nos parents et amis qui ont péri le premier Jour du Sommeil, le 13 octobre 2008. » En dessous, une liste d'une vingtaine de noms. Je demande à un commerçant qui ouvre sa boutique où se trouve le musée. Peut-être dois-je commencer par là pour y voir un peu plus clair.

J'arrive dans le musée. Je lâche un billet de 5 dollars à une jeune femme à l'accueil qui me tend un ticket sans même me jeter un regard, perdue dans la contemplation d'une vidéo sur ses lunettes de réalité augmentée. Le prétendu musée est en réalité un hangar poussiéreux constitué d'une dizaine de panneaux d'information jaunis, plusieurs postes de TV et deux verrières présentant divers objets de cette fameuse Nuit du Sommeil de 2008… J'observe quelques panneaux. Ils reviennent sur les événements de cet après-midi du 13 octobre. Je découvre des photos délavées de l'artère principale, la rue Caldwell où je marchais il y a encore quelques minutes. Sauf que, ici, tout est dévasté. Un bus a percuté un restaurant. Plusieurs voitures se sont rentrées dedans. On voit des traces d'incendie sur le toit d'un bâtiment.

Un autre instantané attire mon attention. On y distingue des dizaines de personnes allongées au sol, au milieu de la rue. Elles ne semblent pas endormies dans des positions normales. Non, elles sont affalées dans des postures étranges, comme si elles avaient chuté au sol, paralysées. En regardant la photo, je repense à ces images de Pompéi en Italie où, il y a deux mille ans, des hommes, femmes et enfants ont été saisis à jamais dans la lave suite à l'éruption du Vésuve. C'est un peu la même chose ici. Les corps semblent immobilisés dans l'instant. Certains sont ainsi étendus au milieu d'un passage piéton, tenant encore leur sac dans les mains… Je regarde la légende : « Le journaliste John Melton fut le premier arrivé sur place le 13 octobre 2008 aux alentours de 17 heures. Il a pu passer les barrages de sécurité et prendre quelques photographies avant que les habitants ne se réveillent. »

Les autres panneaux reviennent sur les différentes itérations du Jour du Sommeil, année après année. Je comprends ainsi que, depuis 2008, le même événement survient tous les ans, exactement au même moment. Chaque 13 octobre, de chaque année, entre 15 h 17 et 17 h 26, toutes les personnes qui se trouvent dans un rayon de quinze kilomètres autour d'Hazlehurst tombent en narcolepsie et s'endorment instantanément. Ce fameux Jour du Sommeil est devenu une attraction locale qui attire des curieux venant des quatre coins du Mississippi et des États voisins. Chaque année, des dizaines de milliers de personnes viennent ici pour participer à cet endormissement massif. Quelques photos montrent les abords de la ville transformés en un immense camping avec des centaines de camping-cars, des tentes, des matelas, partout... La ville organise même un festival de musique autour de « l'événement ».

Aucune explication claire n'a jamais été établie autour du Jour du Sommeil. Les différents experts scientifiques interrogés ne sont, semble-t-il, jamais parvenus à un consensus sur les causes exactes de cette épidémie aussi soudaine qu'éphémère. Je regarde une vidéo retraçant l'une des nombreuses expérimentations scientifiques ayant eu lieu lors d'un de ces Jours du Sommeil, ici le 13 octobre 2015. Des dizaines de personnes sont allongées sur des lits, le corps bardé de capteurs. On dirait qu'ils sont dans une église, peut-être celle de la ville, que j'ai aperçue plus tôt. Autour d'eux, des médecins et infirmiers. En haut de la vidéo, un chronomètre montre le temps défiler : 14 h 57... 14 h 58. La vidéo passe en accéléré. On voit le ballet des médecins qui contrôlent leurs patients. Les infirmiers qui poussent des chariots. Puis, à 15 h 17, tout le monde s'écroule au sol, simultanément. C'est assez incroyable. La vidéo s'accélère encore jusqu'à 17 h 26. Quelques mouvements ici et là, puis un premier homme commence à se redresser, suivi d'autres. J'aurais eu du mal à croire à tout cela si je n'en avais pas autant vu moi-même. Mon œil de journaliste aurait tenté de débusquer la supercherie. Mais non, je n'ai aucun doute, tout cela est vrai. Et cet incident, ce problème, a un lien avec mon histoire. Je le sens. Je passe sur le panneau présentant les différentes théories avancées au fil des années. On a parlé d'un gaz chimique militaire. Certains pensent qu'une base de l'armée proche d'Hazlehurst aurait entrepris des tests qui auraient dégénéré. Pour preuve, cette photo floue du journaliste John Melton présentant cinq hommes vêtus de combinaisons jaunes évoluant parmi les corps endormis en 2008. Il y a bien sûr, aussi, la théorie d'une attaque bactériologique terroriste. Mais pourquoi attaquer ce bled paumé, inconnu ? D'autres avancent l'hypothèse de perturbations électromagnétiques propres à la région… Et, évidemment, les plus illuminés cherchent à trouver une explication du côté des extraterrestres. Quoi qu'il en soit, en tout cas, aucun lien direct n'est établi avec ONIR ou la CIA.

Je ressors dans la rue. Pendant l'heure qui suit, je tente d'interroger les commerçants, les passants. Mais la plupart ne sont même pas du coin. Quelques-uns, les plus âgés, étaient présents le 13 octobre 2008, la première fois que l'incident a eu lieu. Une gentille dame d'une cinquantaine d'années possédant une minuscule boutique de tisanes me raconte ses souvenirs. Ce jour-là, elle était chez elle en train de cuisiner quand elle s'est sentie aspirée en arrière. Elle s'est réveillée deux heures plus tard, étendue sur le carrelage froid de sa maison, sa cuisine emplie de la fumée de sa dinde carbonisée au four. Elle insiste sur le fait que, cette première fois, comme les autres depuis, elle n'a pas eu peur, ni au moment de l'endormissement, ni pendant. Au contraire, elle se serait sentie étrangement bien, apaisée, à son réveil. Mais elle ne conserve aucun souvenir de ces deux heures. Aucun rêve. Rien. Il n'y a eu aucune victime directe de cet endormissement massif. Les vingt décès sont tous liés à des accidents collatéraux. Des accrochages entre plusieurs véhicules sur l'autoroute, une maison qui a pris feu… Un autre commerçant possédant une petite boutique de souvenirs me raconte qu'il s'est installé ici en 2011, pour les « affaires ». Il me dit combien, chaque année, il est stupéfait de voir que l'endormissement continue de se produire à la même heure précisément. Qu'il a eu beau tenter de résister, il se sent toujours, malgré lui, happé en arrière. C'est comme si l'écho de ce premier événement se répétait à l'infini.

Mais tout me ramène à ce 13 octobre 2008.

C'est là qu'est la clé…

Je le sais.

Depuis que je suis arrivée dans la ville, je ressens quelque chose d'étrange.

Alors que je continue d'évoluer dans les rues d'Hazlehurst, mes pas me mènent, je ne sais trop pourquoi, vers une petite allée à côté d'un marchand de souvenirs dont la devanture est peinte en bleu turquoise et blanc.

Quelque chose ici m'appelle.

Là, derrière cette benne.

Clyde

13 octobre 2008
Wesson, Mississippi

Nous n'en avons plus pour longtemps. Quelques kilomètres, tout au plus. Je regarde l'aiguille de l'essence. Nous roulons déjà sur la réserve depuis un certain temps.

Nous sommes pris, piégés. Nous tournons en rond depuis des heures. Toute la zone aux environs d'Hazlehurst a été bouclée, ceinturée par des barrages. Avec Amy, nous avons tenté toutes les routes, tous les chemins. Il n'y a rien à faire. Les policiers sont partout. Nous avons même croisé des camions remplis de militaires qui roulaient à toute allure vers Hazlehurst, plus tôt. Ils doivent être plusieurs centaines à nous chercher… Moi qui pensais qu'ils nous ficheraient la paix après avoir retrouvé Gabriel… Quel idiot j'ai été ! Hawkins ne lâchera pas aussi facilement. Il en veut plus. Il me veut, moi.

Je crois que mon idée a germé dans mon esprit tout à l'heure, quand Amy m'a dit :

— Comment peut-on vivre avec tout ça ? Avec tout ce que l'on a vu, tout ce que l'on a vécu ? Comment peut-on se reconstruire ?

Je lui ai répondu :

— Avec le temps. Il nous faudra du temps.

Mais au fond de moi, je pensais à autre chose.

Le moteur de la voiture commence à toussoter. Le réservoir est vide. L'engin fait quelques hoquets, puis cale. En roue libre, je me gare sur le bas-côté. Sans un mot, parce que cette vie est désormais devenue notre routine, Amy et moi prenons nos affaires et commençons à marcher. Nous sommes à bout de forces. À chaque voiture qui passe sur la petite route, nous nous cachons dans le fossé. On ne peut pas vivre dans la peur tout le temps. On ne peut pas tenir comme ça...

La nuit est tombée. Nous trouvons enfin un refuge, une petite maison abandonnée en préfabriqué, couverte de plaques de tôle blanches. Les carreaux sont cassés. La bâtisse a certainement longtemps été squattée. Il y a des tessons de verre, des déchets en tout genre, des graffitis. Les portes et les tiroirs ont été arrachés. Tout au fond, un vieux matelas en mousse à moitié grignoté par la vermine. Je tire les rideaux orange et marron des fenêtres autour du matelas, histoire de faire un peu l'obscurité, de nous donner l'illusion d'un certain confort. Amy s'étale sur le lit à bout de forces. Je m'approche d'elle, l'aide à enlever son manteau, l'embrasse.

— Repose-toi, Amy.

— Tu penses qu'il s'en est sorti ?

— Oui, j'en suis certain.

— Que va faire Hawkins de lui ?

— Je ne sais pas... il ne vaut mieux pas y penser.

— On n'aurait pas dû l'abandonner.

— Il n'y avait rien d'autre à faire...

— Je suis si fatiguée, Clyde.

— C'est normal. Ça fait des jours qu'on n'a pas vraiment dormi. Vas-y, repose-toi. Nous sommes en sécurité, ici. Je veille sur toi.

— Je sais.

— Amy, tu m'as demandé de te protéger d'Hawkins, d'empêcher qu'il te reprenne. Tu m'as bien dit que tu serais prête à tout ? Quel qu'en soit le prix ?

— Oui, quel qu'en soit le prix.

Elle me regarde avec ses yeux verts. Ce regard qui transperce tout, qui semble sonder mon âme. Elle sait…

— Ça se termine ce soir ?

Je pense à mon flingue dont je sens le canon froid contre mon dos. Il me reste des balles, j'ai vérifié. Assez pour nous deux.

— Non, pas encore. Il faut que je réfléchisse. Il y a peut-être une autre solution. Je t'en parlerai demain matin. Dors, maintenant.

Je m'allonge à ses côtés. Amy s'endort dans mes bras en quelques minutes. J'ai les yeux qui se ferment aussi mais je veux regarder encore, encore un peu, son visage, sentir ses mains contre les miennes. Écouter encore quelques secondes sa respiration, douce, apaisante.

Mes yeux se ferment. Il est temps.

Je rejoins la Nef.

Le visage d'Amy est là, en moi, ancré à jamais.

Je me projette dans ses rêves.

Elle court dans une forêt sombre. Les arbres défilent comme au ralenti. Elle fait du surplace. Derrière elle, d'énormes silhouettes sans visage, comme des marionnettes géantes, étirent leurs bras pour l'attraper. Leurs doigts horriblement longs raclent le sol, comme des mandibules d'insectes.

Stop.

Elle a eu assez peur...

Je gèle son cauchemar et en prends le contrôle. Tout s'efface dans un tourbillon. Je recompose un dernier rêve...

Nous sommes au bord de la mer. Sur une plage du Mexique. Une plage telle que j'aurais aimé en connaître avec elle. Une plage de carte postale. Le ciel est trop bleu, la mer trop turquoise. Je le sais. Et c'est bien comme ça. Les vagues viennent mourir sur le sable blanc. Je la prends par la main.

Elle me voit, enfin.

— Clyde.

— Je suis avec toi, partout.

Nous nous asseyons. Il fait chaud. J'enfonce mes pieds dans le sable tendre.

Amy me sourit. Ses doigts jouent avec un coquillage aux mille couleurs. Je lui rends son sourire.

— Tu vois, nous y sommes arrivés, Amy.

— Mais ce n'est qu'un rêve, Clyde, je le sais.

— C'est déjà ça... C'est toujours ça.

On attend comme ça de longues minutes, bercés par le murmure des vagues.

Puis je lui demande :

— Amy, tu me fais confiance ?

— Oui, bien sûr. J'ai toujours eu confiance en toi, malgré tout.

— Alors, laisse-toi faire.

J'appose mes mains doucement sur son front. Je me projette. Je suis en elle. Dans sa tête, dans son esprit. Ses souvenirs, des milliers d'instantanés me percutent, me traversent, comme des images projetées sur des cascades d'eau.

Maintenant que j'ai trouvé le flux, je tire le fil de sa mémoire. Je vais retourner jusqu'à ce moment, ce jour où ONIR l'a capturée. Ce jour qui a tout changé. Parmi les souvenirs de rage, de haine, de tristesse : ses larmes sur son lit, ses poings qui frappent le mur en béton, sa peur avant chaque nouvelle mission… Je m'accroche à ces moments qu'elle a aimés. Je croise des images de moi, de nous. Tous les trois, avec Gabriel, il y a quelques jours, assis autour d'un feu, silencieux, et pourtant à jamais liés. Amy et moi, nous deux. Ces fois où nous avons fait l'amour, maladroits, gênés, dans le silence de sa chambre. Je remonte le flot de ses souvenirs, à contre-courant. Nos rires dans les sous-sols d'ONIR, notre premier baiser dans sa chambre. Plus loin encore, la première fois où elle m'a vu, quand j'ai entrouvert la porte de sa chambre cette nuit-là, curieux de découvrir cette nouvelle arrivante. Je remonte encore au-delà. Hawkins. Elias. Son premier réveil chez ONIR.

L'overdose…

La nuit.

La piqûre dans son bras.

Stop.

Là, maintenant.

De toutes mes forces, j'efface toutes les images emmagasinées ces derniers mois, toutes les sensations, les odeurs. Tout ce qu'elle a vécu depuis plus d'un an.

Il ne restera rien de tout cela. Rien de nous, rien de moi. *Mais au moins seras-tu libre. Enfin. Vraiment. Tu pourras reconstruire ta vie, devenir quelqu'un d'autre. Oublier les Limbes, les horreurs que nous avons dû faire, celles que nous avons vues. Oublier jusqu'à ton pouvoir.*

C'est une seconde chance.

Ça ne m'empêchera pas de t'aimer, chaque heure, chaque jour.

Il faut que tu vives, Amy. Pour lui, pour moi. Pour tous ces enfants abîmés à jamais par Hawkins avant nous. Tu es notre revanche. Tu es notre espoir.

Tu ne résistes pas à mon attaque. Tu t'es rendu compte, certainement, de ce que j'étais en train de faire. Et, au fond, tout au fond de toi, tu sais que c'est l'unique solution.

Tu te réveilleras demain matin, amnésique. Cette année aura disparu de ta vie, à jamais.

Mais il restera, je l'espère, une infime partie de moi, un écho, un murmure qui nous réunira peut-être un jour.

Tandis que tu émergeras de ton sommeil, à certainement te demander ce que tu fiches dans cette maison abandonnée, j'aurai disparu.

Je vais me rendre à Hawkins, puisque Gabriel ne lui suffit pas. Je lui dirai que je veux bien l'aider, faire tout ce qu'il me demande, s'il accepte mon marché. Qu'il me promette qu'il ne cherchera jamais à te retrouver, qu'il te laissera en paix.

C'est mon cadeau, Amy. La plus belle chose, peut-être, que j'aie jamais faite. Te rendre ta vie.

En sacrifiant la mienne.

Je t'aime, Amy.

Tes souvenirs, moi, je les garde, à jamais.

Comme un feu fragile, quelques flammes qu'on entretient malgré l'orage, le vent, la pluie. Tu seras cette lueur qui ne s'éteint pas, que je veillerai. Tu seras là, toujours avec moi. Qu'importe ce que me fera Hawkins. Qu'importe ce que je deviendrai...

Je te garderai là.

Bam.

À jamais.

Là.

Bam, bam.

À chaque battement de cœur.

Chaque seconde.

Bam, bam, bam.

Là.

Lee

22 novembre 2028
Hazlehurst, Mississippi

Je me souviens.
De tout.

Je sais qui je suis.

Je suis Amy…
C'est comme une avalanche de souvenirs, comme si je venais d'ouvrir un sas qui déverserait des trombes d'eau sur moi. Je chute au sol dans la petite allée. J'ai envie de vomir, j'ai des vertiges.

Ça a toujours été moi…
Amy…
Ça a toujours été lui…
Clyde…

Tous mes souvenirs sont là, à nouveau. Je suis entière, enfin. L'année 2008. Je me rappelle. J'étais droguée, au bord de l'abîme, quand Hawkins m'a trouvée. Il m'a sevrée et m'a appris à maîtriser le pouvoir des Limbes. J'ai rencontré Clyde, Matt. La fuite de Clyde, la peur qu'il soit vraiment devenu un monstre. L'arrivée de Gabriel. Son formidable pouvoir. Sa candeur et sa pureté. La mort de Matt. Notre évasion. Le train. Hazlehurst. Tout. Je me souviens de tout.

Je suis Amy.

Je suis Lee.

Je suis Emily.

Amy… Cette année a été effacée de ma mémoire par Clyde. Hawkins nous avait appris que c'était possible à travers les Limbes. Mais, durant nos missions, nous nous contentions d'effacer un ou deux souvenirs. Rien de plus. Clyde, lui, a tout supprimé de ma mémoire. Je comprends mieux maintenant le malaise de mes parents à ne jamais pouvoir vraiment m'expliquer ce qui était arrivé en 2008 : « Tu es malade, ma chérie. On t'a perdue. Mais tu es revenue, c'est ce qui compte. » L'année suivante, 2009, passée entre le lit et la télévision. Cette fatigue que je ressentais en permanence. Ce manque latent, comme si on m'avait ôté un membre. Il y avait quelque chose, je m'en souviens. Il y avait quelque chose qui n'allait pas. Quelque chose qu'on m'avait volé. Je le répétais sans cesse. Mais je n'avais personne à qui me confier, là-bas. Ni mes frères, ni mes sœurs, ni mes parents. Ils ne voulaient pas écouter. Il ne fallait pas faire de vagues. Ne plus sortir du rang. Le voisinage parlait déjà bien assez de la petite Emily Fuller et de ses problèmes de drogue, de ses fugues à répétition. Pendant cette année à me remettre, on m'a convaincue que j'avais été atteinte d'un virus rare, mais que ça irait mieux désormais. En réalité, mes parents tentaient simplement de me retenir enfin à Ardmore, Oklahoma. Ce berceau douillet que j'ai tenté de fuir toute mon existence durant.

Emily... C'est mon vrai nom... Emily Fuller. Celui que m'ont donné mes parents, celui que je n'ai jamais accepté, cette attache que je me suis toujours efforcée de briser, qu'importe le prix. Je n'étais pas vraiment malheureuse à Ardmore, non. Mais cette petite vie médiocre, bien rangée, ces œillères me faisaient peur. Tout était si clair, si dessiné. Ado, je rêvais d'un ailleurs, je me persuadais qu'un autre destin m'attendait peut-être quelque part. J'ai fui sur les routes en faisant de l'auto-stop. Le premier jour, un automobiliste bedonnant m'a demandé mon prénom. Sans y réfléchir, je ne sais pas pourquoi, je lui ai dit que je me nommais Amy. Ce jour-là, la gentille et effacée Emily a laissé place à Amy, l'ado intrépide qui rêvait de grandes villes, de lumières et d'aventure. Mais les lumières se sont éteintes, et il n'est plus resté que les ombres.

Lee... Après l'année 2008 et celle passée à me rétablir à Ardmore, je suis partie à nouveau. J'ai fui, encore, comme toujours. J'ai erré, d'État en État, de rencontres en rencontres, plus fragile, plus brisée que jamais. J'ai chuté à nouveau, croisant sur ma route les mêmes démons, mes vieux camarades : héroïne, méthamphétamines... Plus que jamais, il y avait quelque chose en moi qui manquait, un vide, une absence à combler.

En me volant mes souvenirs, Clyde a bien failli me tuer, me rendre folle. Maintenant, je comprends.

Il n'avait pas d'autre choix, peut-être, mais le prix à payer a été terrible. Il m'avait prévenue, certes. J'aurais pu mourir dix, cent fois durant mes longues années d'errance. Mais, grâce à Liam, avec sa naissance, je suis remontée à la surface, je me suis réinventée, encore une fois. Je suis devenue journaliste. Peut-être qu'avec ce métier, je voulais creuser, révéler la vérité au monde, témoigner et raconter, puisque moi j'étais muette de mon propre passé.

Emily. Amy. Lee… Je suis toutes ces femmes. Ce ne sont que des prénoms, des détours. J'ai toujours été la même au fond, éparpillée, morcelée. Mais maintenant, enfin, je suis entière.

Je suis moi.

Je sais.

Il a dû se passer quelque chose durant toutes ces années. Quelque chose de terrible pour qu'on en arrive au drame du Marchand de sable. Car, il n'y a aucun doute, tout ce qui survient aujourd'hui découle de ces événements de 2008. De ce que nous avons découvert, là-bas, au cœur des rêves. Clyde, d'après ce qu'il a bien voulu me dire, est retenu prisonnier. Mais qu'est devenu Gabriel ? Et Hawkins, ce salopard est-il seulement encore vivant ?

Gabriel

17 décembre 2008
New York, État de New York

Je flotte…

J'erre à la dérive. Mon corps glissant comme un radeau à la surface de ce lac sans fin. Je n'ai pas froid, ni chaud. Je ne ressens rien. J'attends.

Autour de moi, les tentacules noirs, comme des milliers de couleuvres, me tournent autour, me passent sur les jambes, les bras, le torse. Mais ils ne me font pas peur… plus maintenant. Je sais désormais qu'ils ne me veulent pas de mal. Au contraire. Je crois qu'ils me protègent, en quelque sorte.

Je ne sais pas si je suis dans les Limbes ou ailleurs, dans ma tête, peut-être. Est-ce moi qui ai bâti ce rêve ? Comme une protection ? Qu'importe…

Je crois que j'y suis arrivé. J'ai endormi toute la ville. Quel était son nom, déjà ? Je ne sais plus. En tout cas, je pense avoir permis à mes amis Clyde et Amy de s'enfuir. Je me souviens d'eux, mais pour combien de temps encore ? Tout s'efface si vite ici…

Je ne repense plus trop aux événements qui m'ont amené dans cette étendue de ténèbres. J'ai eu le temps, une éternité, déjà, d'y songer. Des heures et des heures à dériver, à appeler en vain à l'aide. Maintenant, tout est plus flou. Mes émotions, elles aussi, sont comme endormies, anesthésiées. Je ne sais même plus depuis combien de temps je suis là. Un jour, des mois, des années ? Impossible de savoir. J'ai beau regarder au-dessus de moi, fixer l'obscurité, je ne vois rien. Pas d'étoile, pas de ciel, pas de plafond. Rien que le vide absolu.

Je flotte. Sur un océan noir. Sur une mer de pétrole. Il n'y a que moi ici. Rien d'autre. Je pourrais bouger. Nager, tenter de rejoindre un rivage. Mais ça ne servirait à rien. J'ai déjà essayé tout ça. Je crois. J'ai hurlé. J'ai crié, pleuré. J'ai tenté de plonger, même, dans les profondeurs épaisses et huileuses. Mais il n'y avait rien. Il n'y a pas d'échappatoire. Je suis résigné. Il faut attendre. Et se laisser flotter.

Mes doigts qui bougent à la surface de l'étendue de naphte.

Mes cheveux qui ondulent lentement sur le liquide épais et brillant.

Soudain, je me sens soulevé en avant. Les gouttes abandonnent mon corps. Plus haut. Je monte. Je vois, du coin de l'œil, les milliers de tentacules qui grouillent à la surface du lac se hisser, se tendre, tentant, sans succès, de me retenir. Ça y est ? Je m'en vais ? Ils ont trouvé le moyen de me ramener ?

Le noir.

Un vrombissement. Des vibrations. Une radio qui déverse un morceau country.

J'ouvre les yeux. Ce que je vois d'abord, ce sont mes mains. Elles sont épaisses, calleuses, mes avant-bras sont recouverts de tatouages. Je tiens un large volant. Je porte un marcel blanc. Je conduis… Je regarde mon reflet dans le rétroviseur de l'engin. Cette casquette, cette barbe, ce visage. Je suis dans la peau de Derek Donegan. J'essaie de bouger légèrement le volant, ma main droite tire sur le côté. Le camion part vers la bande de sécurité. Je rectifie la trajectoire au mieux. Je contrôle Donegan. Je ne suis pas juste un spectateur. J'ai réussi. Enfin… Donegan a dû s'assoupir quelques microsecondes à son volant, suffisamment pour que je me glisse enfin en lui. Après toutes ces vaines tentatives, ces heures passées dans la Nef à essayer de me projeter en lui, me voilà enfin dans le corps du responsable de la mort de ma mère…

Je regarde le tableau de bord du camion. Il roule à 110 km/h. Je ne sais pas vraiment conduire. J'ai pris quelques cours, certes, mais pas assez pour maîtriser un pareil engin, une telle bête vrombissante. *Calme-toi, Gabriel. Et réfléchis. Pour le moment, efforce-toi de conduire.* Je maintiens ma vitesse, tente de garder l'énorme engin entre la double ligne jaune centrale et la ligne blanche sur le côté droit. Mais le moindre coup de volant entraîne une embardée franche. Il y a une telle inertie. C'est si lourd, si compliqué. Rien à voir avec la petite Honda Civic que j'avais conduite lors de mes premières leçons. Quand je ne suis pas concentré sur la route qui défile à toute allure, je tente de regarder autour de moi, dans les rétros.

De savoir exactement où je me trouve et quand. C'est le même camion, cela ne fait aucun doute. Je vois, dans le rétroviseur gauche, la longue remorque en acier brillant. Les arbres qui apparaissent dans la lueur des phares me font également penser à la route de Clarksville Pike. Il fait nuit noire. C'est la nuit de l'accident. J'en suis certain. J'y suis arrivé. Enfin. Nous sommes le 27 juin 2001. Tout cela n'aura pas été vain, cette souffrance sans fin, cette solitude, puisque ce soir, je vais empêcher la mort de ma mère. *Respire, Gabriel. Rappelle-toi tes leçons. Ton pied droit est sur l'accélérateur. Il faut arrêter le camion avant qu'il ne percute la voiture.* J'appuie le plus délicatement possible sur la pédale de frein. Je serre le volant de toutes mes forces. Ça y est. Je sens que l'engin ralentit. Mais… qu'est-ce qui se passe ? Le volant se met à trembler. J'ai du mal à le maintenir. Ça tire sur la droite. Je regarde dans le rétroviseur, la remorque est en train de partir sur le côté. Elle dérape, certainement à cause de la pluie. Que faire ? Je ne sais pas. J'appuie plus fort sur le frein. La bascule de la remorque pleine d'essence s'intensifie. Non… Je vois des phares qui s'approchent, là-bas sur la droite. Mais c'est trop tard. Je ne contrôle plus l'engin. Dans un mugissement déchirant, le véhicule se renverse et glisse sur le bitume de la route. Je tente de m'accrocher aux parois du véhicule. Le pare-brise explose. Au contact du sol, la calandre de l'habitacle fait jaillir des étincelles. La portière est arrachée. Et puis il y a un autre choc, dont les vibrations viennent se répercuter jusqu'ici.

Je perds connaissance.

J'ai du sang dans les yeux. Je soulève les bras. Mon corps est constellé de petites coupures. Mon tee-shirt est déchiré de part en part. J'ai des éclats de verre partout sur les bras. Le camion s'est immobilisé sur le côté. Ça pue l'essence. La ceinture ne veut pas lâcher, je dois forcer. Enfin, je m'écroule dans un fracas de verre au sol. Je me soulève et traverse à quatre pattes le pare-brise explosé. Je ne peux pas me relever. Je dois avoir les jambes brisées. Je tente de voir, de savoir. Je rampe un peu plus loin. Mais le camion, en travers de la route, me bloque le passage vers mes parents. Quelques arbres ont même été renversés en bordure de forêt, arrachés par la machine devenue folle. Sont-ils vivants ? Y suis-je arrivé ? Je m'éloigne encore. Je vois les flammes qui se répandent. J'entends, par-delà le brasier, des voix. Une femme, dont je ne perçois que quelques bribes :

« Occupe-toi de Gabriel... Mets-le en sécurité... Me chercher après. » Je reconnais cette voix. C'est elle. Maman... Je me souviens de ces mots. Je les ai entendus. Déjà. La première fois. Ma mère est donc prisonnière de la carcasse de la remorque. Malgré tous mes efforts... je n'ai rien changé... Tout espoir me quitte alors que je regarde les flammes se répandre le long de la citerne en métal.

Une terrible certitude s'ancre au fond de moi en cet instant.

Je n'ai rien changé.

Au contraire, c'est moi qui ai tout provoqué. Depuis le début. Ça a toujours été moi. Si je n'avais pas pris le contrôle de Donegan cette nuit même durant ces quelques instants de somnolence, peut-être aurait-il eu un accident plus loin ou simplement repris ses esprits et continué sa route… En voulant changer l'histoire, j'ai moi-même provoqué le drame. C'est comme si j'avais créé une boucle dans laquelle je me retrouverai piégé à jamais. C'est moi, et personne d'autre, qui suis responsable de la mort de ma mère. Affalé sur le bitume mouillé, dans le corps de cet homme que j'ai tant détesté, je me mets à pleurer, à hurler…

De toutes mes larmes, de toute ma haine…

Tout est ma faute.

Tout a toujours été ma faute.

Partie IV

Sommeil paradoxal

Lee

24 novembre 2028
Hazlehurst, Mississippi

Il m'a fallu digérer le choc, accepter tout ça. Remettre tout en ordre.

J'ai tellement pleuré, ces dernières quarante-huit heures. De rage et de joie mêlées, face à tous ces mensonges et à la satisfaction, paradoxale, d'enfin me rappeler.

Ce soir, à bout de forces, je décide de dormir. Je n'en peux plus. Et il faut que je le voie, que je lui parle. Quitte à prendre le risque de m'exposer auprès d'ONIR.

Je retrouve Clyde dans cette cellule que j'ai tant visitée et que, désormais, enfin, je reconnais. Durant toutes ces années, il m'a attendu là, au cœur de ses rêves, dans ce lieu qui marquait notre rencontre, le sous-sol d'ONIR.

Quand il me voit apparaître dans son songe, Clyde a une étrange expression, un mélange de tristesse et de soulagement.

— Lee…

— Je sais, Clyde. Je sais tout.

— Tu as été à Hazlehurst alors ?

— Oui, j'y suis encore.

— Tu t'es souvenue ?

— Oui…

Clyde me lâche un sourire triste.

— Alors, comment veux-tu que je t'appelle : Amy ou Lee ?

— Je m'en moque… Appelle-moi Lee…

— Très bien…

— Pourquoi ne pas m'avoir tout révélé plus tôt ? Pourquoi tous ces mensonges, ces secrets ?

— Parce que tu n'étais pas prête. Il fallait que tu te souviennes de toi-même. J'avais déjà pris trop de risques la première fois en effaçant ta mémoire. Et je suis bien moins puissant aujourd'hui. Plus instable.

— Pourquoi est-ce que tu ne m'as pas rejointe avant ? Toutes ces années passées. Cette vie qu'on a ratée.

— J'ai essayé mais on m'en a empêché. Je n'ai pas eu le choix, Lee. Mais il faut que tu saches que j'ai toujours été là. Caché au fond de tes rêves. Je t'ai toujours suivie. Mais je suis prisonnier. Et c'est trop tard pour moi.

Je fulmine…

— Mais putain, pourquoi est-ce que tu ne m'as pas gardée avec toi ? On aurait pu tenter de sauver Gabriel, de nous venger d'Hawkins ? Tu as choisi pour moi. Je ne suis pas ton pantin, ta marionnette…

— Je le sais. Je le sais bien. Gabriel et moi voulions que tu vives. Pour nous, c'était le plus important. On voulait que toi, au moins, tu aies une chance. Regarde ce que tu es devenue aujourd'hui… Nous avons eu raison, je crois.

— Mais tu aurais dû me laisser décider moi-même. J'aurais pu rester avec vous.

— Non. Tu as toujours su faire la part des choses. Tu as toujours eu un recul sur les Limbes que Gabriel et moi n'avons jamais eu. En cela, tu maîtrisais mieux ton pouvoir que nous. Nous, nous nous y sommes engouffrés. Nous avons été engloutis, Amy. Je ne voulais pas que ça t'arrive à toi aussi.

— Et maintenant ?

— Maintenant, nous devons en finir. Tu es la seule qui puisse nous aider. Tu es notre clé. Celle qui peut libérer tous ces enfants prisonniers. Celle qui peut me libérer, moi.

— Et comment allons-nous faire ? On doit s'attaquer à ONIR ?

— Non, pas encore. Il faut d'abord que tu te rendes à la station K27 en Alaska. Tu en avais noté les coordonnées satellite, je crois. Elles te seront utiles. Je ne pourrai pas revenir t'aider. Je suis trop faible. Trop surveillé.

— Qu'est-ce qu'il y a dans cette station ?

— Un allié. Je l'espère. Quelqu'un qui pourrait nous aider à mettre un terme à toute cette folie.

— Qui est-ce, Clyde ? J'en ai assez de tous ces secrets, merde !

Il semble hésiter un instant, puis, finalement, lâche :

— C'est Hawkins. Il vit là-bas, reclus depuis plus de dix ans maintenant.

— Hawkins ? Tu crois vraiment que ce salopard va nous aider ?

— Il s'est passé tellement de choses depuis notre séparation, Lee. Tellement.

— Et pourquoi est-ce que tu ne le visites pas simplement dans ses rêves ? Pourquoi est-ce que je dois aller là-bas ?

— J'ai tenté de le visiter, essayé de le convaincre, mais il a refusé. Ses rêves sont chaotiques, durs à pénétrer. C'est pour ça que tu dois y aller en personne…

— Et Gabriel, il est encore vivant ? Comment va-t-il ?

— Il est vivant, oui… Je ne peux pas t'en dire plus, pas encore. Je suis désolé.

— Va te faire foutre, Clyde, avec tes mystères, tes secrets. Je ne suis pas à tes ordres. Je ne suis aux ordres de personne. C'est fini. C'est terminé pour moi.

— Je suis désolé de t'avoir fait traverser tout ça. Si désolé.

— Ça ne change rien. J'aurais pu mourir cent fois après que tu m'as effacé la mémoire. J'étais brisée, perdue…

— Mais tu es là aujourd'hui. Tu as réussi.

— J'en ai assez. Je ne sais même plus si je peux te faire confiance.

Clyde s'approche de moi et m'attrape les mains.

— Tu peux me faire confiance, Lee, car ce que j'ai fait, ce que j'ai toujours fait, je l'ai fait pour toi. Depuis le début. Et aujourd'hui, je veux t'aider à retrouver ton fils. À arrêter tout ça. C'est le seul moyen.

Je craque et fonds en larmes.

— Merde, je t'aimais tellement, Clyde ! Durant toutes ces années, j'ai toujours senti qu'il me manquait quelque chose. Que j'avais une absence, comme un vide. Mais c'était toi…

Sans un mot, Clyde me tire vers lui et me serre dans ses bras.

— Je suis là, maintenant. Et je ne t'abandonnerai plus. Tu peux nous sauver, Lee. Tu le dois.

— D'accord, mais je te ramènerai avec moi. Je te ramènerai avec Liam.

Clyde me regarde et hoche la tête en caressant ma joue. La sensation de sa peau me fait du bien. Son souffle proche de mes lèvres. Son sourire. Tout ça m'avait tellement manqué. Mais son regard se voile. Il baisse les yeux.

— Le temps presse. Tu dois prendre la route au plus vite. Il sera bientôt trop tard.

James Hawkins

18 février 2009
New York, État de New York

Je vais y arriver.

Je dois y arriver.

J'ai accepté la reddition de Clyde. J'ai laissé Amy prendre la fuite. Je n'ai pas besoin d'elle, de toute façon. Clyde et Gabriel me suffisent.

Depuis que je l'ai fait prisonnier, je maintiens Clyde en état de prison mentale grâce au traitement à base de nialamide que mes équipes ont mis au point. Il est piégé dans les Terres Mortes. Bientôt, avec le temps, il deviendra l'une de mes Sentinelles. Il les a rejointes au deuxième sous-sol. Déjà, en quelques mois, je vois sa peau qui devient un peu plus diaphane. Il sera bientôt l'un des leurs.

Gabriel s'est enfin réveillé. Il a passé près de quatre mois dans le coma. Mais l'adolescent n'est plus vraiment le même. Quelque chose s'est brisé en lui. Sa candeur a disparu. Une noirceur l'habite. Il m'a parlé, m'a expliqué qu'il s'était retrouvé projeté dans la peau du chauffard responsable de la mort de sa mère. Il pense que c'est lui qui a provoqué l'accident. Il s'en veut terriblement, il se martyrise… Mais dans quelques jours, quelques semaines, tous ses soucis, toutes ses souffrances auront disparu. C'est le cadeau que je lui offre.

J'ai attendu qu'il se rétablisse de son coma, de sa blessure, qu'il reprenne un peu de forces. Mais je pense qu'il est temps.

Dès ce soir, Gabriel se verra administrer le même traitement que Clyde. Il sera prisonnier à jamais des Terres Mortes, avec l'incapacité de se projeter dans les rêves des autres. Je le musellerai pour son bien et notre sécurité à tous. Gabriel deviendra mon serviteur, qu'il le veuille ou non. Au fond de moi, je me dégoûte de devoir en arriver à de tels extrêmes avec ces deux enfants. Mais je n'ai malheureusement pas le choix. Et il vaut mieux cela que la mort, n'est-ce pas ? Au moins, là-bas, dans les Terres Mortes, ils se serviront encore de leur don, de leur pouvoir. Tout cela n'aura pas été vain…

J'ai tenté d'expliquer ma démarche à Gabriel. De lui parler de la Source, de ce que je comptais faire. Mais il a refusé de m'aider, prétextant qu'il ne fallait pas tenter de modifier l'histoire. Qu'il en avait lui-même payé le prix fort. J'ai essayé, longuement, de le convaincre. Mais rien à faire. Quel dommage, ç'aurait été tellement plus facile ! Qu'importe… je ne lui laisserai pas le choix. Mes Sentinelles veilleront à ce qu'il m'aide.

Le Pont avance. La passerelle fait déjà plusieurs mètres. Et l'arrivée prochaine de Gabriel aux côtés de Clyde et de mes Sentinelles va sans aucun doute accélérer la construction de l'ouvrage.

J'ai dû convaincre la CIA de mettre nos opérations en hiatus pour un moment. Ça a été difficile. D'autant plus avec les moyens déployés par l'agence pour m'aider à récupérer les enfants.

Je leur ai demandé un an, peut-être deux.

J'espère que je serai prêt d'ici là.

Gabriel

10 juillet 2009
Les Terres Mortes

Clyde et moi sommes prisonniers des Terres Mortes. Je ne sais pas depuis combien de temps nous sommes là. Tout est flou. Nous passons notre temps à extirper des blocs de pierre de la falaise pour les déplacer jusqu'au Lac aux Chimères et construire le maudit pont d'Hawkins, sous la surveillance constante des Sentinelles, ses immondes chiens de garde.

Clyde est de plus en plus faible. Je résiste, je ne sais pourquoi, mieux que lui. Je passe mon temps à chasser les Sentinelles qui tournent sans cesse autour de lui et semblent vouloir aspirer ses souvenirs, comme si elles s'en repaissaient, dans leurs spirales démoniaques. Durant nos rares moments de repos, je continue de lui parler de notre vie d'avant, d'Amy, afin de le retenir au maximum, mais, parfois, j'ai l'impression qu'il n'est plus vraiment là. J'ai remarqué que sa peau devenait grise comme de la pierre. Et on dirait que ses doigts s'étirent. Que lui arrive-t-il ? Et pourquoi, à moi, il ne m'arrive rien ?

On s'habitue à tout, même à l'horreur. Même au froid, au silence et à l'obscurité de ce lieu abandonné de tous. De temps en temps, rarement, Hawkins vient juger de l'avancement des travaux. Il semble satisfait et nous félicite. Je fulmine et enrage.

Depuis quelque temps, je remarque que l'attitude de nos gardiens semble avoir un peu changé à mon égard. Les Sentinelles ne montrent plus les crocs quand je m'avance vers elles. La spirale de chair qui tourne dans leur crâne semble ne plus m'hypnotiser.

Et puis il y a ces flaques de pétrole noir que je remarque parfois, dans mes pas. Quand je m'approche, que j'y regarde mieux, j'y vois de minuscules tentacules…

Il se passe quelque chose…

Gabriel

6 mai 2010
Les Terres Mortes

J'ai essayé de m'enfuir.

J'ai tout essayé.

J'ai gratté la pierre. Cherché, passé mes doigts sur la moindre anfractuosité des hautes falaises qui entourent les Terres Mortes, tenté de grimper sur les structures de ces constructions aberrantes. À bout, je me suis même laissé tomber du haut de la falaise. Mais les tentacules ont amorti ma chute. Je les ai maudits. J'ai maudit ce lieu, Hawkins, Clyde, Amy et tous les autres… *Je vous maudis tous.*

Je n'en peux plus…

Même la mort se refuse à moi. Je suis piégé ici. À jamais. Je ne peux même plus demander de l'aide à Clyde. Il change beaucoup plus vite que moi. Trop vite. Son apparence, ici, dans les Terres Mortes, se transforme de plus en plus. Il ne se tient plus debout. Il est de plus en plus voûté. De plus en plus maigre. Je tente de l'aider du mieux que je peux. De lui parler pour qu'il se rappelle. Je sais qu'il résiste encore intérieurement, qu'il se bat… Mais pour combien de temps ? En attendant, il erre là-bas, le regard vitreux, portant des pierres à longueur de journée. Je ne cherche même plus à repousser les Sentinelles qui aspirent tout de lui. Ça ne sert plus à rien, je crois… Parfois, je l'envie de n'être plus vraiment ici, plus vraiment nulle part. Peut-être est-il en paix, d'une certaine manière… Ma conscience est mon fardeau…

Clyde

8 juillet 2010
Les Terres Mortes

Tout est flou.
Je ne sais plus vraiment qui je suis.
Je m'appelle Clyde.
Oui, c'est cela…
Où est-ce que je suis ?
Qu'est-ce que je fais dans cette Grotte ?
Amy…
Qui est ce garçon qui me regarde, là-bas, avec pitié ?
Ce sont mes mains ?
Pourquoi est-ce que ma peau ressemble à de la pierre ?
Qui suis-je ?

Je m'appelle…
Je ne sais plus.
Il faut que je travaille, que je continue à travailler.
C'est cela l'important.
Les pierres.
Le pont.
Les pierres…
Amy…

Gabriel

26 octobre 2010
Les Terres Mortes

Je peux désormais aller où bon me semble dans les Terres Mortes. J'erre dans cette geôle géante, terrifiante…

Depuis longtemps, les Sentinelles ne me retiennent plus prisonnier autour du Lac aux Chimères. Elles ne font plus vraiment attention à moi. Malgré tout, je ne réussis pas à quitter cette cité déserte. Je n'essaie même plus. J'ai trop cherché cette faille qui me menait, autrefois, à la Nef. Je l'ai cherchée à en devenir fou, à avoir envie de hurler et de déchirer le monde. Mais elle a disparu. Je me doute bien que le traitement médical que nous a prescrit Hawkins a un rapport avec tout ça, mais je ne peux rien y faire.

La rage gronde en moi. Elle gonfle. Hawkins m'a même privé de ma douleur. J'ai beau frapper les colonnes du temple des Terres Mortes dans lequel je me suis réfugié, je ne ressens plus rien.

Je m'écroule par terre, soulevant un nuage de cendre autour de moi. Alors que les particules grises flottent dans l'air figé, je remarque que des tentacules commencent à sortir du sol et à m'enlacer. Ils me caressent, me protègent. Ils sont là pour moi. Je ne sais pas d'où ils viennent, je ne sais même pas si c'est moi qui les crée. Tout ce que je sais, c'est que je me sens mieux quand ils sont là. Ils sont mon seul refuge, mes seuls alliés… J'ai l'impression de pouvoir les contrôler. Je regarde mon bras droit, ils tournent autour, effectuant une danse lascive, comme des serpents apprivoisés. Je me relève. Je remarque un immense trône de pierre recouvert de poussière au centre du temple. Je m'y assois. Ma peau grise se mêle à celle de la roche. Je m'y sens bien…

Gabriel

3 décembre 2010
Les Terres Mortes

Chez moi…

Je suis chez moi.

Et si c'était cela, la réponse que j'attendais ?

Et si elle avait été là, devant mes yeux, depuis le début ?

Et si, en réalité, pendant tout ce temps, j'avais cherché à fuir ce lieu, alors que ma maison, mon foyer étaient ici ?

Qu'est-ce qui m'attend dehors ?

Pourquoi, au fond, est-ce que je tiens tant à m'échapper ?

Je n'ai pas de famille, pas d'amis à retrouver.

Mon père n'est plus que l'ombre de lui-même.

Amy, elle, a certainement déjà reconstruit sa vie. Et, de toute manière, elle n'a jamais vu en moi qu'un gamin fragile, rien de plus. Il n'y en avait que pour Clyde…

Et leur monde, est-ce que j'en veux vraiment ?

Tous ces hommes, ces femmes, ces êtres vains grouillant et gesticulant à la surface du globe. Leurs petites vies, leurs petites satisfactions, leurs petites consommations… leurs économies, leurs vacances, leur voiture… est-ce vraiment un rêve que je veux partager, celui après lequel je cours ? Je les laisse se vautrer dans leur normalité.

Est-ce que je veux vraiment faire partie de cela ? Non, je ne crois pas…

Et si ma réalité était ici ?

Et si j'étais ici chez moi ?

Et si j'avais toujours été ici chez moi ?

Gabriel

19 juin 2011
Les Terres Mortes

Je n'ai plus peur.

Venez à moi, mes frères, mes sœurs.

Je progresse dans la Cité. Dans ma cité. La première Sentinelle, Natalie, s'approche, puis, d'un pas félin, frôle ma jambe. Je laisse ma main courir le long de sa frêle colonne vertébrale. Elle lâche un grognement de plaisir.

Je suis là. Je suis là pour vous.

Votre maître vous protège.

Je progresse jusqu'à la falaise qui mène au Lac aux Chimères. Je la gravis en quelques secondes, grâce aux tentacules qui me portent et me soulèvent.

J'ai compris quelque chose. Quelque chose d'important, de décisif.

On ne peut pas changer l'histoire. On ne le doit pas. J'y veillerai. Il est trop tard désormais, je le sais, pour revenir en arrière et tenter, encore, de sauver mes parents. Ce qui est advenu est advenu. Je suis le responsable et le coupable de la mort de ma mère. À trop vouloir tirer les fils du passé, je l'ai modifié à jamais. C'est une leçon que j'ai payée au prix fort.

Je regarde, du coin de l'œil, Clyde, dégoûté de ce qu'il est devenu. Il a changé si vite ! Il ne communique plus et ne se déplace qu'à quatre pattes. Quel spectacle pathétique… Qu'est devenu mon ami ? Je le rappellerai le temps venu. Je peux le sauver. Sera-t-il le même ? Reviendra-t-il complètement ? Qu'importe, finalement. Il me servira. Comme les autres. Car j'aurai besoin de lui… et je sais qu'il m'aidera.

J'arrive devant la passerelle qu'Hawkins nous force à construire. Ce vieil imbécile ne sait pas, fou qu'il est, que j'ai déjà pris le contrôle. Mon mentor a toujours péché par excès de confiance. Il pensait faire de nous ses prisonniers en nous enfermant au cœur des Terres Mortes. C'est le contraire qui s'est produit. En tout cas pour moi. J'ai accepté, avec le temps, qu'ici était ma vie, mon royaume. Le monde des vivants ne m'intéresse guère. Les Terres Mortes sont mon foyer, les ténèbres, mon berceau. Hawkins croyait me contrôler en m'enfermant ici avec ses médicaments. Il a décuplé mes pouvoirs.

Je serai bientôt prêt.

Bientôt.

Gabriel

14 novembre 2011
Les Terres Mortes

Il est temps. C'est aujourd'hui. Je le sais. Je le sens. Je suis prêt.

J'ai commencé à libérer Clyde… Il revient, lentement…

Je lui ai parlé de mon plan. Il est d'accord pour m'aider. Si faible soit-il. Il reprendra des forces plus tard. Quand je l'aurai définitivement libéré. Déjà, j'ai réussi à lui rendre son apparence. Il m'a fallu du temps et beaucoup de concentration, mais j'ai ramené mon ami. C'est une première victoire.

Clyde marche à mes côtés. Nous accédons à la Nef. J'ai fini par en retrouver le chemin, preuve, s'il en fallait encore, que le traitement médical d'Hawkins n'a plus aucun effet sur moi. Je suis trop puissant. Je suis tout-puissant.

Hawkins ne se doute de rien. Il pense que les Sentinelles nous surveillent. Il ne sait pas que, désormais, c'est à moi qu'elles obéissent.

Son pont progresse. C'est tout ce qui compte pour lui. Il n'a rien vu, rien senti venir.

Depuis combien de temps sommes-nous là, Clyde et moi ? Un mois, un an ? Peut-être plus…

J'appose ma main sur la Stèle. À une vitesse vertigineuse, je suis propulsé en l'air.

J'accède au rêve d'Hawkins. C'est toujours le même espace blanc, vide de tout, celui que j'ai déjà visité il y a longtemps, dans une autre vie. Clyde me rejoint bientôt. Il apparaît fatigué, usé, il marche en se tenant les côtes. Mais il tiendra le coup, j'en suis certain. Il a trop soif de vengeance…

Nous ne cherchons même pas à nous cacher, à quoi bon ?

Je m'approche du fauteuil blanc dans lequel repose Hawkins. Cet imbécile se croit en sécurité. Il dort, au plus profond de ses songes. Je fais jaillir du sol des tentacules qui l'emprisonnent. Il se réveille en sursaut et nous regarde, pétrifié.

— Gabriel, Clyde, qu'est-ce que vous faites ici ? C'est impossible. Vous ne pouvez pas avoir accès à la Nef. Votre traitement…

— Rien n'est impossible dans les Limbes, vous l'avez oublié, James ? Pourtant, c'est la première leçon que vous m'avez apprise…

— Qu'est-ce que vous voulez ?

Clyde prend la parole :

— En finir avec tout ça. Que vous nous rendiez notre liberté, enfin…

Mon ami lève le bras en arrière et, par la pensée, l'étire, le transforme en une longue lame effilée. Je lève la main pour l'empêcher de frapper.

James, paniqué, me regarde avec des yeux fous. Il tente de se débattre, mais je resserre mon emprise.

Un peu plus et je l'étouffe avec mes tentacules. Ça serait si facile…

— Mais que faites-vous, les enfants ?

— Nous ne sommes plus des enfants. Et encore moins les vôtres. Nous reprenons le contrôle, James. Nous allons rétablir l'équilibre.

— Qu'est-ce que tu racontes, Gabriel ? C'est justement ce que je suis en train de faire ! Une fois que nous aurons accès à la Source, nous pourrons entreprendre de ramener la paix dans le monde. D'effacer la rage, la haine du cœur des hommes.

— Vous voulez changer l'histoire, intervenir pour la modifier selon votre bon désir. Mais vous finirez bien, je le sais, par utiliser ce pouvoir à vos propres fins…

— Non, je veux juste empêcher de nouvelles horreurs dans le monde.

— La tentation sera trop grande… Nous n'avons pas le droit d'accéder à la Source. Aguilar m'avait bien mis en garde, il y a longtemps. Je m'y refuse. Au contraire, je serai là pour veiller à ce que personne ne tente d'utiliser les Limbes pour modifier l'histoire ou diriger les hommes. Que ces idiots vivent en suivant leur libre arbitre, qu'ils fassent leurs erreurs, qu'ils commettent leurs horreurs… je m'en moque. Qu'importe, tant qu'on ne souille pas mes Terres. Je veillerai nuit et jour.

— Mes Sentinelles t'en empêcheront !

— Vos Sentinelles ? Mais que croyez-vous, James ? Voilà longtemps que vos Sentinelles ont reconnu leur vrai maître : moi…

Hawkins prend soudain peur. Étonnamment, j'aime ce que je vois dans son regard. Cette terreur sourde. Ce sentiment de puissance que j'en tire.

— Tu es devenu fou, Gabriel. Les Limbes t'ont changé. Il y a trop d'amertume en toi. Tu n'as pas réussi à sauver ta mère, je le sais. Je comprends ta peine, mais cela ne veut pas dire que l'on ne doit pas essayer d'aider les autres. Il y a tant à faire.

— Non… Taisez-vous…

Il continue à parler, avec une voix hystérique :

— Qu'es-tu en train de devenir, Gabriel ? Qu'ai-je fait ? Je comprends maintenant. Je comprends tout… C'est peut-être pour cela que la créature m'avait chargé de te trouver. Pour te protéger de toi-même. Pour empêcher que tu prennes le contrôle. Que tu détruises tout…

Je lance un tentacule graisseux et noir qui se répand sur sa bouche. Hawkins a du mal à respirer et me regarde avec des yeux emplis de crainte.

Clyde s'approche de moi.

— Finissons-en, Gabriel. Maintenant…

— Non. Je veux qu'il vive. Qu'il soit témoin de son échec, de son impuissance. Il n'a plus de pouvoir, plus rien. La mort serait une trop belle libération pour lui. Je veux qu'il erre, impuissant, dans ce monde qu'il espérait changer. Qu'il ait peur, tout le temps, chaque soir, dès que ses yeux se fermeront, peur que nous venions le tourmenter dans ses rêves. Je veux qu'il vive une infinité de terreurs. Pour toutes celles qu'il nous a fait connaître.

Clyde semble comprendre. Je vois son bras reprendre sa forme initiale.

Je m'avance au plus près du visage d'Hawkins. Je lui susurre d'ultimes paroles à l'oreille avant de l'éjecter de son propre rêve :

— Vous avez fait de nous des monstres, James. Mais ces monstres sont aujourd'hui plus puissants que vous… Tout ce que vous avez entrepris, tout ce que vous avez fait pendant ces trente ans n'a servi à rien. Je vous laisse le restant de vos jours pour regarder votre rêve se briser, s'écrouler, pour voir votre stupide fantasme de paix s'éloigner. Vous serez témoin de la dérive du monde. Vous n'auriez jamais dû réveiller notre pouvoir. Payez-en le prix.

J'évacue Hawkins de son propre rêve. J'entends comme un cri tandis qu'il disparaît dans un tourbillon noir.

Nous nous retrouvons avec Clyde dans la Nef. Mon ami s'avance vers moi.

— Et maintenant ?

— Maintenant, nous reprenons le pouvoir, Clyde. Maintenant, nous allons protéger les Limbes.

Clyde

13 mai 2012
New York, État de New York

Je contemple la vue sur New York depuis la baie vitrée du bureau d'Hawkins. De mon bureau, désormais… J'ai retiré toutes les babioles, les souvenirs qu'avait accumulés Hawkins au fil des années. Je n'ai gardé que l'exemplaire de *Per Inania Regna*. Pour son importance. Pour ce qu'il représente.

Je veille sur Gabriel et sur les Limbes. Lui, n'a jamais souhaité quitter les Terres Mortes. Il se sent mieux là-bas. Voilà des années qu'il ne s'est pas réveillé. C'est moi, par son entremise, qui me suis chargé de transformer ONIR. Nous avons modifié les statuts de la société, l'avons laissée aux mains d'actionnaires. Quant à l'opération Limbes, elle n'existe plus. Nous avons visité les rêves des dirigeants de la CIA pour qu'ils oublient jusqu'à l'existence même du projet. Tout est sous contrôle, désormais. Tout le monde a quitté les bureaux de New York depuis plusieurs mois. Il n'y a plus que nous, maintenant, dans cet immense bâtiment. Nous et les quelques médecins qui permettent de maintenir Gabriel et les Sentinelles en vie. Mon ami les contrôle toutes. Elles sont ses pantins. Moi, je vis dans ce monde vide. Je ne vois personne. Ne parle à personne. J'ai gardé quelques séquelles physiques de mon emprisonnement dans les Terres Mortes durant toutes ces années. J'ai toujours mal à la jambe droite et je supporte péniblement la lumière du jour. Mais ce n'est pas le plus embêtant. Non, le pire, ce sont ces souvenirs qui ont disparu, que les Sentinelles m'ont volés. Ma jeunesse, mon enfance… il ne m'en reste plus que des bribes éparses. Heureusement, je me souviens du passé récent, les Limbes, Hawkins, les Émissaires, Matt, la NSA, tout ce qui s'est passé en 2008… Et, surtout, ils ne me l'ont pas prise, elle. Je l'ai protégée, au fond de moi, tout au fond, comme le plus précieux des trésors. J'ai donné aux Sentinelles mes autres souvenirs, tous les autres, pour qu'elles s'en nourrissent, qu'elles se gavent, tandis que je protégeais le plus important : Amy.

La nuit, quasiment toutes les nuits, je visite ses songes sans qu'elle s'en rende compte. Elle a souffert. Elle a tant souffert. J'ai essayé de l'aider quand je le pouvais. De transformer ses rêves pour en chasser les ombres. De lui apporter un peu de réconfort, une lueur d'espoir… Mais il me faut faire attention, je ne veux pas qu'elle remarque ma présence. Elle se fait appeler Lee désormais. Lee…

Hawkins a disparu. Nous n'avons jamais cherché à le retrouver. Il n'est plus qu'une coquille vide et ne représente plus une menace pour nous.

La nuit tombe sur New York. Les immeubles s'éclairent les uns après les autres. Chaque petite lumière est une vie, une famille. Et moi, je suis piégé ici…

Piégé, comme je l'ai toujours été, toute ma vie.

Je pourrais demander à Gabriel de me laisser partir pour tenter de rejoindre Amy. Mais je n'ose pas. Il a tant fait pour moi, pour nous. Il m'a ramené à la vie alors que je me transformais en l'une de ces créatures. Et son combat est juste, c'est certain. Protéger les Limbes, éviter que d'autres n'utilisent les rêves pour diriger le monde. Il a besoin de moi ici. Je le sais, et pourtant je doute…

Gabriel a tellement changé.

J'ai du mal à l'accepter, mais je crois qu'il me fait peur…

Gabriel

4 novembre 2013
Les Terres Mortes

Tout prend sens.

Le Tombeau m'attendait. Il m'a toujours attendu.

Je sais, désormais, comment m'en servir. Le trône qui a été placé au centre de la salle m'a livré son secret. Je suis la clé.

Toutes ces années, je m'étais désintéressé de ce bâtiment, trop occupé à veiller sur les Terres Mortes. Mes Sentinelles protègent ainsi, sans relâche, les temples et bâtiments de ma ville.

Il y a quelque temps, je suis retourné dans cette petite salle voûtée où reposent ces six sièges sculptés dans la pierre et l'énorme trône en son centre. Mes doigts ont glissé sur la roche et, sans trop savoir pourquoi, je me suis assis, lentement, sur le trône. Mes épaules se sont enfoncées naturellement dans le dossier massif, mes avant-bras se sont postés parfaitement dans le creux des accoudoirs, mes doigts se sont glissés avec précision dans les fentes creusées dans la pierre…

Des tentacules ont alors jailli de mon corps, ont serpenté à travers les spirales gravées dans la pierre, se sont teintés de bleu. Puis, en un instant, je me suis retrouvé là-bas. Dans la Cité de Lumière. Celle dont m'avait si souvent parlé Aguilar, Xibalba. Ce lieu hors du temps qui, il y a des siècles, avait réuni toutes les civilisations du monde, en paix… C'était la même Grotte, les mêmes bâtiments, les mêmes artères que les Terres Mortes, mais, en même temps, son parfait opposé. Ici, les temples, les minarets, les pagodes resplendissaient d'un éclat extraordinaire. C'était si beau, si pur. Un spectacle incroyable. Mais en progressant dans la ville, j'ai découvert que de nombreux monuments n'étaient pas encore formés. Ils ressemblaient plus à de gigantesques stalagmites, des grottes d'or et de lumière, qu'à de véritables bâtisses. Comme s'ils attendaient qu'on les sculpte. Nuit après nuit, en retournant dans ce lieu enchanteur, j'ai commencé à y croiser des hommes et des femmes… des Mayas, des Aztèques. Puis des Égyptiens, des Khmers, des Magyars… et alors, j'ai compris.

Ils se disaient chamanes, sorciers… et habitués à venir en ce lieu depuis des années, des siècles, chaque nuit, pour honorer le dieu du Rêve. Pour préparer son arrivée, ils façonnaient ces temples de leurs mains, par le pouvoir de leur pensée, comme des offrandes, dans un rituel sans fin. Ce lieu n'était pas encore une ville mais un sanctuaire…

J'ai réalisé alors seulement que c'était à moi et à moi seul que revenait la lourde tâche de les accompagner et de les aider à bâtir cette Cité de Lumière.

Il me faut maintenant trouver des hommes et des femmes que je contrôlerai pour les envoyer là-bas.

Ils seront mes Veilleurs. Ils m'aideront à protéger la Cité de Lumière. Ils iront chercher encore plus d'Élus des différentes civilisations et leur apprendront à nous rejoindre, à leur tour. Puis, ensemble, ils veilleront à créer ce qui doit être créé. Et la Cité brillera enfin de tous ses feux.

Je contrôle le présent des Limbes aujourd'hui. Je m'assure que personne ne les touche, ne les corrompe en venant ici. Demain, je serai garant aussi de leur passé. Je veillerai à ce que jamais on n'entrave la marche de l'histoire. Je veillerai à ce que jamais on ne salisse mes Terres.

Mais il me faut plus de serviteurs.

Beaucoup plus…

Clyde

23 janvier 2015
New York, État de New York

J'en ai assez. Il faut que ça cesse. J'ai décidé de prévenir les autorités. Pas la CIA, bien sûr, car je sais bien que Gabriel garde toujours un contrôle mental sur certains de ses dirigeants. Non, j'amènerai la police ici et ils verront… la centaine de corps endormis, maintenus en vie par des médecins squelettiques aux yeux voilés de gris.

Ses serviteurs… Pour devenir des Veilleurs dans sa foutue Cité de Lumière…

Mon Dieu, Gabriel, qu'es-tu devenu ? Qu'avons-nous fait ?

Tout le rez-de-chaussée, ainsi qu'une grande partie des étages de l'immeuble d'ONIR, est désormais un immense dortoir insalubre. Partout, des matelas jonchent le sol, dans la poussière et la pestilence. Sur ces derniers, les corps endormis de ses serviteurs, vêtus d'oripeaux. Entre les matelas courent des dizaines de rats qui se nourrissent des cadavres abandonnés là. Je tente tant bien que mal de chasser ces vermines, mais il y en a tellement ! Partout, dans cet espace plongé dans la pénombre, se dressent les potences à perfusion, dont les cathéters alimentent les corps inanimés. Tous ces supports métalliques forment comme des pierres tombales. L'immeuble d'ONIR est devenu un cimetière de fer.

C'était cela ton rêve, Gabriel ? Réduire en esclavage tous ces innocents pour servir ton dessein ridicule ? J'ai, moi aussi, commis des atrocités, je ne l'oublie pas. Toutes ces victimes en 2008. Mais je n'ai jamais été aussi loin. Je n'ai jamais commis de telles horreurs… et le pire, c'est que rien ne semble étancher sa soif. Ce n'est jamais assez. Plus de corps. Il lui en faut toujours plus. Jusqu'où irons-nous comme cela ?

Je sais, il me l'a si souvent répété, que ces individus ne manqueront à personne. Que là-bas, dans les Terres Mortes, Gabriel leur a donné une nouvelle chance. J'ai voulu croire à tout ça… C'est moi qui ai ainsi orchestré tous ces enlèvements, en piochant parmi les rebuts de la société, les clochards, toxicomanes que nous ramenaient des agents de police sous le contrôle de Gabriel. « Au moins, avec moi, ils vivent. À mes côtés, ils servent un noble but. » Quand je l'entends parler comme ça, je repense à Hawkins. Mon ami semble atteint de la même folie, destiné à répéter les mêmes erreurs.

Je finis de préparer mes affaires. Je me saisis de mon vieux pistolet, le même que j'avais en 2008 et que j'ai retrouvé dans les affaires d'Hawkins. Il reste deux balles. Je regarde le barillet. Certes, il serait plus simple de descendre au deuxième sous-sol, dans son antre, et de l'abattre d'une balle dans le crâne. Son petit corps sec, desséché, s'éteindrait en quelques secondes et tout serait fini. Mais je sais qu'il a placé des hommes là-bas, sous son emprise, qui le veillent et le protègent. Et, malgré tout, il reste mon ami, je ne sais pas si j'aurai la force de tirer.

Non, le mieux est encore de tenter de dévoiler tout ce qui se passe ici, ce spectacle pathétique, au monde. Certains tenteront certainement d'exploiter cette découverte, d'utiliser, peut-être, Gabriel et son formidable pouvoir. Mais, au moins, je ne serai plus témoin, complice de cette horreur.

Je place le pistolet à ma ceinture et sors de mon bureau. Comme toujours, un silence lourd pèse sur le dortoir putride du grand hall du bâtiment. On entend le goutte-à-goutte des perfusions, les respirations lourdes des endormis, le pas traînant des médecins errant entre les allées de corps. Mais rien d'autre. Je marche lentement, ma patte folle me fait de plus en plus souffrir. Je ne suis qu'à quelques mètres de la porte d'entrée quand il me semble entendre un bruit derrière moi, comme un raclement. Je me retourne, la main tremblante sur la poignée de mon pistolet, aux aguets. À quelques mètres, une des victimes de Gabriel s'est réveillée. Elle se traîne au sol vers moi. Ses ongles crissent contre le marbre. Je devrais tirer mais je risque d'attirer l'attention. Je recule. Alors, dans un ballet terrifiant, tous les corps si longtemps endormis se soulèvent au même moment. Leurs cathéters s'arrachent de leurs bras et laissent gicler du sang. Je vois des pans de peau qui se tendent et se déchirent en restant collés aux matelas… Je suis pétrifié. Je passe mon pistolet d'un côté à l'autre. Les monstruosités m'encerclent. Certaines se sont redressées, d'autres avancent à genoux. Toutes ondulent de droite à gauche, comme une vague. Elles me fixent de leurs yeux morts… Puis elles s'écartent et font place à l'une d'elles qui s'avance au plus près de moi. Je ne l'avais jamais remarqué avant, c'est un ado, certainement un toxicomane amené ici lors d'une de nos récentes livraisons. Il ne doit pas être âgé de plus de 16 ans. Comme nous avant… Alors que sa légion, autour de moi, continue sa transe lugubre, il se met à me parler, d'une voix caverneuse, étouffée, dans laquelle je reconnais instantanément les intonations de Gabriel :

— Où vas-tu, Clyde ? Mon ami, mon frère…

— Je pars, Gabriel. Il faut arrêter cette folie.

— Quelle folie ? Tout est parfait. Chaque nuit, nous établissons de nouveaux contacts avec des civilisations dans la Cité de Lumière. De plus en plus d'Élus nous rejoignent… les Mohaves, les Dogons, les Peuls, les Aborigènes… Ils sont chaque jour plus nombreux. Et ils ont chacun leur temple désormais. Hier encore, nous avons eu notre premier échange avec des Mésopotamiens. Ma Cité les attend, les appelle.

— Mais je me fous de tout ça ! De ta Cité de Lumière. Tu te rends compte que tu sacrifies des hommes et des femmes que tu envoies des centaines d'années dans le passé ? Et tout ça pour quoi ? Pour ton foutu Équilibre ?

— Je les protège ! Mes Veilleurs et moi nous assurons que ces civilisations, leurs cultures, prospèrent telles que l'Histoire le veut et l'a toujours voulu. Si tu savais le nombre de nuits que j'ai moi-même passées à aller visiter les rêves d'historiens, d'archéologues, d'ethnologues, pour absorber leurs souvenirs et leurs connaissances afin de m'assurer que les décisions que nous prenons sont les bonnes pour ces peuples, que nous les poussons dans la bonne voie, celle qui leur est destinée… Chaque jour, je découvre, j'apprends… Les Élus nous ont montré qu'il était possible de sculpter, par la simple force de la pensée, les bâtiments de la Cité de Lumière, de les refaçonner. Si tu voyais comme c'est beau…

— Mais regarde, regarde un peu, merde, Gabriel ! Regarde ce que nous avons fait, ce qui se passe ici et maintenant. C'est un cauchemar ! À quoi bon sauver le passé si on crée une telle horreur ici ?

— C'est un sacrifice nécessaire. Tous ces hommes, ces femmes étaient en sursis. Je les ai libérés. Avec moi, ils sont entiers. Nous sommes un.

— Non, ce que tu aimes, c'est jouer au dieu. Parader dans ta Cité et que l'on se prosterne devant toi…

Je regarde autour de moi. Plusieurs rangées d'hommes et de femmes m'entourent. C'est une inextricable toile d'araignée de membres, de corps, de visages sans expression qui me compresse, m'enserre. Comme une spirale grouillante dont je serais l'épicentre. Il n'y a pas d'issue…

— Je n'en peux plus, Gabriel…

Je place le canon de mon arme contre ma tempe. C'est trop tard… Il ne me laissera pas partir. Jamais. Je n'ai pas d'autre choix. Alors que je m'apprête à appuyer sur la gâchette, quelque chose me retient. Comme si une partie de mon corps se refusait à bouger.

— Qu'est-ce que…

La voix reprend :

— Que crois-tu, Clyde ? Que je t'aurais laissé gérer les affaires d'ONIR, veiller sur mes frères sans m'assurer un certain contrôle ?

— Mais…

— Depuis que je t'ai libéré, j'ai posé mon empreinte sur toi, mon emprise. Tu m'appartiens… Allonge-toi, laisse-toi faire. Rejoins-nous…

Je sens mon corps qui chute au sol, puis des dizaines, des centaines de mains qui m'entourent.

J'ai sommeil.

Tellement sommeil.

Lee

8 décembre 2028
Anchorage, Alaska

Soixante-dix heures…

Soixante-dix heures à avaler la route, à plisser les yeux à travers le pare-brise battu par les rafales de neige… à manquer de partir sur le bas-côté chaque fois que des camions-citernes me dépassaient en faisant hurler leurs klaxons. Depuis la guerre au Moyen-Orient de 2024, les États-Unis aspirent jusqu'à la dernière goutte de pétrole de nos terres. Et nos dernières réserves viennent, justement, d'Alaska. C'est donc un flot ininterrompu de camions qui roulent jour et nuit à tombeau ouvert. Et moi, je me suis retrouvée, avec ma minuscule voiture au pilote automatique en rade, au milieu de cette furie de phares, de carlingues de métal et de rugissements de moteurs…

La conduite a été rendue encore plus difficile par les conditions climatiques terribles. À partir du Dakota et durant toute ma traversée du Canada, il a neigé sans cesse. J'ai dû acheter des pneus neige pour ma voiture. Mais elle a fini par rendre l'âme à deux cents kilomètres d'Anchorage. J'ai terminé le trajet en auto-stop en m'arrêtant de station-service en station-service, attendant parfois de nombreuses heures avant qu'un camionneur accepte de m'emmener à ses côtés. Heureusement que j'avais acheté des vêtements chauds en arrivant à Regina, au Canada. Sans ça, serais-je encore en vie aujourd'hui ?

Et pourtant, j'y suis arrivée... Après plus de dix jours de trajet, j'ai finalement rejoint Anchorage en Alaska. C'est mon avant-dernière étape, avant Galena, puis, je l'espère, la station K27.

À bout de forces, exténuée, j'ai échoué dans cet hôtel minable.

Depuis que j'ai recouvré la mémoire, j'ai moins peur de dormir. Car j'ai redécouvert ma faculté de visiter les Limbes. C'est revenu à moi, naturellement. Comme si ça avait toujours été là, enfoui. J'ai retrouvé le chemin de la Nef, de la Stèle... Je n'ai pas voulu courir le risque de retourner dans les Terres Mortes. Non... Depuis plusieurs nuits, je me sers de mon pouvoir pour visiter les rêves du Dr Curran, la neurologue en charge de Liam. Je prends son contrôle sans même qu'elle s'en rende compte. La femme, célibataire, passe la plupart de ses nuits à dormir dans l'une des chambres de garde de l'hôpital Cook County. Au début, je n'ai pu la maîtriser que quelques minutes, à peine le temps de sortir dans le couloir. Puis, nuit après nuit, j'ai réussi à mieux maintenir mon emprise. Désormais, je parviens, au cœur de la nuit, à l'entraîner jusqu'au dortoir des enfants atteints du Marchand de sable. L'état de Liam semble stationnaire. Je reste à ses côtés, indifférente aux caméras, aux passages des infirmiers qui n'osent pas trop poser de questions à leur supérieure. Je caresse les cheveux de mon fils en lui parlant lentement. Il ne peut pas me reconnaître. Ma voix est différente, mes mains aussi, certes, mais au moins, est-ce un réconfort pour moi… Passer ces quelques instants avec lui, même par procuration, me permet de continuer, de poursuivre cette odyssée démente.

Je suis arrivée à Anchorage depuis plusieurs jours. Il m'a fallu du temps avant de trouver un pilote d'avion qui accepte de m'emmener à Galena, vu les conditions météo. Je pars demain. Ça me coûtera une fortune, 1 500 dollars pour trois heures de vol, mais au moins éviterai-je de passer par l'aéroport et les contrôles de sécurité. Je ne sais même pas si je suis recherchée, mais je ne peux courir le moindre risque. Une fois parvenue à Galena, il me faudra trouver un moyen de locomotion, un chasse-neige, peut-être, ou un hélicoptère, plus probablement, pour me rendre là-bas, en suivant précisément ces coordonnées GPS. Cette succession de chiffres et de lettres : 65°42′29.4″N157°38′01.6″W… une longitude et une latitude qui marquent l'emplacement de la station K27.

Que vais-je découvrir là-bas ? Hawkins est-il seulement encore en vie ? Acceptera-t-il de m'aider ? Je jette un œil à mon portefeuille. Il me reste à peine 2 000 dollars.

J'espère que ça sera suffisant.

Il le faut…

James Hawkins

29 octobre 2016
Station K27
Galena, Alaska

Cela fait cinquante-deux ans aujourd'hui.

Cinquante-deux ans que j'ai accepté ce marché avec la créature…

C'était hier.

C'était il y a une éternité.

Le temps s'efface…

J'ai erré sans but, pendant de longues années.

J'ai vu le monde s'effondrer. J'ai souffert, comme Gabriel me l'avait promis. Ces guerres, ces attentats, ces carnages, ces cris dans la nuit, ces mains d'enfants figées à jamais dans la pierre et le sang, ces visages couverts de plâtre qui hurlent en insultant le ciel, ces océans de larmes, ces déferlantes de douleur… tout ce que j'aurais pu éviter… Et cette indifférence crasse, ces yeux qui se détournent, qui préfèrent regarder ailleurs… Le monde s'enfonce, creuse sa propre tombe, et je n'ai rien pu faire.

Ils sont là, dans les ténèbres. Tous.
Nate.
Caleb.
Kleiner.
Brimley.
Thomas.
Ethan.
Emerson.
Elias.
Matt…

Ils attendent. Mais je n'ai même pas le courage de mourir. Je suis trop lâche, même pour ça.

J'ai erré sans but. Puis la route m'a mené ici. Pendant des mois, j'ai remonté jusqu'en Alaska. Je n'en étais même pas vraiment conscient. Je n'étais plus grand-chose, alors. Qu'une ombre qui rôde sur le bord de la route. Puis, ça a été Galena. C'était l'été. Quand ? Je ne sais plus. J'ai loué un camion que j'ai rempli de conserves, de planches, d'outils… et je suis revenu ici.

La forteresse de béton m'attendait. En partie recouverte d'arbres, de mousse, la vieille station radar endormie était toujours debout. On pouvait encore lire les lettres K27 sur l'énorme porte blindée métallique jaune, éventrée depuis 1971.

J'ai allumé une torche et je suis rentré. Ça sentait l'humus et l'humidité. Quelques rongeurs ont fui sous mes pas. Bientôt la végétation a disparu et laissé place aux gravats. Il m'a fallu des heures pour me dégager un passage. Puis je me suis enfoncé encore plus, toujours plus loin. J'ai retrouvé le chemin jusqu'au labo, la grande salle voûtée où tout a commencé. L'escalier en métal rouillé a failli céder sous mon poids. Parmi les lits renversés, les traces de sang grises au sol, les restes de machines détruites, je me suis assis et j'ai éteint la lumière.

Ils sont là. Ils m'attendent.

Parfois, ils me parlent. Ou peut-être est-ce moi qui déraille.

J'entends la voix de Nate.

Il me dit que ce n'est pas fini.

Que ce n'est pas encore fini…

Gabriel

19 juillet 2018
Les Terres Mortes

Tout est en ordre.

L'Équilibre est maintenu.

Mes Veilleurs sont tous formés. Chaque nuit, ils siègent dans leurs temples au cœur de la Cité de Lumière et guident les peuples du monde, par-delà le temps, pour qu'ils accomplissent ce qui doit l'être. Moi, je les contrôle tous. Nous ne sommes qu'un.

Je me rends parfois là-bas moi-même. Je revêts alors mes plus beaux habits. Mes tentacules resplendissent de lumière. Les Élus se prosternent sur mon passage. Je lis dans leurs yeux l'admiration, le respect et la peur aussi.

Ils savent qui je suis désormais… Leur Dieu.

Celui qu'ils ont longtemps attendu.

J'ai créé un monde fascinant.

La plus belle, la plus incroyable, la plus pure des beautés. Le plus beau des rêves. Mon chef-d'œuvre. Ma vie…

Clyde

4 avril 2020
Les Terres Mortes

Je résiste.
Tant bien que mal.

L'emprise de Gabriel s'est relâchée avec les années. Il fait moins attention à moi, s'est un peu désintéressé, perdu qu'il est à sillonner sa foutue Cité de Lumière, des centaines d'années dans le passé. On dirait que parfois, même, il oublie jusqu'à ma présence ici. Il continue, bien entendu, à venir parfois tourmenter mes rêves, à chercher à me trouver en leur cœur. C'est un jeu, dit-il. Tout cela n'est qu'un jeu…

Je suis le témoin impuissant de la folie de mon ancien ami.

Mais Gabriel est-il seulement encore vivant ?

La détresse, la solitude et le désespoir ont façonné un monstre…

Un monstre qui règne sur ses Terres Mortes et ne cesse d'en vouloir plus, toujours plus.

Je ne suis plus vraiment moi-même. Je sais que j'ai changé mais je ne m'en rends plus vraiment compte.

Ce qui importe, c'est cette part de moi que je protège et qu'il n'aura pas. Cette citadelle de souvenirs qui me permet encore de tenir. De n'être pas totalement annihilé par son contrôle. Pendant des heures, des jours, je ne suis qu'une goule qui obéit à ses ordres, à cette voix qui résonne dans ma tête en permanence, comme des coups de marteau sur une enclume : « Veillez, mes frères et mes sœurs. Arpentez, grimpez, observez. Vous êtes ma légion… Protégez mes Terres… » Puis, de temps en temps, je parviens à revenir à moi. C'est toujours un court répit dont je dois profiter.

Je me rends alors en courant à quatre pattes dans la Nef, sans prendre garde aux patrouilles des autres Sentinelles. Elles ne me voient pas car je suis devenu l'une d'elles.

J'ai tout essayé… Ici-bas, au cœur du royaume des rêves, j'ai tout tenté pour faire échouer Gabriel. Un nombre incalculable de fois, j'ai voulu l'assassiner. Mais, toujours, je suis arrêté *in extremis* par la cohorte de tentacules qui l'encerclent en permanence. À chaque nouvelle tentative, j'entends son rire s'échapper du maelström de ténèbres. Il trouve cela amusant. Il se délecte de son pouvoir, de ce que je suis devenu… Comme un humain qui regarderait une minuscule fourmi grimper le long de sa jambe, attendant le meilleur moment pour l'écraser de sa main lourde. Gabriel, ou ce qu'il en reste, joue avec moi.

C'est alors que j'ai compris, face à l'impasse qui était la mienne.

C'est alors que je me suis souvenu…

Si je ne pouvais plus rien faire aujourd'hui, peut-être pourrais-je changer le passé ? Faire en sorte d'éviter tout cela ?

Il m'a fallu essayer, tenter encore, dix fois, cent fois avant d'y parvenir, mais j'ai finalement établi un premier contact. J'ai pris le contrôle d'un vigile d'ONIR, un soir de mars 2008, puis je suis entré dans sa chambre, dans ma chambre, pour le prévenir qu'Hawkins avait tué ses parents, mes parents... C'était la première fois, puis il y en a eu tant d'autres...

Tu as tant cherché à savoir, à comprendre...

Les Voix.

Les Émissaires.

Et pourtant, c'était moi. *C'était toi, Clyde...*

J'ai tout fait pour te mettre en garde, toi l'enfant imbu de tes pouvoirs, si sûr de lui, vorace, et si perdu, au fond. Je t'ai aidé à t'enfuir, je t'ai aidé tant de fois... Car je savais, je me souvenais que j'étais venu à toi en ces instants. Quand tu étais seul dans New York, puis, plus tard, avec tes amis en fuite à travers les États-Unis... Comme si tout avait déjà été écrit. Comme si tout cela s'était déjà joué. Comme si nous étions tous prisonniers d'un manège qui ne voudrait jamais cesser de tourner...

Puis, enfin, j'ai tenté de te mettre en garde contre Gabriel, tenté de te convaincre d'en finir au plus vite. Mais tu as refusé, Clyde. J'ai refusé. Je m'en souviens. Mais il fallait essayer. Puisque c'était déjà écrit...

Alors je suis parti encore plus loin. J'ai remonté les méandres du temps jusqu'en 1971. J'ai essayé de revenir à la source, aux origines des Limbes. Je me souvenais très bien, comme un instantané figé dans ma mémoire, de la photo des membres de l'expédition K27 que m'avait montrée Hawkins. Ça m'a aidé à les retrouver dans leurs rêves.

Encore une fois, sans relâche, nuit après nuit, je suis allé les voir. Cela fait des années, je crois, que j'explore leurs rêves. Le Pr Kleiner, d'abord. Je l'ai supplié d'arrêter, de mettre fin au projet, l'avertissant qu'ils couraient tous un grand danger. Caleb, ensuite. J'ai demandé à l'aborigène de protéger Hawkins, coûte que coûte. James m'avait raconté tout ce qui s'était passé dans la station, la créature qui les avait traqués dans leurs rêves les dernières semaines, les tuant les uns après les autres. J'ai prévenu Caleb et lui ai répété, sans cesse, de protéger Hawkins au péril de sa vie. Pourquoi le sauver ? Car j'ai compris quelque chose en regardant le spectacle terrifiant de Gabriel dirigeant sa cohorte d'esclaves. J'ai compris, trop tard certainement, combien Hawkins était peut-être mon seul allié. Lui s'était rendu compte du danger que représentaient les pouvoirs de Gabriel. S'il était parvenu à le contrôler, tout aurait changé. Il fallait donc qu'il vive… Malgré tout.

Pour une réussite, combien d'échecs ?

J'ai aussi visité les rêves d'Hawkins et de Gabriel, plus jeune, mais, pour l'un comme pour l'autre, ils étaient trop confus, trop violents… Je n'ai pu imprimer ma marque.

Je ne sais même plus combien de fois j'ai dû y retourner. Sans cesse. Sans répit.

C'est ma malédiction. Mon châtiment.

Condamné à revivre le passé en sachant pertinemment que rien ne changera jamais.

James Hawkins

12 mars 2022
Station K27
Galena, Alaska

Elle est là ?
Elle est revenue ?
Non…

Elle a toujours été là, James.
Elle n'a jamais quitté cet endroit.
Les murs transpirent encore la peur.
Au sol, tu n'as pas pu effacer les traces de sang noir. Tu as gratté, je le sais, de toutes tes forces, mais tu n'effaceras pas cela de ta mémoire.

— Tire, putain ! Tire !
— Je suis si désolé, Nate.
— James, ne me laisse pas comme ça, s'il te plaît, je t'en supplie.
Je le sais.
Je t'ai abandonné, Nate. Là-bas, dans le froid. Je l'ai laissé te prendre. J'ai été si lâche…

Chut…

Il ne faut pas faire de bruit, elle pourrait nous entendre.

Non, les spirales la retiendront…

Je suis retourné là-bas, Ethan. Je ne voulais pas, mais malgré moi, je suis revenu dans les Terres Mortes. J'ai senti sa présence, j'ai vu ce qu'elle a fait… Je sais. J'ai compris.

Je sais qui elle est.

Je sais que tout est ma faute.

Nate, tu te souviens des dernières paroles de Donlevy, quand nous n'étions plus que quelques survivants à crever de peur au fond de la station. Tu t'en souviens ?

Il avait dit : « Nous sommes tous déjà morts... »

C'était vrai pour vous tous, mais pas pour moi...

Pourquoi m'a-t-elle laissé vivre ? Pourquoi moi ? J'aurais préféré, je crois, qu'elle me prenne avec vous.

Regarde-moi, Nate. Je peux à peine marcher. Je suis devenu un vieillard qui parle tout seul...

Je suis si vieux, et pourtant ces horreurs me hantent encore.

Dès que je ferme les yeux...

Les créatures qui nous ont traqués dans Galena.

L'attente sans fin dans la station, la fatigue inhumaine.

Et son cri monstrueux qui me poursuit.

J'aurais tellement aimé qu'elle me prenne, Nate. Qu'elle en choisisse un autre...

Tellement...

Gabriel

18 septembre 2025
Les Terres Mortes

C'est un cri, un millier de hurlements qui m'ont sorti de ma torpeur… comme un écho venant du lointain…

Je me reposais sur mon trône entouré de mes Sentinelles quand c'est arrivé. Des gémissements, une plainte sans fin surgie du tréfonds des Terres Mortes. Je me suis hâté jusqu'au Tombeau, mais c'était trop tard… J'ai remonté le temps et me suis retrouvé dans la Cité de Lumière. Là, j'ai vu. Ils avaient tout dévasté, tué tous les Élus que nous avions mis tant de temps à rassembler ici. Et les Veilleurs gisaient aussi, mes frères et mes sœurs, eux qui m'avaient aidé à rebâtir ce lieu. Les murs étaient couverts d'inscriptions faites avec le sang des victimes : « *Manus Dei* », répété partout…

J'ai pleuré, hurlé. J'ai saisi leurs corps un à un. Ces innocents, ces purs… ceux qui n'étaient pas encore souillés par la folie du monde moderne. Ceux qui croyaient en la magie du monde. Ceux qui croyaient en moi. Un à un, je les ai placés là-bas, parmi ces pierres, puis j'ai fait jaillir la roche en eux. C'était la sépulture que je leur offrais. Une forêt de douleurs. Un cri éternel pour que je n'oublie jamais.

Je le savais, pourtant, mais je ne pensais pas que ça arriverait si vite. Le temps, toujours, me manque. J'aurais dû me préparer à leur venue, les attendre. Cette maudite Inquisition oubliée. Aguilar m'en avait parlé, j'aurais dû savoir, me souvenir que le Vatican enverrait ses hommes pour tout détruire. Que la religion catholique n'accepterait pas de découvrir l'existence de ce lieu qui remettait tout en question. C'est arrivé en 1521. C'est ce que le vieux frère franciscain m'avait dit. Mais, dans la Cité de Lumière, le temps n'ayant plus d'emprise, j'ai oublié tout ça. Peut-être qu'une partie de moi s'était convaincue que l'Inquisition oubliée n'aurait pas lieu. Que j'avais réussi, enfin, à changer le cours des choses. J'aurais dû être là pour défendre les miens, pour les protéger contre cette armée, cette *Manus Dei* maudite. Ils étaient sans défense, incapables de se battre car on ne leur avait jamais appris… Tout est ma faute…

Quel idiot j'ai été !

J'ai utilisé le Tombeau encore et encore. Tenté de revenir plus tôt, de recommencer. Mais quelque chose s'était brisé, la Cité de Lumière ne m'était plus accessible, je me retrouvais toujours dans les Terres Mortes, perdu dans un passé indistinct. J'ai erré sans but parmi les vestiges et les temples dévastés. J'ai regardé sans fin cette Forêt des Âmes qui me rappelait ma terrible erreur…

Puis, il y a eu cette fois où j'ai entendu du bruit, une respiration, là-bas… J'ai suivi sa trace. J'ai senti sa peur… J'ai aimé ça… J'ai joué à le terrifier. J'ai d'abord cru que c'était l'un d'eux, un des hommes du Vatican qui revenait sur ces terres défuntes. Puis, enfin, je l'ai reconnu. Son visage, ses yeux, je les connaissais. C'était Hawkins, il était jeune. Beaucoup plus jeune.

Je n'étais plus en 1521… J'étais en 1971. À l'époque de l'expédition K27.

Hawkins et ses hommes sont revenus. Ils ont voulu explorer mon domaine. Je ne les ai pas laissés faire. Après l'Inquisition oubliée, plus personne ne foulerait mes Terres. Puisque je n'avais pu faire payer les autres, eux, alors, seraient punis.

Je les ai suivis tandis qu'ils progressaient parmi les mausolées silencieux. Puis je me suis montré à eux dans toute ma ténébreuse splendeur. L'un d'eux, ils l'appelaient Caleb, a voulu m'attaquer, je l'ai broyé avec tant de facilité ! C'était si simple, si jouissif… Le goût du sang a étanché un peu ma soif. Mais ce n'était pas assez.

J'étais violence.

J'étais rage…

J'étais les ténèbres et la mort…

J'avais une envie de tout détruire. J'étais une bouche qui mord, des ongles qui griffent, qui déchirent.

Il fallait que le sang coule. Des torrents, un océan… Il fallait que les hommes payent pour ce qu'ils m'avaient pris.

J'ai joué avec eux, avec eux tous. C'était si facile. Rien ne me retenait.

Je me suis répandu, comme un virus, comme un souffle de mort que rien n'arrête. J'ai pris cette ville, Galena, pour qu'on ne leur vienne pas en aide. Je les ai tous possédés. Je les ai réunis autour d'un feu, et je les ai brûlés. Comme, enfant, lorsque mon père, puant l'alcool, brûlait les photos de ma mère. Il n'y avait pas d'innocents puisque ma douleur ne s'effaçait pas. Il n'y avait pas de morts, puisque c'était il y a si longtemps… C'était un jeu. Puis je suis revenu au cœur de leur station, et, là, je les ai piégés. Je les ai pris, les uns après les autres. Lentement… J'ai pris mon temps. Je me suis délecté de leur peur. J'attendais qu'ils s'assoupissent. Ça a été un festin, une fête. Un carnage répondait à un autre carnage… Je les ai traqués jusque dans leurs rêves comme ces jumeaux… J'ai aimé ça. J'ai voulu qu'Hawkins soit le dernier à vivre… afin qu'il paye pour toute la souffrance qu'il m'avait infligée.

Puis, enfin, j'ai ri… j'ai ri de tout mon être, et mon rire, comme un cri, s'est répandu dans mon royaume.

J'ai ri, car, enfin, j'ai compris.

Que tout cela servait un but. Celui de mon avènement.

J'ai enfin compris qu'il fallait que je convainque Hawkins de venir me chercher.

J'étais le monstre et je suis l'enfant.

J'étais le début et je suis la fin.

J'étais la terreur et je suis la lumière.

Comme je l'avais souhaité, il n'en est resté qu'un. Épuisé, à bout… agonisant… Hawkins. Évidemment. Et, enfin, je l'ai prévenu :

« En 2008, dans trente-sept ans, un enfant va venir ici même. Il faudra que tu le trouves, que tu le formes à ton tour. Il te sera utile pour asseoir ton pouvoir. Car en lui est la clé.

Je suis la dernière des Sentinelles, je suis le gardien et l'architecte. Je suis celui d'hier et de demain. »

Et mon rire résonne encore, à jamais, entre les pierres noires de ma cité oubliée.

Gabriel

3 février 2026
Les Terres Mortes

Le chagrin s'est effacé. Ma rage s'est apaisée. Ma soif s'est épanchée. Enfin…

J'ai pu réfléchir à nouveau…

Revenir ici dans mes Terres. Au temps présent.

Mais je m'étais absenté trop longtemps.

Ma légion n'est plus. Ils sont tous morts, assassinés par l'Inquisition oubliée, là-bas, dans un passé inaccessible. Il ne me reste plus que mes fidèles Sentinelles et quelques médecins dans les locaux d'ONIR, qui veillent encore sur nous.

Mais je vais tout rebâtir.

Cette fois, rien ni personne ne m'arrêtera.

Il a fallu que je retourne dans le réel. Dans leur monde. Je n'ai pas eu le choix. Pour mettre mon plan à exécution. Planter les graines…

Indirectement, bien sûr, en contrôlant certaines personnes.

Cela faisait si longtemps…

Je n'ai pas trop aimé ça…

J'ai fait mes recherches. J'ai pris mon temps. À travers leurs rêves, j'ai sondé les plus éminents virologues, les plus brillants neurologues. Et ils m'ont aidé, malgré eux…

Parmi les sociétés appartenant encore à ONIR, j'ai trouvé ce laboratoire pharmaceutique, StellaNovaris. Je les ai incités à mettre au point un parasite, dérivé du trypanosome, la maladie du sommeil. Une fois qu'ils sont arrivés à des résultats convaincants, j'ai exigé d'eux qu'ils inoculent le virus dans un vaccin. Dès qu'une épidémie marquante verra le jour, StellaNovaris offrira ce vaccin aux enfants du monde entier. Grâce au parasite, quelques mois après l'injection, ils s'endormiront profondément. J'aurai ainsi tout loisir pour venir les prendre et les emmener.

Je les accueillerai ici, chez moi. Chez eux.

Ils m'aideront à reconstruire la Cité de Lumière. Pour qu'elle soit aussi belle, aussi resplendissante que je l'ai connue jadis.

Je viens d'achever ma dernière prise de contrôle.

Tout est prêt.

Je ne retournerai plus chez eux, dans le monde du réel. C'est terminé.

Rien ne m'attend là-bas, personne.

Ils m'ont tous abandonné, trahi… Ma mère. Hawkins. Clyde. Amy…

Avec mes enfants, en plus des Terres Mortes, nous reprendrons le chantier du Pont. Ils m'aideront à l'achever. Et quand il sera prêt, alors je les accueillerai tous.

Je n'ai plus qu'à tendre les bras et à les attendre.

Ils viendront, je le sais.

Je suis le Marchand de sable.

Je suis le Roi des songes.

Je suis le Maître des Limbes.

Puisque je n'ai pu sauver le monde d'hier, je bâtirai celui de demain.

Clyde

18 octobre 2028
Les Terres Mortes

Elle est ma dernière chance.

Notre dernière chance…

Amy…

Je suis si faible…

Je ne sais pas si je trouverai encore la force, le courage. Mais il le faut…

Aujourd'hui, par hasard, alors que j'errais sans but entre les bâtiments, j'ai percuté un de ces enfants. Il venait d'arriver et n'était pas encore complètement possédé par Gabriel. Parmi les milliers de gamins qu'il a fait venir ici, parmi les dizaines qui arrivent chaque jour, c'est avec lui que je suis entré en contact. Dois-je y voir un signe ?

En touchant Liam, j'ai vu à travers lui. Des images de sa vie. Des images d'elle. Je l'ai reconnue instantanément.

Et ça m'a rappelé.

Ça m'a ramené.

Je ne sais pas combien de temps j'ai. Combien de temps avant qu'il ne revienne à l'assaut. Tôt ou tard, il resserrera son emprise sur moi et je redeviendrai l'un de ses serviteurs.

Je suis désolé, Lee. J'aurais tant voulu t'épargner tout ça, ne pas te mêler à ces horreurs. Mais je n'ai plus le choix. Il ne reste plus que toi.

Et il a pris ton fils.

Il faut que tu me trouves dans mes rêves. J'ai créé un labyrinthe pour retarder Gabriel, mais il finira par en venir à bout, par me ramener à lui. En attendant, je vais te donner des indices, des clés pour que tu viennes jusqu'à moi. Il me faudra retourner à Clearview, je le sais, et retrouver la trace d'Hawkins...

Je t'attends au cœur de mon rêve.

Je t'attends, comme je t'ai toujours attendue.

J'espère que tu viendras.

J'entends du bruit derrière moi, dans le couloir de mes songes, à l'entrée de mon labyrinthe.

Je vois une silhouette qui se dessine. C'est toi. Tu es plus âgée, mais tu es toujours aussi belle. Tu portes les cheveux courts, maintenant. Des cendres commencent à t'entourer, à se poser sur ta peau. Tu ne peux pas rester, pas cette fois-ci.

Aide-moi...

Tu y es parvenue, Lee. Tu as retrouvé le chemin. Mais ce n'est que le début. Il faudra du temps.

Il faut que tu réussisses, Lee.
Sans quoi, nous serons tous perdus.
J'ai confiance en toi. J'ai toujours eu confiance.

Lee

11 décembre 2028
Station K27
Galena, Alaska

Je suis arrivée à la station K27. Enfin…

L'hélicoptère vient de décoller. Le pilote m'avait prévenue que les conditions météo le forceraient à repartir au plus vite. Il reviendra me chercher dans vingt-quatre heures. Serai-je au rendez-vous ? Que se sera-t-il passé d'ici là ?

Le pilote a tenté de me dissuader de me rendre ici. Il connaissait l'endroit. Il avait déjà dû livrer du matériel, un générateur et des plaques de tôle sur place quelques années auparavant. Il m'a parlé du vieux fou, de l'Ermite du bunker, comme ils l'appellent dans le coin, qui vit reclus dans les tréfonds de la station. Il serait dangereux, instable, armé. Il aurait de l'argent, beaucoup. Mais personne n'ose venir ici. On raconte qu'on trouve souvent des oiseaux morts dans les sous-bois tout autour de la zone et qu'aucun autre animal ne s'aventure jamais ici. Les gens de la région pensent que ce lieu est hanté. Qu'il s'y serait passé des choses terribles. Si seulement ils savaient…

Le froid me saisit instantanément. Comme un reptile qui tenterait de se faufiler, d'imprimer sa morsure glaciale sur la moindre partie visible de ma chair. J'enfile mon sac à dos, remonte la fermeture Éclair de ma combinaison le plus haut possible, jusque sous mes yeux, resserre ma capuche, enfonce mes mains dans mes gants. Ce matin, il ne neige pas. Mais le ciel est noir, menaçant. Une tempête se prépare. Je commence à marcher dans la neige épaisse. Chaque pas me coûte, mes jambes s'enfoncent jusqu'aux genoux dans la poudreuse. De-ci de-là, je vois apparaître des arêtes de métal, des morceaux de tôle, vestiges, certainement, des baraquements rouillés des militaires. Puis, après avoir traversé un sous-bois aux pins dénudés, je découvre, enfin, la station. Face à moi, une impressionnante structure en béton, comme un bunker gigantesque. Je remarque, malgré les monceaux de neige, une immense antenne radar effondrée sur le côté et le long du mur en ciment, les restes d'un hélicoptère détruit.

C'est ici que tout s'est joué. Ici qu'est né le projet Limbes…

J'avance vers l'imposante porte métallique éventrée. J'entre sans hésitation. J'ai beau être terrifiée, le froid me pousse à avancer. Il me faut quelques secondes avant que mes yeux ne s'acclimatent à l'obscurité. Je sors ma lampe de mon sac, l'allume, descends quelques marches, puis me retrouve face à une grille rapiécée, reconstruite à partir de tôles, de planches et de tissus. Il y a un cadenas rouillé qui retient la porte. Je prends mon élan et donne un lourd coup de botte. Le cadenas cède sans difficulté mais ce court effort me laisse essoufflée. Il faut que je trouve le moyen de me réchauffer, et vite. Je pousse la porte qui s'ouvre dans un grincement sec. Tandis que je m'enfonce dans un long couloir, bas de plafond, je remarque que, sur les murs, des inscriptions ont été faites à la peinture noire : « Interdiction d'entrer... Partez... Danger de mort ». Mais qui serait assez fou pour venir ici ? À part moi... Je progresse dans les couloirs déserts, jetant un œil dans les salles que je croise. La plupart du temps, il n'y a plus de portes. On dirait qu'elles ont été arrachées. J'arrive enfin dans un large couloir circulaire. Je lève ma lampe torche qui me renvoie des reflets. On dirait que, là, au centre du couloir, il y a une autre salle, arrondie, dont le dôme est recouvert d'aluminium. En réalité, le couloir semble faire le tour de cette même salle. Nous verrons cela plus tard. Je prends l'embranchement qui part sur la droite. J'entre dans une grande salle qui devait être la cantine de la station. Entre les chaises renversées, je remarque des matelas et des couvertures rêches, sur les tables en acier, sous une épaisse couche de poussière, des restes de bougies, des mégots de cigarettes, des paquets de cartes recroquevillées. Mon front bute sur quelque chose, je sursaute en arrière. Ce n'est qu'une lampe torche suspendue au plafond. Il y en a pas mal d'autres aux quatre coins de la salle. Le faisceau de ma lampe passe sur un des murs en béton et je remarque des traces d'impacts de balle... J'avance. Je marche sur un objet qui explose dans un fracas de verre. Je soulève le pied et regarde. C'est une seringue. Il y en pas mal d'autres, dans un coin de la salle. J'attrape une petite boîte en carton, en partie brûlée, souffle sur la saleté qui la recouvre et regarde le nom : Modiafinil. Ça ne me dit rien. Plus loin, sur une large cuisinière, je vois des restes de planches calcinées. C'est ici qu'ils devaient faire des feux pour se réchauffer. Je repasse lentement ma torche sur la grande salle silencieuse. C'est sans aucun doute l'endroit où les membres du projet K27 se sont regroupés pour tenter de survivre alors que le virus les prenait les uns après les autres durant leur sommeil. Tout ce que j'ai lu dans le dossier de la CIA sur les événements de 1971 est gravé dans ma mémoire, mais arpenter ce lieu glacial rend tout cela beaucoup plus réel, beaucoup plus terrifiant. Alors que je termine mon tour de la cantine, j'entends un bruit qui provient du couloir. Comme une voix qui susurre. Je reviens dans la coursive circulaire et écoute. Oui, ça vient de par là. Je longe le dôme. Là-bas, sur la gauche, je remarque un léger filet de lumière. J'avance le plus silencieusement possible. La source lumineuse vient de derrière cette porte en métal, là. Je l'ouvre lentement. En cet instant, je me dis que j'aurais dû penser à prendre une arme, quelque chose… Et s'il m'attaquait ?

Je me retrouve sur un palier en métal rouillé, surplombant une salle profonde et circulaire, comme un silo, dont le plafond, le dôme, s'élève à vingt mètres de hauteur. En dessous de moi, un réseau de câbles, de lampes et de radiateurs parcourt la pièce avec en son épicentre un gros générateur vrombissant. Je vois de nombreux jerrycans d'essence à ses côtés. Dans un coin d'ombre, je distingue un lit sommaire dont les draps et le matelas sont marron de crasse. Une odeur horrible me saisit le nez. Comme si on n'avait pas aéré cette salle depuis des années. Je cherche l'origine de cette pestilence. C'est là que je repère les sacs. Une montagne de détritus composée de centaines de sacs-poubelle, de myriades de boîtes de conserve vides, entreposés tout au fond de la salle.

Je suis dans son antre, son repaire. Enfin…

Je découvre alors une forme voûtée, squelettique, de dos. C'est lui. Je range ma lampe et descends le long d'une échelle de fortune en bois. C'est seulement en posant mon pied par terre que je remarque les motifs. Le sol ainsi qu'une grande partie des murs sont recouverts de spirales s'enchevêtrant, un réseau hallucinant de courbes et d'arrondis peints en noir. L'œuvre d'un fou…

Je m'approche de lui. Hawkins, accroupi, semble parler pour lui-même et ne même pas avoir remarqué ma présence. Éclairé par l'une des lampes de la salle, je distingue son profil, ses pommettes creusées, ses globes oculaires enfoncés et une barbe grise qui dégouline jusqu'à sa poitrine. Seule sa voix me confirme que c'est bien l'ancien dirigeant d'ONIR, cet homme autrefois si puissant, si brillant, si manipulateur, qui est face à moi sous ces oripeaux.

— Tournent, tournent. Protégez-moi. Il ne viendra pas ici. Elle ne me retrouvera pas. Pas vrai, Nate ?

— James.

— Pas vrai, Elias ? Tournent…

Je répète, plus fort.

— James…

La silhouette hirsute se retourne. Je ne peux m'empêcher d'avoir un mouvement de recul. Comme je le pressentais, Hawkins n'est plus que l'ombre de lui-même. Un fantôme… En plus de sa barbe, ses cheveux longs sont en bataille. Il a le visage en partie recouvert de crasse, les dents gâtées.

— Qui ? Qui êtes-vous ? Vous n'avez pas le droit, pas le droit d'être ici…

— James, calmez-vous.

En cet instant, une pensée traverse mon esprit. Tout cela est vain, ridicule. Comment ce vieillard sénile pourrait-il m'aider à retrouver mon fils, à aider Clyde ? Mais j'essaie encore…

— Je suis Amy. Rappelez-vous. ONIR, en 2008. Matt, Clyde et Gabriel… Je suis Amy.

— Amy ?

— Je suis ici car Clyde a besoin de vous. Nous devons l'aider.

— Clyde, oui. Je crois me souvenir.

Hawkins tourne alors étrangement la tête sur le côté et parle, comme pour lui-même :

— Tu penses que je dois lui faire confiance, Elias ? Et toi, Ethan ?

Pendant de longues secondes, Hawkins marmonne dans sa barbe, semblant même avoir oublié que je me trouve là, face à lui.

Je lui pose la main sur l'épaule.

— James. Nous avons besoin de vous. Les Limbes… il s'y passe quelque chose de terrible. Des milliers d'enfants y sont faits prisonniers et ne peuvent plus se réveiller. Nous devons faire quelque chose.

— Des enfants ?

Hawkins semble enfin s'apaiser et reprendre un peu ses esprits.

— Amy, c'est vraiment toi ? Tu as tellement changé…

— Beaucoup d'années ont passé, James. Beaucoup.

— Tu es venue pour moi ?

— Oui…

— J'ai fait tellement de choses terribles, tellement d'erreurs, Amy, je suis désolé. Je me suis trompé, durant toutes ces années. Je le sentais, pourtant. Au fond de moi, je le savais. Mais je pensais que je pourrais le contrôler.

— De quoi parlez-vous ?

— Gabriel. C'est lui. C'est lui qui est au cœur de tout ça. Il a pris le contrôle. Je le sais. Il m'est arrivé de retourner là-bas dans mon sommeil. Quand ? je ne sais plus. Je ne voulais pas quitter la Nef, mais, malgré moi, je suis allé dans les Terres Mortes. Et j'ai vu… la créature, son cortège de tentacules, et Gabriel en son cœur. Il est devenu fou, Amy. Complètement fou. Je crois que j'ai créé un monstre. Je l'avais prévenu que les Limbes salissaient tout. Tout le monde.

Je fais quelques pas en arrière, j'ai le souffle coupé. Je m'appuie sur le générateur…

— Mais non, ce n'est pas possible !

— Si, c'est lui. Ça a toujours été lui. Le démon qui a tué tous les membres de notre expédition ici en 1971, qui a emporté tous les habitants de Galena…

— Mais il s'agissait d'un virus, non ?

— Non, c'était lui. Le monstre qui hantait les Terres Mortes. J'ai compris, tout compris. Il a fait ça pour que je le trouve. Et j'ai obéi, sot que j'étais… C'est ma faute, tout est ma faute. Tu m'avais prévenu, Caleb, j'aurais dû t'écouter.

Alors, soudain, en cet instant, tout prend sens. Les silences de Clyde quand je lui parlais de Gabriel… Cette créature ignoble que j'ai croisée au cœur des Terres Mortes… C'est donc lui qui a fait ça ? Quelle horreur…

Je saisis le visage déformé par la folie d'Hawkins entre mes mains et le force à me regarder.

— James, écoutez-moi. Vous devez m'accompagner dans les Limbes. Une dernière fois. Nous devons tenter de raisonner Gabriel. Clyde nous aidera. Il est là-bas, lui aussi.

— Gabriel nous tuera s'il nous trouve.

— Il a fait prisonnier mon fils, James. Et avec lui des milliers d'autres enfants. Nous devons essayer…

— Non… je vais rester ici. Je suis en sécurité.

— Mais regardez-vous, James. Vous vivez terré comme une bête. Vous voulez finir comme ça, comme un animal, comme un lâche ? Ou tenter de vous racheter ? C'est votre dernière chance…

— Comme un lâche…

Hawkins tourne la tête sur le côté, encore une fois, comme s'il parlait avec quelqu'un d'autre…

— Tu voulais que je sois le dernier debout, Nate… C'était pour cela ? Pour vous venger, tous ?

Il semble revenir à la réalité et me regarde de ses yeux bleu acier.

— Je vais venir, Amy. Mais il faut que tu saches une chose… Nous allons tous mourir là-bas…

Clyde

11 décembre 2028
Les Terres Mortes

C'est aujourd'hui.

Aujourd'hui que tout s'achève.

Ça a été si dur, si long… Mais je crois que j'y suis parvenu.

Ils arrivent. Je le sais. Je le sens.

Parviendrons-nous à l'arrêter ?

Et moi, serai-je capable de briser son emprise ?

Gabriel

11 décembre 2028
Les Terres Mortes

Je regarde mon Pont. Il ne reste plus que quelques mètres avant que nous atteignions enfin la Source. J'y suis presque. Enfin…

Mes tentacules dansent autour de moi. Ils frétillent, ils sont heureux. Ils savent… *Oui, mes beautés. Bientôt…*

Je sais que la Source m'obéira, car les Limbes sont miens. Depuis toujours…

Alors j'apposerai mes mains dans le flux de lumière éclatant. Je plongerai dans les rêves des hommes. Et j'en ramènerai tous les enfants du monde. Tous, sans exception, me rejoindront ici. Je les protégerai. Ils seront heureux. Je les volerai à leur vie triste, médiocre, sans avenir, à leur réel qui dévore et qui consume. Ils ne seront plus jamais seuls, plus jamais différents. Nous serons un.

Je leur offrirai ma Cité.

Et nous vivrons ensemble un grand rêve, infini.

Mon rêve.

Mais… je sens une vibration, je hume l'air tandis que mes tentacules se dressent, à l'affût. Il y a une odeur étrange qui se répand dans mon domaine. Une respiration, non, deux, que je ne connais pas. Je fais apparaître une chape de fumée autour de moi. Mon armure… mon costume…

Des intrus. On tente de pénétrer ma Cité. Qui ose ? Qui se permet ?

Fous que vous êtes…

Lee

11 décembre 2028
Les Terres Mortes

C'est la fin…

Hawkins me précède et se glisse dans la faille qui relie la Nef aux Terres Mortes.

Nous avons accédé facilement à la Grotte, porte d'entrée des Limbes. Le vieil homme m'a préparé une couche sommaire dans la grande salle de la station K27. Il a également déplacé son lit, qu'il a rapproché à deux mètres du mien. Il a éteint les lumières et nous avons attendu. Il a dit quelque chose dans le noir : « comme au bon vieux temps »… Je n'ai pas répondu. Le sommeil m'a saisie rapidement. J'étais si épuisée…

Et nous voilà, enfin, ici. Tandis que je me faufile dans la faille, je regarde l'apparence qu'a pris, peut-être même malgré lui, l'ancien dirigeant d'ONIR. Il ressemble à la photo que j'avais vue de lui, plus jeune. Ici, dans les Limbes, il a à nouveau 25 ans, mais son regard trahit son âge véritable. Je le sens apeuré, confus. J'espère qu'il tiendra le coup, qu'il m'aidera lorsque j'aurai besoin de lui.

Nous n'avons même pas de plan, pas de réelle stratégie…

Je veux juste retrouver Gabriel et tenter de le ramener à la raison. Peut-être m'écoutera-t-il, moi… J'ai demandé à Hawkins de rester caché le temps que je discute avec Gabriel et de venir à mon secours uniquement si je courais un danger. Quant à Clyde… je ne sais même pas où et comment le trouver.

Après une progression difficile dans la faille, nous arrivons dans les Terres Mortes. Comme la première fois, je reste émerveillée quelques instants devant la magnificence du spectacle. La Cité a retrouvé sa beauté d'antan. De nombreux bâtiments ont été entièrement rebâtis, ils brillent de mille feux. Nous descendons une petite ruelle couverte d'une mosaïque aux mille couleurs, bordée d'une allée de colonnes étincelantes, incrustées des pierres luminescentes de la Grotte. C'est beau. Mais à quel prix ? Partout, nous croisons des cortèges d'enfants qui vont et viennent, aveugles au monde, comme des robots. Certains travaillent à redresser des structures effondrées, d'autres, plus loin, refaçonnent une statue. Un crâne squelettique laisse place à un visage aux traits fins et raffinés.

Hawkins regarde autour de lui, stupéfait.

— Il a réussi. Il a rebâti la Cité de Lumière…

Au fond de moi, tout au fond, je crois que je comprends ce que voulait entreprendre Gabriel ici et pourquoi il a tout mis en œuvre pour y parvenir. C'est un sanctuaire, son sanctuaire… Je connais son histoire, son passé. C'est ici qu'il s'est construit son refuge, sa forteresse.

Tandis que nous nous approchons de la grande place, je remarque que nous n'avons pas croisé une seule des Sentinelles. Où sont-elles toutes passées ? Et pas la moindre trace de Gabriel. Je demande à Hawkins où il peut se cacher…

— Il doit être là-haut, près de la Source, j'en suis certain… Suis-moi.

Je marche, sur le qui-vive, quelques pas derrière lui. Nous nous éloignons de la Cité et traversons un labyrinthe de corps figés dans la roche. Je me souviens de cet endroit. Ils l'appelaient la Forêt des Âmes. En voyant ces visages distordus, ces gueules béantes, je ne peux réprimer un frisson. Peut-être est-ce le sort qui nous attend…

Nous arrivons enfin face à une immense falaise. Je ne suis jamais venue ici. Hawkins, après avoir cherché quelques instants, trouve une fissure qui dissimule un escalier étroit. Nous commençons à en gravir les marches en équilibre précaire. Je m'efforce de ne pas regarder en bas. Seuls comptent mes pas, l'un après l'autre.

Après une dizaine de minutes d'ascension laborieuse, nous arrivons en haut de la falaise. Face à nous, un immense lac aux reflets bleus hallucinants. On dirait que sous l'eau danse une aurore boréale. J'ai d'abord du mal à le croire, mais il y a également un autre lac inversé, au sommet de la Grotte… Une passerelle en pierre a été construite sur le lac. Elle rejoint quasiment une petite île dont s'échappe un intense rayon bleu vertical… La Source, c'est donc cela… Il y a de l'agitation sur le pont. Des enfants font des allers-retours chargés de pierres. Et au bout, tout au bout, je repère une énorme forme noire, on dirait un nuage qui palpite.

Hawkins s'avance vers le pont, comme aimanté. Je le retiens du bras. Il se tourne vers moi.

— C'est mon pont. Il l'a construit…

— Restez concentré, James. Écoutez-moi.

Je regarde autour de moi. À quelques mètres, il y a un petit bâtiment circulaire.

— Allez vous cacher là-bas, à l'intérieur de ce bâtiment. Et ne venez qu'en cas de danger.

Il hoche la tête et se met à courir, recourbé sur lui-même, vers le petit dôme.

Puis-je lui faire confiance ? Je n'ai malheureusement pas le choix.

J'avance vers la passerelle. Après seulement quelques pas, j'entends un cri terrible qui traverse le lac, suivi d'autres moins puissants. Tous les enfants autour de moi se figent et lèvent la tête au ciel, la bouche béante, dans un rictus effrayant.

Il arrive.

J'attends.

Le sol se met à trembler. Puis je sens un souffle glacial. Je vois la forme au bout du lac se draper dans les ténèbres et glisser dans ma direction à une allure folle, comme une déferlante. Puis, à une vingtaine de mètres, le tumulte d'ombres ralentit et s'étire sur tout le rivage. Devant moi, des volutes de fumée se répandent au sol, comme une vague, puis laissent apparaître des dizaines, des centaines de tentacules noirs. Au cœur de ce tourbillon de ténèbres, je distingue une silhouette qui avance lentement vers moi. Il prend son temps. Tout autour de lui, le liquide noir se répand, recouvre tout. À sa suite, je remarque ces créatures déformées et pathétiques, ses Sentinelles. J'en distingue deux. Un bruit derrière moi… Trois autres créatures viennent de surgir de la falaise et me prennent en étau. Parmi elles, celle qui ressemble à un horrible serpent. J'entends les claquements de leurs mâchoires voraces. Mais elles ne s'approchent pas plus. Elles attendent l'ordre de leur maître… Il marche toujours vers moi. Je recule. Le vide de la falaise est à moins d'un mètre derrière moi. Je n'ai nulle part où aller. Nul endroit où me cacher. Il faut faire face. Tandis qu'il s'approche, lentement, irrémédiablement, je vois ses tentacules qui repoussent les enfants sur les côtés tout en ondulant de tous côtés. Mon cœur bat à tout rompre. J'ai froid. J'ai peur…

Comment es-tu devenu ce monstre, Gabriel ? Pourquoi ?

Il s'arrête à moins de deux mètres de moi, semblant me jauger. Je sens que la nappe de pétrole arrive à mes pieds et m'immobilise. Déjà, deux tentacules m'enserrent les jambes. Je n'irai nulle part.

Une voix surgit alors du maelström, comme si elle était démultipliée et qu'elle formait son propre écho à l'infini. Une voix que, pourtant, au fond, tout au fond, je reconnais.

— Qui ? Qui ose pénétrer mes terres ?

— Gabriel… C'est moi…

Je remarque un léger mouvement de recul de la silhouette noire…

— Gabriel n'existe pas… Il n'a jamais existé. Il n'y a que moi, ici. Je suis le Maître des Limbes. Prépare-toi à mourir…

Une myriade de tentacules se dresse au-dessus de moi.

— Gabriel, c'est moi, Amy. Je suis revenue pour toi, pour te chercher.

Soudain, pendant un instant, l'écho de la voix semble disparaître, les volutes de fumée se resserrer, se compacter sur la silhouette. C'est un timbre humain, quasi enfantin.

— Amy… non, c'est un piège… Amy est morte. Elle m'a abandonné. Ils m'ont tous abandonné.

— Non, c'est bien moi, Gabriel. N'aie pas peur. Je veux juste te parler.

La créature glisse jusqu'à moi dans un souffle. En moins d'une seconde, elle est contre moi. La fumée et les tentacules m'entourent, tourbillonnent autour de moi. Je distingue, parmi les ondulations des fumerolles, un bras maigre qui s'avance, qui s'étire. Une main noire sort du tumulte et m'attrape le visage. Je ne bouge pas… Je sens les tentacules qui remontent le long de mes jambes. J'ai envie de hurler mais il faut à tout prix que je garde mon calme.

— Amy ?

— C'est moi, Gabriel.

Sa main relâche mon visage et disparaît dans la fumée noire. La tornade reprend. Après quelques secondes, je le sens dans mon dos qui me caresse les cheveux. Sa voix vient de devant, de derrière, de partout. Je ferme les yeux pour retenir mes larmes de peur.

— Tu as tellement changé…

— Cela fait longtemps, très longtemps que nous ne nous sommes pas vus, Gabriel.

La tempête d'ombres semble se ralentir, s'apaiser. Tandis que les ténèbres se dissipent autour de lui, je vois son bras tendu vers moi, puis le reste de son corps émerger. La teinte noire de sa peau elle-même semble changer et laisser place à un gris clair. Gabriel apparaît enfin, nu. Il a exactement le même visage qu'il y a vingt ans. Mais son corps est recouvert d'une couche de cendre, comme si sa peau était en train de devenir de la pierre. Et ses yeux ont un étrange éclat d'un bleu luminescent, tels deux saphirs. J'ai, sous mes yeux, mon ami et quelque chose, quelqu'un d'autre… Je sens ses doigts froids sur mon visage.

Il me semble le voir esquisser un sourire, puis son visage se referme.

— Pourquoi ? Pourquoi toutes ces années ? J'étais si seul…

— J'avais perdu la mémoire. Pour me protéger, Clyde avait effacé mes souvenirs. Il m'a fallu du temps avant de me rappeler.

— Clyde, oui. Il me l'avait dit, je crois.

— Gabriel, je ne t'abandonnerai plus. Mais il faut que tu libères ces enfants. Que tu arrêtes tout ça. Je peux te ramener avec moi. Une vie t'attend là-bas.

Gabriel a un mouvement de recul puis se drape à nouveau dans son tissu d'ombres. Des dizaines de tentacules recouvrent ses bras, ses jambes, son torse. Je comprends qu'il s'agit vraiment de terminaisons nerveuses, d'extensions de son propre corps.

— Non. Jamais. Je ne retournerai jamais là-bas. Mon monde est ici. Toi, reste. Rejoins-moi. Ensemble, nous allons créer le plus beau des univers. Tu te rappelles, il y a longtemps, quand je te rejoignais dans ton sommeil et que l'on s'amusait à bâtir ensemble des rêves magnifiques ? Tu te souviens ?

— Oui, bien sûr…

— Nous pourrions faire ça ici, tout le temps. Bientôt, nous serons rejoints par des millions d'autres enfants. Ensemble, nous leur façonnerons un rêve éternel. Ils ne connaîtront plus la souffrance, la peur… Nous les protégerons.

Un frisson me parcourt le corps. Je commence à comprendre le projet fou de mon ami. Mais je dois en savoir plus.

— Que veux-tu faire, Gabriel ? Je ne comprends pas.

— Je vais accéder à la Source, Amy. Puis, j'appellerai tous les enfants du monde pour qu'ils me rejoignent. Pour qu'ils nous rejoignent. Nous n'aurons qu'à tendre les bras et les accueillir ici en notre royaume.

— Mais tu n'as pas le droit. Ces enfants ont une vie, des familles.

— Une vie comme celle que nous avons eue, toi, moi, Clyde ? Non, non, non… Ils seront mieux ici, avec moi, je te le garantis.

— Mais, Gabriel, regarde ces milliers de gamins qui sont déjà à tes côtés, tu penses vraiment qu'ils sont heureux ? Regarde-les ! Tu les manipules, tu les diriges. Ils sont tes marionnettes. Mais ils ne vivent pas vraiment. C'est le monde que tu veux ?

— Tu mens. Ils sont heureux. Je le sais. Je leur ai appris à créer la beauté, à redonner vie à ma Cité. Je vois en eux. Je les connais tous…

— Alors tu sais que parmi eux il y a mon fils Liam. Tu ne te rends pas compte de la peine des familles, des gens qui attendent là-bas dans le monde réel que ces gamins se réveillent. Tu ne crées pas un rêve ici, tu crées uniquement de la douleur…

Gabriel opère encore un mouvement de recul. Je suis en train de le perdre. Il faut que je me calme, que je parvienne à l'apaiser. Je peux y arriver. Je peux le convaincre, j'en suis certaine. J'y suis presque.

Sa voix se fait à nouveau vrombissante…

— Ne me parle pas de douleur, jamais ! Tu ne sais pas ce que j'ai traversé. Ce que j'ai vécu. À essayer de sauver ma mère sans fin. À tenter de vous sauver, vous. J'étais perdu. J'avais froid. Si froid. Puis j'ai compris que je n'appartenais pas à votre monde. Que mon royaume m'attendait ici… Viens avec moi. Ne me laisse plus seul. Ne me laisse plus, Amy…

Gabriel me tend la main. Les tentacules qui entourent son bras s'étirent vers ma peau. J'approche ma main.

Si c'est le prix à payer…

J'entends un cri derrière nous.

Hawkins vient de se jeter sur le dos de Gabriel et lui a planté son bras droit, qu'il a transformé en une lame effilée, dans l'épaule. Du sang noir gicle du dos de Gabriel.

En une fraction de seconde, son regard se transforme. Il se retourne et se replie dans les ténèbres. Ses tentacules saisissent le corps d'Hawkins et le soulèvent en hauteur. La voix de Gabriel est un typhon, dont chaque mot fait vibrer le sol…

— Tu m'as trahi, Amy… Tu m'as menti, je le savais. J'aurais dû m'en douter. Vous mentez tous…

Puis il se retourne vers Hawkins et semble le détailler longuement. Ce dernier se débat, tente de déchirer les tentacules avec son bras aiguisé. Mais en vain.

Gabriel lâche enfin un grand éclat de rire.

— C'est toi, Hawkins ? Je ne te savais pas encore vivant…

Je vois les yeux d'Hawkins, injectés de sang, de haine…

— Regarde ce que tu es devenu, Gabriel…

— C'est toi qui m'as fait, ne l'oublie pas, Hawkins…

— Il est temps d'arrêter ce cauchemar. Tu vas payer. Pour ce que tu as fait à mes amis, Nate, Ethan, Thomas, Caleb… Tu vas payer pour eux, Gabriel.

— Ces noms ne sont rien pour moi. Tu n'es rien. Vieux fou, ridicule microbe ! Tu croyais vraiment venir à bout de moi comme ça ?

— Ce n'est pas fini, pas encore…

— Tu sais pourquoi je t'ai choisi, toi, parmi tous les membres de l'expédition K27 ? Car tu étais le plus faillible, le plus lâche. Celui que je convaincrais le plus facilement… J'aurais pu en choisir un autre. Changer l'histoire, changer la tienne. Mais tu ne m'as pas déçu… tu as fait tout ce que je t'avais demandé. Tu as obéi à ton maître.

— Non…

Des dizaines de tentacules attaquent alors Hawkins. Il se défend comme un forcené, taillade les appendices les uns après les autres. Il hurle de rage. Un premier tentacule lui perfore la jambe mais il le coupe net. Il continue à se battre. Un autre transperce son ventre. Dans un râle, il attrape le membre et tire pour se rapprocher du corps de Gabriel, autour duquel dansent des dizaines d'autres tentacules. Je suis paralysée devant cette mise à mort. De son bras libre, Hawkins tire en avant tandis que, de l'autre, il bataille avec les tentacules qui l'assaillent. Son corps n'est que déchirure et douleur. Il crache du sang à chaque nouveau mouvement, s'affaiblit de seconde en seconde, mais il tire encore, malgré tout. Soudain, il crie d'une voix pleine de haine, de douleur et de tristesse :

— Tu as choisi ma vie, Gabriel. Alors je choisis ma mort… et je t'emmène…

Il lève son bras en arrière, juste au-dessus du crâne de Gabriel. Il est prêt à frapper. Mais, dans un jaillissement, un énorme tentacule lui saisit le bras et le tord en arrière. On entend le craquement des os d'Hawkins, suivi d'une terrible lamentation.

Gabriel, qui n'est plus qu'un amas de tentacules noirs, hurle à son tour, d'une voix terrifiante qui emplit tout l'espace de la Grotte :

— Eh bien, soit, meurs, alors…

Deux tentacules enserrent le cou d'Hawkins et se compressent, comme d'immondes serpents visqueux.

J'entends la voix de l'ancien dirigeant d'ONIR, une dernière fois, comme un murmure :

— Tu as tout gâché. Tout…

Puis un craquement et son corps s'affaisse… Gabriel jette le cadavre d'Hawkins qui rebondit au sol comme une poupée désarticulée. Les trois Sentinelles qui étaient derrière moi, attirées par le goût du sang, s'approchent lentement du cadavre, puis se ruent dessus.

Gabriel, dans sa nasse de ténèbres et de furie, se tourne alors vers moi.

— Maintenant, à ton tour…

J'essaie de bouger mais les tentacules enserrent toujours mes pieds. Les ombres palpitent, tel un gigantesque cœur noir. Il s'avance vers moi.

Je ferme les yeux. C'en est fini. J'essaie de penser à Liam. Qu'au moins je lui offre mes derniers instants, puisque j'aurai échoué à le sauver.

— Amy… Comment as-tu pu me tromper, me trahir ainsi ?

Gabriel est à mes côtés, il tourne autour de mon corps paralysé par les tentacules. Je remarque que du sang noir coule de la plaie dans son cou.

— Je suis désolée. Hawkins a agi de son propre chef. Il devait attendre… Je ne voulais pas que ça se passe comme ça.

Je sens que mon corps est transporté en arrière. Les tentacules me font pencher dans le vide au-dessus de la falaise.

— Mensonges. Toujours… Nous aurions pu être si heureux, Amy. Si heureux, enfin…

Je penche encore plus en arrière, au-dessus du vide…

C'est la fin…

J'entends une voix déformée par la rage derrière nous. Une voix que je connais pourtant si bien. Clyde.

— Gabriel !

Je regarde sur la droite. Une créature grise, l'une des deux Sentinelles postées derrière Gabriel, s'est redressée et se tient péniblement debout. Son visage ne présente pas le même gouffre organique que les autres. Non. Ici, on dirait qu'elle a été marquée par des scarifications profondes qui recouvrent son corps. Des centaines de cicatrices qui forment des spirales sans fin. Mais derrière les traits monstrueux, les côtes saillantes, la colonne vertébrale hérissée, les mains étirées, déformées, je reconnais Clyde. C'est lui. Je comprends alors qu'il a dû se battre, résister pendant toutes ces années pour éviter de se transformer complètement.

Gabriel se désintéresse de moi et se tourne vers Clyde. Il le regarde d'un air amusé.

— Clyde, qu'es-tu en train de faire ? Retourne à ta place. Obéis !

La voix de Gabriel résonne comme un coup de tonnerre. Je vois que Clyde tremble de tout son corps pour rester debout.

— Tu m'appartiens, Clyde… J'ordonne et tu obéis. Tu es à moi. Alors, rampe.

Clyde se voûte quelques instants, comme si un poids terrible pesait sur l'ensemble de son corps, il pose un genou au sol, puis, dans un cri, se redresse.

— Tu résistes ? Tu veux sauver ta bien-aimée ? C'est si pathétique… Ça suffit. À mes pieds…

Clyde, écrasé de douleur, s'écroule au sol dans un gémissement. Gabriel tourne la tête vers moi et me sourit, victorieux. En cet instant, je distingue Clyde qui, dans un ultime effort, se soulève sur ses avant-bras. Ses traits sont déformés par la douleur, chaque mouvement semble relever du calvaire. Pourtant, il parvient à replier ses jambes et, dans un bond phénoménal, se jette sur Gabriel. Surpris, ce dernier chute au sol. Comme une bête, Clyde lui laboure le ventre de ses griffes. Gabriel tente de se protéger de ses bras.

Il va y arriver. Il y a un espoir… Soudain, des tentacules attrapent Clyde et le soulèvent sans difficulté en l'air, à plusieurs mètres de hauteur. Comme à un supplicié, ils étirent ses bras et ses jambes. Clyde lâche un cri horrible. Les appendices relâchent leur pression sur moi. Je glisse en arrière mais me rattrape *in extremis* au rebord de la falaise. De toutes mes forces, j'enfonce mes ongles dans la pierre pour retenir ma chute. Je parviens à me hisser et à me relever. Les tentacules m'ont lâchée, ils tournent tous autour de Clyde, prisonnier. Je progresse difficilement, mes pieds sont empêtrés dans le liquide noir au sol, collant comme du goudron.

Gabriel est de dos. Je vois une énorme langue noire qui sort de sa bouche.

— Nous voilà tous trois réunis… Clyde, Amy et Gabriel… les vieux amis… rien n'a changé, n'est-ce pas ? Rien ?

Il rit aux éclats… d'un rire complètement hystérique, dément, effrayant.

Tu peux y parvenir, Lee... Pense à Liam. À tous ces enfants... Tandis que je progresse, je tente de transformer mes bras en deux lames. Je peux le faire, moi aussi. J'en ai le pouvoir. Je l'ai toujours eu. Lentement, je vois mes avant-bras s'étirer, mes mains disparaître. Je ne suis plus qu'à un mètre de Gabriel. *Je vais te sauver, Clyde.* J'y suis presque. Alors que je suis prête à frapper, dans une impulsion, Gabriel tire sur ses tentacules.

Je vois, en hauteur, le corps de Clyde se cambrer de douleur, tandis que les appendices lui lacèrent les muscles. Puis, comme s'il s'était lassé, Gabriel le jette au loin. Clyde, inconscient, vient percuter la falaise et s'écraser au sol.

Il ne reste plus que moi. Je n'ai plus le choix…

Alors que Gabriel se retourne vers moi, mue par le désespoir, à mon tour, je me jette sur lui. Sans hésitation, je lui enfonce mes deux bras dans les côtes. Il crie et m'enlace de ses centaines de tentacules. J'enfonce un peu plus. Je crois que je pleure…

Je vais étouffer. Je ne peux plus respirer. Mon corps est compressé contre celui, glacial, de mon ami. J'entends sa respiration s'accélérer. J'essaie d'aspirer de l'air mais ma cage thoracique est comprimée par son étreinte mortelle… Ma vue se trouble. Ça serre, toujours plus fort. C'est donc comme cela que tout doit se terminer ? J'ouvre les yeux. Le visage de Gabriel est face au mien, à quelques centimètres. Mes larmes lui coulent sur les joues. Ses yeux bleus me fixent. Il voit ma douleur, ma tristesse. Quelque chose change dans son regard… Soudain, il lâche un simple « Non, assez »… Puis je sens son étreinte se desserrer, ses tentacules m'abandonner. Je roule sur le côté, puis m'écarte en rampant. Mes bras ont retrouvé leur forme. Gabriel est saisi d'une quinte de toux puis crache du sang noir. Je le regarde, à bout de forces. Il se relève péniblement. Il souffle fort. Sans un mot, il me tourne le dos. Il marche courbé, les mains serrées sur les blessures que je lui ai faites. Tandis qu'il s'éloigne, dans un spectacle effrayant et pathétique, je vois les centaines de tentacules se résorber, la fumée disparaître comme des particules de cendre chassées par le vent. Il ne reste plus que son corps, fragile et maigre, qui boite en direction du pont, laissant derrière lui des taches de sang noir. Il va mourir, je le sais…

Je l'appelle :

— Gabriel…

Il ne me répond pas.

Je me soulève à mon tour et tente de le rejoindre.

— Gabriel, c'est fini.

J'entends une voix faible, sans écho, sans rien. Une petite voix apeurée, paniquée. Celle de mon ami.

— Non… je peux y arriver encore. Je vais y arriver.

— Gabriel. Regarde-moi.

Mais il continue sa progression. Tandis qu'il fait ses derniers pas, j'ai l'impression que, mètre après mètre, il rajeunit sous mes yeux. L'ado de 16 ans laisse place à un enfant de 10 ans, puis à un gamin de 7 ans.

Je ne suis plus qu'à quelques mètres de lui.

En avançant sur la passerelle, Gabriel dérive lentement vers le rebord du pont. Sous ses pieds, le vide donnant sur le Lac aux Chimères.

Il parle pour lui-même :

— J'arrive, Maman. J'arrive… Je vais réussir à te sauver, cette fois… J'en ai le pouvoir. J'arrive…

Avant de finir sa phrase, Gabriel perd l'équilibre et se met à glisser le long de l'amas de pierre. Je me jette vers lui et le retiens *in extremis* par la main. Depuis le lac, je remarque que des bras aqueux sortent de l'eau noire et s'approchent de ses jambes.

Gabriel me regarde d'un air triste. Ses yeux ne brillent plus de cet étrange éclat…

— C'est fini, Amy…

— Non, je vais te sortir de là. Nous te soignerons. Tu peux vivre.

— Non. Ma vie est ici, je te l'ai dit. Elle a toujours été ici.

— Ne dis pas ça, je vais t'aider. Je ne te lâcherai pas.

Je tire de toutes mes forces, mais je ne parviens pas à le soulever. Dans l'eau, parcourue de particules irisées, des dizaines de bras noirs attirent Gabriel à eux. Je sens que moi aussi, je me mets à glisser dans le vide. Je tente de me retenir de ma main libre mais je ne trouve aucune prise, rien.

Gabriel me regarde avec ce visage d'enfant. Il n'a pas l'air d'avoir peur…

— Laisse-moi partir, maintenant, Amy. Laisse-moi disparaître dans les rêves des hommes. C'est normal… Normal que je parte comme cela. Ça va aller, maintenant. Tout ira bien. Je vais la retrouver, enfin…

— Oui.

— Adieu, Amy… Tu ne m'oublieras pas ?

— Non, jamais, Gabriel…

Alors, dans ce minuscule instant avant qu'il ne me lâche la main, je suis traversée par toute la vie, tous les souvenirs de Gabriel. Son enfance, la nuit de l'accident de voiture, les secours, les visages des inconnus, le chagrin, la vie avec son père, les premiers rêves, la solitude, Hawkins, ONIR, ses missions, notre fuite… Puis toutes ces images s'estompent et il n'en reste plus qu'une.

Nous sommes tous les trois, Gabriel, Clyde et moi, assis autour d'un feu, en silence.

Tous les trois, ensemble, à jamais.

Gabriel me regarde, me sourit, puis lâche ma main et se laisse chuter dans les eaux tourmentées du Lac aux Chimères. Avant que son corps ne soit complètement absorbé, des milliers de bras l'enlacent et, dans une ultime seconde, je crois distinguer son sourire, son si beau sourire…

Je me redresse difficilement. Un grondement. Il se passe quelque chose dans les Limbes. Des tremblements. Je m'avance vers la falaise. Tous les bâtiments sont en train de s'effriter, les dômes voient leurs dorures s'effondrer, les colonnes se fendillent, les temples s'affaissent, fondent sous mes yeux comme s'ils se décomposaient, qu'ils retrouvaient leurs formes squelettiques. Les Terres meurent à nouveau, puisque leur maître les a abandonnées. Il y a des cris de douleur aussi autour de moi. Ce sont les Sentinelles qui rampent au sol, à l'agonie. Je remarque également partout les enfants se soulever en l'air, puis disparaître dans un nuage de fumée. Ils sont libres... Liam aussi, je l'espère, doit être en train de se réveiller. Un terrible vent se met à souffler. Je vois au loin, depuis les tréfonds de la Grotte, une immense tempête de poussière noire avancer vers la Cité. Je cours vers Clyde, dont le corps disloqué repose au pied de la falaise. Je m'assois à ses côtés. Il me sourit et m'attrape les mains.

— Nous y sommes arrivés. Tu y es arrivée.

— Oui...

Je tente de le relever. Il me retient d'un bras.

— Non. Ça ne sert à rien.

— Tais-toi, Clyde... Je t'emmène. Nous allons retourner dans la Nef. Je viendrai te chercher chez ONIR.

— Il n'y a plus rien de moi là-bas, Amy. Je ne suis plus qu'une coquille vide, qu'un corps vieilli et desséché. Je ne redeviendrai jamais celui que tu as connu. Je ne serai plus qu'une ombre... Je ne veux pas que tu me voies comme ça. Je ne veux pas vivre comme ça. J'ai ce que je voulais.

— Arrête tes bêtises. Ça prendra du temps mais tu finiras par aller mieux. Je serai à tes côtés. Je t'aiderai...

— Non, il est temps pour toi de vivre ta vie avec Liam. D'avancer. De laisser les Limbes derrière toi.

— Je n'irai nulle part sans toi.

Je sens les mains de Clyde qui passent dans mes cheveux et serrent légèrement ma tête.

— Mais j'ai eu ce que je voulais, Amy. J'ai ce que je veux. Ces quelques instants, là, avec toi. Te sentir auprès de moi… Enfin, après toutes ces années… Ça me suffit. C'est pour ça que je me suis toujours battu, c'est pour ça que j'ai affronté les océans du temps. Pour que tu vives. Que tu sois libre…

Des bourrasques de cendre grise commencent à nous frapper le visage. Je tente de protéger le corps de Clyde mais la poussière s'immisce et, déjà, recouvre son torse.

Il m'attire lentement, délicatement vers lui et ferme les yeux. Je les clos à mon tour et l'embrasse. Ses lèvres sont froides, elles ont un goût de sang et de cendre et, pourtant, je l'étreins de tout mon cœur, de tout mon amour.

— Il faut que tu partes, maintenant, Amy. Tout va être détruit. Tu es en danger. Je peux utiliser le reste de mes forces pour te ramener là-bas.

— Ne me laisse pas, Clyde. Ne me laisse plus. J'ai besoin de toi.

— Mais je serai toujours là, Amy. Toujours.

Je le regarde. Son visage se recouvre lentement d'un voile de poussière. Son corps semble déjà se mêler à la pierre… Non…

Il m'embrasse à nouveau, puis je sens ses deux mains serrer légèrement mon crâne. Je suis aspirée en arrière. Je tente de résister, de rester avec lui, mais je n'y parviens pas. J'essaie de retenir sa main dans la mienne, mais, finalement, je lâche. J'entends une dernière parole : « Merci… » Puis c'est le noir.

Je m'éveille en sursaut dans la salle noire de la station K27. Je tousse et aspire de l'air de longues secondes, au bord de l'asphyxie. J'ai mal aux côtes. Mal partout. J'allume la lumière la plus proche de moi. À mes côtés, je découvre le corps sans vie d'Hawkins. Le vieillard a l'air, étrangement, apaisé.

Je suis vivante.
Je suis la seule.
La dernière.
C'est fini…
Tout est fini…

Lee

20 décembre 2028
Chicago, Illinois

Après un long sommeil, il faut toujours un peu de temps, quelques minutes, avant de revenir à la réalité. On flotte dans cet entre-deux, pas certain que le monde dans lequel on s'éveille soit le vrai, pas assuré non plus que celui que l'on vient de quitter n'était qu'une chimère. Parfois, on rêverait de replonger, d'y retourner pour toucher du bout du doigt encore, encore un peu, ce fantasme hypnotisant. D'autres fois, à l'inverse, notre réveil est comme un soulagement, comme si on sortait d'une trop longue apnée. On aimerait laisser les horreurs derrière nous, mais on a beau avoir les yeux ouverts, elles sont encore là, comme des éclats de cauchemar dans notre réel.

On se répète que tout cela n'était qu'un rêve, comme pour s'en convaincre, comme pour se rassurer.

Les dix derniers jours que je viens de passer ont été un peu comme cela, comme un long réveil, comme si j'étais restée en suspens.

Le pilote d'hélicoptère a respecté sa promesse et est revenu me chercher aux abords de la station K27 le matin du 12 décembre. J'ai passé les heures qui me séparaient de son arrivée plaquée contre les chauffages rouillés du labo, à éviter de regarder le cadavre d'Hawkins que j'avais enveloppé dans un drap. Les yeux mi-clos, le regard rivé sur ma montre, j'ai attendu. J'ai repensé à tout ça, à ces vingt ans. À l'année 2008, à tout ce qui venait de se passer... Je ne parvenais pas à me convaincre que c'était fini. J'avais l'impression que, à nouveau, on m'avait arraché quelque chose. J'avais eu à peine le temps de retrouver Clyde, de comprendre enfin qu'il m'avait quittée à jamais... Mais au fond, je le sais aujourd'hui, je pense qu'il avait raison. Tant que tout cela n'était pas réglé, je restais paralysée. Je ne pouvais aller vraiment de l'avant. Une part de moi, quelque part, aurait toujours attendu.

Avant de partir, une heure avant mon rendez-vous avec l'hélicoptère, je me suis saisie de quelques jerrycans d'essence et les ai déversés dans tout le labo et sur le corps d'Hawkins. Une fois en haut de l'échelle, sur la passerelle en métal, j'ai jeté un briquet allumé dans le vide. L'incendie a pris immédiatement et s'est répandu en quelques secondes jusqu'au cadavre d'Hawkins. J'ai regardé quelques instants le corps du dirigeant d'ONIR se consumer, je suis restée là devant notre ancien mentor, celui qui nous avait révélés à nous-mêmes, nous offrant le plus beau des cadeaux et, par là même, la plus terrible des malédictions... J'ai repensé, encore, à tout cela. Je n'avais plus de haine contre lui, rien que de la pitié. Car il n'y a pas de monstre dans notre histoire, juste des êtres humains qui ont tenté d'aller au bout de leurs rêves et qui s'y sont tous, chacun à leur manière, perdus. Tandis que le feu dévorait le silo, en regardant les flammes danser sur les murs, j'ai cru voir des silhouettes entourer la dépouille d'Hawkins, les fantômes, peut-être, de son passé venant enfin le retrouver. Mais ce n'était qu'une illusion, certainement… J'ai quitté le labo, ai refermé la porte et n'ai plus regardé en arrière.

L'hélicoptère est enfin venu me chercher. Le pilote a noté, évidemment, mon état d'affaiblissement, il a vu, certainement, la fumée qui s'échappait de l'entrée de la station K27, mais il n'a pas posé de questions. Et ça m'allait… Une fois arrivée à Galena, je me suis ruée sur un téléphone et ai appelé l'hôpital Cook County à Chicago. Après une longue attente, j'ai eu la confirmation que j'attendais. Tous les enfants étaient en phase de réveil… En apprenant cela, toutes mes forces m'ont lâchée, j'ai failli m'écrouler au sol. Je me suis installée dans le premier restaurant que j'ai trouvé, le Joe's Bar and Grill, et ai commandé un petit déjeuner. Les rares clients présents étaient agglutinés contre le comptoir en pin, le nez sur le poste de télévision. Toutes les chaînes ne parlaient que de cela. À la surprise générale, de par le monde, tous les enfants atteints de la maladie du Marchand de sable étaient en train de se réveiller. Personne n'en comprenait la cause. Personne ne la comprendrait jamais. À part moi…

Puisque tout était fini, puisque je ne craignais plus rien, j'ai décidé de rentrer à Chicago par avion.

Deux jours plus tard, j'étais à l'entrée du « dortoir » de l'hôpital. Pendant quelques secondes, j'ai hésité à en pousser les portes battantes. Trouverais-je Liam changé ? Serait-il le même ?

Puis, finalement, je suis entrée. Ce qui m'a choquée, d'abord, ça a été le bruit, la vie qui emplissait cet espace trop longtemps morne. Partout, des discussions de famille, et, surtout, des rires d'enfants… Des rires partout… En arrivant dans l'allée, j'ai vu Liam au bout de la salle se tourner vers moi, son visage faire un « Oh ! » de surprise. Il est sorti en trombe de son lit et s'est rué vers moi. Mon fils s'est jeté contre mes jambes et m'a serrée fort. Je me suis baissée, l'ai attrapé et on est restés comme ça longtemps. *Mon ange, enfin... si tu savais tout ce que j'ai fait, tout ce que j'ai enduré pour toi...* Il m'a regardée, il avait de gros cernes mais son visage respirait la joie, le bonheur, et il m'a demandé : « Ça va, Maman ? » Je lui ai répondu : « Maintenant, oui, ça va. »

Plus tard, après que je l'ai ramené à l'appartement, il est venu s'asseoir à côté de moi et m'a dit : « Maman, c'est drôle, quand je dormais, que j'étais malade, j'ai eu l'impression que tu es venue me voir dans mes rêves, dans cette grande Cité de Lumière… » J'ai hésité, puis, finalement, je lui ai répondu : « Non, mon ange, j'étais à tes côtés, mais dans la réalité. » Qu'aurais-je pu lui dire d'autre ?

Il s'est passé d'étranges événements la nuit du 11 décembre 2028.

Les médias, les experts ont tenté d'y trouver un sens, une signification, un lien de corrélation… Des milliers de gens à travers le monde ont, ainsi, durant leur sommeil, partagé le même rêve. Ils ont tous gardé le souvenir de survoler une petite ville de banlieue, de se rapprocher d'une petite maison toute simple, de monter des escaliers, puis de grimper à une échelle pour arriver, enfin, dans un grenier. Là, tout au fond, ils ont vu un enfant qui faisait danser les reflets du soleil sur un bijou, allongé sur un matelas, au bord d'une lucarne. Il répétait qu'il attendait sa mère, qu'elle allait bientôt arriver... Il avait à peine 9 ans et disait s'appeler Gabriel. Puis, tous les témoignages concordent, l'image de l'enfant s'est estompée et a disparu...

Il me fallait faire une dernière chose, retourner une dernière fois dans les Limbes. Je l'ai compris cette nuit-là, lorsque je tenais la main de Gabriel et que j'ai vu à travers lui, que j'ai été traversée par tous ses souvenirs.

Je suis retournée là-bas. Je suis revenue une ultime fois dans les Terres Mortes. Elles avaient recouvré leur aspect premier. Celui d'un tombeau géant, d'un sanctuaire oublié. Le silence, à nouveau, régnait entre les temples, les cathédrales et les pyramides organiques. La tempête de cendre avait tout recouvert, posant son manteau de ténèbres sur la Cité de Lumière... Je suis remontée tout là-haut, au bord du Lac aux Chimères. Je l'ai trouvé là-bas, contre la paroi de la Grotte, figé à jamais dans la pierre. Clyde avait les yeux fermés, une main tendue en hauteur vers moi. J'ai caressé la pierre et lui ai dit adieu. Puis je suis revenue dans la Nef. Je me suis concentrée sur le visage que j'avais vu, cette femme, puis je me suis projetée. J'ai réussi à remonter le temps, jusqu'à cette nuit du 27 juin 2001. J'ai pris son contrôle facilement. Elle dormait aux côtés de son mari, dans la voiture, parmi la file d'engins qui attendaient que la route soit dégagée. Je suis sortie de l'auto. Ça sentait fort l'essence et le plastique brûlé. Je me suis frayé un chemin parmi les conducteurs curieux… Il y avait de l'agitation partout, des policiers, des pompiers, encore aux prises avec l'incendie du semi-remorque. À travers les flammes, on voyait la carcasse d'une voiture. Il y avait le bruit strident des sirènes, les lumières aveuglantes des gyrophares. Et, au cœur de cette frénésie, il était là… Je l'ai trouvé assis sur les marches d'une ambulance, une couverture isothermique sur les épaules. Il avait l'air perdu, seul. Je me suis approchée de lui et lui ai souri. Puis je lui ai dit :

— Ne t'en fais pas, Gabriel. Ça va aller… Tout ira mieux… Adieu…

Enfin, je l'ai embrassé sur le front et j'ai abandonné le corps de la femme…

Il fallait que je le fasse, puisque c'était écrit. Je réalise maintenant que tout avait déjà été écrit… Gabriel, Hawkins, Clyde et moi, nous étions tous piégés dans une spirale sans fin. Mais j'en suis sortie, enfin…

Dans les jours qui ont suivi mon retour à Chicago, et tandis que j'aidais Liam à se rétablir, j'ai entendu aux informations qu'un dernier fait étrange s'était déroulé. À New York, dans les anciens bureaux d'ONIR au bord de l'Hudson River, dans un bâtiment que l'on croyait abandonné depuis des années, le matin du 12 décembre, une poignée d'hommes a surgi de l'immense portail en bois vermoulu. Aveuglés par la lumière du jour, ils ont erré au milieu de la route. Ils pouvaient à peine marcher, difficilement se tenir droit. Rapidement, les secours sont arrivés sur place. Les hommes disaient être des médecins et n'avoir aucun souvenir des événements récents. On a découvert, plus tard, que certains avaient disparu depuis plus de dix ans. Ils étaient affaiblis, rachitiques, mais ils ont survécu. En explorant le bâtiment d'ONIR, les pompiers ont découvert des centaines de cadavres en état de décomposition avancée. Ils ont forcé l'accès au deuxième sous-sol et y ont trouvé encore d'autres corps. Six dépouilles placées en étoile. D'après les experts, ces derniers cadavres venaient juste de mourir et avaient été maintenus en vie artificielle durant toutes ces années par les médecins. Certaines photos ont fuité. Les dépouilles n'avaient plus rien d'êtres humains. On aurait dit des momies. Leur peau était diaphane, leur corps complètement desséché. Parmi eux, il y avait Gabriel et Clyde, je le sais... En voyant les photos floues, j'ai compris pourquoi Clyde avait refusé de me suivre. Il ne voulait pas que je le voie comme ça, il ne pouvait accepter de vivre ainsi. *Je te comprends, Clyde. Tu es libre enfin et il n'y a que ça qui compte.* Les autorités de New York ont décidé de détruire le bâtiment et d'y construire un monument aux morts. Leur sépulture sera donc là-bas pour l'éternité... C'est normal, après tout.

Parfois, quand je m'endors, au cœur de mes rêves, j'ai l'impression de sentir une présence, de voir une silhouette dont je reconnais tout de suite les contours. Puis, alors que je m'approche, elle s'estompe et disparaît. Est-ce moi qui crée cette illusion ou est-il vraiment là ?

Peu importe... Ce qui compte, c'est qu'il sera avec moi, à jamais.

Il est tard. Déjà 21 heures. Je me soulève du canapé, éteins la télévision et vais rejoindre Liam dans sa chambre pour le coucher. J'entrouvre la porte. Il est encore en train de jouer avec ses Lego, sur son tapis. Il a construit une série de tours, des pyramides. On dirait un peu les Terres Mortes… Je chasse cette pensée, pousse la porte par surprise et lui saute sur le dos en lui faisant des chatouilles. Il rit aux éclats. Comme c'est bon de le sentir là, vivant, avec moi ! Je l'attrape et le jette dans son lit. Je passe son duvet sur lui. Je sais qu'il ne va pas s'endormir tout de suite, qu'il retient encore le moment, qu'au fond, il a encore un peu peur.

Je lui caresse les mains et lui souris. Il me demande :

— Maman ?

— Oui, mon ange.

— Le Marchand de sable, il ne reviendra pas ?

— Non…

— Tu me le jures ?

— Oui, je te le jure. Il est parti. Il ne reviendra jamais.

— Tu es sûre ?

— Oui, j'en suis certaine. Tu peux fermer les yeux, n'aie pas peur… Endors-toi, maintenant, mon prince, je veille sur toi. Fais de beaux rêves, Liam.

Vous aussi…
Clyde.
Gabriel.
James.
Faites tous de beaux rêves…
Une éternité de rêves.

Composition et mise en pages
FACOMPO, Lisieux

Imprimé en France par CPI
en février 2021
N° d'impression : 2056150

Pocket – 92 avenue de France, 75013 PARIS

Suite du premier tirage : février 2021
S30667/02